Bernhard Madörin
Tödliche Gene
Der Vatermacher

Kriminalroman

münster**verlag**

Alle Rechte vorbehalten
Copyright © 2011
Münsterverlag GmbH, Basel

Lektorat Svenja Held
Einbandgestaltung und Layout Robert Schmid
Gesamtproduktion Imagovista GmbH, Basel

www.muensterverlag.ch
ISBN 978-3-905896-10-7

Für Pascale

«Es ist schwierig, älter zu werden.
Aber es ist noch schwieriger, alt zu werden.»

Theodor Fischer (1910 –2009)

Tödliche Gene

Prolog 11

1. Bank of Shanghai 13
2. Vitamine 28
3. Studienjahr 1933 38
4. Die Last des Alters 40
5. Intelligentia 52
6. Das Gründungskapital 65
7. Der Angriff 79
8. Alte Bekannte 96
9. Mondscheinsonate 109
10. Auftragserfüllung 123
11. Noch mehr Gründungskapital 131
12. Der Erste Staatsanwalt des Kantons Basel-Stadt 139
13. Probleme 154
14. Pressekonferenz 172
15. Unbekannte Vergangenheit 205
16. Brasilia 222
17. DDR 232
18. Klimaveränderung 242
19. Die Verteidigung 266
20. Galileo 296
21. Börsenaufsicht 308

22. Flucht 327
23. Sterben und Sterben lassen 344
24. Observationen 354
25. Unwohlsein 383
26. Showdown 400

Epilog 424
Dank 427

Anhang
Firmen und Personen 428
Glossar 430
Darstellung der zentralen Thematik 437
Bücher vom gleichen Autor 440

Der Anhang enthält ein Glossar mit Erklärungen zu allen Begriffen, die mit einem Stern* gekennzeichnet sind, sowie Angaben zu den wichtigsten Personen und eine Darstellung der im Buch angesprochenen Problematik und zentralen Thematik.

In diesem Roman erscheinen die CEOs eines Pharma-Unternehmens und einer Bank in einem kritischen Kontext. An dieser Stelle sei ausdrücklich erwähnt, dass ein Bezug zu lebenden Personen und zu exisitierenden Unternehmen weder erwünscht noch gewollt ist. Die Handlung ist reine Fiktion.

PROLOG

Das Wetter wurde kühler. Theodor Fischer, ein schlanker, hochgewachsener Jüngling, hatte für diesen Tag einen Besuchstermin vereinbart, dessen dramatische Konsequenzen er nicht vorausahnen konnte. Er hätte ihn in Kenntnis der folgenden Ereignisse annulliert, doch dafür war es bereits zu spät. Die Tramlinie auf das Bruderholz war vor kurzer Zeit saniert worden und die Fahrt vom Stadtzentrum in das noch wenig besiedelte Villenviertel dauerte nur noch eine gute halbe Stunde. Sein Weg führte ihn aus der Stadt in die nahe Agglomeration, vorbei am Centralbahnhof, der am Rande der Innerstadt lag. Die Fahrt durch das angrenzende Quartier Gundeldingen war erlebnisreich: Zahlreiche Baracken und Gütersilos umspannten den Bahnhof und emsiges Treiben in Werkstätten strömte lebendigen Lärm aus. Die Fahrt ging langsam voran, doch am Ende hatte das Tram die leichte Anhöhe geschafft und fuhr entlang zahlreicher Weideflächen und intensiv bewirtschaftetem Land. Der Spätsommer brachte Wärme auf die Felder, doch die Kraft der Sonne hatte bereits nachgelassen. Die Tage wurden spürbar kühler, wie auch an diesem Tag. Zwischen den Wiesen standen etliche Reiheneinfamilienhäuser, Errungenschaften einer aufsteigenden Bourgeoisie. Daneben befanden sich herrschaftliche Villen mit prächtigen, neu angelegten Gärten und Einfahrten für grosse Limousinen. An der Endstation Bruderholz stieg Theodor Fischer aus. Sein Weg führte ihn durch die Hohe-Winde-Strasse zur Villa der Familie Iselin. Das Hauspersonal hatte heute frei und Herr Iselin öffnete persönlich dem jungen Gast die Türe und führte ihn in den Salon, wo ihn Frau Iselin begrüsste. Eine leichte Verzweiflung war im Gesicht des Hausherrn zu sehen. Theodor Fischer fühlte sich seinerseits unsicher. Für ihn war die bevorstehende Situation absolutes Neuland, schliesslich handelte es sich um einen Akt, der seiner Zeit weit voraus war. Das Gespräch mit dem Ehepaar gestaltete sich entsprechend umständlich und dennoch kurz. Was folgte, war einerseits alltäglich, andererseits etwas in diesem Rahmen Ausserordentliches. Eine knappe Stunde später trat Theodor Fischer den Rückweg an. Im Tram fand er eine Zeitung und nahm sie vom vorderen Sitz auf. Es war die Basler Internationale Zeitung und die Morgenausgabe war von aktuellem Datum. Er blätterte zum Wirtschaftsteil, der ihn am meisten interessierte. Die Börsendaten vom Januar 1930 zeigten eine nachhaltige Erholung der Aktienwerte. Es schien, als wäre die grosse Börsenkrise des Jahres 1929 überwunden, was ihn mit besonderer Befriedigung erfüllte. Er würde sich bald wieder seinem Studium widmen. Theodor Fischer befand sich im dritten Studienjahr und seine beruflichen Intentionen gingen in Richtung Banking.

In der Folge hörte Theodor Fischer nichts mehr vom Ehepaar Iselin und er nahm an, dass sein Besuch den erwünschten Zweck erfüllt hatte oder andere Gründe zu diesem Ergebnis geführt hatten.

1. Bank of Shanghai

Marc Fischer, CEO* der World Bank Corporation, kurz WBC, mit Sitz in Basel, musste an diesem kühlen Herbsttag im Jahre 2009 sehr früh aufstehen, was ihm widerstrebte. Die Präsenz der Bank war global, was mit etlichen Reisen verbunden war. Die Firmenlimousine holte ihn um sechs Uhr von seiner Villa auf dem Bruderholz ab. Der Chauffeur war ihm bekannt, aber seinen Namen hatte er nicht präsent. Der Morgen war noch jung. Fahrer und Gast begegneten sich mit kurzen Worten. Der Chauffeur wusste, dass jetzt Zurückhaltung geboten war.

«Guten Morgen Herr Fischer», begrüsste er seinen prominenten Passagier.

«Morgen», erwiderte Fischer kurz.

Der Chauffeur öffnete ihm die Türe. Marc Fischer stieg mit seiner schlanken Statur behände in den VW Phaeton ein. Im Wagen war es angenehm temperiert und die morgendliche Frische blieb ausserhalb des beheizten Interieurs. Mit leisem Motorengeräusch beschleunigte der schwere Wagen trotz seines Gewichts mit erstaunlicher Leichtigkeit.

Der Fahrer steuerte zum Euro-Airport, dem Flughafen des Dreiländerecks Schweiz-Frankreich-Deutschland. Infolge der zügigen Fahrweise dauerte es nicht lange bis zum Ziel. Nach wenigen Minuten war die Schweiz verlassen und der Weg führte über die internationale zollfreie Autostrasse zum Flughafen. Der Wagen fuhr an den Abzweigungen «Ankunft» und «Abflug» vorbei, weiter in Richtung «General Aviation», der dem privaten Flugverkehr vorbehaltene Teil des Areals. Am Hangar erwarteten ihn die Zollbeamten für eine kurze Überprüfung, die eigentlich mehr dem Respekt gegenüber der Persönlichkeit gewidmet war, als der eigentlichen Kontrolle. Weder Koffer noch Akten wurden näher begutachtet.

Er musste ein kurzes Stück in der morgendlichen Frische zu Fuss gehen. Der Hangar war im Umbau und sah neu eine eigene Autozufahrt mit geschütztem Zugang zum Boarding vor. Bald würde es soweit sein. Ein entsprechender Antrag zur Finanzierung war vom Verwaltungsrat der WBC bereits gutgeheissen worden. Zeitgleich hatte Fischer auch einen grösseren Jet beantragt, wobei zu Beginn Widerstände im Exekutivrat die Anschaffung verhindert hatten. Das Argument der höheren Betriebssicherheit einer grösseren Maschine war zuerst nicht ernst genommen worden, überzeugte dann aber doch, zumal auch die grösste Pharmafirma in Basel, die Sovitalis AG, denselben Typ bereits erworben hatte. Alle im Rat wussten dies, doch offiziell war es kein Argument für den Investitionsentscheid gewesen.

Marc Fischer stieg in den firmeneigenen Learjet ein, wo er von der Crew zuvorkommend begrüsst wurde. Nach dem Check rollte der Jet zur Piste. Die Maschine startete mit der Destination China, wo wichtige Traktanden für die World Bank Corporation und für ihn anstanden. Der Flug dauerte rund zehn Stunden und war angenehm. Im Flugzeug hatte er alles, was er brauchte: ein Büro mit einer Sekretärin, Telefon, Fax und Internet. Hier konnte er seine gesamte elektronische und physische Korrespondenz erledigen, über das Satellitentelefon konnte er seine Geschäfte abwickeln und Kontakte pflegen. Nachdem er das wichtigste erledigt hatte, rief er Pierre Cointrin an und wurde von dessen Assistent direkt weitergeleitet.

«Herr Cointrin, wie geht's Ihnen?»

«Ganz gut, danke. Viel zu tun wie immer. Und Ihnen?»

«Ich bin gerade auf dem Flug nach Shanghai. Wir haben eine interessante Firmenabsorption vor uns. Wir wollen die Bank of

Shanghai übernehmen. Eigentlich geht es nur noch um Formalitäten und es ist geplant, das Geschäft morgen abzuschliessen. Die notwendige Börseninformation haben wir schon vorbereitet.»

«Das klingt ja spannend. Wie beurteilen Sie denn den Einfluss dieses Projekts auf die Entwicklung Ihrer Bank?» Die beiden CEOs sprachen stets von «ihren» Firmen, obwohl diese ihnen ja nicht gehörten.

«Sehr positiv. Ich werde Ihnen darüber berichten, sobald es offiziell ist.»

«Und wie wird das Wetter?»

«Ich denke, es wird schön und *ein paar Grad wärmer*. Also, bis später.»

Pierre Cointrin hatte verstanden: *Ein paar Grad wärmer.* Er telefonierte mit seiner Bank und erledigte Börsengeschäfte.

Unterdessen näherte sich der Learjet Shanghai und landete auf dem Pudong International Airport. Nach zehn Stunden Flugzeit und acht Stunden Zeitdifferenz war es jetzt kurz nach Mitternacht. Eine kleine Delegation der Bank of Shanghai, bestehend aus dem CFO* und dem Secretary of the Board*, erwartete ihn auf dem Rollfeld. Fischers äussere Erscheinung, seine schlanke, mittelgrosse Statur, der klare Blick und seine grosse mentale Präsenz, hinterliess nicht nur bei den Chinesen nachhaltigen Eindruck. Auf dem Weg zum Shanghai Hilton Hotel wurde ihm der Tagesablauf erläutert. Das Signing* war auf elf Uhr Lokalzeit vorgesehen, damit es anschliessend mit einem opulenten Mahl gewürdigt werden konnte. Die Kosten dafür würde dann bereits die World Bank Corporation tragen. Solche Details, an die niemand ausser Marc Fischer dachte, betrachtete er als kaufmännischen Denksport.

Er bezog eine Suite im obersten Stock des Hotels. Ein Teil des Stockwerkes war für ihn reserviert mit mehreren Zimmern und allem erdenklichen Luxus. Spezielles Essen auf seinen Wunsch hätte man ihm unverzüglich gebracht, dagegen waren Damen für das persönliche Wohlergehen tabu. Ein Mann in seiner Stellung würde sich mit solch einem Verhalten erpressbar machen. Obwohl es schon spät war, hatte seine innere Uhr noch eine andere Zeit. Essen mochte er nichts und für einen Telefonanruf nach Hause war die Uhrzeit unpassend. Er versuchte zu schlafen, was ihm aber kaum gelang. Der Morgen kam viel zu früh: um sieben Uhr wurde er geweckt und für ihn fühlte es sich an, als wäre es noch mitten in der Nacht. Sein Körper war träge und die routinehafte Leichtigkeit fehlte ihm. Eine Stunde später wurde er abgeholt und nach einer kurzen Fahrt in der morgendlichen Rush Hour von Shanghai, wobei die Strassen partiell von Polizisten freigehalten wurden, hielt der Wagen vor der Bank of Shanghai. Er ging unverzüglich in den Konferenzraum und der Chefjurist der WBC, Benno Kräuchli, informierte ihn über den Stand der Dinge. Kräuchli war eine Koryphäe auf seinem Gebiet. Die wesentlichen Vertragsinhalte waren schon seit Tagen fixiert. Eine letzte Differenz umfasste staatliche Garantien. Die WBC wollte für fünf Jahre klare Zusagen über die künftigen Steuern der Gesellschaft. Dies war ein heikler Punkt. Die fünftgrösste Bank der Welt kaufte in einem Staat mit Einparteiensystem und rudimentären rechtsstaatlichen Institutionen eine Bank und wollte sicher sein, dass ihre Gewinne nicht wegbesteuert wurden, sodass der Verkäufer indirekt über Staatswillkür noch einmal an seinen Verkaufspreis heran kam und doppelt kassierte. Die Bank of Shanghai gehörte dem Militär, genauer gesagt der ostchinesischen Armee unter General So Ho Chin, und Fischer selbst hatte zu wenig Zugang zum Zentralkomitee der Chinesischen Volkspartei, weshalb Garantien schwer zu bekommen waren. Ein Dilemma, welches sich zur möglichen Krux des ganzen Deals entwickeln könnte. So Ho Chin sicherte ihm eine Zusage eines designierten Mitglieds des Zentralkomitees, doch das reichte Marc Fischer nicht aus. Er hatte die Unzuverlässigkeit der chinesischen Politik bereits erfahren. Eine Stunde war nun ergebnislos vergangen und die Kontrahenten disputierten noch immer über diesen letzten offenen Punkt. 500 Millionen Dollar standen als Anzahlung treuhänderisch bei der National Bank of Dubai bereit. Man hatte sich auf Dubai geeinigt, zum einen aus geographischen und zum anderen aus politischen Gründen.

Gegen Mittag war eine Lösung noch immer nicht in Sicht. Die Verhandlungen wurden unterbrochen und die Verhandlungsdelegation ging essen, was man lieber nach dem Signing* getan hätte; das Mahl wäre sicherlich opulenter gewesen. Trotzdem war es eine besondere Einladung. Auf dem Menüplan stand Fugu, Kugelfisch, eine asiatische Delikatesse. Falsch zubereitet gibt der Fisch zuviel Tetroxin, ein marines Neurotix, ein Nervengift ab und der Verzehr ist tödlich. Marc Fischer schmeckte der Fisch nicht. Bei dieser Delikatesse ist die Gaumenfreude vielmehr ein Gaumenkitzel: Beim Essen entwickelt sich ein leicht brennendes und prickelndes Gefühl im Mund und auf der Zunge, welches schliesslich in ein leichtes Taubheitsgefühl übergeht – erste Anzeichen einer Vergiftung, wenn auch einer kontrollierten. Es ist ein Spiel mit dem Feuer, mit dem Gift. Das Essen war für die Delegation somit ein ausgefallenes Ereignis, ein chinesisches Ritual der Bank of Shanghai. Die gemeinsame Einnahme der exotischen Speise wurde von viel Reiswein begleitet und Fischer musste seine Trinkfestigkeit beweisen. Nach dem Wein und dem Essen, das die Zunge etwas gelähmt hatte, fand die Vertragsverhandlung ein Ende. Man einigte sich auf eine Übernahme der Bank of Shanghai durch die Word Bank

Corporation. Infolge mangelnder Staatsgarantien für die Steuern wurde der Kaufpreis reduziert und auf fünf Jahrestranchen verteilt. So Ho Chin war zufrieden. Er konnte sein Gesicht wahren. Der Kaufpreis lag nur gering unter dem, was zuvor verhandelt worden war. Die erste Anzahlung wurde ausgelöst und die National Bank of Dubai übernahm die Treuhandfunktion für fünf Jahre. 500 Millionen Dollar wechselten den Besitzer, 100 Prozent der Bank of Shanghai-Aktien wechselten den Eigentümer. Fischer war zufrieden. Die World Bank Corporation expandierte in den wachstumsorientierten Osten und man hatte einen Pfand in Form des Kaufpreises auf Raten für die Zukunft. Fischer würde wohl noch ein paar Mal in Shanghai Essen gehen, doch er nahm sich vor, Fugu in Zukunft besser zu meiden.

Unverzüglich nach dem Vertragsabschluss wurde er zum Flughafen Pudong geleitet und es gab einmal mehr keine Zollkontrollen für ihn; man chauffierte ihn mit der Staatslimousine direkt zum Hangar. Der Learjet stand frisch gewartet bereit und die neue Crew schenkte dem Fluggast höfliche Beachtung, mit der gebotenen Zurückhaltung. Er war zufrieden mit dem Tag, der ein Erfolg für die Bank und damit auch für ihn gewesen war. Die Börsenmitteilung würde den Aktienkurs positiv beeinflussen, *es würde wieder ein paar Grad wärmer werden.* Er zog sich in die Kabine zurück und schlief ein wenig, bis ihn ein Anruf seiner Frau auf seinem privaten Satellitenhandy weckte.

«Claudia! wie geht's dir? Ich bin auf dem Flug nach Basel.»

«Ach Marc, ich vermisse dich. Wann bist du wieder zu Hause?»

«Wenn alles gut geht, heute Abend.»

Er dachte schon wieder in europäischer Zeit.

«Das ist gut. Ich habe schon früher versucht, dich zu erreichen.» Sie machte eine kurze Pause und fuhr dann mit leiser

Stimme fort. «Dein Vater wurde nach einem Anfall in eine Institution für betreutes Wohnen gebracht.»

«Was ist denn passiert?», fragte er beunruhigt.

«Es geht ihm schon wieder besser. Ich erzähl dir alles, wenn du wieder hier bist. Deine Stiefmutter hat jedenfalls gerade angerufen und gesagt, du sollst bei ihr vorbeigehen. Es soll dort noch relevante Akten der Bank geben. Dein Vater war ja bis heute sehr mit seiner Bank verbunden.»

«Ich melde mich, sobald ich gelandet bin. Bis später, Schatz.»

Marc Fischer dachte an seinen Vater. Er war zwar schon sehr alt, aber bis jetzt war er immer noch sehr rüstig gewesen und es hatte nichts auf eine Krankheit oder auf erste Anzeichen von Demenz hingedeutet. Letztes Wochenende hatten sie noch zusammen gesessen und sein Vater hatte ihm von seinen Erfahrungen aus China erzählt. Theodor Fischer hatte den Jahrgang 1910, war in Basel zur Schule gegangen und hatte im Anschluss Jura studiert. 1936 war er als junger Jurist in eine Privatbank eingetreten, vier Jahre später hatte er geheiratet und nach der Geburt seines Sohnes Marc hatte er die BBC gegründet, die Bâle Bank Corporation, die später zur Swiss Bank Company, dann zur Europe Bank Corporation, und letztlich zur World Bank Corporation wurde, zur fünftgrössten Bank der Welt, die ihren Sitz immer noch in Basel hatte. Marc Fischer kannte die Lebensgeschichte seines Vaters, auch wenn ihm gewisse Zeitfenster weniger im Detail präsent waren.

Der Flug dauerte wegen des Jetstreams rund eine Stunde länger als der Hinflug. Ein Phänomen, das ihn jedes Mal aufs Neue beeindruckte. Auf der einen Strecke gab es eine Beschleunigung der Fluggeschwindigkeit, auf der anderen eine Verzögerung, obwohl beide Male die relative Geschwindigkeit zur Luftmasse gleich war. Entscheidend war die absolute Geschwindigkeit zur Erdoberfläche, bei der es einen erheblichen Unterschied gab. Am späten Abend landete er in Basel, wo die Limousine bereits auf ihn wartete. Er war froh, wieder zu Hause zu sein. Er hoffte, dass er am darauf folgenden Tag Zeit finden würde, bei seinem Vater und auch bei dessen Frau, seiner Stiefmutter vorbeizugehen, nicht zuletzt auch deshalb, weil sein Vater einer der wenigen Grossaktionäre der Bank war, der er, Marc Fischer, als CEO und damit oberstes Führungsorgan vorstand. Es hing also nicht nur viel von ihm selbst ab, sondern auch von seinem Vater. Als eines von vier Kindern erwartete Marc Fischer ein ansehnliches Vermögen. Er hätte es gerne gesehen, wenn er schon früher zu einem bedeutenden Aktienpaket gekommen wäre, aber dies blieb weiterhin in den Händen seines Vaters, einer stadtbekannten Persönlichkeit, der zudem Mäzen etlicher Institutionen war. Legendär war etwa seine Affinität zur Musik. Marc Fischers Aktienanteil war im Vergleich zu demjenigen seines Vaters zwar noch gering, doch ein Generationenwechsel schien in Sicht. Noch hiess die Devise aber einmal mehr: Abwarten. Eigentlich bestand bisher ein guter Teil seines Lebens aus Warten, aber er schöpfte neue Hoffnung, dass sich dies bald ändern würde.

Zu Hause angekommen wurde Marc Fischer von seiner Frau mit einer Umarmung begrüsst. Sie war eine attraktive Frau mittleren Alters mit gepflegtem Äusseren und Fischer fand, dass die Schönheitsoperationen, die sie in den letzten Jahren hatte vornehmen lassen, ihr Aussehen auf subtile Art positiv beeinflusst hatten. Claudia Fischer war eine selbständige Frau, selbstbewusst und mit eigenen Lebenszielen, obwohl sie ihrem Mann unterstützend zur Seite stand. Sie organisierte den Haushalt, wobei ihr hier Fachpersonal zur Seite stand, kam all den gesellschaftlichen Verpflichtungen vorbildlich nach und führte zudem ein kleines Antiquitätengeschäft an der Elisabethenstrasse. Ihr Laden galt als gute Adresse. Das Haupteinkommen stammte aus dem Einkauf von erstklassigen Antiquitäten aus osteuropäischen Ländern und dem Verkauf an ihren Hauptabnehmer, einem New Yorker Händler mit florierendem Geschäft am Times Square in Manhattan.

«Erzähl, wie war's?», wollte sie wissen.

«Fugu, wie beim letzten Mal», sagte er lachend.

«Bewusstlose Personen?»

«Nein, diesmal nicht, alles kontrolliert.»

Sie gingen ins Wohnzimmer und sie nahm das Gespräch wieder auf. Sie war der kommunikativere Part in ihrer Ehe.

«Wie gesagt, dein Vater hatte einen Anfall. Man hat ihn sofort untersucht, aber die Ärzte konnten nichts Signifikantes feststellen und haben deshalb entschieden, ihn in eine Institution für betreutes Wohnen einzugliedern. Das hat den Vorteil, dass er nicht wie in einem Spital all den Infiszierungsgefahren ausgesetzt ist und gleichzeitig wird er besser überwacht. Ob er wieder zurück in seine vertraute Umgebung kann, ist momentan noch offen. Ich denke, du solltest ihn morgen unbedingt besuchen.»

«Ja, das werde ich auf jeden Fall machen.»

Sie plauderten noch eine Weile, aber er legte sich bald schlafen. Die Reise war anstrengend gewesen und der Jetlag war noch nicht verdaut. Als er im Bett lag, dachte er, dass sich nun einiges in seinem Leben ändern würde. Doch was genau auf ihn zukommen würde, lag nicht in seiner Vorstellungskraft.

Am nächsten Morgen ärgerte er sich einmal mehr über das viele Reisen und die ständigen Zeitunterschiede, an die er sich wohl nie gewöhnen würde. Er musste an eine Medienkonferenz, eine sogenannte kleine Runde. Hier publizierte man die von der Börsensaufsicht verlangten Informationen für den China-Deal.

Anschliessend folgte die eigentliche Medienkonferenz, welche keine gesetzlichen Formalitäten zu befolgen hatte, die aber auf diese Weise vielleicht doch formeller war, mit Einladungen an verschiedene Medien, Pressemappen und einem Timing, das Mittagsnachrichten im Radio erlaubte und eine Fernsehreportage am Abend. Das war schliesslich kostenlose Werbung für die Bank. Grössere Medienkonferenzen gingen noch länger, mit Apéro und Buffet, doch das stand jetzt nicht an und wäre im Hinblick auf die zu veröffentlichenden Informationen betreffend Shanghai auch nicht angemessen gewesen. Die Journalisten nahmen die neuste Akquisition der WBC, abgesehen von wenigen obligaten kritischen Fragen, gut auf und bereits am Nachmittag zeigten sich erste positive Reaktionen an der Börse. Es war allgemein eine Orientierung in Richtung Osten erwartet worden, weshalb sich der Börsenmarktpreis positiv entwickelte. Und dennoch hatte sich Fischer noch mehr erhofft.

Den Nachmittag widmete er seinem Vater. Dafür musste er ein paar Meetings absagen oder sie mussten ohne ihn abgehalten werden. Der Chauffeur brachte ihn zu der Institution für betreutes Wohnen auf dem Bruderholz, die Wasserturm hiess und nicht weit weg von seiner eigenen Villa und auch nahe der Villa seines Vaters lag. Das Bruderholz-Quartier, gelegen auf dem stadtnahen Hügel, war letztendlich ein Dorf der Elite, bestehend in erster Linie aus herrschaftlichen Villen, einigen Reiheneinfamilienhäuser und ein paar wenigen Mehrfamilienhäusern. Die Anlage, in der sein Vater nun untergebracht war, umfasste Altersheim, Alterswohnungen und betreutes Wohnen. Marc Fischer klingelte und nach einer längeren Pause wurde ihm geöffnet. Er wurde in eine Wohnung geführt, die drei Zimmer umfasste, ein Schlaf- und ein Wohnzimmer und eines für das Pflegepersonal.

«Hallo Vater.»
«Mein lieber Marc!»
Die Freude über den Besuch seines Sohnes stand ihm ins Gesicht geschrieben.
«Wie geht's dir?»
«Wieder besser, danke.»
«Das freut mich.»
«Es ist schwierig, älter zu werden. Aber es ist noch schwieriger, alt zu werden.»
Theodor Fischer hatte die schlanke Statur seiner Jugend behalten und er wirkte weit weniger alt als er war, doch Marc Fischer sah sogleich die signifikante Veränderung der letzten Tage: Der leuchtende Blick seines Vaters war verschwunden und seine Stimme klang matt.
«Ich war gerade in China. Wir haben letztes Wochenende über die bevorstehende Reise gesprochen, weisst du noch?»
«Ja natürlich. Ich glaube, die Beteiligungen in China abzustossen war ein guter Entscheid. Ich denke, das wird an der kommenden Generalversammlung ein Thema sein. Du musst dich vorbereiten.»
Die Generalversammlung, von der sein Vater sprach, hatte bereits vor wenigen Tagen stattgefunden und Theodor Fischer hatte sie aufmerksam verfolgt. Er schien etwas zu verwechseln. Ob sein Kurzzeitgedächtnis Schaden erlitten hatte?
«Aber Vater, die Generalversammlung hat doch bereits stattgefunden. Es gab grosse Diskussionen wegen meines Doppelmandats. Auch über die Beteiligung in China wurde verhandelt. Weisst du das nicht mehr?»
«Ich kann mich nicht erinnern. Weshalb wurde ich denn nicht orientiert über den Zeitpunkt der Generalversammlung?»
«Aber Vater, du warst anwesend!»

«Ach ja?» Theodor Fischer schien das Interesse an diesem Gespräch zu verlieren und er wechselte das Thema.

«Wann besuchst du Mathilde?»

«Gleich anschliessend. Gibt es etwas bezüglich der Bank, das ich wissen muss? Du hast noch einige Dossiers bei dir zu Hause, oder?»

«Da ist nichts offen. Kannst du Mathilde sagen, sie soll mir noch eine Zahnbürste bringen?»

Offensichtlich war er für wichtige Angelegenheiten nicht mehr ansprechbar. Sie plauderten noch ein wenig und Marc Fischer vermied es, seinen Vater noch einmal auf seine Gedächtnisschwäche anzusprechen. Ein so oberflächliches Gespräch mit seinem Vater zu führen, war für Marc Fischer ungewohnt. Vor dem Anfall war sein Vater trotz seines hohen Alters ein bemerkenswert intelligenter Gesprächspartner gewesen und sie hatten oft anspruchsvolle, kontroverse Diskussionen geführt.

Fischer machte sich auf den Weg zu seiner Stiefmutter Mathilde. Er hatte dem Fahrer mitgeteilt, dass er ihn nicht mehr benötige, denn er wollte die kurze Strecke vom Pflegeheim zur Villa seines Vaters zu Fuss gehen, um ein wenig über das Erlebte nachzudenken. Eine viertel Stunde später hatte er das Haus an der Marignanostrasse erreicht, eine herrschaftliche Villa, wie es nur wenige in Basel gab. Sie passte zum Ansehen und Vermögen seines Vaters. Die grosse Einfahrt war mit einem prächtigen Einfahrtstor geschmückt und jeder Besucher hatte sich mittels Videoanlage anzumelden. Seine Stiefmutter erwartete ihn bereits. Das Verhältnis zu Mathilde, der zweiten Frau seines Vaters, war sehr angenehm und in gutem Einvernehmen. Sein Vater hatte ein erstes Mal 1940 geheiratet und ein zweites Mal 1950 und aus beiden Ehen waren zwei Kinder hervorgegangen. Seit dem Tod seiner leiblichen Mutter Eleonora Fischer-Sarasin im Jahre 1980 hatte sich das Verhältnis zu Mathilde Fischer, seiner Stiefmutter, noch intensiviert. Nun öffnete ihm die Haushälterin und liess ihn eintreten. Marc Fischer wurde von seiner Stiefmutter freundlich begrüsst und in den Salon geführt. Mathilde Fischer war eine elegante ältere Dame von mittlerer Statur und einer graziösen Erscheinung. Ihr sehr gepflegtes Äusseres bewirkte, dass sie – zumindest auf den ersten Blick – deutlich jünger aussah. Die Haushälterin servierte einen Darjeeling-Tee von ausgesprochen hochwertiger Qualität, den sie ohne Milch und Zucker tranken, um das Aroma besser zum Tragen kommen zu lassen.

«Ich war gerade bei Vater. Der Anfall hat ihn stark mitgenommen und er hat wohl sein Kurzzeitgedächtnis zum Teil eingebüsst.» Marc Fischer sprach diese Worte ohne Erregung aus, als eine reine Festgestellung von Tatsachen.

«So beurteile ich den Zustand deines Vaters auch. Ich hoffe sehr, dass er sich wieder erholt, aber bei seinem Alter muss man wohl mit allem rechnen. Er war ja bis vor kurzem bei ausserordentlich guter Gesundheit, schon fast ein Phänomen.»

«So ist es. Letzte Woche noch habe ich mit ihm Gespräche über die WBC geführt, doch heute scheint er den Faden verloren zu haben.»

Das Gespräch hatte noch eine gute Weile die Person seines Vaters zum Thema, bevor sie auf die WBC zu sprechen kamen. Mathilde Fischer war in dieser Sache immer zurückhaltend gegenüber ihrem Mann gewesen, aber sie wusste sehr genau Bescheid.

«Wir müssen uns darum kümmern, wer die Aktien an der nächsten Generalversammlung vertritt. Das gilt es schon jetzt zu planen. Wenn die Gesundheit von Theodor so bleibt wie sie ist, was ich befürchte, ist eine Teilnahme von ihm nicht denkbar.»

Dieser Meinung war auch Marc Fischer.

«Wir müssen unter Umständen die Vertretung rechtlich organisieren.»

Mathilde führte ihn zum Arbeitszimmer ihres Mannes.

«Du kennst ja sein Zimmer. Er hat hier noch vor wenigen Tagen intensive Telefonate mit Mitgliedern des Verwaltungsrats geführt. Überprüf doch hier in seinen Papieren, ob es noch relevante Akten gibt. Unsere Familie kann es sich nicht leisten, aufgrund dieses Vorfalls Handlungsdefizite aufzuweisen. Die Medien haben ja schon seit längerem sein hohes Alter kritisiert, auch wenn sie von seiner intellektuellen Agilität beeindruckt waren. Wir müssen aufpassen, dass wir jetzt nicht erhebliche Verluste erleiden, auch was unseren Ruf angeht.»

«Ich mache mich an die Arbeit.»

Wenngleich Marc Fischer seinem Vater nicht das Wasser reichen konnte, so war auch er sehr versiert und hatte ein ausgeprägtes analytisches und kognitives Denkvermögen. Innerhalb kurzer Zeit hatte er einen Überblick über die laufenden Arbeiten seines Vaters gewonnen, was allerdings nicht nur an seinen intellektuellen Fähigkeiten lag, sondern auch an der beeindruckenden Ordnung in den Unterlagen seines Vaters. Das meiste war ihm bekannt und lieferte höchstens ergänzende Aspekte. Das Dossier «Merger* Privatbank Soiron & Cie.» hingegen war ihm fremd. Es war ihm nicht neu, dass sein Vater noch im hohen Alter in der Lage war, substanzielle Geschäftsübernahmen einzuleiten. Hier würde er sich bankintern erkundigen müssen. Dann stiess er auf einen Umschlag mit der Aufschrift «Studentenzeit», den er einsteckte, obwohl er offensichtlich nicht aktuell war, in der Hoffnung, mit seinem Vater vielleicht einen besseren Dialog zu finden über die Vergangenheit als über die Gegenwart.

Er verabschiedete sich von Mathilde und liess sich vom Fahrer, den er bestellt hatte, wieder zum Firmensitz der WBC bringen, wo man ihn bereits erwartete, denn er hatte eine grössere Anzahl Briefe, Verträge und dergleichen zu unterzeichnen. Von den meisten Dokumenten kannte er den Inhalt im Wesentlichen oder zumindest in den Grundzügen, doch es gab auch ihm vollkommen unbekannte Akten – hier musste er sich auf seinen Stab verlassen.

Am Abend, nach dem Essen mit seiner Frau, widmete er sich der Lektüre der Unterlagen seines Vaters. Die verschiedenen Geschäftsakten hatte er bald geordnet und sich das Wesentliche eingeprägt. Als letztes widmete er sich dem Umschlag «Studentenzeit», welcher als Inhalt alte Unterlagen der Universität offenbarte, in erster Linie Vorlesungsnotizen. Er blätterte darin, las das eine oder andere Dokument, betrachtete offensichtlich aus den Anfängen des Jurastudiums seines Vaters stammende Notizen zum öffentlichen Recht, einem damals noch unbedeutenden Fachgebiet. Am Ende stiess er noch auf ein loses Blatt aus Halbkarton, das aussah wie eine altertümliche Karteikarte und seine Aufmerksamkeit erregte. Zu lesen war:

Ehepaar Hoffmann, Bruderholzallee 34, Basel
Besuche 1930 Mai / Juni / Juli / September / ~~November~~
Ok

Name und Adresse waren fein säuberlich auf der obersten Zeile eingetragen, die verschiedenen Besuchsdaten in strenger Reihenfolge notiert, teilweise in anderer Tintenfarbe, und der letzte Eintrag, «ok», stand unten links, gewissermassen als Abschluss. Fischer war diese Karteikarte ein Rätsel. Er musste seinen Vater bei nächster Gelegenheit unbedingt darauf ansprechen. Seine Neugier war geweckt, denn diese Notiz war wahrlich aussergewöhnlich.

2. Vitamine

Pierre Cointrin, CEO der Sovitalis AG, des grössten Pharma-Unternehmens der Region und Nummer sieben auf der Welt, wurde 1944 in Basel geboren, hatte die hiesigen Schulen besucht und Ökonomie studiert. Ökonomisch wertvoll war auch seine Heirat im Jahre 1969 mit Anne-Marie Gloor gewesen, deren Vater eine leitende Position in der Sovitalis inne hatte, was ihm erlaubte, die innerbetriebliche Karriereleiter im Eiltempo zu besteigen. Die Pharma-Branche florierte in dieser Zeit und auch Sovitalis profitierte von der grossen Nachfrage. Beständig ging es darum, das hohe Niveau zu halten oder zu steigern. Die Budgetvorgaben lagen regelmässig höher als im Vorjahr, um die Erwartungen der Aktionäre zu befriedigen. Das bedeutete immer auch ein Eingehen von höheren Risiken, denn nur mit höheren Risiken liessen sich auch bessere Renditen erzielen. Parallel dazu wurden jedoch immer auch alternative Wege gesucht.

Eine Teillösung erhoffte sich Pierre Cointrin vom bevorstehenden Meeting in Rio de Janeiro. Er folgte einer Einladung zu einem internationalen Seminar für CEOs der Pharma-Branche. Das Seminar war nicht öffentlich und die Teilnehmerliste wurde zuvor festgelegt. So wusste er genau, mit welchen Gesprächspartnern er rechnen durfte. Cointrin hatte einen Direktflug mit VARIG Air Lines von Zürich nach Rio de Janeiro und er flog erste Klasse. Der private, firmeneigene Jet war leider anderweitig belegt, da eine Delegation des Verwaltungsrats unterwegs zu einem Meeting in New York war. Da ein Doppelmandat in seinem Unternehmen nicht gern gesehen war, war er kein Mitglied des Verwaltungsrats, dem strategischen Organ der Firma, sondern als CEO dessen erster Ansprechpartner. Bezüglich des Flugzeuges hatte er gewisse Vorrechte, aber es galt die Regel, dass

Gruppenbelegung gegenüber der Einzelbenützung Vorrang hatte. Dies hatte einen rein ökonomischen Grund, denn mehrere Tickets für die erste Klasse zusammen waren teurer als die Benützung des Firmenjets. Auch wenn die oberste Geschäftsebene erhebliche Privilegien genoss, versuchte man, nie das Augenmass zu verlieren. Es galt die Devise der Angemessenheit und Ökonomie. Cointrin schätzte sowohl den Luxus eines Privatfliegers als auch die Annehmlichkeiten der Ersten Klasse.

Um 15 Uhr wurde er vom Chauffeur abgeholt und zum Flughafen Zürich gebracht. Dank dem schnellen Eincheck-Prozedere im gesonderten Bereich der ersten Klasse erhielt er schon nach wenigen Minuten seinen Gepäckschein und die Boardingkarte und sass schon bald in der Maschine. Am späten Nachmittag hob die Maschine ab und wenige Stunden später landeten sie in der Schwüle und der Hitze von Rio de Janeiro. Er fühlte sich mit Anzug und Krawatte wie in einer Sauna mit frischem Aufguss. Auch hier wurden ihm alle Obliegenheiten bei der Ankunft abgenommen und kurz nach der Landung wurde er in einem klimatisierten Wagen ins Stadtzentrum gefahren. Er nutzte die Gelegenheit, eine Zigarette zu rauchen, denn wie immer nach Langstreckenflügen spürte er leichte Entzugserscheinungen. Die Fahrt vom Flughafen in das Zentrum war wenig erbaulich. Die schmutzigen Industrieanlagen, die Favelas* und das Elend in unmittelbarer Nähe von eleganten Hochhäusern und abgeschotteten Villenvierteln verstörten ihn. Reich und Arm prallten erbarmungslos aufeinander, denn nirgendwo auf der Welt war der Vermögens- und Einkommensunterschied so gross wie in Brasilien. Cointrin war froh, im Penthouse des Hotels Royal Ipanema in angenehmer Ferne des Elends zu sein und die Attraktivität der Stadt am Zuckerhut geniessen zu können.

Das Seminar begann am nächsten Morgen und fand in einem nahen Hotel statt. Nach einer Eingangskontrolle wurden die Seminarteilnehmer begrüsst. Seminarunterlagen wurden keine verteilt, mit Ausnahme der Teilnehmerliste, welche bereits allen bekannt war und die CEOs der sieben grössten Pharma-Konzerne der Welt umfasste. Rasch entstand ein angeregtes Gespräch unter den Teilnehmern, es wurde Kaffee getrunken und man plauderte über dies und das, bis John Coin, CEO der United American Pharmaceutical Corporation, das Wort ergriff. Coin forderte die Teilnehmer auf, Platz zu nehmen.

«Geschätzte Kollegen. Es ist ein Gebot der dringenden Notwendigkeit, dass wir uns heute zu diesem als Seminar bekannten Treffen zusammengefunden haben. Seit unserem letzten Meeting in Washington vor einem Jahr hat sich einiges geändert, worüber wir hier sprechen sollten. In den USA wie auch in anderen Ländern und Kontinenten gibt es neuerdings stärkere Auflagen der Aufsichtsbehörden. Ferner haben wir eine Erosion der Margen und in Asien bauen sich Konkurrenz-Unternehmen auf. Unser letztes Meeting war für alle äusserst erfolgreich und das Gentleman's-Agreement* hat die Profitabilität unserer Firmen gewahrt. Ich denke deshalb, dass eine Erneuerung sinnvoll ist. Was meinen Sie?»

Deng Wu, CEO der KAWASON Ltd., des grössten börsenkotierten Pharma-Unternehmens in Japan meldete sich zum Wort.

«Ich teile Ihre Auffassung absolut. Die Frage der Preise ist lebenswichtig für unsere Firma, weshalb ich mich klar für einen Eintritt in diese Diskussion ausspreche. Ich möchte jedoch den Vorsitzenden bitten, uns vorerst den neuen Teilnehmer vorzustellen.»

Die Frage war rein rhetorischer Art. Alle kannten den Herrn bereits, sei es aus persönlichen Gesprächen oder gesellschaftlichen Anlässen. Beliebter Treffpunkt war die Art Basel Miami

Beach, an der sich regelmässig einige Teilnehmer trafen. Dennoch galt es vorsichtig zu sein und das Prinzip dieser Treffen war allen klar: keine Notizen, keine Akten, nur ein verbales Gentleman's-Agreement*.

John Coin nahm die Frage auf: «Mr. Fernando Gonzales ist seit kurzem CEO der Primero Espana Pharma Ltd, genannt PEP Ltd. Dieses Unternehmen ist an der spanischen Börse kotiert und mehrheitlich im Besitz der Familie Gonzales. Vielleicht stellt er sich kurz selbst vor?» Coin liebte es, Anwesende nicht direkt anzusprechen, sondern die dritte Person zu benützen.

Gonzales ergriff die Gelegenheit, sich und die Gonzales-Gruppe vorzustellen. Unmissverständlich klang durch, dass er bezüglich Vertraulichkeit keine kritische Komponente duldete.

«Und was die Frage des Gentleman's-Agreement* betrifft: ich wurde in alles von meinem Vorgänger persönlich eingeweiht und freue mich, mit Ihnen zusammen zu arbeiten.»

Die Teilnehmer hatten dazu keine Bemerkungen und nahmen ihn als Partner auf.

Nach einer offenen Diskussionsrunde über Märkte, die staatliche Aufsicht, die Bedeutung der Vitamine, und die Margen, sowie über staatlichen Regulierungen, ergriff John Coin erneut das Wort: «Meine Herren, ich denke, es ist an der Zeit, die Details zu behandeln.»

Er verteilte jedem einen Ordner mit dem Titel «Vitamine und ihr Einfluss auf die Gesundheit des Menschen». Der Text umfasste allgemeine Informationen und eine Fülle an Tabellen über Vitamine, Gewichte, Inhaltsstoffe und vieles mehr. Alle öffneten den Ordner, doch niemand begann zu lesen und alle blickten erwartungsvoll auf John Coin, der zu verstehen gab, Seite 36 aufzuschlagen. In einer Tabelle konnte man hier lesen:

Im Zusammenhang mit Früchten zeigt sich somit folgendes pro Tonne/USD:

Vitamin A 7500
Vitamin B 6000
Vitamin C 12000
Vitamin D 15000

Um die Preise entwickelte sich nun eine angeregte Diskussion und nach einer vertieften Analyse gingen die Diskussionsteilnehmer Vitamin für Vitamin durch und einigten sich auf Preise in US-Dollar pro Tonne. So festigte sich allmählich eine Preisabsprache, die im Kontext mit den Handnotizen und Zahlen in den Seminarunterlagen völlig unverfänglich war. Jeder nahm seinen Ordner mit den Seminarunterlagen am Ende mit. Die Umsetzung der Preise war anschliessend Aufgabe der jeweiligen CEOs, aber hier hatte es noch nie Probleme gegeben. Es wurde noch eine Varianz zu den Vorgabewerten auf plus/minus 5 Prozent festgelegt, schlussendlich sollte der Anschein des Marktpreises gewahrt bleiben und es musste vermieden werden, Kartellabsprachen augenfällig erscheinen zu lassen.

Alle Teilnehmer waren mit dem Ergebnis zufrieden und genossen anschliessend, obwohl kein brasilianischer Gastgeber zugegen war, ein vorzügliches traditionelles brasilianisches Mittagessen. Zuerst wurden Wachteleier und kleine exquisite Häppchen serviert, anschliessend folgte die Churasceria mit gegrilltem Rindfleisch von einer Qualität, die in Europa nicht zu finden war. Dazu gab es ausgezeichneten Wein, denn in Brasilien wurden mittlerweile Weinberge mit Hochgewächsen erstklassiger Güte kultiviert, die sich durchaus mit guter Qualität aus Frankreich und der Neuen Welt messen konnten. Das Essen war eindeutig zu aufwändig für eine Seminarverpflegung, jedoch eindeutig zu einfach im Hinblick auf das Volumen des Kartells.

Immerhin wurde mit dieser Preisabsprache ein Grossteil des Weltvitaminmarktes festgelegt. Der gemeinsame Lunch war ein gelungener Abschluss der Verhandlungen und bot Gelegenheit, letzte Details bilateral zu diskutieren. Cointrin schätzte solche Essen sehr, nicht nur wegen der Möglichkeit des informellen Austausches, sondern auch wegen der kulinarischen Freuden, was zur Folge hatte, dass seine Statur immer rundlicher wurde. Sein Arzt hatte ihm unmissverständlich kundgetan, dass sein unvorteilhafter Body Mass Index zusammen mit dem Rauchen ein deutliches Gesundheitsrisiko darstellte, doch darum kümmerte er sich wenig.

Am späten Nachmittag war Cointrin wieder unterwegs zum Flughafen. Da ein Telefonat nach Europa keinen Sinn machte, da es dort mitten in der Nacht war, sandte er ein E-Mail an Marc Fischer: «Ich bin gerade an einem hoch interessanten Seminar zum Thema Vitamine in Rio de Janeiro. Bin morgen wieder in Basel. Melde mich. Wetter: *Es ist sehr heiss und es wird warm bleiben mit Tendenz einer leichten Temperaturerhöhung.* Grüsse P. Cointrin.» Er wollte sich für einen Börsentipp von Fischer revanchieren, dank dem er Call-Optionen* auf WBC-Aktien erworben hatte. Call-Optionen* gaben ihm das Recht, Aktien zu einem im Voraus fixierten Preis zu erwerben. Infolge des deutlichen Kursanstiegs dieser Aktien hatte er profitiert. Auch beim Kauf von Aktien hätte er profitiert, doch dafür hätte er deutlich mehr Kapital aufwenden müssen. Optionen waren zwar weniger kapitalaufwendig, dafür aber risikoreicher. Da er aber die Wetterlage kannte, spielte das Risiko für ihn keine Rolle. Die Vitaminabsprache hatte kurzfristig keinen Einfluss auf den Börsenpreis, aber mittelfristig konnten die Preise und damit die Profitabilität der Produkte und die Rendite des Unternehmens gehalten werden. Marc Fischer würde wohl aufgrund seines E-Mails einige Börsengeschäfte tätigen.

Zurück in Basel stand am nächsten Morgen die ad hoc einberufene Sitzung der Verkaufsleiter an. Pierre Cointrin eröffnete die Sitzung und verteilte ein vorbereitetes Blatt mit dem Titel «Preiskalkulation Vitamine». Es beinhaltete eine Liste mit Preisempfehlungen. Eine rege Diskussion entwickelte sich, die der CEO gewähren liess. Nach einer gewissen Zeit gab er durch seine Körpersprache zu verstehen, dass für ihn das Wesentliche besprochen sei. Alfredo Gomez, zuständig für Lateinamerika, meldete sich dennoch zu Wort: «Ich denke, wir werden diese Preise kaum realisieren können. Bis jetzt hatten wir Glück, dass unsere grossen Konkurrenten in einer ähnlichen Bandbreite den Markt bedienten, aber ich bezweifle, dass wir das weiter so halten können.»

Pierre Cointrin entgegnete gelassen: «Wir werden sehen. Dieser Richtwert ist jedenfalls unser Startpreis in den Verhandlungen. Sie haben die Kompetenz, mit einer Varianz von plus/minus 5 Prozent zu verhandeln. Darunter oder darüber dürfen Sie Verträge nur mit meiner persönlichen Zustimmung abschliessen.»

Damit war die Sitzung geschlossen. Die Teilnehmer nahmen ungläubig die Direktive entgegen.

Nun konnte sich Cointrin endlich wieder dem Wesentlichen widmen: dem Forschungsprojekt zur Suche nach dem Intelligenzgen. Das Ausmass der Intensität dieses Projekts konnte er zu diesem Zeitpunkt noch nicht abschätzen, aber er ging davon aus, dass es ihn noch eine Weile beschäftigen würde. Um 14 Uhr war ein Meeting einberufen worden mit dem Ziel, den Beschluss zur Initialisierung des Projekts zu fassen und die Umsetzung des Projekts firmenintern auf eine zukunftsgerichtete Basis zu legen. Die Sitzung fand in seinem Lieblingszimmer statt, dem grossen Sitzungsraum des Verwaltungsrats in der obersten Etage. Sein Platz im rechteckigen Raum lag so, dass er die etwa zwanzig Meter lange Fensterpartie vor sich hatte, die eine uneingeschränkt spektakuläre Sicht über die Stadt Basel und das Umland bot. Sein Blick schweifte über den Rhein, das Hafenquartier, die Vogesen und die ganze Weite der oberrheinischen Tiefebene. Der ovale Tisch erlaubte freien Blickkontakt aller Anwesenden, womit man der nonverbalen Kommunikation einen hohen Stellenwert einräumen wollte, und bot Platz für rund dreissig Personen. Fast alle Plätze waren besetzt mit den wichtigsten Personen der Geschäftsleitung und der diversen Divisionen. Cointrin eröffnete die Sitzung.

«Sehr geehrte Damen und Herren, wie Sie alle wissen, steht das heutige Meeting unter dem Vorzeichen: Suche nach dem Intelligenzgen. Unsere Firma besitzt weltweit einen hervorragenden Ruf und es gilt, diese Position unter den besten Pharma-Unternehmen zu wahren. Es ist klar, dass wir nur mit Innovationen dieser Prämisse folgen können. In Absprache mit dem Verwaltungsrat, dem strategischen Organ unseres Unternehmens, haben wir uns entschlossen, in den DNA-Strukturen des Menschen nach dem Intelligenzgen zu suchen. Die zentrale Frage, die alle Forscher beschäftigt, ist also, ob sich für Intelligenz ein Gen ableiten lässt. Könnten wir dank dieser Studie ein solches Gen nachweisen, liessen sich etliche Erbkrankheiten einschränken und darüber hinaus liesse sich auch Intelligenz planen. Ethische Fragen, beispielsweise zur pränatalen Selektion*, werden sich noch stellen, aber dafür halte ich die Zeit noch nicht reif. Noch wissen wir nicht, ob es uns überhaupt gelingen wird, ein solches Intelligenzgen zu finden. Wir sind aber überzeugt, dass mit dieser Forschungsarbeit ein neues, revolutionäres Feld eröffnet wird, welches uns, unsere Firma und die Menschheit erheblich weiter bringen wird.»

Er kam nun in seiner Rede auf die genaueren wissenschaftlichen Aspekte, auf den organisatorischen Ablauf und die Verantwortlichkeiten zu sprechen. Am Ende applaudierten alle Teilnehmer begeistert und verliessen hoch motiviert den Sitzungsraum. Der Vortrag hatte seine Wirkung nicht verfehlt. Wenige Tage nach dem offiziellen Projektbeginn erschien ein grosses Inserat in den lokalen Zeitungen von Basel mit folgendem Text:

> *Die Sovitalis AG ist eines der führenden Pharma-Unternehmen der Welt. Sie hat sich zur Aufgabe gesetzt, das Intelligenzgen des Menschen zu erforschen. Aus diesem Grund werden Probanden gesucht, die ihre DNA-Sequenz zur Verfügung stellen und bereit sind, verschiedene Intelligenztests durchzuführen. Alle Daten werden anonymisiert. Jeder Teilnehmer erhält eine Barentschädigung und die Partizipanten der Rubrik Intelligentia zusätzlich eine Aktie der Sovitalis AG. Die Sovitalis AG hofft auf zahlreiche Probanden und freut sich auf Unterstützung und Teilnahme.*

Das Inserat enthielt ausserdem detaillierte Angaben zur Adresse der Abteilung, die nähere Auskünfte erteilte und eine Beschreibung des Ablaufs der Studie.

Auf das Inserat folgte eine Mediendiskussion, wie sie in Basel nur selten vorkam. Ausführlich wurden Pro und Contra diskutiert, entrüstete und enthusiastische Leserbriefe wurden geschrieben und es wurden jede Menge Interviews mit Wissenschaftlern, Politikern und Ethik-Spezialisten geführt. Letztendlich überwog ein mehrheitlich positives Echo und es meldeten sich viele Personen als Probanden für die Studie. Jeder wollte in die Kategorie Intelligentia und zahlreiche erfolgreiche Persönlichkeiten aus diversen Branchen meldeten sich, in der Hoffnung, diese Hürde zu meistern. Bald schon war ein erheblicher Fundus vorhanden und die Auswertungen konnten beginnen.

Auf das Forschungsteam wartete nun eine immense akribische wissenschaftliche Arbeit.

Cointrin war zufrieden. Das Projekt war erfolgreich gestartet, Vorbehalte gegenüber dem Projekt in der Bevölkerung konnten abgebaut werden. Ob die Studie zu einem Resultat, und damit zu einem Erfolg führen würde, war noch nicht absehbar, aber ein Erfolg oder zumindest ein Teilerfolg würde seine Stellung und die Vormacht der Sovitalis AG auf dem Weltmarkt festigen. Dafür lohnte es sich, das Risiko in Kauf zu nehmen.

3. Studienjahr 1933

1933 studierte Theodor Fischer im neunten Semester Jura. Er hatte rasch und problemlos alle Schulen durchlaufen und in jungen Jahren mit dem Studium begonnen. Er hatte die Rechtswissenschaft gewählt, um später seine beiden grossen Passionen, die Börse und das Bankwesen, beruflich verfolgen zu können. Das Ende seiner universitären Ausbildung lag in greifbarer Nähe, er arbeitete bereits an seiner Dissertation, dem damals üblichen Studienabschluss, zum Thema «Die Bank als besondere Form des Gesellschaftsrechts». Theodor Fischer gehörte zu den Studenten, die sich nur dank einer Nebenbeschäftigung eine gewisse finanzielle Unabhängigkeit sichern konnten und dabei machte er sich seinen unternehmerischen Geschäftssinn zunutze. Mit Spürsinn und Geschicklichkeit konnte er sich immer wieder Aufträge, wie er sie nannte, besorgen. Sein Metier war in dieser Form noch weitgehend unbekannt, aber es bestand Bedarf und Nachfrage. Eine feste Freundin hatte er in dieser Zeit nicht, sich jetzt schon festzulegen hätte ihm nicht entsprochen. Er genoss seinen Erfolg bei den Damen, wobei er seiner Devise der seriellen Monogamie stets treu blieb, und er war auch unter seinen männlichen Kommilitonen beliebt. Das rechtswissenschaftliche Institut lag wunderschön und zentral in der Stadt am Rheinsprung, der schmalen und steilen Gasse, die den Münsterplatz mit der Schifflände verband. Die Vorlesungsräume hatten freien Blick auf den Rhein. Sein Leben lang war Fischer stolz darauf, an einer der ältesten Universitäten Europas studiert zu haben.

Am 6. Februar 1933 hatte die Vorlesung zum Allgemeinen Verwaltungsrecht bei Professor Konrad Wackernagel soeben unter dem 12-Uhr-Läuten der Martinskirche ihr Ende gefunden und Fischer machte sich einmal mehr auf den Weg auf das Bruderholz. Diesmal war es ein einfaches Reiheneinfamilienhaus, das ihn erwartete. Herr Peter Häfeli öffnete ihm die Tür. Im Gegensatz zu den Besuchen in den herrschaftlichen Villen, die er sonst aufsuchte, war hier der Empfang etwas unbeschwerter, aber dennoch geprägt von grossen Emotionen. Zu spüren war auf der einen Seite grosse Verzweiflung, aber gleichzeitig auch aufkeimende Hoffnung.

Eine Stunde später war er wieder auf dem Rückweg. Er hatte, wie so oft, eine Zeitung im Tram ergattert und widmete sich dem Hauptartikel zur politischen Entwicklung in Deutschland. Konrad Adenauers Macht baute sich konstant ab und die der NSDAP befand sich auf dem Vormarsch. Die Schlagzeile lautete: «Staatsratspräsident Adenauer widersetzt sich in dem durch die Verfassung vorgesehenen Drei-Männer-Gremium der vorzeitigen Auflösung des Preußischen Landtags». Fischer machte sich, während er mit der Tram langsam wieder in Richtung Innenstadt fuhr, darüber Gedanken, wie sich der rasante Machtanstieg Hitlers wohl auf den Kapitalmarkt und die scheinbar überwundene Börsenkrise auswirken würde.

Nach Abschluss seines Studiums fand er trotz der widrigen wirtschaftlichen Umstände eine Anstellung bei der Basler Gewerbebank, nicht zuletzt auch dank seines Dissertationsthemas. Er lernte rasch und hatte schon bald eigene Kunden, deren Portefeuilles er persönlich betreute. Er blieb der Bank treu bis zum Ende des Zweiten Weltkrieges.

4. Die Last des Alters

Marc Fischer hatte seinen internationalen Terminkalender eingeschränkt. Er wollte Zeit für seinen gesundheitlich angeschlagenen Vater haben, wofür es in der Bank Verständnis gab. Ausserdem wollte er unbedingt dem Rätsel der Karteikarte aus der Studienzeit seines Vaters auf den Grund gehen. Am heutigen Samstag hatte er geplant, nach einem ausgiebigen Frühstück mit seiner Frau Claudia seine Stiefmutter und anschliessend seinen Vater zu besuchen. Marc Fischer hatte beschlossen, Claudia noch nichts von der Karteikarte zu erzählen, die er gefunden hatte. Er hielt die Fakten noch nicht reif für ein Gespräch. Normalerweise arbeitete er samstags, um sich auf die anstehenden Aufgaben der folgenden Woche vorzubereiten, doch heute hatten die privaten Angelegenheiten Vorrang. Er fuhr mit seinem Maybach zur Marignanostrasse, was zwar nicht weit war, aber er wollte unbedingt mobil bleiben. Am Tor begrüsste er über die Überwachungsanlage Mathilde und das schwere Eisentor öffnete sich und glitt über Schienen zur Seite. Er parkte seinen Wagen vor dem Haus auf einem Vorplatz, der genügend Raum für einige Limousinen bot. Kurze Zeit später sassen Mathilde Fischer und Marc Fischer im Salon und liessen sich einen frisch gerösteten Kaffee servieren. Er erkundigte sich nach der Gesundheit seines Vaters, und Mathilde schien sehr optimistisch.

«Es geht ihm ordentlich. Vielleicht können wir ihn sogar nach Hause holen. Wir könnten hier zu Hause eine Pflegestation für ihn einrichten.»

Fischer freute sich über diese guten Nachrichten und unterstützte die Idee einer Pflegestation in gewohnter Umgebung für seinen Vater. Doch eine andere Sache brannte ihm noch viel stärker unter den Nägeln.

«Kennst du eine Familie Hoffmann, welche an der Bruderholzallee wohnt?»

«Ja natürlich. Der Mann ist aber schon vor langer Zeit gestorben, und seine Frau auch vor ein paar Jahren, glaube ich. Die Tochter ist mit ihrem Mann in das Haus eingezogen. Ich sehe sie manchmal, wenn ich mit dem Hund spazieren gehe. Aber persönlich kenne ich sie nicht. Weshalb meinst du?»

«Ich habe Unterlagen mit dem Namen Hoffmann in den alten Akten von Vater gefunden. Offensichtlich hat er die Familie gekannt.»

«So viel ich weiss, kennt auch er die Familie Hoffmann nicht persönlich.» Mathilde machte eine kurze Pause, dachte nach und fragte schliesslich: «Stammen diese Unterlagen aus der Studienzeit?»

«Ja.»

«Es könnte gut sein, dass es ein Kontakt aus dieser Zeit ist. Dein Vater hatte ein immenses Beziehungsnetz während seiner Studienzeit und soviel ich weiss, hatte er auch grossen Erfolg bei den Damen.»

Etwas enttäuscht, keine brauchbaren Informationen von Mathilde erhalten zu haben, wollte Fischer noch einmal in das Arbeitszimmer seines Vaters, was ihm Mathilde ohne weiteres gewährte. Diesmal durchsuchte er den Schreibtisch verstärkt nach alten Studienunterlagen, und weniger nach aktuellen Dossiers. Er nahm sich Zeit und ging systematisch vor, arbeitete sich Schublade für Schublade durch. Doch er fand nichts, was von Bedeutung war. Auch keine zweite Karteikarte oder ähnliches. Die Suche war vergebens, weshalb er Mathilde fragte: «Hat Vater eigentlich einen Safe im Haus?»

«Nein, nicht dass ich wüsste. Aber er hat einen Safe bei der Bank. Aber es ist an dir, ihn danach zu fragen.»

Er trank eine weitere Tasse Kaffee mit Mathilde und fuhr anschliessend zum Pflegeheim Wasserturm, wo ihm das Pflegepersonal öffnete. Sein Vater sass in einem Schaukelstuhl.

«Marc», sagte Theodor Fischer erfreut, «wie geht's dir?»

«Sehr gut, danke, und dir?»

«Gut, gut. Aber ich spüre die Last des Alters.»

Nachdem sie eine Weile über Belanglosigkeiten geplaudert hatten, wollte Marc Fischer nun auch von seinem Vater wissen, ob er eine Familie Hoffmann an der Bruderholzallee kenne.

«Nein, das sagt mir gar nichts.»

«Ich meine, kennst du die Hoffmanns noch von deiner Studienzeit?»

«Wieso meinst du?»

«Ich habe da alte Dokumente gefunden, auf denen etwas von einem Besuch, bzw. mehreren Besuchen steht.»

«In meiner Studienzeit hatte ich viele Bekanntschaften. Kann schon sein, dass ich die Hoffmanns mal kannte.»

Marc Fischer entging, dass die Wangen seines Vaters trotz der vom Alter gegerbten Haut ein wenig Röte erkennen liessen. Er nahm lediglich wahr, dass sein Vater sich von ihm abwandte. Das hatte er schon öfter erlebt. Die Vergangenheit war immer schon nur beschränkt Thema für Familiengespräche gewesen. Die Pflegerin trat in das Zimmer und gab ihm unmissverständlich zu verstehen, dem alten Mann seine Ruhe zu gönnen, was Marc Fischer auch gerne tat. Er hatte seinem Vater, wie gewünscht, eine Zahnbürste mitgebracht. Im Bad packte er die neue Zahnbürste aus und versorgte die benützte Einwegzahnbürste des Wohnheims sorgfältig in der leeren Verpackung der neuen Zahnbürste. Er warf sie nicht weg, sondern packte sie ein, was der Pfleger beobachtete. Um keine seltsame Situation entstehen zu lassen und davon abzulenken, fragte ihn Marc Fischer schnell:

«Denken Sie, wir könnten meinen Vater auch zu Hause platzieren? Im seinem gewohnten Umfeld fühlt er sich sicher wohler. Wir würden unser Gästehaus für das Pflegepersonal einrichten.»

«Warten wir die nächsten zwei, drei Tage ab, dann sehen wir weiter. Im Moment haben wir hier im Heim eine gut eingerichtete ärztliche Basisdienstleistung. Aber wenn es so gut weitergeht, denke ich, wird das schon möglich sein. Für den Entlassungsschein ist allerdings der Arzt verantwortlich, da habe ich keine Entscheidungskompetenz. Ich werde Dr. Ramelli darauf ansprechen.»

«Vielen Dank. Und einen schönen Tag noch.»

Zu Hause ging er noch einmal, jedoch wiederum ergebnislos, die Akten durch, bis seine Frau gut gelaunt nach Hause kam. Ihre Einkaufstour war, gemessen an den Unmengen an Einkaufstüten diverser exklusiver Geschäfte, erfolgreich gewesen.

Claudia Fischer, geborene Oeri, stammte aus einer angesehenen, reichen Basler Familie und war schon von Geburt an mit genügend finanziellen Mitteln ausgestattet. Die Apanage, die ihre Eltern ihr stets hatten zukommen lassen, war erheblich. Mit dem Tod ihrer Eltern kam sie als Einzelkind in den Genuss des gesamten Vermögens. Sie war damit gegenüber ihrem Ehegatten finanziell vollkommen unabhängig, was ihr gefiel. Auf Wunsch ihrer Eltern hatte das Paar in ihrem Ehevertrag Gütertrennung über das eheliche Vermögen vereinbart, obwohl aus finanzieller Risikosicht ein solcher Güterstand absolut nicht notwendig war. Viele reiche und mächtige Familien pflegten diese Sitte und Marc Fischer hegte immer wieder den Verdacht, dass es dabei viel mehr darum ging, sich als alteingesessene Basler Familie gegenüber Neureichen klar abzugrenzen. Claudia Fischer liess ihr Vermögen von einer Privatbank verwalten, denn ihr war wichtig, dass ihr Mann keine Details erfahren würde. Sie hatte monatlich ein Gespräch mit ihrem Berater bei der Bank, in dem die Performance besprochen und die Strategie der Vermögensanlage für die Zukunft festgelegt wurde. Im Gegensatz zu seiner Frau ging Marc Fischer aus dem Mittelstand hervor und entstammte keinem traditionsreichen, alten Geschlecht. Das Familienvermögen der Fischers war nicht über Jahrhunderte angesammelt, sondern nach dem zweiten Weltkrieg innerhalb einer Generation von seinem Vater aufgebaut worden. Das Vermögen von Marc Fischer war ansehnlich, aber ein Bruchteil von dem, was seine Frau aufweisen konnte. Das Erbe, das Fischer erwarten konnte, war zwar erheblich, doch er hatte es mit drei Geschwistern zu teilen und noch war nichts vererbt. Damit die Vermögensverhältnisse des Paars diskret blieben, zumindest was ihren Teil anging, wurde eine angesehene Anwaltsfirma jährlich damit beauftragt, die Steuerangelegenheiten zu besorgen und dabei die Wahrung der Privatsphären beider Ehegatten zu garantieren, indem sie die Informationen für die jeweilige Person geheim hielten. Diese Ausgangslage empfanden beide Ehepartner als beruhigend. In der gegenseitigen finanziellen Unabhängigkeit und der Freiheit, die damit einherging, fanden sie beide die grösste Bindung zueinander.

Nun freuten sie sich auf einen gemeinsamen Opernabend. Sie hatten Karten für die Premiere von «Wilhelm Tell», der letzten von Gioacchino Rossini komponierten Oper. Das Theater Basel war unter dem neuen Intendanten gerade Opernhaus des Jahres geworden und erregte international Aufsehen. Sie hatten das Premieren-Abonnement gewählt, da sich hier die Möglichkeit bot, in ungezwungenem Rahmen mit Persönlichkeiten aus Politik und Kultur zusammen zu kommen. Ein Taxi brachte sie zum Theater. Sie gaben ihre Mäntel an der Garderobe ab und schlenderten durch das grosse Foyer, um die eine oder andere Person zu begrüssen oder ihr zuzunicken. Fischer freute sich sehr, als er Pierre Cointrin sah und sie begrüssten sich herzlich. Sogleich entwickelte sich unter den beiden Ehepaaren eine angeregte Diskussion, die erst durch das Läuten der Glocke unterbrochen wurde. Es war Zeit, ihre Plätze auf der Estrade aufzusuchen. Nach dem Eindunkeln begann die Ouvertüre, die leise mit einem Cello-Solo und in ruhigem Rhythmus des Orchesters begann und sich allmählich steigerte bis zu einem bewegten Furioso. Man erlebte bereits vor dem ersten Akt bei der Ouvertüre über Melodie und Tempo den Sturm auf dem Vierwaldstättersee und andere Schlüsselszenen des Librettos. Zeit für Fischer, seinen Gedanken freien Lauf zu lassen, die nun um die Dokumente seines Vaters kreisten. Er erwog die verschiedenen Möglichkeiten von deren Bedeutung und fasste einen Plan, den er am Montag umzusetzen gedachte. Die dramatische Musik und die Gedanken an seinen Vater verursachten ihm Gänsehaut und es lief ihm kalt den Rücken hinunter. Er nahm sich vor, nicht mehr weiter daran zu denken und Rossini und das Opernerlebnis zu geniessen.

Traditionell schlossen die Fischers den Theaterabend mit einem Leckerbissen im Restaurant Kunsthalle ab und stiessen mit einem Glas Champagner auf den gelungener Abend an.

✵ ✵ ✵ ✵

Der Montagmorgen begann mit Gesprächen mit diversen Abteilungsleitern und um zehn Uhr fand wie fast jeden Montag eine telefonische Verwaltungsratssitzung statt, wobei es weniger um Beschlüsse als vielmehr um Informationen ging. Fischer hatte als Vorsitzender der Geschäftsleitung und Präsident des Verwaltungsrats, wie zuvor auch sein Vater, ein Doppelmandat inne. So war er es, der jeweils die Sitzungen leitete und durch die Traktanden führte. Da nichts Aussergewöhnliches den Terminplan belastete, standen bereits am späten Vormittag keine bedeutenden Aufgaben mehr an und er hatte Zeit, den Chef für interne Sicherheit, Andreas Buchholzer, zu sich kommen zu lassen.

«Tag Herr Buchholzer.»

«Guten Tag Herr Fischer. Was steht an?»

«Ich habe eine Bitte an Sie: Ich möchte so viel wie möglich über die Familie Hoffmann erfahren, die an der Bruderholzallee 34 wohnt. Finden Sie heraus, was für Kundenbeziehungen wir zu ihnen haben, wie die Kontostände sind, die Hypotheken, etc.»

«Das mach ich gerne. Sie müssten mir dafür aber das Formular für Informationsgesuche ausfüllen und den Grund für die Recherche angeben, wegen der Compliance*.»

Compliance*, die Einhaltung von Grundsätzen der Firma und des Rechts, war ein Begriff, den Buchholzer sehr gerner verwendete und er sprach es stets mit besonderem Nachdruck aus.

«Sie wissen ja, selbst für Mitglieder des Verwaltungsrats stehen nicht alle Informationen frei zur Verfügung.»

Er kannte das Formular und das Prozedere, hatte aber gedacht, er wäre vielleicht darum herum gekommen. Nun füllte er es aus und gab als Grund Kreditgesuch / Kreditrisiko an. Buchholzer verliess sein Büro und wenige Stunden später hatte Fischer eine Informationsübersicht über die Familie Hoffmann in der Hand. Er griff zum Telefon und wählte eine Nummer.

«Herr Selz, guten Tag. Haben Sie heute Zeit für mich?»

Max Selz hatte eigentlich keine Zeit, aber ein Auftrag von Marc Fischer hatte Vorrang und so bejahte er die Frage, seine schlechte Laune versteckend. Selz war Privatdetektiv und leistete schon seit Jahren treue Dienste für Marc Fischer. Sie verabredeten sich für ein Mittagessen im Restaurant Merian, einem Traditionslokal in Basel, das bekannt war für seine mediterrane Küche und den schönen Blick auf den Rhein. Fischer ging zu Fuss dorthin, spazierte durch die Freie Strasse, über die Mittlere Brücke über den Rhein und war nach kurzer Zeit im Kleinbasel an der Greifengasse. Beide bestellten Fisch, eine Dorade Royal.

Fischer kam sogleich zur Sache:

«Ich benötige dringend alle Informationen, die Sie zusammensuchen können über eine Familie Hoffmann, die an der Bruderholzalle 34 wohnt. Und zwar einfach alles, was Sie finden können über die Eltern Hoffmann, die bereits gestorben sind und über deren Kinder.»

Selz machte sich keine Notizen. Er hörte aufmerksam zu, nickte und fragte:

«Was haben wir für ein Budget?»

«Das Budget ist offen, ich möchte Ihnen hier freie Hand lassen. Setzen Sie einfach genügend Zeit ein. Um Informationen zum finanziellen Umfeld kümmere ich mich bereits, mich interessieren vor allem die persönlichen Dinge und Geschichten.»

«Gut. Das ist kein Problem.»

Nach einer kleinen Pause fuhr Fischer fort: «Es geht um eine familiäre Angelegenheit. Mein Vater hat seit kurzem Schwierigkeiten mit dem Gedächtnis. Es gibt da vielleicht eine Verbindung zur Familie Hoffmann, die von Bedeutung sein könnte. Ich brauche Gewissheit darüber.»

Selz hatte schon viele Aufträge für Fischer erledigt. Meistens ging es um Personen in der Kaderselektion, um Bankangestellte, die im Verdacht standen, unsaubere Geschäfte zu machen und dergleichen. Es waren alles Aufträge, die aus vertraulichen Gründen nicht bankintern erledigt werden konnten. Zum ersten Mal stand nun ein privater Auftrag von Fischer an.

Bereits am selben Nachmittag begann Max Selz mit der Recherche zur Familie Hoffmann. Als erstes ging er zum Zivilstandsamt, wo ein Freund von ihm einer der Vertreter des Vorstehers des Justizdepartements war. Selz arbeitete regelmässig mit ihm zusammen; er war eine seiner wichtigsten Informationsquellen. Allgemeine Personendaten wie Name, Geburtsdatum und dergleichen erhielt er in der Regel ohne Probleme, auch wenn sie ihren Preis hatten. Dafür war die Qualität der Daten einwandfrei und immer verlässlich. Der Preis war von Fall zu Fall neu zu verhandeln. Im jetzigen Fall waren es nur die allgemeinen Informationen und ein paar wenige spezifische Zusatzinformationen und so wechselten ein paar Hunderternoten leise den Besitzer. Der Ablauf war jedes Mal ähnlich: Selz stellte Fragen, gab selbst verschiedene mögliche Antworten und sein Gegenüber gab mittels Körpersprache zu verstehen, welche Antworten zutrafen und welche nicht. Teilweise war es mehr ein Spiel, aber es gab dem Informanten die Gewissheit, nichts gesagt zu haben und erleichterte sein schlechtes Gewissen. Das Gespräch war so zwar ein bisschen einseitig, aber nichtsdestotrotz erkenntnisreich. Später ging er nach Hause, um die Ergebnisse in einem Bericht zu verarbeiten.

Als nächsten Schritt nahm er sich vor, das Haus an der Bruderholzallee zu observieren. Er war sich sicher, auf diese Weise bald die gewünschten Informationen zusammentragen zu können.

✳ ✳✳✳✳

Am selben Tag gab es an einem anderen Ort in der gleichen Stadt eine angeregte Gesprächsrunde. Im Waaghof, der zentralen Geschäftsstelle der Staatsanwaltschaft Basel-Stadt an der Heuwaage, hatte der Erste Staatsanwalt Sebastian Pflug eine Sitzung einberufen. Der Waaghof war ein moderner, funktionaler, aber auch ästhetisch anspruchsvoller Komplex. Die Regierung hatte bei der Vergabe des Bauprojekts darauf geachtet, dass darin sowohl die Strafuntersuchungsbehörden als auch die mutmasslich inkriminierten* Personen untergebracht werden können. Ein Teil des Gebäudes war das Untersuchungsgefängnis, ein anderer der Bürotrakt der Staatsanwaltschaft. Die anfänglichen Probleme mit dem Neubau, der zahlreiche Ausbrüche zur Folge gehabt hatte, waren inzwischen behoben. Trotzdem stellten gerade die Ausbrüche weiterhin ein gefundenes Sujet für die Basler Fasnacht dar.

Pflug war Erster Staatsanwalt, also Vorsteher der Behörde und in dieser Funktion zuständig für Strafuntersuchung und Strafanklage. Die ganze Verwaltungsabteilung umfasste rund 200 Mitarbeiter und hatte eine gute Reputation. Neben dieser Führungs- und Leitungsaufgabe war er Ansprechpartner gegenüber der Regierung und der Öffentlichkeit. Er hatte eine klassische staatliche Berufslaufbahn durchlaufen: zuerst war er Polizist gewesen, dann stellvertretender Kommissar bei der Staatsanwaltschaft, dann holte er ein Jura-Studium nach, wurde Staatsanwalt und dann Erster Staatsanwalt – eine stattliche Karriere, die er vor allem seiner Intelligenz und seinem Durchhaltevermögen zu verdanken hatte. Neben der personellen Führungsaufgabe liess er es sich nicht nehmen, den einen oder anderen Fall leitend in die Hände zu nehmen, denn kriminalistische Fälle zu lösen entsprach seiner Passion. Auf diesem Wege hatte er schon anspruchsvolle Aufgaben gelöst, weshalb er ein hohes Ansehen genoss. In solchen Situationen delegierte er einen oder zwei Staatsanwälte an seine Seite, um die Untersuchung nicht vollamtlich auf sich nehmen zu müssen. In den Sitzungen übte er oft einen grossen Einfluss aus und gab entscheidende Inputs, zumal er aufgrund seines legendären Gedächtnisses die Fakten stets präsent hatte.

Die regelmässigen Orientierungssitzungen waren von Pflug als eine der ersten Massnahmen nach seiner Wahl zum Ersten Staatsanwalt eingeführt worden. Die Mitarbeiter hatten diese Neuerung zuerst kritisch aufgenommen, doch schon bald wurden die Meetings sehr geschätzt, denn hier konnten themenübergreifend Meinungen und Ansichten ausgetauscht werden. Sebastian Pflug eröffnete die Sitzung.

«Liebe Kolleginnen und Kollegen, es ist wieder einmal Zeit für Informationsaustausch.» Er wandte sich an Etienne Palmer. «Ich bitte zuerst die Abteilung Gewaltverbrechen um ihren Bericht.» Palmer nickte und sagte: «Wir sind immer noch am Fall Petra Meier, die im Milieu bekannt war und erdrosselt im Hotel Bären aufgefunden wurde. Das Hotel ist in diesen Kreisen bekannt. Wir haben etliche Personen befragt, sind aber noch keinen Schritt weiter. Wir gehen nach wie vor davon aus, dass der Täter aus dem näheren Bekannten- oder Kundenkreis kommt.»

Der Fall wurde in der Runde diskutiert, den einen oder anderen wertvollen Hinweis notierte sich Palmer auf seinem Notizblock. Danach bat Pflug Alain Ambrosius, aus der Abteilung Vermögensdelikte zu berichten.

«Wir hatten wie immer an der Herbstmesse etliche Diebstähle. Ausserdem gab es diverse Einbrüche, aber das sind alles Routinefälle, nichts besonderes.»

Ausnahmsweise waren heute auch die Mitarbeiter der Abteilung Wirtschaftsdelikte anwesend, eine gesonderte Abteilung, die in der Regel sehr autonom arbeitete. Alfred Bär, Leiter dieser Abteilung, hatte eine grössere Präsentation vorbereitet.

«Nun, meine geschätzten Kollegen, wir sind immer noch intensiv mit dem Fall Dietmar Hesselring beschäftigt. Wie Sie wissen, geht es hier um einen sehr grossen Vermögensbetrag, der über ein Schneeballsystem veruntreut wurde. Das meiste kennen sie ja aus den Medien. Es handelt sich nach den jetzigen Erkenntnissen um den grössten Anlagebetrugsfall in Basel. Wir schätzen den Verlust an verspekuliertem Geld zurzeit auf etwa zwei Milliarden Franken. Im Hinblick auf die laufenden Untersuchungen möchten wir uns sehr zurückhaltend äussern, auch hier intern. Da unser Personalbestand glücklicherweise erheblich aufgestockt werden konnte, hoffen wir, den anstehenden Fall besser bewältigen zu können. Wir haben so die Möglichkeit, die Börse zu beobachten und bei der eidgenössischen Bankenkommission Informationen über ungewöhnliche Börsentransaktionen zu erhalten. Im Fokus stehen Vermögensverwalter. Ausserdem stehen wir in permanentem Kontakt mit der Börsenaufsicht. Allerdings befinden wir uns noch im Status der Informationsbeschaffung und sind noch weit weg von eigentlichen Ermittlungen. Wir können noch nicht abschätzen, wann und ob überhaupt wir aktiv werden können.»

Es folgte noch eine angeregte Gesprächsrunde zum Ende der Sitzung und Pflug war zufrieden. Er war wieder auf dem Laufenden und offensichtlich war es zurzeit mehr oder weniger ruhig in Basel.

Anschliessend gingen sie alle zusammen in den Birseckerhof zum Essen, was sie als Spesen abrechnen konnten. Auch das hatte Pflug nicht ohne Stolz eingeführt.

5. Intelligentia

In den Forschungslaboratorien der Sovitalis herrschte rege Betriebsamkeit. Zwei gesamte Etagen waren dem DNA-Forschungsbereich zugeordnet und ein weiterer Komplex war im Bau. Umstrukturierungen, nicht nur räumlicher Natur, waren notwendig. Manche Bereiche kamen an neue Standorte, andere wurden geschlossen. Auch wenn gewisse schon über lange Zeiträume stabil waren, wie etwa die Vitamine, war die Forschung einem steten Wandel unterworfen. Das erklärte Ziel von Sovitalis war, moderne und harmonische Arbeitsplätze zu schaffen, denn die Angestellten arbeiteten viel und oft auch lange, da sollte wenigstens der Arbeitsplatz angenehm sein. Diese Philosophie wurde von Pierre Cointrin und von der ganzen Firma getragen. Cointrin hatte sehr genaue Vorstellungen, die bis in architektonische Details gingen. Als er die neue Tiefgarage besichtigte, die gerade einen gelben Anstrich erhielt, ordnete er sofort an, nicht gelbe, sondern grüne Farbe zu verwenden. Grün sei beruhigend, sagte er dem verdutzten verantwortlichen Projektleiter. Man konnte den Farbwechsel sinnvoll nennen oder nicht, man konnte es als unnötigen Perfektionismus oder als Liebe zum Detail bezeichnen, aber Cointrin war bekannt für diese Art von autoritärer Genauigkeit. Aufgrund seiner Wünsche, die nicht selten äusserst kostenintensiv waren, erhielt er auch den Übernamen «Kaiser».

Stefan Meyer war Leiter des Forschungsprojekts zur Suche nach dem Intelligenzgen. Er war habilitierter Chemiker und Professor an der Universität Basel. Sovitalis, die Meyers Lehrstuhl finanzierte, hatte beste Beziehungen zur Lehre und zum gesamten akademischen Umfeld. Meyer war erstaunt, welche Menge an Probandenmaterial innerhalb kürzester Zeit zusammengekommen war. Bereits beim Aufbau der Datenbank wurde deutlich, dass etwa 30 Prozent der Partizipanten des Tests einen überdurchschnittlichen Intelligenzquotienten hatten. Diese wurden in den Bereich Intelligentia eingegliedert. Er war froh, dass das Projekt wohlwollend von der Bevölkerung aufgenommen worden war. Erstaunlicherweise waren es zu einem grossen Teil Mitglieder der etablierten und alteingesessenen Basler Familien, die es als Anreiz und Bestätigung sahen, in den Bereich Intelligentia zu gelangen, und damit die Aktion sehr erfolgreich werden liessen. Alleine aufgrund des immensen Datenmaterials entpuppte sich die Aufbauarbeit als aufwändiger als geplant. Parallel zur systematischen Erfassung der Daten begann die analytische Arbeit und erste Untersuchungen von DNA-Material. Alles wurde elektronisch katalogisiert. Rund 2000 Datenquellen waren bereits vorhanden und es würde eine Weile dauern, bis die Datenbank vorlag. Zuerst sollten allgemeine Informationen in der Erbstruktur untersucht werden, wie das Geschlecht, das Alter, die Blutgruppe etc., bevor dann die DNA-Sequenz spezifisch pro Proband aufgenommen und bezüglich Intelligenz in den Fokus der wissenschaftlichen Analyse genommen werden konnte.

Stefan Meyer widmete sich diesem Projekt mit all seiner Kraft. Zwei grosse Herausforderungen waren zu meistern: einerseits musste die Datenbank anonymisiert aufgebaut sein, damit die Persönlichkeitssphäre der Probanden geschützt war. Gleichzeitig musste aber auch gewährleistet sein, dass der Weg vom Erbgut zurück zum Teilnehmer nachvollziehbar war, damit am Ende Verifizierungen möglich waren, allerdings ohne Rückschlussmöglichkeit auf die Person. Selbstverständlich musste das ganze Informationsmaterial sicher aufgebaut sein, sodass im Falle eines Totalausfalls eine Wiederherstellung ohne Verlust möglich war. Das war nach Meinung des Forschungsteams nur über parallele Abläufe möglich. Duplizität war zugleich Kontrolle. Das Thema der Sicherheit war lange diskutiert worden. Da eine grosse Anzahl von Mitarbeitenden am Projekt beteiligt waren, durfte die Sicherheit nicht über den Zugang, sondern musste über die Datenbasis gelöst werden. Selbst Personen mit Administratorenrechten oder externe IT-Berater sollten keinen Zugriffscode zu den einzelnen Personendaten haben. Eine Projektgruppe, bestehend aus Mitgliedern des Forschungsteams und des IT-Teams beschäftigte sich schon seit langem mit diesen Fragen.

Pierre Cointrin hielt es für seine Pflicht, regelmässig die diversen Divisionen zu besuchen. In den Laboratorien des aktuellen Forschungsprojekts, wo er heute vorbeiging, wurde er freundlich empfangen und rasch entwickelte sich zwischen ihm, Stefan Meyer und einigen leitenden Forschern ein angeregtes Gespräch. Cointrin war es wichtig, dass stets über alles transparent gesprochen wurde. Da man noch am Anfang der Arbeit stand, ging es in erster Linie um die Ersterfassung der Daten und die Aufbereitung in der Datenbank. Erste kleine technische Probleme zeigten sich, denn die zu verarbeitenden Datenmengen waren immens. Es schien unabdingbar, dass zusätzliche Kapazitäten im zentralen Rechner für dieses Projekt geschaffen werden mussten.

Der Erfolg des Pharma-Konzerns war im Wesentlichen ein Verdienst von Cointrins Schwiegervater, Hansjörg Gloor. Dieser war nach Abschluss seiner Lehre kurz nach dem zweiten Weltkrieg als Laborant in die Dienste der BACH AG eingetreten. Das Unternehmen für chemische Industrie hatte sich in dieser Zeit zu einer weltweit agierenden Fabrik mit gutem Ruf entwickelt und Gloor war schnell bis in die Geschäftsleitung des Werkes in Basel, dann in die Ländergeschäftsleitung und später bis in die Konzernführungsebene aufgestiegen. Er war es gewesen, der die Expansionspolitik des Unternehmens vorantrieb und durch Unternehmenskäufe im Ausland die Gruppe international ausrichtete. Kurz nach der Hochzeit seiner Tochter mit Pierre Cointrin zog sich Hansjörg Gloor allmählich aus dem operativen Geschäft zurück und beschränkte schliesslich seine Arbeit auf das Präsidium im Verwaltungsrat. Damit war auch der Weg frei für Cointrins schnellen Aufstieg in der Firma. Seitdem Cointrin zum CEO ernannt worden war, hatte sich das Business allerdings stark verändert. Der Produktionsstandort Basel musste zugunsten ausländischer Standorte reduziert werden und im Headquarter in Basel konzentrierte man sich in erster Linie auf die Forschung und die Konzernführung.

* * * *

Marc Fischer war unterwegs zum Hauptsitz der Bank und nahm sich vor, am Nachmittag mit Privatdetektiv Selz erste Ergebnisse zu besprechen und danach seinen Vater zu besuchen. Die Reise nach Dubai für die Abwicklung des Bank of Shanghai-Deals liess sich wohl nicht verschieben, dachte er. Zuviel hing davon ab. Dem mussten seine privaten Interessen noch einmal nachstehen. Nach einem arbeitsintensiven Vormittag freute er sich auf ein Mittagessen mit Pierre Cointrin in der Brasserie des Hotels Les Trois Rois.

Auf dem Weg dorthin musste er daran denken, wie viele prominente Gäste das Hotel Les Trois Rois, das früher Hotel Drei Könige hiess, bereits gesehen hatte: Theodor Herzl hatte hier anlässlich des ersten Zionisten-Kongresses* übernachtet, auch Giacomo Casanova, Hans Christian Andersen und Thomas Mann waren schon hier gewesen. Winston Churchill hatte am Vortag seiner berühmten und revolutionären Europarede hier genächtigt, die er an der Universität Zürich am 19. September 1946 gehalten hatte und in der er dargelegt hatte, dass ein geeintes Europa nur möglich wäre mit einer Annäherung von Deutschland und Frankreich. Im Jahre 1946, kurz nach Kriegsende, war eine solche Aussage provokativ gewesen. Zwischen 2005 und 2007 war die historische Bausubstanz des berühmten Hotels unter dem neuen Besitzer totalsaniert worden und seit der Wiedereröffnung trafen sich Cointrin und Fischer regelmässig hier für Gedankenaustausch und um ihre Freundschaft zu pflegen. Obwohl sie sich schon lange kannten und ein durchaus freundschaftliches Verhältnis hatten, waren sie noch immer per Sie. Und es gab auch keine Anzeichen, dass sich dies ändern sollte.

Nach einer freudigen Begrüssung folgten Plaudereien über mehr oder weniger Wesentliches und sie bestellten die Spezialität des Hauses, Beefsteak Tartar an pikanter Sauce. Dazu eine Flasche Pouilly-Fumé, ihren Lieblingswein aus dem Loire-Gebiet.

«Ich habe eine Bitte an Sie», sagte Fischer, nachdem sie mit dem guten Wein angestossen hatten. Er überreichte ihm die Zahnbürste seines Vaters, die er vor einigen Tagen hatte mitgehen lassen.

«Das ist die Zahnbürste meines Vaters. Ist es möglich, daraus eine DNA-Sequenz zu entnehmen?»

«Technisch ist das natürlich möglich. Aber wir haben seit einiger Zeit ein strenges Gebot der Compliance*. Vor ein paar Jahren wäre das noch problemlos möglich gewesen, aber heute bedarf es einer schriftlichen Einwilligung des Besitzers, damit wir so etwas machen dürfen. Viele Genanalysen wurden anhand von entwendeten persönlichen Gegenständen gemacht, wie Rasierapparaten, Nagelscheren, Kämmen und so weiter, also ohne dass sich die betreffende Person dazu hätte äussern können.»

Als er die Enttäuschung auf Fischers Gesicht sah, dachte er eine Weile nach.

«Ich habe eine Idee. Wir integrieren Sie in unser Forschungsprojekt Intelligentia. Am besten zusammen mit Ihrem Vater. Dafür müssten Sie bei uns vorbeikommen, Ihr Genmaterial zur Verfügung stellen und einen Fragebogen ausfüllen. Den Fragebogen für Ihren Vater können Sie ja mit der Begründung des hohen Alters selbst ausfüllen und mitbringen. Das sollte nicht auffallen und Sie erhalten, was Sie brauchen: eine DNA-Analyse Ihres Vaters. Das erscheint mir am einfachsten und ausserdem belastet das unsere Beziehung nicht, im Gegensatz zu unserem gemeinsamen Leiden der Wetterfühligkeit. Was meinen Sie?»

«Das ist eine ausgezeichnete, kreative Idee. An wen soll ich mich wenden?»

Cointrin gab ihm die direkte Telefonnummer von Stefan Meyer, dem Projektleiter und sagte, er wolle ihn heute noch darüber informieren.

«Oh, danke. Das ist grossartig. Ich habe das Inserat gesehen mit dem Aufruf zur Beteiligung an dem Projekt und ich habe die öffentliche Diskussion verfolgt. Ich denke, da haben Sie etwas Vortreffliches initiiert. Mein Kompliment.»

«Ihr Projekt in Shanghai steht dem in nichts nach.»

Beide lachten und freuten sich gemeinsam über ihre geschäftlichen Erfolge. Das Beefsteak Tartar wurde am Tisch frisch zubereitet. Das qualitativ hochwertige rohe Fleisch wurde fein gehackt und vom Koch mit aromatischen Kräutern, Knoblauch, Paprika, Cayennepfeffer und Cognac gewürzt. Dazu wurde Toast, Salat und knusprige kleine Pommes-Frites serviert und sie liessen sich das aussergewöhnlich gute Essen schmecken. Nach dem Essen gönnten sie sich noch einen Kaffee mit Friandise und Cointrin zündete sich zum Abschluss eine feine Zigarre an, eine exklusive Cohiba. Die kritischen Blicke im Saal wegen des Rauchs interessierten ihn nicht. Am frühen Nachmittag verabschiedeten sie sich, beide zufrieden nach einer kulinarisch hochwertig begleiteten und geschäftlich anregenden Diskussion mit einem Freund. Und für Fischer eröffnete sich vielleicht über diesen Weg eine Lösung zu dem Problem, das ihn seit den rätselhaften Notizen seines Vaters beschäftigte.

Zurück in seinem Büro wartete ein Stapel Papiere zum Unterzeichnen auf Fischer. Ihm wurden die Unterschriftenmappen zugetragen und die verschiedenen Laschen so durchgeblättert, dass er jeweils nur zu signieren brauchte. Das Prozedere war klar vereinbart; alles Gewöhnliche lief ohne Kommentar, bei aussergewöhnlichen Dokumenten erwartete er Aufklärung. Heute gab es keine Konversation und somit nichts Besonderes. Er war gerade damit fertig und freute sich auf einen ruhigen Moment, als seine Sekretärin ins Büro kam und sagte: «Herr Fischer, im Vorraum wartet ein Herr Selz. Soll ich ihn hereinbitten?»

«Ah ja, gerne.»

Max Selz trat ein, sie begrüssten sich und Selz legte den Bericht auf den Schreibtisch von Fischer.

«Sie wollten, dass ich Ihnen von den Zwischenergebnissen berichte?»

«Ganz genau. Was konnten Sie bis jetzt in Erfahrung bringen?»

«Die Ehegatten Hoffmann haben bis zu ihrem Tod an der Bruderholzalle 34 gelebt. Der Ehemann starb zuerst, ein paar Jahre später folgte seine Frau. Der Sohn, Karl-Maria, wurde 1933 geboren. Nach einer längeren Pause folgte 1938 eine Tochter. Beide Kinder leben noch. Die Tochter hat das Elternhaus übernommen und wohnt auch noch dort. Im Bericht finden Sie alle Angaben zu den Personalien, Wohnorten, uns so weiter. Ausserdem konnte ich bereits einige Gewohnheiten eruieren. Das bisher einzig wirklich Interessante ist, und diese Information war gar nicht leicht zu bekommen, dass der Sohn Karl-Maria von Herrn Hoffmann Senior adoptiert wurde. Offensichtlich ist er nicht sein leiblicher Sohn. Das Brisante dabei ist, dass das Kind zur Welt kam, als die Ehegatten bereits seit einigen Jahren verheiratet waren. Das hat mich stutzig gemacht. Ich meine, wenn Karl-Maria aus einem ausserehelichen Verhältnis seiner Mutter hervorgegangen wäre, hätte sie ihrem Mann ja nichts sagen müssen. Solche Fälle gibt es ja zur Genüge. Ich habe gerade gelesen, dass geschätzte 10 Prozent der ehelichen Kinder in diesem Sinne gar nicht ehelich sind. In dem Fall wäre auch Karl-Maria als eheliches Kind zur Welt gekommen und niemand hätte Verdacht geschöpft. Aber bei den Hoffmanns liegt der Fall anders, denn Karl-Maria wurde offiziell adoptiert. Es müssen also besondere Umstände vorgelegen haben, die zu dieser Adoption geführt haben, allein wenn man bedenkt, dass in der damaligen Zeit eine Adoption etwas sehr Aussergewöhnliches war: die offenkundige Bereitschaft des Mannes, ein von ihm nicht gezeugtes Kind in den Schoss der Familie aufzunehmen. Für uns ist das bei all den Patchwork-Familien und Scheidungskindern beinahe alltäglich, aber für damalige Verhältnisse ist das ungewöhnlich.»

«Wenn also das erste Kind von Herrn Hoffmann Senior adoptiert wurde, müssen wir davon ausgehen, dass er nicht der leibliche Vater war, oder?»

«Ich meine ja. Ansonsten macht eine Adoption keinen Sinn.»

«Aber das Kind ist innerhalb der Ehe zur Welt gekommen. Das heisst, Herrn Hoffmann war klar, dass seine Frau ein Kind von einem anderen Mann erwartet hat?»

«So sehe ich das auch. Eine sehr spezielle Konstellation.»

«Ausserdem können wir davon ausgehen, dass aufgrund der Adoption dieser Umstand der ganzen Familie bekannt war.»

«Das ist wahrscheinlich. Wobei wir nicht wissen, wann die Eltern ihre Kinder, bzw. ihren Sohn darüber aufgeklärt haben.» Marc Fischer nahm die Informationen mit grossem Interesse auf.

«Haben Sie sonst noch etwas von Interesse gefunden?»

«Nein, Herr Fischer, der Rest erscheint mir recht banal. Sie finden alles im Bericht.»

«Besten Dank für die raschen Ergebnisse. Ich denke auch, dass wir das Wesentliche zusammen haben. Aber machen sie doch trotzdem noch ein wenig weiter. Vielleicht stossen Sie noch auf andere interessante Dinge.»

Sie verabschiedeten sich. Fischer blätterte ein wenig im Bericht, legte ihn dann zur Seite und wählte eine Telefonnummer.

«Stefan Meyer.»

«Herr Meyer, hier spricht Marc Fischer.»

«Tag Herr Fischer. Herr Cointrin hat mich schon orientiert. Es freut mich sehr, dass Persönlichkeiten wie Sie an unserem Programm teilnehmen. Wann möchten Sie vorbeikommen? Ich werde mich gerne persönlich um alles kümmern.»

«Ich bin heute am späten Nachmittag frei. Ginge Ihnen 17 Uhr?»

«Das ist ok für mich. Haben Sie eine direkte Faxnummer?»

Fischer gab ihm die Nummer.

«Gut. Dann bekommen Sie den Passierschein gleich per Fax zugestellt. Sie brauchen ihn, um ins Gelände zu kommen, er hat einen Strichcode, der Sie legitimiert.»

«Wunderbar. Dann bis später.»

Die Zeit bis dahin wollte er nutzen, um seine E-Mails zu bearbeiten. Er ordnete sie nach Priorität, beantwortete die eine oder andere Nachricht, und las dann mit einigem Unbehagen eine Mail von einem Mitglied des Verwaltungsrats, der ihm schrieb: «Sehr geehrter Herr Fischer, Sie erhalten als Beilage den

Artikel ‚Doppelmandat Verwaltungsratspräsident und CEO im Lichte der neuen Corporate Governance' aus der Anwaltsrevue. Ich empfehle Ihnen die Lektüre sehr. Verstehen Sie die Anregung nicht als Kritik und seien Sie versichert, dass ich voll hinter Ihnen stehe. Aber ich denke, es dürfte Sie interessieren. Bis bald, Ihr Prof. Walther Gutmanns.»

Walther Gutmanns war Professor für Steuerrecht und langjähriges Mitglied des Verwaltungsrats. Dieses Mail war, und das hatte Marc Fischer sofort verstanden, ein Frontalangriff auf sein Doppelmandat. Jede andere Beurteilung wäre eine euphemistische Umschreibung. Es galt nun, auf der Hut zu sein. Und kampflos würde er das Doppelmandat nicht aufgeben, das war klar. Schliesslich war er Sohn der Gründerfamilie und, zumindest gemeinsam mit seinem Vater, gewichtiger Aktionär. Der Anspruch der Familien-Dynastie war zwar nicht rechtlich begründet, aber wirtschaftlich und traditionell legitimiert. Das hatte auch ein Professor zu akzeptieren. Schlussendlich verdiente dieser mit Zusatzaufträgen und Gutachten aus dem Bankenkonzern viel Geld. Fischer war klar, dass er in einer der nächsten Verwaltungsratssitzungen damit rechnen musste, dass sein Doppelmandat angefochten würde. Nun hatte er immerhin Zeit, sich darauf vorzubereiten. Umso wichtiger war nun, dass die Aktien seines Vaters eine geordnete Vertretung bekamen und somit die Familie stimmberechtigt blieb, sei es über ihn oder einen von der Familie bestimmten Anwalt. Er wusste nicht, wie sein Vater die Erbfolge regeln würde, doch er ging davon aus, dass das Vermögen seinen Geschwistern und Halbgeschwistern sowie seiner Stiefmutter zufiele und er die Bankaktien erhalte. In diese Richtung hatte sein Vater schon Andeutungen gemacht. Aber er kannte keine Einzelheiten. Er würde mit seiner Stiefmutter reden und eine Familiensitzung einzuberufen. Doch zuerst wollte er noch die Angelegenheit mit Stefan Meyer erledigen.

Er nahm ein Taxi, denn er wollte nicht pompös mit seinem Maybach oder der Firmenlimousine vorfahren, das wäre deplatziert gewesen. Am Eingang des Hauptgebäudes stieg er aus, bezahlte das Taxi und ging zum Empfang, einem kleinen Häuschen mit ein paar Schaltern. Er war es nicht gewohnt, einfacher Besucher zu sein und das Prozedere schien ihm ausserordentlich lästig. Man verlangte ein Einladungsschreiben, den Besuchercode, den Identitätsausweis und das Ausfüllen eines Informationszettels von ihm. Dafür erhielt er einen Badge und konnte in das Firmengelände eintreten. Wegweiser führten ihn zum Gebäude 018F. Er betrat das Haus und ging zum Lift, suchte dort aber vergebens eine Taste. Ein Firmenmitarbeiter kam und hielt seinen Badge vor einen Sensor und die Anzeige zeigte ein Stockwerk an. Fischer legte seinen Badge nun ebenfalls auf den Sensor und es wurde nun automatisch ein weiteres Stockwerk angewählt. Sein Besuch war also gewissermassen vorprogrammiert. Im achten Stock angekommen, fand er rasch zum Labor von Stefan Meyer und klopfte an.

«Guten Tag Herr Fischer! Freut mich, dass Sie hier sind.»

«Ganz meinerseits, Herr Meyer. Danke, dass Sie spontan Zeit hatten.»

«Aber natürlich. Herr Cointrin hat mich bereits orientiert, dass Sie an unserem Programm Intelligentia partizipieren. Ich benötige nun ihre DNA. Üblicherweise nehmen wir Blut. Sind Sie damit einverstanden?»

«Ja sicher.»

Er nahm ihm Blut über eine Lanzette.

«Nun bedarf es noch des Fragebogens, damit wir Sie in die entsprechende Intelligenz-Gruppe einteilen können.»

Er gab ihm den Fragebogen und Fischer füllte ihn innerhalb der vorgegebenen Zeit unter der Aufsicht des Professors aus.

In der Zwischenzeit hatte Meyer das Blut bereits so präpariert, dass in ein, zwei Tagen die DNA analysiert und erfasst sein würde.

«Ich habe hier noch die Zahnbürste meines Vaters. Er ist zu alt, um persönlich zu erscheinen, möchte aber seine DNA auch zur Verfügung stellen. Ich habe gehört, dass dies auch auf diese Weise geht. Wäre dies möglich? Sie würden meinem Vater einen grossen Dienst erweisen.»

«Auch darüber hat mich Herr Cointrin bereits informiert. Ich dachte aber, wir hätten eine andere Form der DNA-Spende.»

«Nein, leider nicht.»

«Sie wissen, wie wichtig uns die Compliance* ist. Wir dürfen keine DNA-Analysen machen ohne die Zustimmung der betroffenen Person. Früher war das noch möglich, aber heute wird die Wahrung von Persönlichkeitsrechten sehr ernst genommen.»

«Ja ich weiss. Deshalb habe ich eine schriftliche Zustimmung meines Vaters mitgebracht. Er ist zurzeit in einem Heim für betreutes Wohnen und nicht mehr sehr mobil.»

Er übergab Meyer einen Zettel mit der Zustimmungserklärung. Meyer wollte erst noch etwas sagen, irgendeine Form der Überprüfung der Unterschrift verlangen, liess es dann aber bleiben. Und Fischer war froh, keine weiteren Fragen mehr beantworten zu müssen, denn einer ordentlichen Prüfung hätte seine gefälschte Unterschrift wohl kaum standgehalten.

«Und wie absolvieren wir den Intelligenztest?»

«Ich denke, Sie können ihn ohne Test der Gruppe Intelligentia zuordnen. Bei dem, was er in seinem Leben alles schon geleistet hat, ist das ja stark anzunehmen. Sie können ja als Grund, weshalb er den Test nicht gemacht hat, sein hohes Alter angeben. Das ist doch sicher vertretbar.»

«Ja, ich denke schon», sagte Meyer, obwohl er das Gegenteil dachte. Aber er hatte beschlossen, sich nicht mit der obersten Ebene anzulegen. Als Fischer das Werksgelände verliess, beschloss er, zu Fuss zurück ins Stadtzentrum zu laufen. An der Promenade des Kleinbasler Rheinufers spazierte er bis zur Mittleren Brücke und es tat ihm gut, an der frischen Luft das Erlebte Revue passieren zu lassen. Nachdem er die Brücke passiert hatte, beschloss er kurzerhand, noch einmal einen Abstecher ins Grandhotel Les Trois Rois zu machen. Er trat in die schöne, dekorative Halle ein und wurde freundlich begrüsst. Er setzte sich an die Bar und bestellte sich einen Appenzeller on the Rocks, einen Schweizer Kräuterschnaps, den er gerne den Fernet Branca der Alpen nannte. Sein Blick schweifte über den Rhein. Im Hintergrund sah er das Werkshochhaus der Firma Sovitalis, weiter rechts den 31 Stockwerke hohen Messeturm, das derzeit höchste bewohnbare Haus der Schweiz. Langsam fühlte er sich wieder wohler. Nach dem Drink nahm ein Taxi nach Hause auf das Bruderholz, wo sich seine Frau freute, ihn zu sehen.

6. Das Gründungskapital

Theodor Fischer sass im Schaukelstuhl und hing seinen Gedanken nach. Er hatte ein bewegtes Leben hinter sich und seine Vergangenheit erschien ihm momentan präsenter zu sein als die Gegenwart. Er dachte an seine Jugend. Vor allem die wilden Studienjahre während der grossen Wirtschaftsdepression nach den goldenen zwanziger Jahren waren ihm in guter Erinnerung. Er hatte sein Studium mit ausgezeichneten Noten abgeschlossen und sogleich eine Anstellung bei der Gewerbebank gefunden. Die Schweiz entwickelte sich gerade vom armen Agrarland zur Industrienation. Den Untergang der Weimarer Republik, die Arbeitslosigkeit, die Turbulenzen in Europa und den Aufstieg Hitlers in Deutschland hatte er als junger Schweizer nicht uninteressiert aber aus einiger Distanz verfolgt. Er selbst war politisch stets indifferent gewesen. Ihm war das alles ziemlich egal, solange man Geld verdienen konnte – eine Meinung, die er allerdings immer für sich behalten hatte. Noch fest in Erinnerung war ihm allerdings das Fussball-Länderspiel Schweiz-Ungarn im Herbst 1939 in Zürich, eines der wenigen internationalen Spiele dieser Zeit. Die Bank hatte ihn und einige wichtige Kunden eingeladen. Das Zürcher Hardturm-Stadion war mit rund 15'000 Zuschauern ausverkauft. Die beiden Landeshymen hatten den Einzug der Spieler begleitet und daraufhin waren der Schiedsrichter und die beiden Linienrichter gefolgt. Dass der leitende Schiedsrichter aus Deutschland kam, war offensichtlich gewesen, denn nach dem Einmarsch in die Mitte des Spielfeldes hatte er die Hand zum Hitlergruss erhoben. Als wenn es gestern gewesen wäre, war Theodor Fischer in Erinnerung, was dann geschehen war: Zuschauer des gesamten Stadions, und vor allem die Zuschauer auf den Stehplätzen, wandten sich demonstrativ vom Schiedsrichter ab, drehten dem Spielfeld den Rücken zu. Ein stiller, aber eindrücklicher Protest. Den jungen, ansonsten politisch so uninteressierten Fischer hatte diese Reaktion sehr beeindruckt und berührt.

Fischers Kundenportfolio in der Gewerbebank umfasste in jener Zeit auch deutsche Juden. Sie brachten meist erhebliche Vermögenswerte in die Schweiz, denn sie vertrauten den Schweizer Banken und dem Schweizer Franken mehr als der deutschen Reichsmark. Manche übergaben ihm treuhänderisch Geld und Aktien, was bedeutete, dass im internen Verhältnis die Kunden Eigentümer blieben, aber nach Aussen Fischer als Geldgeber und Financier auftrat. Die Aktienwerte gingen im Krieg verloren, doch das Geld, von Fischer umsichtig in Schweizer Franken umgetauscht, hatte seinen Wert erhalten.

Seine Gedanken schweiften ins Frühjahr 1946. Das Ende des Zweiten Weltkriegs war noch jung und Europa lag in Trümmern. An einem Morgen rief ihn Herr Bohnenblust, der damalige Direktor der Gewerbebank in sein Büro, um ihn mit einer verantwortungsvollen Aufgabe zu betrauen: Ein langjähriger guter Kunde, der in Neapel lebte, benötigte dringend Bargeld, und Fischer sollte nun diesen Geldtransport übernehmen. Es wurde ihm empfohlen, sich wie ein möglichst unauffälliger Handelsreisender zu bewegen und den Zug zu nehmen. Die Bahnstrecke war seit zwei Monaten wieder offen und er würde an einem Tag nach Mailand und am nächsten Tag weiter nach Neapel reisen. Ein Herr Pavesi würde ihn zur Entgegennahme von 50'000 Dollar in Neapel erwarten.

Auch wenn viele Kunden als Folge des Krieges oder des Genozids nicht mehr bei der Bank vorstellig wurden, hatten sich einige seit Kriegsende gemeldet und ihr Geld zurückverlangt. Fischer hatte deshalb schon manchen Geldtransport erledigt. Wertmässig stellte dieser Auftrag nicht den grössten Transport dar, auch wenn 50'000 Dollar im Jahre 1946 eine grosse Summe war. Das Besondere war die Destination. Die Banken in Basel und Zürich hatten ihre Kunden nämlich eher im Norden, viele in Deutschland, während die Banken im Tessin auf den Süden ausgerichtet waren, insbesondere nach Italien, aber auch Nordafrika oder Abessinien.

Fischer holte also das Bargeld bei der Kasse ab, quittierte den Erhalt und legte es in eine einfache Schuhschachtel. Zu Hause packte er seine Koffer mit Kleidern für ein paar Tage und der Schuhschachtel voller Geld. Fischer hatte sich für einfache Kleider entschieden, um nicht aufzufallen, schliesslich führte er eine besondere Ladung mit sich: 50'000 Dollar in 50er Noten. Er fand es erstaunlich, wie wenig Raum diese eintausend Papierzettel beanspruchten, vom Umfang her entsprach es nicht mehr als zwei Taschenbüchern. Am nächsten Morgen stand er früh auf, denn der Zug verliess Basel bereits pünktlich um sieben Uhr. Fischer freute sich auf eine angenehme Reise, denn er hatte ein Ticket für die erste Klasse. In seinem Abteil sassen bereits zwei Personen, denen er zunickte, als er sich auf seinen Platz setzte. Obwohl es ein normaler Wochentag war, war der Zug recht gut gefüllt. Bereits in Luzern gab es einen längeren Aufenthalt, da Kohle und Wasser für die Dampflokomotive aufgefüllt werden musste, ein Vorgang, der sich auf diesem Wege mehrere Male wiederholte, und so näherte sich der Zug langsam dem Gotthard. Er war schon einige Male die Strecke in die Südschweiz gefahren und der Weg faszinierte ihn jedes Mal aufs Neue. Der Zug fuhr durch das Reusstal Richtung Zentralalpen hinauf. Steil und kahl war das Tal. Über Zugkehren wurde Höhe gewonnen und man spürte, wie viel Kraft die Dampflokomotive brauchte, um der Steigung Herr zu werden. Endlich erreichten sie Göschenen, den letzten Ort vor dem grossen Gotthardeisenbahntunnel. Etliche Passagiere stiegen aus. Eine grosse Anzahl von Kutschen wartete auf dem Bahnhofplatz, um die Reisenden aufzunehmen. Die Fahrt mit der Kutsche über den Pass war beliebt und die Strasse war offen. Dagegen war die Fahrt durch den Tunnel unangenehm, denn der Stollen war dunkel und der Russ der Lokomotive war im Innern der Wagen stark zu riechen. Nach einer knappen halben Stunde durch den dunklen Tunnel erreichte der Zug Airolo, und es war endlich wieder hell. Die Fahrt führte nun die Leventina hinunter und bald waren erste Palmen zu sehen, untrügerisches Zeichen, im Tessin angekommen zu sein. Gegen Abend passierte der Zug Chiasso, die Landesgrenzstadt zu Italien und es gab strenge Passkontrollen – das Kriegsende war noch nah. Alle Passagiere wurden von Grenzbeamten und amerikanischen Soldaten geprüft. Fischer hatte ein gutes Gewissen, denn es gab keine Devisenrestriktionen, wie noch zu Zeiten des Krieges. Zudem besass er ein Empfehlungsschreiben des auswärtigen Amtes, das ihn zu diesem Geldtransport legitimierte. Doch weil die Beamten seinen Koffer nicht gründlich genug durchsuchten, brauchte er das Empfehlungsschreiben gar nicht erst vorzuweisen und er konnte ohne weitere Erklärung weiterfahren. Er war froh darüber. Es war ihm angenehmer, wenn niemand wusste, was er bei sich hatte. Die Fahrt von der Grenze bis nach Mailand dauerte nochmals zwei Stunden. Die Kriegsschäden waren nahe der Grenze zur Schweiz gering, doch je näher Mailand kam, desto mehr zerstörte Häuser und Fabriken waren zu sehen. Als er am Abend am Bahnhof Milano Centrale ankam, stieg er müde aus dem Zug und war dennoch überwältigt von der Bahnhofsarchitektur. Das riesige Gebäude glich einem Tempel, überall glänzte der Marmor. Er erinnerte sich daran, einmal gelesen zu haben, dass dieses klassizistische Bauwerk mit gigantischen Ausmassen unter der Bauherrschaft von Benito Mussolini entstanden war. Er nahm eines der Taxis, die in der grossen Einfahrt auf Kunden warteten und lies sich ins Hotel Duomo unweit des grossen Domes fahren. Er bezahlte den Taxifahrer in Dollar, der damals gebräuchlichen Währung. Im Hotel angekommen, nahm man ihm den Koffer ab und brachte ihn in sein Zimmer. Er beschloss, zur Sicherheit im Zimmer zu bleiben, und liess sich deshalb das Abendessen aufs Zimmer bringen. Die Auswahl an Speisen war minimal. Er bestellte Pasta und eine kleine Beilage sowie ein wenig Wein. Er ging bald ins Bett, denn bereits um sechs Uhr musste er wieder aufstehen, um den Zug nach Rom und Neapel zu erreichen, der Mailand um acht Uhr verlassen würde. Dank dem Wein hatte er gut geschlafen und war wohlauf für die zweite Etappe der Reise. Von Mailand nach Neapel dauerte es noch einmal einen ganzen Tag. Die Kriegsschäden waren omnipräsent und immer wieder musste der Zug an Baustellen im Schritttempo vorbeifahren. Am späten Abend erreichte er Neapel. Das Taxi brachte ihn zum Hotel Imperial, welches unmittelbar am Hafen lag. Kaum war er in seinem Zimmer angekommen und hatte seine Sachen abgelegt, ging er ins Bett und schlief sogleich ein. Er war froh, nach der anstrengenden Reise bis acht Uhr schlafen zu können. Es war vereinbart, dass sich Herr Pavesi am späten Morgen im Hotel melden würde, deshalb bestellte er sich ein Frühstück mit richtigem Kaffee auf sein Zimmer. Den guten Kaffee genoss er sehr, denn während des Krieges hatte es oft nur Kaffeeersatz gegeben. Er setzte sich auf die Terrasse und schaute auf den Hafen von Neapel. Etwa zwei Dutzend Handelsschiffe waren an der Mole verankert, es wurde viel unternommen, um den Wiederaufbau des Warenhandels nach dem Krieg voranzutreiben. Eine ähnliche Anzahl Kriegsschiffe waren im Hafen positioniert, die meisten von der US-Navy. Ein stattlicher Flugzeugträger dominierte das Bild. Etliche Militärfrachter luden Kriegsmaterial auf und es war deutlich, dass die Demilitarisierung im Gange war. Nach dem ausgiebigen und gemütlichen Morgenessen bekam er eine amerikanische Zeitung, ging in die Hotellobby und setzte sich auf ein bequemes Sofa. Hier konnte er nicht nur in Ruhe die Zeitung lesen, sondern auch die bunte Schar der Hotelgäste beobachten, bestehend etwa zu gleichen Teilen aus Zivilisten und Militär. Eine beachtenswerte Anzahl von Zimmern wurde von der Admiralität der US-Streitkräfte belegt. Soweit er es beurteilen konnte, hielten sich US-Army und US-Navy in etwa die Waage. Da sich sonst nicht viel tat, nahm er am späten Morgen einen Aperitif, einen Ramazotti mit Eis. Er schätzte den herben Geschmack dieses Getränks. Als sein Kunde ihn weitere Stunden warten liess, ging er zum Concierge und erkundigte sich nach Herrn Pavesi. Ein älterer Herr mit markantem Gesicht, dem man sein Alter ansah, gab sich Mühe, ihm die gewünschte Auskunft zu erteilen. Theodor Fischer bat ihn, er solle Herrn Pavesi ausrichten, dass er auf der Terrasse speisen würde und ihn dort erwarte. Da aber Herr Pavesi nicht kam, versuchte er am frühen Nachmittag eine internationale Telefonverbindung in die Schweiz zu bekommen. Er meldete seinen Anruf an, wartete, wurde von der Operatrice immer wieder verbunden, doch alle Versuche endeten in einem Knacken und Knistern. Ein gutes Jahr nach Kriegsende waren die Telefonverbindungen noch immer nicht voll funktionsfähig. Der Concierge fand schliesslich eine Telefonnummer von Herrn Pavesi. Fischer liess sich von seinem Zimmer aus verbinden und am anderen Ende der Leitung meldete sich eine leise Frauenstimme: «Pronto.»

Im gebrochenen Italienisch erwiderte Fischer: «Buon Giorno, vorrei parlare con signore Pavesi, Signore Fischer al telephono.»

«Signore Pavesi...» Den Rest verstand er nicht. Die Wörter lösten sich in Schluchzen auf.

«Posse venire domani in vostra casa per parlare con signore Pavesi?»

Theodor Fischer verstand nicht viel vom Gespräch. Nachdem sich die Dame beruhigt hatte, konnte er den traurigen Worten entnehmen, dass Herr Pavesi, ihr Ehemann, vor drei Tagen an einem Herzinfarkt gestorben sei. Sie vereinbarten, sich am Morgen des darauf folgenden Tages zu treffen. Am Nachmittag sollte die Beerdigung stattfinden. Er verabschiedete sich von der Dame. Das Geld deponierte er im Hotelsafe und verbrachte den Nachmittag in der Stadt. Im Corso Umberto I war einiges los, die Läden waren alle offen und das zivile Leben schien sich neu zu entfalten. Er genoss die Meerluft, das Dolce far niente, und begann, Pläne zu schmieden. Eine Idee entwickelte sich, die sich nach und nach konkretisierte. Neapel würde ihm gut tun. Den Abend verbrachte er noch einmal im Hotel. Sicher ist sicher, dachte er. Ausserdem wollte er erreichbar bleiben, insbesondere für seine Bank.

Fischer sammelte alle Quittungen der Reise, auch für das Abendessen im Hotel liess er sich ein Beleg ausstellen, so konnte er später alles als Spesen abrechnen. Gleichzeitig dokumentierten diese Belege seine Reise und seine Präsenz für die Bank. Eigentlich war nichts allzu ungewöhnliches passiert. Er war nach Neapel gereist und sein Kunde war im Alter von 76 Jahren, wie er dem Dossier entnommen hatte, an einem Herzinfarkt gestorben. 76 Jahre war, gemessen an der durchschnittlichen Lebenserwartung des Jahres 1946, ein hohes Alter. Morgen würde er die Witwe sehen und spontan entscheiden, ob er noch an der Abdankung teilnehmen würde. Er konnte davon ausgehen, dass die Bank eine solche Geste schätzen würde. Das Abendessen rundete er mit einem Digestiv an der Bar ab, wo er einen doppelten Vecchia Romagna bestellte. An der Bar waren etwa noch ein Dutzend anderer Besucher, einige Zivilisten, aber vor allem Militär. Ein Ehepaar kam ihm entfernt bekannt vor, doch es erschien ihm zu unwahrscheinlich, dass er in einer Hotelbar in Neapel jemanden kannte und so versuchte er, den Gedanken wieder weg zu schieben. Doch beim zweiten Brandy war er überzeugt, dass es eine Verbindung zu Basel gab. Es dauerte nicht lange, da kam der Mann auf ihn zu. Seine Frau war an ihrem Platz sitzen geblieben.

«Ich bin Peter Häfeli. Wir kennen uns aus Basel»
«Theodor Fischer. Woher kennen wir uns denn?»
«Sie haben uns auf dem Bruderholz besucht.»
«Ah ja.»

Fischer konnte sich nicht erinnern, aber er hatte eine Ahnung, worum es gegangen sein könnte.

«Sie werden sicher meinem Alter ansehen, dass ich mittlerweile das Studentenleben abgeschlossen habe.»

Theodor Fischer hatte mit dieser Lebensphase abgeschlossen; für ihn war das Geschichte.

«Sie haben uns damals sehr geholfen. Dafür sind wir Ihnen immer noch dankbar. Leider war das Schicksal mit uns nicht gnädig. Wir haben unsere Tochter verloren. Sie starb an einem Unfall. Plötzlicher Kindstod.»

Er erzählte vom Schicksal seiner Tochter.

«Ich habe mit meiner Frau gesprochen, der Moment wäre günstig. Sie sind zwar kein Student mehr, aber vielleicht können Sie uns ja trotzdem noch einmal helfen. Basel ist weit weg.»

Die Diskussion ging noch eine Weile und fand den Weg, den er in früheren Jahren oft gefunden hatte. Und so kam es, dass er die Suite des Ehepaars Häfeli aufsuchte, bevor er auf sein eigenes Zimmer ging. Basel war tatsächlich sehr weit weg und Fischer betrachtete diesen Besuch als letzten Akt seiner alten Gewohnheit.

Am nächsten Morgen wachte er mit Kopfschmerzen auf. Er nahm ein kleines Frühstück, aber da die Kopfschmerzen nicht besser wurden, suchte er die nächste Apotheke auf. Die ältere Dame, die ihn bediente und sich als Apothekerin herausstellte, schätzte er auf etwa 60 Jahre. Sie hatte ein auffälliges Gesicht und tiefe Falten, welche ihren starken Charakter verrieten. Sie war hager und reichlich mit Silberschmuck behangen. Er schilderte seine Befindlichkeit und erhielt ein leichtes Schmerzmittel. Anschliessend ging er zurück ins Hotel, nahm das Geld aus dem Hotelsafe zu sich und machte sich auf den Weg zur Familie Pavesi. Das Taxi fuhr durch das Zentrum von Neapel, dann langsam eine Anhöhe hinauf und hielt bei einer grosszügig angelegten Villa. Er läutete am Tor. Ein Gärtner öffnete und brachte ihn zum Haus. Signora Pavesi erwartete ihn. Sie war vollkommen in Schwarz gekleidet und in grosser Trauer. Ihr Bruder war bei ihr. Fischer unterhielt sich mit dem Geschwisterpaar soweit er konnte auf Italienisch und wenn er nicht mehr weiter wusste auf Englisch. Frau Pavesi berichtete von dem Todesfall, überreichte ihm eine Todesanzeige, und erzählte emotional und detailliert von der Herzattacke ihres Mannes. Das Erlebte schien noch sehr nah. Trotzdem musste Fischer irgendwann auf den Grund seines Besuches zu sprechen kommen.

«Signora Pavesi, wie Sie wissen, bin ich im Auftrag der Gewerbebank in Basel aus der Schweiz gekommen. Ihr Mann hatte vor etwa zwei Wochen um eine Liquidierung des Kontos gebeten und um Überweisung. Aufgrund der unsicheren Lage wurde dann vereinbart, das Geld in bar zu überbringen.»

«Ach ja, genau. Um welche Summe geht es?»

Theodor Fischer zögerte einen Moment.

«5000 Dollar.»

«So viel? Das entspricht ja mehreren Jahressalären eines guten Angestellten.»

«So ist es. Aus formalen Gründen muss ich Sie fragen, ob Sie das Geld annehmen möchten?»

«Auf jeden Fall. Mein Mann hat im Krieg viel Geld verloren und ich wusste bis jetzt nicht, wie ich nach seinem Tod weiterleben sollte. So sieht alles schon ein wenig besser aus.»

Sie schaute ihren Bruder an, der nur nickte. Fischer nahm das Geld aus der Tasche und blätterte 5000 Dollar in 50-Dollar-Scheinen auf den Tisch. Er schrieb eine Quittung, die er ihr gab.

«Bitte unterschreiben Sie.»

«Cinq Mille Dollari», las sie lachend, unterzeichnete und sagte dann zu Fischer:

«Das heisst nicht ‚cinq' sondern ‚cinque' Mille.»

«Naturalmente», sagte dieser, entschuldigte sich, nahm das Papier und ergänzte die Zahl, zumindest schien es so.

Trotz aller Trauer verbesserte sich die Stimmung von Frau Pavesi und auch von ihrem Bruder. Auch Fischer bekam zunehmend gute Laune. Ein Aperitif mit ein wenig Salzgebäck trug das seine dazu bei. Sie erklärte ihm, dass das Mittagessen ausfiele wegen der Beerdigung und lud ihn ein, der Beisetzung und dem anschliessenden traditionellen Leichenmahl beizuwohnen. Sie würde sich freuen, wenn er dafür noch bliebe. Er nahm die Einladung an, um die Familie nicht mit einer Absage zu beleidigen, aber auch, um nicht mit einem schnellen Abgang aufzufallen. Er wollte auf jeden Fall vermeiden, dass irgendjemand Verdacht schöpfte. Die Zeremonie begann in der Kirche mit einer Gedenkfeier, danach wurde der Sarg mit dem Leichnam aus der Kirche zum Friedhof getragen, begleitet von einer Musikkapelle. Rund hundert Menschen erwiesen dem Verstorbenen die letzte Ehre und begleiteten den Trauerzug durch das Wohnviertel, was viel Aufmerksamkeit erregte. Danach folgte die Beisetzung auf dem Friedhof in der tempelartigen Grabkapelle der Familie des Verstorbenen. Erst im Anschluss daran traf man sich im nahe gelegenen Restaurant Angelo. Inzwischen war später Nachmittag geworden. Es folgte ein opulentes Mahl und plötzlich schien der Krieg, der ansonsten noch so präsent war, bereits weit zurück zu liegen. Mit viel lautem, emotionalem Gerede, vielen Erinnerungen, mit viel Tränen, aber auch Fröhlichkeit und Lachen liessen die Anwesenden das Leben des Verstorbenen noch einmal Revue passieren. Erst spät am Abend verabschiedete man sich. Die Witwe wurde von allen geküsst und umarmt und mit guten Wünschen für ihre neue Situation, das Alleinsein, bedacht. Auch Fischer verabschiedete sich und ging zu Fuss zum Hotel, um an der frischen Luft dem Alkohol zu ermöglichen, sich zu verflüchtigen. Als er beim Hotel ankam, war es so spät, dass er den Portier wecken musste. Die Tatsache, dass am nächsten Morgen sein Zug schon um sieben Uhr Richtung Rom und Florenz fuhr, konnte seine Laune mitnichten trüben.

Kaum war er in Basel angekommen, machte er sich unverzüglich auf den Weg zur Bank, wo man ihn bereits zwei Tage früher erwartet hatte. Bevor der Direktor zu einer Standpauke ansetzen konnte, erklärte Fischer kurz, was im Wesentlichen vorgefallen war und schlug vor, sofort einen Bericht zu verfassen. Er nahm alle Spesenzettel und Quittungen hervor und beschrieb die wichtigsten Punkte seiner Reise. Auf der Quittung, die er Frau Pavesi ausgestellt hatte, stand noch immer «cinq Mille Dollari». Die Korrektur nahm er erst jetzt vor: aus «cinq» wurde «cinquanta», also fünfzigtausend Dollar. Erleichtert gab er den Bericht ab. Doch am nächsten Morgen wurde er zum Direktor der Gewerbebank zitiert.

«Herr Fischer, ich habe Ihren Bericht gelesen.»
«Ja?»
«So geht das nicht.»
«Wie bitte?»

Sein Herz schlug ihm bis zum Hals, doch er versuchte, sich nichts anmerken zu lassen.

«Unser Kunde heisst Herr Pavesi.»

«Ja, das weiss ich.»

Noch immer hämmerte sein Herz wie wild.

«Unser Kunde heisst nicht Frau Pavesi.»

«Ich verstehe nicht.»

«Sie waren nicht autorisiert, das Geld der Witwe zu übergeben.»

«Aber das Geld gehört doch nun ihr, da ihr Mann gestorben ist. Sie ist die Erbin.»

«Das wissen wir nicht. Es kann sein, dass es nun ihr gehört, vielleicht gehört es aber auch den gemeinsamen Kindern, oder es gibt Kinder aus einer anderen Ehe. Vielleicht gibt es ein Testament, welches das Geld einer Stiftung vermacht. Vielleicht müssen noch Steuern bezahlt werden und es gehört dem Staat. Und warum um Himmels Willen haben Sie nicht die vorbereitete Quittung unterzeichnen lassen und haben stattdessen ein handschriftliches Dokument erstellt?»

Je mehr sich Direktor Bohnenblust enervierte, desto mehr beruhigte sich Fischer. Der Wechsel von einem möglichen Betrug zur reinen Kompetenzüberschreitung wirkte wie Baldrian auf ihn.

«Herr Direktor, die Dame ist gerade Witwe geworden. Sie war in tiefer Trauer und in Tränen aufgelöst, als ich sie getroffen habe. Es hätte sie sicher stark irritiert, wenn sie stellvertretend für ihren Mann mit ihrem eigenen Namen hätte unterzeichnen müssen. Zudem wäre es juristisch nicht richtig gewesen. Sie hätte in Vertretung ihres Mannes gar nicht unterzeichnen dürfen. Mit dem Tode erlöschen alle Vollmachten. Damit sie kraft ihres eigenen Namens quittieren konnte, habe ich eine neue Bestätigung erstellt und von ihr unterzeichnen lassen.»

Bohnenblust war die plötzliche Beruhigung Fischers nicht aufgefallen, zu gross war seine Wut über das Fehlverhalten seines Angestellten. Als Höhepunkt der Auseinandersetzung holte Bohnenblust den Prokuristen und kündigte Fischer fristlos. Das Kündigungsschreiben enthielt den Passus «in gegenseitigem Einvernehmen». Die Bank wollte nicht eingestehen, unfähige Angestellte zu haben. Eine Verabschiedung gab es nicht und es wurde von ihm verlangt, eine Erklärung zu unterzeichnen, die ihn dazu verpflichtete, jederzeit über den Vorfall Auskunft zu geben, was er auch tat. Fischer musste sich Mühe geben, eine angemessene Enttäuschung zu zeigen, denn er war längst damit beschäftigt, sich Gedanken über die Zukunft zu machen. Sein Plan war die Gründung einer neuen Bank. Dafür hatte er 45'000 Dollar Eigenkapital, was einer viertel Million Schweizer Franken entsprach.

Das Bankkonto mit dem verbleibenden Guthaben von Herrn Pavesi selig blieb unberührt bis in die 2000er Jahre. Dann wurde das verbleibende Guthaben an eine Stiftung für nachrichtenlose Vermögen überwiesen. Damit wurde auch das Dossier Pavesi geschlossen und interessierte niemanden mehr, insbesondere nicht Theodor Fischer. Viele Grossbanken der Schweiz versuchten in dieser Zeit, ein Kapitel der Geschichte abzuschliessen mit beträchtlichen Zahlungen zugunsten einer US-Stiftung, einer Abschlussvergütung als finanzieller Ausgleich des erlittenen Unbills und des Vermögensverlusts von Opfern des Holocaust im Zweiten Weltkrieg. Noch Jahre später warteten diese gigantischen Vermögensmassen in US-Stiftungen auf ihre Verteilung, während die Zahl der letzten Überlebenden infolge ihres hohen Alters sukzessive abnahm. Am meisten profitierten am Ende die US-Anwälte. In diesen Zahlungen an die US-Stiftungen eingeschlossen war auch der Anteil der Gewerbebank, welcher sich aber nicht einmal im Prozentbereich bewegte. Deshalb spielte es in den Augen Theodor Fischers auch keine Rolle, dass es ein bisschen mehr hätte sein können. Dieser Meinung war er noch immer, auch wenn seine Gedanken daran nicht mehr ganz so klar waren wie früher, sondern ein wenig getrübt durch das Alter.

7. Der Angriff

Marc Fischer war schon früh im Büro. Er war mit seinem Maybach vom Bruderholz zum Bankenplatz 11 gefahren und hatte seinen Wagen in der Garage abgestellt. Sein Büro hatte eine exponierte Stelle im Gebäude und verfügte über einen Blick auf die Elisabethenstrasse, den Kohlenberg und die Freie Strasse. Der Bankenplatz 11 lag unweit von der Aeschenvorstadt, die im Mittelalter der Innerstadt vorgelagert gewesen war. Die Strassen folgten noch heute den Gräben, welche die Stadtmauern zusätzlich gestärkt hatten. Nun bestellte er den Chef für interne Sicherheit, Andreas Buchholzer, zu sich.

«Guten Morgen Herr Buchholzer.»

«Guten Morgen Herr Fischer. Ich habe hier den gewünschten Bericht über die Familie Hoffmann. Kundenbeziehungen, Kontostände, Hypotheken und das alles können Sie hier nachlesen.»

«Danke.»

Nach einer kurzen Pause fügte Buchholzer an:

«Ich musste das Gesuch dem Compliance Officer* melden.»

«Das ist schon ok. Danke.»

Er verabschiedete sich und las den Bericht, doch der enthielt nichts Besonderes. Gehobener Mittelstand mit der finanziellen Grundlage eines alten Familiengeschlechts, Einfamilienhaus mit Hypothek und wenige Ersparnisse, leicht überdurchschnittliches Einkommen, aber nichts Spektakuläres.

Er nahm den Hörer des Telefons und wählte eine Nummer.

«Cointrin», meldete sich eine Stimme.

«Ja hier Fischer. Ich wollte Sie fragen, ob Sie Zeit für einen Lunch hätten?»

Die Frage war höflich gestellt, aber gemeint war nicht Anfrage, ob man wirklich Zeit hätte, sondern die Nachfrage, ob es möglich sei, das bereits Vereinbarte zu stornieren. Denn sowohl Fischer als auch Cointrin hatten nahezu immer Termine über Mittag. Nach einem Blick in seine Agenda schlug Cointrin die Kunsthalle vor.

«Wunderbar», erwiderte Fischer. «Ich habe noch eine Bitte. Könnten Sie die DNA-Daten von meinem Vater mit denjenigen der Familie Hoffmann vergleichen lassen? Es gibt hier zwei Kinder, einen Sohn und eine Tochter»

Ein Moment war Ruhe am Telefon.

«Nur die DNAs vergleichen. Ich werde Ihnen beim Mittagessen mehr erklären.»

Er wusste, dass er Pierre Cointrin um einen sehr grossen Gefallen bat. Andererseits wurde er von Cointrin ebenso immer wieder um grosse Gefallen gebeten. Die neusten Akquisitionen und Firmenkäufe der Sovitalis in Indien waren von der WBC finanziert, obwohl noch einige Grundlagen fehlten. Im Zuge des Zeitdruckes gewährte die WBC Kredite von gegen dreihundert Millionen US Dollar.

«Ich werde sehen, was ich tun kann», sagte Cointrin schliesslich und sie verabschiedeten sich.

Um zehn Uhr folgte eine Sitzung des Ausschusses des Verwaltungsrats, in der es um die nächste Verwaltungsratssitzung ging. Fünf Personen versammelten sich in seinem schönen Büro und Peter Hahn, der Sekretär des Verwaltungsrats, eröffnete die Sitzung.

«Meine Herren, an der VR*-Sitzung von nächster Woche haben wir folgende Traktanden: Quartalsbericht, Geschäftsbericht, Liquidität, Kauf der Bank of Shanghai, Varia.»

Die Gruppe diskutierte Punkt für Punkt, doch die Traktanden umfassten Routinethemen und es gab nichts Spezielles zu vermerken, bis sie zum letzten Punkt der Liste kamen.

«Beim Punkt Varia wird es Probleme geben», sagte Hahn. «Wir werden einen vollzähligen VR* haben. Auch Loi Chong aus China hat sich angemeldet. Wir gehen davon aus, dass er sich für den Bank of Shanghai-Deal revanchieren will, denn er hätte als CEO der Bank of China diese Akquisition gerne selber durchgeführt. Wie Sie wissen, können wir seine Präsenz in der WBC nicht vermeiden. Die Bank of China besitzt 4 Prozent der WBC und hat faktisch Anspruch auf einen Sitz im Verwaltungsrat. Ich vermute, es wird einmal mehr eine Attacke auf das Doppelmandat als Verwaltungsratspräsident und CEO von Herrn Marc Fischer geben. Darauf sollten wir uns vorbereiten. Bis jetzt konnten wir solche Probleme immer aufgrund der Aktienstimmen von Theodor Fischer erledigen, doch wie wir alle wissen, geht es ihm zurzeit gesundheitlich nicht besonders gut, deshalb sollte wir uns Alternativen ausdenken.»

Marc Fischer hatte noch keine Ahnung, wie dieses Problem ohne die Stimme seines Vaters gelöst werden sollte. Doch sein Vater war zurzeit definitiv nicht in der Lage, in der konsultativen GV seine Meinung für die Familie und damit für ihn kund zu tun. Und Marc Fischer hatte noch immer keine formelle Vollmacht – die Familiensitzung war zwar einberufen, sollte aber erst in ein paar Tagen stattfinden.

«Ich danke für die Informationen», sagte er jetzt. «Ich hoffe, Herr Hahn, dass wir uns auch dieses Mal wie im vorigen Jahr vor diesen unfruchtbaren Diskussionen schützen können. Ich werde meinen Vater in den nächsten Tagen besuchen, aber ich kann Ihnen jetzt noch nicht verbindlich sagen, wo wir in diesem Punkt stehen, da ich noch nicht abschätzen kann, ob ich eine einheitliche Haltung der Familie hinbekomme.»

Er verabschiedete sich und machte sich trotz der anstehenden Termine, für die er sich entschuldigen liess, auf den Weg. Sein Doppelmandat und die Macht der Familie in der Bank hatten absolute Priorität. Ohne Umwege ging er in die Garage, setzte sich in seinen Maybach und fuhr los. Er hatte das Bedürfnis nach guter Musik und wählte Gioachino Rossinis «Il Barbiere Di Seviglia». Aus diesem auch als «Figaro» bekannten Oeuvre schöpfte er Energie für seine Aufgabe. Die Musik belebte ihn und gab ihm Kraft.

Kurz darauf war er bei seinem Vater im Wohnheim angelangt. Nachdem er sich nach dessen Befinden erkundigt hatte, kam er ohne grosse Umschweife zum zentralen Thema und fragte ihn, ob er einen Safe bei der WBC habe. Sein Vater bejahte diese Frage und gab ihm seinen Schlüsselbund mit zwei Safeschlüsseln. Den einen Schlüssel erkannte er, doch für welchen Safe der zweite Schlüssel war, wusste er nicht und wagte auch nicht, danach zu fragen. Er wollte das Thema WBC jetzt nicht näher diskutieren. Alles, was er brauchte, war die Vollmacht für das ganze Aktienpaket. Und dafür musste er seine Stiefmutter einschalten.

Er verabschiedete sich von seinem Vater und ging zu seinem Wagen. Der Safezugang in der WBC war eigentlich um die Mittagszeit geschlossen, aber nachdem er den Portier angerufen hatte, erwartete man ihn bereits im Eingangsbereich, als er zurück in der Bank war und sie gingen zu den Saferäumen. Er fand im Safe seines Vaters eine Hinterlegungsbestätigung der WBC-Aktien, die bei der Privatbank Soiron & Cie. deponiert waren, ausserdem verschiedene Akten, von denen er die meisten einsteckte. Die diversen Wertgegenstände liess er dort, ebenso eine ansehnliche Summe Bargeld, nämlich mehrere Bündel 100-Dollar-Scheine, die er aufgrund ihres Gewichts von etwa drei Kilogramm auf eine halbe Million Dollar schätzte, und

Gold, das in etwa 100 Kilogramm entsprach. Bei Gold war es aufgrund des hohen spezifischen Gewichts schwierig, nur über den Augenschein die Menge zu erkennen. Zum Beispiel entsprach das Gold, das beim Kundenempfang der Bank lag und aussah wie zehn kleine Tafeln Schokolade, zwanzig Kilogramm des wertvollen Metalls, und damit über eine halbe Million Dollar. Fischer hatte aber nach langjähriger Erfahrung die Fähigkeit, Menge und Wert sehr genau zu schätzen. Wenn ein neuer Kunde sein Vermögen in Gold als Einlage mitbrachte, erkannte er sofort das Volumen und damit das Vermögen. Das Wägen und Berechnen durch das Bankpersonal brachte keine oder nur eine geringfügige Abweichung. Ähnlich verhielt es sich bei Bargeld. Lagen einige Bündel Euro-Scheine auf einem Tisch, wusste er ziemlich genau, wie hoch die Summe war. Marc Fischer kannte das spezifische Gewicht von Gold und Geld.

Mit den Akten aus dem Safe fuhr er nach Hause, wo er sie sorgfältig durchging. Die Akten dokumentierten die Gründerzeit der Bâle Bank Corporation, die sein Vater 1946 mit einem Kapital von einer Million Schweizer Franken, die er zu einem Viertel zeichnete, gegründet hatte. Das war soweit noch nichts Neues für ihn. Weitere Unterlagen zeigten Daten zu seinen privaten Wertschriften und ein Wertschriftenauszug aus früheren Jahren der Bank von Planta & Cie. Der Name sagte ihm nichts, woraus er schloss, dass es diese Bank schon lange nicht mehr gab. Diese Dokumente wollte er später noch näher anschauen. In einem Umschlag fand er einen Kalender aus dem Jahre 1930, ausserdem Briefe an Bankpartner, ein altes Arbeitszeugnis und den Ehevertrag aus erster Ehe. Den Kalender nahm er genauer unter die Lupe. Es war ein kleines Büchlein mit einer Monatsübersicht pro Seite, sodass pro Tag nur eine kleine Zeile zur Verfügung stand. Er schlug den Monat Mai auf. Am 10. Mai stand «Hoffmann». Der Eintrag stimmte mit dem Datum der

Karteikarte, die er früher gefunden hatte, überein. Allerdings war es der letzte Eintrag dieses Namens. Ansonsten fanden sich diverse andere Einträge wie «Eltern besuchen», «Uni», «Sport», oder «Helvetia», das wohl die Studentenverbindung meinte. Daneben gab es allerdings auch eine Reihe von Namen, oftmals bekannter Basler Familien wie Iselin, Burckhardt oder Sarasin, die wiederholt auftauchten. Fischer konnte sich keinen Reim machen und beschloss, sich später noch einmal mit diesen Einträgen und Namen zu beschäftigen. Schliesslich hatte er die Bescheinigung der deponierten WBC-Aktien vor sich, die Grundlage der Macht seines Vaters. Bevor er ging, legte er seiner Frau einen Zettel hin.

«War kurz hier, liebe Grüsse, Marc.»

Er war sehr selten über Mittag zu Hause, aber er hatte diese Akten nicht im Büro studieren wollen. Das war privat, sehr privat sogar. Er telefonierte kurz mit seinem Fahrer, fuhr dann mit dem Maybach in die Stadt und hielt unmittelbar vor dem Restaurant Kunsthalle, wo sein Chauffeur bereits wartete. Dieser nahm Schlüssel und Wagen in Empfang und Fischer ging in das Restaurant. Die Kunsthalle war ein Treffpunkt des gesellschaftlichen Lebens in Basel, wobei hier die Grauhaarigen deutlich überwogen; hier verkehrten die oberen Eintausend von Basel. Jermal Benadaba, der vor 30 Jahren als Kellner hier begonnen hatte und nun schon seit geraumer Zeit Chef de Service war, begrüsste ihn. Er führte den Gast zu einem schönen Platz, wo Cointrin schon auf ihn wartete. Beide hatten sich ausreichend Zeit für das heutige Rendezvous genommen, was sich bereits an der ausführliche Begrüssung zeigte. Sie bestellten sich Meeresfrüchtesalat als Entrée und vom Wagen Gigot d'Agneau. Begleitet wurde das Mahl zuerst von Weisswein, einem Meursault. Später tranken sie eine Flasche Bordeaux Chateau Pétrus, von dem manch Sommelier behauptete, es sei der beste Bordeaux überhaupt. Dieser Wein stand nicht auf der Karte, aber für exklusive Gäste führte das Restaurant auch exklusive Weine. Fischer und Cointrin nahmen sich die Freiheit, ein wenig zu entspannen. Noch vor dem ersten Gang waren sie ins Gespräch vertieft.

«Unser Programm mit der Suche nach dem Intelligenzgen ist gut gestartet, aber wir haben Probleme mit der Datenbank. Wir werden ein paar Wochen daran herum tüfteln müssen. Wir rechnen hier mit einigen Schwierigkeiten. Ich erwarte eine offizielle Orientierung beim nächsten Quartalsbericht. Wir werden die Presseinformation im Keller erstellen, *dort ist es ein paar Grad kälter.*»

Fischer dachte kurz nach, welchen Einfluss diese Informationen auf seine Aufträge für die Börse hatten, dann erkundigte sich Cointrin nach Neuigkeiten bei der Bank.

«Wir haben Probleme mit der Bündelung der Stimmen in der Familie. Meinem Vater geht es gesundheitlich momentan nicht sehr gut, was ja nicht weiter erstaunlich ist in seinem hohen Alter. Das hat aber zur Folge, dass seine Aktienstimmen vielleicht ausfallen werden bis wir uns organisiert haben, um seine Anteile zu vertreten. Ich weiss noch nicht, wie schnell wir uns einigen können. Zu berücksichtigen sind je zwei Kinder von zwei verschiedenen Ehefrauen und meine Stiefmutter. Wenn wir Pech haben, stehen sich die Interessen diametral gegenüber und dann könnte es problematisch werden. Ich werde demnächst eine Familiensitzung einberufen, aber wenn wir keine Einheit hinbekommen sollten, würden wir den Vorsitz im Verwaltungsrat verlieren und die Macht der Familie nähme ab. Ich bin der Meinung, dass der Verlust an Konzentration die Bank schwächen könnte.»

Mit einem Augenzwinkern fügte er hinzu:

«Im Übrigen hat unsere Klimaanlage Fehlfunktionen. *Im Hauptgebäude ist es kälter als üblich.*»

Auch Pierre Cointrin wusste nun, welche Aufträge er an der Börse tätigen würde.

«Konnten Sie etwas herausfinden bezüglich meinem Vater und der Familie Hoffmann?»

«Sie wissen, ich bürge mit meinem Namen für die Anonymität der Teilnehmer in unserem Programm.»

«Das weiss ich und respektiere es auch vollumfänglich. Ich weiss nur, dass mein Vater am Programm teilgenommen hat. Von den anderen Personen ist mir dies nicht bekannt. Wissen Sie etwas?»

«Leider nicht. Die Daten sind anonymisiert und ich habe keinen Einfluss auf den Inhalt. Wir haben eine spezielle Software, zu der nur ganz wenige Leute Zugang haben, um die Anonymitätsstufe zu überwinden. Und dies wäre nur in Kooperation mit mehreren Mitarbeitern verschiedener Sicherheitsbereiche möglich.»

Dann nahm er die Schweizer Illustrierte hervor, ein Blatt, das der Regenbogenpresse zuzuordnen ist, und zeigte ihm einen Artikel mit dem Titel: «Halbgeschwister finden sich über das Internet».

Der Hinweis mit der Zeitschrift war eindeutig. «Das heisst wohl, Sie haben nichts herausbekommen.»

Sie pflegten nicht alles auszusprechen, ergänzten ihr Gespräch aber gerne mit einer starken nonverbalen Kommunikation und verstanden sich auch hier ohne viele Worte ausgezeichnet. Cointrin schüttelte kaum merklich den Kopf.

«Was wissen Sie über diese Familie in der Schweizer Illustrierten?»

«Es handelt sich um einen Bekannten von mir, der seine Halbschwester gesucht hat.»

Dann schrieb er auf einen Zettel:

Karl-Maria Hoffmann und Theodor Fischer = gemeinsames Blut, Theodor Fischer = Vater, aber nicht von der Tochter

Fischer nahm einen grossen Schluck Weisswein. Er wusste, was dies bedeutete. Noch ehe er es gewahr wurde, war der Zettel wieder verschwunden. Er nahm den Faden des Gesprächs wieder auf: «Wie Sie sich denken können, sind gewisse Konstellationen für unsere Familie weniger geeignet. Wir sind vier Kinder, beziehungsweise...», er hielt kurz inne und machte eine bedeutungsvolle Pause. Nach einem Räuspern fuhr er fort: «Jedenfalls wäre eine allzu grosse Aufteilung des Aktienpaketes für eine einheitliche Stimmabgabe nicht gerade förderlich.»

«Ich verstehe», sagte Pierre Cointrin und wechselte das Thema.

Geplauder über Nebensächlichkeiten traten an die Stelle des vertieften ernsten Gesprächs. Die wichtigsten Informationen waren nun ausgetauscht und sie nahmen sich Zeit für den Meeresfrüchtesalat, den guten Wein und genossen die Atmosphäre. Zwischendurch wurden sie von Freunden und Bekannten unterbrochen, die sie grüssten. Ihre Freundschaft war bekannt und wurde geschätzt. Dass sie beim «Sie» geblieben waren, war mehr Schutz nach aussen als ein Zeichen der Distanz, denn im Grunde fühlten sie sich eher wie Brüder denn als Geschäftsfreunde. Aus diesem Grund konnten sie sich auch immer wieder um grosse Gefallen bitten.

Fischer wurde allmählich klar, dass seine bisherige Ahnung zur Tatsache wurde. Ein weiterer Halbbruder, dachte er, ist ein Erbe mehr, und das ist ein Erbe zu viel. Unvermittelt fragte er:

«Herr Cointrin, wie gehen Sie eigentlich mit Personal um, das Sie nicht mehr brauchen?»

«Dafür haben wir eine spezielle Unterabteilung bei den Human Resources*. Die Personalabteilung führt Gespräche mit den betroffenen Personen, bietet Umschulungsprogramme an und solche Sachen.»

«Ja, so etwas haben wir auch», unterbrach ihn Fischer. «Ich dachte eigentlich eher an eine finale Version des Abgangs der betreffenden Person, an etwas Endgültiges.»

Pierre Cointrin hatte verstanden.

«Nun, wir haben bei der Sicherheitsabteilung eine Person für Sonderaufgaben. Aber ich selbst habe diese Stelle noch nie aktiviert. Diese Stelle wird sehr diskret behandelt und ist nur für ganz wenige Personen zugänglich. Es ist mir nicht bekannt, wann wir das letzte Mal auf diese Dienste zurückgegriffen haben.»

Fischer nickte nachdenklich.

«Haben Sie vielleicht eine Empfehlung für eine private Lösung?»

«Ich kann Ihnen Giuseppe Baldermira empfehlen. Er hat den Hausrat unserer Tante liquidiert.»

Als Fischer ihn fragend ansah, ergänzte Cointrin mit einer bedeutungsvollen Geste: «Herr Baldermira ist auch für andere Liquidationen der Richtige.» Dabei formte er seine Hand mit gestrecktem Zeige- und Mittelfinger zu einer Pistole. Mimik war dazu nicht mehr notwendig, denn auch der Château Pétrus hatte mitgeholfen, die Phantasie der beiden Männer anzuregen. Sie lächelten sich an.

Das Gespräch drehte sich nun wieder um die Entwicklung der Sovitalis AG. Wenn das Intelligenzgen-Programm gut liefe, wollte man einen Spinn-Off* einleiten, also diesen Firmenteil abspalten und in eine neue eigenständige Gesellschaft überführen zwecks eigenständiger Kotierung an der Börse. Aber vorerst mussten ernstere Probleme bewältigt werden.

Sie verabschiedeten sich herzlich voneinander. Zurück im Büro liess sich Fischer einen doppelten Espresso bringen, denn der Wein hatte seine Konzentrationsfähigkeit beträchtlich beeinträchtigt. Währenddessen musste Cointrin eine weitere Reise nach Lateinamerika vorbereiten, ausserdem standen im Verlauf des Nachmittags noch zwei Meetings an. Im ersten wurde der Unternehmenskauf von Pharma Guadalajara Mexico Ltd. besprochen, ein Deal über rund 280 Millionen Dollar. Die Kaufverhandlungen liefen auf Hochtouren und man hatte bereits den Letter of Intent* unterzeichnet, mit dem konkretes gegenseitiges Interesse bekundet wurde und man sich gegenseitig zur Verschwiegenheit verpflichtete. Es wurde eine Sitzung für die kommende Woche anberaumt. Von Cointrin wurde es als selbstverständlich erwartet, dass er sich mit den höchsten Vertretern treffen würde. Eine Delegation würde ihn begleiten.

Das zweite Meeting fand im Labor von Stefan Meyer statt. Meyer orientierte über den aktuellen Status quo. Er berichtete, die Datenerfassung ginge gut voran, allerdings zeigten erste summarische Quervergleiche der Gendaten im einstelligen Prozentbereich fragwürdige Informationen, also Geninformationen die in dieser Form nicht auftreten sollten. Es handle sich um gemeinsame, bzw. sehr ähnliche DNA-Sequenzen. Man habe mit solchen parallelen Strukturen gerechnet, aber lediglich im zweistelligen Bereich nach dem Komma, und nicht in dieser hohen Dichte. Das wissenschaftliche Team könne dazu zurzeit noch nichts Näheres berichten und müsse die weitere Entwicklung der Analyse und neue Erkenntnisse aus der Forschung abwarten. Erst vertiefte Analysen würden den Grund dieser Resultate zeigen und das Phänomen erklären können.

Auch für Fischer brachte der Nachmittag zwei Meetings mit sich. Im ersten wurde der Unternehmenskauf der Privatbank Soiron & Cie. besprochen, ein Deal über rund 120 Millionen Schweizer Franken. Man war in Verhandlungen mit der dritten Generation der Familie Soiron. Im Wesentlichen ging es um die Übernahme des Vermögensverwaltungsgeschäftes. In der kommenden Woche würde es auf höchster Ebene Gespräche geben und Fischer war zuversichtlich, denn dieser Deal würde einen substanziellen Gewinn für die WBC abwerfen. Im zweiten Meeting ging es um die Vorbereitung der nächsten Verwaltungsratssitzung. Die Arbeitsgruppe ging die Traktanden durch und bereitete die Akten für die Teilnehmer vor. Unter dem Traktandum Varia fand sich ein Sammelsurium an Dokumenten und ein Teil davon betraf das Thema des Doppelmandats. Ein Pro- und ein Contra-Aufsatz lagen bei, einen davon kannte Fischer. Das Ergebnis der Diskussion im Verwaltungsrat aber war noch völlig offen.

Am späten Nachmittag machte sich Fischer auf den Weg zu der ihm empfohlenen Adresse. Er hatte den Eintrag im Telefonbuch sogleich gefunden: Giuseppe Baldermira, freiberuflicher Liquidator, St.Alban-Vorstadt, Basel. Da er nicht wusste, was ihn erwartete, war er erstaunt, in einen Laden mit allerlei Zeugs unterschiedlicher Herkunft und antiquarischen Gegenständen zu treten. Herr Baldermira war ein freundlich wirkender Mann mittleren Alters, der ihn höflich begrüsste und zuvorkommend fragte: «Sucht der Herr etwas Bestimmtes?»

«Ja, ich suche eine Büste, wenn möglich römischer oder griechischer Provenienz.»

«Wir haben nur Kopien oder Abgüsse aus Museen.»

Fischer überlegte eine Weile und fragte dann: «Haben Sie antike Manschettenknöpfe?»

Baldermira zog eine Schachtel hervor und zeigte ihm eine Auswahl schöner Manschettenknöpfe.

«Sie sind alle original Jugendstil.»

Fischer kaufte ein Paar, das ihm gefiel und ihm wurde bewusst, dass er gerade zum ersten Mal etwas Gebrauchtes erwarb, das nicht ein antikes Möbelstück war. In beiläufigem Ton fragte er: «Machen Sie auch Liquidationen?»

«Ja natürlich. Ich bin freiberuflicher Liquidator. Ich liquidiere Warenlager, Teppiche, Möbel, Büromaschinen, Unterhaltungselektronik, ja sogar ganze Fahrzeugparks und vieles mehr. Haben sie ein bestimmtes Anliegen?»

«Ja das habe ich. Aber das gehört nicht in die erwähnte Kategorie.»

«So. Um was für eine Sache handelt es sich dann?»

«Es handelt sich genau genommen nicht um eine Sache.» Fischer zeigte bedeutungsvoll auf eine schöne kleine Statue. «Es geht in diese Richtung, etwas Delikates.»

«Ich habe im Moment nichts an Lager. Aber wie wäre es heute Abend um acht Uhr im Restaurant Atlantis an der Bar.»

«Das passt gut. Bis dann.»

«Bis dann. Übrigens, wer hat Ihnen denn von meinen Spezialitäten erzählt?»

«Chemie.» Eigentlich hätte er «Pharma» sagen müssen, aber das wollte er bewusst vermeiden.

«Aha. Dann bis heute Abend.»

Marc Fischer verabschiedete sich und machte sich auf den Weg zurück zum Bankenplatz, stieg in seinen Wagen in der Garage und war schon kurze Zeit später auf dem Bruderholz. Zu Hause war seine Ehefrau Claudia gerade im Gespräch mit Mathilde. Sie begrüssten sich und Mathilde kam sogleich zur Sache: «Dein Vater ist zu Hause. Wir haben das Gästehaus hergerichtet für fünf Krankenschwestern, welche sich ablösen können und so eine 24-Stundenbetreuung ermöglichen. Fünf Mal am Tag kommt ein Arzt, auch sein Hausarzt wird täglich kommen. Ich denke, das ist das einzig Richtige. Er fühlt sich wohl zu Hause. Allerdings nimmt seine Aufnahmefähigkeit rapide ab. Das Gespräch mit ihm wird immer schwieriger.»

«Danke für deinen Einsatz, Mathilde. Ich habe heute Abend noch einen Termin, aber morgen werde ich ihn besuchen.»

«Wie läuft es in der Bank?», wollte Mathilde wissen. «Gibt es wegen Theodors Abwesenheit Schwierigkeiten oder Dinge, die geklärt werden müssen?»

«Ja. Wir sollten eine Familiensitzung einberufen, um zu besprechen, wie es weitergehen soll. Ich gehe davon aus, dass ich längerfristig das Doppelmandat wohl werde aufgeben müssen. Wir haben demnächst eine Verwaltungsratssitzung und ich rechne mit einem frontalen Angriff von Loi Chong aus China. Er wird sich für den Bank of Shanghai-Deal revanchieren und das Doppelmandat attackieren. Bis zur konsultativen Generalversammlung der Hauptaktionäre sollten wir als Familie deshalb unsere Aktien bündeln, entweder über eine Vertretung oder über einen Aktionärsbindungsvertrag der gesamten Familie. Ein solcher Vertrag würde die Stimmen von uns Aktionären zu einer Einheit zusammenschweissen.»

«Ich weiss nicht, ob das gelingen wird, so wie ich deine Familie kenne», gab Claudia zu Bedenken. Es entspann sich eine angeregte Diskussion, bis sich Fischer um kurz vor acht verabschiedete.

Das Taxi brachte ihn rasch zum Restaurant Atlantis, einem populären Treff in Basel, das unter der Woche Menschen seiner Generation anlockte, während hier am Wochenende die Jungen Partys feierten. Während der Fahrt verfestigte sich in ihm die Erkenntnis, dass zu viele Erben nur Probleme brächten. Seine Schwester, seine beiden Halbgeschwister und Mathilde waren genug. Es musste dafür gesorgt werden, dass der Kreis der Erben übersichtlich blieb. Mit diesen Gedanken betrat er das Atlantis und stieg die Treppen hinauf in den ersten Stock, wo Baldermira bereits auf ihn wartete. Sie nickten sich zu, Fischer setzte sich zu ihm an die Bar und Baldermira fragte ihn nach seinem Anliegen.

«Ich habe folgendes Problem.» Fischer reichte Baldermira ein Foto und den Bericht von Privatdetektiv Selz. «Bitte lesen sie kurz den Bericht.»

Nachdem Baldermira den Bericht gelesen hatte, nahm ihn Fischer wieder an sich. Es blieb nur das Foto, eingepackt in einer kleinen Plastiktüte. Da Fischer absolut sicher gehen wollte, dass keine Fingerabdrücke zurück blieben, bat er Baldermira, das Bild selbst aus der Tüte zu nehmen.

«Können Sie dafür sorgen, dass diese Person ihre physische Präsenz verliert?»

Baldermira verstand die Metapher.

«Ich frage nicht weiter nach, woher Sie meine Referenz haben.» Nach einer kurzen Pause fuhr er fort: «Ja, ich könnte mir diesen Auftrag vorstellen. Haben Sie zeitliche Wünsche?»

«Innerhalb eines Monats wäre gut.»

«Das ist kein Problem. Ein Problem könnte allerdings die Bezahlung sein. Seit dem Geldwäschereigesetz sind Bargeldbeträge für mich unnütz, da ich es nicht ausgeben kann. Sobald ich etwas ausgebe, muss ich erklären, wo das Geld herkommt. Deshalb bin ich nicht mehr so aktiv. Ich erwarte 250'000 Schweizer Franken, legal einbezahlt auf ein Konto einer Schweizer Bank. Ausländische Banken ausserhalb Europas nützen mir ebenfalls nichts. Ich habe zum Beispiel erhebliche Guthaben in Russland und kann mir nicht einmal einen schönen Wagen kaufen, da jede grössere Zahlung hinterfragt wird. Aus diesem Grund bin ich in meinem Nebenjob faktisch arbeitslos und arbeite mehr im realen Warenbereich. Ich meine, man hat die ganze Arbeit, den Stress und das Risiko und kann danach das Geld nicht ausgeben. Wenn Sie eine Idee haben, wie man das Geldproblem lösen könnte, werde ich gerne wieder aktiv, aber ohne legales Geld kann ich den Auftrag nicht annehmen. Grössere Bargeldbeträge können ohne Identifikation nicht einbezahlt werden, und grosse Summen im Transfer in Europa werden analysiert. Ich möchte nicht, dass über das Geld ein Bezug zu Ihnen hergestellt werden kann, und Sie möchten das sicher auch nicht. Wenn Sie das Problem lösen können, sind wir im Geschäft.»

«Da habe ich eine unkomplizierte Lösung. Gehen Sie morgen zu einem Notar und gründen Sie eine Gesellschaft, zum Beispiel GB China Trading AG, die Giuseppe Baldermira China Trading AG. Dann eröffnen Sie ein Konto bei der WBC. Bestellen Sie sechzig Einzahlungsscheine und diese lassen Sie mir zukommen. Sie werden sehen, dass Ihre Forderung erfüllt wird. In der Folge bitte ich um Erledigung ihrer Pendenz.»

«Wenn das meinen Bedingungen von legalem anonymem Geld in der Schweiz entspricht, bin ich einverstanden», erwiderte Baldermira skeptisch. Es schien ihm eine unlösbare Aufgabe. Nicht umsonst war er seit langem ohne Auftrag, dachte sich Fischer insgeheim.

Sie tranken ihre Drinks aus, plauderten ein wenig über Alltägliches und Nebensächliches, verabschiedeten sich kurze Zeit später, und verliessen beide das Atlantis.

Baldermira hatte noch keine genauen Vorstellungen von der bevorstehenden Aufgabe, aber das beunruhigte ihn nicht weiter. Er wollte es auf sich zukommen lassen. Auf der einen Seite war er froh, nichts mehr mit seinem alten Nebenverdienst zu tun zu haben, auf der anderen Seite lief sein Geschäft an der St.Alban-Vorstadt schlecht und war wenig rentabel. Der Auftrag kam ihm gelegen, zumal für Fischer die Sache mit dem Geld kein Problem zu sein schien. Er wollte sich schon lange wieder einmal ein schönes Auto kaufen, aber dafür bedurfte es legalen Geldes. Ha, nun war es schon so weit, dass ein Liquidator dafür sorgen musste, dass er anständiges Geld für seine unanständigen Dienste erhielt, schoss es ihm durch den Kopf. Er beschloss, am nächsten Morgen zu einem Notar zu gehen und eine Gesellschaft zu gründen. Das Bankkonto wäre sicher bald verfügbar und sobald das Geld legal auf seinem Konto gutgeschrieben wäre, würde er auftragsgemäss handeln. Das notwendige Material hatte er noch von seinem letzten Auftrag, auch wenn dieser ein paar Jahre zurück lag. Er hatte vergessen zu fragen, ob besondere Wünsche bestünden und stellte fest, dass er etwas aus der Übung war.

8. Alte Bekannte

Baldermira hatte Glück. Kurzfristig hatte er einen Termin bei einem Notar zur Gründung einer Aktiengesellschaft erhalten und wurde nun von ihm empfangen.

«Was kann ich für Sie tun, Herr Baldermira? Wir hatten einmal vor drei Jahren das Vergnügen, zusammen zu arbeiten. Ich war damals vom Gericht bestellter Liquidator der Transair Ltd. Sie hatten die Liquidation der Waren übernommen, wissen Sie noch?»

«Ja natürlich, ich kann mich genau erinnern. Die Transair Ltd. hatte ihr Domizil in Basel und war bekannt für ihre Flüge nach Mombasa. 1967 war ein Flugzeug über Cypern abgestürzt, was den Konkurs der Gesellschaft zur Folge hatte. Die Liquidation war ein gutes Geschäft gewesen. Wir hatten alles verkauft, sogar die zehntausend Firmenkugelschreiber. Aber heute bin ich hier, um eine neue Gesellschaft zu gründen. Wie machen wir das am besten? Es eilt.»

«Nun, wir brauchen einen Namen und prüfen, ob dieser im Firmenregister frei ist. Sie zahlen das Kapital der Gesellschaft auf ein Kapitaleinzahlungskonto einer Bank ein. Daraufhin trete ich in Aktion und wir gründen die Gesellschaft in einem notariellen Akt. Sobald dieser im Handelsregister eingetragen ist, können Sie mit der Gesellschaft aktiv werden, ein Bankkonto eröffnen und Geschäfte tätigen.»

«Wie lange dauert das in etwa?»

«In der Regel gut zwei Wochen. Aber wenn wir es im Eilverfahren machen, genügt eine Woche. Das kostet allerdings etwas mehr.»

«Haben Sie noch eine andere Lösung?»

Er nahm das Telefon und wählte das Sekretariat.

«Haben wir noch einen Aktienmantel, Frau Hanselmann? Ja, das ist fein... und wie ist der Name? Ah, danke.»

Zufrieden legte er auf und sagte, wieder an Baldermira gewandt: «Nun Herr Baldermira, wenn es schneller gehen soll, können Sie die Repull AG übernehmen. Es handelt sich um eine Gesellschaft, die ein Klient unseres Advokatur- und Notariatsbüros nicht mehr benötigt. Diese kostet 10'000 Franken. Die Firma ist ohne Lasten. Wir können morgen den Namen ändern und die Gesellschaft ist sofort für Sie aktiv. Diese Lösung kann ich Ihnen anbieten.»

«Das wäre wunderbar. Die Gesellschaft soll neu GB China Trading AG heissen. Können wir das morgen ändern?»

«Ja, wir machen eine notarielle Änderung der Statuten. Dann brauchen wir noch neue Organe, insbesondere einen neuen Verwaltungsrat. Wer soll das sein?»

Baldermira überlegte.

«Nun, wenn Sie das wünschen», fuhr der Notar fort, «kann einer unserer Anwälte das Mandat übernehmen. Sie würden dann nicht in Erscheinung treten.»

Gute Idee, dachte Baldermira.

«Gerne. Hat die Gesellschaft schon ein Bankkonto?»

«Ja, aber das können Sie nicht verwenden, da sich der BO*, also der Beneficial Owner, ändert. Der BO* ist die wirtschaftlich berechtigte Person, der das Konto entweder direkt oder indirekt über eine Gesellschaft gehört. Die Bank darf ein Bankkonto nicht mehr weiter führen, wenn der Eigentümer der Gesellschaft wechselt. Unser Anwalt müsste ein neues Konto eröffnen. Er müsste Sie dann auch neu identifizieren wegen dem Geldwäschereigesetz und Sie wären auch gebeten, ihn über alle Finanzströme zu informieren.»

Ehrbares Geld zu generieren war nicht einfach, seufzte Baldermira innerlich.

«Ich denke, dann übernehme ich das Verwaltungsratsmandat selbst. Dann kann ich schneller handeln, gerade weil im Moment die Zeit ein wichtiger Faktor ist. Wenn die Geschicke der Gesellschaft unmittelbar in meinen Händen liegen, kommen wir wohl am schnellsten ans Ziel.»

«Ich verstehe, das ist kein Problem. Kommen Sie einfach auf uns zu, wenn Sie dies möchten. Wir sehen uns morgen für die Statutenänderung. Sie müssten allerdings den Kaufpreis von 10'000 Franken bar mitbringen.»

«Ja, natürlich.» Bargeld war kein Problem für Baldermira.

«Die Rechnung für die Statutenänderung geht dann zulasten Ihrer neuen Gesellschaft.»

«Das ist im Kaufpreis nicht enthalten?» Baldermira war ehrlich erstaunt.

«Leider nein.»

«Gut. Dann also bis morgen.»

«Ja, bis morgen. Auf Wiedersehen Herr Baldermira.»

Morgen würde er bereits eine Aktiengesellschaft besitzen, zur Bank gehen können und ein Konto eröffnen, dachte Baldermira auf dem Rückweg. In ein paar Tagen würden 250'000 Franken eintreffen. Wie, wusste er nicht, das hatte sein Auftraggeber nicht gesagt. Aber wenn das Geld eingetroffen wäre, würde er sich an seine Arbeit machen. Noch konnte er allerdings nicht so recht glauben, dass Geld dieser Grössenordnung auf legalem Weg und anonym auf das Konto seiner neuen Gesellschaft gelangen würde.

✷ ✷✷✷✷

Das übliche operative Geschäft war zeitlich und inhaltlich anspruchsvoll, lief aber gut. Fischer stellte sich den Herausforderungen, den gesundheitlichen Problemen seines Vaters, dem plötzlich aufgetauchten Erbe, und der Offensive im Verwaltungsrat gegen sein Doppelmandat. Ihm war klar, dass es hier eines geschlossenen Familienentscheides bedurfte, um die Stellung wie bis anhin zu halten, doch er konnte nicht abschätzen, ob ihn seine Halbgeschwister unterstützen würden.

Fischer bestellte Andreas Buchholzer, den Chef für interne Sicherheit, zu sich. Es dauerte etwa eine viertel Stunde, dann war dieser in seinem Büro.

«Herr Fischer, was kann ich für Sie tun? Brauchen Sie noch Ergänzungen zum Bericht Hoffmann?»

«Nein, nein. Der Bericht Hoffman ist ok. Darauf komme ich vielleicht später noch mal zurück. Gab es denn Bemerkungen des Compliance Officers*?»

«Nein, absolut nicht. Er hat Ihr Informationsbedürfnis zur Kenntnis genommen.»

«So. Wunderbar. Ich habe eine andere Frage: Wir haben doch eine Unterabteilung im Ressort Interne Sicherheit für schwierige Fälle. Ist dieser Dienst handlungsfähig?»

«Das ist mir nicht bekannt. Ich bin nicht ganz sicher, ob ich weiss, wovon Sie sprechen...?»

In etwa leiserem Ton fuhr Fischer fort.

«Es geht um unsere Abteilung für Physische Elimination. Das letzte Mal hatten wir diesen Dienst aktiviert, als wir Probleme hatten mit unserer Tochtergesellschaft in Bogotá. Wir hatten dort existentielle Bedrohungen: Erpressung, Entführung, Sachschäden. Wir haben deshalb unseren Dienst für Physische Elimination aktiviert. Eine Abteilung unterstützte die lokalen Geschäftsführer. Wir konnten in der Folge den Problemherd zuerst lokalisieren und dann tilgen. Ich glaube, das war sogar unter Ihrer Regie.»

«Ah, jetzt weiss ich, was Sie meinen. Ja das ist korrekt. Wir hatten damals die Ausgaben über ‚Help for Latin America' abgebucht. Das war ein erfolgreicher Einsatz.»

«Genau das meinte ich. Ist dieser Dienst noch aktivierbar?»

«Ich habe Jahre nichts mehr gehört davon. Diese Dienststelle ist sehr diskret. Ich weiss, dass die Einsätze stark ortsgebunden sind. Es gibt dazu kein zentrales Einsatzdispositiv mehr. Wenn Sie diese Abteilung in Europa aktivieren möchten, wäre sie zurzeit meines Wissens nicht handlungsfähig. Aber wenn wir ein Problem haben, könnte ich etwas unternehmen. Ich habe in vager Erinnerung, dass wir vor einigen Jahren einen Einsatz in Italien hatten. Wir hatten in Neapel ein Aufsehen erregendes Handling* gehabt, mit beschränktem Erfolg. Im Rahmen der Aktion ‚Angelo' wurden 15 bewaffnete Personen während einem Jahr in Neapel stationiert. Letztendlich wurde Schutzgeld bezahlt und die Truppe abgezogen. Aber das ist schon einige Jahre her.»

«Wie ging das vonstatten?»

«Wir haben einen Ausschuss des Verwaltungsrats, der sich dem Anliegen annimmt. Es gibt keine Akten, aber eingeschränkte Beschlussprotokolle. Im Falle der Handlungsunfähigkeit der lokalen Behörden wird der Einsatz von uns geprüft. Wie gesagt, der letzte Einsatz ist schon eine Weile her. Wir müssten meines Erachtens wieder bei Null anfangen.»

«Es gibt in der Schweiz unangenehme Aktionäre, die ihre Stellung schamlos ausnützen. Ausserdem gibt es eine Person, die neu substanzieller Aktionär werden könnte, dem Unternehmen aber ganz und gar nicht genehm ist, da sie für erhebliches Wirrwarr sorgen könnte. Aber ich denke nicht, dass dies für unsere Abteilung ein mögliches Thema wäre, oder?»

«Nein, absolut nicht. Das ist Anwaltsfutter. Die Abteilung, von der wir sprechen, ist für knochenharte Probleme geschaffen, kriegsähnliche Zustände. Ich denke, Sie wissen was ich meine?»

«Ich glaub schon, ja. Ich danke Ihnen.»

Marc Fischer war nicht weiter an einem Gespräch interessiert, da sich eine Lösung seiner Problematik hier nicht finden liesse.

Er verliess Büro und Bank, was zurückhaltenden Protest seines Teams auslöste, da eine Menge Korrespondenz unerledigt blieb, doch dem würde er sich erst morgen widmen. Für ihn gab es im Moment Wichtigeres: den Erhalt seiner Stellung innerhalb der Bank und in der Familie. Zu Vieles war im Augenblick offen. Er stieg in seinen Wagen in der Firmengarage und fuhr in das Villenviertel auf dem Bruderholz. Er kannte das Quartier wie seine Westentasche, denn er war dort aufgewachsen und wohnte noch immer dort. Sein Weg führte ihn zur Bruderholzallee 34. Er parkte seinen Wagen in der Allee, wo es genug Parkplätze gab. Eine grosszügige Villenüberbauung und zahlreiche private Garagen führten zu einer geringen Nachfrage nach öffentlichen Parkplätzen. Er läutete am Gartentor des Hauses mit der Nummer 34. Ein mittelgrosser Garten umgab die Villa. Er schätzte, dass das Haus in den 30er Jahren erbaut worden war. Umbauten hatten nicht stattgefunden und der Unterhalt wurde offensichtlich vernachlässigt. Nach einer Weile summte der Türöffner und er stieg die wenigen Treppen zum Haus hinauf. Eine ältere Dame öffnete die Türe.

«Guten Tag», sagte sie skeptisch und in fragendem Tonfall.

«Guten Tag Frau Bieder-Hoffmann. Mein Name ist Fischer, ich wohne nicht weit weg von hier.»

«Fischer?»

Sie überlegte und versuchte, sich an Ereignisse zu erinnern, die mit diesem Namen zusammenhingen. Doch es kam ihr nichts in den Sinn. «Was kann ich für Sie tun?»

«Ich wollte nur kurz mit Ihnen sprechen. Es kann sein, dass wir uns von früher kennen. Vielleicht kennen Sie meinen Vater, Theodor Fischer?»

Sie zeigte sich ihm gegenüber nun offener.

«Treten Sie doch ein. Ich habe allerdings nur wenig Zeit. Mein Mann kommt bald nach Hause und ich habe noch einiges zu tun.»

«Das ist sehr nett.» Sie betraten die Wohnung und Frau Bieder-Hoffmann bezeichnete ihm, sich an den Küchentisch zu setzen.

«Ich möchte Sie nicht lange aufhalten und komme gleich zur Sache. Ihr Bruder ist ein Adoptivkind?»

Sie war verblüfft. Mit dieser Tatsache war sie schon lange nicht mehr konfrontiert worden.

«Wissen Sie, ob Ihr Bruder seinen leiblichen Vater kennt?»

«Darüber möchte ich mit Ihnen eigentlich nicht sprechen. Dafür kenne ich Sie zu wenig. Ich weiss ja kaum, wer Sie sind. Mein Bruder weiss auch sicher mehr zu diesem Thema. Er hat sich mir gegenüber darüber nicht oft geäussert. Und für meine Eltern war die Adoption eigentlich nie ein Gesprächsthema.»

«Hätten Sie mir vielleicht die Adresse ihres Bruders? Ich würde sehr gerne mit ihm sprechen.»

«Ja, ich denke, mein Bruder ist in dieser Sache der richtige Ansprechpartner für Sie. Wie gesagt, in unserer Familie ist dieser Sachverhalt zwar bekannt, aber mein Bruder weiss mehr darüber.»

Sie gab ihm die Adresse.

Frau Bieder-Hoffmann war mit dieser Situation sichtlich überfordert und signalisierte Fischer deutlich, dass sie dieses Gespräch nicht weiterführen wollte.

«Entschuldigen Sie bitte die Störung. Ich danke Ihnen für das Gespräch und wünsche einen schönen Abend.»

Fischer wusste nach diesem Gespräch nicht viel mehr als vorher. War der Familie bekannt, wer der leibliche Vater von Karl-Maria Hoffmann war oder nicht? Wenn Karl-Maria Hoffmann – oder sollte er ihn etwa Bruder nennen? – es wusste, so wusste er auch um sein Erbe. Schliesslich war er als leibliches Kind von Theodor Fischer erbberechtigt. Sollte es ihm aber nicht bekannt sein, wusste er auch nichts von seinem Erbe. Und diese Möglichkeit bestand durchaus, denn wie er aus dem Bericht des Detektivs hatte entnehmen können, gaben die Akten der Behörden keine Auskünfte über die Identität des leiblichen Vaters. In diesem Fall hätte er nicht zu teilen. Auf dem Weg zu seinem Wagen überlegte er, ob er noch Kontakt mit Karl-Maria Hoffmann aufnehmen sollte oder nicht, denn es war ihm auch klar, dass er sich verdächtig machen würde, je mehr er in der Familie Hoffmann präsent war. Er selbst hatte die Gewissheit, dass sein Vater auch der Vater von Karl-Maria Hoffmann war, doch wusste das auch sein Vater? Und was wusste Karl-Maria Hoffmann? Ungewissheit über Ungewissheit. Die Liquidation war in Auftrag gegeben. Es hing nur noch vom Geld ab. Er hatte keine abschliessende Idee, wie er die Summe an Baldermira zahlen würde. Sein Plan dazu existierte nur in vagen Zügen. Solange kein Geld floss, würde nichts passieren. Das beruhigte ihn in der jetzigen Situation.

Doch Marc Fischer wollte Gewissheit haben. Entschlossen ging er zu seinen Wagen, nahm die Notiz von Frau Bieder-Hoffmann zur Hand mit der Adresse und der Telefonnummer und wählte die Nummer mit seinem Handy.

«Hoffmann», klang es trocken.

«Ja, guten Tag, hier spricht Fischer. Vielleicht kennen Sie mich, ich bin CEO der WBC.»

«Ja, ich kenne Sie natürlich aus den Medien. Übrigens hat mich gerade meine Schwester angerufen und mir erzählt, dass Sie sie besucht haben.»

«Ja, das ist korrekt. Hätten Sie Zeit für ein kurzes Gespräch? Ich bin in Ihrer Nähe.»

«Das geht in Ordnung. Wann sind Sie da?»

«In wenigen Minuten. Bis dann.»

Er startete den Motor seines Wagens und fuhr in die Gundeldingerstrasse, welche am Fusse des Bruderholzes das Villenviertel umspannte. Er kannte sich gut aus in dieser Gegend. Trotzdem fand er keinen Parkplatz und stellte seinen Wagen in ein Parkverbot. In wenigen Schritten war er beim Haus und läutete. Die Maisonettedachwohnung lag im vierten Stock und Hoffmann liess ihn in ein geräumiges Wohnzimmer eintreten. Weiter hinten konnte er ein zweites Zimmer erkennen, die übrigen vermutete er in der oberen Etage. Die Wohnung war funktional eingerichtet. Fischer wusste aus dem Bericht von Selz, dass Hoffmann alleinstehender Rentner war.

«Was suchen Sie in meinem Leben, Herr Fischer?», fragte er direkt und mit einem provokativen Unterton. «Ich denke, ein Mann wie Sie sucht nicht den gesellschaftlichen und sozialen Kontakt zu Personen wie mir.»

«Es tut mir leid, wenn ich aufdringlich erscheine», sagte Fischer entschuldigend. «Mein Vater hatte kürzlich einen Schwächeanfall. Es geht ihm inzwischen wieder ganz ordentlich. Ich habe während seiner Krankheit seine finanziellen Angelegenheiten geregelt und habe eine Notiz aus seiner Studentenzeiten gefunden. Daraus habe ich entnommen, dass er Ihren Vater aus jener Zeit gekannt haben muss. Wissen Sie etwas darüber?»

Hoffmann setzte sich an den Esstisch, der mitten im Raum stand und bezeichnete Fischer, es ihm gleichzutun.

«Meine Eltern haben mich über gewisse Dinge aufgeklärt, die vielleicht in diesen Rahmen gehören. Eines Tages, ich war 15 Jahre alt, haben mir meine Eltern eröffnet, dass ich einen anderen Vater habe und väterlicherseits adoptiert wurde. Den leiblichen Vater konnten oder wollten sie mir nicht nennen. Meine Eltern haben immer wieder darüber diskutiert und einmal war auch der Name Vischer* gefallen. In meiner Vorstellung handelte es sich aber immer um Vischer* mit V. Vielleicht habe ich mir das altehrwürdige Basler Geschlecht einfach gewünscht und im Anfangsbuchstaben den Unterschied gesucht. Als mich meine Mutter erwartete, muss die Schwangerschaft positiv auf das Leben meiner Eltern gewirkt haben, denn es folgte meine Schwester, die ein leibliches Kind meiner Eltern ist. Obwohl meine Eltern sehr gut zu mir waren, habe ich in jüngeren Jahren sehr darunter gelitten, dass mein Vater nicht mein leiblicher Vater war. Das Schlimmste war, dass sie nicht darüber gesprochen haben, es schien ihnen peinlich zu sein. Später habe ich unsere Familiengeschichte positiver gesehen, und meinen Part gewissermassen als Initiierung für ein weiteres Kind interpretiert.»

Nachdenklich hielt er inne und sagte dann mit veränderter Stimme: «Aufgrund Ihres Besuchs muss ich nun annehmen, dass eine Beziehung zu ihrem Vater durchaus bestanden haben könnte. Was sind denn Ihre Anhaltspunkte?»

Fischer räusperte sich geräuschvoll. «Eigentlich habe ich nur ein Foto im Album meiner Eltern gefunden. Darunter stand ‚Ehegatten Hoffmann, Nachbarn'. Und nachdem ich nichts weiter gefunden hatte, wollte ich einmal der Sache nachgehen. Mehr war das eigentlich nicht.»

«Das kann ich mir kaum vorstellen», erwiderte Hoffmann skeptisch. «Ich bin zwar nicht so intelligent und erfolgreich wie Sie, aber da steckt doch mehr dahinter. Aber immerhin wurde ich im Programm der Sovitalis in der Kategorie Intelligentia aufgenommen. Sie können also davon ausgehen, dass ich über eine überdurchschnittliche Intelligenz verfüge. Haben Sie von dieser Studie gehört?»

Fischer wusste nur zu gut davon. Er wusste sogar um die Gene seines Vaters und aller hier Anwesenden. Er versuchte, möglichst unverbindlich zu antworten.

«Ich habe in der Zeitung davon gelesen. Geht es da nicht um die Ermittlung von Genen und Erbkrankheiten?»

«Da sind Sie schlecht informiert. Es geht um die Suche nach dem Intelligenzgen. Eine wundervolle Sache. Sovitalis will erforschen, ob Intelligenz erblich ist, was man bisher nur vermuten kann.»

Hoffmann analysierte sein Gegenüber. Die Unkenntnis über die Sovitalis-Studie schien ihm äusserst unglaubwürdig, zumal ganz Basel davon sprach. Er würde aufmerksam bleiben und auf jeden Fall die Familie Fischer im Auge behalten, insbesondere Marc Fischer.

«Ah, das Intelligenzgen. Doch, davon hab ich gelesen. Sehr interessant. Da haben Sie mitgemacht?»

«Ja, ich hab Blut gegeben zur Ermittlung meiner DNA und einen Intelligenztest absolviert. Sie nicht?»

«Nein, ich hatte keine Zeit. Aber nun noch einmal auf die Notiz meines Vaters zurückzukommen: Sie können sich demnach nicht persönlich an ein Zusammentreffen der Familien erinnern?»

«Nein, absolut nicht», antwortete Hoffmann entschieden. «Das muss die Zeit vor meiner Geburt betreffen.»

Während sie noch eine Weile miteinander sprachen, wussten beide Männer nicht, ob der andere mehr wusste, als er preisgeben wollte. Fischer war sich nun auf jeden Fall im Klaren, einen Miterben mehr zu haben, und er vermutete, dass sich diese Erkenntnis auch bei Hoffmann durchgesetzt hatte. Sie verabschiedeten sich freundlich aber mit der Distanz von entfernten Bekannten. Die Möglichkeit, dass sie Halbbrüder sein könnten, schien beiden nicht bewusst zu sein.

Fischer verliess das Haus über die Treppe und ging zu seinem Wagen. Trotz des Parkverbots hatte er keinen Strafzettel bekommen. Er dachte über den Besuch nach und über das, was er wohl auslöste. Es wäre möglich, dass die Sensibilität für die Frage nach dem gemeinsamen Vater bei Hoffmann erst aufgrund seines Erscheinens erwacht war. Es könnte aber auch sein, dass Hoffmann diese Frage schon lange beschäftigt hatte. Hoffmann schien jedenfalls mit grosser Wahrscheinlichkeit rechtmässiger Erbe zu sein, und das war für Fischer eindeutig ein Erbe zu viel. Fischer begann zu überlegen, wie er es anstellen sollte, dem Liquidator Baldermira 250'000 Franken legales Geld zu überweisen. Sollte das nicht gerade ihm als Banker möglich sein? Oder wäre es gerade deshalb ein Problem? Zu Hause angekommen, wollte er seinen Maybach in der Garage parken, doch er war ziemlich zerstreut und hätte um ein Haar seinen daneben geparkten Porsche zerkratzt. Nur eine heftige Bremsung konnte das verhindern. Leicht verärgert stieg er aus, nahm den Lift in das Erdgeschoss, zog Schuhe und Mantel aus und ging ins Wohnzimmer. Seine Frau sass entspannt auf der Couch und schaute fern.

«Hallo Claudia.»

«Hallo Liebling», begrüsste ihn seine charmante Gattin und begann sofort zu plaudern.

Beide genossen noch ein Glas guten Wein, wobei er diesmal einen asiatischen, süssen Pflaumenwein wählte. Es erschien ihm als das richtige Getränk nach diesem ereignisreichen Tag, denn die Süsse und der Alkohol liessen endlich etwas Ruhe aufkommen. Er hatte eigentlich noch einen Gang in die Sauna machen wollen, doch er entschied sich, lieber früh schlafen zu gehen.

Müde und matt glitt er ins Bett, doch seine Nachtgedanken blieben bei den erlebten Tagesereignissen.

9. Mondscheinsonate

Der neue Tag brachte neue Kräfte, auch für Marc Fischer. In seinem Büro angekommen, sah er, dass sich Andreas Rebmann angemeldet hatte, der Compliance Officer*, der für das Einhalten von Firmengrundsätzen verantwortlich und direkt dem Verwaltungsrat unterstellt war. Fischer bat ihn ins Büro.

«Guten Morgen Herr Fischer.»

«Tag Herr Rebmann. Was gibt es Neues?»

«Ich erlaube mir die Frage: was war denn der Anlass zum Informationsgesuch Hoffmann? Es ist unüblich, dass Sie sich von einer Person die gesammelten Bankdaten geben lassen. Sie wissen, die Zugriffe über Personendaten sind stark eingeschränkt und eigentlich nur dem Sachbearbeiter zugängig. Und Sie sind ja nicht der Sachbearbeiter.»

Fischer liess sich nicht anmerken, wie unangenehm ihm dieser Hinweis war. Er räusperte sich und versuchte, mit möglichst unverfänglicher Stimme zu antworten.

«Ähm, ich bin quasi ein Nachbar von Karl-Maria Hoffmann. Ich berate ihn in einer Neugestaltung seiner Hypothek. Es ist eines der wenigen Geschäfte, um die ich mich persönlich kümmere. Stand das denn nicht im Gesuch?»

«Nein, der Vermerk lautet auf ‚geschäftliche Gründe', was etwas vage ist.»

«Gut. Dann hätte ich das nun präzisiert. Ich denke, das genügt.»

«Ja absolut. Sie wissen...»

Ungeduldig unterbrach ihn Fischer: «Ja, ich weiss, das ist ok. Ich habe aber noch eine andere Frage: Gibt es eine Möglichkeit, 300'000 Franken ohne Identifikation zu überweisen?»

Rebmann sah ihn entsetzt an. «Aber Herr Fischer, das gehört doch zu Ihrem Berufsethos. Das ist aufgrund des Geldwäschereigesetzes nicht mehr möglich.»

«Ja, das weiss ich schon», sagte Fischer schnell. «Meine Frage ginge dahin, ob es bekannte oder halbbekannte Wege gäbe, dieses Gesetzesgebot zu umgehen. Mit anderen Worten, Herr Rebmann, ich möchte einfach wissen, ob es solche Möglichkeiten gibt oder Sie als Compliance Officer* ein Abwehrdispositiv haben. War das deutlich genug?»

Das war es. Und auch Rebmann wollte sich für den Rest des Gesprächs klarer ausdrücken.

«Herr Fischer, so etwas ist mir nicht bekannt. In der Schweiz jedenfalls geht das nicht, weil alles über die zentrale Zahlungsstelle fliesst. Alle Überweisungen über 5000 Franken sind offen zu legen und müssen vom Geldinstitut identifiziert werden. Es ist somit nicht möglich, mehr als 5000 Franken anonym zu zahlen. Die einzigen Banken, die so etwas machen, sind einige russische Kreditinstitute. Das nützt jedoch nicht viel, da regelmässig alle Akten und das Geld beschlagnahmt werden. Wenn bei uns eine nicht identifizierte Geldzahlung eintrifft, wird diese blockiert, es wird nachgefragt und ohne plausiblen Grund wird der Betrag nicht ausgezahlt. Bei russischen Banken sind wir sehr vorsichtig. Es kommt kaum noch vor, dass grössere Zahlungen ohne Abklärung bei hiesigen Geldinstituten gutgeschrieben werden. Die Banken aus Moskau haben sich deswegen schon oft beschwert. Doch seitdem immer wieder grössere Summen von der Bundesstaatsanwaltschaft beschlagnahmt wurden und sich in einigen Fällen klare kriminelle Hintergründe beweisen liessen, akzeptieren sie unser Verhalten. Es gibt aber immer noch schwarze Schafe und der Geldmarkt in Russland ist sehr intransparent, nicht zuletzt auch aufgrund der Korruption in Regierungs- und Beamtenkreisen.»

Fischer tat, als sei er mit diesem Bericht zufrieden, bedankte sich und verabschiedete Rebmann. Beinahe zeitgleich traf Privatdetektiv Selz ein.

«Ach, Herr Selz, was gibt es Neues zu Hoffmann?»

«Leider nichts, Herr Fischer. Ich kann heute meinen Bericht mündlich nicht weiter ergänzen. Ich habe noch ein wenig herumgehorcht, aber ich bin auf nichts Neues gestossen. Eine Sache gibt es vielleicht noch zu erwähnen: Herr Hoffmann fährt jeden Freitagabend um halb sechs mit dem Zug ab Basel SBB über den Badischen Bahnhof und Freiburg nach Hinterzarten in den Schwarzwald und am Sonntagabend wieder zurück. Er hat dort eine Ferienwohnung.»

Basel und die Bahnhöfe, dachte Fischer. Die drei verschiedenen Bahnhöfe – SBB für schweizerische Destinationen, SNCF für Züge von und nach Frankreich und Badischer Bahnhof für Deutschland – führten immer wieder zu Verwirrungen bei seinen ausländischen Freunden. Er selbst war stolz auf die Internationalität der Stadt und schätzte die Nähe zu den beiden Nachbarländern.

Fischer beschloss, Selz nichts von seinem Besuch bei Hoffmann zu erzählen. Das ging ihn nichts an. Ihm war auch klar, dass es Selz nicht kommentieren würde, falls er es bereits herausgefunden hätte.

«Aha, das ist in der Tat interessant», nahm Fischer den Gesprächsfaden wieder auf. «Vielen Dank. Ich habe noch eine andere Frage: Kennen Sie eine Möglichkeit, eine grössere Bargeldsumme, sagen wir 300'000 Franken, jemandem ohne Identifikation zu überweisen?»

«Nein, das kann man in Westeuropa unmöglich veranlassen. Bareinzahlungen kann man nur bis 5000 Franken anonym tätigen», kam die Antwort präzis, klar und unverzüglich.

«Ich meine, gibt es keine kreativen Ansätze zu dieser Thematik?»

«Nein, absolut nicht. Die einzigen Wege, die ich kenne, sind Antiquitäten und Kunst. Anstelle von Geld werden Kunstgüter verschoben, denn da braucht es von Gesetzes wegen keine Identifikation. Die Händler streben aber selbst in dieser Branche wegen dem Wiederverkauf nach einer hundertprozentigen Dokumentation. Das heisst, auch hier besteht wenig oder gar kein Spielraum.»

«Und wie sieht es mit Bargeld aus?»

«Es ist problemlos, das Bargeld von der Bank zu beziehen. Das Bargeld kann auch problemlos weiter gegeben werden. Erst bei der Einzahlung wird es problematisch. Der Einleger wird in der Regel von der Bank gefragt, woher das Geld kommt. Das wissen Sie ja besser als ich. Wenn es keine klare Grundlage für die Transfers gibt, wird das Geld gesperrt und eine sogenannte Kontensperre mit Meldung an die Behörde ist die Folge. Deshalb ist es heute unbeliebt, mit Bargeld zu hantieren. Kann ich sonst noch etwas für Sie tun?»

«Ja, da gibt es noch etwas anderes: Wir haben demnächst eine Verwaltungsratssitzung. Dafür möchte ich Sie bitten, mir das Wesentliche zusammenzutragen, was Sie über Loi Chong in Erfahrung bringen können. Loi Chong ist ein hoher Funktionär der Bank of China und diese wiederum wesentliche Aktionärin der WBC mit Anspruch auf einen Sitz im Verwaltungsrat. Chong versucht, mein Doppelmandat anzufechten.»

«Soll ich in China eine Observierung organisieren?»

«Das ist eine gute Idee. Ich glaube zwar nicht, dass es etwas bringt. Aber vielleicht stossen wir so zufällig auf Fakten, die uns nützen.»

«Budget?»

«Wie immer, fühlen Sie sich frei und unternehmen Sie, was Ihnen sinnvoll erscheint.»

Selz nickte und sie verabschiedeten sich.

Für Fischer stand noch ein umfangreiches Arbeitsprogramm an, welches er ohne Pause durchstand. Nach seinen beiden Gästen am Morgen gab es eine Reihe von bankinternen Sitzungen und Meetings. Gegen Mittag verliess er seinen Arbeitsplatz am Bankenplatz 11 und ging die Freie Strasse hinunter zu seiner Privatbank, dem Bankhaus Reuschel & Co. Die Empfangsperson erkannte ihn sofort und nach wenigen Minuten war er im Saferaum. Er fügte seinen Schlüssel ein, der Safeverwalter tat das gleiche und Fischer ging mit der Box zum Séparée. Mehrere Bündel 1000-Franken-Scheine ruhten in der Box und er nahm 260'000 Franken zu sich. Das Bündel fühlte sich erstaunlich leicht an, er schätzte es auf 100 Gramm. Etwa 1 Kilogramm der 1000-Franken-Scheine blieben in der Box zurück, also etwa 2,5 Millionen Franken. Anschliessend ging er die Freie Strasse weiter zur Hauptpost, ein schönes Gebäude aus der Jugendstilepoche. Im Saal musste er eine Kundennummer aus einem Automaten ziehen. Ein wenig später nahm er eine zweite Nummer. Als dann die Anzeige mit seiner Zahl aufleuchtete, ging er zum Schalter, legte einen Einzahlungsschein über 5000 Franken hin und das Geld. Er erledigte so eine Einzahlung auf sein Bankkonto mit einem Einzahlungsschein der WBC-Bank. Eine Postangestellte nahm beides entgegen.

«Ihren Ausweis bitte.»

Fischer legte seine Identitätskarte auf den Schalter. Der Name wurde notiert, er erhielt die abgestempelte Quittung.

«Ab welchem Betrag wird dieses Prozedere gemacht?»

«Ab 5000 Franken sind wir dazu verpflichtet», erwiderte die Frau am Schalter.

«Danke, auf Wiedersehen.»

Es dauerte nur kurz, und seine zweite Nummer leuchtete auf der Anzeige.

Er legte einen Einzahlungsschein zugunsten der GB China Trading AG hin, ausgefüllt auf 4999 Franken und das Geld, wiederum fünf 1000er-Scheine.

Ein Postbeamter stempelte den Einzahlungsschein ab, nahm das Geld, stellte eine Quittung aus und gab Fischer einen Franken Rückgeld. Einen Ausweis hatte er nicht sehen wollen.

Die erste Anzahlung für den Liquidator Baldermira war gemacht. Fischer bedankte sich und ging aus dem Postgebäude, vorbei am Markplatz und über die Mittlere Brücke ins Kleinbasel, das den Stadtteil nördlich des Rheins umfasst. Zielstrebig ging er ins Honky Tonk, eine Bar, die abends sehr beliebt war, insbesondere bei Männern, die der käuflichen Liebe nicht abgeneigt waren. Als Fischer hinein ging, witterten sogleich ein paar Damen ein Geschäft, doch er wimmelte sie sogleich ab. Der Barkeeper begrüsste ihn und er bestellte sich eine Stange. Als der Barkeeper ihm das Glas Bier brachte, fragte er ihn, ob der Wirt da sei. Der Keeper tat, als hätte er die Frage nicht gehört und polierte ungerührt weiter Gläser. Fischer wiederholte seine Frage und legte dabei einen 20-Franken-Schein auf den Tresen, was den gewünschten Effekt hatte. Der Barkeeper ging zum Telefon und kurze Zeit später kam Gamal Yilderim ins Lokal.

Sie begrüssten sich und gingen nach oben in Yilderims Büro.

«Nun Marc, was kann ich für dich tun?»

Yilderim und Fischer verband eine Art Geschäftsfreundschaft: Yilderim erledigte immer wieder mal die eine oder andere unangenehme Aufgabe für Fischer, und im Gegenzug hatte Fischer ihm eine günstige Hypothek für seine Liegenschaft mit Bar besorgt, die er sonst vermutlich nie bekommen hätte und Fischer hatte auch schon die eine oder andere Fälligkeit der Zinsen übernommen. Eine Win-Win-Situation für beide.

«Nun Gamal, es ist was Einfaches. Du musst 60 Postämter in der Nordwestschweiz suchen, also in Basel, Binningen, Oberwil, und so weiter. Und hier hast du 60, ach nein es sind nur noch 59 Einzahlungsscheine der GB China Trading AG. Und hier», Fischer legte ein dickes Bündel 1000er-Scheine auf den Tisch, «hast du 250'000 Franken. Zahl bitte in jeder Poststelle 4000 bis maximal 4999 Franken ein. Ab 5000 Franken musst du dich nämlich ausweisen und das wäre für die Sache sehr unpraktisch. Schreibe auf jeden Einzahlungsschein einen anderen Namen und mach nie mehr als eine Einzahlung auf einer Poststelle. Insgesamt musst du 245'000 Franken einzahlen, der Rest ist dein Honorar. Hast du noch Fragen?»

«Bis wann soll das erledigt sein?»

«Du solltest bis morgen Nachmittag durch sein. Miete dir einen sehr kleinen Wagen, damit du überall schnell halten kannst. Ich möchte nicht, dass das Nummernschild deines eigenen Wagens gesehen wird. Sonst noch Fragen?»

«Nein.»

Sie verabschiedeten sich. Yilderim wollte nicht mehr wissen und Fischer wollte nicht mehr sagen. Yilderim war sich nicht sicher, ob er etwas Illegales tat, nahm es aber nicht an, da er ja nur Geld für einen guten Freund einzahlte. Zudem stammte das Geld von einer ehrenwerten Basler Person. Er würde am nächsten Tag einen Smart mieten und alle Poststellen der Region besuchen. In zwei Tagen hätte er diese Aufgaben erfüllt und fünftausend Franken verdient. Ein guter Lohn, wie er meinte.

Fischer machte sich weit weniger Gedanken über diesen unkonventionellen Einzahlungsrhythmus. Er meinte, damit das Problem für eine grössere anonyme Einzahlung gefunden zu haben. Privatdetektiv Selz und nicht einmal sein Compliance Officer* waren auf diese einfache Idee gekommen. In etwa 24

Stunden sollte das Geld auf dem Konto von Liquidator Baldermira sein – alles Weitere lag dann nicht mehr in seinen Händen. Er ging den Weg zurück zur Bank. Als er wieder in Grossbasel war, betrat er bei der Schifflände eine Telefonkabine und wählte eine Nummer.

«Baldermira.»

«Ja, hier Fischer. Sie werden in zwei Tagen die gewünschte Summe auf dem Bankkonto der GB China Trading AG erhalten haben. Alles legal. Sie müssen nun eine Buchhaltung führen und für diese Gesellschaft eine Steuererklärung abgeben und das Einkommen versteuern. Am besten gehen Sie zu einem Buchhalter.»

«Wie bitte? Das heisst, Sie konnten das Geld anonym und auf legalem Weg überweisen?»

«Alles legal und anonym. Aber was legal ist, muss auch versteuert werden, das ist klar.»

An das hatte Baldermira nicht gedacht. Doch die Worte von Fischer leuchteten ihm ein. Ehrbares Geld kostete eben ehrbare Steuern.

«Ja natürlich. Ich verlange sofort einen Bankauszug. Dann sehe ich, was auf dem Konto ist.»

«Machen Sie das erst in ein paar Tagen. Es dauert eine Weile, bis alles gutgeschrieben ist. In einer Woche sollte spätestens alles bei Ihnen sein.» Nach einer kurzen Pause fügte er an: «Übrigens, unser gemeinsamer Bekannter fährt jeden Freitag mit dem Zug um halb sechs von Basel SBB über den Badischen Bahnhof und Freiburg nach Hinterzarten. Das ist ein Luftkurort im Schwarzwald unweit von Basel. Vielleicht ist das für Sie von Interesse?»

«Ja, danke. Ich kenne Hinterzarten. Schöner Ort», erwiderte er vieldeutig. «Auf Wiedersehen.»

Sie verabschiedeten sich. Das war's also, dachte Fischer. Nun war es an Baldermira, die Sache zu Ende zu bringen. Fischer ging zurück in sein Büro und konnte am späteren Nachmittag mit Leichtigkeit sein Geschäftspensum erfüllen. Die Defizite aufgrund seiner persönlichen Beanspruchungen schienen sich allmählich aufzulösen. Er war wieder à jour.

Später fuhr Fischer auf das Bruderholz. Auf dem Weg rief er seine Frau Claudia an, um ihr zu sagen, dass er noch seinen Vater besuchen wolle und danach nach Hause kommen würde. Sie freute auf einen gemeinsamen Abend mit ihm und auch er war froh, den Abend nicht irgendwo auf der Welt in einem Hotel mit irgendwelchen Managern zu verbringen.

Diesmal war niemand an der Gegensprechanlage, als er läutete. Er musste eine Minute warten, ehe sich das massive Tor öffnete. Er fuhr den Weg hinauf, stellte seinen Wagen auf den grossen Vorplatz und wurde von seiner Stiefmutter herzlich begrüsst. Sie tranken einen Aperitif im Wohnzimmer und Fischer beobachtete seinen Vater, der bereits sein Pyjama trug, am Klavier sass und die Mondscheinsonate von Beethoven spielte. Es schien ihm besser zu gehen. Mit seiner Stiefmutter sprach er über die Familienzusammenkunft, die am folgenden Tag stattfinden würde und in der es darum gehen sollte, den gemeinsamen Familienkonsens zu finden. Fischer bemerkte, dass sein Vater das Musikstück wiederholte und fragte Mathilde nach dem Grund.

«Er spielt das seit heute Morgen unterbrochen», sagte Mathilde ratlos. «Ich nehme es schon gar nicht mehr wahr. Alleine seit du da bist dürfte er es zum dritten oder vierten Mal spielen.»

«Wirklich?»

«Er hat dieses Stück seit Jahren nicht mehr gespielt. Nun repetiert er es ununterbrochen. Ich werde fast wahnsinnig. Vielleicht drehe ich noch vor deinem Vater durch.»

Als sich Fischer an seinen Vater wandte, sagte dieser sofort:

«Darf ich dir ein Musikstück vorspielen?»
«Aber ja.»
Sofort begann er wieder, die Mondscheinsonate zu spielen. Das Gespräch war damit erloschen. Fischer und Mathilde schauten sich verzweifelt an und Fischer verabschiedete sich, um nach Hause zu gehen, während Mathilde ihren Mann dem Pflegepersonal überliess und sich in ihr Zimmer zurückzog.

✷ ✷ ✷ ✷ ✷

Pierre Cointrin stand mit seinem Gepäck bereit, um von der Firmenlimousine abgeholt zu werden. Seine aufmerksame Frau hatte ihm wie immer das Wichtigste eingepackt. Als die Firmenlimousine vorfuhr, verabschiedete er sich von seiner Frau und liess sich zum Flughafen fahren. Diesmal stand ihm der Firmenjet wieder zur Verfügung. Er wäre auch erste Klasse geflogen, doch das Privatflugzeug war weitaus angenehmer. Ausserdem bereitete es ihm grosse Freude, dass Sovitalis seit einem halben Jahr das grössere Modell besass als die WBC. Er wurde seinerzeit von Marc Fischer auf diese neue Version aufmerksam gemacht und er konnte den Investitionsantrag rechtzeitig für die VR*-Sitzung im November einbringen, in der das Budget des Folgejahres verabschiedet und wesentliche Investitionen genehmigt wurden. Erstaunlicherweise wurde die Investition problemlos beschlossen. Cointrin nahm an, dass dies auch eine Art Würdigung der Erfolge des Vitamingeschäftes war, welche seit einigen Jahren stets deutlich über den Erwartungen lagen. Sein Freund Marc Fischer flog noch ein älteres Modell, doch so, wie er ihn kannte, erwartete dieser hier demnächst eine Änderung, denn das Bauvorhaben der WBC für einen Hangar war bereits in den amtlichen Publikationsorganen veröffentlicht worden. Er würde den Ankauf einer neuen Maschine sicher frühzeitig von Fischer erfahren.

Für Cointrin stand nun die Verhandlung in Mexiko an, die Übernahme der Pharma Guadalajara Mexico Ltd. Bis jetzt hatte er sich noch wenig Gedanken über diesen Deal gemacht. Ein paar Manager aus dem Agro-Bereich hatten sich diese Akquisition überlegt, einen Investitionsantrag gestellt, den der Verwaltungsrat gebilligt hatte. Es bedurfte nun einmal mehr seines Erscheinens als CEO auf dem internationalen Parkett der Unternehmer. Der Deal musste prominent unterzeichnet werden. Als sein Jet auf dem internationalen Flughafen von Mexico City landete, wurde er von einem Fahrer mit klimatisierter Limousine abgeholt, der ihn zum Hotel brachte. In der Metropole auf 2000 Meter überm Meer dominierte trotz der Höhe die Hitze mit schwüler, vom Smog geschwängerter Luft und Cointrin war froh um die Kühle im klimatisierten Wagen. Da die mexikanischen Geschäftspartner Erfahrung hatten mit ausländischen Managern, gönnte man Cointrin zuerst einen halben Tag Ruhe, bevor er sich in Mexico City allein bewegen durfte. Auch die Höhe war gewöhnungsbedürftig und die Abgase der 15-Millionen-Metropole taten das Übrige. Pierre Cointrin hatte nicht viele Akten bei sich. Der Deal war schon seit Monaten unter Dach und Fach und das Signing* war perfekt vorbereitet.

Am späteren Nachmittag wurde er vom Hotel abgeholt und zum Hauptsitz der Guadalajara Mexico Ltd. gefahren. Der Weg auf der achtspurigen Autobahn mitten durch die Stadt war eindrücklich und der Tross fuhr über eine Stunde mit hoher Geschwindigkeit vorbei an endlosen niedrigen Häuserreihen. Cointrin wusste, dass es aufgrund der starken Erdbebenaktivität kaum Hochhäuser gab, sondern vor allem einstöckige Gebäude. Am Firmensitz angekommen begrüssten ihn die Delegationen beider Firmen, welche sich schon vor Ort befanden. Eine längere Eröffnungszeremonie begann mit eindrucksvollen Tänzen einer mexikanischen Ethnie, der Tarahumaras*. Als endlich ein Unterbruch der Darbietungen folgte und sich die Gelegenheit zu Gesprächen bot, wollte dies Cointrin unverzüglich nutzen. Doch bevor er das Gespräch mit den mexikanischen Ansprechpartnern eröffnen konnte, kamen seine Manager auf ihn zu und der CIO*, zuständig für die Investitionen der Firmengruppe, sagte strahlend:

«Herr Cointrin, der Vertrag ist genial.»

Etwas erstaunt antwortete Cointrin: «Aber es ist doch schon alles bekannt. Wir haben lange verhandelt, und letztendlich einen anständigen Kaufpreis realisiert, der zwar nicht besonders günstig ist, aber wir wollten uns ja unbedingt auf dem mexikanischen Markt vergrössern.»

«Ja, das Beste wissen Sie ja noch gar nicht», ereiferte sich der CIO*. «Es hat sich erst später herausgestellt, dass die Firma eine Landreserve in Mexico City und Guadalajara hat in der Grössenordnung von rund 7 Millionen Quadratmetern. Und dies an bester Lage. Diese Grundstücke besitzen gesonderte Tochtergesellschaften, weshalb wir es erst sehr spät erkannt haben. Die Werte der Immobilien sind zu historischen Buchwerten aktiviert, das sind alte Kaufpreise, welche heute mindestens das Doppelte betragen. Damit haben wir Landreserven und vermutlich einen mittleren zweistelligen Millionenbetrag mehr an Substanz.»

«Aber Land ist doch in Mexiko billig. Das bekommen Sie für wenige Cents pro Quadratmeter», gab Cointrin zu Bedenken.

«Ja, das schon. Aber diese Grundstücke liegen in der Nähe der internationalen Flughäfen und an der wichtigsten Eisenbahnlinie des Landes. Das ist aussergewöhnlich.»

«Dann haben wir in der Tat noch etwas Spezielles dazu bekommen!»

«Genau so ist es.»

Kurz darauf wurde Cointrin in Gespräche der mexikanischen Geschäftsführung einbezogen. Es wurde nicht spanisch, sondern englisch gesprochen und die Kommunikation war optimistisch geprägt. Die Mexikaner waren stolz, in den Weltkonzern integriert zu werden und man ging davon aus, dass die Firma und damit auch das Personal profitieren würden. Ein abwechslungsreiches Programm mit reichlich Essen und Wein sorgte später für gute Stimmung. Mariachis begleiteten den Tross und gaben ihr Bestes. Bei «La Cucaracha» stimmte die gut gelaunte mexikanische Delegation mit ein und zusammen mit einem angeheiterten Chor entstand ein erheblicher Lärmpegel, welcher jegliches Gespräch verunmöglichte. In einer ruhigen Minute zog Cointrin sein Handy hervor und sandte eine SMS an Fischer.

«Bin in Mexiko. *Wetter wird besser, vorübergehend sehr sonnig.* Liebe Grüsse, Cointrin.»

Noch am Abend unterzeichnete er die Pressemitteilung und sandte die geforderte Börseninformation an die Aufsichtsbehörde. Die Mexikoreise glänzte als durchwegs positive Angelegenheit.

Am Tag darauf würde es in Basel eine Standortbestimmung über die Intelligenzgen-Studie geben, bei der Cointrin trotz Reise mit Zeitverschiebung wieder voll präsent am Hauptsitz zu agieren hatte. Doch momentan konnte er sich noch voll und ganz den Mexikanern, den neuen Führungsspitzen aus Südamerika, dem Tequilla Sangrita und den Annehmlichkeiten eines CEO auf Geschäftsreise widmen. Nach dem Signing* folgte ein schöner Abend in der Zona Rosa, der Fussgängerzone von

Mexico City mit ihren edlen Geschäften und einem Besuch im Nationaltheater und jede Menge Cerveza, mexikanisches Bier. Als er im Grand Hotel Montezuma ankam, rief er die Crew an und bat darum, den Abflug um zwei Stunden zu verschieben. Er musste ausschlafen.

10. Auftragserfüllung

Karl-Maria Hoffmann war wieder einmal unterwegs nach Hinterzarten. Die Fahrt mit dem Zug von Basel nach Freiburg dauerte eine dreiviertel Stunde. Anschliessend benötigte die Schwarzwaldbahn etwas mehr als eine halbe Stunde bis nach Hinterzarten, einem Kurort, der knapp 1000 Meter überm Meer lag. Hoffmann schätzte seinen Rückzugsort, die kleine Einzimmerwohnung im Schwarzwald, sehr und war so oft als möglich dort oben. Er freute sich auf eine Auszeit, denn die Sache mit Marc Fischer beschäftigte ihn. Irgendetwas erschien ihm suspekt an dieser Geschichte. Er hatte wie immer um halb sechs den Zug nach Freiburg im Breisgau genommen. Es waren nur wenige Leute unterwegs und so hatte er ein Abteil für sich. Sofort vertiefte er sich in seine Lektüre, einen spannenden Kriminalroman mit dem verheissungsvollen Titel «DAS DO$$I€R».

Giuseppe Baldermira hatte sich minuziös auf seine Aufgabe vorbereitet. Es war ein Auftrag, wie er ihn schon lange nicht mehr hatte erfüllen dürfen. Innert kurzer Zeit hatte er sich einen Plan ausgedacht. In den letzten Tagen hatte er viel Post bekommen, jeden Tag mehrere Zahlungsgutschriften seiner Bank. Es waren verschiedene Einzahlungen getätigt worden mit Beträgen zwischen 3000 und 4900 Franken, alle von unterschiedlichen Namen. Er nahm sich jede Gutschrift vor und prüfte, ob er Name und Adresse im elektronischen Telefonverzeichnis im Internet finden konnte. Nichts. Die Namen konnten nicht zugeordnet werden. Bei einigen Namen war dies nicht weiter erstaunlich, wie bei Sandra Bandita oder Angelo Diabolo, andere waren weniger offenkundig erfunden worden, wie Karl-Heinz Oppenheim. Ihm fiel auch auf, dass alle Einzahlungen von verschiedenen Poststellen in der Region Basel stammten, wie zum Beispiel Münchenstein, Pratteln, Frick oder Augst. Einige basellandschaftliche Ortschaften wie Grindel, Bennwil und Oberdorf kannte er nicht einmal. Er gab alle Belege seinem Buchhalter, der eine Jahresrechnung und die Steuererklärung erstellen würde und ihn informierte, dass er mit 30 Prozent Steuern rechnen musste. Baldermira war klar, dass er den Preis in Zukunft würde erhöhen müssen, nur so würde es weiterhin Sinn machen, diesen Beruf auszuüben.

Baldermira hatte Karl-Maria Hoffmann schon den ganzen Nachmittag beobachtet. Er hatte in der Nähe seiner Wohnung gewartet und die Haustüre gut im Auge behalten. Gegen 17 Uhr hatte er Hoffmann ohne Gepäck hinausgehen sehen und war ihm durch das Quartier Gundeldingen Richtung Bahnhof gefolgt. Wenige Minuten später waren sie dort angekommen und über die Passerelle direkt zu den Geleisen gelangt. Nachdem sich Hoffmann im Abteil hingesetzt und sein Buch ausgepackt hatte, öffnete Baldermira die Abteiltür und fragte: «Ist hier noch frei?»

«Ja, sicher.»

Baldermira legte eine Zeitung und Ferienprospekte von Hinterzarten auf den freien Sitz neben sich, nicht aufdringlich aber doch gut sichtbar und begann, in den Prospekten zu blättern. Es ging nicht lange und Hoffmann fragte: «Fahren Sie nach Hinterzarten?»

«Ja, ich habe im Hotel Thomahof ein Wochenende gebucht. Ich war noch nie dort. Kennen Sie die Gegend?»

«Ja, sehr gut sogar. Es ist sozusagen meine zweite Heimat.»

Er begann zu erzählen. Baldermira freute sich, dass alles genau nach Plan lief und fragte wissbegierig und detailliert nach den Gegebenheiten. Eine scheinbar angenehme Reisebekanntschaft entwickelte sich. Schliesslich nahm Baldermira zwei Flaschen Bier, Nüsse und Chips aus seiner Tasche.

«Möchten Sie auch ein Bier? Ich habe mir etwas Feines eingepackt, denn für mich beginnt das Wochenende immer mit einem leckeren Picknick im Zug.»

Baldermira wusste dank seinen Beobachtungen in letzter Zeit, dass Hoffmann ein Biertrinker war und es überraschte ihn nicht, dass Hoffmann nach kurzem Zögern die Einladung gerne annahm. Zudem wäre es nun beinahe eine Beleidigung gewesen, in diesem Moment eine solche Einladung abzuschlagen. Eine der beiden Bierflaschen hatte eine leicht defekte Etikette. Die nahm Baldermira. Er schenkte seinem Gast in einen Einwegbecher ein und füllte seinen Becher ebenfalls.

«Zum Wohl.»

«Zum Wohl.»

Sie tranken beide. Baldermira leerte seinen Becher, Hoffmann zögerte zuerst. Doch als er sah, dass sein Zugabteilkompagnon ein guter Trinker war, wollte er nicht nachstehen und trank seinen Becher ebenfalls leer.

«Das ist ein herbes Bier. Was ist es denn für eines?»

«Ein belgisches», sagte Baldermira und zeigte ihm die Flasche, auf der «Kwak, Ciney Brune, Hoegaarden Chimay Bleu, Rochefort 8» stand. «Hoegaarden heisst Verbotene Frucht», fügte er lachend an. «Ferner muss ich mich bei Ihnen zutiefst entschuldigen.»

«Weshalb müssen Sie sich denn entschuldigen?»

Hoffmann merkte, wie ihm das Sprechen plötzlich schwer fiel. Ihm wurde unwohl.

«Ich musste Sie leider umbringen.»

«Das verstehe ich nicht. Was wollen Sie denn von mir?», fragte Hoffmann mit leicht panischem Unterton.

«Nichts, aber ich wünsche Ihnen trotzdem noch alles Gute.»

Hoffmann fühlte sich elend und seine Augen wurden weit. Er wollte aufstehen, doch nichts passierte. Sein Körper war gelähmt. Entsetzen machte sich breit. Er wollte sprechen, doch aus seinem Mund kam kein Ton mehr.

«Sie werden nun sterben, Herr Hoffmann. Es dauert noch etwa zwei bis drei Minuten und ich versichere Ihnen, es ist nicht schlimm. Sie haben Tetrodotoxin mit Ihrem bitteren Bier aufgenommen, ein Gift von einem südamerikanischen Frosch. Es wird Sie vollkommen lähmen, zuletzt auch den Herzmuskel. Es ist wirklich absolut schmerzfrei. Ich möchte mich noch einmal in aller Form entschuldigen, aber dieses Geschehen liegt ausserhalb meiner Entscheidungskompetenz.»

Das war Baldermiras Ernst – dass Hoffmann sterben musste, lag wirklich nicht an ihm. Der Wille für diesen Todesfall lag ausschliesslich bei Fischer. Er war lediglich der Liquidator. Wenn er den Auftrag nicht erfüllt hätte, hätte es ein anderer getan. Der Tod von Karl-Maria Hoffmann hatte in diesem Sinn nichts mit ihm zu tun. Damit war für ihn der Fall auch abgeschlossen.

Hoffmann war nicht mehr in der Lage, etwas zu erwidern, auch wenn er sich sichtlich darum bemühte. Bald fiel ihm auch das Denken schwerer und die Sinne entglitten ihm. Ein starker Nebel überzog sein Bewusstsein, es wurde dunkel und allmählich entschwand das Bewusstsein aus seinem Körper. Der Prozess der Transformation vom Lebenden zum Toten, der unumkehrbare Prozess der körperlichen Entmaterialisierung des Geistes war nicht mehr abzuwenden.

Baldermira nahm Bierflaschen und Becher zu sich, verliess das Abteil und warf noch einen letzten Blick auf sein Opfer. Hoffmann sass völlig entspannt auf dem Sitz, die Augen halb geschlossen, und schien zu schlafen. Baldermira wechselte den Wagen, doch schon bald traf der Zug in Freiburg im Breisgau ein und er stieg aus. Mit dem nächsten Zug fuhr er wieder nach

Basel zurück. Seine Aufgabe war erfüllt. Solche Aufträge zu erledigen betrachtete er als Beruf, einen Beruf, den er eine Zeit lang nicht mehr ausgeübt hatte. Vielleicht stand nun mit Marc Fischer eine neue Ära an, dachte Baldermira und in Gedanken sah er sich bereits neue Aufträge für Fischer erledigen. Hoffmann hatte er bereits fast vergessen. Das musste auch so sein. Baldermira war nämlich der Meinung, dass Amnesie die Kunst der professionellen Killer war, eine Eigenschaft, die einen guten Liquidator ausmachte. Es galt, das psychische Gleichgewicht im Lot zu halten. Es machte keinen Sinn, jemanden umzubringen und daran selber zu verzweifeln. Die eigene Persönlichkeit hatte unberührt weiter zu existieren. Baldermira hatte diese Grundsätze verinnerlicht.

✲ ✲ ✲ ✲ ✲

Von all dem hatte Fischer noch keine Ahnung. Aufgrund der Mitteilung seines Freundes Cointrin kaufte er gleich am Morgen kurzfristige Optionen auf Sovitalis-Aktien. Aufgrund der Zeitdifferenz hatte er sofort handeln können. Zwei Stunden später, um zehn Uhr, veröffentlichte Sovitalis die Details zur Übernahme der Guadalajara Mexico Ltd. Der Deal war unter den Tradern* bekannt, doch die Details waren brisant. Vor allem der erhebliche innere Wert der Gesellschaft, also der vorhandene Substanzwert wie Finanzwerte oder Grundstücke, war beeindruckend. Besonders die Landreserven waren immens und das wurde vom Markt mit einer Kursavance von annähernd 5 Prozent positiv quittiert. Die Börsianer waren zufrieden, Cointrin auch und Fischer ebenso.

Die guten Nachrichten an den Finanzmärkten liessen ihn gestärkt in die Verwaltungsratssitzung gehen. Die Sitzung fand im obersten Stockwerk des Firmensitzes statt. Der Saal war gross genug für 40 Personen. Als er den Raum betrat, waren bereits viele Teilnehmer anwesend. Die Gespräche waren in vollem Gang und der Lärmpegel war entsprechend hoch. Pünktlich um halb elf läutete der Sekundant die Glocke. Mit zwei Ausnahmen war der ganze Verwaltungsrat anwesend und Fischer eröffnete die Sitzung.

«Sehr geehrte Damen und Herren, ich begrüsse Sie herzlich zu unserer heutigen Verwaltungsratssitzung. Sie haben die Traktandenliste erhalten. Haben sie dazu etwas anzufügen?»

Niemand sagte etwas und Fischer hoffte auf eine nicht allzu problembeladene Verwaltungsratssitzung.

«Dann kommen wir zum ersten Traktandum: Genehmigung des Protokolls.»

Die Diskussionen um ein paar Punkte bezüglich Wortwahl waren ohne Substanz und rasch erledigt. Die nächsten Traktanden waren die getätigten Investitionen des ersten Quartals, die Abweichungen vom Budget im zweiten Quartal, ausserordentliche Geschäftsvorfälle, personelle Mutationen und die allgemeine Geschäftslage. Die Sitzung verlief ruhig und sachlich bis zum letzten Traktandum, Varia, als sich Loi Chong zu Wort meldete.

«Meine Damen und Herren, wie Sie wissen, ist die Bank of China wichtiger Aktionär dieser Gesellschaft und hat Anspruch auf einen Sitz im Verwaltungsratsgremium. Sie wissen auch, dass ich mich für dieses Amt zur Verfügung gestellt habe. In der Regel hält sich die Bank of China aus den inneren Angelegenheiten der Firma heraus. Aufgrund der Entwicklung sind wir jedoch genötigt, einzugreifen und ich spreche hier im Auftrag des Komitees der Bank of China und damit auch indirekt im Auftrag der chinesischen Regierung und des Zentralkomitees der Kommunistischen Partei. Wir haben die Entwicklung der Bank mit Wohlwollen verfolgt und gratulieren dazu. Es ist uns jedoch wichtig darauf hinzuweisen, dass das Mandat unseres ehrenwerten Herrn Vorsitzenden als Präsident dieses Gremiums, also als strategisches Organ, zusammen mit dem Mandat als CEO, des obersten Managers, unseres Erachtens eine ungünstige Konzentration von Macht und Entscheidungskompetenz ist. Wir sind der Meinung, dass diese Funktionen von zwei unterschiedlichen Personen wahrgenommen werden sollten.»

Ein Raunen ging durch die Runde. Es war allgemein erwartet worden, dass das Doppelmandat kritisiert werden würde. Doch die Deutlichkeit und Vehemenz war für alle Teilnehmer überraschend. Einige Personen fanden die Kritik an dieser Machtkonzentration gerade durch einen Repräsentanten der Volksrepublik China besonders verfehlt und brachten dies durch Wortmeldungen auch zum Ausdruck. Doch Loi Chong bekam auch Unterstützung, so doppelte Professor Walther Gutmanns nach, wenn auch nicht in dieser Deutlichkeit:

«Meine Damen und Herren, für keinen von uns kam die Kritik am Doppelmandat überraschend, deshalb haben Sie als Beilage zur heutigen Sitzung einen Pro- und einen Contra-Artikel von bekannten Juristen erhalten. Ich bitte Sie alle, sich mit diesem Thema auseinanderzusetzen, da es für unsere Gesellschaft von grosser Bedeutung ist. Ich von meiner Seite bin ein Befürworter der Gewaltentrennung, weshalb ich die Ämter-Kumulation nicht goutieren kann.» Professor Gutmanns hatte gesprochen.

Fischer hatte diese Stellungnahme erwartet und, sofern sich die Aktienstimmen der Familie bündeln liessen, würde er persönlich mit Genuss dafür sorgen, dass Professor Gutmanns aus dem Gremium verabschiedet würde. Davon war er allerdings noch weit entfernt und im Moment war die Situation für ihn sehr unangenehm. Er begann zu schwitzen und musste die Diskussion wohl oder übel über sich ergehen lassen. Den diversen

Wortmeldungen konnte er entnehmen, dass etwa zwei Drittel für den Status quo waren und etwa ein Drittel dagegen. Das musste aber noch nichts bedeuten. Fischer ging davon aus, dass sich in einer geheimen Abstimmung, und diese würde wohl beantragt werden, die Mehrheitsverhältnisse umkehren würden. Der Schutz der Anonymität und der Druck der Öffentlichkeit, in der das Doppelmandat verpönt war, würden einen solchen Meinungsumschwung möglich machen. Zumindest war dies ein realistisches Szenario.

Fischer ergriff nun wieder das Wort: «Meine Damen und Herren, ich danke Ihnen für Ihre angeregte Diskussion. Der Präsident des Verwaltungsrats», er sprach nun von sich in der dritten Person, «wird sich diesem Thema annehmen und in der kommenden konsultativen Generalversammlung dazu Stellung beziehen. Zum jetzigen Zeitpunkt ist die Familie Fischer der Meinung, dass für eine Aufteilung der Funktionen keine Notwendigkeit besteht und eine solche Aufteilung dem Gedeihen der Firma schädlich wäre.»

Loi Chong merkte in scharfem Ton an: «Ihr Vater ist nicht anwesend. Üblicherweise ist er als Gast hier. Heisst das, dass er Ihre Meinung nicht billigt?»

Der Angriff war offen und direkt, doch Fischer liess sich darauf nicht ein.

«Sie werden darüber zu einem späteren Zeitpunkt mehr erfahren. Ich glaube auch nicht, dass hier der geeignete Ort ist, um über die bedeutenden Aktienquoten der Gründer-Familie zu diskutieren. Ich schliesse die Sitzung.»

Das Ende der Sitzung kam ein wenig abrupt, doch nach diesem Diskussionsverlaufs erstaunte das die Teilnehmer kaum.

11. Noch mehr Gründungskapital

1946 war Theodor Fischer mit den Vorbereitungen zur Gründung der Bâle Bank Corporation beschäftigt. Er hatte dank seiner letzten Geschäftsreise nach Italien für die Gewerbebank ein angemessenes Startkapital. Nach dem zweiten Weltkrieg war die Schweiz als neutrales Finanzterritorium gefragt und die unversehrte Infrastruktur ermöglichte bessere wirtschaftliche Entwicklungen als in den geschädigten Kriegsländern. Diese Umstände stimmten Theodor Fischer zuversichtlich bezüglich seiner Pläne der Bankgründung.

Die Gründung der Bâle Bank Corporation wurde national beachtet und stiess auf reges Interesse. Man wusste in den Finanzkreisen nicht, ob die Gründer auch effektiv die Kapitalgeber waren oder nur Strohmänner, aber wenige Jahre später war allen klar geworden, dass hier Bankintelligenz und Finanzen eine glückliche Einigung gefunden hatten.

Die Vorschriften der Bankengesetzgebung verlangten ein substanzielles Eigenkapital. Theodor Fischer hatte zwar schon zwei weitere Partner gefunden für sein Projekt, doch ihm schien es wichtig, noch auf eine grössere finanzielle Basis zurückgreifen zu können. Er hatte aus seiner Zeit in der Gewerbebank gute Kontakte mit hochrangigen Wirtschaftsvertretern und auch zu einigen potentiellen Investoren. Einer davon war Samuel Ohlstein, der ihm zu einer angemessenen Ausstattung an Eigenmitteln der neuen Bank verhalf. Kurz nach dem Krieg hatte sich Ohlstein bei ihm privat gemeldet. Sein Bankdepot war noch bei der Gewerbebank, doch er wollte, dass sich Theodor Fischer wieder um seine Vermögenswerte kümmerte. Ohlstein hatte trotz seiner Religionsangehörigkeit zum Judentum den Krieg überlebt, da er rechtzeitig in die USA emigrieren konnte. Ohlstein war nach dem Krieg nach Deutschland zurückgekehrt und versuchte seitdem, seine Werft in Hamburg wieder in Ordnung zu bringen. Die Werft hatte nach der Emigration Ohlsteins von der Kriegsbewirtschaftung profitiert und musste nun auf die zivile Produktion umgerüstet werden. Neben der operativen Neuorientierung seines Unternehmens war es aber auch nötig, juristische Hindernisse zu überwinden. Ohlstein hatte sich frühzeitig für das Verfahren der Rückführung seiner vom Deutschen Reich enteigneten Werft erkundigt und positive Signale seitens der amerikanischen Besatzer erhalten, ohne die er an der Ostküste in den USA geblieben wäre. Es war schon bald nach Kriegsende möglich, den Schiffsbau wieder zu aktivieren und er hatte von der Zivilbehörde der US-Army einen provisorischen Rechtstitel für seine Werft zugesprochen erhalten. Formell sollte das Eigentum erst 1952 durch ein deutsches Zivilgericht bestätigt werden, doch Aufträge waren vorhanden und die Werft profitierte in erheblichem Umfang von den im Marschallplan* beschlossenen Wiederaufbauhilfen.

Theodor Fischer hatte mit Samuel Ohlstein ein Treffen in Hamburg vereinbart und so fuhr er an einem kühlen Morgen im Jahre 1946 zum damaligen Flughafen Sternenfeld in Birsfelden, einer Vorortsgemeinde von Basel, wo am 13. Oktober 1930 einst dreissig Tausend Menschen die Landung des Luftschiffs Graf Zeppelin gebannt verfolgt hatten. Um zum Flughafen zu gelangen nahm er sein eigenes Auto, einen neuen Volkswagen aus der ersten Herstellungsserie nach Kriegsende, der später aufgrund seiner runden Form VW-Käfer genannt werden sollte. Der Flughafen Sternenfeld war der zweitgrösste Flughafen der Schweiz und hatte gute Verbindungen zu den europäischen Städten, wobei im Jahre 1946 der Flugverkehr erst wieder im Aufbau war. Der Flughafen war üblicherweise in einer knappen halben Stun-

de vom Bruderholz aus zu erreichen. Doch als er Richtung Stadt fuhr, sorgten Umleitungen für kleine Staus. Schliesslich stoppte ein Polizist sein Fahrzeug und zeigte ihm deutlich an, zu warten. Fischer kurbelte das Fenster hinunter und rief laut genug, dass es der Polizist hören konnte:
«Was ist denn hier los?»
«Staatsempfang! Winston Churchill fährt für eine Staatsrede von Basel nach Zürich.»
Fischer musste etwa 20 Minuten warten bis die fünf Staatskarosserien vorbei gefahren waren. Daraufhin begann der Verkehr wieder zu fliessen. Er gab Gas und erreichte den Flughafen mit grosser Verspätung.
Zehn Abflüge waren an diesem Tag vorgesehen, einer davon nach Hamburg. Fischer hörte, wie der Flug bereits per Lautsprecher zum letzten Mal ausgerufen wurde.
«Final Call for the flight to Hamburg, please embark immediately.»
Eine kurze Zollkontrolle musste er über sich ergehen lassen und nachdem er durch die Flughalle, ein einfacher Blechbau, geeilt war, führte ihn eine Stewardess über das offene Flugfeld zur wartenden Maschine. Er war der letzte Passagier, der in die zweimotorige Douglas DC 3 der Bâlair einstieg, ein Flugzeugtyp mit dem Übernamen Rosinenbomber*. Eine kleine Treppe war an das Flugzeug angelehnt, und führte in den Innenraum. Die DC 3 stand vorne auf zwei grossen Rädern, während der hintere Teil des Flugzeuges auf einem kleinen Rad lastete. Dies hatte eine rund zwanzigprozentige Neigung am Boden zur Folge, die sich erst in der Luft ausglich. Der Flug war gut besetzt und startete pünktlich. Nach etwas mehr als drei Stunden Flugzeit erreichte die DC 3 Hamburg. Die grossen Kriegsschäden waren bei der Landung nicht zu übersehen und sollten auch noch etliche Jahre nach dem Krieg sichtbar bleiben. Samuel Ohlstein

holte ihn am Flughafen ab. Er war Fischer dankbar für seine umsichtige Finanzverwaltung, denn trotz des grossen Verlusts der Kapitalanlagen schnitt die Vermögensverwaltung von Theodor Fischer besser ab als bei vielen anderen. Er hatte frühzeitig die Devisen von Reichsmark in Schweizer Franken gewechselt, bereits zu einer Zeit, als viele noch an das starke Deutschland geglaubt hatten, was alleine schon die Kursverluste halbiert hatte. Nach einer herzlichen Begrüssung zeigte Ohlstein ihm seine Werft. Halbfertigfabrikate für den Bau von Unterseeboten füllten immer noch die Halle, obwohl vieles schon für den klassischen Schiffsbau eingerichtet war. Sein erster Auftrag war ein Schiff für die Hochseefischerei. Das weitgehende Fischereiverbot während des Krieges in Europa hatte zu einem grossen Fischreichtum in der Nordsee und im Mittelmeer geführt. Entsprechend war nun auch die Nachfrage nach Fischereiflotten gross. Nach der Besichtigung fuhren sie zu Ohlsteins Haus an der Elbe. Er entschuldigte sich für die Unordnung und erklärte, dass während des Krieges sein Haus von der Marine requiriert und von Marineoffizieren bewohnt worden sei. Nun seien Handwerker im Haus, die mit der Instandstellung beschäftigt seien. Der Salon im Parterre war schon einigermassen hergerichtet und es hing sogar schon ein repräsentatives Bild an einer Wand, das ein schmuckes Restaurant an der Elbe zeigte. Das Bild musste um die Jahrhundertwende gemalt worden sein. Fischer gefiel das Bild sehr und er betrachtete es eingehend. Ohlstein bemerkte sein Interesse und erklärte:

«Das ist ein Bild von Max Liebermann und trägt den Titel ‚Restaurant Jacob in Nienstedten an der Elbe'. Es ist aus dem Jahre 1902. Ich habe es mit nach New York genommen und nun wieder zurück nach Deutschland gebracht, so ist es nicht der ‚Entarteten Kunst' der Nazis zum Opfer gefallen.»

Fischer blickte ihn fragend an.

«Der Staatsapparat der NSDAP hat viele Bilder zeitgenössischer Maler, die ihnen nicht gepasst haben, konfisziert und viele davon im Ausland verkauft, meist über Auktionen. Die umfangreichste Versteigerung fand übrigens in Luzern statt.» Die Haushälterin servierte Kaffee, wobei es sich um ein Ersatzprodukt handelte und entsprechend schmeckte. Fischer und Ohlstein genossen das Getränk trotzdem und kritisierte dessen mangelnde Qualität nicht. Ohlstein erklärte ihm, dass er in den USA von seinem Bankvermögen gelebt und dort einige Investitionen realisiert habe, welche erfolgreich gewesen seien. Aufgrund dieser Erfahrung wolle er sein Geld in der Schweiz als eiserne Reserve belassen. Das war der Moment, auf den Fischer gewartet hatte. Ernst und sachlich erzählte er Ohlstein von seinen Plänen, die er am Telefon bereits angedeutet hatte.

«Ich bin gerade daran, in Basel eine neue Bank zu gründen, weshalb ich mich von der Gewerbebank gelöst habe. Ich habe bereits zwei Partner gefunden, die einsteigen werden und wir sind zuversichtlich, dass nun nach dem Krieg die industrielle Produktion stark ansteigen wird und Finanzdienstleistungen gefragt sind. Haben Sie Interesse, sich finanziell zu beteiligen?»

«Herr Fischer, Sie haben mir ja schon am Telefon gesagt, welche Pläne Sie haben. Ich habe mir das gut überlegt. Ich vertraue Ihnen und ich glaube, dass Sie erfolgreich sein werden. Ich werde mich deshalb mit der Hälfte des Kapitals, das noch vorhanden ist, beteiligen. Die andere Hälfte möchte ich in üblichen Wertpapieren anlegen. Was meinen Sie dazu?»

«Das ist eine gute Idee. Einerseits verteilen Sie das Risiko, andererseits sind die beiden Vermögenstranchen noch gross genug, um sie als substanziell sinnvoll zu bewerten. Wie möchten Sie das Vermögensdepot bei der Bank halten? Soll es wieder ein Nummernkonto sein?»

«Ja, natürlich. Das Nummernkonto hat mich zur Zeit des Krieges geschützt. Das möchte ich so beibehalten.»

«Wollen wir es auf unsere neu gegründete Bank übertragen?»

«Ja bitte, auf jeden Fall.»

Marc Fischer hatte die notwendigen Unterlagen dabei. Ohlstein unterzeichnete den Saldierungsauftrag bei der Gewerbebank, die Übertragung auf die neue Bank, wobei bis zum Abschluss der Gründung des neuen Bankinstituts die Kantonalbank interimistisch figurierte. Dann wurden die Kontoeröffnungsunterlagen ausgefüllt und unterzeichnet. Im Rahmen der Gründung wurden schon alle wichtigen Dokumente erstellt. Man wollte ja nach der juristischen Gründung vollwertig starten können.

«Nun zur Beteiligung an der Bank, Herr Ohlstein. Wie möchten Sie es da halten. Möchten Sie in Erscheinung treten und offiziell zeichnen oder soll ich das für Sie übernehmen?»

«Ich denke, Herr Fischer, das ist eine rhetorische Frage. Bis jetzt war mein ganzes Geld in der Schweiz anonym. Das soll so bleiben, auch in diesem Fall. Was schlagen Sie für die Umsetzung vor?»

«Nun, ich habe einen Treuhandvertrag vorbereitet, da ich von dieser Entscheidung ausgegangen bin. Sie übertragen mir Geld und ich zeichne für Sie Aktien der neuen Bâle Bank Corporation. Die Aktien sind Dritten gegenüber in meinem Eigentum, in unserem internen Verhältnis gehören sie Ihnen. Ist dies in ihrem Sinne?»

«Ja, das ist sehr gut.»

Sie lasen den Vertrag gemeinsam durch. Er enthielt weitere wichtige Bestimmungen, wie den genauen Betrag der Investition, das Verbot der Verpfändung der Aktien durch Fischer; die Verpflichtung, die Aktien in einem Safe zu deponieren, die Dauer des Vertrags, Gerichtsstand und so weiter. Nachdem beide die Verträge unterzeichnet hatten, trat Ohlstein noch mit einer Bitte an Fischer: «Nehmen Sie bitte beide Verträge zu sich. Ich möchte hier keine Akten haben, das war schon einmal sinnvoll.» Fischer nickte, nahm einen Umschlag, schrieb «Akten S. Ohlstein 1946» darauf, legte den zweiten Vertrag hinein und klebte den Umschlag zu. Den ersten Vertrag nahm er auch zu sich, aber in einem losen Mäppchen. Sie waren sich einig, dass nach so viel Papierkram das gemeinsame Engagement mit einem guten Essen gefeiert werden müsse und so verliessen sie das Haus und fuhren mit einem schönen Wagen amerikanischer Herkunft, dessen Marke Fischer nicht kannte, zum Hotel Louis C. Jakob an der Elbe. Das Hotel, welches auch 50 Jahre später noch zu den führenden Hotels der Welt gehören sollte, lag etwa zehn Kilometer vom Zentrum Richtung Elbemündung, etwa fünf Kilometer von der Werft von Ohlstein, und nur wenige Fahrminuten von Ohlsteins Haus entfernt, also mitten im Villenviertel von Hamburg. Hier, etwas ausserhalb des Stadtzentrums, waren die Kriegsschäden weniger gross und Fischer erkannte das Restaurant mit dem wunderbaren Blick auf den Fluss sofort wieder – es musste die Vorlage für das Gemälde von Max Liebermann sein. Die Auswahl der Karte war klein, aber sie genossen den Abend auch in diesem bescheidenen Rahmen. Sie konnten sogar Wein bestellen, von dem sie sich zwei Flaschen gönnten. Fischer war zufrieden, er hatte nun genügend finanzielle Grundlage für die Gründung der Bank und er konnte noch kapitalkräftiger auftreten. Auch Ohlstein war zufrieden, er vertraute Fischer und war sich sicher, dass dies eine seiner besten Investitionen werden würde.

Am nächsten Morgen brachte Ohlstein ihn zum Flughafen, von wo ihn wiederum eine DC 3 zurück nach Basel brachte. Mental und finanziell gestärkt ging er nach der Landung auf dem Sternenfeld zu seinem VW und fuhr direkt ins Büro.

12. Der Erste Staatsanwalt des Kantons Basel-Stadt

Sebastian Pflug sass in seinem Büro und las die Berichte der verschiedenen Abteilungen durch: Alain Ambrosius von der Abteilung Einbruch und Diebstahl sowie Gelegenheitsdelikte vermeldete eine Einbruchserie. Hier schien kein Handlungsbedarf seinerseits notwendig zu sein. Alfred Bär von der Abteilung Wirtschaftsdelikte lieferte eine Aktualisierung seines Berichtes über Dietmar Hesselring. Die Schadenssumme belief sich nun auf gegen eine Milliarde Franken. Er hätte gerne persönlich dafür gesorgt, dass der Milliardenbetrüger Hesselring hinter Gitter käme, doch dafür hatte er zurzeit zu wenig Kapazität. Alfred Bär war zudem ein zuverlässiger Mitarbeiter. Aufgrund der immensen Akten und Dokumente sollte hier in absehbarer Zeit eine Anklage mit Verurteilung möglich sein. Zudem gab es weitere grössere verdächtige Börsentransaktionen, auf welche die Börsenaufsicht mittels eines Exposés aufmerksam gemacht hatte. Die Aufnahme eines Verfahrens war hier wohl unumgänglich. Er wählte eine interne Nummer.

«Bär.»

«Ja, hier Sebastian, hallo Fredi.»

Sie wechselten Freundlichkeiten, denn sie kannten sich schon lange und verstanden sich gut.

«Fredi, ich habe deinen Bericht gelesen wegen den Börsentransaktionen. Ich meine den Fall mit dem Hinweis der Börsenaufsicht. Ich glaube, wir sollten hier aktiv werden. Was meinst du?»

«Ja, so sehe ich dies auch. Die Börsenaufsicht hat sich nun schon zum zweiten Mal gemeldet. Sie hat noch keine Strafanzeige erhoben, aber sie hat sich deutlich artikuliert.»

«Dann eröffne doch bitte ein Dossier, eine formelle Aufnahme der Strafuntersuchung und stelle ein Team zusammen. Und vereinbare einen Termin mit der Börsenaufsicht in Zürich, vielleicht morgen oder übermorgen. Zehn Uhr zum Beispiel wäre gut, dann können wir noch in Zürich essen gehen, ich war schon lange nicht mehr in der Kronenhalle oder im Widder.»

«Ok, ich melde mich, sobald der Termin steht.»

Pflug ging weiter durch die Berichte seiner Abteilungsleiter. Etienne Palmer war immer noch mit dem Fall Petra Meier beschäftigt. Der Hauptverdächtige, ein Zuhälter, sass in Untersuchungshaft im Waaghof. Die Pathologen hatten unter den Fingernägeln der Toten fremde Hautspuren gefunden und die DNA war identisch mit der DNA des Verdächtigen. Der Fall schien bald reif für eine Anklage. Somit rückte dieser Fall für ihn aus dem Fokus. Er musste sich auf die Problemfälle konzentrieren.

Dann berichtete Palmer noch von einem neuen Fall: Ein Toter, Karl-Maria Hoffmann, gefunden kurz vor Offenburg in einem aus Basel kommenden ICE. Er überflog den Bericht und wählte die interne Nummer von Palmer.

«Palmer», meldete sich dieser.

«Ja, hier Sebastian. Hast du einen Moment Zeit für mich wegen dem Toten im Zug.»

«Ja, ich habe etwa eine halbe Stunde Zeit. Um elf Uhr kommen dann zwei Kommissare der deutschen Staatsanwaltschaft. Wir wollen regeln, wer die zuständige Behörde ist, denn der Tote ist zwar Schweizer, wurde aber in Deutschland aufgefunden.»

«Dann komm doch kurz in mein Büro, der Fall interessiert mich.»

Wenige Minuten später stand Palmer in seinem Büro und Pflug bat um eine Zusammenfassung der wichtigsten Fakten.

«Also, beim Toten handelt es sich um Karl-Maria Hoffmann, seine Identität scheint geklärt. Er war unterwegs von Basel nach Hinterzarten. Das nehmen wir auf jeden Fall an, denn er wohnte in Basel und besass in Hinterzarten eine Ferienwohnung und fuhr fast jeden Freitagabend diesen Weg mit dem Zug. Da er sich nicht rührte, nahm der Schaffner an, er schliefe. Das Zugpersonal wusste, dass er in der Regel in Freiburg ausstieg und wollte ihn wecken. Dann erst erkannte man, dass er tot war. In Offenburg hielt dann der Zug und der Wagen wurde ausgeklinkt. Zuerst dachte man an einen Herzschlag oder so, aber weil man sich nicht sicher war, wurde der Tote in Offenburg in die forensische Medizin überstellt und anschliessend in die Pathologie nach Basel, wo er jetzt noch ist. Das Zugabteil wurde kriminalistisch untersucht. Man hat etwa 200 verschiedene Fingerabdrücke gefunden, eine Unmenge an Haaren, Hautfetzen, Fingernägel, das ganze Programm. Das DNA-Material wird systematisch erfasst, aber ich glaube, ganz Basel war in diesem Zugabteil. Offiziell gehen wir im Moment noch von einem natürlichen Tod aus, aber wir rechnen in Bälde mit einem anderen Befund. Der Bericht von Dr. Lüscher liegt allerdings noch nicht vor.»

«Aha. Sehr gut, dann sind wir in diesem Fall ja schon sehr weit. Wir kennen die Identität des Toten und wir vermuten eine nicht natürliche Todesursache. Ich möchte laufend über den Fall informiert werden. Nimm mich am besten auf die Liste des Teams.»

Er wählte wieder eine interne Nummer.

«Ja, Sebastian hier. Können wir kurz runter kommen? Ok... mmh... gut, dann bis gleich.»

An Palmer gewandt sagte Pflug: «Wir können schnell zu Paul gehen», und sie machten sich auf den Weg zur Pathologie im Keller.

Dr. Paul Lüscher war eine Kapazität in seinem Fach und der Erste Staatsanwalt Pflug schätzte ihn sehr. Seit Jahren verband sie eine überaus angenehme Zusammenarbeit, die auch während schwieriger Ermittlungen, die von Lüscher etliche Überstunden abverlangten, stets produktiv blieb.

«Hallo Paul, wie geht's?» Seiner Körperhaltung konnte man den Respekt gegenüber seinem Dienstkollegen entnehmen.

«Wie gesagt, ich bin mitten in der Untersuchung von Karl-Maria Hoffmann und kann dazu noch nichts Abschliessendes sagen. Bis jetzt habe ich weder Ödeme festgestellt, noch Frakturen, Hämatome, oder sonst irgendetwas Auffälliges. Nun haben wir den Magen ausgepumpt, wir sind aber noch an der Analyse des Inhalts. Wir gehen von Gift aus. Aber warten wir die verschiedenen Chromatographien zur Analyse der atomaren Zusammensetzung noch ab. Ich persönlich tippe auf irgendein hoch toxisches Nervengift, welches den ganzen Körper lähmt, vermutlich ein Schlangengift. Jedenfalls irgendein teuflisches Zeug. Sicher ist, dass dieser Herr nicht freiwillig den Weg ins Jenseits gefunden hat.»

«Danke Paul. Bitte den schriftlichen Bericht so schnell wie möglich an uns weiterleiten, sobald die Werte der Analyse da sind.» Lüscher dachte an die anstehenden Überstunden und nickte seufzend.

«Und du Etienne», sprach Pflug weiter, «bringst mir bitte ein Foto von dem Toten. War eigentlich schon jemand bei der Familie?»

«Ja. Ich war mit Alfred schon bei der Schwester. Karl-Maria Hoffmann war alleinstehend. Das alles hat sie so sehr mitgenommen, dass wir noch nicht viel sprechen konnten. Wir werden noch mal hin fahren müssen.»

«Dann informiere mich, wenn du hingehst. Ich komme mit, wenn es zeitlich geht. Wenn die deutschen Beamten kommen, legst du ihnen am besten einen Beschluss der Staatsanwaltschaft zur Übernahme des Falles vor, dann sind sie zufrieden. Ich hoffe, wir können ihnen das nächste Mal was abgeben zu unserer Entlastung.»

«Das sehe ich auch so.»

Sie verabschiedeten sich und Pflug ging wieder in sein Büro, um noch einige Direktiven durchzugeben. Basel war unruhig, dachte er. Zwei Todesfälle, einer davon stand kurz vor der Aufklärung, beim anderen standen sie noch ganz am Anfang. Eine aufregende Zeit.

* * * * *

Fischer ging nach der Arbeit nicht nach Hause, sondern in das Haus seines Vaters, denn die einberufene Familiensitzung stand an. Seine Stiefmutter empfing ihn. Sie gingen hoch in den ersten Stock, wo sein Vater gepflegt wurde. Dieser sass im Pyjama am Klavier und spielte die Mondscheinsonate. Als er seinen Sohn sah, unterbrach er das Spiel.

«Hallo Marc.»

«Guten Abend Vater.»

«Guten Abend Herr Fischer», sagte die Pflegeschwester höflich.

«Soll ich dir die Mondscheinsonate von Beethoven vorspielen?»

Die Schwester verdrehte die Augen.

«Ich wollte nur kurz guten Abend sagen, Vater. Ich bin unten bei Mathilde und den Geschwistern.»

«Schön, dass du da bist. Komm doch später hoch, dann spiel ich dir noch was auf dem Klavier vor. Ich gehe morgen Skifahren, kommst du mit?»

Verwirrt schaute Fischer seinen Vater an und entschied sich dann, darauf einzusteigen. «Ich muss noch sehen, ob ich frei machen kann. Ich hab noch viel zu tun im Büro. Bis später Vater», sagte er und nickte der Schwester zu.

Der Realitätsverlust hatte offensichtlich stark zugenommen, dachte Fischer, als er die Treppe hinunter zum Salon ging, begleitet von Beethovens Mondscheinsonate. Die Musik, die ihm eigentlich so gut gefiel, wurde in der unendlichen Repetition unerträglich.

Im Salon fand er – ein seltener Anblick – die engsten Familienmitglieder vereint: seine Schwester, seine Stiefmutter und die Halbgeschwister aus der zweiten Ehe seines Vaters. Er verstand sich mit allen gut, am besten aber mit Mathilde. Er hatte grosse Hoffnungen, eine Basis für die Aktien zu finden. Das Gespräch begann freundlich und entspannt, so dass er meinte, das Thema aufgreifen zu können.

«Wie ihr alle seht, geht es Vater zusehends schlechter, wobei ich dabei nicht seinen für ihn persönlich massgebenden Zustand meine, denn ich denke – und was ich gerade eben wieder gesehen habe, unterstreicht dies –, dass er mit sich ganz zufrieden ist. Ich meine seinen Zustand, wie wir ihn von aussen wahrnehmen. Er leidet offensichtlich an akutem Gedächtnisschwund. Bis jetzt konnte er seine Aufgaben als Grossaktionär der WBC noch wahrnehmen, aber dies scheint nun unmöglich. Und das hat direkte Auswirkungen auf meinen Job. Bis jetzt konnte ich das Doppelmandat halten, mit dem Willen und den Aktien des Vaters. Nun müssen wir diese vertreten lassen. Juristisch gesehen könnte Mathilde als seine Frau sehr wahrscheinlich alleine entscheiden, aber es geht um wichtige Vermögensinteressen und ich möchte vermeiden, dass wir später Komplikationen haben und uns gegenseitig Vorwürfe machen. Ich weiss nicht, wie Vater seine Erbfolge genau geregelt hat, aber sein Wille war immer gewesen, dass wir den Einfluss bei der WBC halten. Und das am besten durch meine Person, da wir hier die stärkste Ausgangslage haben. Ich schlage deshalb vor, dass ich die Vertretung seiner Aktien übernehme und wir einen Aktionärsbindungsvertrag abschliessen, worin wir diese Bündelung festigen. Somit könnten wir unsere Interessen wahren und unserer Aufgabe als Unternehmerfamilie am besten gerecht werden. Mathilde würde dieses Vorgehen unterstützen.»

Mathilde nickte. Seine Schwester meldete sich zu Wort: «Ich habe mich mit meinem Bruder bereits abgesprochen. Ich finde dieses Vorgehen auch am besten. Marc war immer schon in der WBC engagiert und es wäre ein Fehler, wenn wir uns jetzt schwächen würden.»

Seine Halbgeschwister aus zweiter Ehe waren gute zehn Jahre jünger, sie gehörten einer anderen Generation an. Seine Halbschwester gab nun zu Bedenken: «Ich bin der Meinung, wir sollten das sein lassen und uns der neuen Situation stellen, wie sie ist. Es hat keinen Sinn, wenn wir hier Barrikaden aufbauen. Wir können den Gang der Dinge nicht ändern. Unser Vater hatte grosse Macht, er hat die WBC aufgebaut, und von den dunklen Jahren der Nachkriegszeit bis zur Gegenwart geführt. Marc, du bist in der Bank, weil unser Vater in der Bank war. Es ist aber nicht dein Verdienst. Ich habe nichts dagegen, wenn du dort arbeitest, aber ich bin der Meinung, dass du dir deine Stellung selber verdienen musst. Es kann nicht sein, dass sie vom Vermögen deines Vaters und jetzt auch von mir abhängt. Ich werde deshalb nichts unterstützen, was den natürlichen Lauf der Dinge ändert. Es kommt so, wie es kommen muss. Falls eine Mehrheit der Aktionäre des Verwaltungsrats oder wer auch immer dein Doppelmandat nicht mehr will, dann ist es so.»

Sie hatte klar und prägnant ihre Meinung kundgetan und dabei offen in die Runde der Familie geblickt.

«Ach Kinder», sagte Mathilde, «denkt doch auch daran, was euer Vater wollte.» Erschrocken hielt sie nach diesem Satz inne. «Ich spreche ja von ihm schon in der Vergangenheit. Ich meine, denkt auch daran, was euer Vater will. Er hat die WBC aufgebaut und dank der WBC sind wir heute hier. Es geht uns gut, wir gehören zu den führenden Wirtschaftsfamilien von Basel, wir sind angesehen, haben Geld und Macht. Das sollten wir nicht einfach aus den Händen geben. Es ist mir klar, dass es einen Wandel gibt. Wandel hat die ganze Menschheit schon immer begleitet. Nichtsdestotrotz sollten wir nicht ohne Not unsere Stellung aufgeben. Das Doppelmandat von Marc bei der WBC bedeutet für uns alle Geld und Macht. Damit sind auch unsere Aktien mehr wert. Wenn wir dies aufgeben, werden wir zu gewöhnlichen Aktionären. Ja, es ist alles im Fluss, aber wir können auch eine Staumauer aufbauen, dann profitieren wir noch ein wenig von der guten Ausgangslage. Alles preiszugeben ist vielleicht der einfachste Weg, aber auch der teuerste. Ich bin sicher, Theodor würde dies nicht verstehen.»

Mathilde Fischer legte all ihre Kraft in die Worte, denn ihr war bewusst geworden, dass ihre Kinder eine andere Meinung vertraten als ihr Stiefsohn. Offenbar gab es eine Spaltung der Familie in diesem Punkt. Sie wusste nicht, ob es überhaupt eine Einigung geben würde, aber noch hoffte sie auf den Familienfrieden.

Nun meldete sich auch Marcs Halbbruder zu Wort: «Ich habe Verständnis für euer Anliegen, stimme jedoch trotzdem im Wesentlichen meiner Schwester zu. Das Doppelmandat steht öffentlich in der Kritik. Früher oder später wird es fallen. Ich bin dafür, dass wir jetzt den Dingen ihren Lauf lassen. Ich glaube auch nicht, dass deswegen unsere Aktien und unser Vermögen weniger wert sein werden.»

Man hörte nun vom ersten Stock Theodor Fischer Klavier spielen. Die sensible Musik der Mondscheinsonate schien die soeben gesprochenen Worte zu unterstreichen. Die verschiedenen Familienmitglieder schauten sich in die Augen.

«Wie gesagt», fuhr er fort, «es kommt so, wie es kommen muss. Ich möchte meinerseits nicht hyperaktiv werden und ich möchte auch keinen Aktionärsbindungsvertrag. Die Aktien von Vater sind in seinen Händen. Sie werden vermutlich für absehbare Zeit nicht vertreten sein und falls es zu einem Erbfall kommt, dann werden sie so verteilt wie er das möchte oder wollte. Und wenn er nichts dazu geschrieben hat, oder zumindest nichts Rechtsgültiges, dann gilt die gesetzliche Erbfolge.»

Er blickte in die Runde. Es herrschte betretene Stille.

«Möchte noch jemand Tee?», fragte Mathilde Fischer. Doch die Frage, die nett hätte klingen sollen, hörte sich enerviert an und war ein Säbelstoss in die trockene Leere der unfruchtbaren Diskussion. Niemand ging darauf ein. Dagegen meldete sich Marc Fischer noch einmal zu Wort.

«Nun, offensichtlich haben wir in dieser Frage einen Dissens.» Dabei stand ihm der Ärger ins Gesicht geschrieben. «Ich bin, wie meine Schwester und Mathilde, für die Wahrung des Status quo, während die jüngere Generation dem Werterhalt anscheinend wenig Rechnung trägt. Wer Geld hat und nicht Geld aufbaut, hat andere Einsichten.»

Seine Worte waren peitschende Kugeln in der Luft, vermochten jedoch das Geschehen nicht mehr aufzuhalten. Die Meinungen waren gemacht.

«Das sagst gerade du», konterte sein Halbbruder. «Du profitierst ja am meisten von Vaters Aktien. Ohne ihn wärst du doch ein Angestellter im mittleren Kader in irgendeiner Firma.»

«Ich werde auf diesen Unsinn nicht antworten», sagte Fischer, obwohl er sich äusserst provoziert fühlte. Denn im tiefsten Inneren war ihm bewusst, dass sein Halbbruder mit seiner Aussage nicht allzu weit weg lag von der Wahrheit. Er versuchte, die Diskussion zu einem Ende zu bringen. «Damit wären wir in dieser Frage drei gegen zwei. Wir benötigen jedoch Einstimmigkeit. Die Folge dieser Beschlussunfähigkeit wird sein, dass ich an der nächsten Generalversammlung sehr wahrscheinlich nicht mehr als Verwaltungsratspräsident gewählt werde. Unser Einfluss sinkt und das könnte auch für die Bank negative Einflüsse haben. Es wird zu Grabenkämpfen kommen und neue Mehrheiten werden sich auf unsere Kosten Macht und Einfluss in der Bank sichern. Vielleicht wackelt dann früher oder später auch mein Amt als CEO. Die Aktienkurse sinken und damit verlieren auch euer Vermögen und eure Anwartschaft an Wert.»

«Du gehst davon aus, dass andere Personen den Job schlechter machen werden als du. Das muss aber nicht so sein. Es kann auch sein, dass arabische Investoren das Zepter in die Hand nehmen, ein neuer CEO kommt, und sich bessere Kaderleute bei der WBC akkumulieren. Das Unternehmen könnte sogar noch ertragreicher werden und die Aktienkurse würden steigen.»

Hier traten die Meinungsunterschiede der Familienmitglieder zu Tage wie noch nie zuvor. Marc Fischer fühlte sich gedemütigt, obwohl er die Mehrheit hinter sich hatte. Die jüngere Generation war nicht zu Konzessionen bereit. Indirekt kritisierten sie die Macht von Fischer, agierten aber im Grunde genommen genau gleich, indem sie ihrerseits ihre Macht ausspielten. Zitternd vor Wut und Enttäuschung stand Mathilde auf.

«Ich bin sehr enttäuscht von euch und ich bin sicher, Vater hätte das nicht gewollt. Die Familie Fischer ist auf dem Weg, ihr Silber zu verscherbeln. Ich schäme mich für euch. Marc, wir müssen auch ohne meine Kinder versuchen, die Stellung zu halten. Ich gehe nun zu eurem Vater. Gute Nacht.»

Ohne ein weiteres Wort verliess sie die Runde und zeigte unverblümt ihre Unzufriedenheit über das Ergebnis dieses Gesprächs. Als sie die Türe des Salons zum Gang hin öffnete, drangen Melodienbruchstücke von Beethovens Mondscheinsonate in den Raum.

Als Marc Fischer wenig später das Haus seines Vaters verliess, war er sich sicher, dass der Familienfrieden nachhaltig gestört war und sich das Vermögen verkleinern würde. *Das Wetter würde schlechter werden.*

* * * * *

Pflug und Palmer waren auf dem Weg Richtung Bruderholzallee 34. Sie parkten den Wagen unmittelbar vor der Villa, stiegen aus und gingen zum Eingangstor des Vorgartens. Die Villa war von einer kniehohen Mauer umgeben, auf der ein hölzerner grüner Zaun montiert war. Am Gartentor befand sich neben dem Briefkasten auch die Klingel. Pflug drückte auf den Knopf. Nichts war zu hören. Angesichts des schäbigen Zustands der Klingel und des gesamten Hauses, waren sie sich nicht sicher, ob sie überhaupt funktionierte. Gerade als er ein zweites Mal klingeln wollte, rief Frau Bieder-Hoffmann: «Kommen Sie herein, es ist offen.»

Die beiden Herren öffneten das Gartentor und wurden an der Haustüre von Frau Bieder-Hoffmann erwartet.

«Guten Tag. Wir sind von der Polizei, von der Kriminalpolizei. Pflug mein Name. Das ist mein Kollege Palmer», sagte Pflug förmlich.

«Ja ich weiss, Herr Palmer war ja schon mal hier. Kommen Sie bitte herein.»

Sie gingen ins Wohnzimmer, das mit einfachen Möbeln und einer kleinen Polstergruppe ausgestattet war.

«Darf ich Ihnen etwas anbieten?»

«Ja gerne, vielleicht ein Glas Wasser?»

Sie brachte drei Gläser und eine Flasche Mineralwasser.

«Sie sind da wegen dem Tod meines Bruders, nehme ich an.»

«Ja, genau. Ich möchte Ihnen zuerst mein Beileid aussprechen», sagte Pflug. «Für uns ist es sehr wichtig, noch einige Unklarheiten anzusprechen. Dürfen wir Ihnen ein paar Fragen stellen?»

«Ja, natürlich.»

Palmer nahm einen Schreibblock zur Hand und Pflug sagte: «Wir gehen zum jetzigen Zeitpunkt der Ermittlungen davon aus, dass ihr Bruder umgebracht wurde. Wahrscheinlich wurde er vergiftet.»

Frau Bieder-Hoffmann schaute die beiden Polizisten entsetzt an. Als sie sich wieder etwas gefangen hatte, fragte sie: «Haben Sie denn schon eine Vermutung, wer meinen Bruder umgebracht haben könnte? Wer so etwas getan haben könnte? Mein Bruder hat doch niemandem etwas zuleide getan.»

«Wir haben leider noch sehr wenige Anhaltspunkte. Hatte er denn irgendwelche Feinde?»

«Nein. Nicht, dass ich wüsste. Karl-Maria lebte zurückgezogen und war ein sehr zurückhaltender Mensch. Auch ich hatte keinen intensiven Kontakt mit meinem Bruder. Ich lebe hier mit meinem Mann im Hause meiner Eltern und er hatte seine Wohnung im Gundeldinger-Quartier. Wir haben uns nur gelegentlich gesehen.»

«Laut unseren Recherchen im Staatsarchiv sind Sie das leibliche Kind ihrer Eltern, während Ihr Bruder von Ihrem Vater adoptiert worden ist. Sie sind also strenggenommen nur Halbgeschwister. Spielte das Familienverhältnis früher eine grosse Rolle?»

«Ja, das war schon immer wieder Thema in unserer Familie, auch wenn sich meine Eltern nie offen darüber geäussert haben. Unserem Vater schien das Thema sehr unangenehm und auch meine Mutter sprach nicht gern darüber. Wir wissen auch nur das, was in den Akten steht. Tatsache ist, dass wir den Vater von Karl-Maria nicht kennen.»

«Mmh...», brummte Pflug, ganz in Gedanken

«Vielleicht ist hier noch zu erwähnen, dass Marc Fischer mich und meinen Bruder besucht hat. Er...»

«Marc Fischer von der WBC?», unterbrach Pflug erstaunt.

«Ja genau der. Vor ein paar Tagen kam er unangemeldet hier vorbei. Auch er hat mich mit der Adoption meines Bruders konfrontiert. Woher Herr Fischer allerdings von der Adoption weiss, ist mir immer noch nicht klar. Zu meiner Jugendzeit gab es schon den einen oder anderen Mitschüler, der Sprüche in diese Richtung machte, schliesslich sah ich meinem Bruder nicht sehr ähnlich. Wir waren äusserlich verschieden. Aber eigentlich wusste niemand davon.»

«Wie hat sich denn das Gespräch mit Fischer entwickelt?»

«Am Anfang war ich freundlich, man hat ja Respekt vor so einer bekannten Person. Doch seine Fragen waren ziemlich unverschämt und er war auch nicht besonders freundlich zu mir. Deshalb bin ich dann etwas ungehalten geworden. Ich habe ihn an meinen Bruder verwiesen, natürlich nicht, ohne meinen Bruder vorzuwarnen. Herr Fischer ist noch am gleichen Tag bei meinem Bruder aufgetaucht. Das hat er mir abends am Telefon erzählt.»

«Was wollte denn Herr Fischer von Ihrem Bruder?»

«Mein Bruder hat mir erzählt, dass Herr Fischer meinte, sein Vater und unsere Eltern hätten sich gekannt und es soll irgendeine Beziehung gegeben haben. Aber dazu ist meinem Bruder erst mal nichts eingefallen. Später hat er sich daran erinnert, dass wohl der Name Vischer* öfters von meinen Eltern genannt worden sei. Wir dachten immer, es handle sich um die Vischers mit V. Aber natürlich könnte es auch Fischer mit F sein, der Unterschied ist ja nicht zu hören. Aber das ganze ist ja schon so lange her und die Erinnerungen sind eher vage. Na ja, dann hat sich mein Bruder von Fischer verabschiedet. Das war's. Ich weiss nicht, ob Ihnen das weiter hilft.»

«Das wird sich zeigen. Wann waren Sie das letzte Mal in der Wohnung ihres Bruders?»

«Das war etwa vor einem halben Jahr, weshalb?»

«Wir lassen die Wohnung kriminaltechnisch untersuchen. Wir suchen auch menschliches Material wie Haare, Haut und dergleichen. Daraus gewinnen wir Genmaterial, welches wir vergleichen können. Das heisst, wir werden sehr wahrscheinlich auch von Ihnen Material finden.»

Und nach einer kleinen Pause fügte er hinzu: «Wenn Ihnen noch etwas in den Sinn kommt, können Sie uns jederzeit anrufen. Hier sind unsere Karten.»

«Ja, Danke. Es ist ein so grosses Rätsel. Mein Bruder war so friedfertig. Wie konnte so etwas nur passieren?» Tränen standen ihr in den Augen.

«Wir geben unser Bestes, damit dieser Mord aufgeklärt wird», sagte Pflug und die beiden Kriminalbeamten verabschiedeten sich mit einem stummen Händedruck. Weitere Worte wären unpassend gewesen.

Im Auto rief Pflug seine Assistentin an.

«Margrit... ja ich bin's. Kannst du bitte Marc Fischer oder sein Sekretariat anrufen und sagen, der Erste Staatsanwalt von Basel wünsche ein Gespräch mit ihm? Sei bitte sehr formal.»

Margrit, seine treue Hilfe, schluckte leer und wurde richtig aufgeregt. Gespräche auf höchster Ebene waren für sie eine Herausforderung.

«Ok, Sebastian, mach ich. Hast du zeitliche Wünsche?»

«Ich glaube, wir müssen und hier nach dem Kalender von Fischer richten und froh sein, wenn wir überhaupt ohne grössere Umstände einen Termin bekommen.»

Nachdem Pflug das Telefonat beendet hatte, startete Palmer den Motor und sie fuhren zurück zu ihren Büros im Waaghof.

Pflug war in Gedanken vertieft.

«Etienne?»

«Ja.»

«Du warst doch das erste Mal mit Fredi hier, oder?»

«Ja. Warum?»

«Wir sollten ihn weiterhin in den Fall mit einbeziehen. Es gibt so viele offene Fragen, da können wir jede Hilfe gebrauchen.»

Palmer quittierte das mit einem Nicken.

13. Probleme

Pierre Cointrin wohnte wie Marc Fischer auf dem Bruderholz. Er hatte eine stattliche Villa am Gundeldingerrain mit Blick über die ganze Stadt. Das vornehme Haus war umgeben von einem Hektar schöner Grünfläche. Am unteren Parzellenrand hatte sich ein kleiner Wald entwickelt, der zwar wunderschön war, aber auch einen Nachteil hatte: er schränkte die Aussicht auf die Stadt ein. Man hätte auf der Parzelle ohne weiteres drei Mehrfamilienhäuser bauen können, was vielleicht eine nachfolgende Generation auch so handhaben würde, doch für ihn bedeutete die jetzige Situation pure Lebensqualität. Wie fast jeden Morgen setzte er sich in seinen Maserati Quattroporte – er liebte es sportlich – und fuhr zur Sovitalis, zu «seiner Firma», wie er es immer nannte.

Cointrin war mit seiner Mexiko-Reise zufrieden, denn die Akquisition war ein voller Erfolg und die Börse reagierte gut. Der Kauf der Guadalajara Mexico Ltd. brachte erhebliche substanzielle Werte in den Konzern ein, was ihm erst in Mexiko klar geworden war. Sein Jahresbonus von gut 20 Millionen Franken dürfte damit einmal mehr gerechtfertigt sein, denn für den Verwaltungsrat war die Akquisition allein sein Verdienst und auf sein Verhandlungsgeschick zurückzuführen. Schliesslich hatte er dieses Team zusammengestellt und wenn daraus Gewinn geschöpft wurde, war das ihm zu verdanken. Er musste letztlich auch für Misserfolge einstehen, wobei diese ihm bis jetzt noch nie angelastet und in der Berichterstattung klar externen Faktoren zugeschrieben werden konnten.

Cointrin bevorzugte es, selbst zu fahren und verzichtete fast immer auf einen Chauffeur, was ihm des Öfteren positiv zugehalten wurde. Er wusste, dass man ihn auch den «Kaiser» nannte. Deshalb war es gut, neben seinem exzentrischen Auftreten wenigstens in einem Punkt Bescheidenheit zu zelebrieren. Bei der Garageneinfahrt des Firmengeländes positionierte er seinen Badge auf den Marker. Sein Konterfei erschien auf dem Bildschirm und er konnte nach dem Öffnen der Barriere einfahren. Er parkte seinen Wagen und begab sich zum Lift, wo er einmal mehr den Badge auf einen Sensor tippen musste. Die Liftfahrt wurde aktiviert und wenig später war er im obersten Stockwerk angekommen, direkt in seinem Büro.

«Guten Morgen Herr Cointrin», begrüsste ihn sein Sekretär Albert Moser freundlich. «Heute haben wir zuerst Papierkram auf der Traktandenliste – viele der Abteilungsleiter brauchen Unterschriften. Um elf ist dann eine Sitzung mit dem Wissenschaftsrat. Möchten Sie einen Kaffee?»

Schon seit drei Jahren war Albert Moser in seinen Diensten, doch Cointrin war sich bis heute nicht sicher, ob sein Sekretär homosexuell war. Aber im Grunde ging er davon aus, entsprach er doch dem gängigen Bild. Stets wie aus dem Ei gepellt, gut gelaunt und immer freundlich war er eine Bereicherung in seinem Geschäftsalltag. Er mochte ihn, zumal er auch mit seinen frivolen Bemerkungen den Geschäftsalltag immer wieder belebte.

«Ja gerne, Herr Moser, einen Kaffee. Aber ohne Croissant.»

«Ok. Als erstes wird Klaus Linden von der Abteilung Vitamine hier sein. Möchten Sie noch einen Multivitaminsaft zum Kaffee?»

Letzteres war natürlich nicht ernst gemeint. Als er den Kaffee brachte, war Cointrin bereits im intensiven Gespräch mit Linden. Mit anderen Abteilungsleitern ging es weiter bis ihn um viertel vor elf Albert Moser unterbrach.

«Meine Herren, ich muss Sie leider unterbrechen. Wir haben gleich eine Besprechung mit dem Wissenschaftsrat. Herr Cointrin, wir sollten das Gebäude wechseln.»

«Herr Cointrin, wie...», der Finanzdirektor, der gerade im Gespräch war mit Cointrin, wollte noch etwas ausführen, doch er wurde unsanft unterbrochen.

«Entschuldigung, ich muss gehen. Kommen Sie mit einem Vorschlag auf mich zu.»

«Aber das war schon ein Vor...»

«Ich möchte mich nicht wiederholen. Bis später.»

«Bis später», kam das Echo von Moser. Er liebte es, seinen Vorgesetzten in banalen Angelegenheiten unterstützen zu können und sagte nun zu ihm: «Wir können gleich los, ich begleite Sie. Sie brauchen nichts mitzunehmen.»

Im Lift wollte er Cointrin eine kurze Einführung geben.

«Sie haben jetzt eine Sitzung des Wissenschaftsrates. Es werden...»

«Ich weiss, danke. Gibt es etwas Besonderes zu vermerken?»

«Nein.»

Den Rest des Weges schwiegen beide. Im Sitzungszimmer angekommen, verabschiedete sich Moser. Der Rat war, soweit dies Cointrin auf den ersten Blick feststellen konnte, vollzählig versammelt. Cointrin grüsste in die Runde, alle erwiderten den Gruss und er eröffnete die Sitzung: «Sehr geehrte Damen und Herren, ich begrüsse Sie zur heutigen Sitzung des Wissenschaftsrates der Sovitalis AG und ich danke Ihnen für Ihr Erscheinen. Die Traktandenliste ist reich gefüllt, aber es geht nur um ein Thema: die Suche nach dem Intelligenzgen. Da Sie, werte Anwesende, die Wissenschaftler sind, im Gegensatz zu mir, lege ich das Gespräch in Ihre Hände und werde in erster Linie zuhören.»

«Sehr geehrter Herr Cointrin, sehr geehrte Kollegen», nahm Professor Bernd Spiezl das Zepter in die Hand. «Wir wollen uns zuerst über den Status quo orientieren und uns dann über grosse, gewichtige Probleme und über deren Lösungsmöglichkeiten unterhalten.» Die Sorgenfalten in seinem Gesicht untermauerten das Gesprochene. «Kollege Regazzoni, darf ich Sie bitten.»

«Nun, meine Damen und Herren, wir hatten einen erfolgreichen Start. Wir haben über 3000 Genproben aus Familien in Basel erhalten. Etwa 1000 Probanden stammen aus erfolgreichen Basler Familien. Aufgrund des Tests dürfen wir knapp ein Drittel der Probanden als überdurchschnittlich intelligent bezeichnen. Eine ausgezeichnete Ausgangslage für unsere Suche nach dem Intelligenzgen. Wir haben das ganze Material elektronisch aufgenommen, anonymisiert und in digital lesbare Daten konvertiert. Danach haben wir mit der Analyse begonnen. Wie Sie alle wissen, besitzt der Mensch rund 30'000 Gene, verteilt auf 23 Chromosomen, was drei Milliarden Basenpaare ergibt. Multipliziert mit 3000 Genproben bedeutet dies eine immense Datenbasis.»

Den meisten Anwesenden, auch Pierre Cointrin, war das nicht neu.

«Wir haben die DNA-Sequenzen in Abschnitte unterteilt und dann graphisch aufgearbeitet und miteinander verglichen. Wir wollen herausfinden, ob es bei den Personen, die im Intelligenztest überdurchschnittlich abschnitten, Parallelen gibt und damit den Fundus des Intelligenzgens erstellen. Dabei sind wir auf etwas Sonderbares gestossen. Von den rund 1000 Proben der Rubrik Intelligentia – so nennen wir die Probanden, welche überdurchschnittlich gut abschnitten haben –, haben wir viele Redundanzen festgestellt. Anhand von Erfahrungswerten anderer Universitäten und Untersuchungen muss man von einem Faktor von 0,5 bis 1 Prozent ausgehen. In dieser Quantität gibt es in der DNA grosse Ähnlichkeiten. Diese können aus naher Verwandtschaft herrühren oder aber zufällig entstehen. So ist bekannt, dass isländische Familien aufgrund des homogenen Erbmaterials sehr starke Ähnlichkeiten in der DNA haben. Dort gibt es auch schon Erfahrungswerte von 5 Prozent. Es gibt dann noch einige andere Inseln mit gleichen Quoten, wie Grönland, die Osterinsel und die Fidschi-Inseln. Kurz: überall dort, wo sich die Menschheit aus einer beschränkten Quelle von Familien entwickelt hat. Wir haben nun hier in Basel einen Referenzwert, der zwar nicht ganz so hoch wie in den besagten Gebieten ist, aber mit gerundet 4 Prozent für die Analyse doch einige Fragen aufwirft.»

«Was heisst das genau?», wollte Cointrin wissen.

«Das heisst, dass etwa 4 Prozent des Probandenmaterials genetische Parallelen aufweist, wie sie eigentlich nur bei verwandten Personen vorkommen sollten. Wie gesagt, solche Parallelen kommen natürlich vor, weil die Varianz der Gene trotz den millionenfachen Möglichkeiten beschränkt ist. Anders ausgedrückt: Würden wir die DNA eines verstorbenen Pharao mit Ihrer DNA vergleichen, wären Parallelen vorhanden. In unserer Studie haben wir aber überdurchschnittliche Parallelen. Von den 30'000 Genen beim Menschen sind 99 Prozent gleich gegenüber einem anderen Menschen. Nur 1 Prozent unterscheidet sich, und dieses gilt es zu finden. Und dort, wo wir das eine Prozent gefunden haben, haben wir dennoch gewisse weitere Identitäten und Parallelen. Das ist ein bemerkenswertes Phänomen.»

«Dafür muss eine Erklärung gefunden werden», sagte Cointrin mit Nachdruck. «Wir haben das Programm initialisiert, wir haben Gelder aus dem Konzern frei gemacht und wir haben Forschungsgelder der EU erhalten. Wir können doch nicht sagen, dass wir wegen Datenduplizität unser Projekt begraben. Ich bitte um präzisere Angaben und um Vorschläge.» Ein leichter Ärger stand ihm im Gesicht.

«Nun, wie gesagt. Wir haben Genmaterial, das nicht ganz einfach zu erklären ist», meldete sich Professor Bonewinkel zu Wort, auch er eine Koryphäe auf seinem Gebiet. «Um damit umzugehen, haben wir folgende Varianten: erstens, wir fahren fort wie bisher und finden das Intelligenzgen. Die Fachwelt kann uns dann vorwerfen, dass wir Genmaterial verwendet haben, das kontaminiert wurde. Dafür gibt es keine plausible Grundlage. Es besteht auch eine gewisse Wahrscheinlichkeit, dass sich Daten später irgendwie plausibilisieren und erklären lassen. Zweite Variante: wir fahren fort und analysieren die Proben. Mit anderen Worten, wir geben die Anonymität der Spender auf und verifizieren das Material und würden in einem gewissen Rahmen die Proben wiederholen. Das ist zwar aufwendig, aber würde die Kritik entkräften. Wir würden so aktiv die Problematik des Genmaterials untersuchen. Dritte Variante: wir sammeln neues Material und beginnen von vorne.»

Die Runde blieb still, bis sich Cointrin wieder meldete: «Was ist mit Werkspionage oder Werkterrorismus als mögliche Erklärung? Könnte dies jemand mutwillig verursacht haben?»

Dabei blickte er den Compliance Officer* Jordan Marcowitsch an, der erwiderte: «Ich habe mich intensiv mit diesem Fall befasst, aber ich konnte nichts in diese Richtung feststellen. Die Abläufe der Materialbeschaffung und der Datensicherung sind einwandfrei. Wir haben hier eine Arbeitsgruppe zusammengestellt, die sich mit all den Abläufen befasst. Wir müssen insbesondere die Anonymität der Spender garantieren. Ich hatte zahlreiche Besprechungen mit Dr. Peter Bernstein, dem Chef für interne Sicherheit. Vielleicht können Sie das Thema Werkterrorismus noch etwas genauer erläutern?»

«Ja, wie gesagt», Dr. Bernstein blickte mit ernster Miene in die Runde. «Wir haben uns mit der Frage nach Werkspionage und Werkterrorismus intensiv auseinandergesetzt, auch gemeinsam mit Professor Bonewinkel, doch sind wir hier nicht weitergekommen. Von einer Kontamination kann nicht die Rede sein. Von verschiedenen Proben wurden erneute DNA-Sequenzen hergestellt, mit dem Ergebnis, dass man zum gleichen Ausgangsbild kam. Bei mutwilligen Verschmutzungen wäre bei einer Rekonstruktion ein anderes Bild erschienen. Das war nicht der Fall. Wir können Werkspionage oder -terrorismus im herkömmlichen Sinn ausklammern.» Dr. Bernstein beendete seine Ausführungen mit einem Achselzucken, auch er wusste nicht weiter.

«Ich fasse zusammen», ergriff Cointrin erneut das Wort. «Wir haben einwandfreies Genmaterial und wir schliessen fremde Einflüsse aus. Das einzige, was wir haben, sind fragwürdige Parallelen in 4 Prozent der Proben, wobei hier der internationale Referenzwert in der Wissenschaft bei einem Prozent liegt.»

Er blickte in die Runde und nachdem seine Ausführungen mit einhelligem Nicken quittiert wurden, fuhr er fort.

«Wir haben nun verschiedene Optionen. Ein Neubeginn scheint mir wenig sinnvoll und würde unser Unternehmen in der Öffentlichkeit und auf dem Finanzmarkt stark in Frage stellen. Die Probleme zu ignorieren und weiterzumachen wie bis anhin, halte ich nicht für sinnvoll. Bleibt uns die dritte Variante: Wir fahren fort und überprüfen selektiv einzelne Genpakete. Damit wir die Anonymität der Probanden nicht zu stark belasten, beginnen wir mit dem Basismaterial aus unserem Hause. Ich stelle meine Daten für die Analyse zur Verfügung. Stefan Meyer, kommen Sie im Anschluss an die Besprechung zu mir, dann gebe ich formal meine Zustimmung. Ich zähle darauf, dass die anwesenden Personen ebenfalls ihren Beitrag zur Rettung dieses Projekts leisten. Darf ich zu diesem Vorgehen mit Ihrer Zustimmung rechnen?»

Allgemeines Nicken und gemurmeltes «ja» und «ja, natürlich» in verschiedenen Tonlagen beendeten die Sitzung. Cointrin hoffte, dass damit eine Lösung in Sichtweite kam und das Projekt weiter erfolgreich vorankommen konnte.

«Ach, Herr Meyer», sagte er im Hinausgehen an den Professor gewandt, «geben Sie mir bitte noch ein Zustimmungsformular für Marc und Theodor Fischer, die beiden sind mir noch einen Gefallen schuldig.»

Vor der Türe wartete bereits Albert Moser auf seinen Chef.

«Herr Cointrin, Sie treffen heute über Mittag Herrn Fischer. Er hat angerufen und um diesen Mittagstermin gebeten. Ich habe das Essen mit dem Vitaminteam storniert. Ich hoffe, das war in Ihrem Sinne. Wir haben jetzt halb zwölf, das heisst, Sie haben noch eine halbe Stunde Zeit bis dahin. Möchten Sie selbst hinfahren? Allerdings findet man dort keine Parkplätze. Sonst kann Sie unser Tageschauffeur hinbringen, oder ich bringe Sie hin.»

«Wo sind wir denn verabredet?»

«Entschuldigung, das habe ich ganz vergessen zu erwähnen. Sie speisen im Restaurant Quatre Saison, Herr Fischer legte Wert auf ruhige Atmosphäre.»

Das Restaurant gehörte zu den Besten der Stadt und war bekannt durch seine Auszeichnungen.

«Ok, dann nehme ich den Chauffeur. Aber danke für Ihr Angebot.»

Sie gingen zurück ins Büro und Moser klinkte sich aus. Cointrin hatte Mühe, sich zu konzentrieren. Die Entwicklung des Projekts Intelligentia beunruhigte ihn. Kurz vor zwölf klopfte es an die Türe, es war der Tageschauffeur. Cointrin kannte ihn vom Sehen, aber nicht mit Namen. Er folgte dem Chauffeur etwas gedankenverloren in den Lift, und nachdem sich dort nichts tat, räusperte sich der Chauffeur und sagte dann:

«Herr Cointrin, der Badge. Meiner nützt nichts, ich habe keine Berechtigung.»

Cointrin tippte den Badge auf den Sensor und der Lift setzte sich in Bewegung. Er nahm sich vor, sich besser zu konzentrieren. Sie stiegen in eine Firmenlimousine und fuhren schweigend ins Restaurant.

«Ich halte an der Ecke, ich kann nicht vor dem Eingang parken.»

Cointrin stieg aus und betrat das Restaurant. Im ersten Stock wurde er freundlich vom Maître de Service empfangen.

«Herr Cointrin, welch eine Freude, Sie wieder zu Gast zu haben. Herr Fischer erwartet Sie schon.» Er begleitete ihn zum Tisch.

«Mein lieber Cointrin, wie geht es Ihnen?»

«Ärger, Fischer. Ärger. Und wie steht's bei Ihnen?»

«Ebenfalls Ärger.»

«Oh, dann würde ich einen schönen Aperitif vorschlagen.»

Sie bestellten zwei Gläser Champagner und den Business Lunch.

«Was für Sorgen haben Sie denn?»

«Zuerst, zum Wohl», sagte Cointrin, hob das Glas und sie nickten sich zu.

«Nun, wir haben Probleme mit unserer Studie zum Intelligenzgen. Irgend etwas stimmt nicht. Von den vielen Spendern haben zu viele eine ähnliche Genbasis. Eine derartige Übereinstimmung sollte bei maximal einem Prozent sein, wir liegen aber bei fast 4 Prozent. Das verzögert die Studien und führt zu schlechten Börseninformationen, und so weiter. Mit anderen Worten, *dunkle Wolken ziehen auf.*»

Cointrin berichtete noch detaillierter über die Vorkommnisse und wurde erst durch die Vorspeise unterbrochen. Der Kellner servierte Zander an Weissweinsauce, garniert mit ein wenig Gemüse. Es war der Moment, einen Château Margaux 1998 für den Hauptgang zu bestellen. Zur Vorspeise blieben sie noch beim Champagner.

«Nun, Herr Fischer, ich habe auch gleich eine Bitte an Sie: es geht um eine Genehmigungserklärung. Wir müssen nun nämlich versuchen, anhand konkreter Beispiele diese Abweichung zu erklären. Unsere Forschungsabteilung wird prüfen, ob Sie in der besagten Quote sind und wenn ja, werden wir klären müssen, worin die möglichen Ursachen liegen. Ich hoffe sehr, dass wir weiter kommen, sonst haben wir ein echtes Problem.»

Diesen Freundschaftsdienst erwies Fischer Cointrin gerne und er unterzeichnete die Genehmigungserklärung. Auch diejenige für seinen Vater unterschrieb er gleich. Der Kellner brachte den Wein zum Hauptgang. Zuerst öffnete er die Flasche und prüfte, ob der Korken von guter Qualität war, dann füllte er den Wein in eine Karaffe und liess Cointrin degustieren. Cointrin war sehr zufrieden.

«Sehr gut, ein trefflicher Jahrgang.»

Sie nickten sich zu und begannen, von diesem herrlichen Wein zu trinken. Die Stimmung besserte sich sichtlich und während sie ihre Aufmerksamkeit dem edlen Alkohol widmeten, rückten die Sorgen für kurze Zeit in den Hintergrund.

«Nicht nur ein guter Jahrgang, sondern auch ein vorzüglicher Wein.» Sie wussten sehr gut, wovon sie sprachen und fachsimpelten noch eine Weile, bis Cointrin Fischer nach seinen Sorgen fragte.

«Wie Sie wissen», begann Fischer, «übe ich ja ein Doppelmandat aus. Bis jetzt ist das immer gut gegangen und hat unsere Familie und die Aktien gestärkt. Nun...», er zögerte ein wenig, «meinem Vater geht es zurzeit nicht gut und die Vertretung der Aktien in einer Hand durch ihn ist zurzeit nicht möglich. Die Familie steht leider nicht voll und ganz hinter mir. Meine Stiefmutter und meine Schwester unterstützen mich zwar, nicht aber die Kinder meines Vaters aus zweiter Ehe. Ich habe das Gefühl, sie nützen die Gelegenheit aus, um mir eins auszuwischen. Wir hatten eine schreckliche Familiensitzung. Das heisst, ich werde mich an der nächsten Vorstandssitzung wahrscheinlich nur schwer halten können. Mit anderen Worten: *dunkle Wolken ziehen auf.*»

«Na dann, auf das schlechte Wetter.»

Gerade als sie die Gläser erneut erhoben wurde die Hauptspeise serviert, Lammfilet mit Gratin Dauphinois, dazu Bohnen.

«Kennen Sie Sebastian Pflug?», wollte Fischer wissen.

«Nein, wer ist das?»

«Er ist von der Staatsanwaltschaft und wollte einen Termin bei mir. Ich habe gleich reagiert und möchte das noch heute Nachmittag erledigen. Er sagte, es ginge um einen Bekannten von mir.»

«Sucht er was Bestimmtes?»

«Ich habe keine Ahnung. Ich dachte nur, Sie kennen ihn vielleicht.»

Nach einer Verlegenheitspause war beiden klar, dass sie über dieses Thema nicht weiter sprechen wollten.

«Gehen Sie demnächst mal wieder ins Theater?»

«Ja, wir haben das Premierenabonnement. Als nächstes sehen wir die Oper ‚Der Fliegende Holländer' von Wagner. Wir freuen uns. Und Sie?»

Das Gespräch verlor sich im Smalltalk. Das Wichtigste war gesagt. Der Mittag mit gutem Essen und Wein war zwar angenehm und bot etwas Ablenkung, aber keine Lösung der sie belastenden Probleme. Beide hatten zu viele Sorgen. Es würden sicher wertvollere Zusammenkünfte folgen. Die Wetterprognose prophezeite für beide wenigstens einen kleinen Lichtblick am dunklen Himmel.

Fischer war gerade zurück in seinem Büro, als einer seiner engeren Mitarbeiter ihm eröffnete, dass zwei Herren da seien und ihn sprechen wollten. Er wusste, dass die beiden Männer Sebastian Pflug und Etienne Palmer von der Kriminalpolizei waren und dass ihn der Erste Staatsanwalt sprechen wollte. Und seine Mitarbeiter wussten es ebenfalls, denn er hatte es in seinem öffentlichen elektronischen Kalender vermerkt, den die Mitarbeiter seines Stabes einsehen konnten. Hätte er nur die Namen hingeschrieben, wäre zwangsläufig irgendwann jemand darauf gekommen, dass die Herren von der Staatsanwaltschaft wären und das wäre lediglich Zunder für eine brodelnde Gerüchteküche gewesen. Er bat die Herren in sein Büro und begrüsste sie förmlich.

«Hätten Sie gerne Kaffee?»

«Nein Danke.»

«Aber ich nehme jetzt gerne einen. Sind Sie sicher?»

«Doch, dann würde ich mich gerne anschliessen.»

Fischer bestellte den Kaffee und fragte dann freundlich:

«Nun, wie kann ich Ihnen dienen?»

«Kennen Sie einen gewissen Herrn Karl-Maria Hoffmann?», kam Pflug sofort zur Sache.

«Ja, den kenne ich. Warum fragen Sie?»

«Hatten Sie in letzter Zeit Kontakt mit Herrn Hoffmann?»

«Ja, ich habe ihn vor ein paar Tagen besucht. Weshalb interessiert Sie das?»

«Wann haben Sie ihn zum letzten Mal gesehen?»

«Wie gesagt, vor ein paar Tagen. Nun sagen Sie mir doch, worum es geht.»

«Herr Hoffmann ist vor drei Tagen verstorben, er... er wurde umgebracht, vergiftet.»

«Was? Das kann ich kaum glauben. Wie gesagt, ich habe ihn erst kürzlich noch besucht. Es stand auch nichts in der Zeitung.»

«Die Neue Basler Zeitung hat nur einen kleinen Artikel gebracht. Das lag wohl daran, dass wir keine umfassende Pressekonferenz gemacht haben. Sie sagten, Sie haben ihn getroffen. Warum haben Sie ihn besucht? Seit wann kennen Sie ihn persönlich?»

«Erst seit kurzem. Ich dachte, er kennt meinen Vater. Aber das war nicht der Fall. Mein Vater ist schon sehr alt und es geht ihm zurzeit nicht besonders gut. In letzter Zeit leidet er unter starkem Realitätsverlust. Kürzlich ist der Name Hoffmann aufgetaucht, und da ich schon lange mehr über die Vergangenheit meines Vaters wissen wollte, bin ich dem nachgegangen. Aber es ergaben sich keine nennenswerten Erkenntnisse. Er wurde vergiftet?»

«Ja. Bitte verstehen Sie dies nicht falsch, aber wir müssten wissen, wo sie am Freitagabend, so gegen 18 Uhr waren.»

«Ich verstehe Ihre Frage, ich verstehe sie auch nicht falsch, aber die Frage ist in erheblichem Masse unangebracht. Ich beantworte sie Ihnen trotzdem. Ich war zu Hause. Ich habe aufgrund der schlechten Gesundheit meines Vaters die Reisen eingeschränkt, damit ich öfters zu Hause und bei ihm sein kann. Sonst noch was?»

Fischer war sichtlich verärgert. Und sein Ärger war nur teilweise gespielt. Er versuchte, sich ein wenig zu zügeln, damit gespielter und echter Ärger nicht in einer unglaubwürdigen Kumulation endeten.

«Nein. Das wäre alles», erwiderte Pflug sachlich. «Danke für Ihre Kooperation. Das hat uns sehr geholfen. Bitte entschuldigen sie die Störung.»

Fischer zog es vor zu schweigen.

Als Pflug und Palmer wieder im Waaghof waren, zogen sie sich in das Büro von Pflug zurück, eines der schönsten im Haus. Pflugs Arbeitszimmer lag im obersten Stockwerk, war Richtung Nordwesten ausgerichtet und hatte freie Sicht auf die Heuwaage und die Innerstadt. Ein moderner Schreibtisch war zentral im Zimmer platziert, eine Stechpalme bereicherte den Raum mit etwas Grün und an einer Wand hingen zwei Bilder, Leihgaben des staatlichen Kunstkredites. Eine ganze Seite des Zimmers war als Pinnwand ausgestaltet. Eine Hälfte war mit Zetteln des täglichen Ablaufs gefüllt, die andere Hälfte war ziemlich leer. Ein Foto von Karl-Maria Hoffmann hing dort, sowie sein Geburts- und Todesdatum. Daneben hing ein Foto von Hoffmanns Schwester und eines von Fischer, ansonsten einige wenige Notizen und Zettel und eine fragmentarische Darstellung der Tat und ein Fragezeichen.

«Was können wir festhalten nach unserem Besuch bei Hoffmanns Schwester und bei Fischer?»

Fragende Augen blickten Palmer an und dieser sagte unzufrieden: «Das alles sagt noch viel zu wenig aus», und nach einer kurzen Pause fügte er an: «Weshalb hängt das Bild von Fischer hier?»

«Ehrlich gesagt weiss ich es auch nicht so genau. Ich hatte das Gefühl, er könnte irgend etwas damit zu tun haben. Ich habe allerdings keine Ahnung, was das sein könnte. Sollen wir seine Frau fragen wegen dem Alibi?»

«Sebastian, wenn dir dein Job lieb ist, halte dich zurück. Deine Fragerei heute war schon angriffig genug. Ich meine, wir haben es hier mit dem CEO einer der grössten Banken der Welt zu tun...»

«Ich weiss, ich weiss», unterbrach Pflug. «Aber ich finde, es hat sich gelohnt, auch wenn er ohne zu zögern geantwortet hat. Sein Ärger über die Frage nach einem Alibi schien mir ein bisschen übertrieben. Wie siehst du das?»

«Ich hab mich auch gewundert. Er hätte auch ruhig und eloquent antworten können. Das hat er aber nicht. Stattdessen hat er leicht seine Fassung verloren.»

«Wir müssen ihn im Auge behalten.» Nachdenklich ging Pflug zur Pinnwand, schaute sich die Fotos noch einmal an. Irgendetwas schien ihn zu beschäftigen.

Das Telefon läutete.

«Pflug. Ah, du bist es, komm doch bitte kurz zu mir hoch.» Es dauerte keine zwei Minuten und Alfred Bär stand in seinem Büro. Palmer und Pflug brachten ihn auf den neuesten Stand.

«Wir haben morgen den Termin bei der Börsenaufsicht», erinnerte Bär Pflug noch einmal.

«Ah, das ist morgen?»

Pflug ging zu seinem PC, warf einen Blick auf die eingegangenen E-Mails und dann auf den elektronischen Kalender.

«Ok, das ist gut.» An seine beiden Mitarbeiter gewandt, sagte Pflug: «Dann machen wir morgen hier weiter. Danke für die gute Arbeit.»

* * * * *

Während sich der Erste Staatsanwalt Sebastian Pflug mit seinen Mitarbeitern Gedanken zum Fall Karl-Maria Hoffmann machte, widmete sich Marc Fischer wieder voll und ganz seinen Bankgeschäften und versuchte, Karl-Maria Hoffmann so gut wie möglich aus seinem Kopf zu verbannen.

Am späteren Nachmittag wurde Fischer darüber informiert, dass ihn der Ressortleiter Kommerzkredit für die Schweiz, Hans Ulmer, im Besprechungszimmer 110 erwarte. Fischer wurde dorthin geleitet. Ulmer und Fischer gaben sich die Hand und Ulmer sagte:

«Darf ich vorstellen, Remigius Spoth, CEO der Logistikfirma Spoth und Gian Moradini, Finanzchef, Marc Fischer CEO unserer Bank.»

«Es freut uns, dass Sie uns zu diesem Gespräch eingeladen haben. Es geht um unseren Kredit, den wir erneuern und aufstocken wollen.»

Die Nervosität konnte Spoth nur schlecht verbergen. Die Herren nahmen wieder Platz und Spoth fuhr fort. «Ich erlaube mir, kurz unsere Firma vorzustellen. Wir sind ein in Basel ansässiges Unternehmen und beschäftigen rund 200 Mitarbeiter. Im Zuge des Ausbaus unserer Firma benötigen wir einen Zusatzkredit von rund 40 Millionen Franken, so wie wir das in unserem Kreditgesuch dargelegt haben. Ich nehme an, Sie haben dazu noch Fragen. Oder warum haben Sie uns eingeladen?»

«Nun, wir haben all Ihre Unterlagen durch unsere Kreditabteilung prüfen lassen, die Anträge sind ok.»

«Worum geht es dann?»

«Sie können es sich vielleicht denken. In den Medien wurde negativ über Sie berichtet. Es gab eine Strafuntersuchung gegen den Verwaltungsrat der Spoth AG, und man geht davon aus, dass auch ein bekannter Basler Politiker involviert ist.»

«Ja, diese leidige Geschichte verfolgen wir natürlich. Ich kann Ihnen versichern, dass dies infame Lügen sind, die da in den Medien erschienen sind. Ein ehemaliger Buchhalter, den wir wegen seinen Alkoholexzessen entlassen mussten, hat vertrauliche Akten gestohlen und nichts Besseres gewusst, als die Staatsanwaltschaft damit zu beschäftigen.»

«Das mag ja sein, aber trotzdem ist das eine sehr negative Angelegenheit.»

«Das wissen wir auch und deshalb sind wir sehr darum bemüht, uns zu erklären. Aber die Presse schreibt, was sie will. Das wissen doch Sie am besten.»

Bis zum jetzigen Zeitpunkt hatte das Gespräch zwischen Spoth und Ulmer stattgefunden. Erst jetzt ergriff Fischer das Wort: «Nun, meine Herren, wir haben Sie eingeladen, da wir Ihnen eröffnen müssen, dass wir den Kredit leider nicht erneuern und auch nicht aufstocken können. Wir sind als Bank gezwungen, Ihnen die Darlehen und alle Kreditpositionen zu künden. Wir können es uns nicht leisten, mit einer Firma Kundenbeziehungen zu unterhalten, bei der die Staatsanwaltschaft ein- und ausgeht. Verschaffen Sie sich wieder eine gute Reputation, dann sind Sie jederzeit wieder herzlich willkommen. Aber aufgrund der jetzigen Lage, sind wir gezwungen, so zu handeln.»

«Aber... Entschuldigung, das ist eine Frechheit. Unser Unternehmen ist seit drei Generationen Kunde Ihrer Bank...» Spoth wollte noch etwas hinzufügen, doch er wurde von Ulmer unterbrochen.

«Das hat keinen Sinn, meine Herren. Der Beschluss wurde in der Bank von den zuständigen Gremien einstimmig gefällt.» Ulmer und Fischer blickten sich an.

Spoth brauchte einen Moment, bis er seine Sprache wieder gefunden hatte. «Auf wann kündigen Sie den Kredit?»

«Wir kündigen ihn vertragsgemäss auf Ende des Quartals. Das ist in drei Monaten der Fall. Dann kommen erste eingeschriebene Briefe, doch ernst wird es erst zwei, drei Monate später. Sie haben somit ein knappes halbes Jahr Zeit, eine andere Bank zu finden.»

«Das ist unglaublich. Ich kann meine Unzufriedenheit nicht ansatzweise zum Ausdruck bringen. Dafür fehlen mir schlichtweg die Worte.» Spoth und Moradini verliessen empört den Sitzungssaal.

Zufrieden verabschiedeten sich Fischer und Ulmer voneinander.

Fischer ging es nun etwas besser – er hatte seinen Frust, den das Gespräch mit den Herren der Staatsanwaltschaft bei ihm ausgelöst hatte, ein wenig abbauen können. Zum Abschluss des Tages ging er in die Galerie Karl Sveningson in der Aeschenvorstadt, die einige bedeutende Schweizer Künstler vertrat wie Paolo Bellini, Walter Bodmer, Serge Briognoni, Samuel Buri, Paul Camenisch, Rolf Iseli, Lenz Klotz, Albert Müller, Niklaus Stoecklin oder Albert Steiner. Oft, wenn er schlecht gelaunt war oder Niederlagen verkraften musste, kaufte er Kunst. Das brachte ihn auf andere Gedanken und erfrischte ihn. Die Folge dieses Wirkens war eine beeindruckende Sammlung der WBC, die internationale Anerkennung fand und oft für Leihgaben angefragt wurde. Seine Privatsammlung war etwas konservativer, aber ein Schatz an Trouvaillen der Fotographiegeschichte. Auch an diesem Tag kam es zu Abschlüssen: Für die WBC erwarb er ein Gemälde von Niklaus Stöcklin mit dem Titel «Rue de Venice» von 1938 und für sich eine kleine Fotoserie von Albert Steiner mit Ansichten rund um den Silvaplaner- und Silsersee, alle aus dem Jahr 1930. So fand der schlechte Tag noch einen versöhnlichen Abschluss.

14. Pressekonferenz

Pierre Cointrin hatte eine unangenehme Aufgabe vor sich: eine Pressekonferenz ohne positive Nachrichten. Albert Moser machte ihn darauf aufmerksam, dass heute mehr Journalisten als üblich anwesend seien, als ob sie den Braten gerochen hätten. Cointrin betrat den Raum und erwirkte sogleich die ganze Aufmerksamkeit. Alle blickten auf ihn.

«Meine Damen und Herren, geschätzte Personen der Presse und der elektronischen Medien. Sovitalis hat heute zu einer Pressekonferenz eingeladen, um über die Entwicklung des Projekts Intelligentia zu berichten. Ich übergebe nun das Wort an Herrn Professor Bonewinkel.»

Bonewinkel berichtete ausführlich über die Anzahl der Teilnehmer an der Studie, über die hohe Quote der Probanden, über den positiven Rückhalt in der Bevölkerung und einiges mehr. Möglichst nebensächlich versuchte er, die schlechten Neuigkeiten in seinen Bericht einfliessen zu lassen.

«... denn in der Tat haben wir bei der Analyse des Genmaterials eine Unstimmigkeit festgestellt, die wir noch näher analysieren müssen. Wir sind zuversichtlich, dass dies keinen negativen Einfluss auf die Studie haben wird und wir in der Suche nach dem Intelligenzgen bald...» Hier folgte eine weitere Flut an Zahlen und Fakten.

Als Professor Bonewinkel seine Rede beendet hatte, nahm Cointrin das Wort wieder auf.

«Nun, wie Sie sehen, sind wir am Ball. Haben die Damen und Herren der Medien noch Fragen?»

Es meldete sich Christian Tier, der kritischste Journalist in der Runde.

«Sie haben ausgeführt, dass das Genmaterial ungenau und fehlerhaft ist. Gibt es hier Verdacht auf bewusste Zerstörung von Informationen? Mit anderen Worten, gibt es Verdacht auf Werkterrorismus? Ich muss Ihnen nicht erzählen, dass die Pharma-Industrie nicht nur mit Wohlwollen aufgenommen wird. Ist das Projekt gefährdet?»

«Ich habe nicht gesagt, dass das Material fehlerhaft ist», erwiderte Professor Bonewinkel auf die provokative Frage. «Es gibt keinen Grund zur Annahme, dass das Projekt gefährdet ist. Wir haben die Fakten und Daten im Griff.»

«Dann ist mir nicht ganz klar, auf welchem Stand das Projekt ist. Auf der einen Seite erzählen Sie, wie gut alles vorangeht, auf der anderen sprechen Sie von Problemen, die dann aber doch keine sind? Das klingt für mich nach einer sehr inkonsequenten Aussage.» Giftige Worte.

«Nun», Professor Bonewinkel räusperte sich etwas verunsichert, «wir sind dabei, fragwürdige Parallelen im Erbmaterial zu analysieren...» Er blickte etwas hilflos zu Cointrin, der wieder übernahm.

«Meine Damen und Herren, wir haben im Genmaterial der Probanden überraschende und ungewöhnliche Ähnlichkeiten gefunden, die wir nicht in diesem Ausmass erwartet hatten. Dies muss geklärt werden. Es geht weder um Industrieterrorismus, noch um Unzulänglichkeiten der Forschung. Es geht schlichtweg um ein Phänomen, welches der Klärung bedarf. Wir haben mit über 3000 Proben eine enorme Menge an Datenmaterial, was einmalig ist. Es kommt hinzu, dass, wie wir aufgrund des Intelligenztests wissen, ein aussergewöhnlich hoher Anteil an Personen der Rubrik Intelligentia angehört, also dem Kreis an Menschen, die aufgrund ihrer Intelligenz die Voraussetzungen zum Auffinden des Intelligenzgens erlauben. Wir haben hier also eine grosse Aufgabe in der Grundlagenforschung. Konkret

gesprochen bedeutet unser Befund, dass rund 10 Prozent der Probanden entfernt verwandt und sogar 50 bis 150 Personen nah verwandt sein sollen. Bei einer Gruppe von 3000 Personen ist dies wirklich schwer vorstellbar. Es sei der Form halber angemerkt, dass natürlich die bekannten Verwandtschaften berücksichtigt wurden. Hier müssen wir noch mehr auswerten und dieses Phänomen untersuchen.»
«Kann es sein, dass das Material kontaminiert wurde?», fragte Christian Tier, einmal mehr in bissigem Ton.
Diesmal meldete sich wieder Professor Bonewinkel: «Wir haben eine Kontamination ursprünglich ins Auge gefasst. Nachdem wir aber eine hohe Anzahl von Untersuchungen wiederholt haben, können wir dies ausschliessen. Wir werden auf jeden Fall am Ende eine aussagefähige Studie haben, in der entweder der Grund für dieses Phänomen erklärt wird oder analytisch dargelegt wird, dass dieses Problem auf das Ergebnis keinen Einfluss hat. Ziel der Studie ist weiterhin, das Intelligenzgen zu finden.» Seine Stimme hatte wieder an Überzeugungskraft gewonnen.

Am darauf folgenden Tag konnte man in der Lokalzeitung folgende Schlagzeile lesen: «Sovitalis-Studie in der Sackgasse.» Der ausführliche Artikel von Christian Tier war eine hochkritische Berichterstattung mit vernichtendem Urteil. Tier kam zum Schluss, dass Sovitalis zu wenig kompetente Forscher habe und der Studie nicht gewachsen sei. Ein grosses Portrait von Pierre Cointrin zierte die Titelseite.
Die Berichterstattung in anderen Zeitungen war moderater und sachlicher. Professor Bonewinkel hatte zeitgleich einen ersten, längeren Artikel in der Zeitschrift Science veröffentlicht, der die Studie auf wissenschaftlichem Niveau erläuterte. Trotzdem quittierte die Börse die Ereignisse mit einem deutlichen Minus.

* ****

Sebastian Pflug war schon früh am nächsten Morgen in seinem Büro und ging zuerst seine Korrespondenz durch und wollte sich gerade seinen E-Mails zuwenden, als kurz nach acht sein Telefon klingelte.

«Ja?»
«Morgen Sebastian, Fredi hier. Kann ich zu dir kommen?»
«Ja, natürlich.»
Wenigen Augenblicke später stand Bär bei ihm im Büro.
«Wir haben heute das Meeting mit der Börsenaufsichtskommission in Zürich. Sie hat uns ja über ein paar fragwürdige Transaktionen informiert. Ich dachte, wir gehen die Fakten noch einmal kurz durch. Hier der Bericht, ich habe ihn noch einmal für dich ausgeduckt.»
«Besten Dank, dann habe ich nun auch die aktuelle Version. Also, was haben wir? Kannst du kurz zusammenfassen, ich bin etwas in Zeitnot. Wir haben sonst auf der Fahrt noch Zeit. Apropos: gehen wir mit Dienstwagen oder mit dem Zug?»
«Ich dachte mit dem Dienstwagen.»
«Ich habe zwar erst am späteren Nachmittag wieder einen Termin. Wir könnten in Zürich noch was essen gehen. Dann nehmen wir aber den Zug.»
«Einverstanden. In der Bahn können wir auch besser die Akten durchgehen. Dann nehmen wir den Zug um drei nach neun, damit wir kurz nach zehn dort sind.» Und mit einem Blick auf die Uhr fügte er an: «Wir sollten in einer halben Stunde hier aufbrechen.»
«Gut. Dann muss ich mich beeilen und noch ein paar E-Mails erledigen. Die Zusammenfassung gibst du mir dann im Zug.»

Jetzt erst fiel sein Blick auf die Zeitung und er las die Schlagzeile «Sovitalis-Studie in der Sackgasse». Nachdem er den ganzen Artikel sorgfältig studiert hatte, schnitt er das Bild von Pierre Cointrin aus und heftete es an seine Pinnwand. Er folgte dabei seiner Intuition, schliesslich gab es keinen offensichtlichen Grund, dies zu tun. Danach widmete er sich endlich seiner elektronischen Post.

Eine halbe Stunde später trafen sich Pflug und Bär im Foyer und gingen gemeinsam zum Bahnhof. Pflug kaufte ein Exemplar der Neuen Basler Zeitung. Er wollte den Artikel mit dem Foto von Cointrin noch einmal in Ruhe lesen. Irgendetwas weckte seine Neugier, auch wenn er noch nicht wusste, was.

«Also, Fredi, was erwartet uns in Zürich?»

«Die Börsenaufsicht hat die Aufgabe, für einen ordnungsgemässen Kapitalverkehr besorgt zu sein. In der Regel erschöpft sich ihre Aufgabe in der Kontrolle der Prospekte der Emissionen, der Prüfung der Geschäftsberichte, der Quartalsberichte, etc. In unserem Fall hat sie verdächtige Transaktionen festgestellt, über welche sie uns informieren will. Es ist keine Strafanzeige, sondern ein zulässiger Datenaustausch. Mehr weiss ich auch noch nicht.»

«Wer sind denn die betroffenen Firmen?»

Bär blätterte kurz in den Unterlagen. «Das sind Sovitalis, die WBC und NASAL.»

«NASAL? Was ist denn das? Kenne ich nicht.»

«NASAL ist eine in der Schweiz kotierte Beteiligungsgesellschaft. Sie investiert hauptsächlich in Pharma-Aktien.»

«Aha. Und was soll der Name?»

«Keine Ahnung. Überfragt.»

Nach einer knappen Stunde Zugfahrt nach Zürich gingen sie zu Fuss vom Bahnhof aus zum Paradeplatz zur Börsenaufsicht. Sie meldeten sich am Empfang an, wurden wenig später abgeholt und in ein repräsentatives Sitzungszimmer gebracht. Ein hochgewachsener, freundlich aussehender Mann begrüsste die beiden Herren aus Basel freundlich und stellte sich vor: «Schmidt, Leiter der Börsenaufsicht. Freut mich, Sie kennen zu lernen.»

«Pflug, Erster Staatsanwalt, ganz meinerseits. Und das ist Bär, Leiter der Abteilung Wirtschaftsdelikte.»

«Ich weiss, wir kennen uns vom Fall Dietmar Hesselring.»

Sie nickten sich bedeutungsvoll zu. Schmidt stellte noch seinen Assistenten und eine weitere Mitarbeiterin, Verena Bodemann, vor und alle nahmen am grossen Tisch Platz.

«Wir haben Sie über fragwürdige Transaktionen informiert», begann Schmidt. «Da es sich um Gesellschaften handelt, die ihren Sitz in Basel haben, haben wir uns an Sie und nicht an die Staatsanwaltschaft Zürich gewendet. Damit Sie uns folgen können, würde ich Ihnen gerne kurz unsere Aufgaben und Funktionen erläutern.»

Pflug und Bär nickten dankbar.

«Wir haben eine jederzeit aktuelle Übersicht über die Käufe und Verkäufe von Aktien und Derivaten. An der Schweizer Börse werden 25'000 Titel gehandelt. Davon sind knapp 400 Aktientitel, dann folgen Obligationen und der grösste Teil besteht aus Fonds und strukturierten Produkten. Allerdings machen 10 Prozent der knapp 400 Aktientiteln 90 Prozent des gesamten Börsenumsatzes aus. Zu diesen 10 Prozent gehören Sovitalis und WBC. Wir widmen Käufen und Verkäufen unmittelbar vor Pressekonferenzen oder der Veröffentlichung von Quartalsberichten besondere Aufmerksamkeit, denn hier besteht die Möglichkeit des Missbrauchs von Insiderwissen. Bei den Aktientiteln besonders grosser Unternehmen, wie Sovitalis und WBC, ist diese Analyse besonders schwierig, da die Masse der Käufe und Verkäufe schwer im Detail analysiert werden kann. Hier kommt der Arbeit von Frau Verena Bodenmann besondere Bedeutung zu. Sie hat ein analytisches EDV-Programm eingesetzt, das Unstimmigkeiten bei WBC und Sovitalis ausfindig gemacht hat. Aber das kann sie am besten selbst erklären. Frau Bodenmann, bitte.»

«Danke Herr Schmidt.» Sie gab dem Assistenten ein Zeichen, woraufhin dieser aufstand, die Storen herunter liess und einen Beamer einschaltete.

«Sie sehen hier auf diesem Chart den Kursverlauf der WBC-Aktie in rot. Die grüne Linie zeigt das gehandelte Volumen der Aktientransaktionen. Das ist bis hier wenig problematisch. Auf der nächsten Folie erkennen Sie die systemgleichen Informationen für die Sovitalis-Aktie. Auch das ist noch nicht interessant. Die nächste Folie zeigt zusätzlich in Gelb die gehandelten Optionen bei diesen Aktien.»

«Bis hier kann ich folgen, so einigermassen.» Pflug schaute Bär an und auch dieser nickte.

«Das Aussergewöhnliche kommt gleich, dann werden Sie verstehen, um was es eigentlich geht.» Frau Bodenmann wusste, dass es schwierig war, den komplexen Sachverhalt verständlich zu erklären.

«Nun legen wir die Optionskurven übereinander. Können sie die Parallelen erkennen?»

«Leider nein.»

«Nehmen wir noch die nächste Folie.»

Auf dem darauf folgenden Bild waren die gehandelten Optionen der beiden Firmen mit gelben und mit roten Punkten gekennzeichnet. Die gemeinsamen Ausschläge waren markiert.

«Sie sehen hier, dass wir Parallelen der gekauften Optionen der beiden Aktien haben. Mit anderen Worten, zeitgleich haben wir gemeinsame Käufe von Optionen. Zwar nicht generell, aber das Muster ist doch auffällig.»

«Ok, das sehe ich, aber was sagt uns das?»

«Nun. Das kann zum Beispiel bedeuten, dass gewisse Personen in der WBC und Sovitalis Informationen austauschen unter Missbrauch internen Wissens und dann davon in Form von Optionsgewinnen profitieren.»

«Wissen wir, wer die Optionen gekauft hat?»

«Nein. Die Börsenaufsicht kann lediglich den Handel kontrollieren und beaufsichtigen. Es läge an der Staatsanwaltschaft, aufgrund eines Verdachts bei den Banken die Identität der Börsensauftraggeber zu verlangen. Dafür müsste eine Untersuchung eingeleitet werden.»

«Ich muss ehrlich sagen», räusperte sich Pflug, «ich sehe hier keine überzeugende Argumentation. Ich weiss nicht, ob diese Fakten genügen. Sie zeigen nur, dass zeitgleich gewisse Optionen von Sovitalis und WBC gekauft wurden. Das alleine erscheint mir noch zu wenig. Wie hoch schätzen Sie denn das Gewinnpotential?»

«Nun», auf diese Frage schien Frau Bodenmann gewartet zu haben, «der Einsatz beläuft sich approximativ auf 50'000 bis 100'000 Fraken pro Optionspaket. Der mögliche Gewinn läge dabei bei rund 500'000 bis 1'000'000 Franken pro Handel. Folglich handelt es sich um einen einträglichen Börsenhandel.»

«Das ist doch eine ganze Menge», sagte Pflug überrascht. «Sie sagten, mögliche Gewinne. Wissen wir das genauer?»

«Leider nein. Wir können nicht sehen, welche Optionen später realisiert wurden.»

«Das heisst, es wäre theoretisch möglich, dass die Optionen später ohne Gewinn verfallen sind?», folgerte Bär.

«Richtig. Aber ich halte dies für wenig wahrscheinlich.»

«Nun», Pflug wollte zu einem Ende kommen, «ich habe Ihre Informationen mit Interesse zur Kenntnis genommen. Frau Bodenmann, bitte mailen sie mir die Folien zu», er legte seine Visitenkarte hin, «dann kann ich sie mir bei Gelegenheit noch einmal ansehen. Ich bin zum jetzigen Zeitpunkt noch nicht überzeugt, dass wir dem nachgehen sollten, auch wenn es interessante Fakten sind.»

Schmidt und Bodenmann waren sichtlich enttäuscht.

«Ich werde Ihnen gerne die Folien mailen, zusammen mit einer Zusammenfassung der wichtigsten Fakten. Sie können jederzeit auf mich zukommen, wenn Sie noch Fragen haben. Ich werde mir erlauben, Sie auf dem Laufenden zu halten. Ich bin der Meinung, dass wir hier durchaus von einem Verdacht auf Missbrauch von börsenrelevanten Informationen sprechen können.»

«Ja, das ist Ihre Sichtweise. Ich erkenne ehrlich gesagt noch zu wenig. Aber das heisst nicht, dass es für immer vom Tisch ist. Wir werden die Sache gerne mit Ihnen zusammen verfolgen. Vielleicht erhärten sich zu einem späteren Zeitpunkt die Hinweise und wir werden aktiv. Jedenfalls besten Dank für Ihre sorgfältige Arbeit.» Pflug gab sich diplomatisch, um eine Missstimmung zu vermeiden.

«Ich hoffe, wir bleiben in Kontakt und Sie lassen diese Vorfälle nicht aus den Augen.»

Pflug und Bär versprachen es und verabschiedeten sich. Kurz vor Mittag überquerten sie den Paradeplatz in Richtung Bahnhofstrasse. Sie fanden einen schönen Platz im Restaurant Widder und bestellten Geschnetzeltes nach Zürcher Art. Dazu tranken sie eine Flasche Müller-Thurgau. Sie genossen das Essen in der schönen, urbanen Atmosphäre.

«Sebastian, bist du dir eigentlich sicher, dass an dieser Geschichte nichts dran ist? Deine Absage klang ein bisschen hart.»

«Ja, das mag sein. Ich finde einfach, dass es noch zu früh ist, um aktiv zu werden. Lassen wir das Ganze ein bisschen wachsen und wenn etwas dran ist, werden die möglichen Täter weiter machen. Dann können wir später zuschlagen, wenn wir mehr in der Hand haben gegen sie.»

Sie nahmen den nächsten Zug nach Basel. Nach dem feinen Essen und dem Wein war die Zugfahrt ein angenehmer Abschluss des Besuchs in Zürich. Schläfrig schafften es beide gerade noch, das Formular für die Spesenabrechnung auszufüllen.

* * * * *

Marc Fischer beschloss am nächsten Morgen, als erstes bei seinem Vater vorbeizugehen. Mathilde war erstaunt, ihn schon so früh am Morgen zu sehen, freute sich aber sichtlich und führte ihn nach oben.

Theodor Fischer sass im Schaukelstuhl und blickte starr zum Fenster hinaus. Er hatte wie so oft in letzter Zeit noch sein Pyjama an. Auf die Begrüssung seines Sohnes reagierte er nicht.

Auf das zweite «guten Morgen, Vater», drehte er sich zwar in die Richtung seines Sohnes, doch sein Blick schien ihn nicht wahrzunehmen. Er wandte sich wieder ab und schaute erneut mit starrem Blick hinaus.

«Heute geht es ihm gar nicht gut. Er hat die Nacht kaum geschlafen. Seit zwei Tagen spielt er auch die Mondscheinsonate nicht mehr.»

Sie gingen nach unten in die Küche und Mathilde brachte Kaffee für beide.

«Ich fand es sehr enttäuschend an der letzten Familiensitzung», sagte er dann. «Ich hatte Opposition erwartet, aber dass sie so uneinsichtig und stur sind, damit habe ich nicht gerechnet.»

«Ja, das habe ich auch nicht erwartet. Es tut mir leid, dass meine beiden Kinder dir derartig in den Rücken gefallen sind.»

«Da kannst du ja nichts dafür», sagte er versöhnlich. «Jetzt muss ich wohl einen anderen Weg suchen, um mein Doppelmandat zu retten.»

«Ja, das wäre das Beste für die Bank und für die Familie.» Fischer nickte und sagte nach einer kleinen Pause: «Ich geh noch mal in das Büro von Theodor.»

«Geh nur und nimm, was du brauchst.» Und ihre Stimme klang traurig und müde, als sie sagte: «Wie du gesehen hast, benötigt er auf absehbare Zeit wohl nichts mehr.»

Fischer ging in das Arbeitszimmer seines Vaters. Diesmal wollte er noch einmal systematisch alles durchgehen. Er nahm sich Schublade für Schublade im Pult seines Vaters vor. Die meisten Akten kannte er noch von der letzten Suchaktion. Ein Couvert, auf dem «Mathilde Fischer» stand, hatte er schon mehrmals gesehen, aber noch nie hinein geschaut. Nun öffnete er den Umschlag und fand darin einen alten Bankbeleg von einer Überweisung über 50'000 Franken an einen Herrn Gaudenz Gygax aus dem Jahre 1949. Fischer war sofort klar, dass dies damals sehr viel Geld gewesen sein musste. Er prägte sich Namen, Daten und Zahlen ein und ging zurück in den Salon, wo Mathilde auf ihn wartete.

«Nun, wie sieht es aus?»

«Ich habe nichts Interessantes mehr gefunden. Ich weiss auch nicht genau, was ich suche. Es geht eigentlich nur darum, nichts Relevantes zu übersehen.»

«Meines Wissens gab es in letzter Zeit auch keine bemerkenswerten Aktivitäten. Das einzige, woran ich mich erinnere, war das Dossier der Privatbank Soiron & Cie. Aber ich glaube, diese Akte hast du.»

«Ja, die habe ich. In der Zwischenzeit ist auch in der Bank ein Dossier mit dieser Akte auf meinem Tisch.»

«Und der Safeschlüssel?», fragte Mathilde Fischer bohrend.

«Ja, den hab ich. Ich war bei der WBC.»

«Ja, das weiss ich. Aber es sind zwei Safeschlüssel am Bund.»

Fischer griff in seine Tasche und kramte einen kleinen Bund mit zwei Schlüsseln hervor. Den hatte er fast vergessen.

«Hast du Zeit? Wollen wir hinfahren?» Mathilde schaute ihn erwartungsvoll an.

«Wohin?»

«Zur Bank Soiron. Ich habe eine Idee.»

Er sah auf seine Uhr, nahm sein Handy hervor, öffnete seinen elektronischen Kalender und rief kurz seinen Sekretär an. Er sagte ihm ohne Umschweife, er käme erst in einer Stunde.

Gemeinsam verliessen sie das Haus. Er öffnete seiner Stiefmutter die Türe des Wagens und sie stieg ein. Wenige Minuten später waren sie bei der Privatbank Soiron & Cie. Er parkte unmittelbar vor der Bank, einer schönen grossen Villa aus dem Jahre 1890. Eine freundliche Dame am Eingang begrüsste sie und fragte nach den Wünschen.

«Marc Fischer ist mein Name. Mein Vater Theodor Fischer hat hier einen Safe und ich möchte gerne wissen, welche Vermögenswerte er hier verwalten lässt.»

«Einen Augenblick bitte. Nehmen Sie doch einen Moment Platz.»

Sie setzten sich auf die Polstergruppe, doch Marc Fischer war das Warten nicht gewohnt und so stand er nach kurzer Zeit wieder auf. Durch das Auf- und Abgehen wollte er auch deutlich machen, dass er sich nicht mit der ihm gebührenden Aufmerksamkeit behandelt fühlte. Kurz darauf wurden sie von dem Direktor der Bank empfangen.

«Guten Tag, mein Name ist Soiron, Soiron Julius. Ich begrüsse Sie in unserem Hause. Wir waren nicht vorbereitet auf Ihren Besuch, weshalb ich mich höflich für die kurze Wartezeit entschuldigen möchte. Gehen wir in das Sitzungszimmer, bitte.» Er zeigte auf einen schönen Raum und sie gingen hinein. «Darf ich Ihnen einen Kaffee anbieten?»

«Nein danke. Ich möchte zum Safe meines Vaters.»

«Ich kenne Sie natürlich, werter Herr Fischer, und soweit ich die Akten zur Übernahme der Bank kenne, haben wir auch gemeinsame Interessen. Nichtsdestotrotz bedarf ich Ihrer Identifikation. Würden Sie mir bitte Ihre Ausweise geben?»

Beide nahmen ihre Identitätskarten hervor und Julius Soiron kopierte diese.

«Nun, Theodor Fischer hat einen Safe und ein Depot bei uns. Der Safe lautet auf Theodor und Mathilde Fischer. Sie, Herr Fischer, können ihn zusammen mit Frau Mathilde Fischer behändigen, aber nicht ohne sie. Und Sie benötigen die entsprechenden Schlüssel. Das dürfte Ihnen bekannt sein, aber ich muss hier trotzdem klar aussprechen, dass Sie, Frau Fischer, das Bankrecht haben. Über das Depot werden wir einen Auszug erstellen, den wir Ihnen, Frau Fischer, zustellen.»

«Können wir das nicht gleich machen?», fragte Marc Fischer ungeduldig.

«Wir werden alles zusammenstellen und per Post der Berechtigten, also Frau Mathilde Fischer, zustellen. Sie haben morgen auf jeden Fall alles im Briefkasten. Wissen Sie, Herr Fischer, das Konto ist ein Compte-Joint*, ein gemeinsames Konto von Herr und Frau Fischer. Kinder sind nicht berechtigt.»

«Dann stelle ich gleich eine Vollmacht aus», sagte Mathilde sofort.

«Es ist, wie gesagt, ein Compte-Joint*», fuhr Soiron unbeirrt fort. «Solange beide Kontoinhaber leben, nehmen wir nur gemeinsame Bevollmächtigungen entgegen. Frau Fischer, Sie werden morgen alle gewünschten Informationen erhalten, dann können Sie sich das auch noch einmal gemeinsam ansehen. Und, wie gesagt, der Safe steht Ihnen offen, wenn Sie die passenden Schlüssel dabei haben.» Seine Worte waren klar und deutlich und liessen erkennen, dass es keinen Spielraum gab.

Man führte sie nun zu dem privaten Safebereich im Keller. Soiron liess sich die Schlüssel von Fischer geben, den einen führte Soiron beim entsprechenden Safe ein, den zweiten Schlüssel führte ein Bankangestellter in die Öffnung und der Safe ging auf. Er hatte etwa die Grösse von zwei Schuhschachteln. Sie nahmen die Safebox heraus und man begleitete sie in ein Séparée. Als sie alleine waren, öffneten sie den Behälter und legten alles auf den Tisch. Zuoberst war die Bestätigung der Hinterlegung über die Aktien der WBC im Depot der Bank Soiron & Cie. Diese sollten also morgen auf dem Depotauszug ersichtlich sein.

«Ein erster Pluspunkt für uns, Mathilde. Wenn die Aktien auf dem Compte-Joint* deponiert sind, dann kannst du diese problemlos vertreten, solange Theodor lebt.»

Ein Wust an Papier lag auf dem Tisch, alles Verträge aus früheren Jahren, nichts Aktuelles, wie sich herausstellte. Fischer legte alles in seine Mappe. Er wollte später die Dokumente in aller Ruhe durchgehen. Mathilde liess ihn gewähren. Sie legten die Box, die nun bis auf die Depotbestätigung der WBC-Aktien leer war, zurück in den Safe und verabschiedeten sich von Soiron. Fischer brachte zuerst seine Stiefmutter zurück auf das Bruderholz und fuhr dann wieder in die Stadt, zum Bankenplatz. Im Büro stand viel Arbeit an.

* * * * *

Pierre Cointrin blickte von seinem Büro aus über die Stadt. Er ärgerte sich sehr über den Artikel von Christian Tier, der sich wie eine Bankrotterklärung von Sovitalis las. Was für ein Blödsinn, dachte er. Er hatte schon öfters solche diskreditierenden Artikel hinnehmen müssen. Am Anfang hatte er noch das Gespräch gesucht mit dem Chefredaktor der Neuen Basler Zeitung, doch Cointrin hatte feststellen müssen, dass mit diesem nicht zu diskutieren war. Er hatte die Aktienmehrheit des Medien-Unternehmens geerbt und wollte als relativ junger Chefredaktor seine eigenen Vorstellungen von Pressefreiheit realisieren. Ein Gespräch wäre sinnlos, dachte er. Er musste sich, wie andere Personen der Politik und Wirtschaft in Basel, damit abfinden, dass die Journalisten schreiben konnten, was sie wollten. Albert Moser holte ihn abrupt aus seinen Gedanken in den Alltag.

«Herr Cointrin, Bundesrat Bertini ist am Telefon.» Sein Ärger über einen lächerlichen Journalisten war im Nu verflogen, schliesslich wollte ihn gerade ein Mitglied des Bundesrates, der ranghöchsten Exekutive der Schweiz, höchstpersönlich sprechen. Bertini war im Jahre 2005 mit einem guten Wahlergebnis in den Bundesrat gewählt worden. Er galt als freundlich und umgänglich, aber auch als Person mit klaren Grundsätzen. Schnell nahm Cointrin den Hörer ab.

«Cointrin.»

«Ja, Bertini hier. Wir hatten heute Morgen eine Sitzung im Bundesrat und uns hat die negative Berichterstattung über Ihre Firma sehr zu denken gegeben. Hätten Sie spontan Zeit für ein Mittagessen? Es ist jetzt kurz vor elf. Ich bin mit dem Helikopter schnell in Basel. Oder wir treffen uns in Bern?»

«Herr Bundesrat Bertini, das ist mir eine grosse Ehre.» Rasch blickte er in seinen Kalender. «Nun, ich kann mich richten. Ich könnte in einer Stunde in Bern sein.»

«Wunderbar. Sagen Sie Ihrem Chauffeur, er soll beim Bellevue vorfahren.» Das Fünfsternhotel lag mitten in der Altstadt von Bern.
«Gut, dann bis später Herr Bundesrat.»
«Bis gleich, Herr Cointrin.»
Sie beendeten das Telefonat.
«Moser, ich muss nach Bern.»
«Ich weiss. Ich habe dem Chauffeur Bescheid gegeben. Er sollte in wenigen Minuten hier sein.»
«Danke, aber ich nehme meinen Wagen, das geht schneller. Sie wissen ja, dass ich gerne selbst fahre. Organisieren sie bitte die Terminveränderungen, ich bin am Nachmittag zurück.»
Er nahm den Lift in die Garage und setzte sich in seinen Maserati. Er liebte das Geräusch des Wagens und die Geschwindigkeit. Es hatte nicht viel Verkehr auf der Autobahn und er konnte schnell fahren. Eine knappe Stunde später war er in der Hauptstadt. Er hielt unmittelbar vor dem Bellevue. Ein Beamter der Bundespolizei kam auf ihn zu und sagte sofort: «Sie können hier nicht vorfahren. Staatsempfang.»
Cointrin ärgerte sich ein wenig, dass der Polizist ihn nicht erkannte. Offenbar waren in Bern nur Politiker bekannt, nicht aber die Pharma-Prominenz aus Basel. Er stieg aus und erwiderte mit einem säuerlichen Lächeln: «Sehr gut.»
Verdutzt blickte ihn der Polizisten an.
«Ich heisse Cointrin und habe eine Verabredung mit Bundesrat Bertini. Hier sind die Autoschlüssel, bitte sorgen Sie dafür, dass mir der Wagen ab 14 Uhr wieder zur Verfügung steht.»
Der Polizist wollte noch etwas sagen, hielt sich dann aber zurück und beschloss, erst sorgfältig alles abzuklären, bevor er unüberlegt handelte.
Cointrin ging unterdessen in das geschichtsträchtige Haus. Das Bellevue lag mitten in der Altstadt, hatte luxuriöse Zimmer

für Staatsempfänge und ein hervorragendes Restaurant mit allerbester Küche. Auf der Terrasse öffnete sich der Blick bis in die Alpen. Eiger, Mönch und Jungfrau standen erhaben am Horizont. Er musste noch zwei Kontrollen über sich ergehen lassen, bis er von Bertini freundlich empfangen wurde. Da es zu kalt war, um auf der Terrasse zu sitzen und zu essen, und zudem ein Essen im Freien aus Sicherheitsgründen nicht möglich war, liessen sie sich im repräsentativen Saal nieder.

«Danke, dass Sie so spontan Zeit gefunden haben, Herr Cointrin.» Bertini wollte gleich zur Sache kommen. «Wir haben von diesem Programm gehört, wie heisst es doch gleich?»

«Intelligentia»

«Genau. Darüber wollte ich heute im Namen des Bundesrates mit Ihnen sprechen. Wir hatten heute Morgen darüber debattiert. Aber zuerst möchte ich sagen, wie sehr der Bundesrat das Engagement von Sovitalis schätzt.»

Der Kellner kam.

«Darf ich für uns den traditionellen Bundesrats-Lunch bestellen? Es gibt zur Vorspeise Fisch und zum Hauptgang Filet Mignon.»

Cointrin nickte. Der Kellner nahm es auf und gab sich Mühe, den Dialog zwischen den beiden bekannten Persönlichkeiten so wenig wie möglich zu stören.

«Darf ich Ihnen den gewohnten Weisswein zur Vorspeise und den Roten zum Hauptgang bringen?»

Bundesrat Bertini nickte und erklärte Cointrin: «Der Weisswein ist ein hervorragender Epesses und der Rote ist ein Tessiner Merlot, etwas sehr Besonderes, das wird Ihnen sicher gefallen.»

«Daran zweifle ich nicht. Danke für die Auswahl, Herr Bundesrat. Nun, Herr Bertini, ich gehe davon aus, dass Sie mich wegen der negativen Schlagzeilen und Medienberichte zu einem Gespräch eingeladen haben.»

«Sagen wir so, das war der Anlass. Ich würde gerne zwei Aspekte mit Ihnen besprechen. Der eine ist unsere Frage, wie stark der Aktienkurs unter Druck gerät, wenn das Programm eingestellt werden muss. Gibt es hier grössere Implikationen im Geschäftskurs und müsste notfalls eine grössere Anzahl Personen entlassen werden? Der andere Aspekt, der den Bundesrat interessiert, betrifft den Schutz der Privatsphäre der Probanden. Es handelt sich hierbei um die erste Studie, in der eine derart grossen Zahl an menschlicher DNA erfasst und analysiert wird. Die Datenbank wird noch grösser sein, als die Gendaten aller erfassten Kriminellen bei der Bundespolizei. Der Bundesrat hatte sich hier im Vorfeld sogar überlegt, ob nicht eine Bewilligung für einen solchen Versuch notwendig sei.»

Der erste Gang wurde serviert, ein Loup de mer an Champagnersauce, dazu hauchdünn geschnittenes Frühlingsgemüse. Der Wein passte hervorragend zu diesem Entree.

«Herr Bertini», Cointrin war der Meinung, dass die Äquivalenz ihrer beiden Persönlichkeiten es ihm erlaubte, die formelle Anrede wegzulassen, ohne dass dies seitens des Magistraten erwähnt werden musste, «Ihre erste Frage haben wir uns auch gestellt. Wir gehen davon aus, dass der Markt hohe Erwartungen an dieses Projekt hat. Wir meinen aber auch, dass ein eventuelles Nichtfinden des Intelligenzgens keine dramatischen Folgen hätte, da mit dem Forschungsprojekt erhebliche periphere wissenschaftliche Erkenntnisse gewonnen werden, die das Projekt im jetzigen Stadium bereits als Erfolg qualifizieren lassen. Die neueste Publikation von Professor Bonewinkel in der Zeitschrift Science gibt einen Vorgeschmack auf das, was noch kommen wird. Es wird an uns sein, im Falle des Nichtfindens des Intelligenzgens die positive Kommunikation zu finden.»

«Und was ist, wenn die Fehler in der Datenbasis zu gross sind?»

«Nun, äh...» Cointrin räusperte sich. «Wir evaluieren gerade intensiv mögliche Fehler oder Unstimmigkeiten. Offen gestanden können wir hier noch keine konkrete Lösung anbieten. Die Verifizierungen laufen, aber wir haben noch nichts gefunden.»

«Wie würde es aussehen bei einem Abbruch des Forschungs-Projekts?»

«Nun, ich glaube es ist noch zu früh, um über einen Abbruch zu sprechen. Das Projekt läuft erst seit ein paar Monaten. Bei Sovitalis arbeiten rund 1500 Personen in der Forschung, allein am Standort Basel. Etwa 300 Forscher arbeiten an dieser Studie. Gesetzt der Fall, wir müssten wider Erwarten das Projekt einstellen, dann würden wir die Mitarbeiter in einem anderen Projekt beschäftigen. Wir hätten dann ein paar hundert Millionen Franken in den Sand gesetzt, aber keine Milliarde. Die Arbeitsplätze in der Forschung gingen jedenfalls nicht verloren. Ein Stellenabbau wäre zum jetzigen Zeitpunkt sinnlos und ein Rückschritt. Ich hoffe, ich habe Ihre Bedenken entschärfen können.»

Cointrin blickte Bertini entspannt an. Der Bundesrat lächelte ihn an, einerseits war er einverstanden mit den Worten Cointrins, andererseits wurde gerade der zweite Gang serviert, ein zartes Filet Mignon mit Bratkartoffeln. Dazu wurde der edle Tessiner Rotwein serviert. Sie liessen es sich schmecken. Der Ansatz von Provokation, der zu Beginn des Gesprächs vorhanden war, verlor sich in der Geschmeidigkeit der Weine und dem Wohlgeschmack der Speisen.

«Herr Cointrin, ich danke Ihnen sehr für Ihre sorgfältigen Ausführungen. Ich möchte aber doch noch auf den zweiten Aspekt zu sprechen kommen. Wie sieht es aus mit der Privatsphäre der Probanden? Der Bundesrat ist ein wenig überrascht vom

Umfang der Studie. Können Sie da die Anonymität der Daten gewährleisten?»

«Herr Bertini, wir haben uns zu Beginn der Arbeiten intensiv mit dieser Frage befasst und ein spezielles IT-Team zusammengestellt, das die vielen spezifischen Probleme lösen muss. Sie haben separate Datenspeicher geschaffen und die Problematik mit dem allgemeinen Datenzugriff, der Datensicherheit und der Anonymität gelöst. Auch ich habe Material gespendet und selbst mir als CEO ist es nicht möglich, Auskunft über Gendaten auch nur von einem einzigen Spender zu erhalten.»

Cointrin wirkte überzeugend und die leichte Röte, die ihm beim letzten Satz ins Gesicht schoss, hätte genauso gut von dem durch den Alkohol angeregten Herzkreislauf herrühren können.

«Ich hoffe, Herr Bertini, ich habe Ihnen und dem gesamten Bundesrat damit ausreichend antworten können. Oder haben Sie noch weitere Anliegen? Ich kann Ihnen auch gerne noch ein Exposé zukommen lassen.»

«Nein, vielen Dank. Ich denke, ich habe genug erfahren, um dem Bundesrat einen Bericht abzuliefern. Unser heutiges Gespräch hatte eher einen informellen Charakter, was ich sehr schätze. Ein förmliches Exposé würde dem Projekt wohl eher schaden. Wenn die Medien davon erfahren würden, und dies ist bei uns im Bundeshaus leicht möglich, gäbe es nur noch einmal negative Schlagzeilen. Möchten Sie noch eine Nachspeise?»

Mit einem Blick auf die Uhr antwortete Cointrin: «Nein Danke, aber gerne einen Espresso.»

Nach dem Kaffee verabschiedeten sie sich und Cointrin verliess das Bellevue. Als er vor das Haus trat, stand sein Maserati Quattroporte schon bereit. Der nämliche Polizist begrüsste ihn besonders freundlich und übergab ihm die Fahrzeugschlüssel. Offensichtlich wusste er nun mehr über den Gast des Bundesrates. Angeregt fuhr Cointrin zurück nach Basel. Das Gespräch mit dem Bundesrat war auf hohem Niveau gewesen, was ihm gefiel. Er war überrascht und stolz, dass das Projekt so hohe Wellen warf, hinauf bis in die Bundesregierung.

* * * * *

Marc Fischer hatte für das Mittagessen ein asiatisches Restaurant gewählt. Die Kunsthalle wäre auch sehr passend gewesen, aber er hatte wieder einmal Lust auf fernöstliche Küche. Das Noohn war ein neuer Treffpunkt in Basel mit gutem Essen und gutem Ambiente. Mathilde Fischer war bereits dort, als er eintraf und sie begrüssten sich herzlich. Beiden war familiärer Zusammenhalt in dieser schweren Zeit wichtig. Zum Aperitif bestellten sie sich Reiswein und Sushi.

«Nun Marc, was gibt es Aktuelles zu berichten?»

«Einige Dinge haben sich in letzter Zeit relativiert. Die Erbfolge von Theodor, sollte sie einmal eintreten, ist ein wenig einfacher geworden.»

Da er nicht wollte, dass Mathilde hier genauer nachfragte, fuhr er schnell fort: «Die Vertretung seiner Aktien habe ich gemäss Depotbescheinigung beim Aktienbuchregister angemeldet. Du bist nun zusammen mit Vater angemeldet und als zweite Vertreterin registriert. Damit haben wir für eine gewisse Zeit Ruhe und solange Theodor lebt, bist du Vertreterin. Damit können wir mein Doppelmandat aufgrund der Stimmenpotenz halten. Sollte Vater sterben, gäbe es eine Erbteilung. Ich weiss immer noch nicht, ob ein Testament existiert, aber im besten Fall können wir mit einer Zuweisung der Aktien an mich rechnen. Das hat Theodor mir gegenüber jedenfalls immer gesagt. In diesem Fall müsste ich dann meine Schwester und meine Halbgeschwister auszahlen, aber meine Position könnte ich halten. Im

Falle einer Erbteilung unter allen Kindern würde ich das Doppelmandat sicher verlieren. Wenigstens bliebe mir mein Mandat als CEO erhalten, da mit einer raschen Veränderung nicht zu rechnen wäre. Wir können im Prinzip die Entwicklung offen auf uns zukommen lassen, denn viel zu ändern gibt es für uns momentan nicht.»

Mathilde war erstaunt, dass seine Ausführungen so wertneutral waren. Noch vor kurzem hätte er versucht, wesentlich mehr Einfluss zu nehmen. Heute stand er dem gelassener gegenüber.

«Marc, du solltest unbedingt versuchen, die Geschicke mehr in deine Richtung zu lenken. Wir können nicht alles so hinnehmen.»

«Ja, Mathilde, im Grunde hast du Recht. Aber momentan gibt es Fakten, die nicht zu ändern sind.»

Ein Kellner räumte die leeren Teller ab und sie bestellten den Hauptgang, Fisch an pikanter Sauce und Gemüse.

«Sag mal, Mathilde, in den Unterlagen von Theodor bin ich auf den Namen Gaudenz Gygax gestossen. War Gygax nicht dein Name vor der Ehe mit Theodor?»

«Was hast du denn genau gefunden?»

«Wenn ich mich recht erinnere, war es eine Scheidungskonvention oder ein alter Ehevertrag, ich weiss es nicht mehr genau.»

«Kannst du es noch mal raussuchen und mir zeigen?»

«Ja, das werde ich machen. Wer ist denn dieser Gaudenz Gygax?»

Mathilde blickte ihn eine Weile nachdenklich an, holte dann tief Luft und begann zu erzählen: «Ich war mit Gaudenz Gygax verheiratet. Allerdings war dies von Anfang an eine Art Zwangsehe. Er hatte zwar Geld aus der Erbdynastie, aber ich habe mich nie besonders gut mit ihm verstanden. An einem Jubiläum der Bank habe ich dann deinen Vater kennen gelernt. Rasch war das Feuer der Liebe entbrannt und Theodor und ich haben uns regelmässig getroffen, zuerst im Geheimen, später auch in seinem Wissen. Am Anfang war es sehr schlimm für Gaudenz, später schien er sich damit abzufinden. Seine einzige Bedingung war, dass wir uns nicht zusammen an öffentlichen Anlässen sehen lassen. Aber die Situation wurde für alle immer schwieriger. Ich führte faktisch zwei Haushalte. Als ich es nicht mehr aushielt, bat ich um die Scheidung. Du musst dir im Klaren sein, dass eine Scheidung in dieser Zeit eine Katastrophe war, sowohl rechtlich als auch gesellschaftlich. Deshalb weigerte sich Gaudenz. Er sagte, die Ehe sei schliesslich ein Versprechen, das man sich vor Gott gegeben habe, eine christliche Bindung, die man schliesse, bis dass der Tod sie scheide. Für mich war diese Vorstellung der reinste Horror. Das ging dann ein knappes Jahr so und ich war kurz davor zu verzweifeln. Und dann ging plötzlich alles ganz schnell. Gaudenz willigte in die Scheidung ein und nahm sogar einen Teil der Schuld auf sich. Damit konnte die Scheidung vor Gericht schneller ausgesprochen werden. Diese unerwartete Entwicklung, dieser plötzliche Sinneswandel von Gaudenz ist mir bis heute ein Rätsel. Aber ich habe nie weiter nachgefragt. Meine Erleichterung war damals zu gross.»

Marc hatte gebannt zugehört. «Und du weisst bis heute nicht, weshalb es soweit kam? Wann hast du denn das letzte Mal von deinem ersten Mann gehört?»

Fischer hatte keine Ahnung, ob Gaudenz Gygax überhaupt noch lebte. Die unausgesprochene Haltung in der Familie war über all die Jahre immer gewesen, dass Mathildes Vergangenheit kein Gesprächsthema sei. Nun hatte sich ihm Mathilde überraschend geöffnet und deshalb schienen auch die alten Familienregeln nicht mehr zu gelten.

«Ich habe schon lange nichts mehr von ihm gehört. Nach der Scheidung war er lange alleine, und dann habe ich ihn ganz aus den Augen verloren. So viel ich weiss, hat er sich nach unserer Scheidung ein grosses Haus in Binningen gekauft. Wahrscheinlich hatte er geerbt und wollte sich etwas gönnen.»

Der Hauptgang kam und sie genossen den delikaten Fisch. Unabhängig voneinander und ohne darüber zu sprechen, nahmen sie sich dasselbe vor: ein Besuch bei Gaudenz Gygax. Nach dem Essen verabschiedeten sie sich herzlich. Die tiefe Zuneigung, die sie schon immer für einander empfunden hatten, war nach diesem persönlichen Gespräch noch gewachsen. Für Fischer standen eigentlich dringende berufliche Arbeiten an, aber im Moment hatten die privaten Angelegenheiten für ihn Priorität und so liess er sich noch am selben Tag Informationen zu Gaudenz Gygax zusammenstellen, denen er entnehmen konnte, dass Gygax in Binningen lebte und 85 Jahre alt war. Er wählte die Telefonnummer.

«Gygax», meldete sich eine alte, gebrechliche Stimme.

«Guten Tag Herr Gygax. Hier spricht Marc Fischer. Ich bin der Stiefsohn von Mathilde Fischer.»

Es dauerte eine Weile, bis sich Gygax wieder meldete und Fischer dachte schon, er müsse genauer erklären, wer Mathilde Fischer sei. Doch dann erklang es erstaunlich klar vom anderen Ende der Leitung:

«Ja. Guten Tag Herr Fischer. Um was geht es denn?»

«Ich wollte Sie fragen, ob Sie spontan einen Moment Zeit haben für mich?»

Es folgte wieder ein Moment der Stille.

«Ich kenne Sie nicht persönlich. Können Sie nicht vorbeikommen?»

«Ja natürlich, gerne. Passt es Ihnen in einer halben Stunde?»

«Ich wollte eigentlich nach dem Essen spazieren gehen, aber wenn Sie mich besuchen kommen, schiebe ich das gerne auf.»

«Dann gebe ich mir Mühe, so schnell als möglich bei Ihnen zu sein. Bis später.»

«Bis später.»

Fischer orientierte seinen Stab, dass er erneut kurz weg sei, was zu leisen Protesten führte. Es standen eigentlich einige Teamsitzungen an am Nachmittag. In letzter Zeit hatte Fischer ein bisschen zu viel Flexibilität von seinen Mitarbeitern eingefordert.

Fischer fuhr mit seinem Maybach auf die Anhöhe von Binningen, wo ein stattliches Haus das Ziel seiner Fahrt war. Die schöne, überaus grosszügige Villa war einst für eine begüterte Familie geplant worden. Nun war das Haus aufgeteilt in drei Wohnungen. Im Parterre wohnte ein Professor mit seiner Familie, im ersten Stock Gaudenz Gygax. Er klingelte und bald darauf öffnete sich die Gartentür mit einem elektrischen Summen. In wenigen Schritten war er an der Haustüre. Drei Klingelknöpfe in Messing zierten den Türrahmen. Er drückte abermals den mittleren Knopf und die Türe öffnete sich. Ein elegantes Entree mit einem schönen Spiegel und einer dekorativen Lampe empfing ihn. Jemand in diesem Hause schien vortrefflichen Geschmack zu haben. Er nahm die Treppe zum ersten Stock, wo ihn Gygax bereits erwartete.

«Guten Tag Herr Fischer, kommen Sie herein.»

Sie gelangten durch einen Gang in ein stilvoll eingerichtetes Wohnzimmer, das von gutem Geschmack zeugte. Eine Fensterfront öffnete sich zu einem prächtigen Garten.

«Sehr schön haben Sie es hier, Kompliment.»

«Danke. Darf ich Ihnen etwas anbieten?»

«Vielleicht einen Kaffee?»

«Das hab ich mir gedacht, ein so beschäftigter Mann wie Sie trinkt sicher gerne einen Kaffee. Ich hab ihn schon vorbereitet. Einen Augenblick bitte.»

Nach ein paar Minuten kam er mit zwei Tassen Kaffee in das Wohnzimmer, wo Fischer in der Zwischenzeit Platz genommen hatte. Trotz seines Alters wirkte Gygax agil.

«Wissen Sie, in meinem Alter nehmen soziale Kontakte langsam ab, weshalb ich mich sehr auf Ihren Besuch gefreut habe. Sie sind also der Stiefsohn meiner Exfrau.»

Eine solche Bemerkung hätte man auch mit leicht aggressivem Unterton formulieren können, doch mit seiner sonoren Stimme und der Freundlichkeit im Blick, klang es bei Gygax keineswegs nach einer Provokation.

«So habe ich es noch nicht gesehen, aber Sie haben Recht, ja das bin ich. Dann sind Sie also mein Exstiefvater?» Sie lachten.

«Ich habe», meinte Fischer, «bis jetzt keinen Kontakt mit Ihnen gehabt, da Sie in unserer Familie verständlicherweise nicht so oft Gesprächsthema waren. Nun ist Theodor Fischer, mein Vater, sehr krank geworden und leidet an starkem Gedächtnisschwund. Ich habe deshalb seine Akten geordnet und dabei bin ich auf Sie gestossen.»

«So etwas habe ich angenommen. Ich bin davon ausgegangen, dass Sie nicht aus aktuellem Anlass auf mich zukommen, sondern dass es vielmehr die Vergangenheit sein wird, die mich einholt.»

Fischer war beeindruckt von der Wachheit seines Gegenübers.

«Nun, was möchten Sie gerne wissen? Seit der Scheidung hatte ich keinen Kontakt mehr zu Mathilde, was Sie sicher verstehen können. Nach der Scheidung folgte eine schwierige Zeit. Sie war mit Theodor zusammen und wir wollten beide nichts mehr miteinander zu tun haben.»

Fischer wollte das Kernthema nicht lange hinaus zögern. «Ich habe in den Akten meines Vaters einen Beleg über eine grössere Überweisung an Sie gefunden.»

«Ja, das ist richtig. Davon habe ich mir dieses Haus gekauft. Vor drei Jahren habe ich das Haus verkauft und habe nun das Wohnrecht für diese Wohnung. Aus dem Erlös kann ich meine Pension aufbessern. Sie denken vielleicht, dass ich aus einer wohlhabenden Familie stamme und eine solche Aufbesserung der Pension nicht nötig habe, doch wir hatten unser Vermögen zu einem grossen Teil in Ostberlin in Fabriken investiert. Bei der Teilung Deutschlands ging sehr viel davon verloren. Meine Mutter hatte deutsche Wurzeln, weshalb mein Vater dort investiert hatte. Es geht mir heute gut, aber das Familienvermögen ist dahin.»

«Mmh.» Fischer nickte. «Aber Sie haben mir immer noch nicht gesagt, weshalb Ihnen mein Vater diese Summe überwiesen hat.» Fischer erlaubte sich die Nachfrage, da sie sich gut verstanden und das Gespräch von Anfang an von Freundlichkeit geprägt war.

«Wie gut verstehen Sie sich mit Mathilde?»

«Sehr gut, warum fragen Sie?»

«Es ist ja oft so, dass Zweitehen die Familien belasten, aber bei Ihnen scheint das also nicht der Fall zu sein».

«Nein, ganz und gar nicht. Wir haben uns von Anfang an gut verstanden und seitdem meine leibliche Mutter gestorben ist, hat sich unsere Beziehung sogar noch intensiviert. Und nun, da mein Vater so krank ist, helfe und unterstütze ich sie wo es nur geht.»

Fischer überlegte, ob er nun noch ein drittes Mal auf den offenen Punkt zurückkommen sollte, doch da nahm Gygax das Gespräch wieder auf.

«Wie wichtig ist Ihnen die Antwort?»

«Ich habe mit meinem Vater ein gutes und offenes Verhältnis, aber es gibt Perioden seiner Vergangenheit, die für mich noch dunkle Stellen sind. Ein paar Fakten von erheblicher Bedeutung sind nun bekannt geworden und ich merke, dass seine Vergangenheit für mich und für meine Zukunft von Bedeutung sein könnte. Deshalb bin ich sehr dankbar für Informationen, die etwas Licht in seine Vergangenheit bringen, damit ich allenfalls adäquat handeln kann.» Hier dachte er allerdings nicht an einen weiteren Mordauftrag.

«Ich verstehe. Und ich erzähle Ihnen das gern. Doch Sie müssen mir versprechen, Mathilde nichts davon mitzuteilen. Unsere Scheidung war schwierig und es würde nur alte Wunden aufreissen. Versprechen Sie mir das?»

«Das mach ich gerne. Ich mag Mathilde sehr und ich würde ihr nichts erzählen, was sie belasten würde, wenn es nicht notwendig ist.»

«Es ist wirklich nicht notwendig, es ist alt und gehört in die Vergangenheit.»

«Versprochen», sagte Fischer und schaute Gygax in die Augen.

«Die Ehe mit Mathilde war stark geprägt von vielen äusseren Umständen. Meine und ihre Eltern hatten viel arrangiert und unsere Meinung war letztlich nicht relevant gewesen. Ein Grund vermutlich, weshalb unsere Ehe kinderlos geblieben war. Dann lernte sie Theodor kennen und es entwickelte sich ein ernsthaftes Verhältnis. Zuerst nahm ich es zur Kenntnis und dachte, es ginge bald vorbei. Später habe ich es trotz der Demütigung akzeptiert. Doch als sie sich scheiden lassen wollte, fühlte ich mich in meiner Ehre so verletzt, dass ich mich mit aller Macht dagegen gewehrt habe. Meine Eltern haben mich dabei unterstützt. Zu jener Zeit gab es nur wenige Scheidungen und das Eherecht war streng. Den Scheidungsgrund der Zerrüttung gab es damals nicht und mit ihrem offensichtlichen Ehebruch hatte sie keine Chance, vor einem Richter die Scheidung zu verlangen. Ich wusste das und habe es auch ausgenutzt, indem ich alles blockiert habe.»

Gygax machte eine Pause und Fischer nutzte die Gelegenheit, ihn zu fragen, ob er Theodor jemals getroffen habe.

«Ich hatte eigentlich keine Lust gehabt, meinen Widersacher zu treffen. Aber, um endlich eine Lösung zu finden, haben wir uns dann trotzdem verabredet im Restaurant Bruderholz.»

Fischer hörte aufmerksam zu. Er kannte das Restaurant, das früher eine Quartiersbeiz in ländlichem Stil gewesen war und später zu einer Nobelherberge mit zwei Guide Michelin-Sternen* wurde. Das schöne Jugendstilgebäude wurde 1925 erbaut und war schon früh ein Ort, an dem man sich traf, um wichtige Angelegenheiten zu diskutieren.

Gygax fuhr fort: «Der Anfang des Gesprächs war schwierig, doch Theodor ist schnell auf das zentrale Thema zu sprechen gekommen. Er eröffnete mir, dass er Mathilde heiraten wolle. Als ich etwas erwidern wollte, unterbrach er mich und sagte, ihm sei klar, dass ich mit einer Scheidung nicht einverstanden sei. Deshalb sei er bereit, mir 50'000 Franken zu zahlen, wenn ich Mathilde frei gäbe. Ich war ausserordentlich verblüfft, schliesslich war das eine erhebliche Summe Geld.»

«Das kann ich mir vorstellen», sagte Fischer, selbst zutiefst erstaunt über das Angebot seines Vaters, Mathilde regelrecht freizukaufen.

«Ich habe ihn daraufhin gefragt, wie denn das vor sich gehen solle, woraufhin er antwortete, dass er mir das Geld überweisen würde, sobald ich von Mathilde geschieden wäre. Als ich ihn fragte, welche Sicherheit ich denn hätte, antwortete er, es gäbe keine Sicherheit. Soweit müssten wir uns vertrauen. Wir haben an diesem Abend noch viel über Mathilde gesprochen und über verschiedene Formen von Ehe. Schliesslich standen sich hier verschiedene Beziehungskonzepte gegenüber: eine Zweckmheirat, mehr oder weniger arrangiert und eine grosse, von beiden Seiten ausgehende Liebe. Am folgenden Tag habe ich ihn angerufen und gesagt, ich sei einverstanden mit seinem Vorschlag. Das Gespräch mit Theodor hat mir gezeigt, dass es mit Mathilde ohnehin zu Ende war. Zusätzlich bot sich mir die Gelegenheit, aus der Not eine Tugend zu machen. Und Theodor hat Wort gehalten. So, nun wissen Sie, was Sie wissen wollten. Sie können nun über mich denken, was Sie wollen, mir ist nur wichtig, dass Sie Mathilde nichts davon sagen werden. Ich bitte Sie, das zu respektieren.»

Fischer war einerseits emotional gerührt von dieser Geschichte, doch zugleich fröstelte ihn der Gedanke, dass es sich faktisch um einen Freikauf gehandelt hatte. Er wusste nicht, ob er Gygax verurteilen sollte für die bezahlte Scheidung oder seinen Vater für den Kauf einer Frau. Vielleicht, dachte er, war es aber auch einfach das Ergebnis einer Epoche, einer Zeit, in der Recht, Familienstatus und Geld noch in anderer Weise miteinander verzahnt waren.

«Natürlich respektiere ich das. Ich habe Ihnen versprochen, Mathilde nichts zu erzählen und ich halte mich daran.»

Sie standen auf, um sich voneinander zu verabschieden.

«Ich wünsche Ihnen von Herzen alles Gute. Wenn Sie einmal Hilfe brauchen, wenden Sie sich an mich. Ich werde Sie unterstützen, soweit es in meiner Macht steht. Ich werde mein Wort halten und Mathilde nichts sagen. Es ist wirklich zu lange her und es würde niemandem dienen.»

«So sehe ich das auch.»

«Auf Wiedersehen, und danke für die Offenheit.»

«Auf Wiedersehen.»

* * * * *

Sebastian Pflug und sein Team waren zusammen gekommen, um die Lage zu analysieren. Palmer fasste gerade noch einmal alles Wichtige zusammen.

«Wir haben den Fall Karl-Maria Hoffmann. Hier deutet alles auf einen Mord hin mit einem Gift eines Frosches aus dem Amazonas. Eine der letzten Personen, die ihn gesehen hat, ist seine Schwester. Sie hat nichts bemerkt, das uns weiter hilft. Ungewöhnlich ist, dass er kurz vor seinem Tod Besuch hatte von Marc Fischer. Wir konnten sein Alibi noch nicht überprüfen, gehen aber davon aus, dass es wasserdicht ist. Wir haben nach anderen Mordfällen mit diesem Gift geforscht und festgestellt, dass gerade mal eine einzige Vergiftung mit diesem Froschgift aktenkundig ist. Es handelt sich um einen Mord in Rom, der acht Jahre zurückliegt. Wir haben keine Ahnung, ob es einen Zusammenhang mit diesem Mord gibt, doch wir haben die Akten aus Rom angefordert. Die römische Polizei hat zugesichert, uns die Akten zuzustellen, allerdings haben wir bis jetzt noch nie brauchbares Material aus Rom bekommen. Eher finden wir in diesen Kartons eine wertvolle Antiquität, als eine brauchbare Akte.»

«Haben wir den Bericht der Spurensicherung?», fragte Pflug nach.

«Ja, aber der liefert keine neuen Erkenntnisse. Es gibt unendlich viel Material, aber bis auf das Material des Toten können wir nichts zuordnen. Vielleicht liefern die Akten aus Rom Genmaterial, das wir vergleichen können. Das wäre ein Ansatz, der uns hier weiterhelfen würde.»

Palmer war zufrieden mit seinem Kurzreferat und Bär folgte ebenfalls mit einer Zusammenfassung.

«Wir waren bei der Börsenaufsichtsbehörde in Zürich, da sie uns darüber informiert haben, dass es bei Börsengeschäften mit Optionen des Pharma-Unternehmens Sovitalis und der WBC Bank auffällige Bewegungen gibt. Wir verfolgen die Geschichte weiter, aber im Moment haben wir noch keine konkreten Ansatzpunkte für eine offizielle Strafuntersuchung. Auch wenn die Börsenaufsicht der Meinung ist, dass es atypische Vorgänge gibt, hatten Sebastian und ich Zweifel, ob das ausreicht, um einen Untersuchungsrichter zu etwas zu bewegen. Wir sind der Meinung, es macht mehr Sinn, noch etwas abzuwarten, bis wir konkretere Vorwürfe in der Hand haben.»

«Dann haben wir eigentlich nur noch Pierre Cointrin mit seinem Projekt Intelligentia», bemerkte Pflug.

«Das steht aber nicht auf unserer Traktandenliste. Das ist doch reines Zivilrecht», warf Palmer ein.

«Ja, das stimmt. Ich habe nur gerade daran gedacht, weil ich hier sein Foto aufgehängt habe.»

Palmer und Bär drehten sich um und blickten auf die Pinnwand. Dort hingen Fotos vom ermordeten Karl-Maria Hoffmann, von Fischer und von Cointrin.

«Was ist denn das für eine Auswahl an Fotos?», fragte Palmer. «Ok, Fischer hat Karl-Maria Hoffmann zwei Tage vor dessen Tod besucht. Aber Cointrin hat doch mit dieser Geschichte nichts zu tun, oder?»

«Nein. Das glaub ich auch nicht», stimmte Pflug zu. «Das Bild von Cointrin hängt eigentlich nur dort, weil ich den Zeitungsartikel gelesen habe, kurz bevor wir nach Zürich gefahren sind, wo es ja in erster Linie um die WBC und Sovitalis ging. Aber sind wir ehrlich: mit unseren Ermittlungen sind wir ziemlich am Nullpunkt.»

Frustriert blickten sich die drei an.

«Nichts Konkretes.»

«Nein, leider nein.»

«Ich schlage vor», Pflug versuchte, wieder etwas Schwung in die Diskussion zu bringen, «wir observieren Fischer und lassen uns eine Bewilligung für die Überwachung und Abhörung geben.»

«Wir haben aber nichts in der Hand. Ich bezweifle, dass der Untersuchungsrichter dem zustimmen wird.»

«Hast Du eine bessere Idee?»

«Nein.»

«Also, dann versuchen wir das. Schreib im Gesuch, dass wir annehmen, es bestünde eine Verbindung zwischen Fischer und dem Toten.»

«Und was für eine soll das sein?»

«Keine Ahnung. Begründe es mit Verdacht auf Mord und Börsendelikte.»

«Ok», brummte Palmer, aber es klang nicht sehr überzeugt.

«Es ist der einzige Ansatzpunkt, den wir haben. Irgendwo müssen wir ja beginnen. Können wir die Aktenrequisition in Rom irgendwie beschleunigen?»

«Wir haben Interpol eingeschaltet und ein Express-Gesuch gestellt. Mehr können wir nicht tun.»

«Meine Kollegen», sagte Pflug mit ernster Miene, «viel haben wir nicht. Von *Habeas Corpus** keine Spur. Hier liegt noch viel Arbeit vor uns.»

Damit schloss er die Sitzung.

15. Unbekannte Vergangenheit

Marc Fischer kam nach einem langen Arbeitstag nach Hause und nahm sich in seinem Arbeitszimmer die Akten seines Vaters aus dem Safe der Bank Soiron & Cie. vor. Vielleicht würde das eine oder andere Dokument Licht in Lebensabschnitte bringen, die ihm bis jetzt verborgen geblieben waren. Er begann zu blättern. Zuoberst lag ein alter Pass, Zeugnis einer intensiven Reisetätigkeit. Darunter lagen Verträge aus den Gründerjahren der Bank und die Originalstatuten aus dem Jahre 1946. Ausserdem ein Treuhandvertrag aus dem gleichen Jahr mit einem Herrn Ohlstein, gleich in doppelter Ausführung, zweimal als Original. Der Name Ohlstein sagte ihm nichts. Er fand Verträge über Fusionen mit anderen Banken, alte Steuererklärungen, mehrere Reisevisa für die damalige UdSSR und andere Ostblockstaaten und Handelsregisterauszüge von Firmen, die vermutlich nicht einmal mehr existierten. Nichts, was ihm irgendwie verwertbar schien oder einen aktuellen Bezug zur Gegenwart hatte. Auf einem der letzten Umschläge stand «Studium» in der ihm vertrauten Handschrift. Darin fanden sich alte Testatbücher der Universität Basel und diverse Zeugnisse. Als er den Umschlag enttäuscht wieder zurücklegte, stiess er auf einen weiteren verschlossenen Umschlag mit der Notiz «Privat». Aufgeregt öffnete er ihn. Zum Vorschein kam wiederum eine altertümliche, handbeschriebene Karteikarte, ähnlich derjenigen, die er schon kannte und er las:

Ehepaar Iselin-Francese, Bruderholzstrasse 55, Basel
Besuche 1931 September / Oktober / Dezember / 1932 ~~Januar~~
Ok

Fischer bekam Gänsehaut und wurde nervös. Diese Art von Karte war ihm noch sehr präsent und er hoffte, dass es nicht noch einmal das war, was er befürchtete. Er schaute auf seine Uhr, zögerte kurz und wählte dann eine Nummer in seinem Telefon.

«Mathilde, hier ist Marc. Kann ich kurz vorbei kommen oder ist es schon zu spät?»

«Ja natürlich. Komm vorbei. Theodor geht es im Moment sehr gut, es ist also ein guter Augenblick für einen Besuch.»

Er sagte Claudia Bescheid, dass er noch kurz seinen Vater besuchen wolle. Er entschied sich für den Porsche, auch wenn der Weg nicht weit war. Als er wenige Minuten später beim Haus seines Vaters ankam, stand das dekorative Eisentor schon offen. Er stieg aus und brauchte nicht einmal zu läuten, denn Mathilde öffnete bereits die Haustüre.

«Dein Wagen ist nicht zu überhören», sagte sie schmunzelnd. «Komm rein.»

Fischer folgte ihr in den Salon, wo sein Vater in einem Sessel sass. Der Pfleger legte ihm gerade behutsam seine Medikamente hin.

«Hallo Marc», begrüsste er seinen Sohn und wirkte dabei wach und lebendig.

«Hallo Vater. Es freut mich zu sehen, dass es dir besser geht.»

Der Pfleger nickte bestätigend und fügte an: «Es geht ihm deutlich besser. Wir wissen allerdings nicht, ob es so bleiben wird oder ob es sich lediglich um einen Luicidum Intervallum handelt. Hoffen wir das Beste.»

«Einen was?», fragte Fischer verwirrt.

«Einen lichten Moment», übersetzte der Pfleger. «Wir wissen nicht, ob dieser lichte Moment anhält oder ob er schon bald wieder einen Rückfall hat. Falls Sie keine weiteren Fragen mehr haben oder Wünsche, würde ich mich jetzt gerne verabschieden.»

«Ja natürlich. Vielen Dank für alles.» Mathilde gab ihm die Hand.
«Gute Nacht und bis morgen.»
«Vater, wie ich sehe, geht es dir wirklich besser.»
«Ja, es geht mir besser. Unkraut vergeht nicht. Aber ich fühle mich sehr schwach und habe deshalb beschlossen, mich nun vollkommen aus dem Beruf zurückzuziehen.»
«Ich denke, das ist vernünftig. Du weisst ja, dass ich immer bemüht bin, alles in deinem Sinne weiterzuführen. Ich bin ja nun auch schon lange dabei, oder Vater? Gibt es da noch Dinge, die ich wissen sollte?»
«Nein, da fällt mir nichts ein. Mathilde hat mir schon von eurem Besuch bei der Bank Soiron & Cie. erzählt. So viel ich weiss, liegen dort noch ein paar alte Dokumente, die aber bedeutungslos sind. Alle wichtigen Akten sind bei der Geschäftsleitung der WBC hinterlegt. Die Vertretung der WBC-Aktien überlass ich dir und Mathilde, das macht wohl am meisten Sinn.»
«Gut, das ist sehr beruhigend.» Die Erleichterung war ihm anzuhören. «Ich habe noch eine persönliche Frage, Vater. Sie betrifft deine Studentenzeit.» Er blickte ihn vielsagend an und drehte sich dann zu Mathilde um, worauf Theodor sagte: «Würdest du uns bitte einen Moment allein lassen, Mathilde? Es gibt in meinem Alter keine Geheimnisse mehr, aber ich fühle mich freier, wenn ich das mit Marc alleine besprechen kann.»
Betroffen verliess Mathilde die beiden. Sie konnte sich nicht erinnern, dass ihr Mann jemals auf ihre Gegenwart hatte verzichten wollen. Doch sie war froh, dass es ihm besser ging und wollte ihn deshalb nicht unnötig aufregen. Nun waren Vater und Sohn unter sich.
«Theodor», nur selten nannte er seinen Vater beim Vornamen, «ich habe in den Unterlagen aus dem Safe eine alte Kartei-

karte gefunden mit dem Namen Iselin-Francese und verschiedenen Daten. Sagt dir das was?»

«Nein, sagt mir nichts.»

«Es ist eine ähnliche Karteikarte wie die mit dem Namen Hoffmann, nach der ich dich schon einmal gefragt habe. Kannst du dich immer noch nicht an die Familie Hoffmann an der Bruderholzallee erinnern?»

«Nein, keine Ahnung.»

«Könnte es nicht sein, dass du hier eine Beziehung hattest? Ein Verhältnis mit einer verheirateten Frau?»

«Ach Marc. Ich hatte in meiner Jugend etliche Liebschaften, und ich kann mich nicht an alle erinnern. Das liegt weit zurück. Ausserdem bin ich dir darüber keine Rechenschaft schuldig. Eigentlich möchte ich mit dir darüber nicht sprechen. Das sind sehr persönliche Geschichten, die niemanden etwas angehen.»

«Auch nicht, wenn vielleicht Kinder aus diesen Liebschaften hervorgegangen sind?»

Das klang etwas härter, als es beabsichtigt war und sein Vater regte sich sichtlich auf: «Marc, lass diese Geschichten doch einfach ruhen. Ich bin froh, dass es mir besser geht. Ich kann mich zwar an die letzten Wochen nicht richtig erinnern, aber Mathilde hat mir erzählt, dass es nicht gut ausgesehen habe. Und übrigens: Kinder sind mir keine bekannt.»

«Aber warum hast du dann auf den Karten fein säuberlich notiert, wann du Besuche gemacht hast?»

«Ach, hör doch auf. Ich möchte mich in meinem Alter nicht mit dir streiten müssen. Ich habe in jungen Jahren über meine Bekannten und auch über meine Frauenbekanntschaften Karteikarten geführt. Heute hat man das in einem Computer. Damit konnte ich den Überblick behalten und auch die Namen der Personen auswendig lernen. Das hat mir Sicherheit im Auftreten gegeben. Ich habe kein einziges Rendezvous oder Meeting verpasst, kannte über 500 Personen mit Namen und bin so nie in eine unangenehme Situation geraten. Dieses Wissen war ein Element meines Erfolges. Wenn es aus früheren Bekanntschaften Kinder geben sollte, so weiss ich es nicht. Mir ist diesbezüglich wirklich nichts bekannt. Ja, ich hatte auch Verhältnisse mit verheirateten Frauen, aber das erzähle ich dir nur, weil ich endlich meine Ruhe haben will. Ich bin sicher, dass ich es wüsste, wenn daraus Kinder entstanden wären. Und sofern die jeweiligen Ehemänner nichts davon wissen oder nichts wissen wollten, sind es sowieso eheliche Kinder.»

«Aber das ist doch äusserst relevant für deine Erbfolge!»

«Wie gesagt, wenn es solche Kinder gäbe, wären sie eheliche Kinder, also Kinder dieser Ehegatten und juristisch gesehen nicht von mir. Übrigens hätten sich solche Personen doch schon längst bei mir gemeldet. Da sich aber noch nie jemand gemeldet hat, gehe ich davon aus, dass es sie nicht gibt. So einfach ist das. Ich habe auch keine Lust mehr auf diese theoretische juristische Diskussion. Die Zeiten der Uni sind für mich genauso lange vorbei, wie die Zeiten der Jugendlieben. Bitte lass in Zukunft dieses Thema, es ist alt, verjährt und ärgert mich. Klar?»

Auf dem Heimweg fragte sich Fischer, ob sein Vater die Vergangenheit einfach radikal verdrängte, oder ob er wirklich daran glaubte, dass für diesen Fall die Erbfolge nicht greifen würde. Es konnte ihm ja nicht wirklich egal sein, wer seine Erben sein würden. Im Falle eines Nachlasses von Theodor Fischer wären seine beiden Kinder aus erster Ehe, seine beiden Kinder aus zweiter Ehe, und seine Frau die Begünstigten. Als Familienoberhaupt konnte es ihm nicht gleich sein, wohin sein Vermögen nach seinem Tod ginge. In der Vergangenheit seines Vaters gab es ihm unbekannte Dinge, die nun zwar ein wenig erhellt, aber noch lange nicht klar waren. Klar war ihm lediglich, dass es für ihn selbst eine grosse Rolle spielte, wer von dem Erbe profitieren sollte. Alleinerbe zu sein, wäre natürlich am besten, aber er hatte mit der Familie zu teilen. Doch auf weitere Anwärter konnte er gut verzichten. Zudem hatte er berechtigte Hoffnung, dass er als CEO der Bank mit den WBC-Aktien rechnen durfte, das hatte ihm sein Vater schon mehrmals gesagt. Zu Hause angekommen, ging er noch einmal alle ihm bekannten und vorliegenden Akten durch. Es blieb bei diesen zwei Karten, von denen eine schon ausgespielt war. Doch die andere war noch offen.

Am nächsten Morgen im Büro rief er als erstes Max Selz an.
«Können wir uns heute treffen?»
«Ja, natürlich.»
«In einer halben Stunde im Café Huguenin?»
«Ok, das passt mir gut. Bis dann», sagte Selz, obwohl es ihm eigentlich gar nicht passte.

Fischer erledigte noch ein paar Telefonate und meldete dann dem Sekretariat: «Ich bin in einer halben Stunde zurück.»
«Kommen Sie nicht zu spät, Sie haben um elf Uhr einen Termin.»
«Ja, ja, ich weiss.»

Er lief über den Bankenplatz in die Freie Strasse, bog dann in die Streitgasse und betrat beim Barfüsserplatz den ersten Stock des Café Huguenin. An einem Tisch mit Blick zum Barfüsserplatz machte er es sich bequem und es dauerte nur kurze Zeit, bis Privatdetektiv Selz sich zu ihm setzte. Fischer bestellte Cappuccino und Selz Espresso.

«Herr Fischer», Selz klang angespannt, «wissen Sie, dass Karl-Maria Hoffmann, die Person, die ich in ihrem Auftrag observiert habe, ermordet wurde?»
«Natürlich weiss ich das.»
«Haben wir hier einen Problemfall?»

«Keineswegs. Ich habe Ihren Bericht zur Kenntnis genommen. Ich dachte, Hoffmann sei mit meinem Vater bekannt und deshalb wollte ich wissen, wer er ist. Ich habe mich auch mit ihm getroffen, aber er schien meinen Vater nicht zu kennen. Damit war für mich der Fall erledigt. Er hat mir sogar noch von seinem bevorstehenden Wochenende in Hinterzarten erzählt. Ich war sehr überrascht, von diesem ungewöhnlichen und tragischen Todesfall zu hören.»

Selz hörte angespannt zu. Er war sich von Fischer einiges gewöhnt und es hatte schon einige fragwürdige Fälle gegeben, aber es hatte sich bis jetzt alles in Grenzen gehalten. Doch dieser Fall war ihm ausserordentlich suspekt.

«Herr Fischer, ich halte viel von Ihnen und ich vertraue Ihnen, aber ich möchte meine Lizenz nicht verlieren. Sollten wir hier nicht die Polizei benachrichtigen und über Ihren Besuch informieren? Vielleicht waren Sie der letzte, der ihn gesehen hat.» Selz war sichtlich nervös.

«Beruhigen Sie sich doch. Die Polizei war schon längst bei mir und ich habe ihnen selbstverständlich alles erzählt. Sebastian Pflug, der Erste Staatsanwalt von Basel und sein Kollege, ich erinnere mich nicht mehr an den Namen, haben mich besucht und befragt, denn die Schwester des Verstorbenen hatte von meinem Besuch bei Hoffmann berichtet. Es ist also alles hochoffiziell. Genügt Ihnen das?»

«Ach so», sagte Selz entschuldigend. «Ich wollte nicht indiskret sein. Ich war nur etwas beunruhigt, dass der Todesfall so kurz auf meinen Bericht folgte.»

«Das verstehe ich.»

«Was ist denn Ihr Anliegen für den heutigen Tag?» Selz wechselte das Thema.

«Äh, Herr Selz, ich wollte Sie bitten, den...»

Mitten im Satz hielt er abrupt inne und Fischer wurde gerade noch rechtzeitig bewusst, dass er vorsichtig sein musste, damit Selz keinen Bezug von Hoffmann zu Iselin herstellen konnte. Selz schaute ihn erwartungsvoll an. «Ja, was?»
«Ich wollte Sie fragen, wie weit Sie mit dem Bericht über Loi Chong sind?»
«Ich dachte, es ginge um etwas Diskretes, da Sie mich nicht ins Büro bestellt haben.»
«Nein, ich wollte diesmal einfach ausser Haus sein. Was haben Sie über Loi Chong zu berichten?»
Selz' Miene erhellte sich sichtlich. «Ich habe ein paar schöne Sachen. Wir haben ihn in China observiert. Er trifft sich des Öfteren mit jüngeren Damen. Sie wissen was ich meine?»
Fischer nickte. Diese Fakten gefielen ihm.
«Ich bekomme wohl bald Fotos, denn wir konnten eine junge Dame einbinden. Da sind sicher ein paar scharfe Aufnahmen dabei, trotz gebrochenem Licht. Ich denke, Sie verstehen schon...»
«Ja, ja, sehr gut. Solche Aufnahmen sind hervorragend. Ich brauche sie so rasch als möglich, denn wir haben bald die konsultative Generalversammlung, da muss ich einen Trumpf in der Hand haben.»
Selz führte noch ein wenig aus, was sie über Loi Chong herausfinden konnten, dann verabschiedeten sie sich. Fischer war klar geworden, dass er für den Fall Iselin einen anderen Detektiv würde engagieren müssen. Im Falle, dass Herrn Iselin etwas zustossen sollte, wäre eine weitere Ausrede gegenüber Selz nicht mehr glaubwürdig.
Zurück in der Bank bestellte er den Chef für interne Sicherheit, Andreas Buchholzer, ins Büro.
«Sie wünschen, Herr Fischer?»

«Ich wollte Sie fragen, mit welchen Detektiven wir zusammen arbeiten?»

«Wir haben zwei Personen in der Abteilung Sicherheit für die Schweiz. Die können wir aber nur für externe Probleme engagieren, da sie den meisten bekannt sind und sich deshalb nicht für interne Aufgaben und Observierung von Personal eignen.»

«Ja, das weiss ich. Ich dachte eher an externe Privatdetektive?»

«Nun, da gibt es verschiedene. Sie arbeiten ja mit Max Selz.»

«Ja, schon klar. Aber können Sie mir andere Personen empfehlen?», fragte etwas ungeduldig. Buchholzer war üblicherweise schneller und präziser im Denken.

«Ja, ich kann Ihnen in der Region Basel zum Beispiel Myriam Nyfeller empfehlen. Sie ist eine ausgezeichnete Privatdetektivin. Soll ich Ihnen die Koordinaten mailen?»

«Das wäre nett. Und zwar bitte jetzt gleich.»

Und so dauerte es nicht lange, bis er die gewünschten Informationen auf dem Tisch hatte. Er wollte schon zum Hörer greifen, als er zu zögern begann und sich dann doch dazu entschloss, einen anderen Weg einzuschlagen. Er setzte sich an seinen Computer, öffnete einen Internetbrowser und gab den Namen «Iselin» in eine Suchmaschine ein. Bald hatte er alles gefunden, was er brauchte: Name, Adresse und Informationen zum Umfeld. Balthasar Iselin war Verleger und hatte einen eigenen Verlag in Reinach mit verschiedenen Magazinen, die wöchentlich oder monatlich erschienen. Die private Adresse fand er allerdings nicht im elektronischen schweizerischen Telefonbuch. Vielleicht verzichtete Iselin auf einen Eintrag. Er griff zum Telefon und wählte die Nummer des Verlags.

«Verlag Iselin, Sabine Robischon am Telefon, was kann ich für Sie tun?»

«Guten Tag. Mein Name ist Marc Fischer. Ist Herr Iselin zu sprechen?»

«Um was geht es?»

«Ich interessiere mich für eine grössere kommerzielle Reportage.»

«Einen Augenblick bitte.»

Es dauerte einen Moment, dann meldete sich eine Männerstimme.

«Balthasar Iselin am Apparat. Spreche ich mit Marc Fischer?»

«Ja, guten Tag. Ich interessiere mich für eine grössere Reportage.»

«Das freut mich sehr, Herr Fischer. Ich schlage vor, wir treffen uns persönlich, dann kann ich Ihnen unsere verschiedenen Produkte besser erklären.»

«Ja, das ist eine gute Idee. Ginge es Ihnen heute am späten Nachmittag?»

«Das passt gut. Soll ich zu Ihnen kommen?», schlug Iselin vor.

«Treffen wir uns doch um 17 Uhr im Restaurant Hermitage auf dem Bruderholz. Sind Sie damit einverstanden?»

«Ja, bis dann.»

Obwohl auch schon der Besuch bei Hoffmann ein Fehler gewesen war, visierte er wieder ein persönliches Treffen an. Der Gedanke an einen weiteren Erben weckte seine Habgier und schränkte seine sonst so umsichtige Handlungsweise ein. Er wählte die Nummer seines Sekretariats.

«Ja bitte, Herr Fischer.»

«Verbinden Sie mich bitte mit Herrn Loi Chong. Wenn er nicht im Büro ist, dann versuchen Sie es auf seinem Handy.»

Chong nahm den Anruf entgegen.

«Herr Chong, hier ist Fischer von der WBC.» Er fügte die Firmenbezeichnung dem Namen an, da er sicher sein wollte, dass Chong wusste, wer am Apparat war.

«Ah, Sie sind's. Was wünschen Sie?»

«An der letzten Verwaltungsratssitzung haben Sie mich in meiner Funktion direkt und stark angegriffen. Werden Sie an der konsultativen Generalversammlung, bzw. dann in der ordentlichen Generalversammlung mein Doppelmandat immer noch bekämpfen?»

«Sie rufen mich doch nicht im Ernst an, um mich nach meiner Meinung dazu zu befragen?»

«Ich möchte Ihnen lediglich die Gelegenheit geben, sich zu äussern. Wenn ich Ihren Worten entnehmen kann, dass Sie weiterhin opponieren, dann möchte ich Sie warnen. Ich denke, Sie würden einen Angriff auf meine Person später bereuen. Ich habe Mittel und Wege, die nicht zu unterschätzen sind.»

«Wenn Sie mir drohen wollen, dann hat das keine Wirkung. Ich sehe nicht, was dieses Gespräch nützen sollte.»

«Herr Chong, Sie dürfen mich nicht missverstehen. Das ist absolut keine Drohung. Der Nutzen dieses Telefongesprächs liegt darin, dass ich Sie darüber informieren kann, dass es zu Ihrem Vorteil sein könnte, wenn Sie mich in der GV nicht bekämpfen. Wenn Sie mich aber weiterhin bekämpfen wollen, dann könnte es ungemütlich werden für Sie. Der massgebende Termin ist die konsultative GV. Ich wiederhole mich ungern, aber Sie sollten mich nicht unterschätzen. Guten Tag.»

«Das wünsche ich Ihnen auch.»

Natürlich war dies nichts anderes als eine Drohung gewesen. Fischer war sich nicht sicher, ob diese Wirkung zeigen würde. Diese Fotos, dachte Fischer, würden Chong in China erheblich kompromittieren, sein Ruf wäre ruiniert. Vielleicht wäre die Publikation der Fotos auch gar nicht nötig und Chong würde ihn aus Angst vor deren Veröffentlichung unterstützen. Jedenfalls fühlte sich Fischer deutlich sicherer und gewann an Zuversicht.

Am späten Nachmittag verliess er sein Büro, ging in die Tiefgarage und fuhr mit seinem Maybach auf das Bruderholz zum Restaurant Hermitage. Er betrat das Restaurant, das noch ziemlich leer war. Er sah zwei Herren, die jeweils alleine an einem Tisch sassen. Auf gut Glück steuerte er auf einen zu. «Herr Iselin?»

«Ja. Bitte nehmen Sie Platz Herr Fischer.»

Sie gaben sich die Hand und bestellten beide ein Glas Mineralwasser.

«Nun, Herr Iselin, Ihr Verlag und Ihre Produkte interessieren mich. Was können Sie mir offerieren?»

«Herr Fischer, Sie sind doch sicher nicht wegen einer Werbereportage hier. Sie wollen mich doch aus einem ganz bestimmten Grund kennen lernen, oder?»

Seine Worte waren klar und unmissverständlich und warfen Fischer völlig aus dem Konzept.

«Äh, ja... ich...»

«Sie haben erfahren, dass wir Halbgeschwister sind. Habe ich Recht?»

Fischer war konsterniert.

«Äh, ja. So ist es tatsächlich. Ich habe bei den Akten meines Vaters etwas gefunden, das in diese Richtung hindeutete und nun wollte ich Sie kennen lernen. Aber Sie wissen es offenbar besser als ich.»

«Meine Eltern haben es mir erzählt. Auch wenn es in diesem Sinne Hörensagen ist, ist die Wahrscheinlichkeit wohl recht gross, dass Ihr Vater auch mein Vater ist.»

«Was genau haben denn Ihre Eltern erzählt?» Nach dieser Konfrontation mit den Tatsachen fühlte sich Fischer entkräftet.

«Als ich noch ein Kind war, erzählten mir meine Eltern, dass mein Vater keine Kinder hatte zeugen können und er deshalb nicht mein leiblicher Vater sei. Dank einer von beiden Elternteilen gewollten kurzfristigen Affäre – oder wie soll man es nennen, vielleicht ist Affäre das falsche Wort, aber es fällt mir nichts Besseres ein – ist dann meine Mutter schwanger geworden.»

«Und weshalb haben Ihnen Ihre Eltern dies so offen erzählt? Es muss für Sie nicht einfach gewesen sein, dass man Sie schon als Kind mit der Wahrheit konfrontiert hat.» Fischer erschrak selbst ein wenig über die Direktheit der Frage, aber Iselin schien das nicht zu stören.

«Nun, ich war etwa zehn Jahre alt und wir waren gerade in Italien in den Ferien, als ich am Strand bei meinem Vater ein Muttermal entdeckte. Ich fragte ihn, was das sei. Er erzählte mir, dass es ein Muttermal sei, ein Mal der Familie. Seit Jahrhunderten würde es in der männlichen Linie vererbt. Zu spät merkte er, dass er sich versprochen hatte, denn mir war natürlich sofort klar, dass ich dieses Mal nicht hatte. Von diesem Moment an stand das Thema im Raum und eines Tages sahen sie sich gezwungen, mir die Wahrheit zu sagen. Aufgrund des offenen Verhältnisses unter meinen Eltern und der Art und Weise, wie sie auch mit mir darüber sprachen, konnten wir gut damit leben.»

Fischer war schon ganz schwindlig von den neuen offenkundigen Tatsachen. «Wie stehen Sie denn heute dazu? Ich meine, es sah so aus als ob Sie meinen Anruf beinahe erwartet hätten.»

«Wie gesagt, in der Familie konnten wir gut damit leben. Mein Vater, der vor einigen Jahren gestorben ist, hat immer zu mir gesagt, eines Tages würde sich die Familie des leiblichen Vaters oder der leibliche Vater selbst sicher melden. Er hat mir geraten, dann offen auf sie zuzugehen, was ich nun versuche.

Und er war auch immer davon überzeugt, dass ich einst Erbe dieser Familie sein würde.»

Fischer stockte der Atem. Er hatte nicht erwartet, dass Iselin so offen die Erbschaft ansprechen würde und so entfuhr ihm: «Das mit der Erbschaft wird noch zu analysieren sein. Es ist ja noch nicht evident, dass Sie ein Erbrecht haben.»

«Ja, natürlich. Ich habe es auch nicht eilig. Im Moment spielt es auch noch keine Rolle. Sollte ich den Erbgang meines leiblichen Vaters erleben, werde ich einen Vaterschaftstest verlangen. Heute gilt nicht nur *mater semper certa est** sondern dank der Genanalyse auch *pater semper certus est**. Aber wenn ich den Erbgang nicht erleben sollte, spielt es auch keine Rolle.»

Denselben Gedanken hatte Fischer sofort auch. Und er war sich schon sicher, dass den Erbgang nur er selbst und gegebenenfalls seine Geschwister erleben würden, aber keinesfalls sein Gegenüber. Fischer kannte den lateinischen Grundsatz aus dem Römischen Recht, den Iselin angesprochen hatte und der besagte, dass die Mutter immer gewiss sei. Die Adaption der Aussage ins Hier und Jetzt mit der Aussage, dass auch der Vater immer gewiss sei, fand er originell und wider Willen wuchs der Respekt vor der Intelligenz seines Gegners.

«Haben Sie denn nicht das Gefühl, dass es aufgrund der effektiven Familienverhältnisse seltsam wäre, wenn Sie die Erbschaft antreten würden?»

«Was heisst denn schon effektive Familienverhältnisse. Effektiv ist Ihr Vater wohl auch meiner und effektiv wird mich natürlich am Ende das Geld auf meinem Konto interessieren. Und Ihre Familie hat ja bekanntermassen genug davon, da spielt ein Erbe mehr wohl kaum eine Rolle.»

Fischer schluckte leer, riss sich aber zusammen und fragte:

«Weshalb haben Sie sich denn nicht schon früher gemeldet?»

«Meine Eltern haben mich gebeten, ihren Entscheid über die Familienentwicklung zu respektieren, was ich auch getan habe. Sie haben mir gesagt, dass sie damals froh waren, als es Familienzuwachs gab. Die Frage, wie ich damit umgehen würde, wurde nie diskutiert. Ihr Kinderwunsch ging über alles und entsprechend war die Freude über den Nachwuchs gross. Viele Eltern in dieser Situation machen sich keine Gedanken, wie ihre Kinder später damit umgehen werden. Für ein Kind ist es eine grosse und eine sehr schwierige Frage, ob man die Eltern, die einen gross gezogen haben, als Eltern anerkennen kann oder ob es eine Rolle spielt, wer die leiblichen Eltern, die Erzeuger sind. Leider wird über dieses Thema viel zu wenig gesprochen, auch bei Adoptionen. Es geht immer nur darum, ob das Ehepaar kindertauglich ist und nie darum, ob die Kinder für fremde Eltern tauglich sind. Auch bei mir war das so. Und auch Ihr Vater, bzw. unser Vater hat sich diese Frage wohl nie gestellt. Meine Eltern wollten über diese Affäre nie näher sprechen. Als Kind muss man irgendwie damit umgehen. Erst wusste ich nichts davon und als 10-Jähriger habe ich es dann erfahren. Zuerst hat es mich zutiefst schockiert, dann habe ich versucht, es zu verdrängen und darüber hinwegzusehen. Am Ende habe ich den Wunsch meiner Eltern respektiert und ihren Entscheid akzeptiert. Das war nicht immer leicht, doch da ich sonst eine glückliche Kindheit und Jugend hatte, konnte ich damit einigermassen umgehen. Seit ich erwachsen bin, habe ich mich nicht mehr so sehr mit dieser Frage beschäftigt. Es ist so, wie es ist und es lässt sich nicht ändern. Als mir dann im Laufe der Zeit bewusst wurde, dass mein leiblicher Vater derart erfolgreich in der Wirtschaft ist, habe ich mir wieder vermehrt Gedanken gemacht. Mir war klar, dass es nichts gebracht hätte, wenn ich mich bei Ihrer Familie gemeldet hätte, ausser Ärger und nutzlose Provokation. Also habe ich mir gesagt, wenn dich dein leiblicher Vater überlebt, spielt alles keine Rolle. Vielleicht gäbe es theoretisch juristisch ein Erbrecht für meine Kinder, aber das wäre aufwendig abzuklären und ob Gentests zivilrechtlich erzwungen werden können, ist schon allein aufgrund der dürftigen Beweislage, dem Hörensagen, problematisch. DNA-Tests mit entwendetem Erbmaterial wie Hautpartikeln oder Fingernägeln werden ohne Begründung von den einschlägigen Wissenschaftszentren sowieso nicht mehr durchgeführt. Dann habe ich mir gesagt, wenn ich meinen leiblichen Vater überleben sollte, was aufgrund der Wahrscheinlichkeit des relativen und absoluten Durchschnittslebensalters möglich erscheint, werde ich mich als Erbe melden. Das Geld würde mir, nach einem Leben ohne leiblichen Vater, ein wenig Genugtuung verschaffen. Sie verstehen nun, weshalb ich mich nicht bei Ihnen gemeldet habe.»

Es entstand eine gedankenvolle Pause, in der keiner von beiden etwas sagte. Fischer musste das Gesprochene erst verdauen und Iselin wartete die Reaktion ab. Fischer war überwältigt von diesem konzisen Gedankengang und beeindruckt von den logischen und dennoch emotionalen Ausführungen. Für ihn war all das neu, für Iselin hingegen eine über Jahrzehnte verarbeitete Familiengeschichte.

«Ja, danke», sagte Fischer schliesslich und fügte etwas förmlich hinzu: «Ich denke, Sie haben meine Frage vollumfänglich beantwortet.»

«Möchten Sie immer noch eine Reportage bei uns buchen?», fragte Iselin lachend. Während für ihn alles gesagt schien, war Fischer offensichtlich mit dem gesamten Gesprächsverlauf überfordert und er stotterte: «Äh, ähm, nein. Ich glaube weniger.»

«Das wusste ich schon zu Beginn, oder nicht?»

Fischer fühlte sich geschlagen, als befände er sich in einem nur für ihn sichtbaren Wettkampf. Er war auf vieles vorbereitet gewesen, aber nicht auf das. Er würde sich noch einmal an

Baldermira wenden müssen. Noch ein einziges Mal, dann sollte diese Odyssee beendet sein. Nachdem sich die beiden Männer, die sich zwar fremd, aber doch Halbbrüder waren, verabschiedet hatten, verliess Fischer das Restaurant und wählte umgehend die Nummer von Baldermira.
«Guten Abend. Hier ist der Sammler von Büsten aus der römischen klassischen Periode. Sind Sie morgen im Laden?»
«Ja, wie immer.»
«Gut, dann bis morgen. Ich habe einen Suchauftrag für Sie. Gute Nacht.»
«Ok. Bis morgen, auf Wiedersehen.»
Fischer ging nach Hause und nahm den Johnnie Walker Blue Label aus der Bar und schenkte sich ein grosses Glas ein. Es ging diesmal mehr um die Menge, als um den Geschmack, sonst hätte er einen edleren Pure Malt Whisky vorgezogen. Den Abend verbrachte er mit Grübeln und Whisky trinken. Er machte sich Gedanken über die Schwierigkeiten mit dem Doppelmandat, über die bevorstehende konsultative Generalversammlung, über den schnellen Abgang von Karl-Maria Hoffmann, die blöden Fragen von Sebastian Pflug, seine Stiefgeschwister, die ihn nicht unterstützten, und über den weiteren Erben, der nun plötzlich aufgetaucht war. Ein Leben lang hatte er seinen Vater unterstützt und dabei stets auf eine mächtige Stellung und Funktion in der WBC gehofft. Nun schien alles ins Wanken zu geraten. Vieles, was bisher fest und stabil gewesen war, wurde plötzlich unsicher oder löste sich ganz in Luft auf. Vielleicht sollte er sich zusammen mit seiner Frau einfach zurückziehen und den sozialen und wirtschaftlichen Status aufgeben, der ihm bis jetzt so wichtig gewesen war. Mit solch konfusen, durch den Alkohol vernebelten Gedanken ging der Tag für ihn zu Ende.

16. Brasilia

Pierre Cointrin war schon früh in seinem Büro und stellte seine kleine Reisetasche neben dem Schreibtisch ab. Er sichtete seine Post, erteilte ein paar Aufträge an Albert Moser und erledigte einige Telefonate, bevor er sich zu einer kurzen Orientierungssitzung mit dem Forschungsteam begab. Die wichtigsten neuen Erkenntnisse wurden ausgetauscht und man beschloss, die Frage der Abweichung vorerst beiseite zu lassen und sich auf die Forschung zu konzentrieren. Also waren nur noch zwei Mitarbeiter mit der Aufgabe der Analyse der fragwürdigen Daten betreut. Der Rest der annähernd dreihundert hoch ausgebildeten Wissenschaftler trieb die Forschung bezüglich Intelligenzgen voran, denn eine weitere wissenschaftliche Arbeit stand kurz vor der Publikation. Abgesehen von dem einen problematischen und unerklärlichen Punkt, war Professor Bonewinkel sehr zufrieden. Die Publikation würde wieder unter seinem Namen veröffentlicht werden und ihn in der Welt der Wissenschaft weiter bekannt machen. Albert Moser unterbrach die angeregte Diskussion.

«Für die Herren Cointrin und Bonewinkel steht der Shuttle zum Flughafen bereit.»

Cointrin und Bonewinkel verabschiedeten sich und machten sich auf den Weg zur General Aviation. Ziel war der internationale Genkongress in Brasilia. Nach der schnell abgewickelten Grenzkontrolle bestiegen sie den Firmenjet. Die beiden Piloten begrüssten freundlich ihre Passagiere. Der Learjet 40 XR bot in Businessbestuhlung sehr bequem Platz für sechs Personen, sodass sie zu zweit mehr als genügend Platz hatten. Kurz nach Mittag startete das Flugzeug und trotz der effektiven Flugzeit von rund neun Stunden waren sie aufgrund der Zeitverschiebung bereits am späteren Nachmittag in Brasilia. Die Hauptstadt Brasiliens empfing sie mit tropischer Wärme, die allerdings etwas gemildert wurde durch die Höhenlage der Stadt. Juscelino Kubitschek de Oliveira war Gründer dieser jungen Hauptstadt, die aus dem Nichts heraus entstanden war. Am Flughafen wurden sie abgeholt und ins Hotel Marriott gefahren, wo sie noch eine leichte Speise zu sich nahmen, bevor sie sich zur Nachtruhe zurückzogen. Es war ein langer Tag gewesen für beide und sie wollten ausgeruht sein am nächsten Tag für den Kongress.

Der Morgen begann mit den üblichen Problemen des Jetlags, dem viel zu frühen Aufwachen. Der Kongress fand in einem der grossen Verwaltungsgebäude der brasilianischen Bundesverwaltung statt, die flügelartig um eine grosse Achse angelegt waren. Bonewinkel und Cointrin hatten prominente Plätze in der vordersten Reihe. Verschiedene Autoren und Koryphäen der Wissenschaft präsentierten spannende Referate zum Thema Gentechnologie. Nach dem Mittagessen bestieg Cointrin das Podium und nutzte die Gelegenheit, ein paar kurze, einleitende Ausführungen zum Basler Projekt zu machen und Professor Bonewinkel vorzustellen.

«Sehr geehrte Damen und Herren, es ist mir eine ausserordentlich grosse Ehre, hier an diesem Ort einleitend referieren zu dürfen. Unsere Firma ist, wie Sie sicher schon wissen, auf der Suche nach dem Intelligenzgen. Wir hoffen, damit einen wertvollen Beitrag zur Entwicklung der Menschheit zu leisten. Ich freue mich, nun das Wort an unseren wissenschaftlichen Leiter, Herrn Professor Bonewinkel übergeben zu dürfen.»

Bonewinkel bestieg das Podium.

«Meine geschätzten Kolleginnen und Kollegen. Sovitalis ist eines der weltweit führenden Gesundheits-Unternehmen. Das Problem unserer Firma ist, dass die innovative Einführung von Medikamenten für die Human-Therapie sehr aufwändig ist und sich laufend verändert. Die Phase der Forschung für ein neues Medikament ist äusserst kostenintensiv. Haben wir einen Wirkstoff, der erfolgsversprechend ist, müssen wir ihn früh patentieren. Erst einige Jahre später wird er als Medikament zugelassen und bereits nach ein paar Jahren können ihn Generika und Parallelimporte konkurrenzieren. Die Lebenserwartung der Menschen ist heute dreissig Jahre höher als vor hundert Jahren. In vielen Krankheitsbereichen haben wir eine grosse Reduktion der Sterblichkeit, wie bei Aids, Krebs oder Herz-Kreislauferkrankungen. Bei weit verbreiteten Erkrankungen wie Asthma, Diabetes, Arthritis, etc. konnten wir die Lebensqualität der Patienten wesentlich verbessern. Andere Herausforderungen bestehen immer noch, wie Alzheimer, MS, oder seltene, noch nicht so gut erforschte Krankheiten. Eine weitere grosse Herausforderung in naher Zukunft wird die zunehmende Inakzeptanz in der westlichen Welt gegenüber vorbeugenden Massnahmen sein, wie Impfungen und dergleichen. Unser grösstes Projekt im Moment ist aber die Suche nach dem Intelligenzgen. Sollten wir hier erfolgreich sein, werden wir in Zukunft die Intelligenz der Menschheit nachhaltig verändern können. Eine intelligentere Menschheit führt zu einer besseren Menschheit. Zu höherem Lebensstandard, zu mehr Kultur, mehr Wissen, mehr Respekt, und zu weniger Kriminalität. Wir werden damit einen grossen Schritt in Richtung einer idealen Menschheit gehen. Wir können damit auf eine friedvollere Welt und einen Ausgleich der ersten und dritten Welt hoffen. An dieser Stelle sei aber auch auf die Gefahren der Genanalyse hingewiesen. Die erste vollständige Genanalyse des menschlichen Genoms hat mehrere Milliarden Dollar gekostet. In absehbarer Zeit werden Analysen zu rund 1000 Dollar pro Person durchgeführt werden können. Damit könnte, nur als Beispiel, für den Abschluss einer Lebensversicherung eine Genanalyse verlangt werden. Im Endergebnis könnte dies zur Diskriminierung aufgrund von Gendaten führen. Hier liegen die Gefahren einer solchen Forschung. Wir plädieren deshalb und stehen mit unserem Namen für die Verwendung dieser Forschung für eine bessere und gesündere Menschheit.»

Grosser Applaus unterbrach die bedeutungsvoll vorgetragenen Worte von Professor Bonewinkel. Überrascht blickte Cointrin ihn an. So viele kraftvolle Worte hatte er ihm nicht zugetraut. Er hatte ihn bislang mehr als trockenen Wissenschaftler, denn als glühenden Redner eingeschätzt und er ertappte sich dabei, ein wenig neidisch zu sein auf dieses Talent.

«Die Analysen haben begonnen», fuhr Professor Bonewinkel fort und es folgte eine Flut an Daten, Fakten und Beurteilungen über das Projekt. Gegen Ende seines Referats sprach er auch über die Probleme mit den sich überschneidenden Dateninformationen. Sogleich entbrannte eine angeregte Diskussion über die Ursache dieser Unstimmigkeit. Professor Raoul Estafada aus Rio de Janeiro meldete sich zu Wort.

«Geschätzte Kollegen, lieber Herr Kollege Bonewinkel. Wir haben die beiden Publikationen im Science mit Interesse gelesen und wir wünschen, ich erlaube mir, auch für meine Kollegen zu sprechen, viel Erfolg für Ihr Projekt. Für diese unerklärlichen Daten möchte ich Ihnen eine Anregung mit auf den Weg geben: Wir haben in Rio vor drei Jahren eine grössere Genanalyse durchgeführt, um die Anfälligkeit für die Schlafkrankheit zu untersuchen, welche durch die Tsetsefliege übertragen wird. Wir haben uns dabei auf eine grössere Datenbasis gestützt, die wir aus den Einwohnern der Favelas* generiert hatten. Dabei sind wir auf ähnliche Probleme gestossen. Das Datenmaterial hatte teilweise eine einheitliche Genbasis. Wir haben vieles in Erwägung gezogen: Kontamination, Analysefehler, etc. Schlussendlich sind wir noch einmal alle Daten durchgegangen, haben alles noch einmal untersucht und sind wieder auf die gleichen Ergebnisse gekommen. Wir haben dann das Gespräch mit den Einwohnern der Favelas* gesucht. Dabei ist herausgekommen, dass es jahrelang einen sogenannten ‚König' der Favelas* gab. Dieser praktizierte so etwas wie das *ius primae noctis**, das Recht auf die erste Nacht mit heiratswilligen jungen Frauen. So ist eine grosse Anzahl von Nachkommen dieses ‚Königs' entstanden, die alle ähnliches Genmaterial aufweisen. Ich gehe davon aus, dass so etwas in Ihrer schweizerischen Stadt nicht praktiziert wird, aber es sei hier als wissenschaftliche Anregung deponiert. Im Anschluss an diese Erkenntnis haben wir das wissenschaftliche Material nochmals analysiert. Vieles wurde damit plausibler.»

Cointrin und Professor Bonewinkel blickten sich an. Ihnen war klar, dass sie diesem Aspekt nachgehen mussten, auch wenn es ihnen nicht sehr wahrscheinlich erschien, dass eine hohe Anzahl von Verwandtschaften die Lösung für die statistische Kulmination von nicht erklärbaren Werten darstellte. Theoretisch war es natürlich möglich, aber praktisch waren solche «Könige» in Basel kaum vorstellbar. Der Kongress in Brasilia hatte sich jedenfalls schon allein für diese Anregung gelohnt.

* * * * *

Pflug, Palmer und Bär sassen im Büro und diskutierten einmal mehr den Mord an Karl-Maria Hoffmann.

«Schlechte Neuigkeiten», sagte Palmer. «Wir haben keine Abhörbewilligung erhalten. Die vorgelegten Tatsachen bieten zu wenig Anhaltspunkte für einen Verdacht auf eine mögliche strafbare Handlung, aufgrund derer sich eine Abhörung rechtlich billigen liesse.»

«Ich habe es befürchtet, Mist. Mistum est.»

Palmer schaute Pflug an, der mal wieder seine Liebe zum Latein erkennen liess. Bär schüttelte nur den Kopf.

«Der Untersuchungsrichter meinte, es sei für den laufenden Fall gar nicht so schlecht. Wenn etwas dran wäre, würden sich solche Personen sehr vorsichtig verhalten. So oder so sei ihm schon aufgefallen, dass die Telefonate bei Wirtschaftsmagnaten immer rein geschäftlich seien. Sie seien kriminalistisch praktisch immer wertlos. Ansonsten würde in Metaphern gesprochen, die nur schwer zu entschlüsseln seien. Womit er Recht haben dürfte. Ausserdem muss nach einer gewissen Zeit der Betroffene informiert werden über die Abhörung und damit ist er natürlich gewarnt.»

«Diese Begründung müssen wir wohl akzeptieren. Hat er sonst noch was gesagt?»

«Physische Überwachung.»

Bär, der bis jetzt nur zugehört hatte, meldete sich zu Wort: «Eine alte, bewährte Methode. Man vergisst sie manchmal fast vor lauter modernen Möglichkeiten. Sie ist allerdings sehr personalintensiv. Aber im Moment haben wir ja entsprechende Kapazitäten.»

«Und wir brauchen keine untersuchungsrichterliche Bewilligung für die Observation.»

«Haben wir denn Personal?», fragte Palmer.

«Im Fall Dietmar Hesselring wurde einer Bundesgerichtsbeschwerde die aufschiebende Wirkung erteilt. Wir können dort im Moment nicht in allen Bereichen weiter arbeiten. Wir könnten dort ein paar Leute abziehen. Ein bisschen frische Luft würde dem einen oder anderen sicher gut tun. Und ich glaube, einige davon würden es auch gerne machen. Es macht mehr Spass zu observieren, als in 250 Laufmeter Akten zu wühlen.»

Bär freute sich auf diese Aufgabe mit seinem Team.

«Sehr gut, Fredi, das machen wir so. Stell ein Team zusammen und starte sobald als möglich, am liebsten heute noch. Observation rund um die Uhr und bitte tägliche Berichterstattung an uns.»

«So habe ich es mir auch vorgestellt. Gibst du mir bitte kurz das Telefon?» Bär wählte eine interne Nummer. «José, du kannst loslegen. Ja... mmh. Genau... Danke.»

Pflug, Palmer und Bär schauten sich an und begannen zu schmunzeln. Ein kleiner Lichtschimmer zeigte sich ihnen. Sie waren ermutigt durch die wieder aufkeimende Tatenkraft. Nun griff auch Pflug zum Telefon und wählte eine interne Nummer.

«Ja, Sebastian hier. Hast du Zeit? Ja... ok, dann komm doch kurz in mein Büro.»

Bär und Palmer schauten ihn fragend an.

«Joselina Bossanova-Pesenti», sagte dieser erklärend.

«Ah, eine gute Idee!» Palmers Augen leuchteten.

Es klopfte und Bossanova-Pesenti trat ein. Sie war eine auffällige Erscheinung, schon allein aufgrund ihrer stattlichen, überdurchschnittlichen Grösse als Frau. Dazu kam, dass sie stets Schuhe mit hohen Absätzen trug, was sie noch eindrucksvoller erscheinen liess. Sie hatte einen wohlproportionierten Körper, der sie für etliche Vertreter des männlichen Geschlechts sehr begehrenswert machte. Aber Bossanova-Pesenti war in erster Linie aufgrund ihrer Eigenschaften und guten fachlichen Fähigkeiten eine beliebte Mitarbeiterin der Staatsanwaltschaft. Sie hatte eine angenehme Art, trat ein für kollegiale Zusammenarbeit und war deshalb von allen geschätzt. Die studierte Soziologin war Mitte dreissig und besass aus der Sicht der männlichen ledigen Belegschaft nur einen Nachteil: sie war bereits verheiratet. Bossanova-Pesenti war in Basel aufgewachsen als Tochter italienischer Eltern der ersten Einwanderergeneration. Vor einigen Jahren hatte sie einen Brasilianer geheiratet, von dem man munkelte, er sei ein Sans-Papier* gewesen. Nun war er Hausmann und betreute die beiden Kinder, während sie mit ihrem Verdienst für den Unterhalt der Familie sorgte.

«Hallo zusammen», begrüsste sie unbekümmert ihre Kollegen. «Um was geht's denn?»

Palmer fasste in wenigen Worten die Fakten um den Todesfall Karl-Maria Hoffmann zusammen.

«Und nun», fügte Pflug an, «benötigen wir ein Gutachten über Marc Fischer, welches Auskunft über den Menschen Fischer gibt.»

«Der Marc Fischer von der WBC?», fragte sie erstaunt.

«Ja genau der.»

«Haben wir irgendwelche Ermächtigungen? Können wir den Briefverkehr überwachen oder die Telefonate abhören?»

«Nein, leider hat uns der Untersuchungsrichter nichts bewilligt. Deshalb wollen wir dich gerne mit einbeziehen. Wir observieren ihn, dafür brauchen wir keine Bewilligung. Für dein Gutachten brauchen wir dies auch nicht, aber ich denke, das dürfte dir ja bekannt sein.»

«Was wollt ihr denn wissen?»

«Wie ist seine Persönlichkeit? Ist er fähig, jemandem zu schaden? Wie ist sein Verhältnis zu Geld? Einfach soviel wie möglich.»

«Ist er denn verdächtig?»

«Er hat drei Tage vor dem Mord das Opfer besucht aus einem nicht plausiblen Anlass. Er kannte die Person nicht, sie hatten davor nie Kontakt gehabt. Er hat auch die Schwester des Opfers besucht und ausgefragt und kurze Zeit danach wurde Hoffmann vergiftet in einem Zug aufgefunden. Das erscheint uns merkwürdig. Das Gift stammt von einem im Amazonasgebiet lebenden Amphibium, einem Frosch. Vor ein paar Jahren wurde in Rom jemand mit dem gleichen Gift umgebracht. Die Akten aus Rom haben wir erhalten und wir sind an der Analyse, Etienne kümmert sich im Moment darum. Leider haben wir bisher nichts Verwertbares gefunden. Fischer hat mit Sicherheit ein Alibi, aber wir konnten ihn aufgrund seines Status als *persona grata** auch nicht direkt nach einem Alibi fragen, das hätte uns den Job gekostet. Wir haben schon Mühe, beim Richter Ermächtigungen zu bekommen. Wir dürfen auch nicht zu penetrant sein, sonst bekommen wir es mit dem perfekt funktionierenden Rechtsapparat der WBC zu tun. Medial aufzutreten mit Hausdurchsuchung und solchen Aktionen würde uns am Ende auch nichts nützen: Wir hätten ein paar Tage die Medien hinter uns, aber wenn wir dann nichts Greifbares präsentieren könnten, würden sie uns statt ihn zerfleischen. Meine vorzeitige Pensionierung wäre dann wohl die Folge, aber darauf habe ich noch keine Lust. Also ja, er ist verdächtig.»

«Aha, das klingt ja schon einmal hervorragend, bravo. Soviel ich weiss, hat die WBC bald eine konsultative GV. Das wäre eine gute Gelegenheit, ein paar Mitglieder der Aktionäre als Journalistin anzufragen. So erfährt man immer Fakten und Hintergründe. Kommt dazu, dass in der WBC immer viel gemunkelt wird. So viel ich weiss, sind nicht alle mit Fischer einverstanden. Vielleicht komme ich auf diese Weise zu interessanten Informationen, mal schauen. Ich werde mich umhören.»

«Das klingt gut, Joselina. Hast du noch so eine gute Idee?»

«Habt ihr schon den zentralen Wirtschaftsdienst ZWD kontaktiert?»

«Nein.»

«Dann macht das. Der ZWD trägt alle wirtschaftlich relevanten Informationen zusammen. Das wäre sicher bei einer Person wie ihm nützlich.»

«Gute Idee», sagte Pflug, «ich kümmere mich darum. Vielleicht können wir so mehr über ihn erfahren. Wie wollen wir uns in der Öffentlichkeit positionieren?»

«Lassen wir es auf uns zu kommen», meinte Bär. «Wir können es ohnehin nicht ändern, dass die Presse von gewissen Aktivitäten Wind bekommt. Es gibt zwei Möglichkeiten: Entweder sind wir auf dem richtigen Weg und erlangen den Status des *Habeas Corpus**, oder wir gehen unter, werden entlassen oder zumindest erheblich zurückgebunden.»

Sie schauten sich gegenseitig an. Der Verdächtige, auf den sie sich konzentrieren wollten, liess ein normales Vorgehen nicht zu.

«Haben wir denn andere Optionen?», fragte Pflug, aber es kam keine Antwort. Alle schauten sich an, nickten sich zu und verliessen dann nach und nach den Raum. Pflug war gerührt. Er nahm die grosse Loyalität seiner Mitarbeiter wahr. Gleichzeitig spürte er aber auch die Verantwortung. Würde etwas schief laufen, hätte es in diesem Fall sicher grosse Konsequenzen auf die Karriere seiner Mitarbeiter und damit auch auf deren Lebensläufe.

Er verbot sich, zuviel darüber nachzudenken und gab sich einen Ruck. Es kommt so, wie es kommen muss. Determinismus war in solchen Fällen stets seine Devise gewesen und er war bis heute gut damit gefahren. Das Leben gleicht einem Fluss und sein Weg zum Meer ist vorgegeben.

17. DDR

An einem kalten Wintermorgen im März 1977 erhielt Theodor Fischer ein Telex*, in den stand:

Sehr geehrter Herr Fischer, ich würde Ihnen gerne eine Offerte unterbreiten und möchte Sie deshalb bitten, mich zu besuchen. Ich wohne zurzeit in Ostberlin, das Vorgehen sieht deshalb folgendermassen aus: Sobald Sie in Westberlin angekommen sind, beantragen Sie ein Visum für Ostberlin. Im Hotel Adlon wollen Sie sich bitte einquartieren. Ich werde Sie dort treffen oder kontaktieren. Mit freundlichen Grüssen, Samuel Ohlstein, Ostberlin, 05.03.1977.

Darunter der Stempel der Ohlsteinschen Industrie- & Maschinenwerke, Königstein an der Elbe. Fischer hatte seit seinem Besuch im Jahre 1946 in Hamburg nichts mehr von Samuel Ohlstein gehört. Sie hatten sich vollkommen aus den Augen verloren und nun wünschte Ohlstein ihn zu sprechen. Das Telex* stammte aus Ostberlin und der Text war zwar kurz, aber dennoch klar. Weshalb Ostberlin?

Das letzte Mal, als sie sich kurz nach dem Krieg in Hamburg getroffen hatten, war Ohlstein mitten am Wiederaufbau seiner Werft gewesen. Nun schrieb er aus Ostberlin und bat um einen Besuch. Theodor Fischer war sofort klar, dass er hingehen musste – das war er ihm schuldig. Ohlstein besass ein grosses Aktien-Paket, das sich im treuhänderischen Besitz von Fischer befand und ein guter Teil des Anfangskapitals der Bank stammte von Ohlstein. Fischer war in der ganzen Welt aktiv, nur nicht in Ostdeutschland. Seit dem Mauerbau 1961 hatte ihn nichts mehr dorthin geführt, es lag dort kein Kapital, das für die Bank attraktiv gewesen wäre. Diskrete Geschäfte schlossen die Parteibonzen der DDR mit russischen, libyschen und türkischen Banken ab, nicht aber mit Schweizer Bankinstituten. Deshalb erstaunte es Fischer, dass Ohlstein ihm eine Offerte unterbreiten wollte. Es sei denn, es handelte sich um einen verschlüsselten Text, dessen Bedeutung er noch nicht erkannt hatte. Ein Blick auf eine Karte der DDR zeigte ihm, dass Königstein an der Elbe unweit von Dresden, nahe der Grenze zur Tschechoslowakei lag.

Seit dem Mauerbau war es schwierig, nach Berlin zu reisen. Mit dem Auto war es nicht nur eine lange Fahrt, sondern es bedurfte für die Autobahn durch die DDR auch einer Durchfahrtsbewilligung. Seit Willy Brandt erhebliche Zahlungen nach Ostdeutschland genehmigt hatte, war es für Westdeutsche einfacher geworden, aber für alle übrigen Westeuropäer war es immer noch sehr aufwändig. Seit dem Viermächteabkommen* von der UDSSR, Frankreichs, Englands und der USA, war es nur noch möglich, mit den Fluggesellschaften dieser Länder nach Berlin zu fliegen. Mit Lufthansa zu fliegen war also nicht möglich. Fischer buchte einen Hin- und Rückflug mit PANAM ab Zürich und rechnete mit einer Woche Aufenthalt in Berlin. Beim Einchecken in Zürich musste er eine ganze Reihe an Fragen über sich ergehen lassen, die er nicht gewohnt war. Bevor er sein Gepäck aufgeben konnte, musste er es dem Sicherheitsbeamten zeigen.

«Wissen Sie», sagte der Beamte «für Berlin herrschen besondere Umstände. Wir müssen alles genau prüfen. Ostberlin unterliegt den Viermächtegarantien*. Wir können uns keine Zwischenfälle leisten.»

Nach dem Einchecken und der Passkontrolle musste er zu einem separaten Gate. Der Raum war abgeschirmt von den anderen Bereichen und fast leer. Es gab dort zwar Sitzgelegenheiten, einen Zeitungsständer, einen Wasserspender und Toiletten, aber kein Restaurant und auch keinen Shop. Nach einer letzten Kontrolle bestieg er endlich die PANAM-Maschine. Während des Flugs nach Berlin sah er deutlich die wenig bevölkerten Teile Ostdeutschlands und beim Landeanflug konnte er die Mauer und auf der anderen Seite den gut ausgebauten Westen Berlins erkennen. Sie landeten auf dem Flughafen Berlin-Tempelhof und er musste erneut durch eine Zollkontrolle. Obwohl alle deutsch sprachen, befand er sich nicht in Deutschland. Was für eine seltsame Situation, dachte Fischer. Die erste Nacht hatte er im Hilton gebucht. Er deponierte dort sein Gepäck und ging danach zur Botschaft der DDR. Als Schweizer war es etwas leichter, ein Visum zu erhalten, dennoch musste er eine grosse Anzahl von Fragen beantworten. Letztlich erhielt er ein Visum für eine Woche für 500 Dollar. Kanzleigebühren, wie man ihm mitteilte. Anschliessend musste er noch 100 Mark pro Tag Ostmark wechseln, der so genannte Pflichtwechsel, wie es in der DDR-Amtssprache hiess. Wenn man Westmark in Ostmark wechselte, hatten man beim Pflichtwechsel einen Kurs von 1:1, während man in den Wechselstuben für eine Westmark rund 15 Ostmark erhielt.

Fischer machte sich auf den Weg zum Brandenburger Tor, das in der Nähe der Botschaft lag und blieb erschüttert vor der Mauer stehen, welche Ost- und Westdeutschland trennte. Was um Himmels willen suchte Ohlstein dort drüben im Osten? Das Brandenburger Tor, ursprünglich städtebaulich ein verbindendes Element von zwei Stadtteilen, war nun Merkmal der Grenze. Einer Grenze nicht zweier Länder, sondern eines Landes mit zwei Staatssystemen, die nach dem Zweiten Weltkrieg bis zur Wende und Auflösung der UdSSR und der DDR ihre dominante Bedeutung hatten. In Gedanken versunken schlenderte er noch ein wenig der Mauer entlang bis zum Check Point Charlie. Hier konnten die Armeeangehörigen der Vier Mächte frei passieren.

Nicht aber Zivilpersonen. Ein grosses Schild informierte am Eingang zum Zollbereich den Passanten: «You are leaving the American Sector», mit deutscher, französischer und russischer Übersetzung darunter. Verrückt, dachte er, und noch verrückter ist, dass ich morgen drüben sein werde. Ein paar Schritte weiter stand ein Aufbau, auf den die Besucher über eine Treppe steigen konnten und von dem aus man auf der Höhe von etwa drei Metern über die Mauer blicken konnte. Hinter der Mauer befand sich ein Streifen von etwa 100 Metern, nur einfache Wiese und Stacheldraht. Jedem war klar, dass eine Flucht unter diesen Umständen kaum möglich war. Erst hinter dem Grünstreifen begann der bewohnte Teil von Ostberlin.

Am nächsten Tag ging er erneut zum Brandenburger Tor und passierte hier beim offiziellen Übergang die Grenze. Er ging zum Ausgangsbereich. Ein amerikanischer Soldat informierte ihn förmlich, dass er nun den westlichen Teil Berlins verlasse.

«Ja, ich weiss.»

«Bitte Ihren Pass und Ihr Visum.»

Er gab ihm beides. Nach eingehender Prüfung setzte er mehrere Stempel in den Pass und sagte trocken: «Viel Glück.»

«Danke, Ihnen auch.»

Fischer durchlief eine mit Stacheldraht umgarnte Passerelle und gelangte nach etwa fünfzig Metern zur ostdeutschen Kontrolle.

«Pass und Visum bitte.»

Der Volkspolizist, im Volksmund auch VoPo genannt, sprach in energischem Tonfall. Nachdem er beides erhalten hatte, bat er Fischer, sich einen Moment zu gedulden. Nach ein paar Minuten kam der Grenzbeamte zurück.

«Herr Fischer?»

«Ja.»

«Was ist der Grund Ihres Besuches? Sind Sie geschäftlich oder privat hier?»

Fischer überlegte kurz. Die Frage hatte er schon beim Visumgesuch beantworten müssen. Auch jetzt sagte er wieder: «Geschäftlich.»

«Welche Geschäfte verfolgen Sie?»

«Versorgung der Wirtschaft der DRR mit Grundelementen zur Befriedigung der Bedürfnisse des Volkes im Rahmen des Ostdeutsch-Schweizerischen Handels.» Diesen Satz hatte er so ähnlich in einer Broschüre der Deutsch-Deutschen Handelskammer gelesen. Das hatte ihn beeindruckt und er hatte sich vorgenommen, die Aussage auswendig zu lernen. Das erwähnte Grundelement war Geld, aber er war sich sicher, dass dies fern vom Gedankengut seines Gegenübers war.

Der VoPo schaute ihn nochmals an und presste dann den Stempel auf Visum und Pass und übergab ihm die Reisedokumente. Die Antwort des Reisenden hatte ihm offensichtlich genügt.

«Danke.»

Wortlos liess ihn der Grenzbeamte passieren, worüber Fischer dankbar war. Nach dem Übergang erreichte er in wenigen Schritten das Hotel Adlon, das Prunkhotel der DDR für Parteifunktionäre und reiche Besucher aus dem Westen. An der Rezeption wurde er nicht besonders freundlich begrüsst.

«Guten Tag. Haben Sie eine Reservierung?»

«Nein. Ich wollte fragen, ob Sie ein Zimmer für mich hätten?»

«Tut mir leid, wir sind ausgebucht. Im Moment findet ein internationales Treffen der Comecon-Staaten* statt, es ist alles belegt.»

«Wirklich alles belegt?» Fischer legte seinen Pass auf den Tisch.

«Ja, alles voll.» Der Concierge wollte den Pass zurückgeben.

«Bitte schauen sie im Pass nach, vielleicht habe ich doch eine Reservierung.»

Der Concierge blätterte im Pass und fand darin einen 100-Ostmark-Schein. Er entschuldigte sich, zog sich in das Büro zurück und kam nach etwa zehn Minuten zurück und verkündete freundlich: «Herr Fischer, wir haben Ihre Buchung für die Präsidentensuite gefunden. Für vier Tage.» Er beugte sich zu ihm und flüsterte: «Das ist das einzige, was ich für Sie habe.»

«Wunderbar. Das ist genau das, was ich reserviert habe.»

Fischer liess sein Gepäck in die Suite bringen, machte sich frisch und begab sich später in die Lobby, wo er sich an einen Tisch setzte.

«Sie wünschen?»

«Einen trockenen Weisswein, bitte.»

Der Kellner servierte ihm das Getränk und fragte, ob er sonst noch etwas benötige. Fischer gab ihm ein Trinkgeld, worauf sich der Kellner freundlichst zurückzog.

Es verging eine gute Stunde. Fischer las einige Geschäftsakten in Ruhe durch, die er mitgenommen hatte. Dann wurde er von einer äusserst attraktiven Dame angesprochen.

«Herr Fischer?»

Sie war gross und schlank, hatte schöne blonde Haare und geheimnisvolle dunkle Augen.

«Ja, das bin ich.»

«Würden Sie mich heute Abend begleiten in die Staatsoper?» Sie reichte ihm eine Karte. «Lulu, von Alban Berg», las er auf der Opernkarte. Also Zwölfton-Musik, dachte Fischer und sagte: «Aber gerne.»

«Ich bin um 19 Uhr hier. Bis dann.»

Damit war die Dame bereits wieder verschwunden. Aufgrund ihres Akzents schätzte Fischer sie als eine ostdeutsche

Staatsangehörige ein. Fischer bestellte sich nochmals einen trockenen Mosel-Wein. Ohlstein hatte nichts mehr von sich verlauten lassen und nun dies. Er konnte sich beim besten Willen keinen Reim machen. Er beschloss, sich noch ein wenig auszuruhen und zog sich auf sein Zimmer zurück. Gegen Abend ging er erneut in die Lobby. Er war pünktlich und es dauerte auch nicht lange bis dieselbe Dame auf ihn zukam. Gemeinsam verliessen sie das Hotel, sie nahmen eines der wenigen Taxis, die in Betrieb waren und schon fast als Rarität galten. Kurze Zeit später trafen sie bereits bei der Staatsoper ein. Sie stiegen aus dem Taxi und Fischer bezahlte. Im Foyer des klassizistischen Gebäudes tummelte sich die Prominenz, und Fischer spürte die Atmosphäre des allgegenwärtigen Staates. Parteibonzen, Militärattachés und all die Personen, die im Staat Rang und Namen hatten, präsentierten hier die Macht des kommunistischen Apparates.

Die schöne Dame geleitete ihn zur Bar und bestellte zwei Gläser Sekt.

«Auf einen schönen Abend», sagte sie und zündete sich eine Zigarette an.

«Auf einen schönen Abend mit Ihnen», erwiderte Fischer. Ihr angeregtes Gespräch bewegte sich um Kunst, Kultur und Literatur. Fischer versuchte, einigermassen mitzuhalten, doch seine Begleiterin, die sich nach dem zweiten Glas Sekt als Ariane Berger vorgestellt hatte, war ihm in diesen Themenkreisen weit überlegen. Das dreimalige Läuten als Aufforderung, die Sitzplätze aufzusuchen, erschien ihm deshalb als eine Befreiung aus dem Bewusstsein der Unterlegenheit. Frau Berger ging weggewandt in die zweite Etage und geleite ihn zielstrebig zu den Sitzplätzen. Sie hatten eine Loge für vier Personen, zwei Plätze waren noch frei. Es dauerte nicht lange, und ein weiteres

Paar nahm in der Loge Platz. Fischer war unmittelbar klar, dass Ohlstein neben ihm Platz genommen hatte.

«Wir sind in Zeitnot», begann Ohlstein, «deshalb komme ich sofort zur Sache. Ich bin wenige Jahre nach dem Krieg in Ostberlin gelandet, da ich ein sehr attraktives Angebot erhalten habe zum Aufbau der ostdeutschen Schwer- und Maschinenindustrie. Ich habe meine Werft in Hamburg verkauft und bin in Schlesien und Ostberlin eingestiegen und wir haben gut aufgebaut. Zu gut. Meine Fabriken sind erfolgreicher als die staatlichen Betriebe. Zuerst wurde dies positiv aufgenommen und man hat viele Personen in meinen Betrieben ausbilden lassen. Doch je länger der Boom anhält, desto mehr missgönnt der ganze Politapparat mir meinen Erfolg. Ich gehe davon aus, dass ich abgehört werde. Das Verhältnis hat sich rasch markant abgekühlt. Letzte Woche hat man mir den Pass abgenommen, zwecks Überprüfung der Personalien. Ich habe deshalb beschlossen, mich von hier absetzen und mich in der Schweiz zur Ruhe zu setzen. In drei Wochen ist die Europäische Industriemesse in Frankfurt am Main, wo ich hingehen werde. Ich bitte Sie, zuhanden der DDR einen Besuchsantrag zu stellen, am besten beim Ministerialrat für Industrie. Das kann auch die Bank machen, an der ich ja über unser Treuhandverhältnis beteiligt bin. Ich zähle auf Sie.»

«Gewiss...» Fischer wollte noch etwas sagen, doch Ohlstein blickte ihn streng an und wandte sich ab.

Die Oper war eine moderne Inszenierung und die Zwölfton-Musik, wie Fischer erwartet hatte, gewöhnungsbedürftig. Weder in der Pause zwischen dem ersten und dem zweiten Akt, noch in der Unterbrechung vom zweiten zum dritten Akt gab es noch Austausch zwischen Ohlstein und ihm. Seine Begleiterin führte ihn gewandt durch die Räume und die Gesellschaft. In der ersten Pause lernte er den Ersten russischen Militärattaché kennen, in der zweiten den Ministerialrat für Kultur der DDR.

In oberflächlichen, von Phrasen geprägten Gesprächen passte sich Fischer behände den Gegebenheiten des kommunistischen Regimes an. Er kannte dieses Spiel gut aus seinen Besuchen Moskau. Nach der Oper tranken sie alle zusammen am bereits reservierten Tisch im Adlon ein Glas Krimsekt, dazu gab es Kaviar und Toast. Er unterhielt sich mit seiner Begleiterin über die Zwölfton-Musik von Alban Berg, die Aussage über die Dekadenz der Bourgeoisie im Stück und das fatale Finale der Oper. Das Stück war für den ostdeutschen Ministerialrat Beweis der Überlegenheit des ostdeutschen Gedankengutes. Eine Brücke zu Ohlstein zu bauen war für Fischer während des ganzen Abends unmöglich. Die Begleitung verhinderte jeglichen privaten Kontakt mit Ohlstein. Anfangs hoffte Fischer noch auf eine Gelegenheit, doch im Verlaufe des Abends resignierte er. Später fragte sich Fischer, ob sich wenigstens aus seiner Damenbekanntschaft noch etwas ergeben würde, doch kaum waren diese Gedanken im Raum, verabschiedete sich Ariane Berger von ihrem Begleiter. Sie bedankte sich für den schönen Abend und wünschte ihm alles Gute. Fischer tat, etwas enttäuscht, das gleiche.

Er verweilte noch einen Tag in Ostberlin, aber nachdem sich niemand mehr meldete, brach er seinen Aufenthalt ab, bezahlte das Hotel und machte sich auf den Weg zum Grenzübergang. Dort wurde er begrüsst vom Grenzbeamten und dann in einen Raum begleitet. Ein weiterer Sicherheitsoffizier war anwesend.

«Sie verlassen Ostberlin?»

«Ja.» Er wollte noch etwas anfügen, unterliess es dann aber.

«Ihr Visum wurde für eine Woche gewährt. Was haben Sie in Ostberlin erledigt und warum gehen Sie bereits vor Ablauf der Visumzeit?»

«Ich habe meine Geschäfte bereits früher als geplant abschliessen können. Die ostdeutschen Staatsbetriebe sind sehr effizient. Ich habe mehr Zeit als notwendig eingeplant.»

Der Grenzbeamte blickte noch einmal auf Pass und Visum, setzte den Ausgangsstempel der DDR auf den Pass und liess Fischer gehen. Nach wenigen Schritten empfing ihn der Grenzübergang nach Westberlin.

«Guten Tag, Ihren Pass und Ihr Visum bitte.»

Fischer händigte beides aus. Nach wenigen Minuten wurde er durchgelassen und Fischer war wieder in Westberlin und atmete tief durch. Wieder auf der anderen Seite der Mauer zu sein empfand er als eine grosse Befreiung aus den Zwängen der DDR. Der Osten schwand augenblicklich wieder in weite Ferne, und mit ihm auch Samuel Ohlstein.

18. Klimaveränderung

Im Büro von Marc Fischer läutete das Telefon.
«Herr Fischer, Monsieur Cointrin möchte Sie sprechen.»
«Danke.» Er wartete, bis er durchgestellt wurde.
«Cointrin! Wie geht's Ihnen?»
«Ich bin ganz zufrieden. Es sind strenge Zeiten, aber ich gewinne Boden zurück. Und Sie?»
«Auch bei mir strenge Zeiten, aber auch ich gewinne Boden zurück.»
Beide lachten. *Das Wetter würde wärmer werden.*
«Zeit für einen Lunch heute?»
Fischer blickte in seine Agenda. Ein Mittagessen mit dem Personalrat war notiert, aber das konnte verschoben werden.
«Ja gerne. Machen Sie einen Vorschlag.»
«Sagen wir kurz nach Zwölf im Restaurant Donati?»
«Ja gerne, ich reserviere.»
Fischer legte auf und dachte an die konsultative Generalversammlung, die morgen stattfinden würde. Sollte Loi Chong nicht einlenken, so würde er mit Sicherheit von den Fotos Gebrauch machen. Sein Plan gab ihm Stärke und machte ihn optimistisch. Der Morgen ging ohne besondere Ereignisse vorüber. Umso mehr freute er sich auf das Mittagessen mit Cointrin. Nächste Woche, nach der konsultativen Generalversammlung, würde er sein internationales Reiseprogramm wieder aufnehmen. Die Zeit war reif, neue Horizonte zu eröffnen.

Der Gründer und Inhaber des Restaurants Donati hatte äusserst erfolgreich italienisches Essen auf höchstem Niveau nach Basel gebracht und das Restaurant war zum Inbegriff italienischer Esskultur der gehobenen Gesellschaft geworden. Auf dem Höhepunkt seines Erfolgs schenkte der Gründer des Restaurants dem Antikenmuseum eine römische Säule, welche heute noch den Garten des Museums ziert. Das Restaurant war in Familienbesitz geblieben und heute führte der Sohn die Tradition der gehobenen klassischen italienischen Küche fort.

Der Kellner begrüsste Fischer mit Namen und brachte ihn zum reservierten Tisch. Fischer legte seine Garderobe ab. Er mochte die leichten Holzstühle und Tische, die zurückhaltenden Paravents, welche die Tische voneinander trennten, ohne bestimmend im Raum zu wirken, und die schönen Gemälde an den Wänden, die allesamt aus der Epoche der Klassischen Moderne oder von bekannten zeitgenössischen Künstlern stammten. Im Restaurant gab es einen vorderen Teil, der etwas offener und kommunikativer war, und einen hinteren, klassischeren und diskreteren Teil. Die kleine Terrasse, welche im Sommer geöffnet war und für knapp zehn Personen Platz mit Blick auf den Rhein bot, war an warmen Tagen die Krönung der Gaumenfreuden. Fischer wurde in den hinteren Teil geleitet und nahm Platz. Es dauerte nicht lange bis auch Cointrin den Saal betrat und die beiden Freunde begrüssten sich herzlich.

«Es freut mich, Sie zu sehen.»

«Die Freude ist ganz auf meiner Seite.»

Sie nahmen wieder Platz und Cointrin sagte: «Heute ist ein guter Tag, wir nehmen zwei Gläser Prosecco zum Starten, was meinen Sie?»

«Eine hervorragende Idee», nickte Fischer.

Der Kellner nahm es nickend zur Kenntnis und war nur wenige Augenblicke später mit zwei gefüllten Gläsern am Tisch. Fischer und Cointrin erhoben die Gläser und prosteten sich zu.

«Kein Alkohol ist schliesslich auch keine Lösung», meine Cointrin süffisant, und Fischer quittierte das mit einem Lächeln.

«Nun, wie sieht's aus?»

«Wir haben interessante neue Erkenntnisse. Wir hatten in letzter Zeit ja Probleme mit den Proben, da im Genmaterial eine auffällig und überdurchschnittlich hohe Gemeinsamkeit an Daten festgestellt wurde. Von den verbleibenden nicht gemeinsamen Informationen, nennen wir sie einmal die freie Quote, haben wir eine volle Varianz. Wir sind zuerst von Fehlern in der Datenbasis ausgegangen. Für einen DNA-Bauplan eines Menschen braucht es, ich versuche es mal bildlich auszudrücken, eine Bibliothek mit 10'000 Büchern à je 300 Seiten. Gegenüber einem anderen Menschen unterscheidet sich nur weniger als ein Prozent der gesamten Datenmenge. Sie können sich vielleicht vorstellen, welche Datenbank es bei 3000 Probanden benötigt und wie rasch sich hier Fehler hätten einschleichen können.»

Fischer war beeindruckt. Doch seine Gedanken wurden durch etwas Profanes unterbrochen: Der Servierwagen mit kalten Vorspeisen auf zwei Etagen war gekommen. Fischer wählte Artischocken mit Sauce Vinaigrette, Cointrin liess sich einen Salade Fruits de mer servieren mit kleinen Tintenfischen, Garnelen, Miesmuscheln, Vongole, Krabbenfleisch, ein wenig Zwiebeln, Kapern und Petersilie. Beiden schmeckte es vorzüglich. Begleiten liessen sie sich ihre Vorspeise von einem weissen Merlot del Ticino, der sich dadurch auszeichnet, dass bei der Vinifizierung die roten Merlottrauben nur kurz in der Maische belassen werden. Wahrlich, ein guter Tag und ein hervorragender Mittag. Beide würden später am Nachmittag wohl genährt und vom Wein gelockert wieder in ihren harten Arbeitstag einsteigen.

Cointrin führte seine Erläuterungen fort: «Nun, wir waren der Meinung, dass wir Fehler gemacht haben und waren der Verzweiflung nahe. Aber dann war ich zusammen mit dem Leiter der Forschungs-Abteilung, Herrn Professor Bonewinkel, an einem internationalen Genkongress in Brasilia'. Das Seminar war sehr interessant und ein absolutes Highlight in der Humanmedizin dieses Jahr. Alles was Rang und Namen hat war anwesend. Dort sind wir dank dem Input eines renommierten Forschers auf die Möglichkeit gestossen, dass innerhalb des Probandenmaterials ein Mann mehrfacher Vater sein könnte. Dies würde die ausgewerteten Daten des Untersuchungsmaterials verständlich machen. Wir rechnen nächste Woche mit detaillierten Analysen und werden zu einer Pressekonferenz einladen. Das wird sicher eine spannende Sache. Sie wissen ja, man hat unser Projekt von Anfang an mit Argusaugen verfolgt und viel kritisiert. Solche Erkenntnisse werden nicht nur von der Wissenschaft, sondern auch vom Kapitalmarkt aufgenommen. Und das bedeutet: *eine starke Erwärmung.*»

Sie blickten sich vielsagend an. Das war hervorragend. Solche Momente waren für beide mit einer sehr grossen Befriedigung verbunden und es festigte ihre freundschaftliche Verbindung.

Bei ihrem angeregten Gespräch bemerkten Fischer und Cointrin nicht, dass zwei Tische weiter eine sehr attraktive, gross gewachsene Frau mit schöner Statur sass. Ihr gegenüber sass ein gut gebauter Südamerikaner, vermutlich ein Brasilianer, dessen muskulöser Oberkörper gut sichtbar war unter dem engen Hemd und dem Veston. Zwei ausgesprochen schöne Menschen an einem Tisch, die nur wenig redeten. Die Frau war Joselina Bossanova-Pesenti und sie hatte einen Hörer im Ohr. Mit dem Geräuschverstärker war sie in der Lage, die Kommunikation von Fischer und Cointrin lückenlos zu verfolgen. Obwohl sie mit ihrem Mann nur wenig Konversation führen konnte, war auch er sehr zufrieden. Er hatte die Möglichkeit, in einem Restaurant auf Staatsspesen zu speisen, das sich die Familie sonst nie leisten könnte. Ausserdem war er plötzlich Teil von etwas, das spannender war als ein Fernsehkrimi. Abends würde ihm seine Frau sicher erklären, um was es hier genau gegangen war, denn bis jetzt hatte er nur eine vage Ahnung. Cointrin und Fischer waren weiterhin ins Gespräch und in die Essens- und Weinauswahl vertieft. Sie bestellten für den Hauptgang einen Brunello di Montalcino, denn das Restaurant Donati war bekannt für seine ausgezeichneten italienischen Weine. Zu Essen gab es Arrosto misto, ein Kalbsbraten mit Rosmarin, dazu Bratkartoffeln und gekochten Fenchel. Zwischen den kulinarischen Höhepunkten wären die Neuigkeiten von Fischer beinahe untergegangen.

«Morgen findet die konsultative Generalversammlung statt. Sie wissen, wir machen dies nun schon seit einigen Jahren, jeweils zusammen mit den wichtigsten Aktionären. Etwa 40 Prozent der Stimmen sind dabei vertreten. Es ermöglicht den Hauptaktionären, ihre Anliegen einzubringen und dem Verwaltungsrat, in wichtigen Fragen die Befindlichkeiten auszuloten. In Bezug auf mein Doppelmandat sind wir bis jetzt davon ausgegangen, dass es bestehen bleiben kann. Doch die neuesten Entwicklungen haben gezeigt, dass es stark in der Kritik steht. Innerhalb der Familie Fischer konnten wir die Stimmen über meine Stiefmutter bündeln, was bedeutet, dass diese Stimmen nicht aufgeteilt werden, sondern bei Mathilde Fischer verbleiben. Somit besteht die Möglichkeit, dass alles beim Alten bleibt, was sich auch viele wünschen, denn es würde den Aktienkurs positiv beeinflussen.»

Cointrin machte eine bedeutungsvolle Geste.

«Ich meine», sagte Fischer, «alles ist ein wenig offener. *Obwohl damit die Hitze der Diskussion abnimmt, dürfte das Klima angenehmer werden.* Zudem haben wir gegenüber dem Hauptgegner des Doppelmandats, einem Vertreter der Bank of China, Trümpfe in der Hand. Apropos, haben Sie Beziehungen zum Politbüro in China?»

«Ich kenne Herrn Li Wu sehr gut. Er ist Direktor der chinesischen Industrie- und Handelskammer. Er ist Überlebender der Kulturrevolution* Maos und setzt sich für eine offene und liberale Politik ein. Ihm widerstrebt die Günstlings- und Vetternwirtschaft, die in diesen Kreisen üblich ist. Für grosse Projekte in China nützt dieser Kontakt nichts, da er meist an den Realitäten scheitert. Doch für alle Projekte, die nicht hauptsächlich in China durchgesetzt werden müssen, ist der Kontakt Gold wert.»

«Das ist genau, was ich brauche. Könnten Sie mich bei ihm empfehlen?»

«Das werde ich sehr gerne tun. Ich rufe ihn morgen gleich an.»

Beide erhoben die Gläser einmal mehr auf ihre Freundschaft. Auf ein Dessert verzichteten sie, wobei dies nach all den Speisen nicht schwer fiel. Sie rundeten ihr Treffen lieber mit einem Espresso und einem Grappa ab. Der restliche Arbeitstag würde ihnen leicht fallen. Sie verabschiedeten sich herzlich von einander, beide mit dem festen Vorsatz, zuerst ihre Bank anzurufen und Börsentermingeschäfte in Auftrag zu geben.

Fischer war kaum in seinem Büro, als ihn Cointrin anrief.

«Marc», manchmal, insbesondere nach längeren Mittagessen, fiel er in den Vornamen, ohne ihn aber zu duzen, «ich habe Li Wu gerade erreicht, obwohl es dort schon später Abend ist. Er erwartet Ihren Anruf. Vielleicht am besten jetzt gleich. Das ist wohl das Einfachste. Viel Erfolg.»

«Grossartig, das werde ich gleich erledigen.»

Fischer und Cointrin standen beide als CEO etwa 160'000 Mitarbeitern vor, was ihnen ein Gefühl von Verantwortung und Macht verlieh. In Momenten der Gemeinsamkeit fühlten sie sich zusammen besonders stark. Neben der wirtschaftlichen Bande gab es ein beinahe familiäres Element, das sie verband.

«Verbinden Sie mich bitte mit Herrn Li Wu», bat Fischer eine der Mitarbeiterinnen des Stabs, «hier ist die Nummer.» Wenn er so etwas in Auftrag gab, wusste er, dass er form- und statusgerecht vorgestellt wurde. Dann war es für den Gesprächsteilnehmer unmissverständlich klar, mit wem er es zu tun hatte.

«Wu», meldete eine zarte Stimme.

«Herr Wu, vielen Dank, dass Sie noch so spät abends Zeit für mich haben.» In Shanghai zeigte die Uhr Mitternacht.

«Es ist mir eine Ehre. Besondere da ich weiss, dass Herr Cointrin ein Freund von Ihnen ist. Die Freunde von Herrn Cointrin sind auch meine Freunde.»

«Mein Herz ist erfüllt von Wärme.» Fischer kannte die asiatische Mentalität und konnte sich anpassen. «Ihre Worte berühren mich.»

«Das freut mich sehr. Wenn Sie das nächste Mal in Shanghai sind, würde es mich freuen, Sie persönlich empfangen zu dürfen.»

«Das könnte schon bald der Fall sein. Darf ich Sie fragen, ob Sie einen gewissen Herrn Loi Chong kennen?» Fischer wagte nach den Begrüssungsformeln den direkten europäischen Weg, fügte aber erklärend hinzu: «Ich frage Sie direkt, nach westlichem Standard und möchte mich höflich für diese direkte Frage entschuldigen. Aber ich möchte Ihre Persönlichkeit zu dieser späten Stunde nicht zu lange in Anspruch nehmen.»

«Das ist kein Problem. Ich habe zwei Jahre an der Universität in Lausanne studiert und kenne die Europäer, das meine ich zumindest. Ich bin, wenn ich das so sagen darf, nicht familiär verbunden mit dem ehrenwerten Herrn Chong.»

Fischer hatte nach kurzem Überlegen verstanden. Diese Aussage bedeutete eine klare Diffamierung von Chong, weshalb Fischer beschloss, gleich mit offenen Karten zu spielen: «Nun, ich habe ein paar schöne Fotos von Herrn Chong, die ihn im intensiven zwischenmenschlichen Austausch mit ein paar netten Personen des weiblichen Geschlechts in natürlicher Offenbarung zeigen. Wäre das vielleicht für Mitglieder des Politbüros von Interesse?» Fischer hatte umständliche Formulierungen für die Nacktfotos mit den Prostituierten gewählt, aber Li Wu hatte sofort verstanden und Fischer schien damit auf offenen Ohren zu stossen.

«Ich bin durchaus der Meinung, dass dieser Beweis des humanitären Austauschs von hohem Interesse sein könnte. Ich habe meinen PC an. Könnten Sie mir die Bilder mailen?»

Li Wu gab seine E-Mailadresse an und Fischer schickte ihm den gesamten Ordner mit den Fotos.

«Ah ja», sagte Li Wu kurz darauf, «hier ist das Mail. So... dann schauen wir mal... Oh... das ist aber in der Tat sehr interessant. Mmh... ja... das ist wirklich gut. Haben Sie einen besonderen Wunsch betreffend der Verwendung?»

Li Wu war sich sicher, mit diesem Material endlich einen seiner Erzrivalen nachhaltig schädigen zu können. Chong hatte ihm des Öfteren Steine in den Weg gelegt und manches Projekt musste er wegen der Macht des Zentralkomitees in der Person von Loi Chong beenden. Mit Genugtuung wäre er dabei behilflich, Loi Chong zu kompromittieren.

«Ich möchte Loi Chong eine letzte Chance geben. Morgen haben wir eine wichtige Versammlung und wenn er wieder gegen mich opponiert, wovon ich ausgehe, können Sie über die Bilder frei verfügen. Wäre dies für Sie ein gangbarer Weg?»

«Ja natürlich.»

Li Wu hätte auch sofort gehandelt, aber so hatte er noch Zeit, die Umsetzung besser zu planen.

«Für mich wäre es hilfreich, wenn im Anschluss an mein ok die Reaktion auf die Bilder rasch und intensiv käme und möglichst hohe Wellen schlagen würde.»

«Darauf können Sie sich verlassen. Das wird nicht nur die chinesische Gesellschaft interessieren.»

«Nach der Sitzung morgen weiss ich mehr.»

«Gut. Ich bin bereit. Ich gebe Ihnen noch meine Nummer des Mobiltelefons. Hier bin ich gut erreichbar. Viel Erfolg morgen.» Und mit einem kleinen Lachen fügte er an: «Sie würden mich fast ein bisschen enttäuschen, wenn ich die Bilder nicht verwenden dürfte.»

Sie verabschiedeten sich. Morgen käme die Stunde der Wahrheit. Fischer hatte eigentlich nichts gegen Loi Chong, aber würde er morgen wieder angreifen, so würde er zurückschiessen. Und seine Munition wäre wirtschaftlich tödlich, dessen war er sich im Klaren. Im Bewusstsein der inneren Stärke bewältigte er problemlos die Herausforderungen des Nachmittags.

Mit seinem Stab besprach er das Programm der nächsten Tage. Fischer würde sein Reiseprogramm wieder aufnehmen. Ein Besuch in Shanghai stand an, die Finalisierung des Kaufs der Bank of Shanghai. Dann Moskau, dort gab es Probleme mit der Qualität der Daten von grösseren Devisentransaktionen und dann New York mit Besuchen von Topkunden mit speziellen Wünschen bezüglich der Verwaltung ihrer erheblichen Finanzen. Die Reise nach New York hatte oberste Priorität. Als er die Finanzdetails der Kunden durchging, kam ihm unweigerlich Dagobert Duck in Sinn, dem es immer nur um Geld ging. Das hatten er und die Comicfigur aus seiner Kindheit gemeinsam. Er war überrascht vom Umfang der Einlagen dieser amerikanischen Kunden und gab den Auftrag, einen speziellen Event in New York zu organisieren. Die Limite für den Anlass legte er auf 1 Millionen Dollar fest, was er im Hinblick auf die generierten Vermögensverwaltungsprovisionen dieser immensen Werte angemessen fand. Die WBC musste ihrem Status als weltgrösster Vermögensverwalter gerecht werden.

Am späteren Nachmittag verliess er die Bank und ging durch den Aeschengraben in die St.Alban-Vorstadt. In der Ferne sah er das St.Alban-Tor, eines der schönsten und immer noch gut erhaltenen alten Stadttore. Doch das interessierte ihn im Moment wenig. Etwa auf der Höhe des ehemaligen St.Alban-Klosters war er beim Antiquariat von Giuseppe Baldermira angekommen. Die Strasse war kaum belebt und die wenigen Fussgänger waren ihm nicht aufgefallen. Er betrat den Laden.

«Guten Tag», hörte er eine Stimme «suchen Sie etwas Bestimmtes?»

«Guten Tag Herr Baldermira.»

«Ah, Herr Fischer. Möchten Sie Ihre Sammlung erweitern?»

«Ich suche immer noch Statuen römischer Provenienz aus der klassischen Periode. Die letzte Lieferung war perfekt.»

In diesem Moment kam eine schöne, grossgewachsene Frau in den Laden. Der kleine Laden war gerade gross genug für zwei Kunden, auch wenn man sich dann recht nahe kam.

«Guten Tag. Suchen Sie etwas Bestimmtes?»

Die Dame stellte ihren Einkaufskorb ab und sagte freundlich: «Guten Tag, ich suche eine Krawattennadel für meinen Freund.»

«Das haben wir dort in dieser Vitrine.»

Die Frau warf einen Blick in die Auslage und Baldermira wandte sich wieder an Fischer. «Für Sie hätte ich noch einen antiken Flaschenverschluss.»

Die schöne Frau war Joselina Bossanova-Pesenti und sie löste geschickt die Beklommenheit unter den Anwesenden: «Ich möchte Sie nicht stören, wenn Sie diesen Herrn bedienen. Ich werde noch ein paar Einkäufe erledigen und komme in einer viertel Stunde wieder.»

«Danke, das ist sehr aufmerksam.»

Bossanova-Pesenti verliess den Laden, die beiden Herren blickten sich an und nahmen vorsichtig den Dialog wieder auf.

«Die letzte Lieferung war perfekt», wiederholte Fischer.

«Ja, da ist alles gut gelaufen, auch wenn ich nicht erwartet habe, dass ich so viel Steuern zahlen muss.»

«Tja, das ist für weisses Geld leider unvermeidbar. Ich hätte wieder einen Auftrag für Sie. Bevorzugen Sie diesmal Bares?»

«Nein, Bares habe ich genug. Allerdings habe ich bereits eine Anfrage der Bank erhalten. Es ist zwar alles im grünen Bereich, aber wir müssen einen neuen Weg finden.»

«Das hab ich mir gedacht. Das ist der Auftrag.» Er legte ein Foto mit Name und Adresse auf den Tisch. Das Foto war wiederum in einer Plastiktasche. «Nehmen sie bitte die Unterlagen aus der Tasche.» Wie auch schon beim ersten Mal wollte er sicher sein, dass seine Fingerabdrücke nicht auf den Dokumenten waren.

«Ist der Preis wie beim letzten Mal?», wollte Fischer wissen

«Das Doppelte.»

Da Baldermira nichts weiter sagte, suchte Fischer mit seinem Blick nach einer Erklärung.

«Die Steuern, wie gesagt.»

«Das ist Ihre Sache. Andere Gründe?»

«Die Person ist prominenter.»

Das erschien auch Fischer logisch.

«Bezüglich Bezahlung habe ich eine Alternative. Können sie morgen nach Neapel fliegen?»

«Äh, ja natürlich.»

«In Neapel wenden Sie sich an den Notar Gianfranco Bertossa. Hier ist seine Adresse.»

«Es muss alles clean sein. Sie wissen ja, dass dies meine Bedingung ist», sagte Baldermira skeptisch.

«Wir werden die Vorgaben noch besser erfüllen als beim letzten Mal.»
«Gut. Dann bin ich einverstanden.»
Baldermira war ein wenig verblüfft, aber es würde sicher eine plausible Erklärung geben für das lukrative Geschäft. Sie verabschiedeten sich und ein paar Minuten später betrat die attraktive Dame wieder den Laden. Sie wählte eine schöne Krawattennadel aus.
«Da haben Sie eine gute Wahl getroffen. Sie ist aus Silber und original Jugendstil. Sie kostet 350 Franken.»
«Ich nehme sie gerne.»
Er packte die Nadel ein, übergab sie ihr und die Kundin bezahlte bar.
«Auf Wiedersehen.»
«Dürfte ich noch eine Quittung haben?»
«Ja natürlich.»
Fein säuberlich notierte er auf einem Quittungsbüchlein «Krawattennadel 350.–», setzte einen Stempel auf den Zettel und übergab den Beleg der Käuferin. Sie nahm ihren Einkaufskorb, der an der Wand lehnte, und deponierte das Päckchen mit der Nadel und der Quittung darin. Baldermira war nicht aufgefallen, dass der Einkaufskorb während ihrer Abwesenheit im Laden geblieben war.
«Auf Wiedersehen, vielen Dank.»
«Auf Wiedersehen.»
Als sie den Laden verlassen hatte, war Fischer bereits aus ihrem Blickfeld verschwunden. Sie ging direkt zum Waaghof und meldete sich sofort bei Pflug. Sie betrat das schöne Dachbüro ihres Vorgesetzten und war ein wenig überrascht, dass Pflug, Palmer und Bär so spät am Nachmittag noch in einer Sitzung zusammen sassen und diskutierten. Bossanova-Pesenti wurde freundlich begrüsst. Sie war sich ihrer Wirkung gegenüber Män-

nern sehr wohl bewusst. Sie schätzte Pflug, weil er intelligent und ein fairer Chef war und Palmer, weil er ein wenig scheu und sehr höflich war. Gegenüber Bär war sie indifferent, was vielleicht auch damit zusammenhing, dass sie bisher mehr mit Pflug und Palmer zusammen gearbeitet hatte. In vielen Fällen war bei Gewaltdelikten die Analyse der sozialen Komponente der mutmasslichen Täter wichtig. Pflug legte in seinen Ermittlungen stets viel Wert auf die psychologische Seite. Dem einen oder anderen Fall hatte das schon eine positive Wende gegeben.

«Hast du was Neues?», wollte Pflug wissen.

«Ich habe ja den Auftrag für ein psychologisches Gutachten über Herrn Fischer. Da bin ich dran. José hat den Auftrag, zu observieren. Ich spreche mich mit ihm ab und wir teilen uns auf. Ich habe Fischer heute beim Mittagessen mit Cointrin beobachtet und ihn später beim Verlassen des Hauptsitzes der Bank abgepasst. Ich habe ihn in ein Antiquariat in der St. Alban-Vorstadt verfolgt.»

Bis jetzt wurden ihre Erläuterungen mit mässiger Aufmerksamkeit aufgenommen.

«Nun kommt das Beste: Ich habe das Gespräch von Fischer und dem Antiquitätenhändler hier. Vom Gespräch zwischen Fischer und Cointrin erzähle ich anschliessend.»

Sie nahm einen Memorystick hervor, der mit einer Aufnahmefunktion verbunden war, ging zum Computer und schloss den Stick an. Auf dem Bildschirm erschien das Programm und sie wählte PLAY.

Zuerst hörte man noch Schritte und eine Türe, und dann das Gespräch. Alle drei beugten sich über den Lautsprecher und waren gespannt auf die Informationen. Der Kauf der Krawattennadel am Ende führte zu Gelächter.

«Hier», Bossanova-Pesenti nutzte die Gunst der Stunde, «bitte den Spesenbeleg quittieren.»

Sie legte Pflug den handgeschriebenen Zettel hin. Pflug zögerte zuerst, und schrieb dann «Spesen in Sachen Karl-Maria Hoffmann, S. Pflug.» Sie speicherten das Gespräch ab und hörten es noch einmal an.

Pflug wiederholte, was ihm die entscheidenden Stichworte erschienen: «Die letzte Lieferung war perfekt... Hier der neue Auftrag... Barzahlung, Steuern zahlen... doppelter Preis... die Person ist prominenter...»

Als sie wieder am Ende angekommen waren, sagte er ein wenig enttäuscht: «das klingt doch alles sehr plausibel. Fischer gibt einen Suchauftrag für eine Antiquität oder dergleichen. Und zwar nicht als Schwarzzahlung, sondern als offizielle Zahlung.»

«So sehe ich das auch», schloss sich Palmer an. «Gute Observation und eine gelungene Beschaffung von Tonmaterial, aber es scheint mir für unsere Sache wenig dienlich zu sein.»

«Und wenn sie sich Metaphern bedienten?» Als studierte Soziologin war Bossanova-Pesenti sprachgewandt und hatte ein feines Gespür für den Gebrauch von Sprache. «Und dann ist da diese Sache mit dem Notar Gianfranco Bertossa in Neapel. Ein wenig komisch, oder?»

«Ich frage mal unsere italienischen Kollegen an, ob sie diesen Bertossa kennen. Hast du noch mehr?»

Bossanova-Pesenti erzählte von dem Gespräch zwischen Fischer und Cointrin, das sie im Restaurant Donati belauscht hatte.

«Soll ich den Spesenbeleg auch gleich quittieren?», fragte Pflug.

Bossanova-Pesenti schüttelte den Kopf. «Die Kasse hat das bereits bezahlt.»

«Gut. Hast du den Dialog auch elektronisch?»

«Ja, natürlich.»

«Das ist gut. Obwohl wir für das Abhören von Telefonaten keine Bewilligung haben. Aufnahmen mit technischen Hilfsmitteln sind ebenfalls bewilligungspflichtig.»

«Und wenn man ein gutes Gehör hat?»

«Ja, ja, ich habe ja nichts dagegen. Ich mahne nur zur Vorsicht. Ich nehme alle Daten zu mir und übernehme die Verantwortung.»

Daraufhin hörten sie zusammen das Gespräch aus dem Restaurant Donati ab. Aber als sie darin nichts fanden, was einen Hinweis liefern könnte, wollten sie sich den Akten aus Italien zuwenden. Den Akten konnten sie entnehmen, dass der Mann, der vor acht Jahren in Rom mit demselben Gift wie Hoffmann umgebracht worden war, CEO eines italienischen Pharma-Unternehmens gewesen war. Bei der Polizei vermutete man organisiertes Verbrechen und man ging davon aus, dass die verlangten Schutzgelder nicht bezahlt worden seien, aber man hat nie eindeutige Spuren gefunden. Der Vorfall hatte sich mitten in einem gesellschaftlichen Anlass ereignet, während der jährlichen Versammlung der schweizerisch-italienischen Handelskammer. Jemand muss ihm am Tisch das Gift beigemischt haben. Pflug stellte fest, dass es zwei Bezugspunkte von Italien zur Schweiz gab: erstens handelte es sich beim Tatort um die verbindende Handelskammer dieser beiden Länder und zweitens kam die Firma später in Schwierigkeiten, denn das Unternehmen hatte den Tod des CEO nicht verkraften können und musste verkauft werden. Käufer war ein schweizerischer Pharma-Konzern. Die italienischen Behörden hatten in diese Richtung sogar Untersuchungen angestellt, stiessen aber nicht auf fruchtbaren Boden. Der Täter wurde nie gefunden und in drei Jahren würde der Fall verjähren.

«Es könnte sich also gut um denselben Auftragskiller handeln», stellte Palmer fest.

«Das wäre möglich. Das macht die Sache allerdings nicht einfacher, im Gegenteil. Bei einem professionellen Killer ist es fast unmöglich, einen Bezug zum Auftraggeber herzustellen. Beide handeln anonym, das macht sie für uns schwierig zu fassen. Es läge uns in diesem Fall auch keine sogenannte herostratische Tat* vor, welche uns aufgrund von Geltungssucht zum Täter führen könnte. Nichtsdestotrotz machen wir hier weiter. Wir haben etwas in der Hand. Der Besuch Fischers bei Karl-Maria Hoffmann ist zwar nicht vollständig schlüssig erklärt, ebenso wenig sein Auftrag zum Kauf einer Antiquität. Aber weil ihm legales Geld bei diesem Auftrag so wichtig ist, müssen wir wenigstens kein Steuerdelikt melden.»

In den Ausführungen Pflugs kam seine ganze Berufserfahrung zum Tragen. «Ich schlage vor», fuhr er fort, «wir bleiben bei der Observierung von Fischer und vertiefen uns noch mal in die Akten aus Italien, vielleicht finden wir noch einen weiteren Bezug zur Schweiz. Hinzu kommt das psychologische Gutachten.» Er machte eine kurze Pause und Bossanova-Pesenti nickte. «Und dann erkundigen wir uns über diesen Notar in Neapel. Einverstanden?»

Alle zeigten gemeinsamen Konsens.

«Fredi, wir müssen die Aufträge koordinieren. Der Fall Dietmar Hesselring ist immer noch nicht weiter aktiv. Das heisst, wir haben Personal.»

Bär nickte.

«Was meint Ihr, ist was dran an Fischer?»

Keine Antwort war auch eine Antwort. Niemand wollte sich dazu äussern.

* * * * *

Fischer war erleichtert, als er seinen Auftrag bei Baldermira deponiert hatte. Er ging zurück in sein Büro, um weitere geschäftliche Aufgaben zu erledigen. Er liess sich mit Notar Gianfranco Bertossa verbinden.

«Herr Fischer, welche Ehre.»

«Herr Bertossa, die Ehre ist an mir, mit Ihnen sprechen zu dürfen.»

Herr Bertossa liebte es, wenn man seiner Person Würde entgegenbrachte. Er stammte aus einem verarmten italienischen Adelsgeschlecht und freute sich über die Tätigkeiten, welche er als Notar für Fischer erledigen durfte.

«Ich habe doch dieses Grundstück in Anzio mit über 2500 Hektaren.»

«Ja natürlich, das ist mir bestens bekannt. Haben wir dasselbe vor wie beim letzten Mal?»

«Ja, wir verkaufen es dieses Mal an Herrn Giuseppe Baldermira. Er hat einen italienischen Namen, ist Doppelbürger von Italien und der Schweiz, versteht aber nur wenig Italienisch.»

«Gut. Und dann würde mein Bruder das Land wieder zurückkaufen, ja? Wie sieht die Wertdifferenz aus?»

«500 Schweizerfranken, entsprechend 300 Euro. 400 sind an Sie unterwegs. Sie sollten heute noch die telegraphische Anweisung der Banca di Roma erhalten. Meine Vollmacht haben Sie. Ist diese noch gültig?»

«Ja, die haben wir und das genügt. Sollen wir Herrn Baldermira abholen?»

«Ich denke, das ist nicht nötig. Ich nehme an, er fliegt ab Basel mit Easy Jet oder mit Swiss ab Zürich nach Neapel.»

«Va bene.»

«Sehr gut, besten Dank, auf Wiederhören. E mille grazie.»

«Mille Grazie a voi.»

Das wäre erledigt. Morgen gäbe es nur noch eine Meldung über den Vollzug der Sache.

* ****

Giuseppe Baldermira schloss seinen Laden ab und machte sich auf den Heimweg zu seiner Altbauwohnung im St.Alban-Tal, die sich unweit von seinem Laden befand. Er packte ein paar Sachen in einen kleinen Koffer und fuhr seinen Wagen, einen gut motorisierten Audi A3 aus der Garage. Kurze Zeit später war er auf der Autobahn. Sein Navigationssystem hatte er mit «Milano Aeroporto Malpensa» programmiert. Die erste Stunde der Fahrt war vom Feierabendverkehr geprägt, aber ab Luzern wurde die Fahrt ruhiger und gegen den Gotthardtunnel lichtete sich die Zahl der Fahrzeuge deutlich. Die Strecke von Airolo bis zur Grenze war dann fast ohne Verkehr. Er erreichte Chiasso und passierte die Grenzkontrolle, wo man ihn ohne weiteres durchliess, und erreichte eine knappe Stunde später den Flughafen von Milano. Er stellte seinen Wagen in das Parkhaus und begab sich in das im Flughafenareal gelegene Hotel Hilton.

«Haben Sie eine Reservierung?», wurde er an der Rezeption gefragt.

«Nein. Haben sie noch ein Zimmer?»

«Ja. Raucher oder Nichtraucher?»

«Raucher bitte.»

Er füllte das Hotelformular aus. Die Rezeptionistin nahm es entgegen.

«Haben Sie einen Ausweis, Herr...», sie blickte auf den Zettel, «Herr König?»

Baldermira legte eine Identitätskarte auf die Theke und fragte: «Wissen Sie, wann der erste Flug morgen nach Neapel geht und ob es noch Plätze hat?»

Sie nickte und rief bei der Alitalia an, sprach eine Weile auf italienisch mit jemandem und sagte dann zu Baldermira: «Morgen um sechs geht ein Flug und um viertel nach acht. In beiden Maschinen gibt es noch freie Plätze. Wenn Sie möchten, können Sie gleich buchen. Sie benötigen nur den Namen und eine Kreditkarte.»
Sie hielt ihm den Hörer hin. Baldermira hatte das erwartet. Er hatte zwar falsche Ausweise aber keine Kreditkarte auf den falschen Namen. «Was kostet der Flug?»
«Economy 350 Euro plus Taxen.»
«Ich zahle bar. Können Sie das über das Hotel abrechnen?»
Er legte einen 500-Euro-Schein auf die Theke. «Der Rest ist für Sie, Ihr Service ist ausgezeichnet.»
Die Dame nickte und lächelte ihn sehr freundlich an. Der Abendeinsatz hatte sich für sie gelohnt.
«Bitte buchen sie den Flug um viertel nach acht.»
Die Dame nickte erneut. Nach einer viertel Stunde hatte er das elektronische Ticket mit der Flugbestätigung. Sie druckte die Konfirmation aus zusammen mit der Hotelrechnung. Er legte nochmals 350 Euro auf die Theke.
«Der Rest ist für Sie.»
Noch einmal 30 Euro Trinkgeld. Bargeldsummen spielten für ihn keine Rolle. Er hatte in einem Safe noch etwa eine Million Euro Schwarzgeld, das er nur in kleinen Tranchen ausgeben konnte, wie zum Beispiel jetzt. Er hatte sich schon überlegt, auch in Frankreich eine Gesellschaft zu eröffnen und nach und nach verschiedene Postämter in Frankreich zu besuchen, um jeweils den maximalen ohne Identifikation erlaubten Betrag einzuzahlen. Das würde zwar Steuern kosten, aber er könnte das Geld dann in Gebrauch nehmen. Er würde sich nach Erledigung seines Auftrags diesem Plan widmen, sofern das Honorar legal bezahlt werden würde. Er hatte auch noch einige Bündel

Dollarnoten und englische Pfund. Nun hatte er Lösungsansätze für seine Bargeldbestände. In Gedanken war er bereits bei englischen und französischen Postämtern.

«Möchten Sie morgen geweckt werden?»

Die freundliche Dame am Empfang holte ihn zurück aus seinem Gedankenausflug an die Rezeption des Hilton Hotels in Milano Aeroporto Malpensa.

«Ja gerne.»

«Wenn Sie sich in einer Stunde bereit gemacht und gefrühstückt haben, reicht halb sieben. Ich werde für Sie den Check-In organisieren. Ich gehe davon aus, dass Sie kein Gepäck haben. Dann können sie direkt zum Gate. Zollkontrollen haben wir keine, da es ein Inlandflug ist.»

Er bedankte sich. Das Trinkgeld hatte sich gelohnt. Er konnte fast eine Stunde länger schlafen.

«Können Sie mir bitte noch eine Kleinigkeit zu Essen auf das Zimmer bringen lassen?»

«Die Küche hat schon geschlossen, aber ich werde Ihnen gerne etwas organisieren.»

Er ging in sein Zimmer. Kurze Zeit später klopfte ein Kellner an seine Türe und brachte ein gedecktes Tablett. Ein frugales Mahl, aber Ort und Zeit durchaus angemessen. Der Minibar entnahm er einen Whisky, einen Chivas Regal. Anschliessend legte er sich ins Bett und schlief sofort ein. Die Reise, der bevorstehende Deal, von dem er keine Ahnung hatte, wie er vonstatten gehen würde, und der Auftrag, den er zu erledigen hatte, belasteten ihn keineswegs. Für seinen Beruf war es eine überlebenswichtige Notwendigkeit, mit den körperlichen und mentalen Kräften sparsam umzugehen und die Zeit effektiv zu nutzen. Wohl deshalb hatte er bis jetzt noch keine namhaften Probleme mit Behörden gehabt.

Als Baldermira auf dem Flughafen in Neapel landete, nahm er sich vor, vorsichtig zu sein, schliesslich wusste er nicht, ob ihm Fischer nicht eine Falle stellen wollte. Er wäre nicht der erste Liquidator gewesen, der nach Erledigung des Auftrags vom Auftraggeber beseitigt worden wäre. Er hatte deshalb den vorsichtigen Weg gewählt und war unter falschem Namen und nicht von Zürich aus geflogen. So war er vor dem ersten regulären Flug aus der Schweiz in Neapel und nahm sich ausgiebig Zeit, das Notariat von Gianfranco Bertossa zu begutachten. Nachdem er sich vergewissert hatte, dass nichts Auffälliges weiterhin seine erhöhte Aufmerksamkeit erforderte, ging er in das Gebäude und meldete sich beim Empfang an. Eine resolute, attraktive, reife Dame teilte ihm mit, dass man ihn erwarte und der Notar bald für ihn Zeit habe. Kurze Zeit später wurde er von Bertossa begrüsst.

«Guten Tag Herr Baldermira.»

«Guten Tag Herr Bertossa.»

«Hatten Sie eine gute Reise?»

«Ja, danke.»

«Wir dachten, Sie kämen mit dem ersten Flug und haben Sie später erwartet.»

«Ich hatte Gelegenheit, etwas zu verbinden.»

«Ah so. Mein Bruder hat sich schon gefragt, ob Sie mit dem Zug kommen, da Sie nicht auf den Passagierlisten waren.»

Baldermira hob fragend die Augenbrauen.

«Wissen Sie, mein Bruder ist im Aufsichtsrat des Flughafens, ich kann ihn bei solchen Dingen immer anfragen.»

Baldermira war erstaunt über die Offenheit. Aber er nahm sich vor, weiterhin vorsichtig zu sein. Sein Gegenüber sollte er nicht unterschätzen.

«Ich möchte nicht unhöflich sein, aber ich möchte zur Sache kommen.»

«Ja, natürlich, wir beginnen gleich.»
Bertossa gab seiner Sekretärin und seinem Bruder Bescheid und stellte sie Baldermira vor.
«So. Dann kommen wir zur ersten Urkunde. Sie kaufen ein Stück Land in Anzio. Es umfasst rund 2500 Hektar Agrarland, das zurzeit brach liegt. Man kann bestenfalls Fasane jagen dort. Sie kaufen das Land für 10'000 Euro, was ein angemessener Preis ist.»
«Wer ist der Verkäufer?», wollte Baldermira wissen.
«Meine Sekretärin.» Die genannte lächelte ihn an. «Wirtschaftlich gehört es jemandem anderen, aber das spielt keine Rolle.»
«Und was soll ich mit dem Land? Ich habe kein Geld und möchte nichts kaufen.»
«Bitte unterschreiben Sie hier.»
Gianfranco Bertossa lächelte mit vornehmer Haltung und Baldermira tat, worum er gebeten wurde. In der Regel stellte man in seinen Geschäftskreisen keine Fragen. Vielleicht hatte er schon zu viel wissen wollen, aber jetzt liess er den Ereignissen seinen Lauf.

«Jetzt», sagte Bertossa, nachdem Baldermira unterschrieben hatte, «verkaufen Sie das Land wieder. Wir haben ein Projekt für eine Feriensiedlung.»

Baldermira blickte fragend in die Runde. Bertossa legte einen Vertrag auf den Tisch. Er las die wichtigsten Passagen vor.

«Hier sind die Urbanisationspläne», sagte er und legte eine Mappe mit Zeichnungen auf mit dem Titel «Masterplan Anzio».

«Sie sind Verkäufer des Grundstücks Anzio Grundbuch Nr. 7634 und verkaufen es für 330'000 Euro an Domenico Bertossa. Hier ist der unwiderrufliche Zahlungsauftrag der Banca di Roma.»

«Aber da steht 280'000 Euro.»

Bertossa legte ihm eine detaillierte Abrechnung auf den Tisch mit einer Auflistung von Bruttobetrag, Notariatskosten, Grundbuchgebühren, Spesen und Grundstücksgewinnsteuer.

«So viel Steuern?»

«Damit fahren Sie noch gut. Es gibt bei kurzfristigen Grundstückgewinnen Spekulationssteuern. Und das Grundstück wechselte schon einmal die Hand. Wir konnten das mit der Steuerbehörde aber klären, da wir die Besitzeszeit anrechnen können.»

Bertossa schmunzelte. Es gab bereits drei Handänderungen. Diese würde wohl die letzte sein, um nicht zu sehr aufzufallen. Danach müsste ein neues Objekt für die Geldwäsche gefunden werden.

«Bitte unterschreiben Sie hier. Mein Bruder wird Sie danach zur Banca di Roma begleiten. Dort müssen Sie sich identifizieren und dann können Sie eine Zahladresse nennen. Da es ein legaler Grundstückgewinn ist, empfehle ich keine Bargeldtransaktion, sondern eine offene Überweisung auf Ihr Bankkonto in der Schweiz. Nehmen Sie die beiden Verträge mit. Wenn Sie eine Schweizer Bank fragt, woher das Geld kommt, sind Sie auskunftspflichtig. Der legale Grundstückgewinn macht keine Probleme.»

«Muss ich in der Schweiz nochmals Steuern zahlen?»

«Nein, Grundstückgewinne werden nur im Lande besteuert, wo das Grundstück liegt. Das ist ein Grundsatz des internationalen Steuerrechts.»

Baldermira war verblüfft. Schon wieder hatte er sauberes Geld, das leider wieder mit Steuern belastet war, aber das liess sich wohl nicht vermeiden. So viel hatte er mittlerweile gelernt. Zuhause würde er sich sofort dem Auftrag widmen und sich etwas ausdenken. Noch einmal Froschgift war schliesslich nicht möglich. Nachdem er bei der Banca di Roma die Zahlung in

Auftrag gegeben hatte, liess er sich vom Bruder des Notars Bertossa zum Flughafen fahren. Er buchte einen späten Nachmittagsflug nach Mailand, wo er wieder in seinen Audi stieg. Kurz vor Mitternacht war er zurück in Basel. Am nächsten Tag wollte er seine Bank über die Realisierung des Liegenschaftsgewinns orientieren. Über die Herkunft des Geldes wollte er transparent Auskunft erteilen, denn er wollte es auf jeden Fall vermeiden, in den Fokus der Bank oder einer Geldwäscherei-Aufsichtsbehörde zu geraten.

19. Die Verteidigung

Marc Fischer war in seinem Büro, als das Telefon läutete und er informiert wurde, dass er sich ins Auditorium begeben solle für die konsultative Generalversammlung. Er verliess sein Büro, ging einen Stock nach unten und betrat das Auditorium. Die 30 Personen, die anwesend waren, vertraten knapp 40 Prozent des Kapitals. Zugang hatte jeder Aktionär oder jede Aktionärsgruppe, welche mehr als 1 Prozent des Aktienkapitals besass. Aufgrund der aktuellen Börsenkapitalisierung entsprach dieses eine Prozent etwa 80 Millionen Franken. Der Kreis der Teilnehmer war damit elitär.

Fischer sah Loi Chong von der Bank of China, verschiedene Grossaktionäre von Finanzinstituten und Banken, ebenso Vertreter von Grossindustrien, die in WBC-Aktien investierten, und Repräsentanten von Geldanlagefonds und drei Pensionskassen, die grössere Bestände an Aktien hielten. Mathilde Fischer war ebenfalls präsent. Er würde somit auf ihre Aktienstimmen zählen können. Fischer nahm Platz auf dem Podium, sekundiert vom CIO*, dem CFO*, dem Chief Financial Officer* und anderen. Insgesamt waren zehn Personen der obersten Führungsebene vertreten und der Verwaltungsrat wurde durch den Ausschuss repräsentiert. Fischer hatte vor fünf Jahren das Instrument der konsultativen Generalversammlung eingeführt. Die Börsenaufsicht verweigerte zuerst die Zustimmung, doch dann einigte man sich darauf, dass das Ergebnis der Versammlung sofort veröffentlicht werden müsse, um Insidergeschäften zu verhindern. Fischer erklärte den Behörden, dass keine Gefahr solcher Machenschaften existiere und er persönlich mit seiner Integrität für umfassende Transparenz bürgen würde, die mit der schnellen Veröffentlichung der Ergebnisse ja garantiert sei.

Die Bewilligung war auf fünf Jahre beschränkt und würde Ende dieses Jahres erneuert werden müssen.

Fischer eröffnete die Versammlung: «Sehr geehrte Damen und Herren, ich begrüsse Sie herzlich zu dieser konsultativen Generalversammlung, welche den Grossaktionären und institutionellen Anlegern die Gelegenheit geben soll, ihre Wünsche direkt und unmittelbar einzubringen. Dem Verwaltungsrat und dem Management ermöglicht es, sich ein besseres Bild über die Lage zu verschaffen. Unsere Versammlung ist rein konsultativ und nicht beschlussfähig. Sie haben die Traktandenliste erhalten. Die ordentliche Generalversammlung in drei Wochen wird dann über die nämlichen Traktanden als oberstes Organ entscheiden. Ich erkläre somit die Versammlung als eröffnet.»

Die Versammlung ging zügig durch die einzelnen Punkte: Genehmigung des Protokolls der letzten Versammlung, Bericht zum Geschäftsjahr, finanzielle Rechnungslegung, Bericht der Revisionsstelle, Decharge der Verwaltungsratsmitglieder. Alles ging problemlos durch bis zu den Wahlen. Auch hier schien erst alles unproblematisch zu laufen, die Revisionsstelle wurde bestätigt, der Verwaltungsrat auch, erst bei der Wahl des Präsidenten des Verwaltungsrats, wo Marc Fischer zur Wiederwahl stand, meldete sich Loi Chong zu Wort.

«Herr Chong», sagte Fischer, «ich bitte Sie, zu Beginn Ihres Votums den Antrag zu stellen und Ihre begründenden Aspekte anzufügen für das Protokoll. Danke, Sie haben das Wort.»

«Sehr geehrte Damen und Herren, ich stelle den Antrag, das Doppelmandat von Marc Fischer zu beenden und Professor Walther Gutmanns zum Vorsitzenden des Verwaltungsrats zu ernennen. Ich werde Ihnen dies gerne begründen.» Er blickte Fischer an.

«Ich danke für den Antrag. Fahren Sie bitte fort.»

Während Loi Chong mit seiner Rede fort fuhr, nahm Fischer unauffällig sein Handy hervor. Er hatte eine SMS vorbereitet mit dem Text: «Li Wu, bitte aktivieren Sie die Fotos, Danke, Fischer», die er nun abschickte. Wenige Sekunden später blinkte das Bestätigungszeichen auf und er konnte sich wieder Loi Chong widmen.

«... und aus den dargelegten Gründen bin ich der Meinung, dass dieses Doppelmandat der WBC schadet. Mit Herrn Professor Walther Gutmanns haben wir ein ehrenwertes und verdientes Mitglied des Verwaltungsrats, welcher die Aufgaben des Präsidiums des Verwaltungsrats bestens geeignet übernehmen kann. Herr Fischer bliebe Vorsitzender der Geschäftsleitung und wäre Mitglied des Verwaltungsrats. Meines Erachtens eine ideale Konstellation.»

Der Reigen der Wortmeldungen war eröffnet. Die Entourage von Fischer würdigte die positive Konstellation des Doppelmandates und die Gruppe Chong betonte die Machtfülle und mangelnde Kontrolle. Professor Walther Gutmanns nutzte die Gunst der Stunde und schoss eine verbale Breitseite gegen Fischer. Er war sich ziemlich sicher, dass dies seine Chance war, seine Position massgeblich zu verbessern. Aufgrund der Voten und der zu erwartenden Stimmabgabe gab es ein leichtes Stimmungsplus für den Antrag Chong und für Professor Gutmanns.

Fischer ergriff wieder das Wort: «Meine Damen und Herren, man kann in dieser Frage geteilter Meinung sein, aber Tatsache ist, dass die Familie Fischer Erhebliches für die WBC geleistet hat und bis anhin das Doppelmandat von hohem Nutzen für die Bank und für die Aktionäre war. Nachdem die Voten nun erschöpft sind, möchte ich gerne zur Abstimmung kommen. Wer...»

Eine Handymelodie, es dürfte sich um die chinesische Nationalhymne handeln, war zu hören. Loi Chong nahm sein

Handy aus der Innentasche seines Jacketts, wollte den Anruf ablehnen, doch als er auf dem Display den Anrufer erkannte, nahm er das Gespräch unmittelbar entgegen und entfernte sich unverzüglich aus dem Raum.

«Also, wer für meine Person ist, erhebe bitte die Hand», fuhr Fischer ungerührt fort.

Mathilde Fischer erhob als erste deutlich die Hand. Hände und Stimmen wurden gezählt.

«Und wer für Professor Gutmanns ist, erhebe bitte jetzt die Hand.»

«Halt», unterbrach Professor Gutmanns, der sich seit Chongs Abgang immer wieder nervös zur Türe umgedreht hatte. «Herr Chong ist nicht anwesend. Wir können nicht abstimmen.» Seine Stimme vibrierte, zumal ohne Loi Chongs Stimmenanteile eine Wahlniederlage im Raum stand.

«Ich bitte Sie, werter Professor Gutmanns, die Sitzung nicht zu unterbrechen. Sie hatten Gelegenheit zur Argumentation. Erstens ist es die persönliche Entscheidung von Loi Chong, nicht anwesend zu sein, obwohl er den Antrag gestellt hat, und zweitens ist es nur eine konsultative Abstimmung. Bitte erheben Sie die Hände.»

Gutmanns hatte keine Chance. Hände und Stimmen wurden gezählt. Der Stimmenzähler meldete: «Von den abgegeben gültigen Stimmen entfallen 52 Prozent auf Fischer und 48 Prozent auf Gutmanns. 8 Prozent der Stimmen sind Enthaltungen, wobei diese nicht für das Mehr gezählt werden.»

Gutmanns nahm das Ergebnis mit Schaudern zur Kenntnis, in Erwartung der weiteren Entwicklung seiner Karriere. Fischer war zufrieden, eine Hürde mehr war geschafft.

Das letzte Traktandum, Varia, stand nach den Wahlen noch an und Fischer sagte: «Ich habe von Seiten der Geschäftsleitung keine Ausführungen mehr zu machen. Wünscht noch jemand das Wort?»

Loi Chong, der inzwischen wieder im Saal war, hob die Hand. Er sah fahl aus und tiefe Sorgenfalten gruben sich in sein Gesicht.

«Sie haben das Wort.»

«Herr Vorsitzender, ich habe soeben aus dem Politbüro eine neue Vorgabe erhalten. Ich bitte die Unterbrechung zu entschuldigen. Mit sofortiger Wirkung bin ich aller Ämter enthoben. Mein Nachfolger wird noch zu bestimmen sein. Wir werden uns auf absehbare Zeit nicht mehr in die Angelegenheiten des Verwaltungsrats einmischen und die Beteiligung an der WBC als reine Finanzanlage betrachten. Ich verabschiede mich aus diesem Gremium. Die mit Ihnen verbrachte Zeit war anregend und interessant. Vielen Dank.»

Gebrochen verliess er den Saal mit einer bösen Vorahnung, was in China noch auf ihn zukommen würde.

«Wir nehmen das so zur Kenntnis. Vielen Dank. Dann erkläre ich die Sitzung für geschlossen. Herr Professor Gutmanns, darf ich Sie noch zu mir bitten?»

Der Saal leerte sich. Die Ergebnisse wurden unmittelbar im Internet publiziert, um der Auflage der Börsenaufsicht Rechnung zu tragen. Es zeigte sich direkt eine Kurserholung der WBC-Aktie. *Das Wetter wurde wärmer.* Die Festigung der Aktionärsstruktur wurde vom Markt positiv aufgenommen.

Als der Saal beinahe leer war, kam Professor Gutmanns auf Fischer zu. Er wollte das Gespräch, um das er gebeten hatte, eröffnen, aber Gutmanns kam ihm zuvor. «Herr Fischer, ich darf Sie bitten, meinen Rücktritt entgegen zu nehmen.»

Für Fischer kam dies nicht wirklich überraschend, deshalb antwortete er sogleich förmlich: «Ich nehme Ihren Rücktritt an und wünsche Ihnen alles Gute. Wir werden Sie an der kommenden Generalversammlung mit einer Würdigung Ihrer grossen Verdienste für die WBC aus dem Amt entlassen.»

«Ich danke Ihnen. Auch Ihnen alles Gute.»

Gutmanns hatte alles auf Loi Chong gesetzt und damit alles verloren. Er hatte keine Ahnung, was vorgefallen war und er wollte einer Attacke von Fischer ausweichen. Deshalb wählte er den Weg des sofortigen Rücktritts. Er hatte Loi Chong und sich selbst deutlich über- und Fischer unterschätzt.

Mathilde Fischer war über das Ergebnis hoch erfreut und verabredete sich mit ihrem Stiefsohn zum Abendessen im Chez Martin in Flüh. Fischer wollte seine Frau fragen, ob sie auch Zeit hätte, mitzukommen. Er wollte mit ihr feiern.

In den Abendnachrichten meldete CNN den Rücktritt von Loi Chong aus verschiedenen politischen Ämtern, allerdings ohne die Fotos mit den Prostituierten zu zeigen. Einige asiatische Sender wählten dagegen eine ausführlichere Berichterstattung mit Hintergrundinformationen. Die Financial Times und die NZZ erwähnten jeweils in einem Dreizeiler den Austritt Loi Chongs aus dem Verwaltungsrat der WBC, in der lokalen Presse in Basel wurde nichts publiziert. In chinesischen Boulevardblättern wurde der Skandal mit Fotos ausführlich illustriert und die Öffentlichkeit ergötzte sich an den Verfehlungen von Loi Chong. Dieser würde Jahre brauchen, um seinen bisherigen Status wieder zu erreichen, falls ihm das überhaupt jemals gelingen würde.

Die ordentliche Generalversammlung wenige Wochen später bestätigte die Beschlüsse der konsultativen Generalversammlung. Marc Fischer konnte seine Macht etablieren. Er nahm sich vor, bei der nächsten Gelegenheit Li Wu in Shanghai zu besuchen. Wu hatte nicht zu viel versprochen. Diese Geschäftsfreundschaft wollte er pflegen.

Nach der konsultativen Generalversammlung war Fischer positiv eingestellt. Er hatte sich den Nachmittag frei gehalten und keine Termine vereinbart. Auch wenn der Sieg neue Kräfte brachte, war die Anspannung der letzten Tage nicht spurlos an ihm vorbei gegangen und er freute sich auf einen schönen Abend mit seiner Stiefmutter und Claudia, die auch kommen würde. Bereits gegen vier Uhr verliess er die Bank und machte sich auf den Weg nach Hause, wo ihn Claudia herzlich begrüsste und ihm gratulierte. Sie war gut gelaunt, ein Erfolg für ihren Mann war immer auch ein Erfolg für sie. Zudem hatte sie heute wieder ihr monatliches Gespräch mit ihrer Privatbank gehabt und die Performance des Finanzvermögens war sehr positiv. Aber das war ihre persönliche Sache und darüber wollte sie mit ihrem Mann nicht sprechen. Sie war der Überzeugung, dass das Sprechen über Geld den Charakter und die Liebe verderbe. Geld zu besitzen, war selbstverständlich etwas vollkommen anderes. Fischer nahm sich Zeit, um sich für den Abend vorzubereiten. Er duschte lange und wählte einen sportlichen Anzug mit passendem Hemd, aber ohne Krawatte.

«Claudia, ich gehe noch kurz bei meinem Vater vorbei und hole Mathilde ab. Wir kommen dann später wieder hier vorbei.»

«Ja ist gut, bis später.»

Sie war noch nicht fertig im Bad und war froh, sich noch alleine in aller Ruhe bereit machen zu können. Sie wusste, dass sich ihr Mann und Mathilde gut verstanden. Auch sie kam gut mit ihr aus. Es verband sie keine tiefe Freundschaft, aber viele Gemeinsamkeiten. Das gemeinsame Wissen, dass stets genügend Geld vorhanden sei, ebnete den Weg für manchen Dialog, ohne dass man dabei direkt über Geld sprechen musste. Mathilde war ja strenggenommen auch nicht ihre Schwiegermutter, sondern die zweite Ehefrau des Vaters ihres Mannes, was unbeschwerter war.

Bei der Villa seines Vaters öffnete die Haushälterin die Türe und sagte: «Frau Fischer lässt sich entschuldigen, sie macht sich noch fertig. Wenn Sie Ihren Vater sehen möchten, er ist im Salon.»

Sie geleitete ihn in das Wohnzimmer, wo Theodor Fischer im Schaukelstuhl sass und offenkundig Mühe hatte, seinen Sohn zu erkennen.

«Guten Abend Vater, wie geht's dir?»

«Es geht so. Ich bin müde und gehe bald schlafen.»

Das Gespräch gestaltete sich als schwierig und es war auch nicht möglich, über mehr als nur Oberflächliches zu sprechen. Fischer war sofort klar, dass sein Vater einen Rückfall erlitten hatte.

«Was macht die WBC?», wollte sein Vater nach einer Weile wissen.

«Ah, sehr gut. Die Aktienkurse sind heute um 7 Prozent gestiegen.»

«Das ist schön.»

Mathilde kam herein, begrüsste ihn und wandte sich dann an ihren Mann: «Ich gehe heute Abend mit Marc Essen. Das Pflegepersonal wird hier sein und sich um dich kümmern.»

Sie schaute sich um, und die Pflegefachfrau nickte ihr zu. Für Theodor Fischer war gesorgt. Draussen öffnete Fischer seiner Stiefmutter die Türe zum Maybach, nahm selbst auf dem Fahrersitz Platz und beim Losfahren nahm er das Telefon und liess es zwei Mal Läuten bei Claudia, das Zeichen, dass sie losgefahren waren. Claudia wartete bereits vor dem Haus und stieg dazu. Eine halbe Stunde später waren sie in Flüh und wurden im Chez Martin vom ehemaligen Sternekoch freundlich empfangen. Zur Feier des Tages wählten sie das Gourmet Menü. Nach dem Gruss aus der Küche wurde Steinbutt auf Spargeln serviert, gefolgt von einem Lamm-Filet mit Gartengemüse. Käse und Dessert rundeten das Mahl ab. Fischer wählte einen weissen Meursault jüngeren Jahrgangs zur Vorspeise und zum Lamm einen roten Château Pétrus 1987. Sie sprachen über den Verlauf der konsultativen Generalversammlung und Fischer war stolz, seiner Frau von seinem Erfolg zu erzählen, wobei er die Details um die Fotos von Loi Chong geflissentlich verschwieg. Das wäre erstens kein Thema für ein Gespräch mit zwei Damen gewesen und zweitens wollte er diese Seite seines Geschäftsgebarens seiner Familie nicht offenbaren.

Mathilde bekräftigte noch einmal: «Ja, das ist wunderbar. Nun haben wir endlich ein wenig Ruhe.»

«Ja. Allerdings nur, solange wir unser Aktienpaket über dich zusammen halten können.»

Diesen Einwand nahm Claudia zum Anlass, von ihrem erfolgreichen Nachmittag zu erzählen: «Ich habe heute mit meinem Banker gesprochen. Wir könnten ein persönliches Engagement von mir in der WBC aufbauen. Wir haben bisher unsere Finanzen immer klar getrennt und das soll auch so bleiben. Die Analysten von meiner Privatbank haben mir jedoch geraten, WBC-Aktien zu kaufen und ein überproportionales Engagement einzugehen. Empfohlen haben sie eine Tranche WBC-Aktien für rund 30 Millionen, unter Berücksichtigung meiner übrigen Positionen. Diese erste Investitionstranche in WBC-Aktien habe ich bereits realisiert. Ich möchte diese Aktienposition aber in den nächsten zwei Wochen noch verdreifachen. Die Stimmen der Aktien kannst du selbstverständlich wahrnehmen, Marc. Ich bin an der Finanzanlage, nicht am Stimmrecht interessiert. Ich möchte aber jederzeit selbständig entscheiden, ob ich halte, ausbaue oder reduziere. Meine Vermögensberater empfehlen mir eine nicht zu grosse Risikoallokation*. Ich werde diese Empfehlung befolgen in einem vertretbaren Mass. Ich denke, das kommt dir auch zugute, nicht wahr? Und natürlich hoffe ich, dass meine Investition ein Erfolg wird.»

Fischer schaute seine Frau begeistert an. Das erste Mal sprach sie mit ihm über Geld. 30 Millionen war eine nennenswerte Position, wenn auch nicht entscheidend. Was für ihn noch viel mehr zählte, war, dass sie zu ihm hielt und versuchte, ihn auf diese Weise zu stärken. Fischer war erstaunt, wie solid ihr Wissen im Bereich der Vermögensverwaltung war. Das Gesagte zeugte von Kompetenz. Mit einer Verdreifachung der Investition würde die Position für ihn sogar relevant werden. Seine Frau wäre dann ebenfalls Mitglied im Kreis der Aktionäre der konsultativen Generalversammlung.

«Das ist ja grossartig!»

«Phantastisch», freute sich auch Mathilde. «Darauf müssen wir anstossen!»

Sie bestellten einen Dessertwein, einen Sauternes Château d'Yquem 1967. Dieser Weisswein war eine absolute Rarität. Der Jahrgang galt als Jahrhundertwein und war offiziell nicht im Verkauf. Das Restaurant Chez Martin erhielt aufgrund seiner respektablen Bestellmengen an Châteaux-Weinen der Qualität Premier Grand Cru ein paar Flaschen geliefert und Herr Martin liess es sich nicht nehmen, diese Rarität seinen prominenten Gästen zu kredenzen. Der süsse Dessertwein war der perfekte Abschluss des vorzüglichen Essens und des ereignis- und erfolgreichen Tages. Fischer hatte sich eines grossen Widersachers entledigen können und seine Frau stand ihm nicht nur mental zur Seite. Ihm wurde erstmals auch Gewahr, welches erhebliche Vermögen seine Frau besitzen musste. Privatbankiers empfahlen meist, nicht mehr als 5 Prozent des Vermögens in einer Aktienposition zu halten. Angenommen, das empfohlene Investment von 30 Millionen entsprach diesen fünf Prozent, so würde das Vermögen seiner Frau in etwa 600 Millionen Franken betragen.

Das war erheblich mehr, als er bisher geschätzt hatte. Aber mit einem anvisierten Aktienpaket von 90 Millionen Franken würde sie immerhin rund einen Sechstel ihres Vermögens investieren. Ein immenses Zeichen der Loyalität.

«Marc, wir haben im Moment guten Boden», sagte Mathilde. «Solange Theodor lebt, kann ich die Aktien vertreten. Ich weiss leider nicht, wie die Situation nach seinem Tod aussieht. Wir wissen zwar nicht, wie lange das noch gehen wird, aber du hast ihn ja gesehen heute. Er hat wieder stark abgebaut. Die Ärzte sagen, er könne noch ein paar Jahre so leben, oder aber schon morgen sterben. Wir wissen es schlichtweg nicht. Ich kenne sein Testament nicht. Ich habe als überlebende Witwe Anspruch auf die Hälfte des Vermögens. Alles Weitere hängt von seinem Testament ab, sofern er eines erstellt hat. Einen Ehevertrag haben wir nie abgeschlossen. Je nachdem wird er die frei verfügbare Quote mir zuhalten oder den Nachkommen. Oder nur einem Nachkommen. Ich rechne damit, dass er dich, Marc, bezüglich der WBC-Aktien mit einem Legat bedacht hat und mich als begünstigte Erbin eingeschlossen hat. Somit werden wir im Kern der Familie den Hauptbestand der Aktien halten können, aber eine gewisse Verdünnung über seine weiteren drei Nachkommen, die ich alle sehr mag, die aber leider keine Ahnung von Geld haben, werden wir nicht vermeiden können. Von dem her ist eine strategische Stärkung des Aktienpakets über dich, Claudia, von eminenter Bedeutung. Wenn du möchtest, können wir dich in den Aktionärsbindungsvertrag mit einbeziehen.»

«Mathilde, deine Wertschätzung in Ehren, aber im Moment möchte ich das offen lassen. Ich schliesse mich deiner Konklusion in der Beurteilung der Lage voll und ganz an. Solange mein Schwiegervater lebt, halten wir ein bestimmendes Aktienpaket zusammen. Danach bleibt es offen. Für mich ist es ein Investment und ich möchte mich nicht in die Familie meines Mannes einmischen.»

«Mit diesen beiden Damen habe ich ja zwei geschäftstüchtige Partnerinnen mit im Boot», sagte Fischer glücklich. «Ich danke euch herzlich für eure Unterstützung. Darauf stossen wir an.»

Sie erhoben die Gläser und prosteten sich zu. Das Essen war hervorragend gewesen, der Wein hatte das Mahl bereichert, was auch die beiden Damen zu schätzen gewusst hatten, und die Familienbande war einmal mehr gestärkt worden. Nach den vielen Turbulenzen war es für Fischer ein Abend der positiven Energien gewesen. Als sie sich ins Auto setzten, hoffte er angesichts seines erhöhten Alkoholpegels, mit dem er sicher über der gesetzlichen Limite lag, keiner Polizeikontrolle zu begegnen. Er hatte Glück.

* * * * *

Giuseppe Baldermira widmete sich nach seiner Rückkehr aus Neapel voll und ganz seiner neuen Aufgabe, der Liquidation von Balthasar Iselin, geboren 1932. Er kannte diese Person nicht, und das war gut so. Die ersten Eindrücke der Abklärung waren nicht sehr spannend. Er war Verleger in Basel und hatte ein loyales Mitarbeiterteam. Auffallend war seine rege Reisetätigkeit in Europa, aber dabei war er meist in Begleitung, was für Baldermira nicht dienlich war. Dann gab es viele gesellschaftliche Aktivitäten und eine Menge Bekanntschaften. Baldermira ärgerte sich. Der Preis dieser Liquidation war zu tief angesetzt. Für unbedeutende Personen betrug dieser im internationalen Vergleich weniger als 100'000 Dollar. Solche Aufträge hatte er nie angenommen und waren von ihm auch sehr selten verlangt worden. Das war ihm zu profan. Bei Personen mit einem gewissen sozialen Standard betrug der Preis in der Regel das Fünf- bis Zehnfache des Jahreseinkommens, also 200'000 bis eine Million Dollar. Für den Auftrag Iselin hatte er also eindeutig zu wenig verlangt. Er hatte dieses Projekt falsch eingeschätzt. Einen einfachen Menschen ohne soziale Bedeutung zu liquidieren, war etwas ganz anderes, als eine Person mit einem gewissen gesellschaftlichen Status. Balthasar Iselin war nicht zu vergleichen mit dieser introvertierten Kreatur Karl-Maria Hoffmann. Er wusste jetzt, dass viele Kollegen keine Aufträge unter einer Millionen Dollar annahmen, doch er war zu lange nicht aktiv gewesen. Er überlegte sich, diesen Auftrag zu verweigern, doch den Konflikt, den dies mit Marc Fischer auslösen würde, wollte er lieber vermeiden. Er beschloss, auf jeden Fall bei der Ausführung eine Sicherung einzubauen, damit er gegenüber seinem Auftraggeber etwas in der Hand hätte. Und nach diesem Auftrag, das war nun für ihn klar, würde er seinen angestammten Beruf an den Nagel hängen. Er würde sich der Geldwäsche seiner Barbestände widmen und hätte genug Geld zum Leben. Wenn er nicht verschwenderisch damit umginge, würde es für ein anständiges Leben bis ins hohe Alter genügen. Ein wohlverdienter Ruhestand, oder jedenfalls eine Teilpensionierung, da er den Laden zur Aufrechterhaltung des sozialen Kontaktes behalten würde. Da er von seiner hauptberuflichen Seite keine Kontakte pflegen konnte und verständlicherweise auch kein Berufsverband existierte, blieb also der Laden mit dem notwendigen Umfeld. Obwohl er Iselin nun schon eine Weile observierte, gab es bis jetzt wenig, was sich wiederholte und damit einen geeigneten Anknüpfungspunkt für die Erledigung seines Auftrages darstellte. Den Gedanken um seinen baldigen Ruhestand nachsinnend, beobachtete er Iselin, wie er gerade seinen Verlag verliess und in sein Auto stieg. Baldermira folgte ihm unauffällig. Es ist noch zu früh, um nach Hause zu gehen, dachte er und der Weg, den

Iselin einschlug, bestätigte dies. In der Nähe des Solitude-Parkes stellte Iselin sein Auto ab, verliess seinen Wagen und betrat ein Hochhaus. In sicherem Abstand folgte Baldermira und studierte am Eingang des Hochhauses die Klingelschilder. Nichts Auffälliges. Als er schon fast alle Namen der Bewohner im Hochhaus durchgelesen hatte, ohne dass er sich hätte einen Reim machen können, erregte ein Schild dann doch seine Aufmerksamkeit, auf dem «Saunaworld Rhodos» stand.

Seiner Intuition folgend läutete er an der Klingel. Sogleich öffnete sich die Haustüre. Nach wenigen Schritten fand er im Erdgeschoss einen Eingang, an dem ein Messingschild prangte, wieder mit der Aufschrift «Saunaworld Rhodos». Baldermira kannte zwar einschlägige Etablissements, aber hier fehlte das übliche Rot und auch das gesamte Drumherum. Er läutete nochmals und trat ein, ohne auf ein weiteres Zeichen zu warten. Im Entree begrüssten ihn zwei attraktive Damen.

«Sie sind wohl neu hier, dürfen wir Ihnen behilflich sein?»

Selten war Baldermira so frustriert. Normalerweise war Selbstsicherheit und Bestimmtheit sein ständiger Begleiter, aber hier wurde er gleich zu Beginn als Newcomer entlarvt. Das war peinlich und letztlich konnte dies auch gefährlich sein, denn in erster Priorität suchte er eine geeignete Gelegenheit, Iselin zu eliminieren. Das musste diskret geschehen. Ein auffälliger Newcomer war dafür mit Sicherheit nicht die geeignete Form. Aber nun war es zu spät für einen Rückzieher.

Als er wenig später mit hochrotem Kopf den Saunaclub verliess, hatte dies weniger mit der Hitze des Dampfbads zu tun, als vielmehr mit der Tatsache, dass er sich masslos blamiert hatte. Das «Saunworld Rhodos» hatte sich entpuppt als ein Etablissement für Männer auf der Suche nach Männern. Seine sonst so besonnene Art und seine Fähigkeit, in die unterschiedlichsten Rollen zu schlüpfen, hatten ihn hier schlagartig verlassen und er war als Neuling und noch dazu als Hetero sofort aufgeflogen. Zu allem Übel hatte er bemerken müssen, dass er auch von Iselin, der sich hier offensichtlich gut auskannte, sehr genau gemustert worden war. Das bedeutete, dass seine Handlungsfähigkeit was Iselin anging nun stark eingeschränkt war, da er ihm nicht mehr anonym gegenübertreten konnte.

Zu Hause trank er mehrere Whiskys. Was für eine blamable Situation. Der Entschluss, dass dies sein letzter Auftrag sein würde, festigte sich. Er hatte zu lange nicht getötet und war aus der Übung. Jetzt musste er sich etwas Neues, Geniales ausdenken, etwas absolut Sicheres. Noch hatte er keine Idee.

*****

Etienne Palmer landete auf dem Flughafen Fiumicino bei Rom. Er freute sich auf die Abwechslung. Auslandreisen waren selten und meist musste man mit dem Zug oder mit dem Auto reisen. Pflug hatte glücklicherweise den Flug nach Rom anstandslos bewilligt. Es war lediglich eine Tagesreise geplant mit dem Hinflug morgens früh und dem Rückflug noch am selben Abend, wobei je nach Stand der Ermittlungen, der Aufenthalt auch verlängert werden konnte. Palmer hatte also das Nötigste für die Nacht mit dabei. Beim Verlassen des Gates, noch vor der Gepäckausgabe und dem Zoll, sah Palmer zwei Carabinieri mit einem Karton in den Händen, auf dem sein Name stand. Er ging auf die Herren zu, stellte sich vor und wurde freundlich begrüsst. Sie verliessen das Gebäude ohne jede weitere Kontrolle. Im Ausgangsbereich winkte einer der beiden Polizisten einen Streifenwagen der Marke Alfa Romeo herbei. Palmer wurde die Türe geöffnet und kaum hatten alle Platz genommen, schaltete der Fahrer die Sirene ein. Autos fuhren zur Seite, Leute sprangen auf das Trottoir und in Windeseile waren sie auf der Schnellstrasse unterwegs Richtung Stadtzentrum. Die Landschaft der Tiberebene glitt an ihnen vorbei und im Nu hatten sie die Vororte von Rom und dann das Zentrum erreicht. Es ging vorbei am Theatro Marcello, dem Quirinal und anderen berühmten Wahrzeichen der ewigen Stadt, bevor sie vor der zentralen Polizeibehörde hielten. Ein Obelisk schmückte den Platz. Die zwei Carabinieri geleiteten Palmer zum Büro von Commissario Claudio Mauri.

«Ich hoffe, Sie hatten eine gute Reise», begrüsste ihn Mauri freundlich. «Möchten Sie einen Kaffee?»

«Die Reise war problemlos und ich wurde sehr freundlich empfangen. Ich bin noch nie so schnell vom Flughafen in die Stadt gelangt», bemerkte Palmer mit einem Schmunzeln.

«Das freut mich. Renzo fährt gerne schnell und für einen Kollegen aus der Schweiz verkürzen wir gerne ein wenig die Reise. Unsere Bürokratie ist vielleicht manchmal etwas langsam, aber unsere Fahrflotte hat es in sich.»

Beide lachten und der Kaffee wurde serviert. Palmer genoss den Moment und dachte, genau für solche Momente lohnte es sich, Polizist oder Mitarbeiter des Staates zu sein.

«Nun, Kollege Palmer, Sie sind ja wegen der Sache mit dem Froschgift hier. Wir haben Ihnen die Akten dazu geschickt. Ich hoffe, wir kommen im persönlichen Gespräch weiter. Vielleicht erzählen Sie, wo Sie stehen und wie der Fall liegt.»

«Ja, gerne. Wir ermitteln im Fall Karl-Maria Hoffmann. Er wurde auf seiner wöchentlichen Fahrt in seine Ferienwohnung im Zug mit diesem Froschgift umgebracht. Wir haben bis jetzt noch keinen Verdächtigen. Hoffmann lebte zurückgezogen und es gab nichts Auffälliges in seinem Leben. Ungewöhnlich erschien uns deshalb, dass ihn ein paar Tage vor seinem Tod ein bekannter CEO einer schweizerischen Bank besucht hat, den er offenbar davor noch nie gesehen hatte. Dieser CEO, Herr Marc

Fischer, hat uns einigermassen plausible Gründe für seinen Besuch angeben und er hat auch ein Alibi, soweit wir dies überprüfen konnten. Fischer ist absoluter Topmanager der weltweiten Wirtschaftselite, das heisst, wir können nur aktiv werden, wenn wir etwas Stichhaltiges in der Hand haben. Allein seinen Namen hier zu nennen, könnte mich meinen Job kosten. Wir haben keinerlei Beweise gegen Fischer und können auch kein Motiv entdecken, aber sonst haben wir keinen anderen möglichen Täter im Visier. Fischer ist einfach der einzige Anhaltspunkt, den wir haben und so versuchen wir, in diese Richtung Erkenntnisse zu gewinnen.»

«Bezüglich prominenter Krimineller haben wir in Italien eine reichhaltige Erfahrung. Riccardo Ramazzotti war lange Ministerpräsident und wurde im hohen Alter verurteilt wegen Beziehungen zur Mafia und später begnadigt, ähnlich erging es Tino Raxi, ebenfalls ehemaliger Ministerpräsident. Unser jetziger Ministerpräsident hat ein reichhaltiges Register an Verfahren und Strafverfahren, denen er sich durch eine von ihm eingeleitete Gesetzesänderung entzogen hat, indem er die Verjährungsfristen verkürzte. Ich kann Ihnen also nachfühlen, was die Unantastbarkeit prominenter Verdächtiger angeht. Ich habe nur einen Tipp an Sie: machen Sie nichts Falsches und beten Sie regelmässig zur heiligen Maria.» Beide lachten. «Aber zurück zu Ihrem Fall, haben Sie legale Ermächtigungen, Telefone abzuhören, etc.?»

«Wir haben alle diesbezüglichen Aktivitäten nach dem ersten gescheiterten Versuch, eine Bewilligung einzuholen, verworfen. Es bleiben nur die Möglichkeiten der allgemeinen Ermittlung ohne bewilligungspflichtige Ermächtigungen. Wir ziehen auch einen Auftragsmord in Betracht, es fehlt allerdings trotzdem noch das Motiv der Tat. Der Ermordete stand in keiner erkennbaren Beziehung zu Fischer. Wir tappen, wie gesagt, noch ziemlich im Dunklen. Vielleicht sagt ja das Froschgift etwas über den Täter aus. Vielleicht können Sie uns hier weiter helfen?»

«Da haben Sie einen schweren Fall vor sich», sagte Mauri und Palmer nickte. «Ich erzähle Ihnen gerne von unserem Fall. Die meisten Fakten kennen Sie ja aus dem Dossier.» Doch zuerst nahm er den Telefonhörer und wählte eine Nummer. «Alberto, ja... Kannst du kurz zu mir kommen? Ja... ja. Genau, jetzt gleich. Commissario Palmer aus der Schweiz ist da, weisst du der Fall, von dem ich dir erzählt habe... Ja. Danke.» Er wandte sich wieder an Palmer: «Commissario Alberto Disanto wird gleich noch zu uns stossen. Er hatte seinerzeit die Ermittlungen geführt. Das Ganze liegt schon lange zurück und keiner von uns hat noch an diesen Fall gedacht, bis Ihre Anfrage aus der Schweiz kam. Wir sind damals nie ans Ziel gekommen, aber der Fall ist noch nicht verjährt. Der Ermordete, ein gewisser Herr Larose, war Inhaber eines grossen Pharma-Unternehmens, der Pharm-Ital SA. Wir haben im persönlichen Umfeld nichts Verdächtiges entdecken können.»

Es klopfte an der Türe und Alberto Disanto trat ein. Ein warmer römischer Gruss kam ihm entgegen. Soviel Freundlichkeit hatte er nicht erwartet. Mauri bestellte bei seiner Sekretärin noch einmal einen Ristretto.

«Alberto, ich habe unserem Kollegen Palmer das Wichtigste in Kürze geschildert, vielleicht kannst du noch etwas ausführen?»

«Gerne», sagte Disanto und erzählte detailliert von dem Fall, vom Toten, vom Beginn der Ermittlungen, vom Beziehungsnetz des CEOs der Pharm-Ital SA. und seinem tragischen Tod, der den Zwangsverkauf der Firma an ein Schweizer Unternehmen zur Folge hatte.

«Warum genau musste das Unternehmen verkauft werden?», fragte Palmer nach.

«Soweit ich es in Erinnerung habe, hatte die Firma gewisse Liquiditätsprobleme, weshalb es schon Verkaufsverhandlungen mit verschiedenen Interessenten gegeben hatte. Aber man wurde sich nicht handelseinig. Der finanzielle Druck war da, aber nicht so stark, dass er um jeden Preis hätte verkaufen müssen. Der Pharma-Konzern aus der Schweiz war involviert in die Verhandlungen, aber es kam kein Deal zustande. Dann wurde Larose vergiftet und die Witwe musste sofort verkaufen. Sie hat mir viele Details erzählt, sie war sehr verärgert, dass sie verkaufen musste und noch dazu zu einem Preis, der weit unter dem lag, was ihr Mann verhandelt hatte.»

«Haben Sie überlegt, ob nicht allenfalls ein Auftragsmord aus der Schweiz mögliche Grundlage des Verbrechens hätte sein können? Schliesslich hatte der Schweizer Käufer vom Tode erheblich profitiert.»

«Ja, das haben wir natürlich in Erwägung gezogen. Ich bin auch in die Schweiz gefahren und wir haben zusammen mit einem Ihrer Kollegen Personen des Pharma-Konzerns befragen können, sind aber ohne konkrete Ergebnisse wieder zurückgekehrt. Wäre der Käufer eine Firma aus Palermo, Bari oder Neapel gewesen, hätten wir mehr Handlungsspielraum gehabt. Aber Auftragsmorde aus der Schweiz gab es bis heute noch nie.»

«Wie hiess der Konzern, der Pharm-Ital gekauft hat?»

«Die Firma hiess Globalpharma AG.»

«Ah, danke», nickte Palmer, obwohl ihm der Name nichts sagte.

«Nun, meine Herren», unterbrach Mauri die angeregte Unterhaltung. «Es ist Mittag. Wir haben hart gearbeitet. Ich denke wir sollten uns stärken. Darf ich unseren Kollegen aus der

Schweiz zum Mittagessen einladen? Sehen Sie es als Bestechung zur Freundschaft.»

Sie mussten alle lachen.

«Vielen Dank. Das nehme ich gerne an.»

Sie verliessen die Polizeizentrale und liefen ein paar Minuten zu Fuss. Palmer war froh, dass er nicht wieder mit Blaulicht und Sirene durch die Stadt kurven musste. Sie betraten das Restaurant Quincy e Gabrieli. Ein antiker Brunnen stand im Entree und schöne Aquarelle an den Wänden zierten den Raum. Commissario Mauri bestellte für alle das Essen. Eröffnet wurde der kulinarische Reigen mit Spaghetti Vongole, als Hauptgang gab es Wolfsbarsch im Salzteig mit Spinat und abgerundet wurde das Essen durch eine kleine Süssspeise und Amaretti zum Kaffee. Während des ganzen Essens unterhielten sie sich über den Fall und erzählten sich Episoden aus ihrem reichhaltigen Erfahrungsschatz als Ermittler im Dienste der Allgemeinheit. Lustige Anekdoten erheiterten die Runde.

«Das Essen hier ist ein Gedicht. Ich bin sehr erfreut über Ihre Gastfreundschaft.»

«Wissen Sie», sagte Mauri, «wir haben ein hartes Leben und als Polizist in Süditalien lebt man gefährlich. Da muss mindestens ein schönes Essen mit einem Kollegen möglich sein.»

Als sie das Restaurant verliessen, fiel Palmer auf, dass der Commissario keine Rechnung erhalten hatte, sondern lediglich freundlichst vom Wirt verabschiedet wurde. Den Nachmittag nutzte er, um mit Alberto Disanto noch einmal die Akten und die Details durchzugehen, allerdings ohne neue Erkenntnisse zu erhalten. Er hätte gerne noch einen Tag angehängt, aber es gab keinen ersichtlichen Grund und deshalb nahm er die Abendmaschine zurück nach Basel. Disanto liess es sich nicht nehmen, seinen Kollegen mit Sirene und Blaulicht zum Flughafen Fiumicino zu begleiten. Sie nahmen sich vor, wegen der Sache in Kontakt zu bleiben.

Gleich am nächsten Tag versammelte Sebastian Pflug, nunmehr leitender Ermittler im Fall Karl-Maria Hoffmann, seine führenden Kräfte in diesem Fall. Palmer eröffnete die Berichterstattung. Er erzählte von seiner Reise und den Fakten rund um den Tod des Industriellen Larose und dem folgenden Zwangsverkauf an die Globalpharma AG.

«Wie hiess die Firma?»

«Wie gesagt, Globalpharma AG. Hab ich auch noch nie gehört.»

«Das müssen wir aufnehmen», sagte Bossanova-Pesenti und begann mit ihren Ausführungen, die einige Aufmerksamkeit erregten unter den Anwesenden. Sie berichtete von der Beschattung und den belauschten Gesprächen und beendete ihren Beitrag mit der Zusammenfassung ihres psychologischen Gutachtens.

«Für so ein Gutachten sind sehr viele Elemente ausschlaggebend, dazu gehören zum Beispiel Kleidung, Gang, Physiognomie und Sprache. Wir haben das Glück, dass ich auch Schriftproben habe analysieren können. Sie alle wissen ja, dass man über die Analyse der Handschrift ein strukturiertes Gesamtbild der Persönlichkeit erstellen kann. Die Erfahrung der Vegangenheit hat uns immer wieder gezeigt, wie verblüffend genau diese Analyse sein kann. Ich komme in meinem Gutachten jedenfalls zum Schluss, dass Marc Fischer eine ambivalente Persönlichkeit besitzt. Auf der einen Seite prägen ihn Umsicht, Rücksicht, Höflichkeit und Ehre, ausserdem Verständnis für Luxus und Genuss. Hier könnte man ihn als Hedonisten beschreiben. Auf der anderen Seite gibt es Persönlichkeitsmomente die, gelinde gesagt, abscheulich sind. Die Bereitschaft, menschliche Ethik zu verkennen zugunsten materieller Werte und äusserst niedrige Hemmschwellen, oder mit anderen Worten, eine unglaubliche Gier nach Vermögen, für die er wahrscheinlich sogar über Leichen gehen würde. Ich habe für meine Beurteilung eine Zweitmeinung eingeholt.» Als sie die fragenden Blicke Pflugs wahrnahm, sagte sie schnell, «keine Angst, das hat keine Kosten zur Folge. Ich war bei Professor Ulrich Maden, meinem ehemaligen Professor an der Uni. Er lehrt immer noch Soziologie und Psychologie in Basel. Ich war mir in meiner Beurteilung sehr unsicher, da ich solche negativen Punkte bei Herrn Fischer zuerst nicht gesehen habe. Nach vertieftem Studium und Gesprächen mit Maden habe ich die Person wesentlich kritischer beurteilt. Gemeinsam sind wir zum Ergebnis gekommen, dass eine erhebliche Ambivalenz in der Persönlichkeit besteht mit einer gewissen Wahrscheinlichkeit, auch von der Gesellschaft nicht tolerierte Handlungen auf sich zu nehmen.»

«Kennt nun Herr Maden den Fall?», fragte Pflug ziemlich förmlich.

«Nein, natürlich nicht. Ich habe ihm alle Fakten anonymisiert gezeigt. Die Physiognomie fiel deshalb weg.»

Die Herren waren beeindruckt von Bossanova-Pesentis Kompetenz. Zumindest die Persönlichkeitsanalyse rechtfertigte es, Marc Fischer weiter im Fokus zu behalten.

Anschliessend berichtete Bär von den Informationen vom zentralen Wirtschaftsdienst. Es hatte sich gezeigt, dass das Ehepaar Fischer ein erhebliches Vermögen besass, wobei dasjenige von Frau Fischer deutlich über dem seinen lag, was die Beteiligten alle überraschte. Die Daten stammten aus allgemein zugänglichen Quellen. Demnach war der Vater von Frau Fischer einst auf der Liste der vermögendsten Personen der Schweiz. Daraus liess sich entnehmen, dass sie als einzige Erbin über entsprechende Mittel verfügte, bzw. verfügen musste. Die Anfrage an die Steuerverwaltung, der einfachsten und sichersten Quelle, wurde aus Sicherheitsgründen unterlassen. Ein Dossier dieses Kalibers wäre sicher bei einer Sonderabteilung gelandet, was unnötige Fragen ausgelöst hätte. Eine Warnung an Fischer wäre die Folge gewesen. Des Weiteren hätte es einer Ermächtigung bedurft, und die wäre mit grosser Wahrscheinlichkeit nicht erteilt worden.

Pflug bestimmte das weitere Vorgehen: «Etienne, du vertiefst die Untersuchungen mit den Inputs aus Rom. Observation weiter beibehalten. Fredi, du fragst noch einmal bei der Börsenaufsicht nach, ob sich bezüglich Optionen etc. etwas Neues ergeben hat. Vielleicht können wir auf diesem Weg an die Sache heran kommen. Joselina, du schaust, ob du etwas über die Globalpharma AG findest. Der Zentrale Wirtschaftsdienst wird hier vielleicht auch etwas haben.» Nachdenklich blickte er in die Runde. «Wir stehen immer noch am Anfang und haben wenig Konkretes in der Hand.»

Die Teamsitzung war beendet und jeder hatte seine Aufgaben erhalten. Bossanova-Pesenti nahm sich die Akte Globalpharma AG und Pharm-Ital vor. Weshalb sie von Pflug mit dieser Aufgabe betraut wurde, wusste sie nicht. Üblicherweise wäre dies eine Aufgabe für Bär aus der Abteilung für Wirtschaftsdelikte. Aber sie hatte schon manchmal in verzwickten Situationen Informationen zusammenstellen können, welche die Ermittlung entscheidend weitergebracht hatten. Sie musste dabei auf ihre besonderen Qualitäten zurückgreifen, seien es ihre kognitiven Fähigkeiten oder sei es ihre Attraktivität als Frau. Sie zog sich an ihren Arbeitsplatz zurück und studierte die Unterlagen der hauseigenen Datenbank. Über die Globalpharma AG war nur ein alter, nichtssagender Handelsregisterauszug zu finden. Im aktuellen Handelsregister stand rein gar nichts und auch ein paar Telefonate mit Kollegen ergaben nichts.

Sie ging zur Universitätsbibliothek, doch hier waren neuerdings alle Titel elektronisch erfasst. Da sie nicht ganz sicher war, alle Möglichkeiten der elektronischen Suche schon ausgeschöpft zu haben, blickte sie sich suchend um. Am PC nebenan sass ein Student, der offensichtlich geschickt mit der Datenbank der Bibliothek umging. Auf seinem Pult lag eine grosse Auswahl an Büchern über Ereignisse der jüngeren Geschichte, weshalb sie annahm, er studiere Geschichte oder befasse sich zumindest mit einem historischen Thema.

Sie flüsterte ihm zu: «Ich möchte etwas über die jüngere Geschichte eines bestimmten Pharma-Unternehmens erfahren, kannst du mir einen Tipp geben, wie ich am besten suche?»

Der Student fühlte sich zuerst gestört, doch nachdem er die fragende Person angeschaut hatte, war er willig, Hilfe zu bieten. Er war unsicher, ob er sie siezen oder duzen sollte. Trotz des Altersunterschieds entschied er sich für das Du; sie hatte ihn schliesslich auch geduzt, obwohl er schon 21 Jahre alt war.

«Es gibt drei Möglichkeiten. Erstens das Zeitungsarchiv der Neuen Basler Zeitung, die haben einen guten Fundus. Noch besser ist das Archiv der Neuen Zürcher Zeitung, das ist noch grösser. Die zweite Möglichkeit sind Bücher über die Geschichte der Chemie in Basel. Ich kenne kein bestimmtes, aber da müsste es etwas geben. Oder du gehst zu einem der historischen Archive der grossen Pharma-Unternehmen in Basel. Das beste Archiv hat Sovitalis. Das weiss ich allerdings nur vom Hörensagen.»

Eine perfekte, rasche Antwort, dachte Bossanova-Pesenti und sagte: «Wow, das ist ja super, danke. Studierst du Geschichte?»

«Ja, Soziologie, Germanistik und Geschichte. In einem Jahr möchte ich den Bachelor machen. Und du?»

«Ich arbeite für die Staatsverwaltung und muss für meinen Chef einen Bericht über eine Chemiefirma schreiben. Vielen Dank für deine Hilfe. Tschüss.»

«Tschüss.»

Der Student hätte sich gerne noch ein wenig mit dieser attraktiven Frau unterhalten, aber sie war schon wieder verschwunden. Bossanova-Pesenti bestellte drei Bücher zum Thema Chemie in Basel. Als sie den Bestellzettel abgab, nahm sie den Bibliotheksangestellten zur Seite. Sie zeigte ihm ihren Ausweis als Kriminalkommissarin und sagte: «Ich wäre Ihnen für eine rasche Lieferung dankbar, es ist eine Express-Bestellung.» Sie sagte es freundlich, aber sehr bestimmt.

«Ich kümmere mich gleich darum, Sie haben das Gewünschte in fünf Minuten.»

Bereits wenige Minuten später sass sie im Lesesaal und war in die Lektüre der Bücher vertieft. Sie las die Inhaltsverzeichnisse und Register. Ein Buch hatte sogar ein Firmenregister. Die Globalpharma AG schien nicht aber zu existieren. Doch dann fand sie einen Bericht über Pharm-Ital und die Akquisition über die Sovitalis. Sie war in den Text vertieft, als sie unterbrochen wurde.

«Wow, wie bist du so schnell an die Bücher gekommen?», fragte der Student. «Normalerweise dauert das mindesten zwei Stunden, wenn nicht einen halben Tag.»

«Zufall und Glück. Jemand wollte sie gerade abgeben. Und nun musst du mich entschuldigen, ich muss den Bericht für meinen Chef heute Abend fertig haben, sonst macht er Ärger.»

«So schnell arbeitet die Verwaltung?»

Bossanova-Pesenti sagte nichts mehr, sie hatte nur noch ein müdes Lächeln für den Studenten übrig, worauf er sich rasch verzog. Der Bericht über die Pharm-Ital war interessant, er beschrieb den Unternehmenskauf und die strategische Expansion der Sovitalis, doch er enthielt keinen Hinweis auf einen Todesfall oder dergleichen, also nichts Brauchbares für den Fall Karl-Maria Hoffmann.

Als nächstes fuhr sie zum Redaktionsgebäude der NBZ im Kleinbasel. Sie zeigte an der Pforte ihren Ausweis als Kriminalkommissarin. Der Pförtner nahm ihren Ausweis entgegen und gab alle Daten im Computer ein. Aufgrund einer Vereinbarung der Basler Polizei mit der Neuen Basler Zeitung hatte eine beschränkte Anzahl von Ermittlungsbeamten Zugang zum Archiv der NBZ. Dafür bezahlte die Stadt Basel eine ansehnliche Pauschale. Bossanova-Pesenti ging in den allgemein zugänglichen Teil der NBZ, wo etwa 15 Terminals installiert waren. Sie setzte sich an einen freien Platz, loggte sich ein und das Archivmodul öffnete sich. Sie gab bei der Stichwortsuche «Globalpharma AG» ein. Kein Ergebnis. Sie versuchte es mit «Pharm-Ital». Hier fand sie Artikel über die Akquisition durch Sovitalis, die mehr Informationen lieferten als die Bücher der Universitätsbibliothek. Die Pressekonferenz, die damals zu der Firmenübernahme gegeben wurde, hatte Pierre Cointrin geleitet. Er war auf einem Foto abgebildet, zusammen mit der obersten Führungsspitze. Der Bericht führte aus, dass sich Cointrin, der bisher für das Afrikageschäft zuständig gewesen war, mit dem Einverleiben der Pharm-Ital hatte etablieren und aus dem Schatten seines berühmten Schwiegervaters hatte treten können. Es war die Geburtsstunde seiner originären und somit nicht mehr derivativen Karriere. Bossanova-Pesenti gab noch weitere Stichwörter ein wie «Froschgift», «Todesfall Italien» und ähnliches, die jeweils viele Suchergebnisse lieferten, jedoch alle keinen Bezug zum Fall Karl-Maria Hoffmann hatten.

Zurück in ihrem Büro im Waaghof stellte sie die bisherigen Informationen zu einem kurzen Bericht zusammen. Es blieb ihr noch das Archiv der Sovitalis. Sie wählte die allgemeine Nummer der Sovitalis AG.

«Sovitalis, was kann ich für Sie tun?»

«Guten Tag, mein Name ist Bossanova-Pesenti, ich möchte Sie fragen, ob Herr Küffer noch bei Ihnen arbeitet?»

«Moment, ich schaue kurz im System nach... Küffer sagen Sie? Ja, Herr Küffer arbeitet noch bei uns.»

«Wunderbar. Hätten Sie mir die direkte Nummer?»

«Ich kann Sie auch gleich verbinden.»

«Nein, bitte nur seine direkte Nummer.» Bossanova-Pesenti bekam die Nummer und wählte sie gleich.

«Sovitalis, Urs Küffer.»

«Hallo Urs, hier ist Joselina. Weisst du noch, wer ich bin? Wir kennen uns vom Studium, lange her, was?»

Urs Küffer hatte wie sie Soziologie studiert und im Zweitfach Geschichte. «Ja, natürlich erinnere ich mich», sagte er. Welcher männliche Student hätte sich nicht an sie erinnert. Er war einer der vielen Studenten gewesen, der sich vergeblich um ihre Gunst bemüht hatte.

«Hast du einen Moment Zeit?»

«Ja, klar.»

Sie tauschten ihre Lebensläufe aus, wobei sie lediglich angab, bei der staatlichen Verwaltung zu arbeiten, vom Kriminalkommissariat erzählte sie nichts. Spontan vereinbarten sie ein Mittagessen in der Kantine der Sovitalis AG. Er würde sie an der Pforte abholen. Bossanova-Pesenti hatte schon viel von dem hervorragenden Essen der Sovitalis-Kantine gehört. Den Mitarbeitern war es erlaubt, eine beschränkte Zahl von Gästen zu empfangen. Nach dem Essen zeigte er ihr stolz seinen Arbeitsplatz. Er war in der Marketingabteilung beschäftigt und seine Aufgabe bestand darin, Informationen über die Sovitalis oder über ihre Produkte sprachlich zu bereinigen oder zu erstellen. Ferner war er regelmässig beauftragt, die periodischen Geschäftsberichte vorzubereiten.

Küffer fühlte sich geehrt von ihrem Besuch und gab stolz Auskunft über die vielen Dinge, die sie von ihm zur Geschichte der Sovitalis wissen wollte. Langsam tastete sie sich bis zu den Fragen vor, die für sie wirklich interessant waren.

«Sag mal, wie kann man denn zum Beispiel herausfinden, ob eine Firma Kontakt zur Sovitalis hat?»

«Nichts ist einfacher als das. Wir haben eine globale Datenbank. Darin sind sämtliche Verträge gespeichert, Fakten, Berichte, etc.»

Er zeigte ihr den PC, gab einen Befehl ein und die Datenbank öffnete sich. Das gleiche Programm, wie sie es von der Neuen Basler Zeitung kannte, wenn auch ein wenig komplizierter. Aber wenn man damit umzugehen wusste, dann war es ein sehr effizientes Programm.

«Siehst du, hier kann man alles finden. Aber mehr darf ich dir nicht zeigen. Wegen dem Berufsgeheimnis.»

«Ach so. Ja natürlich. Das verstehe ich.»

In diesem Moment läutete das Telefon und Küffer nahm den Hörer ab: «Küffer am Apparat. Ja... ja... ok, ich komme gleich.» Er hängte den Hörer wieder auf und sagte zu Bossanova-Pesenti bedauernd: «Ich muss leider gehen, ich muss zum Chef.»

«Ok, wir telefonieren», sagte sie versöhnlich. «Komm ich einfach hinaus?»

«Mit dem Passierschein geht das ohne Probleme.»

«Aber ich habe keinen. Du hast mich an der Pforte abgeholt und ich bin einfach so mit dir rein gekommen.»

«Ach ja, natürlich. Daran habe ich nicht gedacht. Ohne Passagierschein kommst du natürlich nicht raus. Ich bin in einer viertel Stunde wieder da, tut mir schrecklich leid, aber anders geht es leider nicht. Du musst kurz auf mich warten. Ich kann dich auch nicht mit einem Kollegen rausschicken, weil... eigentlich hätte ich dich ohne Passierschein gar nicht mit rein nehmen dürfen. Das machen viele, weil das so kompliziert ist, aber jetzt müssen wir auch zusammen raus. Geht leider nicht anders.» «Macht nichts, ich warte. Ich bin heute nicht in Eile. Städtische Verwaltung», sagte sie augenzwinkernd. «Ich warte hier.»

Küffer verliess das Zimmer und Bossanova-Pesenti ging sofort zum Computer und drückte irgendeine Taste. Das Programm war noch offen und der Computer noch nicht automatisch abgemeldet. Sie brauchte also kein Passwort, um den PC weiter zu bedienen. Sie ging auf die allgemeine Benutzeroberfläche zurück, öffnete ein Spiel, Solitär, und führte einige Spielzüge aus. Dann verkleinerte sie das Programm und ging auf die Datenbank zurück. Sie gab den Suchbegriff «Pharm-Ital» ein und es erschien sogleich ein Bericht über den Unternehmenskauf. Sie überflog die Daten. Das meiste kannte sie bereits, mehr oder weniger detailliert. Was neu war, war nicht wirklich relevant. Dann gab sie «Globalpharma AG» ein. Es öffnete sich ein Fenster mit folgendem Text:

Globalpharma AG ist ein interner Dienst des Sovitalis-Konzerns. Ein Team steht für besondere Aufgaben zur Verfügung. Der Einsatz unterliegt dem Ausschuss des Verwaltungsrats unter Beizug der obersten Geschäftsleitung (CEO, CFO, COO, CIO). Die Dienste der Globalpharma AG wurden eingestellt.

In der Maske klickte sie auf «Historie», doch es erschien: «Keine genügende Berechtigung». Dann ging sie auf «Verantwortlichkeit», doch wiederum war der Zugriff gesperrt. Bei «Stellung im Konzern» dasselbe. Sie kam nicht weiter. Sie wollte noch eine weitere Eingabe versuchen, als sie Schritte und Stimmen wahrnahm. Sofort schloss sie das Programm und ging auf das Spiel

Solitaire zurück. Küffer kam und als er sie am PC sah, erkannte sie sofort in seinen Augen Argwohn. Sie liess sich nichts anmerken und spielte weiter. Küffer kam auf sie zu und als er sah, dass Bossanova-Pesenti mit einem Spiel beschäftigt war, beruhigte er sich sofort, wobei er das nicht zu erkennen gab. Er wollte kein Misstrauen ausstrahlen, schliesslich war er erfreut, von einer so attraktiven ehemaligen Kommilitonin kontaktiert worden zu sein. Sie plauderten noch eine Weile und Küffer schien es nicht eilig zu haben, als sie ihm signalisierte, dass sie langsam aufbrechen wollte. Sie versprach, sich wieder bei ihm zu melden und ihn ebenfalls einmal zum Mittagessen einzuladen. Küffer war so von ihrer Präsenz abgelenkt, dass er die ganze Zeit über vergessen hatte, sie zu ihrer Arbeitsstelle zu befragen. Das war für Bossanova-Pesenti natürlich ein taktischer Vorteil in der Informationsbeschaffung, den sie geschickt ausgenützt hatte.

Auf dem Weg in ihr Büro dachte sie über die Informationen nach, die sich aus der Datenbank erfahren hatte. Irgendetwas war faul an der Globalpharma AG. Ein interner Dienst? Existierte dieser Dienst nun oder nicht? Und warum waren die Informationen selbst für die Mitarbeiter nicht zugänglich? Sie beschloss, weiter an dieser immer rätselhafter werdenden Geschichte dranzubleiben.

20. Galileo

Die Sitzung der Sovitalis AG, in der es um den neuesten Stand des Forschungsprojekts zur Suche des Intelligenzgens gehen sollte, begann um zehn Uhr im grossen Sitzungsraum des Verwaltungsrats in der obersten Etage. Pierre Cointrin mochte diesen schönen, repräsentativen Saal sehr und hielt hier deshalb auch gerne andere Meetings ab. Der ovale Tisch war rund herum gut besetzt von den wichtigsten Personen, die in das Projekt involviert waren, sowie Mitarbeitern der Rechtsabteilung und der Compliance*.

Cointrin eröffnete die Sitzung: «Meine Damen und Herren, wir sind heute hier versammelt, um über die neuesten Entwicklungen in unserem Projekt zu sprechen. Wir haben mittlerweile erfahren müssen, dass wir in unseren Datenbanken Informationen gespeichert haben, welche nicht schlüssig sind. Wir haben uns gegenüber der Öffentlichkeit geäussert und sind bis jetzt einigermassen gut über die Runden gekommen. Aber wir müssen weiter vorankommen, vor allem auch gegenüber der Öffentlichkeit und den Investoren. Negative Berichterstattung würde das Projekt gefährden und ein gefährdetes Projekt würde den Aktienkurs massiv negativ beeinflussen. Der Aktienkurs allein wäre kein Problem, aber wenn wir mit diesen hinderlichen Prärogativen neue Anleihenobligationen* zur Finanzierung neuer Projekte mit einem Zinszuschlag öffentlich anbieten müssten, hätte das teurere Finanzierungs- oder Refinanzierungskosten zur Folge, und damit tiefere Renditen, und damit wiederum tiefere Aktienkurse. Es wäre der Beginn einer fatalen Abwärtsbewegung. Also sind wir gefordert, eine Lösung zu finden, welche uns vorwärts bringt. Wir haben dazu interessante Anregungen erfahren dürfen anlässlich eines Seminars in Brasilien. Professor

Bonewinkel wird uns das nun näher bringen. Darf ich Sie bitten, Professor Bonewinkel?»

«Meine Damen und Herren, wir sind in der Tat in diesem Projekt auf der einen Seite schon sehr weit fortgeschritten, auf der anderen Seite gibt es diesen Nimbus der negativen Abweichung. Es geht um die Zahlen und Auswertungen, welche die Ergebnisse der Studie stark negativ beeinflussen und schlussendlich die Kernaussage über das Intelligenzgen in Frage stellen können. Aus diesem Grund haben wir, Herr Cointrin und ich, die Ursache der Abweichung als zentrale Frage in den Raum gestellt. Ein möglicher Lösungsansatz wäre, dass unter vielen Probanden eine nahe Verwandtschaft besteht. Das erscheint auf den ersten Blick nicht sehr wahrscheinlich, wäre theoretisch aber denkbar und würde die Abweichung vom Toleranzwert schlüssig erklären. Was halten Sie davon, geschätzte Kollegen?»

Die Frage war natürlich mehr rhetorisch gemeint, da schon längst alle, die als Medizinwissenschaftler in das Projekt involviert waren, von dieser These gehört und sich ihre Meinung dazu gebildet hatten. Heute ging es darum, in einem Memorandum of Understanding* dem Projekt wieder positive Dynamik zu verleihen. Ferner sollte durch die Bildung eines Kosenses vermieden werden, dass unterschiedliche Meinungen Kollateralschäden anrichteten.

Als erstes meldete sich Dr. Gian Canusi: «Meine lieben Kollegen, auch wenn ein solcher Lösungsansatz auf den ersten Blick fragwürdig erscheint, würde eine Bestätigung dieser Annahme alle unsere Probleme lösen. Ich bin deshalb der Meinung, wir sollten unbedingt diese These innerhalb des Materials prüfen und eine wissenschaftliche Aussage dazu evaluieren.»

Dr. Gian Canusi hatte keine sehr grosse Reputation innerhalb der Gemeinde der Wissenschaftler, aber manchmal hatte er kleine Sternstunden, wie jetzt, wenn niemand den Ansatz formulieren konnte und er die Initiative ergriff. «Wir müssen aus dem vorhandenen Material bestimmen können, ob Verwandtschaften vorliegen.»

«Und wie», fragte Cointrin trocken, «wollen wir unsere Probanden fragen, ob sie noch andere Verwandte haben?»

Mit der Ausformulierung dieser Frage wurde allen sofort klar, dass eine Befragung unmöglich war. Zum einen wäre dies viel zu zeitintensiv, zum anderen unglaubwürdig und nur unter der Aufhebung von Anonymität möglich. Die Fragestellung war innerhalb einer anonymen Statistik unmöglich.

«Wir könnten das Genmaterial herausfiltern, um uns ein schlüssiges Urteil über die Verwandtschaften zu bilden und dann selektiv, also eingeschränkt, Befragungen durchführen», warf ein weiterer Wissenschaftler ein. «Dies würde nicht so hohe Wellen werfen.»

Einmal mehr meldete sich Cointrin. «Also in dem Stil ‚Sehr geehrter Herr Proband Nr. xy. Wir haben herausgefunden, dass Sie noch mehr Verwandte haben müssten, als Sie uns angegeben haben. Die Studie ist zwar anonym, aber wir wissen es trotzdem. Deshalb müssen wie Sie fragen, ob Sie Verwandte ausserhalb der bekannten Familie haben?' Also bitte, das ist unmöglich. Ich möchte dieses Meeting nicht lächerlich machen, aber wir brauchen ernst zu nehmende Vorschläge.»

Allgemeine Zustimmung war im Raum auszumachen und flüsternde Dialoge bestimmten den Geräuschpegel.

«Wir müssen einen systematischen wissenschaftlichen Ansatz finden, um die Probanden mit Genduplizitäten auszuschalten, ohne auf die Personendaten zurückzugreifen», meldete sich eine weitere Stimme. «Ein solcher Ansatz müsste eine anonyme mathematische Basis haben.»

«Das heisst», sagte ein Mathematik-Professor, «wir müssen versuchen, alle Daten hochzufahren, und zwar nicht einzeln, sondern kumulativ parallel, um dann mittels zeitgleicher Analyse alle Proben mit ähnlichen Gendaten eliminieren zu können. Dann würden wir voraussichtlich rund 5 bis 7 Prozent der Proben ausschalten und könnten mit dem Rest weiterfahren. Das parallele Hochfahren der Daten, die Synchronität, ist allerdings notwendig, denn nur so können wir innerhalb der gebotenen Anonymität die wissenschaftliche Exaktheit erreichen.»

«Das ist unmöglich», meldete sich Professor Bonewinkel. «Wir können diese Daten nicht alle parallel hochfahren mit nur einem Arbeitsspeicher. Die Aussage der möglichen Verwandtschaft beruht auf einer seriellen Beurteilung, also quasi hintereinander geschaltete Untersuchungen. Nicht aber auf einer multiplen, zeitgleichen Analyse der Datenpaare. Die Serie lässt eine Aussage zu, führt aber zur Aufdeckung der Identität der Probe, was unzulässig ist. Das zweite, die Synchronität, würde eine anonyme Elimination zulassen, ist aber aufgrund der beschränkten Speicherkapazität unmöglich. Selbst wenn wir das zentrale Rechenzentrum ausschliesslich mit dieser Aufgabe belasten. Die Analyse von 5000 Proben und das Hochfahren aller Geninformationen würde Tage, wenn nicht Wochen, dauern. Im Übrigen bekämen wir diese Rechenkapazität innerhalb des Konzerns kaum zustande. Wir müssen uns vor Augen halten, dass die Gene der Menschen zu 99 Prozent identisch sind. Die Abweichung von diesem einem Prozent zu finden und zeitgleich zu analysieren erscheint mir unmöglich.»

Nun brachte sich Dr. Udom Vadi, ein Mathematikgenie aus Indien, in die Diskussion ein: «Ich verstehe nichts von Medizin, aber von Mathematik. Die Basenpaare der Gene sind alle bipolar und nicht komplex. Wir benötigen deshalb keine hochstehende Recheneinheit, sondern lediglich eine breite Masse an banalen Bites, welche zeitgleich in grosser Menge zur Verfügung stehen müssen. Das ausführende Programm ist vergleichsweise primitiv, es muss lediglich Parallelitäten zeigen, identifizieren und eliminieren. Es dürfte deshalb reichen, wenn wir alle PCs des Standorts Basel über ein Programm wie ‚Galileo' verknüpfen könnten. Vermutlich ist es der erste Versuch weltweit, eine solch riesige Datenmenge gleichzeitig hochzufahren und zu analysieren, deshalb haben wir keine Richtwerte, aber ich bin der Meinung, dass dies möglich ist.»

Die vielen anwesenden Wissenschaftler sahen sich an. Dieser Vorschlag schien der konstruktivste Lösungsansatz, der seit Beginn der Diskussionsrunde eingebracht worden war. Sehr rasch entschloss man sich, diesen Weg zu versuchen. Zum einen schien es plausibel, zum anderen gab es schlichtweg keine Alternativen. Da keine neuen Erkenntnisse oder Vorschläge mehr kamen, gab Cointrin noch am gleichen Abend seine Direktiven.

*****

Stefan Meyer, der Laborleiter, hatte von Professor Bonewinkel die Anweisung erhalten, das Probandenmaterial unter dem Aspekt einer Verwandtschaft zu untersuchen. Er hielt diesen Auftrag für eine absolute Idiotie. Ihm erschien die Möglichkeit, dass so viele Menschen miteinander verwandt sein sollen, absurd. Schon eher wäre er direkter Nachkomme von Erasmus von Rotterdam, dachte er grimmig. Doch er musste sich an die Arbeit machen, erstens hatte er ein anständiges Salär und adäquate Anstellungsbedingungen und zweitens hatte es auch schon einmal eine Phase gegeben, in der er die Zügel ziemlich hatte schleifen lassen. Er hatte damals von Cointrin höchstpersönlich einen Verweis bekommen. Meyer war klar, dass sie ihn ohne weiteres hätten künden können. Doch sie haben es nicht getan. Er war selbst erstaunt darüber, dass es bei Sovitalis, trotz der enormen Grösse des Konzerns so etwas wie eine patronale Treue gab.

Und diesmal war es an ihm, loyal zu sein. Die Ergebnisse der Diskussionsrunde vom vorigen Abend waren indirekt zu ihm durchgedrungen und so machte er sich an die Arbeit. Da er zu der Verwandtschaftsthese kein positives Ergebnis erwartete, arbeitete er besonders exakt und dokumentierte akribisch seine Untersuchungen. Er wollte nicht riskieren, dass er diese ohnehin schon unnütze Arbeit noch einmal machen musste, bloss weil man nicht das erwartete Ergebnis erhielt oder man ihm den Vorwurf der unsauberen Arbeit machen konnte. Die Aufgabe war sehr arbeitsintensiv, denn zuerst mussten die Proben noch einmal parallel aufbereitet und dargestellt werden, dann mussten aus jeder einzelnen der immensen DNA-Sequenzen diejenigen herausgefiltert werden, die Ähnlichkeiten hatten. Dann konnte diese Sequenz mit den anderen isolierten Sequenzen verglichen werden. Parallel dazu war es erforderlich, bei weiteren Proben – man hatte aus einer statistischen Berechnung die Anzahl auf sieben festgelegt – das gleiche Prozedere durchzuführen. Wenn es dort keine entsprechenden Resultate gab, war gesichert, dass das Ergebnis sich nicht durch Zufall ergeben hatte. Aufgrund der Anzahl Proben und der Anzahl Untersuchungsreihen, gab das mathematische Ergebnis der Wahrscheinlichkeitsrechnung an, dass mit 99,9194587 Prozent das Ergebnis richtig sei. Die Fehlerquote würde unter dem Promillebereich liegen.

Nach ein paar Arbeitstagen hatte Stefan Meyer mit seinem Forschungsteam alles aufbereitet. Die Datenmenge war unvorstellbar gross. Aus den rund dreissig Tausend auf 23 Chromosomen verteilten Genen des Menschen, ergeben sich rund 3 Milliarden Basenpaare. Für die Durchführung der Analytik, wie sie Dr. Udom Vadi vorgeschlagen hatte, war das Wochenende vorgesehen. Alle Abteilungen hatten die Anweisung, ihre Computer nicht auszuschalten, über das Netzwerk verbunden zu lassen und sämtliche Programme herunterzufahren, mit

Ausnahme eines Mathematikprogramms. Am späten Freitagnachmittag war dann alles bereit. Die Computer wurden miteinander vernetzt und produzierten auf diese Weise eine Rechenkapazität, welche der Leistung von etwa zehn Grossrechnern entsprach. Die wichtigsten Personen des Projekts – Meyer, Bonewinkel und Cointrin, sowie zwei Dutzend Wissenschaftler, Ärzte, Professoren, Biochemiker, Biologen, Informatiker, Mathematiker, kurz alles, was zur Wissenselite der Sovitalis gehörte – versammelten sich und schenkten nun dem Projekt höchste Aufmerksamkeit. Alle hofften, dass der gemeinsame Effort Erfolg bringen würde. Sogar Albert Moser, der persönliche Assistent von Cointrin kam, obwohl er nichts davon verstand. Meyer wartete auf das Startzeichen, welches er von Cointrin erhielt und gab dann Anweisungen an die IT-Abteilung. Zuerst fand die Vernetzung aller PCs statt, dann die Konfiguration und die Synchronisation. Der zentrale PC projizierte über einen Beamer laufend die Ergebnisse graphisch an eine Wand. Nach einer halben Stunde waren auf diese Weise rund 2000 Computer über eine zentrale Steuerungseinheit miteinander verbunden. Nun wurde die immense Datenbank aktiviert. Es dauerte eine weitere viertel Stunde, bis die Giga- und Megabits nach und nach angezeigt wurden. Nach über einer halben Stunde war die riesige Datenmenge im Arbeitsspeicher. Dann aktivierte Meyer das mathematische Programm und erteilte somit den Befehl an den Computer, die Datenpaare zu vergleichen auf der Basis einer Verwandtschaft. Mit Eingabe des Befehls begannen die Lichter zu flackern. Offenbar wurde viel Strom absorbiert, mehr Energie, als erwartet. Die Anzeige der Arbeitsintensität der kumulierten Computerleistung sackte ab. Eine erste Schockreaktion setzte bei den Wissenschaftlern ein. Nur Meyer war geistesgegenwärtig genug und aktivierte den Notstrom, wobei er diesen nicht alternativ einsetzte, sondern kumulativ hinzufügte. Im

Keller der Sovitalis starteten fünf Dieselgeneratoren mit je 5000 PS und speisten zusätzliche Leistung in das Stromnetz ein; man hätte damit eine Kleinstadt mit genügend Energie versorgen können. Wenige Augenblicke später waren die Lichter wieder hell und die Computeraktivität erreichte die gewünschten Sollzahlen. Ein Applaus und etwas nervöses Gelächter brach aus. Niemand wollte sich jetzt die Frage stellen, wie 2000 Computer so viel Energie verbrauchen konnten und alle waren einfach froh, dass es wieder funktionierte. Es war gewissermassen eine Welturaufführung eines Computer-Orchesters mit 2000 Einheiten und der Dirigent sorgte für die Synchronität und die notwendige Kraft.

Als sich alles wieder ein wenig beruhigt hatte, ergriff Cointrin das Wort: «Meine Damen und Herren, der Versuch ist gestartet. Nun heisst es: abwarten, bis die Ergebnisse errechnet sind. Dank an das Team, Dank an Stefan Meyer.» Cointrin blickte ihn an und dieser nickte im Bewusstsein der Ehre, die ihm gerade zuteil wurde. «Wir rechnen in etwa mit 1,5 Tagen Rechenzeit. Das heisst, wir werden wahrscheinlich am Samstag gegen Mitternacht wissen, wo wir stehen.»

Cointrin verabschiedete sich vom Team und machte sich auf den Weg nach Hause. Sein Maserati röhrte den Weg zum Bruderholz hinauf. Er war optimistisch, dass eine Lösung des Problems in greifbarer Nähe war. Zu Hause trat er auf seinen schönen Balkon, die Stadt Basel zu seinen Füssen. Er zündete sich eine Zigarette an, inhalierte und genoss das Gefühl des Rauchs in seiner Lunge. Dazu trank er einen feinen Whisky, den er sich zuvor eingeschenkt hatte. Er liess das Geschehene Revue passieren und sagte sich, dass er in 36 Stunden mehr wissen würde. Seine Frau wusste, dass Zigarette und Hochprozentiges zu dieser späteren Stunde mit Problemen im Geschäft verbunden waren. Sie machte sich einen Gin Tonic und fragte ihn nach den

Schwierigkeiten. Es war die selbstverständliche mentale Unterstützung, die sie ihrem Mann in schwierigen Zeiten bot, denn er schätzte ihre Anteilnahme. Im Verlaufe des Gesprächs entfernte sich das Gesprächsthema nach und nach von dem eigentlichen Vorfall in der Firma und Cointrin begann, sich ein wenig zu entspannen.

* * * * *

An diesem Wochenende war Fischer mit seiner Frau unterwegs nach New York zu dem glamourösen Event, den die Bank für die grössten Vermögensverwaltungskunden, ein paar private Kunden und institutionelle Anleger in Amerika organisiert hatte. Ihr Jet landete auf dem Flughafen La Guardia und rollte nach dem Pistenende zu einem Gateway, wo sie in einen bereits wartenden Helikopter stiegen. Minuten später waren sie auf dem Weg nach Manhattan und landeten auf dem ehemaligen PANAM-Gebäude. Ein Lift brachte sie vom 70. Stockwerk in das Erdgeschoss und vor dem Eingang stand eine Limousine bereit, die sie zum Hotel Waldorf Astoria geleitete. Hier stand ihnen die Präsidentensuite zur Verfügung. Sie hatten nun noch ein wenig Zeit, sich frisch zu machen, bevor sie abgeholt wurden. Der hoteleigene Service chauffierte sie zum Guggenheim Museum, wo der Event stattfand. Das WBC-Team erwartete sie bereits und alles war vorbereitet. Der CEO der WBC-USA begrüsste Marc Fischer und ging mit ihm noch einmal das Drehbuch durch und bereinigte letzte Details. Wenig später begann Limousine um Limousine im Sekundentakt vorzufahren. Die Gäste wurden nach dem Aussteigen abgeholt und so konnte Fischer eine Personengruppe nach der anderen begrüssen, in der Reihenfolge des Protokolls. Viele Personen kannte er nicht mit Namen, deshalb wurden ihm und seiner Frau über einen für die

Begrüssten nicht sichtbaren Minihörer im Ohr die Namen der Gäste eingeflüstert. So konnten sie das perfekte Gastgeberpaar spielen, das jeden einzelnen Gast namentlich kannte. Es gab Champagner, einen Taittinger Brut Millésimé 2003, und feinste Häppchen. Viele kannten sich, und wer sich noch nicht kannte, wurde schnell von jemandem vorgestellt und so kam man rasch ins Gespräch. Der Anlass war weniger eine Veranstaltung des Jetsets als vielmehr der Superreichen und der Finanzmagnate. Das Who is Who der Geldaristokratie. Die Gästeliste lag auf und bot Gelegenheit, sich zu orientieren. Nachdem sich die Eingangshalle des Guggenheim Museums gut gefüllt hatte, und die Gäste alle anwesend waren, schritt Fischer zur offiziellen Eröffnung.

«Sehr geehrter Herr Vizepräsident der Vereinigten Staaten von Amerika, sehr geehrter Herr Gouverneur von New York, sehr geehrter Herr Stadtpräsident, sehr geehrter Herr Bundesrichter, sehr geehrter Herr CEO der World Trade Company...»

Die Auflistung der namhaften Persönlichkeiten schien kein Ende zu nehmen. Fischer fand sich im Dilemma, einerseits eine kurze Begrüssung machen zu wollen und gleichzeitig alle wichtigen Persönlichkeiten aufzählen zu müssen. Er wählte den sicheren Weg, was sich meist auszahlte, da sich diejenigen geehrt fühlten, die persönlich angesprochen wurden, und sich die anderen durch die Anwesenheit der vielen hohen Würdenträger geehrt fühlten. Mit ein paar Bonmots von bekannten Autoren beendete er seine Begrüssung und übergab das Wort an Mac Till, einer TV-Persönlichkeit, dessen wöchentliche Fernsehsendung darin bestand, einen gespendeten, hochwertigen Gegenstand öffentlich zugunsten wohltätiger Zwecke zu versteigern. An diesem Abend wollte man diese Tradition aufnehmen. Versteigert wurde ein Gemälde von Vincent Van Gogh, das aus der bekannten Sammlung der WBC gespendet worden war. Für 32

Millionen Dollar wechselte das Gemälde den Besitzer. Während im Anschluss daran leichte Jazz-Musik gespielt wurde vom Dave Brubeck Quartett, konnte sich, wer wollte, eine Retrospektive der klassischen Moderne im Museum ansehen. Werke von Paolo Bellini, Sam Francis, Meret Oppenheim, Marc Tobey, Franz Marc, Paul Klee, oder Fernand Leger waren speziell für diesen Abend zusammengestellt worden. Die Presse wurde für kure Zeit zugelassen und Fischer posierte mit höchsten Persönlichkeiten vor den Kameras. Eine Pressedokumentation mit der Einspielung der gestifteten Summe aus dem Erlös der Versteigerung wurde verteilt.

Nachdem alle wieder in das grosse Auditorium gebeten worden waren, sprach Fischer noch einmal einen Dank an seine Kunden aus.

«Es ist mir ein Anliegen, sehr verehrte Anwesende, Ihnen für Ihre Treue zu danken. Ich möchte mich nun durch eine sehr besondere Musikshow bei Ihnen für Ihre Treue erkenntlich zeigen. Unseren heutigen Ehrengast muss ich Ihnen nicht vorstellen. Deshalb sage ich: Bühne frei.»

Unter begeistertem Applaus betrat Tina Turner die Bühne und sang «Nutbush City Limits», was das Publikum schnell in Stimmung brachte. Ein kurzes Repertoire ihrer Tophits sorgte für blendende Unterhaltung. Das Publikum dankte mit einer Standing Ovation. Nach dem knapp einstündigen Exklusivkonzert gab es weitere kulinarische Leckerbissen, begleitet wieder vom Smooth Jazz des Dave Brubeck Quartetts, der dann nahtlos unter Verstärkung weiterer Musiker zu angenehmer Tanzmusik wechselte. Der erfolgreiche Abend klang langsam aus und die Gäste verabschiedeten sich, viele bei Marc Fischer persönlich.

Fischer war zufrieden mit dem Event. Er wusste, dass das Budget deutlich überstiegen worden war, aber das spielte keine Rolle, denn in der Folge würden mit Sicherheit mehrere neue

Vermögensverwaltungsmandate generiert und etliche erweitert werden. Als wichtigster neuer Kunde konnte die Stadt New York gewonnen werden mit der Verwaltung der Pensionskassengelder der staatlichen Betriebsvorsorge der Angestellten von New York City und des State of New York. Alleine dieser Kundenzugang hatte die Kosten des Events bereits eingespielt. Damit war für Fischer die Rechnung aufgegangen.

21. Börsenaufsicht

Pflug eröffnete die morgendliche Sitzung mit dem von ihm zusammengestellten Team: «Wir haben eine Stunde Zeit. Anschliessend fahre ich mit Fredi noch einmal nach Zürich. Wir wollen mit der Börsenaufsicht die neuesten Erkenntnisse analysieren und dann eventuell doch im Bereich der Insiderdelikte ein Verfahren eröffnen. Dies könnte uns die eine oder andere Möglichkeit eröffnen, im Fall Hoffmann weiterzukommen.»

«Gut», sagte Bossanova-Pesenti, «aber wir müssen immer daran denken, dass dies für Fischer eine Vorwarnung sein könnte. Und wir dürfen den Justizapparat der WBC nicht unterschätzen. Dagegen hätte unsere Verwaltungseinheit grosse Mühe.»

«Ja, ja, das weiss ich», entgegnete Pflug. «Aber jetzt zu den weiteren Fakten. Was kannst du uns berichten, Joselina?»

«Das letzte war ja mein ausführliches psychologisches Gutachten. Die weitere Observation ist leider in Hose gegangen.» Trotz ihrer universitären Ausbildung verwendete sie manchmal ein eher kräftiges Vokabular und derbe Ausdrücke. «Ich war schon eine ganze Weile an ihm dran, aber dann ist er in einen Privatjet gestiegen und nach New York geflogen. Und wie wir ja alle wissen, hat unsere Abteilung leider keinen Privatjet für die Verfolgung.» Alle lachten. «Ich habe noch kurz überlegt, ihn zu verfolgen und erste Klasse nach zu fliegen.» Noch einmal brach Gelächter aus. «Es ist mir nichts anderes übrig geblieben, als zu warten. Zwei Tage später ist er dann mit seiner Frau wieder zurückgekommen. Meine Recherchen im Internet haben ergeben, dass in New York ein absolut exklusiver Kundenevent stattgefunden hat. Ein Benefiz-Anlass mit einer grosszügigen Spende von über 30 Millionen Dollar an eine gemeinnützige Institution. Die New York Times hat sogar ausführlich darüber berichtet, nicht zuletzt auch deshalb, weil die WBC mit der Verwaltung von US-Pensionskassengeldern beauftragt wurde. Es hat böses politisches Blut gegeben, da eine Schweizer Bank und nicht etwa die Bank of America den Zuschlag erhalten hat. Bei uns in der NBZ war das kein Thema. Vielleicht folgt morgen noch ein Bericht, der Anlass war ja erst gestern. Aber man munkelt auch, dass die WBC wegen den negativen Berichterstattungen in der Neuen Basler Zeitung zurückhaltend ist mit lokalen Pressemitteilungen. Wir werden sehen. Auf jeden Fall gibt es wegen dem Anlass in New York nichts weiter zu berichten über Fischer. Dann habe ich versucht, etwas über die Globalpharma AG herauszufinden, die Schweizer Gesellschaft, welche in den Deal mit Pharm-Ital involviert gewesen war. Aber hier scheint es fast unmöglich, an Informationen zu kommen. Ich war in der Unibibliothek, im Archiv der NBZ und dann habe ich noch einen Kollegen der Sovitalis angebaggert. Es sieht einerseits so aus, als gäbe es die Firma tatsächlich als eine Art interner Dienst der Sovitalis, aber sobald man dann etwas Konkretes sucht, gibt es sie doch nicht. Ich bin ein wenig frustriert. Ich hatte gehofft, mehr zur finden.»

Pflug bedankte sich für den ausführlichen Bericht und sagte nach einer kleinen Pause: «Ich werde wegen der Globalpharma AG noch etwas versuchen, ich habe da eine Idee.» Dann wandte er sich an Bär: «Was gibt es Neues bei euch?»

«Wir sind dabei, die wirtschaftlichen Verhältnisse zu analysieren», sagte dieser. «Ein riesiges Konvolut. Die WBC selbst ist weitgehend durch den Geschäftsbericht der Gesellschaft erklärt, weshalb wir uns hauptsächlich auf die Person konzentrieren. Fischer besitzt ein Aktienpaket, aber nicht in einer Grösse, der man massgeblichen Einfluss zuschreiben könnte. Sein Vater hingegen, Theodor Fischer, hat über 10 Prozent der Aktien. Er hat eine meldepflichtige Grösse, was die Börse anbelangt. Die Macht von Marc Fischer beruht im Prinzip auf diesen Aktien. Sein Vater ist aber schon sehr alt und seit kurzem schwer krank. Das weiss ich aus zuverlässiger Quelle. Theodor Fischer hat zwei Kinder aus erster Ehe, Marc ist eines davon, und zwei Kinder aus zweiter Ehe. Wie die Nachfolge erbrechtlich geregelt ist, weiss man nicht. Sollte das Aktienpaket aufgeteilt werden, verlöre Marc Fischer jedenfalls deutlich an Macht.»

«Und die gesetzliche Grundlage für diese Information?», fragte Pflug, in der Annahme, die ärztliche Schweigepflicht könnte verletzt worden sein.

«Ein Nachbar hat mir erzählt, dass im Haus von Theodor Fischer eine ärztliche 24-Stundenbetreuung aufgebaut worden sei.»

Pflug nickte befriedigt, resümierte und verteilte Aufgaben: «Fredi, wir gehen nachher zur Börsenaufsicht und schauen, ob uns das weiterbringt. Danach kümmerst du dich weiter um alles, was Fischers Finanzen und Vermögen betrifft. Du, Etienne, sprichst dich noch einmal mit Rom ab. Vielleicht fliegst du noch einmal hin und pflügst die Akten durch. Nimm dir ruhig zwei, drei Tage Zeit und gehe akribisch Ordner für Ordner durch. Irgendwo muss etwas für uns sein, ich spüre das. Und du Joselina, bleibst weiter am Ball mit der Observation. Ich werde mich um die Globalpharma AG kümmern.»

«Ich habe noch eine Frage», intervenierte Palmer. «Du hast immer noch die drei Fotos aufgehängt von Karl-Maria Hoffmann, Fischer und Cointrin. Weshalb?»

«Haben wir nicht jetzt gerade von allen dreien gesprochen? Vom Opfer, von Fischer und von der Globalpharma AG, die offenbar zur Sovitalis gehört, in der Cointrin CEO ist?»

«Wenn du das so siehst, dann ja.»

«Ich habe eine Idee», fuhr Pflug fort. «Gib die Fotos in die Kriminaltechnik. Sie sollen eine Analyse machen und uns erzählen, was sie aufgrund der Fotos erkennen können. Es ist oft erstaunlich, was die allein durch die Analyse von Gesichtern alles rausbekommen können.»

«Was erwartest du von einer solchen Analyse?»

«Die können viel aus genauen Studien der Physiognomie erkennen. Charakter, Eigenschaften, die Art und Weise, wie jemand lebt oder gelebt hat, seine Herkunft etc. Ich denke, ein Versuch ist es auf jeden Fall wert.»

Anschliessend an die Sitzung fuhren Pflug und Bär nach Zürich. Schmidt begrüsste die beiden Herren aus Basel erneut freundlich und sie nahmen am grossen Tisch Platz.

«Es freut mich, dass Sie erneut Gast sind bei uns. Wir haben Sie über fragwürdige Transaktionen informiert. Möchten sie nun doch auf unsere Argumentation eingehen?»

«Es ist folgendermassen», antwortete Pflug. «Wir haben bei unserem letzten Besuch noch zu wenig Möglichkeiten gesehen, die Herren Cointrin und Fischer in eine Untersuchung, besser gesagt in eine Strafuntersuchung einzubinden. Wir waren von Anfang an der festen Überzeugung, dass Sie gute Argumente und Beweise für eine solche Aktion haben. Doch Sie haben das letzte Mal nicht überzeugend genug darlegen können, dass eine Straftat tatsächlich vorliegen könnte, so Leid es mir tut, dies sagen zu müssen. Damit habe ich auch nur eine beschränkte Möglichkeit gesehen, einen Richter gegebenenfalls zu überzeugen, weshalb wir sehr zurückhaltend waren. Die Situation hat sich insofern geändert, als dass die Herren Cointrin und Fischer, vor allem Fischer, momentan im Fokus stehen bezüglich anderer Delikte. Die beiden Herren sind allerdings, das muss ich Ihnen ja nicht sagten, absolute Topmanager der internationalen Wirtschaftsszene. Mit anderen Worten, uns sind faktisch die Hände gebunden. Wir können nicht handeln, wenn lediglich ein Verdacht vorliegt, sondern können erst dann aktiv werden, wenn wir praktisch dingfeste Beweise haben. Aus diesem Notstand kommen wir auf Sie zu. Vielleicht können wir gemeinsam Erkenntnisse gewinnen, die uns irgendwie weiterhelfen. Bei Insiderdelikten oder dergleichen sind wir allerdings generell zurückhaltend, um die Betreffenden nicht unnötig zu warnen.»

«Um welche anderen Delikte handelt es sich?»

«Ich muss Sie bitten, dies absolut vertraulich zu behandeln und nicht einmal eine Notiz dazu zu machen», sagte Pflug. Erst, nachdem Schmidt ihm absolute Verschwiegenheit versprochen hatte, fügte er an: «Wir ermitteln in einer Mordsache.»

«Oh.»

«Das heisst für uns, wenn irgendetwas zu früh bekannt wird und wir noch keine hundertprozentigen Beweise haben, dann haben wir die Rechtsabteilung der WBC im Nacken. Das Resultat können Sie sich leicht vorstellen: Eine Flut an vorsorglichen Verfügungen, Aufsichtsbeschwerden, die sofortige Entbindung meiner Person von weiteren Aufgaben, grosse Schwierigkeiten für alle meine Kollegen. Die Tatsache des ungesühnten Verbrechens steht im Raum. Also haben Sie bitte Verständnis für unsere Situation. Können Sie uns denn irgendetwas erzählen, das für uns von Interesse sein könnte?»

«Wir haben natürlich absolutes Verständnis für Ihre Situation. Ich möchte nicht in Ihrer Haut stecken», sagte Schmidt mitfühlend. «Wir konnten nicht ahnen, dass die Situation so dramatisch ist. Wir möchten Sie und Ihre Kollegen natürlich nicht in Misskredit bringen. Frau Bodenmann, können Sie kurz die Fakten zusammenfassen?»

«Gerne, und ich schliesse damit an unsere Ausführungen vom letzten Meeting an.» Sie schaltete den Beamer an und startet die Präsentation. «Sie sehen hier auf diesem Bild die gehandelten Optionen der WBC und auf diesem Bild diejenigen der Sovitalis. Dann haben wir hier eine Darstellung beider Grafiken.

Sie sehen, dass die Ausschläge in der zeitlichen Abfolge praktisch zeitgleich sind. Und auf der nächsten Folie haben wir die jeweiligen Ausschläge einander gegenüber gestellt. Hier zeigt sich sehr schön, dass gewisse Handelsvolumina exakt parallel erfolgt sind. Wir sehen aber auch, dass es Ausschläge an grossen Transaktionen gab, ohne dass zeitgleich auf beiden Titeln gehandelt wurde. Wir haben hier ergänzend noch eine Folie erstellt, auf der die 20 meistgehandelten Titel im Bereich Optionen ersichtlich sind, dazu hier die Zeitachse und das Datum der gehandelten Maximalausschläge pro Monat. Sie sehen, dass es sonst kaum solche zeitgleichen Aktionen gibt wie bei WBC und Sovitalis.»

«Und wenn Sie nun ausserhalb des Protokolls in freien Stücken dazu Ihre These abgeben könnten?», fragte Bär.

Frau Bodenmann schaute Schmidt bedeutungsvoll an, Schmidt nickte nur.

«Wir sind von der Börsenaufsicht und machen Meldung bei problematischem Börsenhandel. Ermitteln und beurteilen müssen die Strafuntersuchungsorgane. Angesichts der möglicherweise involvierten Personen ist Zurückhaltung...»

«Frau Bodenmann», unterbrach sie Schmidt, «wir verstehen Sie, aber bitte führen Sie aus, was wir zuvor zusammen diskutiert haben. Niemand wird Sie zitieren.»

«Ich kann mir das so vorstellen: Eine Person aus dem höchsten Kader der WBC und eine andere Person aus dem höchsten Kader der Sovitalis treffen sich gelegentlich und tauschen Informationen aus, die helfen, den Kursverlauf der Aktien für die Zukunft besser zu beurteilen. Ferner liefert die eine der anderen Person bei Gelegenheit relevante Börseninformationen. So profitieren sie gegenseitig voneinander. Auf diese Weise könnte ein solches Traderbild entstanden sein, wie wir es gesehen haben.»

«Könnten dies zum Beispiel Mitglieder des Verwaltungsrats der beiden Firmen sein?», griff Pflug in das Gespräch ein.

«Es müssen auf jeden Fall Personen aus dem höchsten Gremium sein. Gelegenheitstäter sind es nicht, da die Tradings* repetitiv sind. Das ist nur von einer Person möglich, die regelmässig an Insiderwissen herankommt. Ein CFO* beispielsweise kommt vielleicht einmal pro Quartal an börsenrelevante Daten, die den Kurs beeinflussen. Dasselbe gilt für den CIO* oder den COO*. In den engeren Kreis kommen hier also nur ein Verwaltungsrat oder ein CEO. Aber wie gesagt, das sind natürlich reine Mutmassungen.»

«Das ist spannend», sagte Bär. «Wir wissen von regelmässigen Gesprächen zwischen Fischer und Cointrin. Beide würden die Voraussetzungen erfüllen.» Und an Pflug gewandt fragte er: «Kommen wir an Daten aus den Finanztransaktionen?»

«Nur über die Schiene der Ermittlung, mit anderen Worten, Antrag auf Entbindung der Banken vom Bankgeheimnis. Dazu bedarf es eines begründeten Verdachts. In der Regel wird der Betroffene angehört und hat somit die Möglichkeit, sich dagegen zu wehren. Die Sache würde bekannt werden. Eine vorsorgliche Entbindung würde nur bei Kollusionsgefahr* gewährt werden und Kollusionsgefahr ist nur dann gegeben, wenn ernsthafte Anhaltspunkte dafür bestehen, dass der Angeschuldigte oder Verdächtige der Untersuchung entgegenwirkt durch Verwischung der Spuren oder Beeinflussung von Mitangeschuldigten, Zeugen oder Auskunftspersonen. Dieses Argument wird bei den genannten Personen bei einem Untersuchungsrichter kaum durchdringen. Die Bankakten können nicht vernichtet werden, da sie gespeichert sind. Somit würde alles offiziell werden und wir hätten den Salat.»

Schmidt nickte. «Das sehe ich auch so. Die einzige Möglichkeit erscheint mir Observation. Nach einem Meeting der beiden

Herren müsste dann untersucht werden, ob Transaktionen getätigt wurden. Dann hätten wir zumindest Indizien. Wenn es Zeugen für das Gespräch gibt, müsste noch analysiert werden, ob offen oder verdeckt Insiderwissen ausgetauscht worden ist.» «Ja, wir versuchen diesen Weg.» Pflug war einverstanden. «Es bleibt Ihnen wohl gar nichts anderes übrig», sagte Bodenmann schulterzuckend. «Wenn Sie nicht aktiv und offen ermitteln können, was aufgrund der Personen unzweifelhaft Vorgabe ist, können Sie nur auf diese Weise an Informationen heran kommen. Ich habe mir noch überlegt, ob wir allenfalls auch noch über inoffizielle Wege gehen könnten. Ich gehe davon aus, dass diese Herren aufgrund ihrer Bekanntheit kein grosses Depot bei einer Grossbank haben sondern bei einer Privatbank. Ich gehe weiter davon aus, dass dafür ein Nummernkonto existiert, ebenfalls zum Schutze der Persönlichkeit. Wenn wir also unter Verletzung des Börsengeheimnisses, bzw. Bankgeheimnisses Daten der Käufer aus dem Handel bekämen, so würden sich diese in einem Nummernkonto einer Privatbank erschöpfen. Bei einer solchen Ausgangslage bekämen Sie sehr wahrscheinlich keine untersuchungsrichterliche Ermächtigung zum Öffnen des Bankgeheimnisses. Sie brauchen eine halbwegs legale Grundlage.»

«Ja, so sieht's aus. Ich habe eine gute Mitarbeiterin, die immer an solche Informationen herankommt. Ich habe mir auch schon überlegt, sie dafür einzusetzen, aber das Resultat wäre, wie Sie plausibel dargelegt haben, sehr wahrscheinlich unbrauchbar. Danke für diesen Hinweis. Tja, unser Fall ist ein harter Brocken», seufzte Pflug.

Sie verabschiedeten sich freundlich. Das Meeting hatte zwar keine allzu konkreten Ergebnisse gebracht, aber sie wussten, wie es nun weiter gehen sollte. Die Observation schien vorderhand das am besten geeignete Mittel. Neben dem geschäftlichen

Austausch hatte das Treffen mit der Börsenaufsicht in Zürich auch eine vertrauensvolle Basis zwischen den beiden Behörden geschaffen.

Pflug und Bär fuhren mit dem Zug wieder zurück nach Basel. Sie redeten wenig miteinander und grübelten beide über die gerade erhaltenen Informationen. Einmal mehr wurde ihnen bewusst, dass strafuntersuchende Massnahmen gegenüber Fischer schwierig durchzusetzen waren. Er war zu angesehen, als dass sie auf reiner Verdachtsbasis hätten operieren können. Es brauchte handfeste Beweise, der Fall müsste praktisch reif sein für eine Verurteilung. Davon waren sie aber noch weit entfernt und die Ausgangslage machte den Weg erheblich schwerer.

Zurück im Büro wählte Pflug eine Telefonnummer.

«Von Rosen», meldete sich kurz und trocken eine tiefe, sonore Stimme.

«Frank, ich bin's, Sebastian. Hast du heute Lust auf einen Apéro nach der Arbeit?»

«Mit dir doch immer. Sagen wir um halb sechs in der Campari-Bar?»

«Sehr gut, bis später.»

Er war froh, dass sein Freund spontan Zeit hatte. Sie trafen sich ab und zu nach der Arbeit und obwohl sie sich nicht besonders oft trafen, hatte sich eine empathische Freundschaft zwischen ihnen entwickelt und die Gespräche blieben nie oberflächlich. Sie kannten sich noch aus der Studienzeit, als sie sich zusammen auf das Examen vorbereitet hatten. Das verband sie bis heute. Und so brach Pflug am späten Nachmittag auf in Richtung Campari-Bar. Dort angekommen bestellte er einen Campari Orange. Er mochte die Kombination von herb und süss, weshalb er das zum Lokal passende Getränk gerne trank. Sein Freund Frank von Rosen kam wenig später und bestellte eine Stange. Pflug trank Bier meist nur in Verbindung mit Limonade als Panachée.

«So, Sebastian, was gibt's denn heute?»

«Ich habe ein Problem.»

«Davon bin ich ausgegangen», scherzte von Rosen. «Nein, im Ernst. Was ist denn los?»

«Wir haben einen Mordfall, der...»

«Der Tote im Zug?», unterbrach Von Rosen. Doch er bemerkte sofort, dass die Frage unpassend war und nahm sich vor, seinen Freund erst einmal reden zu lassen.

«Das spielt keine grosse Rolle.» Pflug beugte sich nach vorne und sprach nun etwas leiser: «Jedenfalls verdächtigen wir jemanden, der in Basel eine hohe Stellung hat. Das heisst, wir können keine Telefonate abhören und so weiter. Alles, was eine richterliche Bewilligung benötigt, würde einerseits vom Untersuchungsrichter besonders streng beurteilt und vermutlich abgewiesen und anderseits wäre es eine ziemlich laute Alarmglocke für den Verdächtigen. Ihm stünde eine Unmenge an Anwälten zur Verfügung, die unseren gesamten Apparat lahm legen würden. Deshalb operieren wir im Stillen, mit einem kleinen aber kompetenten Team.»

«Das scheint mir in der Tat der einzig gangbare Weg zu sein», sagte von Rosen nachdenklich. «Mit was kann ich dir behilflich sein?»

«Wir sind unter anderem auf die Firma Globalpharma AG gestossen. Sie könnte in der Vergangenheit etwas mit dem Fall zu tun gehabt haben. Die Firma ist nicht einmal mehr im Handelsregister eingetragen und es gestaltet sich als unglaublich schwierig, Informationen zu ihr zu erhalten. Wir wissen aber, dass sie zur Sovitalis gehört. Ich dachte mir, da du Prokurist in der Rechtsabteilung von Sovitalis bist, könntest du vielleicht in den Akten der Gesellschaft nachsehen, ob dazu was existiert?»

Frank von Rosen schaute seinen Freund an. Der Blick war vielsagend und Pflug hatte sofort verstanden.

«Hast du eine andere Idee?»

«Mir sind die Hände gebunden. Es sind zudem alle Recherchen personenidentifiziert. Aber eine Idee habe ich. Wie wichtig ist diese Information?»

«Sagen wir es so, ich vermute ein Problem in unserer höchsten Wirtschaftselite. Es könnte jemanden, oder auch zwei Personen geben, die sich erheblich über die Rechtsordnung hinwegsetzen. Sie scheffeln Millionen auf Kosten anderer und wahrscheinlich auch auf Kosten anderer Leben.»

Das war klar und deutlich. Bis jetzt hatte Pflug seinen Verdacht noch nie so klar formuliert. Er erschrak selbst über seine Worte.

«Also gut. Morgen muss ich einen Abteilungsleiter entlassen. Er heisst Peter Hürlimann und ihm oblag die Betreuung des südlichen Europa. Wir haben ihm nachweisen können, dass er sich von unseren Kunden provisionieren liess für günstige Konditionen. Er heimste die Hälfte des Rabatts für sich ein, die andere Hälfte war für den Kunden, beides ging natürlich zu Lasten von Sovitalis. Er kommt um zehn Uhr in mein Büro und nach dem Gespräch bei mir wird sein Internetzugang geschlossen. Ich werde dir also Punkt zehn Uhr seinen Zugriffscode mailen. Dann hast du eine Stunde Zeit, um Nachforschungen anzustellen. Nach rund einer Stunde habe ich das Gespräch beendet. Dann informiere ich die IT, das Passwort zu deaktivieren. Damit wird der Zugang geschlossen.»

«Das würdest du im Ernst für mich tun?»

«Unter der Voraussetzung, dass ich noch heute Abend eine Anweisung der Staatsanwaltschaft bekomme, in der steht, dass gegenüber Peter Hürlimann, einem Mitarbeiter von Sovitalis, ermittelt wird wegen Verdachts auf Betrug und dass um sofortige Informationen gebeten wird. Dann habe ich etwas in den Akten. Wir erheben in den seltensten Fällen Strafanzeige, wenn wir Mitarbeiter des Betruges überführen. Der Aufwand wäre zu gross und dem Firmenimage würde es nur schaden. Aber wenn bei der Staatsanwaltschaft bereits eine Untersuchung läuft, sind wir kooperativ. Ich schicke dir ein halbes Kilo Akten, dann habt ihr einen Fall mehr. Das ist der Preis.»

Diesen Preis war Pflug gerne bereit zu zahlen. Er wusste, dass er sich auf seinen Freund verlassen konnte. Als sie sich verabschiedeten, sagte er grinsend: «Ich muss noch mal ins Büro, ich hab da einen Fall aus der Pharmabranche.» Auch Frank von Rosen musste lachen.

Pflug sandte noch am gleichen Abend einen Fax an seinen Kollegen mit diesem Inhalt:

Sovitalis AG, Rechtsabteilung, z. Hd. Herr Frank von Rosen. Staatsanwaltschaft erbittet um dringende Kooperation in Sachen Peter Hürlimann. Ermittelt wird wegen Betrug. Wir erbitten um Freigabe der Personalakten. Gezeichnet Sebastian Pflug, Erster Staatsanwalt.

Am nächsten Morgen konnte es Pflug kaum erwarten bis es es endlich zehn Uhr war. Es war alles bereit und um kurz vor zehn kamen Bossanova-Pesenti und Bär. Die IT-Abteilung hatte eine Spiegelung vorbereitet. Alles, was sie auf dem Computer eingaben und durchführten, wurde gespeichert. So würde allfälliges Beweismaterial gesichert.

Zur gleichen Zeit spielte sich in der Rechtsabteilung der Sovitalis eine Szene ab, wie sie dort nicht oft, aber doch gelegentlich vorkam: die Konfrontation eines Angestellten mit kompromittierenden Fakten. Frank von Rosen eröffnete das Gespräch und Peter Hürlimann sass angespannt am Sitzungstisch und wurde von von Rosen regelrecht zerzaust, bis er alles zugegeben hatte. Hürlimann hatte aufgegeben und hoffte nur noch auf eine sofortige Beendigung des Anstellungsverhältnisses ohne Strafverfolgung. Er musste umgehend alle Schlüssel, seinen Laptop, das Handy und alle Geschäftsutensilien abgeben, inklusive seinem Benutzerkennwort und dem Passwort. Als Hürlimann all diese Utensilien zusammensuchte, nutzte Frank von Rosen die Gelegenheit, das vorbereitete E-Mail an Pflug zu schicken. Danach ging es an die Details der Auflösung des Arbeitsvertrags.

Als sich das besagte E-Mail bei Pflug mit einem Pieps ankündigte, starrten alle gebannt auf den Bildschirm. Pflug öffnete das Mail sofort und las laut vor:

Bezugnehmend auf Ihre Anfrage Peter Hürlimann erhalten Sie als Beilage die Personalstammdaten. Weitere Akten werden folgen. Unsere interne Revision hat Unstimmigkeiten im Geschäftsbereich dieses Mitarbeiters gefunden, welche wir gerade abklären. Mit freundlichen Grüssen, Frank von Rosen, Rechtsabteilung Sovitalis AG.

Im ersten Attachement waren Name, Wohnort, Familie und persönliche Daten Hürlimanns. Das zweite umfasste Salärdaten, Boni, Vorsorge etc. Das dritte brachte die erwartete Information: Arbeitsgebiet, Organigramm, Stellung, Zugriffscode und Hierarchie. Sofort loggten sie sich ein und Joselina übernahm die Führung.

Sie ging auf die Datenbank, mit deren Bedienung sie je bereits vertraut war. Sie gab den Suchbegriff «Pharm-Ital» ein. Es erschien ein Bericht über den Unternehmenskauf. Sie überflogen die Daten. Das meiste kannte sie bereits. Diesmal würde aber alles aufgrund der Spiegelung gespeichert. Dann gab sie «Globalpharma AG» ein. Der Text, den sie bereits kannte, aber ihre Kollegen noch nicht, erschien auf dem Bildschirm. Auch jetzt klickte sie wieder auf «Historie» in der Maske. Als wiederum «Berechtigung», erschien, brauchte sie nur auf ENTER zu drücken und schon öffnete sich ein neues Fenster mit dem Text:

Globalpharma AG ist der Übername einer internen Spezialeinheit zur Lösung von komplexen Aufgaben praeter legem. Die Einheit ist in Neapel, Italien positioniert und kann über den Ausschuss des Verwaltungsrats aktiviert werden.

Und dann kam ein Absatz, der sie alle leer schlucken liess:

Die Einheit ist sehr schlagkräftig. Aufgrund der problematischen Spezialeinsätze wurde der Dienst aber bis auf weiteres eingestellt. Letzter Einsatz: Rom 2001. Im Hinblick auf die zunehmenden Aktivitäten krimineller Banden wird ein Neuaufbau der Truppe zurzeit von einem Ausschuss des Verwaltungsrats evaluiert. Anstelle eines italienischen Standortes wird neu ein ehemaliger Ostblockstaat in Erwägung gezogen. Für einen Einsatz zum Schutze der Investitionen wurde erfolgreich ad hoc ein Team rekrutiert. Der Einsatz war erfolgreich (Dossier Russland). Das Team wurde aber wieder aufgelöst.

Bossanova-Pesenti klickte auf «Verantwortlichkeit» und es erschien «Pierre Cointrin». Sie schauten sich an. Während Bär noch fragend in die Runde blickte, hatten Bossanova-Pesenti und Pflug begriffen.

«Wir haben es hier mit einer Spezialeinheit zu tun, die sich um Problemfälle kümmert und sich auch ausserhalb der Legalität bewegt», sagte sie.

«Woher weisst du das?», fragte Bär.

«Praeter Legem heisst: ausserhalb des Gesetzes. Es ist eine beschönigende Umschreibung von illegalen Handlungen.»
«Ich kann kein Latein.»
«Das ist dann wohl dein Defizit. Für mich ist es klar. Was meinst du Sebastian?»
«Es ist so, wie du sagst, Joselina. Ich denke, das war eine starke Truppe, die da engagiert war. Warum wohl wurde sie aufgelöst?»
«Mmh. Schwer zu sagen. Jedenfalls haben wir hier eine Einheit in der Sovitalis, die im Auftrag der obersten Geschäftsleitung Gewalt angewendet hat.»
«Wir müssen die Fakten sofort an Palmer nach Rom weitergeben.»
Sie nutzten die Gelegenheit, noch die eine oder andere Sache anzuklicken. Dabei stiessen sie auch auf die Studie zum Intelligenzgen. Doch in diesem Moment versagte der Zugriff. Die Seite blieb unverändert und konnte nicht mehr bearbeitet werden. Als sie noch einmal versuchten, sich einzuloggen, erschien «Keine Berechtigung». Der Exkurs in die digitale Unterwelt der Sovitalis war beendet. Einmal mehr keine konkreten Beweise, aber überaus interessante Indizien.

Pflug rief Palmer auf dem Handy an und dieser diktierte ihm die Nummer der römischen Polizei. Pflug wählte erneut und landete mit seinem Anruf im geräumigen Besprechungszimmer der Polizia di Stato in Rom.

In Rom sass Etienne Palmer am Tisch mit Commissario Claudio Mauri, Commissario Alberto Disanto und Carabinieri Marco Renzo, als das Telefon im Sitzungszimmer läutete. Palmer nahm ab und sie waren nun verbunden mit Sebastian Pflug, Joselina Bossanova-Pesenti und Fredi Bär, die ihrerseits mit rauchenden Köpfen in der Schweiz um einen Tisch in Pflugs Büro sassen. Beide hatten die Lautsprecherfunktion aktiviert.

«Ich grüsse meine ehrenwerten Kollegen in Rom», sagte Pflug und Mauri antwortete: «Ich grüsse meine Kollegen aus der Schweiz. Wir haben das internationale Rechtshilfegesuch von Ihnen vorliegen aufgrund dessen wir Ihrem geschätzten Kollegen Palmer alle uns zur Verfügung stehenden Informationen offen zeigen können. Das jetzige Telefongespräch steht unter der gleichen Prämisse. Ich bin in dieser Sache formell, aber ich denke Sie verstehen das.»

«Und ob. Wie Sie wissen, geht es um eine delikate Angelegenheit. Ich danke Ihnen, dass Sie unser Gesuch so rasch aufgenommen haben.»

Es folgten noch ein paar Formalitäten, bevor Palmer in kurzen Worten erzählte, was der Stand der Ermittlungen war. Am Ende wollte er wissen, ob es Neuigkeiten in der Schweiz gäbe, woraufhin Pflug wieder das Wort ergriff.

«Ja, in der Tat. Wir haben Grund zur Annahme, dass die Globalpharma AG eine Umschreibung für eine ehemalige Spezialeinheit der Firma Sovitalis ist, welche auch illegale Mittel einsetzte, wie Gewalt und dergleichen. Beweise haben wir nicht, aber eindeutige Indizien. Aufgrund unserer Recherchen gehen wir davon aus, dass diese Einheit aufgelöst worden ist. Wir nehmen weiter an, dass in Zusammenhang mit der Sache Pharm-Ital ein Einsatz der genannten Einheit möglich gewesen sein könnte.»

Jetzt schaltete sich Mauri wieder ein: «Nach dem, was Sie sagen, bin ich fest davon überzeugt, dass Sovitalis mittels Gewalt und vielleicht auch Erpressung versucht hat, den Kauf zu erzwingen. Da aber der Verkauf nicht zustande kam, hat man den Inhaber ermordet, wohl wissend, dass danach ein Zwangsverkauf an Sovitalis notwendig werden würde. Die Vermutung eines Auftragsmordes liegt nahe. Für diese Schlussfolgerungen haben wir allerdings keine Beweise und auch nur wenige Indizien. Es würde nicht einmal für eine formelle Aufnahme einer Strafuntersuchung reichen. Eine Verbindung zum Fall Hoffmann sehe ich aber nicht, abgesehen von der Art des Gifts. Hier fehlt doch das Motiv. Und ein Pharma-Unternehmen hat ja auch primär nicht so viel gemeinsam mit einer Bank.»

Bossanova-Pesenti wurde ganz enthusiastisch, als sie sagte: «Aber wir haben in Basel einen CEO des Pharma-Unternehmens und einen CEO der Bank, die sich ausgezeichnet verstehen und sich regelmässig treffen!»

«So etwas dürften wir in Italien nicht einmal denken, wenn einem das Leben als Polizist lieb ist», erwiderte Disanto. «Damenopfer gibt es nur auf Anweisung eines Königs.»

«Ich denke auch, dass dies zu weit her geholt ist», sagte Pflug, dachte aber etwas anderes. «Etienne, geh bitte mit Commissario Disanto noch einmal die älteren Akten durch unter dem Aspekt eines Auftragsmordes. Vielleicht findest du noch einen Anhaltspunkt. Lass dir alle Fingerabdrücke geben, vielleicht finden wir eine Übereinstimmung mit einem der Abdrücke aus dem Eisenbahnwagen. Und wenn niemand mehr etwas beizufügen hat, würde ich mich mit einem herzlichen Dank verabschieden.»

«Grazie e arrivederci.»

Pflug, Bossanova-Pesenti und Bär waren wieder unter sich. Bossanova-Pesenti wollte Pflug zur Rede stellen, warum er ihr in den Rücken gefallen war am Telefon, doch Bär hielt den gestreckten Zeigefinger auf seinen Mund, worauf sie ihn perplex ansah.

«Wenn wir unseren Job behalten wollen, dürfen wir das, was wir denken, nicht offiziell in die Akten nehmen», erklärte Pflug. «Der Fall ist zu delikat. Wir müssen uns ein Sicherheitsdispositiv ausdenken. Ich schlage vor, die bisherigen Ermittlungen laufen weiter unter dem Fall Karl-Maria Hoffmann. Für alle Notizen, Ermittlungen, etc. in Zusammenhang mit Sovitalis legen

wir unter einem Pseudonym ab. Hat jemand eine Idee für einen Namen?»
Alle dachten nach und Bär hatte schliesslich eine Idee: «Sila Tivos»
«Wie kommst du denn darauf?»
«Das ist Sovitalis rückwärts.»
Wie immer schloss Pflug mit der Verteilung der Aufgaben: «Etienne ist in Rom und bearbeitet die italienischen Akten. Fredi, du nimmst noch einmal die Unterlagen der Börsenaufsicht unter die Lupe. Vielleicht können wir hier irgendwo einhaken. Und du leitest weiter die Observation, Joselina. Ich versuche, noch etwas aus den Akten der Sovitalis heraus zu bekommen. Und wir treffen uns wieder in zwei Tagen.»

* * * * *

Giuseppe Baldermira nahm seinen Posaunenkoffer hervor. Der viereckige, etwa einen Meter lange Koffer ging am unteren Ende in eine leicht ovale Form über. Baldermira legte ihn auf seinen Esstisch und öffnete ihn. Es war Zeit für die Kontrolle eines seiner Berufsinstrumente. Er nahm das grosse Hochpräzisionsgewehr aus dem Koffer, das im Innern des Gehäuses gut eingebettet lag und das über verschiedene Zusatzelemente verfügte wie zum Beispiel das Zielfernrohr, ein Zielfernrohrzusatz mit Laser, Schalldämpfer und diverse andere nützliche Spezialzusätze, die das Töten erleichterten. Er kontrollierte den Abzug, die Funktionsfähigkeit der verschiedenen Teile und die Munition. Danach legte er alles wieder zurück in den Koffer. Er war sich noch nicht sicher, ob das der richtige Ansatz zur Erledigung seines Auftrags war. Er hatte noch andere Instrumente und wollte sich Zeit lassen, um am Ende genau das Richtige zu wählen. Die Art der Tötung musste immer exakt zum Opfer passen, davon hing zu einem grossen Teil der Erfolg der Operation ab. Jede der ihm zur Verfügung stehenden Varianten wollte er ganz genau gedanklich durchspielen. Er nahm seine Notizen hervor, die er während der Observierungen seines Opfers gemacht hatte und versuchte, die Tagesabläufe, Wochenabläufe und Gewohnheiten zu analysieren. Sein Ziel war, die optimale Gelegenheit für einen günstigen Moment zu finden. Die mangelnde Anonymität, Resultat seines Fauxpas im Saunaclub, schränkte die Wahl jedoch erheblich ein.

22. Flucht

Theodor Fischer lag der Besuch in Ostberlin vor wenigen Wochen immer noch auf dem Magen. Sein Kapitalgeber Samuel Ohlstein war offenkundig in einer sehr unangenehmen Situation und rechnete mit seiner Hilfe. Warum hatte er bloss alles auf eine Karte gesetzt, seine Industriegüter in Hamburg und in den USA verkauft und alles in Ostdeutschland reinvestiert? Fischer hatte sich das immer und immer wieder gefragt. Nun lebte er in der Deutschen Demokratischen Republik, doch die war so gar nicht republikanisch, geschweige denn demokratisch. Am Anfang war Ohlstein noch hofiert worden von der politischen Elite des Ostens, doch scheinbar wurde er nun nicht mehr gebraucht. Sein industrielles Knowhow war anfangs begehrt gewesen und man hatte ihm industrielle Investitionen gewährt, wie sie im westlichen Europa zur selben Zeit kaum möglich gewesen waren. Ausserdem war er in der oberen Gesellschaft Ostdeutschlands beliebt und ein gern gesehener Gast an Events und Staatsempfängen gewesen. Nach der Enteignung durch das Deutsche Reich und der harten Aufbauarbeit in USA war dies für Ohlstein Balsam gewesen und er hatte es genossen, diese Anerkennung zu erfahren. Die Möglichkeiten waren ihm damals unbegrenzt vorgekommen, denn gut ausgebildetes, deutsches Personal und tiefe Personalkosten waren die Erfolgsgaranten bei der Produktion der Werkzeuge und Maschinen. Bald jedoch begannen sich die Schattenseiten zu zeigen. An die Stelle der Freiräume für Investoren traten Kontrollen über Kontrollen und die Defizite der Planmisswirtschaft kamen zum Vorschein. Es mangelte plötzlich an Edelmetallen, Energie und Devisen. Je mehr Ohlstein diese Missstände kritisierte, desto stärker wurde er Opfer derselben. Waren anfangs die Besuche im Westen für Ohlstein noch problemlos möglich gewesen, brauchte er dafür später eine Bewilligung; sein Freiraum wurde sukzessive enger. Im Zuge dieser fatalen Entwicklung wuchs sein Groll gegen die ostdeutsche Bürokratie und er begann, in Richtung Westen zu schielen. Er liebäugelte mit einer Rückkehr nach Hamburg, wo er noch sein Haus hatte.

Der Parteiapparat war ziemlich gut über die Aktivitäten von Ohlstein orientiert. Seine Telefonate und seine Post wurden lückenlos kontrolliert und seine Zimmer waren alle ausgestattet mit elektronischen Abhör-Wanzen. Auch der Besuch von Fischer wurde registriert. Man hatte nicht über alle Details Informationen, nahm aber an, dass die Visite die Folge eines Hilferufs von Ohlstein war, oder zumindest dem Weg in den Westen dienen sollte. Grundsätzlich hatte niemand etwas dagegen, dass Ohlstein die DDR verlassen wollte, man war sich aber einig, dass man es unbedingt wie eine Republikflucht aussehen lassen müsse, damit so seine begehrten und nicht unwesentlichen Vermögenswerte vom Staat enteignet werden konnten. Das Telex*, das Ohlstein Fischer geschickt hatte, war bekannt, ebenso Fischers Besuch im Hotel Adlon. Die Präsidentensuite war speziell für solche Westbesucher ausgerüstet mit Mikrophonen und Kameras, wobei hier aber keine Erkenntnisse gewonnen werden konnten, zumal sich das Gespräch zwischen Ohlstein und Fischer an diesem Abend auf wenige, allgemein gehaltene Sätze beschränkt hatte.

Seit seiner Rückkehr aus Berlin dachte Fischer darüber nach, ob und wie er Ohlstein helfen sollte. Nicht auf den Hilferuf zu reagieren würde auf der einen Seite gewisse Vorteile mit sich bringen – ein passiver Investor würde so vielleicht eliminiert, und das Kapital von Fischer würde sich um das Kapital von Ohlstein vermehren, zumindest wenn er sich geschickt verhielte. Auf der anderen Seite war Ohlstein ihm gegenüber immer fair gewesen. Er hatte ihm Vertrauen geschenkt und ihm stets freie Hand bei seinen Investitionen gelassen. Das Verhältnis zwischen Ohlstein und Fischer war in diesem Sinne bis jetzt eine perfekte Symbiose gewesen. Er zögerte, dem Hilferuf von Ohlstein Folge zu leisten.

Ende März 1977 hatte Theodor Fischer einen Entschluss gefasst und diktierte seiner Sekretärin folgenden Brief:

An die Ohlsteinschen Industrie- und Maschinenwerke, z. Hd. Herrn Samuel Ohlstein, Königstein an der Elbe, DDR. Sehr geehrter Herr Ohlstein. Gerne würde Sie die European Bank Corporation zu einer Besprechung in Basel (Schweiz) einladen. Die Bank hat ein Investment in Danzig getätigt und würde mit Ihnen gerne einige Aspekte dieses Engagement diskutieren. Sollten sich im Zusammenhang mit dem Besuch Fragen der Kosten stellen, so übernimmt unser Haus alle Spesen inklusive Ihr Beraterhonorar. Mit freundlichen Grüssen, gezeichnet Theodor Fischer.

Ein paar Tage später erhielt Samuel Ohlstein den Brief und von da an liefen seine Vorbereitungen zum Verlassen der DDR auf Hochtouren. Persönliche Gegenstände würde er später nachkommen lassen, seine Kunstsammlung und andere wertvollere Habseligkeiten hatte er ohnehin in seinem Elternhaus an der Elbe. Mitnehmen wollte er lediglich seine in Wertpapieren verbrieften Rechte an den Industriebetrieben in der DDR, einige Staatsanleihen in Ostmark und ein paar Goldbarren, Notgeld für Notzeiten. Er stellte einen Antrag auf ein Reisevisum, was er bis jetzt immer problemlos erhalten hatte. Das Prozedere war eine reine Schikane und er freute sich schon jetzt, in Zukunft davon befreit zu sein. Auch diesmal erhielt er umgehend das Visum. Er liess den Geschäftsführer der Ohlsteinschen Werke zu sich kommen. Niemand war in seine Pläne eingeweiht, nicht einmal seine engsten Mitarbeiter.

«Herr Pfüller», sagte er, «ich habe wieder eine Reise vor, diesmal geht es in die Schweiz. Ich werde in einer Woche wieder da sein.»

«Bestens, Herr Ohlstein. Ich würde Sie liebend gerne begleiten.»

«Sie wissen, dass dies leider nicht möglich ist. Selbst ich muss regelmässig ein Visum beantragen.»

«Wenn Sie in der Schweiz sind, könnten Sie vielleicht eine grössere Menge Stahl disponieren. Wie Sie wissen, haben wir zu wenig Vorrat.»

«Ja, ich weiss. Ich hab das auf der Liste. Alles Gute, Herr Pfüller.»

Und so verliess er sein Büro in den Ohlsteinschen Werken. Vor dem Industriekomplex wartete ein Fahrer in einem Zil, einer in der DDR produzierten Luxuslimousine. Auch Erich Honegger, der Staatsratsvorsitzende der DDR, besass einen Zil, allerdings eine Spezialanfertigung als gestreckte Limousine mit stärkerem Motor. Ohlstein hatte sich dieses Fahrzeug angeschafft für den Empfang der DDR-Prominenz. Er hatte sich kurz überlegt, mit diesem Fahrzeug bis nach Basel zu reisen, doch er hätte einen ganzen Tag Reisezeit rechnen müssen für die rund 800 Kilometer und die DDR-Strassen bis zur Westgrenze waren schlecht. Die Zollkontrolle wäre eine Tortur gewesen, er kannte das noch von früher, obwohl er privilegiert reisen konnte. Wenn eine gründliche Untersuchung durchgeführt worden wäre, was aufgrund des momentan spürbaren herben Klimas durchaus möglich gewesen wäre, so hätte das ohne weiteres einen halben Tag dauern können. Er hatte auch schon erleben müssen, wie sein Fahrzeug einmal nach einer Grenzkontrolle gar nicht mehr fahrtüchtig gewesen war. Aufgeschnittene Pneus, demontierter Benzintank, man musste stets mit allem rechnen. Deshalb schloss er diesmal diese Variante aus. Ein Flug vom Flughafen Berlin-Schönefeld war unpraktisch, da nur wenige Destinationen im Westen angeflogen wurden. Von hier aus wurden vor allem Ziele in der östlichen Hemisphäre angeflogen, die Comecon-Staaten*, alle sowjetischen Republiken, Nordkorea, Osttimor, und so weiter. So entschied er sich am Ende, mit dem Auto lediglich bis zum Übergang nach West-Berlin zu fahren, zu Fuss die Grenze in den Westen zu passieren und von Berlin-Tempelhof nach Zürich zu fliegen. Den Flug hatte er noch nicht gebucht, denn das war aus der DDR viel zu kompliziert, da die Kreditkarten der DDR aufgrund der Devisenrestriktionen nicht anerkannt waren. Das Visum erlaubte ihm den Grenzübertritt beim Übergang Dreilinden, nahe der U-Bahn-Station «Unter den Drei Linden». Diese Haltestelle wurde von der West-U-Bahn angefahren, doch der Zug durfte nicht halten. Stattdessen fuhr er an die Haltestelle heran und verlangsamte lediglich ein wenig die Fahrt. Die auf Ostberliner Boden liegende Haltestelle «Unter den Drei Linden» war permanent von Volkspolizisten der DDR bewacht, sodass Einsteigen oder Aufspringen unmöglich war.

Ohlsteins Fahrer hielt vor dem Hotel Adlon, Ohlstein stieg aus, betrat das Hotel und ging zur Bar. Er wollte sich vor dem Grenzübertritt stärken und bestellte sich ein Bier. Er wusste nicht, wie lange der Übertritt dauern würde. Ausserdem wollte er sich Zeit lassen, Abschied von der DDR zu nehmen. Sein Anfang in der DDR war gut gewesen, doch jetzt war es höchste Zeit, zu gehen. Das Klima wurde immer schlechter. Nachdem er sein Bier ausgetrunken hatte, machte er sich auf den Weg zum Grenzübergang. Er hatte nur seinen kleinen Aktenkoffer mit den Wertsachen bei sich. Der Volkspolizist an der Grenzwache empfing ihn wirsch. Keine andere Person hätte er anders begrüsst. Staatsangestellte der DDR am Grenzübergang waren dazu ausgebildet, wirsch zu sein.

«Ihr Visum.»

«Hier bitte.»

«Herr Ohlstein?»

«Ja?»

Der Beamte klingelte. Es dauerte nicht lange, da kamen drei weitere Grenzpolizisten.

«Bitte folgen.»

Ohlstein wollte etwas sagen, liess es dann aber bleiben. Sein Visum lag nun beim Polizisten am Empfang und er wurde in einen Raum geführt, vielmehr in ein Zimmer, das aussah wie eine Gefängniszelle. Es gab keine Fenster, nur einen Stuhl und einen Tisch, sonst nichts. Er wurde angewiesen, sich hinzusetzen. Zwei Polizisten blieben an der Türe stehen. Es dauerte eine halbe Stunde bis ein Offizier kam. Er erkannte sofort aufgrund des Respekts, den ihm die Polizisten entgegenbrachten, dass es sich um einen ranghohen Militär handelte.

«Mein Name ist Ottenburg. Ich grüsse Sie, Herr Ohlstein.»

«Guten Tag Herr Ottenburg. Dürfte ich erfahren, weshalb man mich hier aufhält? Mein Visum ist vom Ministerium für Wirtschaft genehmigt und», er wollte das Wesentlich gleich zu Beginn sagen, «ich habe mir nichts zu Schulden kommen lassen. Im Gegenteil, ich habe mit den Ohlsteinschen Werken viele Arbeitsplätze in der DDR geschaffen.»

«Ich weiss. Ich kenne Ihre Verdienste für die DDR. Was ist Ihr Grund für den Besuch bei Herrn Fischer in der Schweiz?»

Ohlstein hatte nun Gewissheit, dass seine Akte hier am Grenzübergang im Detail bekannt war, deshalb sagte er lediglich: «Das Ministerium für Wirtschaft kennt die Hintergründe. Es geht um mögliche positive Geschäfte, welche für die DDR interessant sein können.»

«Haben Sie noch andere Interessen, die Sie in der Schweiz verfolgen möchten?»

«Nein, es geht um einen ganz gewöhnlichen Besuch bei einer Bank.» Ohlstein begann, sich unwohl zu fühlen und zu schwitzen.

«So, dann bitte ich Sie, Ihren Aktenkoffer zu öffnen.»

«Äh... den Aktenkoffer? Ich sehe nicht ein, weshalb ich mich hier weiter erklären soll?»

«Herr Ohlstein, wir sind hier in der DDR, genauer gesagt bei einem DDR-Grenzübergang. Sie sind ein geschätzter Industrieller und haben viel für unser Land beigetragen. Aber es gibt einige Personen in der Partei, denen passt Ihre Entwicklung nicht. Das heisst im Klartext, Sie kooperieren jetzt oder wir bedienen uns anderer Methoden.»

Ohlstein erschrak ob der klaren Botschaft. Nun war ihm klar, dass er niemals in die DDR hätte gehen sollen. Doch dafür war es jetzt zu spät. Er zwang sich, die Situation kurz zu analysieren, fand jedoch keine Lösung.

«Und?», fragte der Offizier.

Ohlstein legte seinen Aktenkoffer auf den Tisch und öffnete ihn. Wertpapiere, Staatsanleihen und Gold waren sofort ersichtlich.

«Ein gewöhnlicher Besuch bei einer Bank?» Ottenburg blickte ihn an.

Ohlstein entschied sich, jetzt besser zu schweigen. Alles andere wäre falsch gewesen.

«Haben Sie Kapitalausfuhrbewilligungen?»

«Nein.»

«Es ist Ihnen wohl klar, dass wir unangemeldete Güter beschlagnahmen müssen. Wir können illegale Werttransfers nicht tolerieren, insbesondere nicht in den kapitalistischen Westen.»

Ohlstein schwieg.

«Herr Ohlstein, es gibt zwei Möglichkeiten. Die eine ist der beschwerliche Weg. Wir verhaften Sie wegen illegalem Kapitaltransfer. Das dürfte aufgrund des Vermögens zwei bis drei Jahre geben. Hinzu kommt versuchte Republikflucht. Das dürfte aufgrund der Vorgaben offensichtlich sein. Sie wissen sicher, dass es sehr unangenehm werden kann für denjenigen, der die DDR ohne Bewilligung verlassen will. Das gibt noch einmal zwei bis drei Jahre und Konfiskation aller wirtschaftlichen Vermögenswerte. Alles in allem ist dies wirklich einschneidend, und, ich darf es sagen, persönlich erheblich belastend. Die andere Möglichkeit ist, Sie verzichten freiwillig auf alle Ihre DDR-Vermögenswerte und wir lassen Sie gehen.»

So sah es also aus.

«Ich könnte aber auch ein Verfahren beantragen», sagte Ohlstein mit einem Anflug von Trotz.

Offizier Ottenburg machte ein Zeichen. Alle verliessen die Zelle. Die Türe wurde geschlossen, nur Ottenburg und Ohlstein waren noch in diesem unangenehmen Raum und Ohlstein war sichtlich eingeschüchtert.

«Herr Ohlstein. Ich stehe hier als verlängerter Arm der Partei. Ich mache meine Arbeit und die ist, diesen Fall zu behandeln. Man will Sie nicht mehr in der DDR und einige Personen ganz oben haben Interesse an Ihren DDR-Industrieanlagen.» Er machte zwei Schritte auf Ohlstein zu und sprach sehr leise weiter. «Ich bin nicht mit allem einverstanden, was hier läuft, aber ich gebe Ihnen einen guten, persönlichen Rat. Seien Sie vernünftig, unterzeichnen Sie alles und gehen Sie in den Westen. Seien Sie froh, dass Sie gehen können. Ich würde gerne mitkommen, das geht aber nicht. Es ist der einfachste Weg und Sie überleben. Je länger Sie nachdenken, desto schneller kommt irgendein hohes Tier aus der Partei und will Sie persönlich vernehmen. Das könnte schlimm werden für Sie. Also, möchten Sie kämpfen oder möchten Sie leben? Ich kann Ihnen hier klar und deutlich sagen, es hat noch niemand gegenüber der Partei obsiegt. Das wird auch bei Ihnen so sein. Ich hoffe, ich war klar genug.»

Der Offizier trat wieder zurück und Ohlstein sass gebrochenen auf seinem Stuhl und nickte. Ottenburg nahm das Gold an sich, was Ohlstein kraftlos geschehen liess. Die Macht des Staatsapparates wurde ihm bildlich vor Augen geführt. Als Ottenburg läutete, kamen die beiden Volkspolizisten wieder und führten Ohlstein aus der Zelle in die höher gelegenen Büroräumlichkeiten. Ein erstes Dokument wurde ihm vorgelegt.

«Ich, Samuel Ohlstein, widme im Hinblick auf mein Verlassen der DDR die Ohlsteinschen Werke der Deutschen Demokratischen Republik. Ich verzichte auf Entschädigungszahlungen. Berlin, den 05.04.1977.»

Ohlstein unterzeichnete. Es folgten ähnliche Dokumente für sein Anwesen in Königsberg und ein paar andere Vermögenswerte in der DDR. All diese Dokumente waren vorbereitet gewesen, er brauchte sie nur noch zu unterzeichnen. Alles, was er jetzt noch hatte, war sein Aktenkoffer, der aber bis auf ein paar Briefe leer war. Nachdem er alles unterzeichnet hatte, verliess die gesamte Beamtenschar den Raum. Nur Offizier Ottenburg war geblieben.

«Das haben Sie gut gemacht. Alles andere wäre reiner Selbstmord gewesen.»

Ottenburg vergewisserte sich, dass der Raum leer war. Er schloss die Türe. Dann nahm er das Gold hervor und legte es auf den Tisch. Zehn Barren. Fünf nahm er zu sich, fünf legte er in den Koffer von Ohlstein. Er flüsterte: «Wir teilen, fünf für Sie, fünf für mich. Geteiltes Unrecht ist halbes Unrecht. Ich muss auch andere Leute berücksichtigen, damit ich Betroffenen wie Ihnen nicht alles abnehmen muss. Ich kann leider nicht mehr für

Sie tun, mir sind die Hände gebunden. Ich wünsche Ihnen trotz allem alles Gute.»

Nach rund vier Stunden wurde Samuel Ohlstein, vollkommen erschlagen, wieder an den Grenzübergang gebracht. Am Übergang in den Westen wurde er freundlich begrüsst, was er jedoch kaum wahrnahm, denn er stand vollkommen unter Schock. Er ging in das nächstbeste Hotel, und das Zimmer wurde ihm zugestanden unter der Auflage, dass er bis zum nächsten Morgen eine Kreditkarte vorweisen oder bar zahlen würde. Nach einer kurzen und unruhigen Nacht machte sich Ohlstein auf den Weg zur nächsten Bank, um einen Barren Gold zu verkaufen, was nicht einfach war. Er erhielt nur eine Anzahlung und den Rest würde man ihm nach Prüfung des genauen Gewichtes und des Reinheitsgehaltes auszahlen. Westdeutsche Banken hatten wenig Vertrauen in Goldbarren aus dem Osten; zu oft war die Legierung minderwertig oder der Kern mit Blei gefüllt. Doch das Geld der Anzahlung half ihm fürs erste über die Runden. Wenn er am nächsten Morgen den Rest von der Bank erhalten würde, würde er Fischer anrufen und einen Flug buchen. Am Abend liess er sich gutes Essen auf sein Zimmer servieren und eine Flasche vom besten Wein. Nicht, dass er Lust gehabt hätte, zu feiern, aber der Schock musste irgendwie verdaut werden. Es war ein weiterer Neubeginn für Ohlstein, sein vierter. Nach Amerika als Kriegsflüchtling, Hamburg als Rückkehrer und der DDR, folgte nun ein Neuanfang als Ostflüchtling in der Bundesrepublik Deutschland. Er würde auch dies schaffen, war sich Ohlstein sicher. Wichtig war, bald nach Basel zu kommen, um einen Überblick über seine Finanzen zu erhalten.

Der Wein hatte ihm zu einem tiefen, entspannten Schlaf verholfen. Er frühstückte ausgiebig und begab sich anschliessend wieder zur Bank. Die Bank war zufrieden mit der Qualität des

Barrens und zahlte ihm den marktgängigen Ankaufspreis für Gold. Dann fuhr er zum Flughafen Berlin-Tempelhof und buchte einen Flug mit PANAM nach Zürich für den späten Nachmittag. Frühere Flüge gab es nur mit den Destinationen Paris, London, Madrid, Brüssel, Rom, Mailand, Bonn, und anderen europäische Städte, doch damit wäre er auch nicht schneller in Basel gewesen. So wartete er ein paar Stunden am Flughafen und versuchte von dort aus immer wieder, Theodor Fischer zu erreichen. Das gelang ihm nicht, aber immerhin konnte er eine Nachricht hinterlassen. Vor dem Abflug nach Zürich musste erneut er eine rigorose Zollkontrolle über sich ergehen lassen. Doch hier war es ihm egal und die Formalitäten waren nichts im Vergleich zum innerdeutschen Zollübergang. Als er in Zürich ankam, schaute er sich um, obwohl er nicht wirklich erwartet hatte, dass man ihn abholte. Nichts wies jedoch auf einen Empfang hin. So nahm er den Zug nach Basel und kam am frühen Abend am Centralbahnhof in Basel an. Er ging sofort zu einer Telefonzelle und versuchte erneut, Fischer zu erreichen, doch wieder vergebens. Unter dieser Nummer war bereits niemand mehr erreichbar. Obwohl er etwas enttäuscht war, sagte er sich, dass es eigentlich nicht viel ändern würde, ob er jetzt gleich oder morgen früh mit Fischer sprechen würde. So quartierte er sich im Hotel Euler ein und versuchte, Pfüller zu erreichen. Dieser nahm das Telefon entgegen.

«Pfüller.»

«Ja hier Ohlstein.»

«Oh. Guten Abend Herr Ohlstein. Sind Sie gut angekommen?»

Die Wortwahl war distanziert, aber Pfüller war immer sehr förmlich und in den Augen Ohlsteins ein typischer DDR-Bürger. Gleichzeitig hatte er eine gewisse Offenheit und Freundlichkeit immer bewahrt. Ohlstein nahm an, was anzunehmen sein musste: Pfüller hatte Besuch. Kurz überlegte er sich, wie er auf diese Situation Rücksicht nehmen konnte, aber gleichzeitig wurde ihm gewahr, dass er Pfüller und seine gesamte Belegschaft nie mehr zu Gesicht bekommen würde.

«Pfüller?»

«Ja?»

«Ich wurde an der Grenze gefilzt. Man hat mir keine Wahl gelassen.»

«So?», klang es wieder reserviert.

Ohlstein ging noch einmal in sich. Er wollte sich in die neue Situation einfühlen und nichts Falsches sagen.

«Sie haben mich der Republikflucht überführt. Ich wollte die DDR nicht verlassen, sondern gute Kontakte für das Unternehmen aufbauen. Ich habe mich ungeschickt verhalten und hatte zu viel Material dabei. Ich habe von den Behörden freies Geleit bekommen, musste aber auf meine Industrie- und Gewerbeinvestitionen verzichten zugunsten des Volkes der DDR, was ich getan habe. Es kann deshalb sein, dass sich jemand von der Industrie- und Handelskammer meldet zur Übernahme der operativen Führung. Aufgrund des Volumens könnte der Betrieb sogar zum relevanten Staatsbetrieb klassiert werden.»

«Aha, so.»

Die Antwort war so kurz, dass Ohlstein klar wurde, was Sache war.

«Herr Pfüller, ich vermute, Sie haben bereits Besuch. Sie müssen nichts erklären. Tun Sie Ihr Bestes für die DDR und das Volksvermögen und nehmen Sie keine Rücksicht auf mich. Ich werde mich gelegentlich bei Ihnen melden. Es wird vielleicht einmal eine Zeit kommen, wo wir uns wieder sehen können oder zumindest freier reden. Ich wünsche Ihnen von Herzen Alles Gute.»

«Ich Ihnen auch. Auf Wiedersehen.»

Auf Wiedersehen. Das war's dann wohl. Zehn Jahre hatte er mit Pfüller eng zusammengearbeitet, und nun musste man sich auf diese Weise über das Telefon verabschieden. Er ging an die Bar und trank einige Whiskys. Er schwankte, als er aufstand und schlafen gehen wollte und fand sein Zimmer nur noch mit Mühe. Aber nach diesen aufregenden Tagen konnte er ohne die Betäubung des hochprozentigen Alkohols nicht schlafen. Er glitt vom Zustand des betäubten Bewusstseins in den Zustand des Schlafes. Mitten in der Nacht wurde er wach und musste sich übergeben.

Er träumte gerade von schönen Stränden Asiens, als er unsanft geweckt wurde. Das Zimmerpersonal machte ihn darauf aufmerksam, dass es kurz vor zwölf sei und das Zimmer bis zwölf geräumt werden müsse. Er bat um Aufschub und schaffte es, den Check-out auf ein Uhr zu verschieben. Die Spannungen der letzten Tage, das Ohnmachtgefühl einem willkürlich handelnden Staat gegenüber, hatten ihn mehr belastet, als er wahr haben wollte. Umso mehr war er froh, jetzt wieder im Westen zu sein. Sein Plan stand fest. Er wollte in den nächsten Tagen mit Fischer seine Finanzen regeln und dann nach Hamburg zurückkehren. Sein Elternhaus an der Elbe hatte er glücklicherweise behalten. Er verliess sein Zimmer und checkte aus. In einem nahe gelegenen asiatischen Restaurant nahm er eine leichte Mahlzeit ein, eine Hühnersuppe und etwas Reis. Am frühen Nachmittag erreichte er endlich Theodor Fischer telefonisch und konnte ihn eine Stunde später in der WBC treffen.

«Herr Fischer, lange nicht gesehen», freute sich Ohlstein.

«Tag Herr Ohlstein. Ja, so ist es. Wie geht's Ihnen denn? Wenn ich Sie so ansehe, dann haben Sie wohl schwierige Zeiten hinter sich?»

«Ich bin seit knapp 24 Stunden Republikflüchtling. *Persona non grata** in der DDR. Obwohl ich etwa 700 Arbeitsplätze geschaffen habe. Das muss man sich mal vorstellen!»

«Also mich erstaunt das nicht. Ich hätte Ihnen nie geraten, in den Osten zu gehen. Man kann diesen Russen und Ostdeutschen einfach nicht trauen.»

«Ja, danach ist man immer klüger. Nun lassen wir das beiseite. Auf mich wartet einmal mehr ein Neuanfang und ich denke, ich werde nun kürzer treten. Mein Haus an der Elbe, Sie kennen das ja, wartet auf mich. Wie sehen denn meine Finanzen aus? Haben Sie die Depotauszüge?»

«Ja natürlich.»

«Also legen Sie los.»

Ohlstein begann, sich innerlich zu entspannen. Die letzten Hürden für einen Neustart wären bald genommen.

«Da haben wir zum einen Ihr Depot mit den hinterlegten Vermögenswerten. Es handelt sich mehr oder weniger um die Positionen, die Sie hatten, als Sie den Westen verlassen haben. Wir haben absprachegemäss das Depot konservativ betreut. In den letzen zehn Jahren hat sich der Depotwert vervierfacht, was etwa einer Rendite von 20 Prozent pro Jahr entspricht. Das heisst, wir haben jetzt einen Saldo von rund 55 Millionen D-Mark.»

Er übergab ihm den Depotauszug.

«Das ist sehr gut. Dann hätte ich gerne die Kontoauszüge der letzten zehn Jahre. Ich möchte gerne die Entwicklung studieren.»

«Sehr gerne, Herr Ohlstein.»

Obwohl sie sich seit beinahe 25 Jahren kannten, waren sie immer noch per Sie.

«Und wie sieht es mit meinem Depotauszug DDR aus? Hier habe ich ja alle meine Auslandzahlungen gebunkert, die nicht über DDR-Konti gehen mussten.»

«Das haben wir hier», sagte Fischer und übergab ihm ein A4-Buch. «Die Entwicklung war dramatisch. Sie haben die halbe DDR verkauft. Wir haben bis heute 83 Millionen D-Mark. Auftragsgemäss haben wir laufend den Ost-Mark-Anteil in D-Mark umgetauscht, zu einem miserablen Kurs. Ihre Handelsgeschäfte brachten Devisen. Ich hatte zweimal Besuch der internen Revision, die diese Entwicklung kaum glauben wollte. Die Vermögensanlage hat nicht so viel eingebracht, da wir sehr konservativ angelegt haben. Ich habe den Revisoren erklärt, dass Sie in der DDR wohnen, dort Werkzeuge und Maschinen produzieren und exportieren. Die Käufer haben den grösseren Teil des Kaufpreises in die DDR bezahlt und eine Provision in die Schweiz zugunsten Ihrer schweizerischen Aktiengesellschaft, der Ohltec AG in ZUG. Diese hat Ihnen nach einer kleinen Steuerbelastung die Provision auf Ihr Konto gutgeschrieben. Habe ich das korrekt wiedergegeben?»

«Genau so habe ich es eingefädelt. Und wenn ich an die mir faktisch enteignete Unternehmensgruppe denke, die sich jetzt irgendein DDR-Parteibonze unter den Nagel gerissen hat, so war meine Provision für das Risiko noch viel zu klein. Kommt dazu, dass ich in der DDR manchen Funktionär füttern musste, damit wir überhaupt produzieren konnten. Dann kommen wir zum letzten Punkt: wie sieht es mit meinem Investment in Ihre Bank aus?»

«Nun, ich habe hier keine Aufstellung. Ich habe mir hier folgendes überlegt: Ihr Anfangsinvestment 1946 in die Bâle Bank Corporation dürfte etwa ein Fünftel des damaligen Startkapitals betragen haben. Es waren rund 300'000 Dollar. Die verschiedenen Fusionen mit anderen Banken haben zu einer Verdünnung der prozentualen Beteiligung geführt. Heute schätzte ich ihren Anteil der Europe Bank Corporation auf rund fünf Prozent. Dafür kann ich Ihnen zehn Millionen D-Mark bieten.»

Ohlstein schaute Fischer entgeistert an. Ihm fehlten die Worte. Nachdem er sich etwas gesammelt hatte, sagte er: «Herr Fischer, wir haben einen Treuhandvertrag. Ich bin sicher, mein Anfangskapital betrug mehr als 20 Prozent. Ich gehe sogar davon aus, dass der Hauptteil von mir kam. Sie waren damals am Beginn Ihrer wirtschaftlichen Entwicklung. Und abgesehen davon dürfte die Verdünnung lange nicht so hoch sein. Berücksichtigt man die Börsenkapitalisierung, so muss es ein Vielfaches von Ihrer Offerte sein. Das wissen Sie genau. Einer meiner letzten Investitionsentscheide in Ihrem Institut war, die Hälfte meines Nachkriegsvermögens in Wertpapieren anzulegen und die andere Hälfte in Bank-Aktien ihrer Bank. Es kann nicht sein, dass sich dieses Risiko nicht gelohnt hat und ich wesentlich weniger erhalte, als in einem gemischten Portefeuille*.»

«Herr Ohlstein, ich habe Ihr Vermögen im Krieg gerettet, ich habe Ihr Vermögen perfekt verwaltet und ich habe Ihnen geholfen, Ihre DDR-Millionen ins Trockene zu bringen. Es mag sein, dass man den Wert Ihres Investments auch anders berechnen könnte, aber es ist eine faire Offerte.»

«Die Berechnung mit dem Faktor 100 stimmt ganz und gar nicht. Hier überhaupt von einer Berechnung zu sprechen, ist eine euphemistische Umschreibung für Betrug.» Ohlsteins Stimme zitterte vor Ärger. «Sie verwahren auch mein Exemplar des Treuhandvertrags, würden Sie mir diesen bitte aushändigen?»

Fischer bewegte sich nicht von der Stelle und sagte kein Wort.

«Soll das heissen...?», Ohlstein unterbrach seinen angefangenen Satz und blickte Fischer mit offenem Mund an. «Herr Fischer!»

«Ja?»

«Ich bin masslos enttäuscht von Ihnen. Ich habe Ihnen vertraut. Vielleicht habe ich Ihre Verdienste zur Erhaltung und Mehrung meines Vermögens zu wenig gewürdigt, aber das rechtfertigt nicht, dass Sie mein Geld als Selbstbedienungsladen betrachten. Ich stimme Ihrem Vorschlag natürlich notgedrungen zu, schliesslich habe ich keine Beweise und habe Ihnen blind vertraut. Bereiten sie eine Saldoerklärung vor. Liquidieren sie alle meine Positionen. Ich werde morgen vorbeikommen, unterzeichnen und Ihnen die Zahladresse mitteilen. Unsere Freundschaft ist beendet und ab morgen werden wir nie wieder etwas miteinander zu tun haben. Guten Tag.»

Theodor Fischer blieb stumm.

23. Sterben und Sterben lassen

Giuseppe Baldermira war an diesem Sonntag gekleidet wie ein Jäger: eine grüne Hose, dazu ein kariertes Hemd, ein Veston und der obligate Hut. Seine Jagdwaffe war allerdings kein normales Gewehr, sondern eine Hochpräzisionswaffe. Mit einem Mietwagen machte er sich auf den Weg in das angrenzende Elsass. Personenkontrollen hatte er keine zu befürchten, da diese seit dem Schengenabkommen* abgeschafft worden waren. Es gab nur noch flexible Patrouillen, die den Grenzverkehr wegen unerlaubtem Warenverkehr im Auge behielten. Er fuhr über Hegenheim und Hagenthal in Richtung Bettlach. Kurz nach Hagenthal parkte er sein Fahrzeug am Waldrand und machte sich zu Fuss auf den Weg. Nach kurzer Zeit erreichte er die Anhöhe Liebensberg, die auf der einen Seite an einen kleinen Wald grenzte und auf der anderen Seite an landwirtschaftliche Felder. Er stieg ins Unterholz, hatte sich bald im dichten Gestrüpp eingenistet und war gut verborgen vor allfälligen Spaziergängern im Wald. Er hatte sich hier einen geschützten Platz gesucht, von dem aus er eine weite Sicht auf das liebliche Hügelland des Elsass hatte. Etwa 200 Meter unterhalb seines Verstecks in der Senke verlief ein Weg, der in Richtung Leymental führte. Wie jeden Sonntag würde Iselin, der nicht weit von hier in Biel-Benken wohnte, über diesen Weg kommen, um im französischen Elsass auszureiten. Baldermira hatte herausgefunden, dass er meist die gleiche Route wählte, von Bettlach über den Liebensberg Richtung Hagenthal, dann über die Grenze und zurück nach Biel-Benken. Dort war ein Restaurant beliebtes Ausflugsziel für Reiter und Wanderer. Man konnte die Pferde im grossen Garten anbinden, im Sommer im Freien unter grossen Bäumen verweilen und sich mit Wein und kleinen Köstlichkeiten verwöhnen lassen.

Baldermira war gut eine Stunde vor der Uhrzeit dort, um die Iselin die Anhöhe Liebensberg üblicherweise passierte. Das war deshalb wichtig, weil er genau wissen wollte, wie viele Personen unterwegs waren. Baldermira hatte ein sehr gutes Gedächtnis und ein rasches Auffassungsvermögen. Er war beim Betreten eines grösseren Lifts in der Lage, sofort zu erfassen, wie viele Personen sich dort befanden, ohne sie zählen zu müssen. Heute merkte er sich Fussgänger, Reiter, Jogger, selbst Hunde. Befänden sich zu viele Personen in der Gegend oder wären welche zu nahe bei Iselin, würde er sein Vorhaben verschieben. Allerdings war das Wetter heute ideal für ihn. Es war bewölkt und grau, aber es gab keinen Regen und vor allem keinen Wind. Bei diesem Wetter hatte es normalerweise wenig Spaziergänger. Regen hingegen wäre ungünstig, da es dem Hinterlassen von Spuren wie Fuss- und Reifenabdrücke Vorschub leistete. Bei zu viel Regen würde sich die betreffende Person vielleicht nicht einmal auf den Weg machen. Das Schlimmste war aber der Wind, da er die Flugbahn der Kugel massiv beeinflussen würde. Die Entfernung zum Ziel betrug heute rund 200 Meter und das Ziel musste genau getroffen werden. Das Unangenehmste waren nämlich schwer verletzte Opfer: der Auftrag war nicht erfüllt und das Opfer hatte Gelegenheit, darüber nachzudenken, wer ihm schlecht gesinnt war. Baldermira war so etwas zum Glück noch nie passiert. Und heute waren die Bedingungen ideal.

Und dann tauchte in der Ferne Balthasar Iselin auf. Baldermira konnte beobachten, wie er sich hoch zu Ross langsam näherte. Gemächlich trabte das Pferd Richtung Liebwald. Iselin ritt den Weg der Senke entlang und Baldermira nahm das Gewehr in den Anschlag. Durch das Zielfernrohr konnte er sein Opfer fixieren. Das Fernrohr hatte eine elektronische Anzeige, die ihm stets die Entfernung zum Objekt angab. Baldermira wusste, dass die kürzeste Entfernung von seinem Versteck zum Weg 200 Meter betrug. Noch zeigte die Anzeige 250 Meter an, dann 240, 230, 220, 210. Als 200 Meter angezeigt waren, drückte er ab. Er spürte den leichten Rückschlag und die Detonation war deutlich zu vernehmen. Ein vollwertiger Schalldämpfer hätte eine zu stark bremsende Wirkung auf das Projektil gehabt und war deshalb für einen Schuss über die Distanz von 200 Meter nicht geeignet. Aber nichtsdestotrotz war es wichtig, das Geräusch zu verzerren, weshalb er einen Kurzdämpfer ausgewählt hatte. Dadurch klang der Schuss vielmehr nach einem dumpfen Krachen, als nach einem Knall. Allfällige Zeugen würden dieses Geräusch dann nicht unbedingt einem Schuss zuordnen. Durch das Zielfernrohr konnte er beobachten, wie sein Opfer unmittelbar getroffen zusammensackte und vom Pferd fiel.

Das Erledigen seiner Aufträge mittels Erschiessen war für ihn eine Verlegenheitslösung. Am liebsten arbeitete er mit Gift. Gift war vollkommen unproblematisch, man konnte den Ort genau bestimmen, das Opfer anpeilen und in den meisten Fällen auch noch eine persönliche Botschaft anbringen. Schon bei vielen Aufträgen hatte er sich durch einen Gruss von der Person verabschieden können, so auch bei Karl-Maria Hoffmann. Nicht dass dies eine beziehungsfähige Basis bilden würde, aber es war ein letzter Gruss. Er betrachtete es als ein persönliches Ritual. Das Verabschieden des Opfers erleichterte ihm die Distanzierung vom Menschen. Nicht, dass er jemals Gewissenbisse gehabt hätte, nein, aber so fiel es ihm leichter. Das Erschiessen hingegen war nicht viel mehr als eine Zielübung: Objekt erfassen, zielen und abdrücken. Aufgrund der Distanz kam dem Erfolg des Treffers der Bedeutung eines Kranzes beim Feldschiessen gleich, nur gab es einen anderen Preis.

Baldermira wollte nicht länger als nötig in der Gegend sein. Er sammelte all seine Utensilien zusammen und ging schnellen Schrittes zurück zu seinem Wagen, den er nach wenigen Minuten erreicht hatte. Er begegnete keinem Menschen, war also auch von niemandem wahrgenommen worden. Es würde vielleicht eine halbe Stunde dauern, bis jemand den verstorbenen Reiter entdecken würde. Er fuhr los in Richtung Grenze und passierte den Zollübergang bei Biel-Benken. Sein Ziel war eine Selbstbedienungswaschanlage in Oberwil. Als er von der Hauptstrasse abbog, wählte er vor der Waschanlage eine Zufahrt zu einem Aussen-Parking eines Einkaufszentrums. Der Parkplatz war sonntags verlassen. Jägerhut, Veston und Hemd legte er in eine Sporttasche und wechselte es gegen einen leichten Pullover. Er wollte nicht, dass man ihn an der Waschanlage für einen Jäger hielt. Im Elsass waren Jäger mit Gewehr keine Seltenheit, aber in diesem Vorort von Basel würde er unnötig auffallen. Anschliessend fuhr er zur Waschanlage, die gut besetzt war und musste warten. An der Selbstbedienungskasse löste er Jetons für Vor- und Hauptwäsche, Schaumspülung und Schlussbehandlung mit dehydriertem Wasser. Als ein Platz frei wurde, führte er alle Waschgänge sorgfältig aus. Ihm war klar, dass im Falle einer forensischen Untersuchung nachgewiesen werden konnte, dass das Fahrzeug am Tatort gewesen sein könnte. Aber je weniger Material am Fahrzeug haften blieb, desto unsicherer wurde die Aussage. Er würde das Auto gereinigt am nächsten Tag abgeben.

Am Montag meldete die Zeitung L'Alsace auf der letzten Seite bei den vermischten Meldungen: «Tödlicher Unfall bei Bettlach». Das war jedoch nur der Anfang der Berichterstattung. Am Tag darauf nahm die NBZ eine ähnliche Schlagzeile auf: «Verleger einer Basler Regionalzeitung Opfer eines Jagdunfalls?»

* * * * *

Theodor Fischer verbrachte seinen Abend wie immer in den letzten Wochen in seinem Zimmer. Das Pflegepersonal war dafür besorgt, dass er stets Mahlzeiten in altersgerechter Diät erhielt. Heute wurde ihm ein leichter Fisch, püriertes Gemüse und Kartoffelpüree serviert. Er war noch in der Lage, das Essen zu einem grossen Teil selbstständig zu sich zu nehmen. Das Personal hatte dabei eine überwachende Funktion, aber auch die Aufgabe des sozialen Kontakts. Nach dem Essen gab es für Fischer oft ein Glas Rotwein und meist wurde auch ein Teil des Abendprogramms am Fernsehen verfolgt. Mathilde setzte sich dann zu späterer Stunde zu ihm und verbrachte so noch einen angemessenen Teil des Abends mit ihrem Mann. Seit seinem letzten Rückfall hatten das Aufnahmevermögen und die Teilnahmefähigkeit ihres Gatten rapide abgenommen. Die Kommunikation reduzierte sich auf kurze Sätze und Blicke. Vor nicht allzu langer Zeit war Fischer noch vital gewesen und interessiert am Geschehen in der Wirtschaft und der Gesellschaft, er hatte noch am Familiengeschehen teilgenommen und die Tagesnachrichten verfolgt. Nun liessen seine Lebenskräfte deutlich nach.

Mathilde hatte sich mit Ärzten aus drei unterschiedlichen Bereichen der Medizin unterhalten. Die ihn behandelnden Ärzte kannten Theodor Fischer schon lange und waren der Meinung, dass er viele Jahre überdurchschnittlich aktiv gewesen war und ihn deshalb nun die Kräfte des Lebens schnell verliessen. Dr. Jean-Pierre Brun etwa, sein Hausarzt, kannte ihn seit fünfzehn Jahren und hatte ihn insbesondere in seiner letzten Lebensphase betreut. Er war Arzt der inneren Medizin, verfolgte nebenbei aber auch überzeugt die Lehre der Traditionellen Chinesischen Medizin. Theodor Fischer hatte sich zu Beginn oft gegen die Rezepturen dieser Behandlungsmethoden und gegen die Praxis der Akupunktur gesträubt, doch letztlich waren es diese Heilmethoden, die ihm nun über seine Lebensschwäche hinweg halfen. Dr. Brun war in letzter Zeit oft zu Besuch bei dem immer schwächer werdenden Fischer. Bereits vor ein paar Monaten hatte er Mathilde eröffnet, dass die Lebenskräfte ihres Mannes deutlich zurückgingen, was nicht hiesse, dass er bald sterben würde, was aber zeige, dass seine körperlichen Schwächen nicht mehr geheilt werden könnten.

Mathilde hatte schon viel über Traditionelle Chinesische Medizin gehört, wollte aber von Dr. Brun noch einmal im Detail aufgeklärt werden. Sie liebte die Diskussionen mit ihm, und es war ganz offensichtlich, dass auch der Arzt die Gesellschaft der Fischers schätzte. Zu sagen, der finanzielle Background und der soziale Status der Familie hätten eine grosse Bedeutung für ihn, wäre falsch. Dafür war er zu sehr von seiner Mission als Arzt überzeugt. Der Mediziner hatte neben den Sympathien, die er den Fischers entgegenbrachte, auch ein grosses Interesse an den spannenden und erfolgreichen Lebensläufen des Ehepaars und an den Erkenntnissen, die sich für ihn daraus gewinnen liessen. Sein Grundinteresse galt schon lange der Lebensenergie, und schlussendlich war auch Geld eine Form von Energie. Der Fluss des Lebens generierte das eine oder das andere oder beides.

Dr. Brun verzichtete, wie in der Traditionellen Chinesischen Medizin üblich, auf Detailuntersuchungen, er nahm kein Blut zur Analyse oder dergleichen, sondern versuchte, seinen Patienten als Ganzes zu erfassen. Er prüfte seine Augen, seine Zunge und fühlte seinen Puls. Dabei war neben der Frequenz wichtig zu ertasten, wo genau der Schlag zu spüren war, wie intensiv er war, oder ob er ansteigend oder konstant war. Der Puls gab Auskunft über den Körper und seinen Zustand. Die Erfahrung als Arzt brachte es mit sich, dass sich Dr. Brun weniger den Details im westlichen Sinne widmete, als vielmehr dem Körper als Ganzes. Nicht Blutwerte oder Harnsäure waren hier massgebend, sondern der energetische Zustand des Menschen. Wenn seine Patienten bei ihm auf dem Behandlungsbett lagen, begutachtete er möglichst genau deren Körper, ihre Haut, ihre Nägel, die Zunge, Augen und Haare. Diese Beobachtungen ermöglichten, eine Aussage zu machen über den gesamthaften Gesundheitszustand des Patienten. Die Ursache der Krankheit war dabei von viel fundamentalerer Bedeutung, als die Krankheit selbst und hatte er die Ursache gefunden, würde auch die Krankheit geheilt werden. Dies war ein Verständnis von Krankheit und Krankheitsauslöser, die westlichem Denken und insbesondere der westlichen Medizin fremd war.

Mathilde Fischer schenkte grünen Tee ein, erkundigte sich nach dem Befinden ihres Mannes und fragte Dr. Brun nach seinen Einschätzungen.

«Jeder Mensch», begann dieser, «hat seit seiner Geburt ein Quantum an Lebensenergie. Man könnte das als die Lebensbatterie bezeichnen. Die Chinesen nennen das Yin und Yang. Diese Energie ist unser Benzintank für unser Leben. Die westliche Medizin sagt, unser Leben hängt von unseren Genen ab, die Religion spricht von einem von Gott vorgegebenen Weg oder von Schicksal, andere Völker sprechen von Naturkräften. Diese Lebensbatterie nährt uns das ganze Leben. Neben dieser Lebensenergie haben wir auch eine Tagesenergie, die uns hilft, den Tag zu bestreiten. Wenn wir zu uns und zu unserem Körper Sorge tragen, so laden sich diese Tagesbatterien jeden Tag wieder auf und uns ist ein langes, gesundes Leben beschieden. Betreiben wir Raubbau an unserem Körper durch zu wenig Schlaf, minderwertigem Essen oder mit Giften wie Nikotin, Alkohol oder anderen Drogen, so zehren wir zusätzlich an unseren Energien. Die Chinesen sind überzeugt, dass man bei richtiger Lebensweise sehr lange und gesund leben kann. Leider können wir eine solche Lebensweise in den wenigsten Fällen realisieren.»

«Das ist interessant», sagte Mathilde. «Aber worin liegt denn genau der Unterschied zwischen der Traditionellen Chinesischen und der westlichen Medizin? Schliesslich geht es bei beiden um die Erhaltung von Gesundheit.»

«Ich erkläre es Ihnen gerne anschaulich anhand eines einfachen Beispiels wie einer fiebrigen Erkältung. Die westliche Medizin verordnet hier fiebersenkende Medikamente. Damit ist das Symptom behandelt und vermeintlich eine Heilung in die Wege geleitet. Tatsächlich ist es aber so, dass der Energiestand des Körpers durch fiebersenkende Medikamente herabgesetzt wird. Der Körper wird durch Senkung der Körpertemperatur kühler. Die Traditionelle Chinesische Medizin hat deshalb einen anderen Ansatz und versucht, das Fieber als Wärme wieder zu den kalten Extremitäten zu bringen. In der Regel sind Füsse und Hände kalt bei einer fiebrigen Erkältung und so versucht man, den gestörten Energiekreislauf des Körpers wieder in Gang zu setzen. Damit wird das Energieniveau des Körpers nicht reduziert, sondern lediglich ausbalanciert.»

«Und wie sehen die Lebensenergien aus bei meinem Mann?»

«Ihr Mann hat ein hohes Alter erreicht. Ich sehe in seinem Körper nur noch wenig Ying. Die Lebensenergie hat deutlich abgenommen.»

«Können Sie abschätzen, wie lange er noch leben wird? Und was können wir für ihn tun?»

«Frau Fischer, ich kann hier keine Prognosen machen. Zwischen ein paar Tagen und einigen Jahren ist alles möglich. Sehen Sie, er hat zurzeit keine konkrete Krankheit, die wir behandeln könnten. Es ist seine Lebensenergie, die bestimmt, ob er den nächsten Tag bestreiten wird. Wir können in diesem Sinne auch nichts mehr für ihn tun. Ich schlage vor, wir lassen ihn, wie er ist und Sie teilen mit ihm möglichst viel von der Zeit, die Sie haben.»

Sie tranken noch einen Tee zusammen. Mathilde tat es gut, auf diese Art und Weise über ihren Mann und über seinen gesundheitlichen Zustand zu sprechen.

Nach dem Gespräch, beschloss sie, den ganzen Abend mit ihrem Mann zu verbringen, sie war bei ihm beim Essen, plauderte ein wenig mit dem Pflegepersonal und führte immer wieder kurze Gespräche mit ihrem Mann.

Den nächsten Morgen erlebte Theodor Fischer nicht mehr. Seine Lebensenergie war aufgebraucht und genügte nicht mehr, um noch einmal aufzuwachen. Als man ihn wecken wollte, war das Lebensfeuer, das letzte Glimmen des Lebens, erloschen. Mathilde rief Dr. Brun an, der sofort kam, die üblichen Abklärungen vornahm und dann den Totenschein ausstellte.

«Wissen Sie, Frau Fischer», sagte er zu ihr, «wir hatten gestern ein sehr gutes Gespräch. Wir dürfen traurig sein, weil wir einen lieben Menschen verloren haben, aber wir müssen nicht traurig sein um ihren Mann. Er hat nach einem erfüllten und erfolgreichen Leben ein respektables Alter erreicht und durfte friedlich sterben.»

Mathilde war froh um die Worte des Arztes und dankte ihm mit einem gütigen Blick. Sie war gefasst, aber als ihr gewahr wurde, dass sie nun nach 30 Ehejahren ganz allein sein würde, erfasste sie für einen Moment die ganze Dimension der Trauer.

Nachdem Dr. Brun das Haus verlassen hatte, nahm Mathilde das Telefon in die Hand und rief als erstes ihren Stiefsohn an.

«Hallo?»

«Ich bin's, Mathilde.»

«Guten Morgen. Du rufst sonst nie am Sonntagmorgen an. Was ist los?»

«Dein Vater ist diese Nacht gestorben.»
«Oh. Ich komme zu dir.»
«Ja gerne. Bis später.»
Wenig später war Marc Fischer bei ihr und auch all seine Geschwister und Halbgeschwister waren bald anwesend. Die traurige Stimmung verband die Familie, die Trauer brachte sie näher zueinander, aber auch die Erleichterung, dass er nach einem so langen Leben so friedlich hatte sterben dürfen. Und Sterben macht Erben, dachten einige insgeheim.

Bereits am Nachmittag waren Pfarrer und Beerdigung organisiert, am Montag folgte die Meldung des Todes beim Zivilstandsregister, die Information an das Erbschaftsamt und alle anderen notwenigen Behördengänge. Am Dienstag erschienen die Todesanzeigen in der Neuen Basler Zeitung. Mehrere Inserate verkündeten die Nachricht des Ablebens von Theodor Fischer; eines der Familie Fischer, eines von der World Bank Corporation, eines von einem Service-Club, eines der Studentenverbindung, eines von der Schweizerischen Bankiervereinigung und eines des hiesigen Arbeitgeberverbandes. Die vielen Anzeigen erweckten den Anschein, Fischer sei mehrere Male gestorben.

Marc Fischer las all die Annoncen sorgfältig durch und sinnierte über seinen Vater und über das Leben. Die Bestimmung des Menschen beginnt bei dessen Konzeption und endet mit der letzten Person, die an ihn denkt. Das war eine seiner philosophischen Lebensgrundsätze.

24. Observationen

Cointrin fühlte sich gut erholt vom Wochenende, als sich am frühen Montagmorgen sein Handy bemerkbar machte. Er war mitten in der Morgentoilette. Auf dem Display zeigte es ihm den Anrufer an, Stefan Meyer.

«Morgen Meyer.»

«Guten Morgen Herr Cointrin. Ich hoffe, ich störe nicht so früh?»

«Ich habe Ihren Anruf erwartet, eigentlich sogar schon am Samstagabend oder am Sonntag. Demnach dauerte die Untersuchung länger? Wie ist die Analyse verlaufen?»

«Es ist alles im grünen Bereich. Wir stehen wohl kurz vor der Lösung, wir verifizieren nur noch die Daten. Ich schlage vor, wir berufen am Nachmittag eine Sitzung ein mit allen Wissenschaftlern und den Abteilungsleitern, um im Plenum zu informieren.»

«Das klingt gut. Sind die Antworten so plausibel, dass wir am Abend eine Pressekonferenz machen können?»

«Ich denke ja.»

«Wunderbar. Ich bin sehr gespannt. Meyer, Sie haben das toll gemacht!»

«Danke. Ich bin nudelfertig. Wir haben das Wochenende durchgearbeitet und konnten erst am späten Sonntagabend die Computer herunterfahren. Die Computer haben die Datenmenge kaum verkraftet. So, ich habe noch einiges zu tun und muss die Präsentation fertig machen. Bis später.»

«Bis dann, Meyer.»

Cointrin behielt sein Handy in der Hand und wählte die Nummer seines Freundes Fischer.

«Hallo», klang es leise.

«Ja, hallo Herr Fischer. Hier Cointrin.»

«Ich wollte Sie auch gerade anrufen.»
«Das trifft sich gut. Ich habe wichtige Informationen zu unserem Projekt. Wir machen heute Abend eine PK.»
«Was machen Sie?»
«Eine Pressekonferenz. Geht es Ihnen nicht gut? Sie klingen so deprimiert?»
«Mein Vater ist gestern verstorben.»
«Oh... Mein aufrichtiges Beileid.»
«Danke. Es wird sicher Staub aufwirbeln, Sie kennen ja die Umstände. *Es dürfte wohl stark abkühlen.* Doch mehr dazu ein anderes Mal. Ich bin nicht so fit.»
«Das verstehe ich.»
«Danke. Und was ist mit Ihrer PK?»
«Wir haben die Lösung für unsere Datenunsicherheit gefunden. Wir werden heute Nachmittag die gemeinsame Schlussanalyse machen. Das ganze Forschungsteam wird da sein. *Wir erwarten eine heisse Präsentation und es dürfte hitzige Diskussionen geben.* Die Pressekonferenz ist für den Abend geplant.»
«Das klingt gut. Kompliment. Sonst noch etwas?»
«Nein, nein, ich wollte Sie nur kurz informieren. Danke.»
«Ich danke auch. Alles Gute.»
Sie verabschiedeten sich.

Trotz den turbulenten Stunden würden sie sich im Verlaufe des Morgens beide noch den Börsengeschäften widmen. Cointrin würde mit dem Optimismus der Entwicklung bei Sovitalis auf Pessimismus bei WBC setzen und Fischer bei der negativen Grundstimmung bei WBC auf steigende Märkte bei Sovitalis. Mutatis mutandis.

✶ ✶ ✶ ✶

Bei der Staatsanwaltschaft waren die Montagvormittage besonders überlastet. Über das Wochenende häuften sich die Straftaten, Messerstechereien, Schlägereien, Beziehungsdelikte, das Repertoire war unerschöpflich. Und als Folge musste sich die Staatsanwaltschaft jeweils am Montagmorgen mit ihnen befassen. Entsprechend waren auch die Telefonleitungen ununterbrochen belegt. Im Sitzungszimmer des obersten Stocks war aber ein vertrautes Team mit etwas anderem beschäftigt: Sebastian Pflug, Joselina Bossanova-Pesenti, Fredi Bär und Etienne Palmer besprachen die neuesten Entwicklungen im Fall Hoffmann.

«Ich habe den Bericht der Kriminaltechnik erhalten», begann Pflug. «Die haben sich die Fotos näher angesehen und analysiert. Das Gutachten liegt hier vor.» Er deutete auf ein grosses Couvert auf dem Tisch. «Die Experten kommen zum Schluss, jetzt haltet euch fest, dass bei diesen beiden», er zeigte auf die beiden Fotos von Cointrin und Fischer, «eine Verwandtschaft zweiten, dritten oder vierten Grades bestehen könnte. Die Gemeinsamkeiten in der Physiognomie seien evident.»

«Das ist aber happig.» Joselina war beeindruckt. «Und was sagt uns das?»

«Zumindest sagt es uns, dass grosse Gemeinsamkeiten vorliegen. Ob die beiden Personen wirklich verwandt sind, wissen wir natürlich nicht.»

Jetzt mischte sich auch Palmer ein: «Ich habe auch Neuigkeiten. Die italienischen Behörden gehen davon aus, dass die Besitzerfamilie von Pharm-Ital damals erpresst worden sei, damit sie dem Verkauf einwilligten. Aktenkundig sind lediglich die Kontakte und Briefe mit Kaufofferten, der Rest ist nicht zu beweisen. Käufer war, das wissen wir ja schon länger, die Sovitalis AG. Es liegen einige Indizien vor, handfeste Beweise fehlen aber leider. Für einen Indizienbeweis genügt das Material nicht, weshalb auch auf eine Anklage verzichtet wurde. Neu für uns ist die Gewissheit, dass Pierre Cointrin damals die Verantwortung für Italien hatte. Es gibt in den Akten Korrespondenzen über dieses Geschäft mit seiner Unterschrift. Das ist die offizielle Beweislage. Intern geht die römische Polizei davon aus, dass alles in Cointrins Händen lag und er auch für die Tötung verantwortlich ist. Er hat ein glasklares Motiv: Pharm-Ital war nach der Elimination des CEO ohne Führung und musste verkauft werden. Es gibt in den Akten eine ausformulierte Anklage gegenüber Cointrin, welche aber mangels genügender Substantiierung fallen gelassen wurde. Die Situation für eine Anklage hat sich bis heute leider nicht gebessert.»

Palmer hatte alle in seinen Bann gezogen. Pflug hakte sofort mit den Erkenntnissen aus der Sovitalis-Datenbank ein: «Wir haben dank den Aufzeichnungen der Datenbank ein weiteres wichtiges Indiz. Doch das reicht noch immer nicht für einen vollen Beweis. Oder was meint ihr?»

«Das ist für uns schwierig zu beurteilen», gab Bossanova-Pesenti zu Bedenken. «Die Tat liegt acht Jahre zurück. Die italienischen Kollegen haben damals wahrscheinlich mit gutem Grund keine Anklage erhoben. Und die Angaben zur Einsatzgruppe sind zwar aufregend, sie beweisen aber rein gar nichts. Mit dieser Beweislage würden wir uns lächerlich machen. Das genügt noch nicht einmal für eine offizielle Strafuntersuchung. Ich meine, wir müssen nach wie vor unter ‚Sila Tivos' ermitteln. Wir haben nicht mehr als eine Gedankenkette, die nicht einmal für einen Kriminalroman geeignet wäre.»

«Ich sehe das leider auch so», bedauerte Palmer. «Wir kommen erst weiter, wenn es uns gelingt, die Verbindung zwischen Cointrin und Fischer über die identische Tötungsart, nämlich über das Froschgift zu finden.»

«Immerhin wissen wir schon, dass die beiden Opfer tatsächlich am selben Gift gestorben sind.» Bär versuchte, etwas Optimismus zu verbreiten.

«Das ist aber auch schon alles», erwiderte Palmer. «Zugegebenermassen ist es eine exotische Gemeinsamkeit, aber mehr eben auch nicht. Wie gehen wir weiter vor?»

«Wie bisher», sagte Pflug. «Wir haben immer noch zu wenig Material. Jede Kleinigkeit kann uns weiterhelfen.»

«Der Jagdunfall im Leymental zum Beispiel?», scherzte Bär.

«Davon hab ich gehört; das sollen die Franzosen erledigen. Wir suchen einen Mörder, keinen Jäger», erwiderte Pflug leicht gereizt und ohne auf den ironischen Unterton einzugehen. Die Ergebnislosigkeit der Anstrengungen machte ihm langsam zu schaffen.

* * * * *

Das Forschungsteam der Sovitalis hatte sich im Auditorium versammelt. Stefan Meyer hatte angeregt, den grösseren Saal für die Bekanntgabe der Ergebnisse zu wählen, damit auch Abteilungsleiter anderer Sparten informiert werden konnten. Er hatte mit seinem Team das gesamte Wochenende durchgearbeitet und war nun in der Lage, die Analyse der Gendaten zu präsentieren. Cointrin eröffnete vor versammelter Corona das Meeting.

«Sehr geehrte Damen und Herren, wir sind heute zusammengekommen, um einen Zwischenstand des Projekts Intelligentia zu präsentieren. Ziel dieser Zusammenkunft soll sein, die präsentierten Ergebnisse entgegenzunehmen und Ihrerseits erwarte ich eine kritische Beurteilung. Wir haben für heute Abend eine Pressekonferenz angesetzt, an der wir über unser Projekt und die laufende Entwicklung berichten. Es versteht sich von selbst, dass wir eine gemeinsame Überzeugung für die Ergebnisse haben müssen. Ich übergebe nun an Professor Bonewinkel, den Projektleiter.»

«Liebe Kolleginnen und Kollegen, ich möchte nur kurz die Ausgangslage darlegen», begann Bonewinkel und erläuterte die wichtigsten Eckdaten, Fakten und Schwierigkeiten der Studie. Als er von den Ungereimtheiten der Daten erzählte, dem riskanten Experiment des Wochenendes und von der immensen Computerleistung, die nur dank neuester Technologien möglich gewesen war, ging ein Raunen durch den Saal. Viele wussten von dieser Forschung noch nichts.

«Zu dieser riskanten Analyse bewogen hat uns ein wichtiger Input an einem Seminar in Brasilien», fuhr Professor Bonewinkel fort. «Dort hatte es ähnliche Schwierigkeiten bei einer Studie gegeben. Das Datenmaterial stammte dort von Bewohnern der Favelas* und es stellte sich heraus, dass es einen Gangchef gab, den sogenannten ‚König', der so etwas wie das *ius primae noctis** praktizierte. Diese Promiskuität hatte entsprechende Nachkommen zur Folge und erklärte die erstaunlichen Ergebnisse der Datenanalysen. Der Schutz der Privatsphäre war bei der brasilianischen Studie minimal, weshalb man dort auf die Anonymität der Probanden keine Rücksicht nehmen musste. Bei uns ist die Ausgangslage natürlich eine andere, deshalb mussten wir einen ungleich grösseren Aufwand betreiben, unter anderem mittels der erwähnten technischen Pionierleistung, um die Anonymität zu gewährleisten.»

Hier machte Bonewinkel eine kleine Pause und blickte in die erwartungsvollen Gesichter im Saal. «Das Ergebnis ist absolut sensationell und von niemandem in dieser Form erwartet worden. Es hat sich nämlich herausgestellt, dass unter den Probanden der Gruppe Intelligentia bei rund 87 Personen eine gemeinsame Elternschaft, genauer gesagt Einelternschaft besteht.»

Wieder ging ein Raunen durch den Saal und Bonewinkel hatte Mühe, alle noch einmal zu beruhigen. Als es endlich wieder still war, fuhr er fort: «Da eine Frau kaum 87 Kinder zur Welt bringen kann, kann man davon ausgehen, dass es sich um einen Mann handelt. Da wir das Ergebnis nicht glauben konnten, haben wir die Analyse zweimal durchgeführt. Es besteht kein Zweifel mehr. An dieser Stelle sei dem technischen Leiter, Stefan Meyer, gedankt. Dank seiner Unterstützung konnten wir diese weltweit einmalige Analyse realisieren.»

Meyer stand auf und wurde mit einem Applaus belohnt.

«Wir haben nun folgende Möglichkeiten. Erstens: wir veröffentlichen dieses Ergebnis, selbstverständlich anonymisiert. Es wird eine Woge der Entrüstung geben, Vorwürfe an Sovitalis werden erhoben werden, jede Menge individuelle Schicksale werden hinterfragt und Vaterschaften angezweifelt werden. Kurz, es wird Unruhe geben in der Stadt, sozusagen ein genetisches Erdbeben. Zweite Möglichkeit: wir halten die Ergebnisse zurück und erklären das Projekt für gescheitert, aus Gründen der Opportunität. Es wird viele Fragen geben und Sovitalis wird zehn Jahre brauchen, bis sie wieder dort ist, wo sie heute steht. Allerdings lässt sich nur schwer verhindern, dass am Ende das eine oder andere an die Öffentlichkeit dringt und das Projekt so zu einer Wiege moderner Sagen und Legenden wird. Wir würden riskieren, zu einem Hort der Unglaubwürdigkeit zu verkommen. Meiner Meinung nach bleibt uns nichts anderes übrig, als in den sauren Apfel zu beissen und das unglaubwürdige Ergebnis glaubwürdig zu veröffentlichen.»

Anstelle einer angeregten Diskussion trat nun Stille ein. Solch herbe Kost musste erst einmal verdaut werden. Allmählich entwickelten sich Gespräche unter den Anwesenden. Professor Bonewinkel wollte wieder das Wort ergreifen, doch Cointrin winkte ab. Er wollte den Mitarbeitern Zeit geben, zu diskutierten. Obwohl sich Cointrin sicher war, dass die meisten ihre Entscheidung bereits mit der letzten Wortmeldung Bonewinkels gefällt hatten, sank der Lärmpegel erst nach einer Stunde etwas und die Gespräche fanden langsam ein Ende. Zwei Stunden später fand die Pressekonferenz in der Empfangshalle des Verwaltungsgebäudes statt mit ausführlicher Präsentation und einer Dokumentationsmappe für alle Medienleute. Und so fand das Unglaubliche den Weg an die Öffentlichkeit.

* * * * *

Als Marc Fischer am nächsten Morgen in sein Büro kam, widmete er sich als erstes der Neuen Basler Zeitung und las die Schlagzeile: «Sovitalis findet auf der Suche nach dem Intelligenzgen den anonymen Vielvater.» Der Artikel zog das Ergebnis der wissenschaftlichen Arbeiten ins Lächerliche. In seinem Kommentar schrieb Christian Tier, dass Sovitalis lieber Kopfschmerztabletten verkaufen solle, als der Bevölkerung mit unglaubwürdigen Informationen Kopfschmerzen zu bereiten. Als sich Fischer andere Zeitungen vornahm, stellte er fest, dass sich andere Medien dem Thema ausführlicher annahmen und fundierter und differenzierter berichteten. Auch die katholische Kirche meldete sich zu Wort und wies auf eine Stelle im Katechismus von Papst Benedikt hin, wonach das Erforschen der Gene des Menschen nicht der Ethik und der Moral der katholischen Kirche entspräche. Auch die Grünen witterten eine Chance und verkündeten, eine Initiative zum Verbot von Genanalysen zu lancieren.

Neben all dem immensen Rummel entging den meisten die Beurteilung des Aktienkurses. Die Analysten und Investoren waren nämlich hoch optimistisch. Die Kursavance lag bei 20 Prozent und brachte dem Titel ein Allzeithoch. Phänomenal, dachte Fischer und freute sich enorm über diese Ereignisse. Der Swiss Performance Index SPI* schoss alleine aufgrund des Sovitalis-Effekts 5 Prozent in die Höhe. So starke positive Veränderungen hatte es schon lange nicht mehr gegeben und da Fischer in derivative Finanzprodukte investiert hatte, multiplizierten sich seine Gewinne aufgrund des Hebeleffekts. Er war hoch zufrieden, wenn auch nicht allzu überrascht, dass sich der Aktienkurs in die gewünschte Richtung entwickelt hatte.

Pierre Cointrin hingegen interessierte sich mehr für die Berichterstattung zum Tod Theodor Fischers. Das Ableben des international bekannten Bankengründers prägte in dieser Woche die Medienlandschaft beinahe genauso wie die sensationellen Ergebnisse der Sovitalis-Studie. Etliche Nachrufe würdigten das Leben des Wirtschaftsmannes. Einige Autoren blickten skeptisch in die Zukunft und spekulierten, wie sich das Aktienpaket der WBC in der Familie aufteilen könnte und wer zukünftig das Sagen hätte. Mehrheitlich ging man von einer klaren Aufteilung der Macht aus und rechnete mit einer Verwässerung der Aktienstimmen. Die meisten waren sich darin einig, dass die Position von Marc Fischer dadurch geschwächt würde. Dieser Pessimismus war auch an den Aktienmärkten zu spüren: ein Minus von 8 Prozent war die Folge. Auch Cointrin war hoch zufrieden. Er hatte eine grosse Partie WBC-Aktien leer verkauft und konnte diese zu bedeutend tieferen Kursen wieder zurückkaufen. Dank der frühen Benachrichtigung über den Tod von Theodor Fischer und dank seinem Wissen um dessen negativen Einfluss auf den Börsenkurs, hatte Cointrin die risikoreichste und damit erfolgsversprechendste Form des Aktiengeschäfts gewählt, den Leerverkauf*. Die negative Entwicklung der Kurse war selbst in Fachkreisen kaum erwartet worden, weshalb sein Börsenmakler den Auftrag zuerst nicht annehmen wollte. Und zwar weniger wegen der riskanten Form des Leerverkaufs an sich, sondern vielmehr wegen des enormen Volumens. Das umgekehrte Szenario, nämlich ein Anstieg der Börsenkurse im zweistelligen Bereich mit entsprechendem Bedarf an Eindeckung von Titeln, hätte das gesamte Vermögen von Cointrin vernichten können. Um der Bank die verlangten zusätzlichen Sicherheiten geben zu können, verpfändete Cointrin kurzfristig seine Sovitalis Titel, die er regelmässig als CEO bekam. Einen Börsentag später deckte er sich mit Titeln der WBC Bank zu tieferen Preisen ein und am Folgetag waren die Leerverkäufe bereits abgedeckt und das Geschäft perfekt. Der Gewinn war enorm. Er hatte an diesen beiden Tagen mehr verdient als in den letzten vier Jahren und hatte eines der profitabelsten Börsengeschäfte der letzten Zeit realisiert. Insofern hatte der Tod, zumindest was Cointrin anging, etwas sehr Positives. Seiner Meinung nach waren seine Deals blütenweiss. Der Gedankenaustausch mit Fischer über das Klima hatte für ihn schon seit Jahren nicht mehr den Charakter der Widerrechtlichkeit und war Business as usual.

* * * *

Taudien Häfeli las in letzter Zeit aufmerksam die Zeitungen. Auch er hatte sich am Sovitalis-Programm beteiligt und verfolgte neugierig die Entwicklung der Resultate. Dabei interessierte ihn weniger die wissenschaftliche Seite, als vielmehr die juristische. Sein Leben als Anwalt hatte einen unbefriedigenden Lauf genommen mit einer Karriere in einer Versicherung. Er hatte als Schadenssachbearbeiter begonnen, sich emporgearbeitet zum Prokuristen und war jetzt Teil eines Teams von Juristen des Legal Departements, einer Stabstelle des Verwaltungsrats. Er ging anspruchsvollen Aufgaben nach und seine Position forderte viel Einsatz. Es blieb jedoch bei einer beratenden Tätigkeit und die von ihm angestrebte Stelle mit Führungsaufgabe wurde ihm nie gewährt. So suchte er sich im Rahmen seines Berufes zusätzliche Aufgaben. Er wurde Kassier im Basler Juristenverein und Verwaltungsrat einer kleinen KMU. Mit den Ereignissen rund um die Sovitalis-Studie wollte er sich profilieren. Es sah es als die Chance seines Lebens.

Seine Neugierde hatte aber noch einen weiteren Grund. Er war sich nämlich nicht sicher, ob sein Familienvater auch sein leiblicher Vater war. Bis zu seiner Adoleszenz hatte er nie daran gezweifelt. Die Ungewissheit kam erst mit der Reife des Älterwerdens und war ohne ersichtlichen Grund plötzlich aufgetaucht. Eines Sonntags, als er längst schon eine eigene Familie hatte, sass er mit seinen Eltern beim Essen, sein Vater politisierte, wie er das oft sonntags im Familienkreis tat, und plötzlich vermochte Häfeli in diesem Mann nicht mehr seinen leiblichen Vater zu sehen. Von einem Moment auf den anderen hatten sich die über lange Zeit angesammelten Anhaltspunkte zu einer seltsamen Gewissheit manifestiert. Von da an begleiteten ihn die Zweifel. Das Gespräch mit den Eltern darüber zu suchen, war für ihn keine Option, dafür fehlte ihm der Mut und ausserdem wollte er seine Eltern auch nicht unnötig verletzen. Eine von ihm veranlasste genealogische Studie bestätigte ihm seine Vermutung, lieferte aber noch nicht den Beweis. Eine DNA-Untersuchung hatte er bis jetzt noch nicht gemacht. Vor ein paar Jahren wollte er eine in Auftrag geben, aber die Kosten hätten sich auf rund 20'000 Franken belaufen, was mehr als zwei seiner Monatssaläre entsprach. Das war ihm zu viel Geld.

Die Publikationen der Sovitalis führten zu einer Neuauflage seiner Familiengeschichte, mit neuen Kapiteln. Noch am selben Tag, als er die Schlagzeile vernommen hatte, nahm er seinen Laptop und begann zu schreiben:

KLAGE.

Kläger: *Taudien Häfeli;* **Beklagte:** *Sovitalis AG*
Rechtsbegehren: *Es sei die Sovitalis AG zu verpflichten, sämtliche Namen der verwandten Personen gemäss Intelligentia-Studie zu veröffentlichen, alles unter o/e Kostenfolge.*

Es sei analog dem amerikanischen Vorgehen von Sammelklagen zu bewilligen, dass öffentlich aufgefordert wird, sich der Sammelklage bei Advokat Taudien Häfeli anzuschliessen, zulasten der Beklagten.

Begründung: *Aufgrund der beigelegten und anschliessend näher darzulegenden Unterlagen ist davon auszugehen, dass der Kläger keine Verwandtschaft zu seinem Familienvater hat und dass sich vielmehr die Vaterschaft aus einem ausserehelichen Verhältnis ergeben hat. Es besteht Grund zur Annahme, dass sich dieses mit den Ergebnissen in den Unterlagen der Sovitalis finden lässt. Der Beklagte hat ein erhebliches persönliches Bedürfnis, seinen leiblichen Vater kennenzulernen, was dem Anspruch der Anonymität der wissenschaftlichen Studien vorgeht. Der Kläger hat zudem ein erhebliches persönliches Bedürfnis, seine Halbgeschwister kennen zu lernen. Der Kläger hat weiter ein wirtschaftliches Interesse, festzustellen, ob er erbrechtliche Ansprüche geltend machen kann.»*

Häfeli war klar, dass die Begründung noch vertieft werden müsste aber für ihn stand fest, dass er diese Klage einreichen würde. Die Sovitalis hatte sich mit der Publikation dieser Studie etwas Aussergewöhnliches geleistet. Nun würde er sie auch mit einer aussergewöhnlichen Klage konfrontieren. Und ein Richter müsste sich mit einem Novum an den Gerichten befassen, mit der hierzulande noch nicht bekannten Sammelklage. Er setzte sich zum Ziel, die Klage in kurzer Zeit fertig zu stellen. Die Studie war seit kurzem publik und solange ein öffentliches Interesse bestand, wäre eine gerichtliche Eingabe besser positioniert, als zu einem späteren Zeitpunkt, wenn die ganze Aufregung wieder verebbt war. Eile war geboten.

✳ ✳✳✳✳

Die Observierung Fischers war Joselina Bossanova-Pesenti anfänglich noch spannend erschienen, doch im Verlaufe der Zeit wurde es ermüdend. Immer wieder dieselben Fahrten vom Bruderholz zur WBC, dann das stundenlange Warten vor der WBC, wo sie nichts einsehen konnte und spät abends irgendwo ein Geschäftsessen bis kurz vor Mitternacht. Danach der Weg nach Hause aufs Bruderholz. Wenn es etwas Spannendes gegeben hätte, dann wären das höchstens die Speisekarten der exklusiven Restaurants oder die Promillewerte aufgrund seines nicht unerheblichen Alkoholkonsums gewesen. Auch die sich wiederholenden Geschäftsessen wurden für sie immer uninteressanter. Zu Beginn hatte sie immer noch ihren Mann dazu organisiert, damit die Beobachtung unauffälliger erfolgen konnte. Doch bald war der Fundus an Babysittern erschöpft und ausserdem wuchs ihr Bedürfnis nach einem Wurstsalat oder einem anderen einfachen Essen tagtäglich. Was sie anfangs bewundert hatte, stumpfte schnell ab. Immer wieder fragte sie sich, wie Fischer es nur schaffte, diese sich stetig wiederholenden, opulenten Mahle zu verdauen. Seiner Statur sah sie an, dass er die Kunst der Selbstbeherrschung offensichtlich ausserordentlich gut verinnerlicht hatte. Hier konnte sie noch von ihm lernen.

Als Fischer einmal mehr in der WBC verschwand, nahm sie den Weg zur St.Alban-Vorstadt. Sie wollte noch einmal den Antiquitätenhändler besuchen. Sie betrat den Laden und es klingelte mit dem Eintreten. Wenig später erschien der Besitzer im Laden.

«Guten Tag. Kann ich Ihnen behilflich sein?»
«Nein danke, ich möchte mich nur ein wenig umsehen», antwortete sie bestimmt, wobei natürlich das Gegenteil der Fall war. Denn eigentlich wollte Sie reden, aber hier es bedurfte der Kommunikationskunst einer geschickten Frau: zuerst musste man abweisend sein, denn danach waren die Männer umso gesprächiger. Sie schaute sich interessiert im Laden um.
Sie nahm eine Krawattennadel in die Hand und legte sie auf die Verkaufstheke.
«Ah, da haben Sie sich etwas Schönes ausgesucht.»
«Ja... Ich bin mir noch nicht sicher...»
«Nehmen Sie sich Zeit.»
Langsam dämmerte es Baldermira: «Sagen Sie, haben Sie nicht kürzlich schon einmal eine Krawattennadel ausgesucht?»
«So ist es. Leider hatte sie nicht den geeigneten Besitzer gefunden. Jetzt versuche ich es erneut. Sie haben ja einen grossen Fundus an Krawattennadeln. Ich gehe davon aus, dass Sie diese gekauft und nicht geschenkt bekommen haben?»
Baldermira hatte Mühe, ihren Worten zu folgen, während er sie ansah. Die attraktive Dame musste irgendetwas Nettes gesagt, aber er hatte den Inhalt der Aussage nicht vollumfänglich aufnehmen können.
«Nun, äh, ja... Ich sammle Krawattennadeln. Äh, ich verkaufe sie, ja. Kann ich Ihnen vielleicht etwas anderes zeigen?»
Bossanova-Pesenti verwickelte Baldermira in ein angeregtes Gespräch und dieser war so angetan, dass er sie fragte: «Haben Sie jetzt noch Termine heute oder darf ich Ihnen etwas anbieten? Wissen Sie, der Laden ist für mich ein Tor zu Aussenwelt. Er gibt mir Gelegenheit zu Diskussionen und vielem mehr. Meinen ursprünglichen Beruf habe ich aufgegeben.»
«Ja gerne. Ich nehme ein Mineralwasser oder einen Tee. Ich arbeite nämlich bei der städtischen Verwaltung und nur zu 60

Prozent. Das heisst, ich habe für heute meinen Soll erfüllt. Sagen Sie, was war denn Ihr ursprünglicher Beruf?»

Baldermira brühte zufrieden einen grünen Tee. Solche Gespräche waren genau das, was er sich mit seinem Alibiberuf erhoffte. Plaudern, Smalltalk, und gerne auch mehr. Er goss den Tee in zwei Tassen.

«Ich war früher Vertreter in der Reinigungsbranche. Ich habe Mittel verkauft, die Unrat vernichten und eliminieren. Bei einigen Einsätzen habe ich auch selbst Hand angelegt und Unrat vernichtet, sozusagen als Cleaner. Heute würde man von Entsorgung sprechen, früher war es mehr Reinigung. Im weitesten Sinne lag mein Beruf in der sachgerechten Beseitigung von unerwünschten schmutzigen Elementen.»

«Was für Elemente waren denn das? Schmutz, alte Sachen, Tiere, Öl? Ich kann mir da nichts drunter vorstellen?»

Baldermira spürte, dass er in seiner freimütigen Darstellung, beflügelt durch die positive Ausstrahlung dieser schönen Frau, vielleicht etwas zu weit gegangen war. Es war noch nicht problematisch, aber ein wenig unnötig.

«Nein, nein. Es ging um die Reinigung von Gebäuden oder die klassische Entsorgung von Abfall. Vielleicht habe ich meinen Beruf als Reiniger zu schön umschrieben. Man könnte auch Putzmann sagen. Und was machen sie in der Verwaltung?»

«Ich bin in einer Spezialabteilung der städtischen Abfallentsorgung. Deshalb mein Interesse. Meine Aufgabe ist es, Leute zu sondieren, die unerlaubt Abfall beseitigen. Also wenn Sie beispielsweise unerwünschte Elemente, wie Sie es nennen, beseitigen ohne Abfallvignette, dann greife ich ein. Zum grössten Teil ist das eher eine lästige Arbeit. Doch manchmal passieren auch spannende Dinge. Letzte Woche haben wir jemanden ausfindig gemacht, der im ehemaligen Jugoslawien unsere offiziellen Abfallsäcke hat produzieren lassen. Spottbillig. Und dann hat er sie hier zur Hälfte des Preises der offiziellen staatlichen Abfallsäcke verkauft. Reich geworden ist die Person nicht damit, aber für uns ist es mit Aufwand und Arbeit verbunden. Am Ende hat er etwa für etwa 100'000 Franken Ware verkauft, was ein erheblicher Schaden für die Stadtverwaltung ist.»

«Das ist ja interessant. Dann haben wir sogar eine gewisse gemeinsame berufliche Basis.»

«Ja, das kann man so sagen. Wohnen Sie auch hier beim Laden?»

«Nein, das hier ist nur der Laden. Ich wohne unweit von hier im St.Alban-Tal, genauer gesagt in einem Gebäude am Rhein, das an einen noch gut erhaltenen Teil des Kreuzgangs des alten Klosters angrenzt. Kennen Sie das?»

«Ja natürlich, das haben wir einmal mit der Schule besucht. Das ist natürlich eine sehr schöne Wohnlage.»

Bossanova-Pesenti war hier, weil Fischer mit Sicherheit wieder den ganzen Tag in der WBC verweilen würde und die Abwechslung gut tat, auch wenn keiner ihrer Kollegen davon wusste und sie nicht absehen konnte, ob es überhaupt irgendetwas bringen würde.

«Das ist wahr, eine wirklich schöne Wohnlage. Ich schätze das sehr.» Baldermira beschloss, aufs Ganze zu gehen. «Darf ich Sie heute spontan zu einem Drink einladen?»

Das Gespräch war nun an einem interessanten Punkt angekommen. Baldermira glänzte mit kleinen, aber phantasievollen Unwahrheiten, und Bossanova-Pesenti nicht minder. Der Unterschied bestand darin, dass sie annahm, dass er sie mit seiner Geschichte zum Beruf belog, während er davon ausging, dass sie tatsächlich in der öffentlichen Verwaltung bei der Abfallentsorgung arbeitete. Bossanova-Pesenti wog die Pros und Contras für einen Drink mit ihm ab, und nahm dann die Einladung an. Sie vereinbarten, sich später in der Campari-Bar zu treffen. Sie hatte zwar absolut keine Lust dazu, aber so etwas gehörte zu ihrem Job, und vielleicht würde es die Ermittlungen aus der Sackgasse führen. Sie hatte ihren Ehering nicht an bei der Arbeit, er würde Gelegenheiten wie diese verunmöglichen. Doch kaum war sie aus dem Laden, rief sie ihren Mann an.

«Joselina! Hallo meine Liebste. Was machst Du?»

«Orfeo, ich bin bei der Arbeit, auf Fährte.» Manchmal wollte sie nicht allzu viel erklären. «Hör zu, ich treffe mich heute um sieben in der Campari-Bar mit diesem ominösen Antiquitätenhändler. Ich habe dir davon erzählt. Könntest du nicht mit deinen Leuten ‚Kassensturz' machen?»

«Tu sais, ma chérie, j'ai arrêté de faire de la gymnastique.»

«Noch dieses eine Mal. Bitte.»

Ihr Mann wollte noch etwas sagen, aber er konnte die Bitte seiner Frau nicht abschlagen. «C'est où?»

Wie immer sprach er französisch, wenn ihm die Entwicklung einer Sache nicht gefiel. Es waren seine Signale der Opposition durch Sprachwahl. Wenn es ganz schlimm war, sprach er kreolisch, doch das war jetzt nicht notwendig.

«St.Alban-Tal, das Haus mit dem Kreuzgang, Du weisst schon. Er hat sich mir als Giuseppe Badermira vorgestellt.»

«Ok.»

Joselina Bossanova-Pesenti ging anschliessend nach Hause, um sich umzuziehen und frisch zu machen. Sie zog nichts Aufsehen erregendes an, sondern wählte etwas Sportliches, eine blaue Jeans, eine weisses T-Shirt und eine Jacke. Anschliessend ging sie zur Campari-Bar, wo Baldermira schon auf sie wartete. Kein Wunder, denn sie traf eine viertel Stunde nach der vereinbarten Zeit ein.

«Bitte entschuldigen Sie meine leichte Verspätung.»

«Das ist kein Problem, was darf ich für Sie bestellen?»

Sie wählte einen trockenen Weisswein und mischte ihn mit kohlesäurehaltigem Wasser, eines ihrer Lieblingsgetränke. Er sah sie an und erkannte sofort, dass sie sich umgezogen hatte nach dem Besuch in seinem Laden. Die Haare waren geföhnt und frisiert. Er war frisch rasiert, was auch sie gleich bemerkte. Und offensichtlich hatte er sich geschnitten, denn am Hals, nahe dem Adamsapfel, sah sie ein kleines Pflaster. Das Gespräch entwickelte sich schnell, denn Bossanova-Pesenti war Meisterin des Smalltalks, schon von Berufs wegen.

Zur gleichen Zeit war ihr Mann, Orfeo Bossanova, mit einem Kollegen unterwegs. Beide trugen Überkleider mit der Aufschrift «Steiner Elektro» und passende Werkzeugkoffer. Als sie das Haus im St.Alban-Tal betraten, kam ihnen eine Person entgegen, wahrscheinlich ein Bewohner des Hauses, und sie grüssten freundlich. Vor dem Haus stand ein kleiner Lieferwagen, ebenfalls mit der Aufschrift «Steiner Elektro». Keine Firma in der Nordwestschweiz hiess so. Die Aufschrift war eine Magnetfolie, welche auf dem Blech des Wagens gut platziert war. Der Wagen selbst war ein Mietfahrzeug. Aber das fiel niemandem auf. Schnell waren sie an der Tür von Baldermiras Wohnung. Zwei Schlösser sicherten die Türe, ein etwas älteres Türschloss und ein moderneres Sicherheitsschloss. Die beiden als Elektriker verkleideten Männer legten eine grosse Kabelrolle in den Gang und breiteten irgendwelche Elektro-Schaltpläne aus. Sie wussten: je grösser die Unordnung war, desto offizieller sah es aus. Das Türschloss war kein Problem. Mit einem Passepartout konnte das Schloss geöffnet werden. Das Sicherheitsschloss stellte dagegen höhere Anforderungen. Orfeo Bossanova öffnete seinen Laptop. Er schloss einen Lasersensor in Form eines dünnen Stifts an führte diesen in das Sicherheitsschloss und startete das Programm. Aus dem Schlitz leuchtete ein intensives, helles rot. Der Sensor tastete das Schloss ab und auf dem Bildschirm des PCs erschien die Kontur eines Schlüssels. Nach und nach wurde die Fragmentierung des Schlüssels deutlich. Nun schloss er eine kleine Fräseinheit an, verband diese mit dem PC, legte einen vorgefertigten Hartplastikschlüssel in die Einheit und startete das Programm. Kleine Elektromotoren mit rotierenden Feilen reproduzierten die am Laptop abgebildeten Löcher und Streifen auf den Plastikschlüssel, bis das Programm «Ende» anzeigte. Bossanova nahm den Schlüssel und führte ihn in das Schloss. Er hatte nur einen Versuch. Der Schlüssel war zu filigran, als dass er mehrere Male gebraucht werden konnte. Wenn er im Schloss brechen würde, wären Probleme unvermeidlich, denn das Schloss wäre dann auch mit einem normalen Schlüssel nicht mehr zu öffnen. Also sammelte er all seine Konzentration und drehte langsam und vorsichtig am Plastikschlüssel. Widerstand zeigte sich und auf seiner Stirn bildeten sich Schweissperlen. Er setzte noch einmal an. Der Schlüssel liess sich nun drehen und das Schloss ging auf. Bossanova wies seinen Kumpanen an, an der Türe stehen zu bleiben, während er die Wohnung betrat. Er nahm seine Kamera aus der Tasche und begann zu fotografieren. Zuerst den Gang, wo er nichts Auffälliges entdecken konnte. Dann die Stube, das Büchergestell, den Beistelltisch. Ausser dem elektronischen Klicken der Kamera war nichts zu hören. In der Ecke lag ein grosser Instrumentenkoffer, er vermutete eine Posaune und fotografierte ihn auch. Auch in der Küche machte er Aufnahmen. Bis jetzt hatte er nichts Besonderes entdeckt. Im Arbeitszimmer fotografierte er den Schreibtisch, den offenen Schrank, die Dokumente auf der Ablage. Alles hielt er mit der Kamera fest. Er hatte beinahe schon 60 Fotos, als er noch in das Badezimmer ging und Fotos vom Rasierzeug, von einigen Medikamenten auf der Ablage, und dann vom offenen Medikamentenschrank machte. Offensichtlich hatte Baldermira hier erst gerade etwas herausgenommen. Behände glitt er durch die

Wohnung, machte noch das eine oder andere Bild bis sein Handy läutete. Nur einmal. Das war das vereinbarte Zeichen seiner Frau. Mit seinem Kollegen begann er, wieder alles einzupacken. Dann nahm er den Plastikschlüssel, führte ihn ins Schloss und drehte behutsam. Noch einmal war höchste Aufmerksamkeit gefordert, noch einmal musste alles gut gehen. Es gelang ihm, wieder abzuschliessen und er zog den Schlüssel aus dem Schloss. Der Schlüssel war noch ganz. Erleichterung machte sich breit. Das Team «Elektro Steiner» verliess ohne Eile das Haus, es hatte seinen Auftrag erfüllt. Bei der Haustür kam ihnen ein Mann entgegen und sie nickten ihm zu.

Mit dem Mietwagen fuhren sie davon und Bossanova verabschiedete sich von seinem Kumpel, der ihm einen Gefallen schuldig gewesen war. Bossanova hatte ihm nämlich über seine Frau die Aufenthaltsbewilligung in der Schweiz organisiert. Nun waren sie wieder quitt. Als er zu Hause ankam, war seine Frau bereits da, hatte ihm ein kühles Bier bereitgestellt und den PC angestellt. Sie überspielten die Daten auf den PC und sahen sich hochkonzentriert Bild für Bild an. Sie sprachen dabei nur wenige Worte. Nach einer Stunde hatten sie alle Bilder durch und tauschten ihre Meinungen aus. Beiden war bis jetzt nichts aufgefallen. Sie starteten die Bildserie noch einmal. Das Büchergestell vergrösserten sie und sahen sich die Titel der Bücher an. Geographie, Reisen und Länder waren stark vertreten. Sehr viele Städtereiseführer. Dann ein Haufen Fachliteratur über Biologie und Tiere, Fauna und Flora. Hier erregten einige Bücher über Gifte ihre Aufmerksamkeit: «Atlas der Schlangengifte», «Giftige Pflanzen», «Unbekannte Tropengifte». Offensichtlich interessierte sich Herr Baldermira für Toxine. Dann folgten einige Bücher über Faustfeuerwaffen. Eine recht spezielle Kombination an Fachliteratur, dachten sie beide. Auch den offenen Medikamentenschrank schauten sie sich noch einmal genau an.

Sie schrieb sich alle Namen auf, soweit diese lesbar waren und wollte am nächsten Tag die Liste über die forensische Medizin abklären lassen. Einige Medikamente kannte sie, von den meisten hatte sie allerdings noch nie gehört. Besonders interessierte sie sich für eine kleine blaue Flasche, die mit «Te-toxin» angeschrieben war. Ansonsten war es eine mehr oder weniger gewöhnliche Wohnung ohne besondere Auffälligkeiten.

Baldermira war in Gedanken noch ganz bei seinem Rendezvous, als er nach Hause kam. Er hatte Hoffnung geschöpft, dass sich hier etwas entwickeln könnte. Wohl deshalb nahm er kaum Notiz von den beiden Elektrikern, die ihm beim Eingang entgegenkamen. Wie immer schaltete er als erstes seinen Computer an und spielte die Videoaufzeichnung der Wohnung auf dem Bildschirm ab. Die Kamera hatte er in einer Lampe versteckt. Als er nichts Auffälliges sah, ging er ins Bad. Die Aufzeichnungen liefen in der Zwischenzeit weiter und der Computer zeigte nun den Besuch von Orfeo Bossanova und seinem Kumpanen. Frisch geduscht kam Baldermira aus dem Bad zurück und warf instinktiv einen Blick auf den Computer. Die Wohnung war wie immer leer.

Nachdem er sich angezogen hatte, ging er zurück zum Computer, drückte REPLAY und FAST, woraufhin das Szenario von vorne begann und die drei Stunden des Abends im Schnelldurchlauf in nur einer Minute an ihm vorbeirasten. Beinahe wäre bei diesem Tempo das Flackern der Bewegung in seiner Wohnung untergegangen. Doch Baldermira hatte geschulte Augen und drückte sofort SLOW. Die beiden Personen waren nun gut zu erkennen. Er wollte sich die Herren genauer ansehen im Standbild und drückte STOP. Deutlich war das Logo «Steiner Elektro» zu lesen. Er betrachtete nun genau, was geschehen war. Im Anschluss daran ging er durch seine Wohnung und nach zwei, drei Kontrollen war klar, dass nichts geöffnet worden war. Trotzdem bedeutete dies höchste Alarmstufe. Die Frage lautete nur noch: Flucht oder Angriff. Das musste er sich gut überlegen. Die Eindringlinge waren jedenfalls keine gewöhnlichen Einbrecher gewesen, sonst hätten sie etwas gestohlen. Er hatte Besuch gehabt, aber der Besuch hatte nichts gefunden. Seine Identität war entweder enttarnt oder deutlich in Frage gestellt. Er brannte eine CD mit der Aufzeichnung des Abends, ging zum Computer und spielte noch einmal den Film ab. Als die beiden Herren auf dem Bildschirm erschienen, drückte er STOP und machte eine Kopie des Bildes. Dann öffnete er einen Internetbrowser und tippte «www.searchingforsomeone.com» ein und folgte den Anweisungen des Programms, bis er auf «Eingabe» drücken musste. Dann erschien das Konterfei des einen Elektrikers. Nach verschiedenen Bestätigungen musste er per Kreditkarte noch 10 Dollar überweisen. Mit ENTER war das Prozedere angeschlossen. Das Programm würde nun nach gleichen und ähnlichen Fotos suchen und jeweils die Quellen angeben. Er hatte keine Ahnung, ob er so zu verwertbaren Ergebnissen kommen würde, doch nach wenigen Minuten kamen die ersten Resultate. Es wurde eine Serie von Bildern angezeigt. Da aber die Fähigkeit, physiognomische Ähnlichkeiten festzustellen, marginal war, waren es über 100'000 Treffer. Er schränkte die Selektion ein und definierte die Auswahl für die Schweiz. Damit wurden alle Fotografien ausserhalb der Schweiz eliminiert und die Resultate drastisch eingeschränkt. Mit einer weiteren Einschränkung auf Basel blieben noch rund 5000 Bilder übrig. Er begann, sie alle einzeln durchzugehen, Foto für Foto.

* * * *

Zivilgerichtspräsident Rudolf Zumbrunn hatte zu einer Anhörung geladen. Anwesend waren der Kläger Taudien Häfeli, der auf eine Vertretung verzichtet hatte, sowie die Beklagte Sovitalis AG, vertreten durch das bekannte Anwaltsbüro Merian. Merian hatte keine Staranwälte gesandt, sondern lediglich die zweite Garnitur: Dr. Coelius, ein angestellter Anwalt der grossen Kanzlei und ein Volontär. Offensicht räumte Sovitalis dem Anliegen von Häfeli keine grossen Chancen ein. Es konnte natürlich auch eine strategische Überlegung sein, um dem Gericht zu zeigen, dass man diesem Anliegen keinen Erfolg zutraute. Immerhin versuchte die Klage, der Wissenschaft teilweise den Boden zu entziehen. Der Gerichtssaal im zweiten Stock war leer bis auf den Richter, den Kläger und die Vertreter des beklagten Unternehmens. Zuschauer waren bei einer Zivilklage wie dieser nur mit beidseitiger Zustimmung zugelassen, darin unterschied sich eine solche Klage von einem öffentlichen Strafverfahren. Sovitalis hatte auf Medienmitteilungen verzichtet, weil man davon ausgegangen war, dass Medienpräsenz nur dem Anliegen von Häfeli Vorschub geleistet hätte. Häfeli hingegen war sich seiner schwachen Position durchaus bewusst, weshalb auch er die Medien nicht informiert hatte.

«Meine Damen und Herren», begann Zumbrunn. «Ich erlaube mir eine kurze Einleitung. Wir haben einerseits eine ausformulierte Klage vorliegen, welche die Herausgabe und Veröffentlichung von wissenschaftlichen Informationen verlangt, genauer gesagt die Aufhebung der Anonymität der DNA-Codes fordert, und zwar unter Verletzung der wissenschaftlichen Geheimnispflicht. Die Begründung lautet, die erheblichen Interessen der Privatpersonen seien höher zu werten als das Interesse des Datenschutzes. Die Klage ist im ordentlichen Verfahren eingereicht worden. Sie wurde der Beklagten zugestellt, welche nun Zeit hat, dem Gericht die Klageantwort einzureichen. Im

Anschluss daran wird eine Gerichtsverhandlung erfolgen. Zeitgleich hat der Kläger eine provisorische vorsorgliche Verfügung anbegehrt mit dem Inhalt, öffentlich auf den Prozess aufmerksam zu machen und die betroffenen Personen einzuladen, sich der Klage anzuschliessen. Dafür lag ein entsprechendes Gesuch vor. Der Beklagte hatte sich dazu schriftlich geäussert, mit dem Antrag auf Ablehnung. Ich gebe nun zuerst dem Kläger Herrn Häfeli Gelegenheit, sein Gesuch nochmals mündlich zu erläutern.»

«Hohes Gericht. Ich habe eine fundierte Eingabe gemacht und verweise gleich zu Beginn auf den ausführlichen Text. Ich möchte hier ein paar wesentliche Aspekte hervorheben. Wir haben es mit einem aussergewöhnlichen Fall zu tun. Die Sovitalis AG sucht das Intelligenzgen und hat dazu die Basler Bevölkerung aufgerufen, mittels Spenden von Genmaterial die wissenschaftliche Untersuchung zu unterstützen. Anfänglich gab es viele kritische Stimmen, doch allmählich kippte die Stimmung und ein grosser Teil der Bevölkerung machte schliesslich mit. Die öffentliche Meinung unterstützte das Projekt und auch viele bekannte Basler Familien haben sich beteiligt. Dann auf einmal zeigten die Daten merkwürdige Unstimmigkeiten. Man konnte in der Zeitung von Problemen der Datenbasis lesen, dann blieb es einige Zeit ruhig und die Informationen der Sovitalis AG waren zurückhaltend, bis nun kürzlich öffentlich gemacht wurde, dass die Analyse der Daten ergeben hat, dass 87 Beteiligte der Studie verwandt sein sollen, ohne dass dies anlässlich der DNA-Spende angezeigt worden wäre. Diese Umschreibung bedeutet nicht anderes, als dass Verwandtschaften bestehen, von denen die Personen nichts wissen. Da dieser Fall bei Frauen selten vorkommt, Sie wissen ja, *mater semper certa est**, kann es sich nur um unbekannte Vaterschaften handeln. Auch mein Familienvater ist mit grosser Wahrscheinlichkeit nicht mein leiblicher

Vater. Aufgrund der Offenlegung des Datenmaterials bestünde nun die Möglichkeit, dass ich über diese quälende Frage endlich Gewissheit bekäme, und dass ich vielleicht sogar meinen leiblichen Vater kennen lernen könnte. Soweit die Begründung zu meinem persönlichen Anliegen. Der Aufruf zur öffentlichen Klageaufforderung unter Kostenauflage des Klägers ist dem amerikanischen Recht entnommen. Sie begründet sich auf folgenden Rechtsüberlegungen: Erstens suchte Sovitalis die Öffentlichkeit. Es ist in der Geschichte der Wissenschaft einmalig, eine so hohe Anzahl an Probanden individuell zu erfassen. Es besteht deshalb auch ein erhebliches Interesse, dass öffentlich über die Folge der Verwandtschaften diskutiert wird. Sovitalis hat als Grosskonzern eine unheimlich grosse Macht, weshalb Einzelklagen einfacher Bürger, so wie ich einer bin, niemals eine Chance hätten. Mit einer kollektiven Klage liesse die Frage des gemeinsamen Rechts anders beurteilen. Zweitens würde es die Kollektivklage erlauben, vertieft über die Rechtsfrage zu befinden, da aufgrund der vielen Kläger ein grösseres Rechtsgut auf dem Spiel stehen würde. Drittens würde der Umfang der Kollektivkläger die Begründung der Klage liefern. Es geht um ideelle Aspekte der Familie und Verwandtschaft. Sollte sich niemand dafür interessieren, steht die Klage, das gebe ich gerne zu, auf schwachen Füssen. Melden sich aber viele, so ist die Klage gutzuheissen, da das gesteigerte Interesse vieler Individualpersonen gegenüber dem wissenschaftlichen Anspruch auf Geheimniswahrung überwiegt. Viertens besteht momentan ein öffentliches Interesse an der Klärung. Die Bevölkerung ist sensibilisiert. Das könnte sich im Verlaufe der Zeit verlieren, weshalb der provisorischen Verfügung stattzugeben ist. Da Sovitalis das Projekt initiiert hat, ist sie auch zu verpflichten, alle Kosten zu tragen.»

Die angespannten Gesichter im Gerichtssaal liessen in Häfeli das Gefühl hochkommen, dass sein Vortrag Gehör gefunden hatte.

«Danke für Ihre Ausführungen», sagte Zumbrunn förmlich. «Was hat Sovitalis dazu zu sagen?»

Dr. Coelius nahm die Verteidigung auf: «Sehr geehrter Herr Gerichtspräsident. Die provisorische Verfügung ist nicht zu gewähren. Erstens sind wir nicht in den Vereinigten Staaten von Amerika, sondern in der Schweiz. Wir kennen keine Sammelklagen. Und ohne formelle Rechtsgrundlage kann es keine Sammelklagen geben. Zweitens ist die Sovitalis AG gehalten, das Spendenmaterial geheim zu halten, widrigenfalls sie sich nach Artikel 321 des Strafgesetzbuches wegen Verletzung der Geheimnispflicht strafbar macht, bzw. die handelnden Personen. Eine Anweisung des Gerichts würde die Sovitalis AG in die Illegalität bringen. Drittens hat die Sovitalis AG eine Anweisung des Bundesrates, die Privatsphäre der Probanden zu schützen. Damit sie das Resultat der unbekannten Verwandtschaften überhaupt entdecken konnte, hatte sie ein aufwändiges und in der Welt einmaliges Verfahren durchgeführt. Sie hatte den weltweit grössten Arbeitsspeicher unter Vernetzung von 2000 Computern hergestellt und nur so Resultate liefern können, die eine Wahrung der Anonymität garantierte. Wenn man nun die Anonymität aufheben würde, so wäre die Privatsphäre der Probanden nicht mehr geschützt und darüber hinaus wäre dieser enorme Aufwand nicht nötig gewesen. Das Gesuch passt nicht in unsere Rechtsordnung und erwiese der Wissenschaft einen Bärendienst.»

Dr. Coelius hatte kurz und bündig gesprochen und seine Antwort war absolut konform zur geltenden Rechtsordnung. Nun nahm Zumbrunn das Zepter wieder in die Hand und fragte die Parteien, ob sie noch etwas anzufügen hätten, was beide verneinten. Beide hatten gesagt, was gesagt werden musste und Zumbrunn kam zu seiner Beurteilung:

«Wir haben hier einen einmaligen, schwierigen Fall vor uns. Das private Interesse des Einzelnen, zu erfahren, wer seine Verwandten sind bzw. wer sein Vater ist, steht hier dem Individualrecht auf Schutz der privaten Gen-Daten gegenüber. Die Wissenschaft und damit die Pharma-Unternehmen sind auf Probanden angewiesen, welche im Vertrauen auf die Wahrung ihrer Privatsphäre persönliches Genmaterial spenden. Auf der anderen Seite gibt es den individuellen Anspruch auf das Recht zu wissen, wer der leibliche Vater ist. Letztendlich haben wir es mit einer neuen Klageform zu tun, der Sammelklage, welche im Gesetz noch nicht verankert ist. Trotz diesen Faktoren, die im Normalfall dazu führen würden, das Gesuch abzulehnen, werde ich das Gesuch dennoch gutheissen. Und zwar aus folgenden Gründen: Eine Rechtsgüterabwägung kann erst durch eine quantitative Ermittlung der Interessierten durchgeführt werden, zu Recht hat uns Herr Häfeli auf diese Tatsache hingewiesen. Dazu müssen wir wissen, wer sich der Klage anschliesst. Die heikle Frage, ob in diesem Fall das Berufsgeheimnis verletzt werden darf, ist damit noch nicht entschieden. Es soll vorerst nur ermittelt werden, wer klagt. Aufgrund der Einmaligkeit der Sachlage muss auch eine einmalige Lösung gefunden werden, da, wie gesagt, das Recht der Sammelklage nicht im Gesetz verankert ist. Wenn keine gesetzliche Lösung für dieses Problem besteht, ist der Richter dazu ermächtigt, Recht nach seinem Ermessen zu sprechen. Von diesem Recht mache ich Gebrauch und lasse hiermit die Sammelklage zu. Die Sovitalis AG wird in diesem vorsorglichen Verfahren dazu verurteilt, öffentlich auf die Klage Häfeli aufmerksam zu machen. Da die Bevölkerung momentan für dieses Thema sensibilisiert ist, wird einer

Anfechtung dieser provisorischen Verfügung die aufschiebende Wirkung entzogen. Die Verhandlung ist geschlossen.» Konsternation machte sich bei den Anwälten der Sovitalis breit. Niemand hatte so etwas erwartet. Aber auch Häfeli hatte damit nicht gerechnet und er war begeistert. Das war genial.

Folgendes Inserat erschien daraufhin in den wichtigsten Zeitungen, so auch in der NBZ:

Die Sovitalis AG führt seit einiger Zeit eine Studie durch mit dem Ziel, das Intelligenzgen zu finden. Zu diesem Zweck hat sie die Bevölkerung aufgerufen, Genmaterial zu spenden. Erfreulicherweise haben sich sehr viele Probanden gemeldet. Die Sovitalis AG ist gehalten, die Privatsphäre der Teilnehmer zu wahren. Wie bereits mitgeteilt wurde, hat sich aufgrund einer Analyse gezeigt, dass 87 Personen miteinander verwandt sind (Vaterschaft), ohne dass die betreffenden Personen etwas davon wissen. Taudien Häfeli klagt gegenüber der Sovitalis AG auf Herausgabe dieser Informationen. Die Sovitalis AG verweigert dies mit dem Hinweis auf die gesetzliche Pflicht, anvertraute Geheimnisse der wissenschaftlichen Forschung zu wahren. Im Rahmen des Gerichtsprozesses wurde die Sovitalis AG dazu verurteilt, auf dieses Gerichtsverfahren hinzuweisen (Entscheid Nr. 3678 von Gerichtspräsident Rudolf Zumbrunn als provisorische vorsorgliche Verfügung) und ferner alle Probanden öffentlich zu informieren, dass sie sich der Klage von Taudien Häfeli gegen die Sovitalis AG im Sinne einer Sammel- oder Kollektivklage anschliessen können. Im ordentlichen Verfahren wird darüber entschieden werden, ob das Informationsmaterial herausgegeben werden muss.

Das Inserat erregte wie erwartet viel Aufmerksamkeit. Sovitalis berief eine Pressekonferenz ein und versuchte, die erhitzten

Gemüter zu beruhigen, während Taudien Häfeli stundenlang am Telefon sass und einen Anrufer nach dem anderen entgegen nahm. Binnen kürzester Zeit war eine ansehnliche Klägerschar zusammengekommen, und das war lediglich die Reaktion der ersten Stunden und Tage. Sovitalis musste sich nicht für die Studie rechtfertigen, im Gegenteil, aufgrund der neuen Sachlage gab es nun ein doppeltes Interesse an den Ergebnissen. Einerseits war man in neuem Masse auf die Untersuchung an sich fokussiert und andererseits auf die Frage der Verwandtschaften. Nur wenige Probanden meldeten sich, um sicherzustellen, dass ihre Privatsphäre gewahrt und ihre Daten nicht veröffentlicht würden. Offensichtlich hatte man dem Schutz der Privatsphäre zu viel Platz eingeräumt und manch ein leitender Wissenschaftler fragte sich, ob der hohe Aufwand, die Anonymität zu wahren, überhaupt nötig gewesen war. Aber im Nachhinein war man immer klüger.

Die anfängliche Strategie, dem Prozess trotz seiner hohen Brisanz wenig Aufmerksamkeit zu schenken und ihn damit zu marginalisieren, war nicht aufgegangen. Eine erste Niederlage hatte man bereits hinnehmen müssen. Doch auch die anfängliche Furcht vor den Folgen des negativen Prozessausganges war bald verflogen und Sovitalis ging gelassener auf den ordentlichen Prozess zu. Würde die Sovitalis AG den Prozess gewinnen, so müsste sie die Daten nicht veröffentlichen, im umgekehrten Fall würde eine Publikation folgen.

25. Unwohlsein

Das Ermittlungsteam traf sich früh am Morgen, doch Pflug holte sie alle schnell aus ihren morgendlichen Dämmerzuständen: «Nun, meine liebe Kollegen. Wir haben einen weiteren Mord.»

Bär reagierte am schnellsten: «Wie denn das? Ich habe nichts gehört und nichts gelesen?»

«Es geht um den Jagdunfall im Elsass. Das war nämlich kein Unfall, sondern Mord. Das Projektil, das dem Toten entnommen wurde, hat ein Kaliber, wie es üblicherweise für Hochpräzisionsgewehre verwendet wird. Auf jeden Fall nicht für die Jagd. Der Fall liegt nun hier beim Morddezernat und wir werden auf dem Laufenden gehalten.»

«Weshalb liegt der Fall bei unserer Behörde und nicht bei den französischen Kollegen? Und was hat der Fall mit unserem zu tun?», fragte Palmer.

«Wir sind eingeschaltet worden, weil es sich bei dem Toten um einen Schweizer handelt mit Wohnsitz in Biel-Benken. Das Opfer hat auch in der Schweiz gearbeitet, bzw. seine Firma hat ihren Sitz in der Schweiz. Ob der Tote etwas mit unserem Fall zu tun hat, weiss ich nicht. Bis jetzt jedenfalls nicht. Wir haben einen Fall mit einem vergifteten Toten, ausserdem einen vor acht Jahren ermordeten italienischen Industriellen, der vielleicht mit unserem Fall in Verbindung steht. Und nun gibt es noch einen tödlich Gejagten ohne Jäger.»

«Ich kenne jemanden, der sich für Gift und Waffen interessiert», warf Bossanova-Pesenti ein.

«Da kenne ich auch viele», entgegnete Pflug wenig beeindruckt. «Ich zum Beispiel interessiere mich sehr für Pistolen. Die Zahl der Waffenfreunde ist gross. Und Toxikologie ist ein begehrtes Studienfach. Es gibt dazu viel interessante Literatur. Entschuldige Joselina, aber hast du eine substanzielle Bemerkung dazu?»

«Nein», kam die klare Antwort. «Sollen wir die Witwe besuchen, falls es eine gibt?»

«Nein, da sind unsere Kollegen schon dran.» Dann deutete er auf ein Couvert auf dem Tisch und schaute auf die Uhr. «Wir werden gleich Besuch erhalten.» Kaum hatte er das gesagt, klingelte das Telefon.

«Pflug», meldete er sich und stellte den Lautsprecher an.

«Hallo, hier ist Schmidt von der Börsenaufsicht.»

«Guten Morgen. Ich stelle Ihnen schnell mein Team vor, das anwesend ist und mithört: Joselina Bossanova-Pesenti, Etienne Palmer und Alfred Bär, den Sie ja bereits kennen.»

«Freut mich. Dann stelle ich denen, die sie noch nicht kennen, gerne Verena Bodenmann vor.»

«Kommen wir doch gleich zur Sache. Worum geht es?» Manchmal war Pflug nahezu undiplomatisch direkt.

«Es geht wieder einmal um die Insidergeschäfte. Wir hatten vor kurzem Optionsgeschäfte und Leerverkäufe, wie sie selten vorkommen. Das Volumen war enorm.»

Bär, als Kenner der Materie, fragte: «Wie hoch waren die Gewinne?»

«Das wissen wir nicht, da wir nur Volumen und Preise kennen. Sollten die Geschäfte aber in ein, zwei Tagen abgewickelt worden sein, wonach es aussieht, so bewegen wir uns bei rund 50 Millionen, und bitte meine Damen und Herren, das war ein Tagesgeschäft. Wir haben versucht, das im Rahmen des Möglichen näher zu analysieren. Verschiedene Quellen haben berichtet, dass die Aufträge hauptsächlich von Händlern der Privatbank Soiron & Cie. kamen.»

«Und welche Titel sind betroffen?», fragte Bär.

«Es handelt sich wieder um WBC und Sovitalis. Was wir hier haben, ist, gelinde gesagt, starker Tobak. Ich kenne Ihre Problematik wegen der honorablen Persönlichkeiten, aber bei meiner Sicht auf die Dinge handelt es sich hier um Insiderwissen, auch wenn ich Ihnen keine Insidertäter liefern kann. Hier macht jemand unglaubliche Gewinne und die anderen, welche die Verluste erleiden, zahlen das. Der Fall liegt hier insofern anders, als dass Sie nun, gestützt auf diese Dokumente, die Bank Soiron & Cie. zur Herausgabe der Akten bewegen können. Vielleicht finden Sie sogar einen Untersuchungsrichter, der Ihnen wegen Kollusionsgefahr* die Herausgabe aller Akten bewilligt und bei einem allfälligen Einspruch der Bank der Verfügung die aufschiebende Wirkung entzieht. Das wäre ideal.»

«Vielen Dank Herr Schmidt», sagte Palmer. «Das ist uns eine grosse Hilfe. Wir werden Sie nicht enttäuschen. Wie kommen wir zu Ihren Dokumenten?»

«Sie sind bereits per Kurier unterwegs. Sie sollten sie noch heute erhalten.»

«Grossartig. Und nochmals vielen Dank.»

Sie verabschiedeten sich und Pflug wollte am liebsten sofort zur Tat schreiten. Voller Energie sagte er: «Wir bereiten sofort die Eingabe vor. Ich möchte möglichst bald eine Verfügung zur Herausgabe der Akten.»

Bär sagte schnell: «Ich erledige das. Das ist mein Ressort. Wenn wir schon in der Mordsache nicht schlüssig vorankommen, so werden wir wenigstens bei den Insiderdelikten fündig. Wer weiss, vielleicht zieht das sogar weitere Kreise, als wir denken. Ich erledige das mit unseren Juristen. Wollen wir eine anfechtbare Verfügung oder eine Aktenrequisition ohne Aufschub, was faktisch einer Hausdurchsuchung gleichkommt? Ich würde den Untersuchungsrichter sicherheitshalber einschalten .»

«Geh auf Nummer sicher, die versprochenen Dokumente sollen ja handfest sein.»

Ein Klopfen unterbrach das Gespräch. Es war bereits der Kurier, der mit den sehnsüchtig erwarteten Dokumenten kam. Pflug quittierte den Erhalt und öffnete unmittelbar die Sendung. Die Dokumente zeigten die bereits bekannten Unterlagen, die Börsengeschäfte der letzten Monate und dann die Transaktionen der letzten Tage. Die Handelsvolumina waren in der Tat gross, vor allem bei den Optionen und Derivaten. Es war auch ersichtlich, dass die Bank Soiron & Cie. als Trader* am Ring auftrat. Das würde genügen. Bär nahm das Paket an sich und machte sich auf den Weg zu den Juristen, zwei Stockwerke tiefer.

Am nächsten Morgen traf sich das Team um den Ersten Staatsanwalt Pflug wieder. Bär hatte alle Unterlagen zusammen. Die Eingabe war sauber vorbereitet worden und der Untersuchungsrichter hatte sie anstandslos unterzeichnet. Die Bank Soiron & Cie., eine Privatbank erster Güte, wurde angewiesen, sämtliche Unterlagen betreffend den Börsengeschäften Sovitalis und WBC ab einem bestimmten Volumen herauszugeben, egal, wer die Auftraggeber waren. Das Team schaute sich die Ermächtigung befriedigt an. Pflug war zufrieden mit seinem Mitarbeiter: «Gut gemacht Fredi, das steht.»

«Danke. Wer geht hin?»

«Wir gehen zu dritt. Du, Palmer und ich. Joselina kann an der Observation weiterarbeiten. Wo ist sie eigentlich?»

«Ich hab keine Ahnung wo sie ist. Sie hat sich nicht abgemeldet», sagte Palmer.

«Komisch.»

«Ja. Sehr seltsam. So etwas macht sie doch sonst nie.»

«Müssen wir etwas unternehmen?»

«Ich denke nicht. Das wird sich schon klären. Im Übrigen haben wir Wichtigeres zu tun. Die Bank Soiron & Cie. wartet.»

«So ist es. Let's go.»

Als das Team wenige Minuten später bei der Bank Soiron & Cie. eingetroffen war, wurden sie von der Dame am Empfang sichtlich irritiert begrüsst. Scheinbar statteten selten drei Herren auf einmal der Bank einen Besuch ab.

«Sie wünschen?»

«Wir hätten gerne den Geschäftsführer, Herrn Soiron gesprochen.»

«Herr Soiron ist in einer Besprechung und hat anschliessend ein Treffen in Zürich. Ich glaube nicht, dass er unangemeldet Besuch empfangen kann», antwortete sie gewissenhaft.

«Wir werden ja sehen. Würden Sie ihm bitte unsere Visitenkarten überreichen?»

Palmer legte sie auf die Theke. Die Visitenkarten des Ersten Staatsanwalts und der beiden Leiter der Abteilungen Gewaltverbrechen und Wirtschaftsdelikte verbreiteten eine eindrückliche Präsenz der Staatsanwaltschaft des Kantons Basel-Stadt im Hause der Bank Soiron & Cie.

«Einen Moment bitte.»

Die Dame verliess den Empfangsraum, wobei es eher ein Fliehen war, als ein Gehen. Es dauerte nicht lange, da kam Herr Soiron.

«Was kann ich für Sie tun? Unangemeldet?»

«Es tut mir leid, Herr Soiron, dass wir uns nicht angemeldet haben», sagte Bär. «Das dürfte aber in der Natur der Sache liegen. Wir haben hier eine Verfügung, abgesegnet durch den Untersuchungsrichter.»

Soiron las: «... und verfügt somit, dass sämtliche Akten, Dokumente, Kontoauszüge und allfällige Safes in Zusammenhang mit den Börsengeschäften betreffend der Sovitalis AG und der

World Bank Corporation herauszugeben sind, insbesondere Aufträge an die Bank, Kauf und Verkauf und Derivate. Es geht in erster Linie um die beiliegenden Börsenaufträge, dokumentiert durch die Unterlagen der Börsenaufsicht. Der Herausgabe wird im Falle eines Widerspruchs die aufschiebende Wirkung entzogen, gezeichnet Untersuchungsrichter Wyler.»

Entgeistert sah Soiron die drei Herren an. «... Äh. Da müssen wir schauen, was wir finden.»

«Es ist ganz einfach», sagte Bär. «Sie finden in der Beilage die getätigten Aufträge. Aufgrund der Beschreibung dürfte es ohne Probleme möglich sein, das Gewünschte bereitzustellen. Am besagten Montag zum Beispiel geht es um den Leerverkauf* von 1,5 Millionen Aktien der WBC. Und am Mittwoch um den Kauf von 1,5 Millionen Aktien der WBC. Ausserdem interessiert uns der Kauf von 800'000 Anrechten als Calloption der Sovitalis-Aktien, also das Recht, diese Aktien zum fixierten Preis zu kaufen, um sie am Freitag wieder zu verkaufen, vermutlich zu einem erheblich höheren Wert aufgrund der positiven Reaktion der Märkte auf die Ankündigung der Ergebnisse der Intelligentia-Studie. Wir gehen nicht davon aus, dass Sie viele Kunden haben, die diese Quantitäten handeln. Wir gehen viel mehr davon aus, dass es für die beiden gehandelten Titel je nur einen Auftraggeber gibt. Hier ist die Verfügung, wir bitten um Kooperation.»

Die Staatsanwaltschaft Basel-Stadt hatte in der Abteilung Wirtschaftsdelikte mit Bär einen versierten Fachmann, der es mit Bankern aufnehmen konnte. Seine Argumentation war konzis und kompetent. Er brachte gegenüber Soiron damit klar zum Ausdruck, dass er sich nicht mit vagen Antworten zufrieden stellen würde. Soiron las noch einmal die Verfügung. Er wusste natürlich bereits, um wen es ging.

«Gibt es die Möglichkeit, unseren Kunden die vollen Verfahrensrechte zu gewähren? Ich meine, das hier ist eine umfassende Verfügung. Sie kommen hier einfach so herein geschneit und wir sollen ohne die Möglichkeit von Verfahrensrechten und Kundenorientierung all unsere Bankgeheimnisse offen legen?»
«Nun», Bär war jetzt in seinem Element, «Ihr Kunde hat allem Anschein nach Börsengeschäfte unter Ausnützung von Insider-Vorteilen abgeschlossen, ohne die Rechte seiner Marktteilnehmer zu wahren. Eine Gewährung von Verfahrensrechten würde es uns verwehren, an die wichtigen Sachverhalte heranzukommen, weshalb der Untersuchungsrichter rigoros der Herausgabe zugestimmt hat. Sie haben die Möglichkeit, sich dem richterlichen Wunsch zu beugen oder sich ihm zu widersetzen. Entscheiden Sie sich für Letzteres, wäre ich gezwungen, zu telefonieren, was ich gar nicht gerne mache und auch ihrem Haus eher abträglich wäre. Wenn Sie verstehen, was ich meine.» Bär hatte mit Innbrunst die Macht Staates demonstriert.

«Ich werde alles organisieren.» Soiron hatte die Tragkraft des Gesagten verstanden. «Ich benötige aber etwas Zeit für diesen Auftrag.»

«Kein Problem, dabei bin ich Ihnen gerne behilflich.» Der gespielt naive Unterton Bärs war nicht zu überhören.

Soiron wollte noch etwas erwidern, unterliess es dann aber. Bär wich ihm nicht von der Seite und begleitete ihn in sein Büro. Dort gab Soiron Order, alle Unterlagen zusammenzustellen. Nach einer Stunde lagen etwa drei Kilo Akten auf dem Tisch: Ausdrucke von Aufträgen und Kontoauszügen. Die Herren der Staatsanwaltschaft nahmen bereits hier eine erste Sichtung vor. Die Namen der beiden Kontoinhaber, Marc Fischer und Pierre Cointrin, hatten sie erwartet.

«Gibt es noch etwas anderes als Kontobeziehungen?», wollte Pflug wissen.

«Auf diese Frage fällt mit spontan nichts ein», erwiderte Soiron vorsichtig.

«Ich meine, hatten die Herren oder einer der beiden Herren zum Beispiel einen Safe?», präsisierte Pflug. «Sie brauchen uns nichts zu verschweigen. Ich kann so etwas auch leicht prüfen, dafür muss man nur die Kontoauszüge durchsehen und abchecken, ob eine Safegebühr belastet wurde. Es wäre mir unangenehm, später auf diese Weise feststellen zu müssen, dass ein Safe existiert, nachdem ich Sie hier und heute deutlich danach gefragt habe.»

Soiron war konsterniert. Er wollte einerseits natürlich seine Kunden schützen, aber er musste enorm aufpassen. Vieles war den Herren scheinbar schon bekannt, deshalb lohnte es sich nicht, noch weiter Widerstand zu leisten. Er gab innerlich auf und wechselte zum Status der Kooperation.

«Soviel ich weiss, hatte Herr Fischer Senior zwei Safes. Fischer Junior hatte einen.»

Zu spät merkte er, dass er gerade zu viel preisgegeben hatte. Der Safe von Theodor Fischer hatte nichts mit den Optionsgeschäften seines Sohnes zu tun.

«Bitte zeigen Sie uns die Inhalte.»

«Das geht leider nicht so schnell, da wir nur den bankseitigen Schlüssel haben. Die Kundenschlüssel haben wir nicht und einen Passepartout gibt es nicht. Jeder Safe kann nur mit einem individuellen Kundenschlüssel geöffnet werden.»

Pflug, Palmer und Bär schauten sich an. Der Beschluss ergab sich durch den visuellen Konsens.

«Gut, dann bohren wir die Safes auf.» Pflug sprach aus, was alle für richtig hielten, woraufhin Soiron ihn entsetzt ansah.

«Moment. Wie... aufbrechen? So etwas gab es in unserem Hause seit 1865 nicht! Wir haben dafür auch keine Mittel.»

«Dann ist jetzt Zeit für eine Première. Wir rufen unseren hausinternen Schlüsselservice.» Palmer zückte sein Telefon. Es dauerte keine viertel Stunde und zwei Mitarbeiter der Werksabteilung der Staatsanwaltschaft standen im Keller des Gebäudes der Bank Soiron & Cie.

Soiron schwitzte. So etwas hatte er noch nie erlebt. Er hatte immer gedacht, Bankgeschäfte seien etwas Stilles, Ruhiges und Friedliches. Er hatte das Heft nun aus der Hand gegeben. Die Staatsanwaltschaft sollte machen, was sie wollte. Spätestens beim Safe von Theodor Fischer hätte er eigentlich protestieren sollen, aber er war wie paralysiert und schaute ohnmächtig zu. Es dauerte pro Safe rund fünf Minuten, ehe der Stahlbohrer das Schlüsselloch ausgefräst hatte und sich die Türen öffneten. Im Safe von Pierre Cointrin waren vor allem Wertpapiere. Sie wurden sauber aufgelistet. Daneben befand sich dort eine grosse Summe Bargeld, etliche Kilos Gold, sein Ehevertrag und weitere Dokumente. Es ergaben sich daraus allerdings keine neuen Erkenntnisse. Nach der Auflistung und dem Fotografieren des Inhalts wurde ein neuer Safe eröffnet und der Inhalt des nun zerstörten Safes von Cointrin dort hineingelegt. Der Kundenschlüssel wurde in ein Couvert gelegt, das Couvert beschriftet mit Pierre Cointrin und dann wurde alles von der Polizei versiegelt und an Soiron übergeben.

«Hier, das ist für Ihren Kunden. Die Verfügung liegt bei.»

Die beiden Safes von Marc und Theodor Fischer enthielten Ähnliches. Kiloweise Geld in verschiedenen Währungen, Gold, ein paar Dokumente, aber keine brauchbaren Hinweise. Der vierte Safe, der aufgebohrt wurde, lag in einem anderen Raum, der sich in einem älteren Teil des Gebäudes befand. Hier gab es keine eingebaute Safewand, sondern einen riesigen mobilen Safe, wobei «mobil» hier ein relativer Begriff war, berücksichtigte man das enorme Gewicht und die beeindruckende Grösse: der Safe war etwa zweieinhalb Meter hoch, zwei Meter breit und knapp einen Meter tief. Zuerst wurden zwei Flügeltüren geöffnet. Der innere Teil des Safes war in viele kleine Boxen eingeteilt. Hierfür gab es ein Passepartout. Aus dem Safefach von Theodor Fischer entnahm Bär eine kleine Holzkiste, die nicht verschlossen war. Pflug öffnete sie. Im Inneren waren etwa 20 Metallplatten, welche oben als Reiter das Alphabet aufführten. In den jeweiligen alphabetisierten Abschnitten befanden sich von Hand beschriebene Karteikarten. Unter A war etwa fein säuberlich zu lesen:

Ehepaar Albrecht, Torpedostrasse 34, Basel
Besuche: 1930 Mai / Juni / Juli / August / ~~*November*~~
Ok

Unter B fand sich folgender Eintrag:

Ehepaar Burckhardt, Morytrasse 99, Riehen
Besuche 1931 Mai / Juni / Juli / August / ~~*September*~~
Ok

Pflug konnte sich keinen Reim machen, sagte aber bestimmt: «Die Kiste nehmen wir mit.»

Soiron wehrte sich halbherzig: «Das hat aber nichts mit den Optionen zu tun, das ist nicht abgedeckt.»

«Wenn Sie möchten, besorge ich Ihnen noch heute ein Requisitionsbegehren. Sie können sich aber auch auf mein Wort verlassen, dass Sie diese Kiste morgen wieder haben. Wer hatte Zugang zu diesem Safe?»

«Zu dem zweiten Safe, diesem hier, hatte alleine Theodor Fischer Zugang. Zu dem ersten auch seine Frau Mathilde Fischer.»

«Wann wurde dieser das letzte Mal geöffnet?»

«Ich weiss das nicht genau, da es noch einen zweiten Safeverantwortlichen gibt. Grundsätzlich werden diese Safes hier in diesem Raum von den Kunden nur selten benützt. Sie haben auch keinen besonders hohen Sicherheitsstandard.»

«Es versteht sich von selbst, dass Sie gebeten sind, die beteiligten Personen nicht aktiv über diesen Vorfall zu informieren. Sie würden damit unsere Arbeit erheblich erschweren, was nicht im Interesse Ihrer Bank sein kann. Hier haben Sie schriftlich die Anweisung der Staatsanwaltschaft. Im Falle einer unkooperativen Haltung müsste ich die Bankenaufsicht benachrichtigen. Eine Verletzung der Anweisung dürfte also für Ihre Bank erhebliche Nachteile bringen. Ich glaube, das wissen Sie selbst am besten.»

Soiron schluckte leer und nickte. Pflug und seine Leute verliessen mit reicher Beute die Bank, wie nach einem Bankraub. Nur hatte ihre Beute keinerlei Handelswert. Für sie war sie aber nicht minder wertvoll. Im Sitzungszimmer des Waaghofs beugten sie sich über das Untersuchungsmaterial. Irgendwann stiess auch Joselina Bossanova-Pesenti zu ihnen.

Pflug fragte: «Wo warst du? Wir haben Dich vermisst.»

«Ich weiss nicht, wo mein Mann ist.» Die Sorge war ihr ins Gesicht geschrieben.

«Was Privates?»

«Weiss nicht. Was haben wir da?»

«Unterlagen aus der Bank Soiron & Cie.»

Palmer fasste kurz das Wesentliche zusammen und berichtete von der Beschlagnahme der Bankdokumente und der altertümlichen Karteikartenkiste. Danach vertieften sie sich wieder in die Unterlagen. Alle hatten Dokumente vor sich, blätterten und lasen. Bär konzentrierte sich auf die Bankdokumente, Palmer auf die Karteikarten, Pflug und Bossanova-Pesenti wechselten laufend das Material.

Bär sagte nach einer guten viertel Stunde des stillen Studiums: «Das Material ist eindeutig. Wir haben unüblich hohe Handelsvolumina der Herren Cointrin und Fischer. Bei zwei neuen Handelsspitzen haben wir je ein Datum, das wir exakt mit einem Meeting in Verbindung bringen können. Von den Treffen wissen wir dank der Observation. Hier haben wir zum Beispiel ein Mittagessen im Restaurant Donati, beobachtet von dir Joselina bis 14 Uhr, und dann die Börsengeschäfte um 15 Uhr. Solche Beispiele finden sich einige. Es lässt sich daraus zumindest eine starke Vermutung eines Insiderdeliktes ableiten, die für eine Anklage reicht. Ob es auch für eine Verurteilung reicht, weiss ich nicht. *Habeas Corpus*?*»

«Das allein reicht sicher nicht.» Pflug wollte realistisch bleiben. «Aber für eine Vorladung hier in den Waaghof wird es ausreichen. Und zwar für beide Herren. Bei den Karten blicke ich noch nicht durch.»

Bossanova-Pesenti musste lachen: «Das geht den Herren wohl über den Horizont. Was wir hier haben, ist eine Kartei eines Samenspenders aus den 30er Jahren. Er hat offensichtlich verschiedene Ehepaare besucht, die wahrscheinlich keine Kinder bekommen konnten, aber welche wollten. Wenn wir uns diese Kiste ansehen, sind das über den Daumen gepeilt um die 100 Schwangerschaften.»

Bär und Palmer schauten Bossanova-Pesenti entgeistert an. Pflug hatte so etwas vage geahnt, aber nur Bossanova-Pesenti hatte es klar und deutlich ausgesprochen. Sie fuhr fort: «Folgende Vaterschaften sind für uns...»

«Mögliche Vaterschaften», fiel ihr Pflug präzisierend ins Wort. Sie nahm es mit grimmigem Lächeln zur Kenntnis. «Jedenfalls von Interesse für uns sind die Karteikarte des Ehepaars Hoffmann, vielleicht Eltern des ermordeten Karl-Maria Hoffmann, und die Karteikarte der Ehegatten Iselin-Francese, vielleicht Eltern des ermordeten Balthasar Iselin. Die brisanteste Karte ist aus meiner Sicht aber diejenige des Ehepaars Cointrin. Ihr erinnert euch an die Bildanalyse der Kriminaltechnik, die uns eine Verwandtschaft Fischers und Cointrins nahe legen wollte? Dieser Befund stützt jedenfalls meine Vermutung, worum es sich bei diesen Karteikarten handelt.»

«Das ist ja schön und gut, aber was nützt uns das?», warf Palmer ein.

«Wir haben für Fischer ein klares Motiv für die Morde: Elimination von Erben.»

«Das ist doch ein Witz», sagte Pflug.

Bossanova-Pesenti musste sich gegen die drei Männer in ihrem Team durchsetzen. Doch diese Herausforderung nahm sie gerne an: «Ich gehe nicht davon aus, dass Theodor Fischer diese Karteikartenkiste zu Hause aufbewahrt hat. Sie dürfte sehr wahrscheinlich in dieser Form lange nicht benützt worden sein, was der Staub bestätigt.» Nach einer kleinen Pause fragte sie: «Haben wir Fingerabdrücke gesichert?»

Pflug, Palmer und Bär schauten sich an, sagten aber nichts. Immer diese Männer, dachte Bossanova-Pesenti, immer grosse Worte schwingen, aber am Ende vergessen sie die wichtigsten Dinge. «Wenn ich die Kiste so anschaue, dann hat sie vermutlich Jahre im Safe gelegen.»

«Das erklärt aber gerade nicht, wie Marc Fischer dann an diese Informationen gekommen sein soll.» Jetzt wollte auch Bär Klartext reden.

«Das ist richtig, du Klugscheisser. Ich hab ja den Fall auch nicht gelöst, sondern laut gedacht.»

Pflug hatte Bär einen Tritt ans Schienbein verpasst unter dem Tisch, woraufhin sich Bär die Antwort sofort verkniff. Bossanova-Pesenti war gereizt, sie wusste nicht, wo ihr Mann war, und das belastete sie. Pflug nahm das Gespräch nach dieser peinlichen Unterbrechung unbeschwert wieder auf: «Ich schlage vor, wir gehen dem nach. Wir müssen auf jeden Fall genau herausfinden, was diese Kartei bedeutet. Theodor Fischer können wir ja leider nicht mehr fragen. Und Marc Fischer würde ich noch nicht damit konfrontieren. Wie können wir denn überprüfen, ob die Verwandtschaften tatsächlich bestehen?»

«Ganz einfach, wir nehmen Erbgut von Hoffmann, Iselin, und Fischer und vergleichen es», meinte Palmer

«Und wie willst du zu Material von Fischer kommen? Wir müssten es entwenden. Nicht ganz unproblematisch», wandte Bär ein.

«Ich habe eine bessere Idee», sagte Pflug «Wir lassen bei der Sovitalis eine Verfügung erwirken auf Herausgabe der spezifischen Erbgutdaten. Wir listen die Personen auf und fragen nach dem Grad der Verwandtschaft. Wir können mit grosser Wahrscheinlichkeit davon ausgehen, dass Hoffmann, Iselin und die Fischers bei der Studie mitgemacht haben. Cointrin sowieso. Sovitalis hat ja alle Daten, wenn auch anonymisiert, veröffentlicht.»

Palmer schüttelte den Kopf. «Selbst wenn sie alle bei der Studie mitgemacht hätten, steht uns hier das Wissenschaftsgeheimnis im Weg. Das ist ein ähnliches Berufsgeheimnis wie die Schweigepflicht der Ärzte. Die Forscher dürfen ihr Wissen nicht bekannt geben.»

«Dann machen wir es über eine eigens verfügte DNA-Untersuchung. Wir lassen Material auswerten von Hoffmann, Iselin, Cointrin, und von Marc und Theodor Fischer. Ein Haar genügt ja dafür. Wenn wir so feststellen können, dass die Ergebnisse übereinstimmen, werden wir die Ethikkommission anfragen zur Herausgabe der Daten bei Sovitalis. Dann werden wir

Cointrin und Fischer ins Verhör nehmen. Das kommt mit Sicherheit in die Medien und wir werden grossen Druck der Öffentlichkeit haben.» Und im Brustton der Überzeugung fügte Pflug an: «Aber dafür sind wir nun stark genug.»

* * * * *

Orfeo Bossanova litt. Er war eng an einen Stuhl gefesselt und ihm gegenüber sass Baldermira. Im Hintergrund lief der Film über den PC, der ihn in Baldermiras Wohnung zeigte. Er hatte nur eine ungefähre Ahnung davon, was in den letzten Stunden mit ihm passiert war.

«Sehen Sie», sagte Baldermira, «es bringt nichts, einfach so in fremde Wohnungen unbescholtener Bürger einzusteigen.»

Beim Wort «unbescholten» wollte Bossanova erst lachen, vermied es dann aber tunlichst, um sich nicht noch mehr in Schwierigkeiten zu bringen.

«Es würde mich interessieren, wie Ihr Partner heisst und wo er wohnt.»

Bossanova schwieg.

«Es ist für mich nicht ersichtlich, weshalb Sie bei mir eingebrochen sind, aber nichts gestohlen haben. Das qualifiziert Sie nicht als Verbrecher. Ich würde gerne wissen, wer Ihre Auftraggeber sind.»

Bossanova schwieg.

«Wissen Sie, eine offene Kommunikation wäre hilfreich. Ich werde Ihnen keine Schmerzen bereiten. Ich habe noch nie jemandem Schmerzen bereitet. Gut, vielleicht für eine Zehntelsekunde, aber das genügt nicht für die Wahrnehmung. Sie haben also nichts zu befürchten.»

Bossanova blieb ruhig und sagte kein Wort.

«Am Anfang redet bei mir niemand, doch dann irgendwann wird jeder schwach. In Zeiten der Inquisition hat man die Opfer schrecklich gefoltert und daraus sind dann sogenannte Geständnisse entstanden. Solche Geständnisse sind doch nichts wert und die Welt ist dadurch auch nicht besser geworden. Sie wissen nicht genau, wie Sie hierher gekommen sind, hab ich Recht? Das haben Sie einer Anästhesie mittels eines Nervengifts zu verdanken. Ich habe auch noch weitere Möglichkeiten. Wie gesagt, ich möchte Ihnen keine körperlichen Qualen zufügen, aber die Beantwortung meiner Fragen wäre förderlich für Ihre Gesundheit. Also noch einmal: Was haben Sie bei mir in der Wohnung gesucht? Wer sind Ihre Auftraggeber? Weshalb haben Sie nichts gestohlen und woher haben Sie die hochwertigen Einbruchsmaterialien?»

Bossanova blieb standhaft.

Baldermira ging zum Wandschrank, ohne seinen Gefangenen aus den Augen zu lassen. Er kam mit einem Koffer zurück. Als er ihn öffnete, kamen verschiedene medizinische Instrumente und Utensilien eines Chirurgen zum Vorschein.

«Wie gesagt, früher fügte man den Gefangenen Höllenpein zu. Ich kann das nicht nachvollziehen. Deshalb arbeite ich stets mit Betäubung. Wenn Sie also nicht reden wollen, werde ich eine lokale Anästhesie an beiden Beinen durchführen. Danach werde ich dieses Seziermesser nehmen und Ihnen den linken kleinen Zehen abschneiden. Sie werden dabei auch zusehen können, es wird nämlich absolut schmerzlos sein. Dann werden wir eine Pause machen, und dann zum rechten kleinen Zehen übergehen. Ich werde Ihnen nach jedem Schnitt die Gelegenheit geben, meine Fragen zu beantworten. Nehmen Sie sich ruhig Zeit, wir haben ja genug Zehen und zur Not machen wir bei den Fingern weiter.»

Erst jetzt merkte Baldermira, dass sein Gegenüber in Ohnmacht gefallen war. Offensichtlich war das zu viel für ihn.

26. Showdown

Es hatte einiges an Fingerspitzengefühl und guter Absprachen erfordert, um die beiden Herren Cointrin und Fischer für den nächsten Tag zeitgleich vorzuladen: Erst hatte sich Pflug bei beiden Herren, bzw. bei deren Stabsstellen in den Firmen, nach An- und Abwesenheiten im Büro erkundigt, dann waren die offiziellen Vorladungen per Kurier erfolgt, woraufhin sich wie erwartet die Anwälte gemeldet hatten, um sich nach dem Grund der Vorladung zu erkundigen. Der Grund würde erst anlässlich der Befragung eröffnet werden, hatte man zur Antwort gegeben, was bereits einigen Ärger und Kommunikationsaufwand mit den Anwälten verursacht hatte. Pflug aber hatte sich rigoros durchgesetzt und war hart geblieben. Niemand wusste, ob unter den beiden Beschuldigten in der Zwischenzeit Absprachen erfolgt waren, doch man ging aufgrund der fehlenden Begründung nicht davon aus, dass sie überhaupt mit jemandem darüber gesprochen hatten, ausser mit ihren Anwälten. Das Team um Pflug teilte sich auf. Er selbst würde mit Bossanova-Pesenti Fischer übernehmen, während sich Palmer und Bär um Cointrin kümmern sollten, da es hier vermehrt die Insiderdelikte im Vordergrund standen und die Fachkompetenz von Bär gefragt war.

Den nächsten Morgen konnten Sie kaum erwarten. Fischer war auf zehn Uhr bestellt, Cointrin eine halbe Stunde später. Damit sollte sichergestellt werden, dass sie sich nicht zufällig begegneten. Punkt zehn Uhr meldete sich Fischer an der Pforte, wo ihn Pflug abholte. Nach kurzer Begrüssung führte ihn Pflug bis zur Tür eines Sitzungszimmers.

«Darf ich Ihnen den Mantel abnehmen?»

Pflug hatte bereits einen Kleiderbügel von einer Garderobe genommen, Fischer dankte, sie betraten das Zimmer und Pflug schloss die Türe.

Fischer konnte hinter den geschlossenen Türen des Sitzungszimmers nicht ahnen, dass sein Mantel unmittelbar von Untersuchungsbeamten ins Labor gebracht wurde. Schnell fand man Haare und Hautpartikel und gab eine Express-Genanalyse in Auftrag. So würde man schon sehr bald wissen, ob eine verwandtschaftliche Verbindung zwischen Marc Fischer und den beiden Mordopfern Karl-Maria Hoffmann und Balthasar Iselin bestünde.

Pflug erklärte die Sitzordnung und stellte seine Mitarbeiter vor: «Herr Fischer, bitte setzen Sie sich hier hin, mir gegenüber. Rechts und links von Ihnen können ihre Anwälte Platz nehmen. Zu meiner Linken sitzt der Protokollführer, rechts Frau Bossanova-Pesenti, Mitglied meines Teams.»

Fischer fokussierte kurz jedes Gesicht. Pflug kannte er von dessen früheren Besuch in der Bank, den Schreiber kannte er nicht und Frau Bossanova-Pesenti glaubte er schon einmal irgendwo gesehen zu haben, aber er konnte sich nicht erinnern, wo das gewesen sein sollte.

Noch bevor Pflug beginnen konnte, meldete er sich zu Wort: «Würden Sie, Herr Pflug, mir bitte erklären, weshalb ich hier herkommen musste? Ich bin empört, dass ich nicht weiss, worum es geht.»

Pflug sagte lediglich: «Herr Fischer, ich nehme Ihren Protest zur Kenntnis», um dann ungerührt fortzufahren: «Und nun zum Prozedere. Dies ist eine Vorladung. Das heisst, ich stelle die Fragen und bestimme den Gesprächsablauf. Oder möchten Sie vom Recht der Aussageverweigerung Gebrauch machen?»

Ein Anwalt flüsterte Fischer etwas ins Ohr. Fischer hatte keinen Firmenanwalt beigezogen, sondern einen privaten Advokaten. Er wollte Geschäftliches und Privates trennen und sicher gehen, dass nichts von dem, was hier geschah, in die Bank hineingetragen wurde. Nun sagte er: «Ich habe verstanden. Über die Aussageverweigerung werde ich mich äussern, sobald ich den Grund der Vorladung kenne.»

«Gut. Wir werden Sie heute befragen zu allfälligen Insiderdelikten und illegalen Börsentransaktionen. Doch beginnen wir am Anfang. Ihren vollständigen Namen bitte?»

«Ich mache von meinem Recht der Aussageverweigerung Gebrauch.»

«Sie sind verpflichtet, Angaben zur Person zu machen.»

«Marc Fischer.»

«Wann sind Sie geboren?»

«Am 22. April 1945.»

Es folgten weitere Angaben zur Familie und als sie damit durch waren, sagte Pflug: «Beginnen wir mit dem letzten uns bekannten Fall. Sie haben vor vier Wochen am Dienstag mit Herrn Cointrin zusammen zu Mittag gegessen.»

Fischer sagte nichts.

«Wir haben dafür Zeugen.»

Pflug legte eine Liste mit Namen von drei Personen auf den Tisch.

«Na und?», fragte Fischer trotzig.

«Am gleichen Tag haben Sie am Nachmittag Börsengeschäfte getätigt und in erheblichem Masse mit Aktien der Sovitalis AG gehandelt, also der Gesellschaft Ihres Lunch-Partners Pierre Cointrin.»

«Ich kann mich daran nicht erinnern.»

«Gut, dann helfe ich Ihnen gerne auf die Sprünge. Hier sind Auszüge aus Ihren Tradings* der Bank Soiron & Cie. Aus dem Handelsvolumen resultierte ein stattlicher Gewinn von 25 Millionen Franken. Und Sie können sich wirklich nicht erinnern?»

Fischer schwieg.

«Wissen Sie, Herr Fischer, alleine aufgrund eines einzigen Vorfalles hätten wir Sie nicht vorgeladen. Hier hätten wir das nächste Beispiel. Wieder ein Treffen mit Herrn Cointrin, diesmal in einem anderen Restaurant.»

Er legte wieder eine Liste von Zeugen auf. Auch der Name Bossanova-Pesenti stand drauf.

Fischer fiel es wie Schuppen von den Augen und er sagte zu Bossanova-Pesenti: «Jetzt erinnere ich mich wieder, Sie sassen im Restaurant Donati am Nebentisch.»

Pflug musste lächeln. «Wunderbar. Frau Bossanova-Pesenti stärkt offenbar ihr Erinnerungsvermögen. Und damit haben Sie bereits zugegeben, mit Herrn Cointrin dort gespiesen zu haben.»

«Ich sage nichts.»

Auch Pflug sagte nichts, sondern legte weitere Kontoblätter auf den Tisch.

«Neun Millionen Franken Gewinn aufgrund dieser Transaktion. Können Sie sich daran auch nicht erinnern?»

«Ich sage nichts.»

Pflug legte noch ein drittes Beispiel vor und konnte beobachten, wie sich auf Fischers Stirn langsam Schweissperlen bildeten. Aber auch Pflug war alles andere als entspannt. Er hatte noch immer lediglich Indizien und war noch weit entfernt von einem Beweis, und erst recht von einem Geständnis.

Fischer und einer seiner Anwälte unterhielten sich leise.

«Es ist ja nicht so, dass nur Sie von diesen Gesprächen profitieren», unterbrach Pflug das Gemurmel. «Cointrin hat sich genau gleich wie Sie verhalten und nach zwei der besagten Treffen hat auch er Transaktionen an der Börse veranlasst.»

«Er darf doch gar nicht mit Sovitalis-Aktien handeln.»

«Immerhin kennen Sie eine der Insiderregeln. Er hat natürlich auch nicht mit Sovitalis-Aktien, sondern mit Aktien Ihrer Gesellschaft, der WBC gehandelt.» Pflug präsentierte Bankauszüge von Cointrin. «Ich darf Ihnen diese noch nicht im Detail zeigen, da wir erst in der Einvernahme sind. Vor Gericht werden diese als Beweis dienen. Aber so viel sei vorweggenommen: Die Gewinne sind beträchtlich. Und am Tag nach dem Tod Ihres Vaters, den er so früh nur von Ihnen hatte erfahren können, waren die Gewinne exorbitant hoch.»

«Das sind doch Zufälle. Wir haben lose über unser Geschäft gesprochen. Das ist alles.»

«Herr Fischer, Sie können gerne versuchen, das dem Richter glaubhaft machen, aber mir können Sie das nicht erzählen. Wir haben schwerwiegende Indizien gegen Sie in der Hand. Wenn Sie sich kooperativ verhalten, hat das mit Sicherheit positive Auswirkungen auf das Strafmass.»

Fischer blickte zu seinen Anwälten und fragte: «Können wir uns irgendwo ungestört unterhalten?»

«Herr Fischer, es ist anlässlich einer Vorladung absolut unüblich, dem Angeschuldigten Zeit zu geben, sich mit seinen Anwälten ungestört zu unterhalten», sagte Pflug sogleich. «Das werden Ihnen Ihre Anwälte bestätigen.»

Beide Anwälte nickten.

«Ich werde Ihnen trotzdem eine halben Stunde geben, um hier in diesem Saal mit Ihren Anwälten zu sprechen. Fragen Sie mich nicht, warum ich das tue, aber ich hoffe, es hat eine positive Auswirkung auf Ihre Kooperation. Sie dürfen den Saal in dieser Zeit allerdings nicht verlassen.» Zum Schreiber sagte Pflug: «Bitte vermerken Sie im Protokoll die Unterbrechung von einer halben Stunde auf Wunsch des Vorgeladenen.»

Fischer war erfreut, hatte aber trotzdem eine Sorge: «Äh... in diesem Saal, sind wir da ungehört?»

«Wir haben keine Wanzen in diesem Gebäude. Und strapazieren Sie meine Geduld nicht, ich komme Ihnen bereits grosszügig entgegen.»

Pflug verliess mit seinen Leuten das Zimmer. Den drei Polizisten vor der Tür nickte er zu. Die halbe Stunde Unterbrechung war ihm sehr willkommen, und sie war geplant. Bossanova-Pesenti und Pflug eilten den u-förmigen Gang entlang. Auf der anderen Seite des Ganges standen wiederum drei Polizeibeamte vor einem Büro.

Einer der drei sagte ihnen sofort: «Der Mantel ist in der gerichtsmedizinischen Abteilung.»

Sie nickten und Pflug wollte klopfen, doch der Polizeibeamte hielt seine Hand. «Bär und Palmer sind schon draussen, sie sind im Zwischenraum.»

Sie gingen ein paar Schritte zurück, klopften an eine Türe und traten ein. Bär und Palmer waren im Raum und nickten nur. Niemand sprach. Der Zwischenraum lag zentral im u-förmigen Ganges, hatte keine Fenster nach aussen, aber Luken zu den beiden angrenzenden Räumen. In einem sass Cointrin und sprach mit seinem Anwalt, er war sichtlich nervös, schien sich äusserst unwohl zu fühlen und hatte einen roten Kopf. Bär und Palmer hatten gute Arbeit geleistet.

Auf der gegenüberliegenden Seite sprach Fischer mit seinen Anwälten, die Stimmung war gedrückt und Fischer sagte gerade: «... und werde das alles abstreiten. Das sind blosse Behauptungen.»

«Wir wollen das nicht hier diskutieren», sagte der eine Advokat, «sondern bei uns im Büro. Die vorliegenden Indizien sind erdrückend.»

«Ich werde kämpfen. Das dauert zwei, drei Jahre bis die Anklage kommt und der Prozess. Solange kann ich doch ungefährdet in meiner Stellung bleiben und meine Position wahren.»

«Ich rate Ihnen, sich das gut zu überlegen. Auch wenn die Staatsanwaltschaft bislang nur Indizien hat. Was jetzt kommen wird, ist höchst unangenehm und die Folgen sind wahrscheinlich dramatischer, als die vom Richter gesprochene Strafe, sofern es zu einem Urteil kommt. Es wird nicht lange dauern, bis die Medien aktiv werden. Sie sind eine öffentliche und bekannte Person und haben nur einen beschränkten Persönlichkeitsschutz. So etwas kann sehr zermürbend werden, zumal dann besonders die Punkte aufs Tapet kommen, wo Sie am verwundbarsten sind, sei dies Ihr Doppelmandat oder Ihre Familie. Eine öffentliche Generalversammlung unter solchen Prämissen wird zur Tortur. Die Bankenkommission wird sich einschalten, Ihre Boni werden diskutiert. Eine mediale Schlammschlacht steht Ihnen bevor.»

«Ich werde meinen Status und meine ganze Macht ausnutzen und diesen Staatsanwalt vom Tisch fegen.»

«Pflug ist ein erfahrener Mann. Ich bin sicher, dass ihm bewusst war, dass ihm ein solcher Schritt durchaus hätte den Job kosten können. Ich gehe deshalb davon aus, dass er noch mehr im Köcher hat. Überlegen Sie, ob Sie nicht lieber eine kooperative Linie wählen wollen mit einem sauberen Abgang. Rücktritt von Ihrem Posten in der WBC aus gesundheitlichen Gründen, ein Geständnis, stille Verurteilung, Busse und Abgabe des unredlichen Gewinnes. Das wäre ein Rücktritt ohne negativen Beigeschmack.»

«Aber das sind doch alles unbewiesene Behauptungen, die...»

Er wurde unterbrochen vom Klingeln seines Handys.

«Fischer.»

«Hier Cointrin.»

Bossanova-Pesenti blickte in den anderen Raum. Cointrin hatte tatsächlich sein Handy in der Hand. Wie konnte man nur so dumm sein, dachte sie.

«Ich kann jetzt nicht sprechen.»

«Herr Fischer, es ist dringend, es geht um unsere Geschäfte. Ich bin da in einer misslichen Situation. Sie müssen mir helfen.»

«Ich kann jetzt nicht sprechen, rufen Sie mich später an.» Fischer schaltete das Handy aus.

In der Abhörloge wandte sich Pflug an sein Team: «Wir machen weiter wie besprochen. Cointrin scheint ziemlich weich geklopft zu sein. Ich denke, ihr könnt in etwa zehn Minuten mit Cointrin zu uns rüberkommen. Dann wollen wir die beiden miteinander konfrontieren.»

Pflug und Bossanova-Pesenti gingen zurück zu Fischer und Pflug sagte: «Herr Fischer, ich war sehr entgegenkommend und habe Ihnen Zeit zur Verfügung gestellt, damit Sie sich mit ihren Anwälten absprechen konnten. Ich wiederhole noch mal, die Indizien sprechen gegen Sie und reichen mindestens für eine Anklage, wenn nicht sogar für eine Verurteilung, da bin ich Ihnen gegenüber ehrlich. Möchten Sie in dieser Sache mit uns kooperieren?»

«Ich meine, Sie haben da ein paar interessante Fakten. Ich werde wohl Unannehmlichkeiten bekommen, das ist mir klar, aber diese werden in nichts dem nachstehen, was Sie an Unannehmlichkeiten erleben werden. Im besten Fall wird Ihr nächster Beruf Bibliothekar sein am juristischen Seminar.»

«Ich verzeihe Ihnen diese Bemerkung. Beleidigungen sind Zeugnis der Schwäche. Ich fühle mich auf meinem Weg dadurch nur bestärkt.»

Fischer schwieg.

Es klopfte. Zuerst trat Palmer ein, gefolgt von Cointrin und Bär. Cointrin, der mit offenem Mund Fischer anstarrte, wurde von Bär angewiesen, sich zu setzen. Bär übernahm auch gleich das Wort: «Nun, meine Herren, die Fakten liegen auf dem Tisch. Zeitlich korrespondierende Börsengeschäfte, Fischer mit Sovitalis-Aktien, Cointrin mit WBC-Aktien. Sie haben sich gegenseitig Informationen zugeschanzt und den Vorteil des Insiderwissens ausgenutzt. Und zwar schamlos, wenn ich die Gewinne anschaue, im höchsten Masse unsittlich. Haben die Herren dazu etwas anzufügen?»

Cointrin versuchte es auf die naive Art: «Wir haben uns als Freunde getroffen, aber nicht wirkliche Insiderinformationen ausgetauscht.»

Unvermittelt sagte Bossanova-Pesenti: «Jetzt hab ich es.»

«Ah, die Dame vom Restaurant Donati, Tisch nebenan, hat noch etwas beizutragen.» Der zynische Unterton Fischers war nicht zu überhören, aber Bossanova-Pesenti liess sich davon nicht beirren.

«Sie haben sich eines Sprachcodes bedient.»

«So ein Quatsch. Das war reine Plauderei. Ausserdem können Sie bei diesem Palaver im Donati gar nichts verstanden haben. Das ist doch Bluff.»

«Sie werden Ihr Gespräch im Restaurant Donati in schriftlicher Form erhalten, wenn Sie möchten. Ich hatte einen Hörverstärker dabei.»

«Das ist unzulässiges Abhören», sagte einer der Advokaten Fischers sofort. «Ein widerrechtlicher Beweis würde der ganzen Anklage schaden. Sie werden das also bestimmt nicht verwenden.»

«Das werden wir sehen», erwiderte Pflug. «Die Frage der Hörverstärkung in öffentlichen Räumen ist höchstrichterlich noch nicht beurteilt.»

Bär wandte sich an Fischer: «Wenn alles einfach so zufällig war, wie Sie sagen, weshalb hat Sie dann Herr Cointrin vor fünfzehn Minuten auf dem Handy angerufen, um, wie er sagte, ‚unsere Geschäfte' zu besprechen?»

Fischer und Cointrin blickten sich an. Die Anwälte auch. Erst jetzt dämmerte es ihnen, dass sie sich in einem Haus befanden, das mit den modernsten Einrichtungen ausgestattet sein musste.

Cointrin war dem Stress nicht mehr gewachsen. Er begann zu husten und stürzte zum Fenster, um frische Luft zu schnappen. Aber das Fenster liess sich nicht öffnen. Keuchend sagte er: «Ich möchte mit dem Ersten Staatsanwalt alleine sprechen.»

Fischer blickte seinen Freund giftig an. Er ahnte, was jetzt kommen würde. Ein Geständnis von Cointrin wäre auch sein Geständnis. «Cointrin, nicht!»

«Ich kann nicht mehr. Ich bin fix und fertig.»

Pflug ging mit Cointrin in ein Zimmer nebenan.

«Keine Abhörgeräte hier?»

«Keine», lächelte Pflug.

«Ich schlage Ihnen folgendes vor: Geständnis der letzten zehn Transaktionen, das umfasst etwa zwei Jahre. Aber ausgenommen des letzten Geschäfts. Der Tod von Theodor Fischer war kein Insiderwissen. Der Tod ist doch etwas Offizielles. Weiter tätige Reue, die Gewinne als Busse und dafür Strafmilderung. Keine Haftstrafe oder höchstens auf Bewährung. Und eine Woche Zeit für einen geordneten Rücktritt aus meinen Ämtern.»

«Das klingt doch schon mal ganz vernünftig. Ich sehe eine reelle Chance für dieses Vorgehen. Allerdings kennen wir keine Absprachen wie in den USA, aber ich kann nach dem Plädoyer des zuständigen Staatsanwaltes noch ein kurzes persönliches Wort vor Gericht anfügen, Ihre Reue und Kooperationsbereitschaft aufzeigen und für eine milde Strafe plädieren. Das hat bis jetzt immer genützt. Einverstanden?»

«Einverstanden.»

«Gut.»
Pflug rief im Sitzungszimmer an, wo sich die anderen befanden. Bär nahm ab.
«Cointrin ist zu einem umfassenden Geständnis bereit. Bitte nehmt das so auf. Keine Untersuchungshaft. Eine Woche Schonzeit.»
Kurze Zeit darauf kamen Bär und ein weiterer Staatsangestellter und Pflug verabschiedete sich von Cointrin.
«Sie bleiben nicht hier?»
«Nein, für mich steht der härtere Teil noch bevor.»
Pflug ging zurück ins Sitzungszimmer. Der Mittag war schon vorüber und er verspürte einen leichten Hunger. Das war gar nicht so schlecht, denn Hunger machte ihn nur angriffiger und Fischer machte es mit Sicherheit madig.

Fischer meinte, im Gesicht von Pflug sogleich zu erkennen, was passiert war. Es konnte natürlich auch ein Bluff sein, versuchte er sich wieder zu beruhigen.

«Tja Herr Fischer, Ihr Freund Cointrin war vernünftig. Geständnis, tätige Reue, Kooperation. Er dürfte mit Straferleichterungen rechnen.»

«Woher weiss ich, dass Sie nicht bluffen?»

«Wissen Sie Herr Fischer, die Fragen stelle immer noch ich. Tätige Reue ist, wenn man aufrichtig seine Tat bedauert und zu deren Aufdeckung beiträgt. Wenn Sie etwas zugeben, das die Staatsanwaltschaft schon aufgezeigt hat, ist das nichts Erwähnenswertes mehr. Wenn Sie möchten, dass ich dem Richter in meiner Aussage berichte, dass Sie aufrichtig und ehrlich zur Aufdeckung der Straftaten beigetragen haben, ist es jetzt an der Zeit zu reden. Meine Geduld ist langsam am Ende.»

Fischer schwieg. Dann schaute er seine Advokaten an. Die Blicke waren deutlich, doch als Fischer noch immer nicht reagierte, sagte einer der beiden eindringlich: «Ich kann meinen

Rat nur wiederholen. Die übrigen Herren kennen ihn ja auch.» Er blickte zum Spiegel an der Wand und hielt seine Hand an das Ohr. «Ich bin aber auch gerne bereit, Sie umfassend zu verteidigen. Es gibt einige Aspekte, bei denen wir den Staatsanwalt ins Schwitzen bringen würden. Vielleicht holen wir sogar einen Freispruch heraus.» Er lächelte Pflug an, aber dieser erwiderte das Lächeln, ohne an Überzeugung zu verlieren.

Fischer ging ans Fenster, atmete tief durch. Langsam begriff er die Aussichtslosigkeit seiner Lage und nach einigen Minuten, in denen er schweigend aus dem Fenster geblickt hatte, sagte er: «Ok, es gibt ein Geständnis. Meine Bedingung: Keine Haft und eine Woche Schonzeit für einen sauberen Abgang.»

«Das freut mich, Herr Fischer. Ich kann Ihnen bezüglich Strafe nichts versprechen, aber ich werde mich dafür einsetzen. Und bis jetzt hat das immer funktioniert. Eine Woche gebe ich Ihnen.»

«Sehr gut. Ich werde dann in zwei, drei Tagen vorbeikommen und das Geständnis ablegen. Ich habe heute Nachmittag noch einen wichtigen Termin.»

Pflug griff zum Telefon. «Ja, hier Pflug, Sandwich bitte ins 306.» Zu Fischer sagte er: «Wir werden jetzt die Aussage Ihres Geständnisses protokollieren. Dazu gibt es eine kleine Stärkung. Wenn alles unterschrieben ist, können Sie gehen. Ansonsten muss ich jetzt einen Haftbefehl erwirken. Ich nehme nicht an, dass Sie das wollen, oder?»

Fischer schüttelte den Kopf und verdrehte die Augen.

Die Aufnahme des Protokolls der Befragung wurde fortgesetzt. Der Schreiber begann zu notieren: «Herr Marc Fischer, geb. 22. April 1945, legt folgendes Geständnis ab...»

Am späten Nachmittag unterschrieb Marc Fischer erschöpft das Geständnis. Die mentale Anstrengung hatte Spuren hinterlas-

sen. Sein Leben würde sich nun schlagartig ändern und in anderen Bahnen bewegen. Er las seine Aussage noch einmal sorgfältig durch. Pflug verliess in der Zwischenzeit den Raum und kam nach zehn Minuten wieder zurück. Fischer unterschrieb das Protokoll. Er und seine Advokaten standen auf und suchten den Weg zur Türe. Pflug, Bossanova-Pesenti und Palmer machten keine Anzeichen aufzustehen. Einer der Advokaten sagte:
«Also dann, auf Wiedersehen.»
Statt sich zu verabschieden, sagte Bossanova-Pesenti kühl: «Wir sind noch nicht fertig.»
«Wie soll ich denn das verstehen?», wollte Fischer wissen.

«Sie sind heute nicht nur hier in Sachen Insiderdelikte, Sie sind auch hier in Sachen Mord an Karl-Maria Hoffmann und Balthasar Iselin», erklärte Palmer sachlich und legte zwei Fotos auf den Tisch.

«So ein Quatsch. Zum Thema Hoffmann haben Sie mich bereits vor einiger Zeit befragt und ich habe Ihnen in meinem Büro Rede und Antwort gestanden. Und wer soll bitteschön Herr Iselin sein?»

Bossanova-Pesenti fragte erstaunt: «Sie kennen Herrn Iselin nicht?»

«Nein. Ich meine, man kennt ihn allgemein als Verleger des Regionalanzeigers. Vielleicht habe ich ihn auch schon mal irgendwo gesehen an einem Anlass.»

«Vielleicht? Oder sicher? Oder sicher nicht?»

«Das weiss ich doch nicht mehr. Wahrscheinlich schon.»

«Ja, was denn nun, ja oder nein?» Bossanova-Pesenti wurde langsam ungeduldig.

«Ich weiss es nicht.»

«Sie wissen also nicht, ob Sie Herrn Iselin kennen oder nicht. Ist das korrekt?», wollte Pflug noch einmal festhalten.

«Ja. So ist es. Mein Gott, ich sehe in meinem Beruf...», er stockte kurz, als ihm bewusst wurde, dass sein Beruf bald der Vergangenheit angehören würde, «eine Unmenge an Individuen, da kann man sich doch nicht exakt an jede einzelne Person erinnern.»

«Und warum hatte Iselin dann vier Tage vor seinem Tod im Kalender eingetragen ‚Meeting mit Marc Fischer CEO WBC'?», wollte Bossanova-Pesenti wissen.

«Was weiss ich, was dieser Herr in seinen Kalender schreibt.»

«Sie haben ihn also nicht getroffen?»

Einer der Advokaten intervenierte: «Herr Fischer, vielleicht ist es besser, Sie sagen nun nichts mehr. Ich kenne hier auch keine Akten.» Und zu Pflug sagte er: «Ich beantrage einen neuen Termin zur Befragung in dieser Sache, und Akteneinsicht.»

«Danke für den Hinweis», erwiderte Pflug, «aber die Rechte des Mandanten sind ausreichend gewahrt, wenn Sie bei der Befragung anwesend sind. Im Übrigen verbietet die Kollusionsgefahr* eine so frühzeitige Akteneinsicht. Ich denke, das sollte Ihnen geläufig sein.»

«Ich sehe keine Anhaltspunkte, die eine solche Gefahr anzeigen.»

«Das wird sich bald klären. Ich habe keine Veranlassung, die Befragung zu unterbrechen.»

Bossanova-Pesenti fuhr daraufhin in ihrer Befragung fort. «Zurück zu Balthasar Iselin, den Sie vielleicht kennen oder nicht kennen und den Sie vielleicht schon einmal getroffen haben, vielleicht aber auch nicht. Zitiere ich Sie richtig?»

«Ich wiederhole mich nicht», erwiderte Fischer schnippisch, «es ist so, wie ich gesagt habe.»

«Und was ist nun mit dem Treffen, das Iselin in seinem Kalender notiert hatte? Laut dem Eintrag haben Sie sich um 17 Uhr im Restaurant Hermitage mit ihm getroffen.»

Fischer sagte nichts.

«Wir haben im Restaurant nachgefragt. Es war an diesem Tag ein Tisch für zwei Personen reserviert und der Kellner kann sich an Ihren Besuch bestens erinnern.» Und mit einem süffisanten Lächeln fügte sie hinzu: «Die Bekanntheit schadet Ihnen auch manchmal, nicht wahr?»

«Ah... jetzt erinnere ich mich. Iselin wollte unbedingt ein Inserat von mir, bzw. von der WBC, was ich aber abgelehnt habe.»

«Ein bisschen seltsam, dass Sie sich nun plötzlich erinnern, finden Sie nicht?»

«Wissen Sie, in meiner Stellung muss ich täglich irgendwelche Bitten abschlagen. Das Gehirn hat eine beschränkte Aufnahmefähigkeit, deshalb muss man gewisse Dinge gleich wieder aus dem Gedächtnis eliminieren.»

«Aber Sie sehen schon ein», warf Pflug ein, «dass wir hier zwei Treffen von Ihnen mit zwei Herren haben, die beide kurz darauf plötzlich eines gewaltsamen Todes sterben.»

«Das ist ein schlimmer Zufall, aber dafür kann ich nichts.»

«Ein ziemlich merkwürdiger Zufall, das müssen Sie schon sagen. Hatten Sie ein besonderes Verhältnis zu diesen Personen?»

«Nein. Und im Übrigen habe ich sehr wahrscheinlich ein Alibi. Ich weiss zwar nicht, wo und wann diese Personen getötet wurden, aber ich nehme an, dass ich dann an einem anderen Ort gewesen sein dürfte.»

Nun meldete sich Palmer zu Wort: «Das ist korrekt, das haben wir überprüft. Wir gehen auch gar nicht davon aus, dass Sie selbst gemordet haben, das dürfte ein anderer für Sie erledigt haben.»

«Das ist ja besser wie in einem Kriminalroman. Ein bezahlter Killer...»

«Woher wissen Sie denn, dass er bezahlt wurde?», wollte Palmer sofort wissen.

«Drehen Sie mir nicht die Worte im Mund herum, das sagt man einfach so.»

«Ich stelle Ihnen diese Frage noch einmal, Herr Fischer.» Pflug schaute Fischer mit durchdringendem Blick an. «In welchem Verhältnis stehen Sie zu diesen Personen? Bekanntschaft, Freundschaft, Feindschaft, irgendeine nähere Beziehung?»

«Nein, nein! Was soll denn das?»

Pflug nahm den Umschlag hervor, den er in der Pause beim gerichtsmedizinischen Dienst geholt hatte. Er öffnete ihn und nahm vier Gutachten heraus. Es waren die DNA-Analysen von Balthasar Iselin und Karl-Maria Hoffmann und die DNA-Kurzanalysen von Marc Fischer und Pierre Cointrin. Er zeigte auf die Gutachten und sagte: «Das sind Analysen des Erbgutes von Ihnen, Iselin und Hoffmann. Sie beweisen mit einer Wahrscheinlichkeit von nahezu 100 Prozent, dass Sie alle Halbbrüder sind.»

«Was? Wie bitte? Habe ich das richtig verstanden? Das waren Söhne meines Vaters?»

«Ja, genau so ist es.»

«Da will uns jemand umbringen! Ich beantrage Staatsschutz.»

Bossanova-Pesenti sagte trocken: «Machen Sie sich keine Sorgen, Sie werden sehr bald in sehr geschützter Umgebung sein. Wir wissen erst seit kurzem über diese Verwandtschaft Bescheid. Indirekt bekannt wurde es über die Studie der Sovitalis.»

«Ich verstehe nicht.»

«Sie verstehen genau. Sie haben schliesslich einen Tag vor Publikation der Ergebnisse über die unbekannten Verwandten kräftig spekuliert.»

Fischer schwieg.

Pflug beschloss, aufs Ganze zu gehen. «Sie haben diese Verwandtschaftsverhältnisse gekannt. Sie wollten Erben beseitigen. War es nicht so?»

Fischer schwieg erst und beteuerte nach einer Weile: «Nein. Ich habe damit nichts zu tun.»

Pflug nahm die vierte Analyse hervor. «Wissen Sie, dass Herr Cointrin ebenfalls Ihr Halbbruder ist?»

Fischer war sprachlos, wie auch alle anderen im Raum.

Pflug holte nun den alten Karteikasten, den sie im Safe der Bank Soiron & Cie. gesichert hatten. «Ihr Vater war ein Vatermacher.»

«Wie meinen Sie das?»

Pflug legte ihm einige der Karteikarten auf den Tisch. Fischer erkannte diese Art von Karteikarten, er hatte selbst zwei davon. Aber so viele auf einmal waren ihm unheimlich.

«Vermutlich wussten Sie das gar nicht. Die Eliminierung von zwei Erben hat rein gar nichts gebracht. Es gibt noch etwa einhundert andere. Das ändert aber nichts daran, dass Sie ein ausgezeichnetes Motiv haben. Ausserdem haben wir sehr viele Indizien in diesem Fall. Sie können jederzeit ein Geständnis ablegen.»

«Sie haben doch gar nichts in den Händen.»

Pflug schaute auf seine Uhr. «In diesem Moment findet eine Hausdurchsuchung bei Ihnen statt. Zum Zeitpunkt, als wir die Verwandtschaft zwischen Ihnen und den Opfern festgestellt hatten, wurde umgehend eine Hausdurchsuchung eingeleitet. Ich bin gespannt auf die Ergebnisse. Vielleicht findet sich ja die eine oder andere Karteikarte oder irgendein anderes, weiteres Indiz. Wir sind kurz vor dem Ziel, Herr Fischer.»

Marc Fischer liess sich äusserlich nicht viel anmerken, er hatte offensichtlich eine beneidenswerte Selbstkontrolle, aber die kleinen Schweissperlen in seinem Gesicht verrieten Pflug,

Palmer und Bossanova-Pesenti, wie es in seinem Inneren aussah. Nun meldete sich noch einmal der Advokat: «Der Form halber erhebe ich Einspruch gegen diese Hausdurchsuchung. Mein Klient wurde vorgängig nicht angehört.»

Pflug nickte nur, blickte zum Schreiber und sagte: «Nehmen wir ins Protokoll. Und der Form halber, ich werde die Hausdurchsuchung nicht unterbrechen.»

Bossanova-Pesenti legte eine Fotografie von Baldermira auf den Tisch. Fischer zuckte leicht zusammen, kaum merklich, aber sie hatte es genau wahrgenommen. Pflug sah Bossanova-Pesenti an, er war auf diese Konfrontation nicht vorbereitet gewesen. Sie war auch nicht abgesprochen.

«Kennen Sie diesen Herrn?»

«Ja, natürlich. Ich kaufe bei ihm Antiquitäten. Ach, jetzt fällt mir auch ein, wo ich Sie noch ein zweites Mal gesehen habe. Das war in diesem Laden.»

«Sie haben sonst nichts mit ihm zu tun?»

«Nein.»

Fischer verlangte nach einer neuen Flasche Mineralwasser und Bossanova-Pesenti war froh um den Unterbruch, sie hätte keine intelligente Frage mehr gehabt. Sie verliess das Zimmer. Palmer stellte Fischer das frische Wasser auf den Tisch. Lügen macht Durst, dachte er.

Dann klingelte das Telefon, Pflug nahm ab. «Ja hier Pflug... ja. Mmh... ok, danke.»

«Es sind ein paar interessante Dokumente bei Ihnen gefunden worden, Herr Fischer. Zwei Karteikarten wie diese, mit den Namen Hoffmann und Iselin. Ich denke, es wird langsam eng für Sie. Möchten Sie ein Geständnis ablegen?»

«Ich habe nichts zu sagen.»

Bossanova-Pesenti kam mit einem Memorystick mit Aufnahmefunktion zurück. Sie ging zum Computer im Verhörzimmer und schloss den Stick an. Auf dem Bildschirm erschien das Programm und sie wählte PLAY.

«Herr Fischer, Sie haben mich in diesem Laden gesehen, dann können Sie sich ja auch vorstellen, dass ich einen interessanten Dialog mitbekommen habe.»

Im Lautsprecher erklang: «Die letzte Lieferung war perfekt...»

Während sich Fischer sein Gespräch mit Baldermira stumm anhörte, sagte Bossanova-Pesenti leise und bedeutsam zu Pflug: «Kann ich dich kurz sprechen?»

Pflug war irritiert. Sie waren auf dem besten Weg, Fischer in die Enge zu treiben, und dann wollte sie ihn sprechen? Er nickte und sie verliessen das Zimmer.

«Was soll das?»

«Baldermira ist der Killer, ich hab es Fischer angesehen.»

«Das kann ja sein, aber weshalb der Unterbruch?»

«Orfeo, mein Mann, ist vor zwei Tagen bei ihm eingestiegen und hat ein wenig herumgestöbert, aber nichts gefunden.»

«Was geht hier vor, Joselina?»

«Ich erklär es dir später, Sebastian. Aber jetzt kann ich es nicht mehr ändern. Ich mache mir furchtbare Sorgen. Orfeo ist seit gestern nicht mehr auffindbar.»

«Ist er von seinem ‚Einstieg', wie du es nennst, nicht mehr zurückgekommen?»

«Doch schon. Aber jetzt ist er verschwunden und ich habe ein ungutes Gefühl. Können wir nicht sofort bei Baldermira aktiv werden? Ich meine, wir haben viel in den Händen.»

Pflug schaute sie streng an. «Was du dir hier geleistet hast, bzw. dein Mann, ist absolut nicht in Ordnung und wirklich zuviel des Guten, besser gesagt des Illegalen. Aber wir setzen jetzt alles auf eine Karte. Allfällige Formalitäten können warten.»

Pflug wollte wieder hinein gehen, aber Bossanova-Pesenti hielt ihn auf und sah ihn flehentlich an. «Willst du jetzt zuerst mit Fischer weiter machen? Kannst du nicht sofort Order geben? Bitte.»

«Ich will beides, komm.»

Im Raum war es ruhig. Fischer war erschöpft, der Advokat war nervös und schwieg, um keinen Fehler zu machen und Palmer fiel nichts mehr ein, das er Fischer noch hätte fragen können.

«Gut», sagte Pflug, «der abgehörte Dialog sagt Ihnen also auch nichts. Er ist also auch kein Code für einen Auftrag?»

Fischer schwieg.

Pflug nahm den Telefonhörer und wählte die Nummer der Polizeizentrale.

«Hier Pflug, Erster Staatsanwalt, den Polizeikommandanten Urs Meier bitte. Ja... es eilt... Gut, dann unterbrechen Sie sofort sein Gespräch. Ja sofort... Danke... Hallo Urs, hier Sebastian, bitte sofort eine Spezialeinheit zu Baldermira senden... Ja, genau... Es eilt.» Er blickte zu Bossanova-Pesenti. Sie zeigte ihm die Rückseite des Fotos. «Giuseppe Baldermira, St.Alban-Rheinweg 92. Erster Stock. Das Foto der betreffenden Person faxen wir. Auf welche Nummer am besten?» Er notierte die Nummer auf einen Zettel und gab ihn Bossanova-Pesenti.

«Ich faxe das Bild und fahre sofort hin.» Pflug nickte. Fischer sass mit zuckenden Augen da. Er schien mehr und mehr an Boden zu verlieren.

* * * * *

Orfeo Bossanova war wieder zu sich gekommen. Ihm gegenüber sass Baldermira.

«Nun, Herr Bossanova, mir scheint fast, Sie werden die bevorstehende Operation nicht gut verdauen.» Und während er eine Spritze aufzog, sagte er: «Möchten Sie vielleicht doch lieber reden?»

«Ich habe mit meinem Partner etwas gesucht.»

«Und was?»

«Das wussten wir auch nicht.»

«Das wird ja immer besser. Sie suchten etwas, wussten aber nicht was. Herr Bossanova, langsam verliere ich die Geduld.»

«Wir haben Anhaltspunkte gesucht im Zusammenhang mit den beiden Tötungsdelikten in Basel.»

«Aha. Jetzt wird es konkreter. Sind Sie von der Polizei?»

«Nein.»

«Für wen arbeiten Sie dann? Wer ist Ihr Auftraggeber?»

«Meine Frau.»

«Das ist wieder banal. Ihre Frau. Eine einfache Staatsangestellte.»

«Woher wissen Sie das?»

«Steht im Telefonbuch. So, jetzt bitte wieder bessere Informationen.»

«Meine Frau möchte mehr wissen über den Tod Ihres Onkels, Karl-Maria Hoffmann.»

«Und was hat Onkel Hoffmann mit mir zu tun?»

«Das weiss ich doch nicht.»

«So kommen wir nicht weiter.»

Baldermira nahm einen Gürtel, band das linke Bein von Bossanova ab, nahm die Spritze und injizierte langsam das Anästhesiemittel. Bossanova hatte keine körperlichen Schmerzen, aber er erlitt seelische Qualen. Er ahnte, was ihm bevorstand und konnte doch nichts daran ändern. Er hatte furchtbare Angst, nicht mehr lebend hier raus zu kommen.

«So, sehen Sie, Ihr Bein ist absolut unempfindlich.» Er stach mit dem Skalpell in den Fuss. Sofort quoll Blut aus dem Schnitt. Bossanova spürte keine Schmerzen, aber er begann zu zittern.

«Sie können mir jederzeit etwas Vernünftiges mitteilen. Ansonsten beginne ich jetzt mit dem Programm, Sie wissen ja Bescheid.»

Bossanova biss auf die Zähne, Baldermira nahm das Skalpell und setze zum Schnitt an.

* * * * *

Joselina Bossanova-Pesenti rannte zu ihrem Wagen und fuhr in das St.Alban-Tal. Als sie dort ankam, war die Strasse bereits mit Absperrband blockiert. Vier Kastenwagen der Basler Polizei standen dort mit blinkendem Blaulicht, aber ohne Sirene. Sie zeigte ihren Ausweis, ging unter der Absperrung hindurch und eilte in Richtung Haus. Sie entdeckte weitere Polizisten der Sondereinheit. Alle waren mit schusssicheren Westen ausgerüstet, mit Helmen und modernen Gewehren. Als sie weitergehen wollte, wurde sie von der Seite zurückgepfiffen: «Hierher Kollegin. Wir wollen niemanden warnen.»

Sie ging zur Seite und sah den Polizeikommandanten Urs Meier in dem grossen Kastenwagen, dessen hintere Türe offen stand und sagte zu ihm, der Verzweiflung nahe: «Mein Mann ist vermutlich dort drinnen.»

«Ich weiss. Aber Sie können da jetzt nicht rein. Kommen Sie hier in den Wagen, hier können Sie alles beobachten», flüsterte ihr Meier zu.

Der Wagen war mit zahlreichen Monitoren ausgerüstet. Auf dem einen konnte sie das Haus erkennen, die Kamera war wahrscheinlich auf dem Dach des Wagens platziert. Dann sah sie verschiedene Bildschirme mit sehr bewegten Bildern, das mussten die Helmkameras der Polizisten sein. An einer Türe wurde gerade Plastiksprengstoff entlang des Türrahmens platziert und ein kleines Kabel verlegt. Links und rechts der Tür waren je drei Polizisten, das konnte sie anhand der unterschiedlichen Blickwinkel der Kameras erkennen. Die Polizisten schauten sich an und gaben sich ein Zeichen, dann gab eine Explosion und die Türe war gesprengt. Bossanova-Pesenti konnte beobachten, wie die Männer in die Wohnung eindrangen, aber die Bilder waren nun zu bewegt, auf den Bildschirmen war nun kaum mehr etwas zu erkennen.

Polizeikommandant Meier blickte ebenfalls in die Monitore und hörte den Funkverkehr ab. Er war sehr konzentriert. Nach einer Weile, die Bossanova-Pesenti wir eine Ewigkeit vorgekommen war, sagte er zu ihr: «Kommen Sie mit.»

Sie rannten die Strasse hinunter bis zum Haus. Das ganze Gebäude war umstellt. Sie nahm zwei Stufen auf einmal bis in den ersten Stock, wo die Wohnungstür zerborsten am Boden lag. Einer der Männer kam gerade aus der Wohnung und lächelte sie an, was sie als gutes Zeichen wertete. Sie stürmte in die Wohnung, im Wohnzimmer sah sie Baldermira, allem Anschein nach unverletzt, gefesselt mit Hand- und Fussschellen. Sie drehte sich gerade wieder um, als ihr jemand sagte: «Ihr Mann ist in der Küche und wird gerade verarztet. Ist nichts Schlimmes.»

Und dann sah sie ihn endlich. Er sass auf einem Stuhl in der Küche und jemand legte ihm einen Verband an am Fuss. Erleichtert fiel sie ihm um den Hals. Er konnte nicht aufstehen, da sein Bein von der Narkose noch gelähmt war.

«C'est ci bon maintenant.» Tränen kullerten aus seinen Augen. Die Erleichterung und die Erschöpfung nach den ausgestandenen Todesängsten waren gross. Bis auf den verlorenen kleinen Zehen war er unversehrt geblieben. Das war die Hauptsache.

In der anschliessenden Hausdurchsuchung wurde nichts gefunden. Baldermira machte keine Aussage. Er nahm sein Recht, die Aussage zu verweigern, systematisch und von Anfang an wahr. Er gab nichts preis ausser den Angaben zu seiner Person. Auch Marc Fischer sagte nun nichts mehr. Im Gegensatz zu Baldermira hatte er nicht von Anfang an seine Aussage verweigert, weshalb viele seiner Aussagen im späteren Strafprozess gegen ihn verwendet werden konnten. Er wurde in die Untersuchungshaft überführt und umgehend und mit sofortiger Wirkung von all seinen Ämtern entbunden.

Pierre Cointrin konnte nach Unterzeichnung seines umfassenden Geständnisses nach Hause gehen. Am darauf folgenden Tag trat er von all seinen Ämtern zurück.

EPILOG

Einige Monate später wurde der Prozess gegen Pierre Cointrin eröffnet. Er gab alle illegalen Gewinne ab, wobei der letzte Handel, der aufgrund Theodor Fischers Tod stattgefunden hatte, nicht berücksichtigt wurde. Das Wissen um Fischers Tod wurde nicht als Insiderwissen gewertet. Seine tätige Reue, die Rückgabe der unrechtmässig erlangten Gewinne der letzten beiden Jahre und die Konsequenz seines Rücktritts als CEO der Sovitalis AG stimmten die Richter milde. Er kam mit einer hohen Busse nach neuem Strafrecht davon, die in Taggeldern berechnet wurde und aufgrund seines Einkommens substanziell war, ihn aber nicht in seinen Vermögensverhältnissen gefährdete.

Zur gleichen Zeit wurde auch der Prozess gegen Marc Fischer in Sachen Insiderdelikte eröffnet. Fischer verhielt sich hier ähnlich wie sein Freund Cointrin. Er legte ein Geständnis ab, gab die unrechtmässigen Gewinne der letzten zwei Jahre zurück und verhielt sich kooperativ. Auch er erhielt eine hohe Busse nach analogen Strafbemessungsregeln, aber keine Haftstrafe, da seine tätige Reue positiv bewertet wurde.

Erst ein Jahr später konnte der Strafprozess gegen Fischer und Baldermira wegen Mordes an Karl-Maria Hoffmann und Balthasar Iselin eröffnet werden. Aufgrund der konsequenten Aussageverweigerung beider Angeklagten musste ein aufwändiger Indizienprozess geführt werden. Doch es gab eine grosse Anzahl eindeutiger Indizien, wie die auffälligen Zahlungseingänge auf Baldermiras Konto, seine Inkognito-Reise nach Neapel und der Deal mit dem italienischen Grundstück, Fischers Überweisung eines grösseren Geldbetrags auf die Banca di Roma, seine seltsamen Besuche bei beiden Opfern, die bei ihm gefundenen Karteikarten oder ein im Eisenbahnwagen gefundenes Haar einer Augenbraue, das dank DNA-Analyse Baldermira zugeschrieben werden konnte. Ausserdem gab es den aufgezeichneten Dialog im Laden zwischen Fischer und Baldermira, erhebliche Bargeldbestände bei Baldermira und seine umfangreiche Bibliothek über Tropengifte. All das überzeugte das Gericht davon, dass hier Auftragsmorde vorlagen. Fischer und Baldermira wurden wegen vorsätzlichen Mordes an zwei Menschen zu zwanzig Jahren Freiheitsstrafe verurteilt. Darin eingeschlossen waren weitere Delikte: bei Baldermira waren es Freiheitsberaubung und leichte Körperverletzung, bei Fischer Geldwäscherei. Der Prozess dauerte mit allen Beweisaufnahmen und Gutachten über ein Jahr. Im Gegensatz zu Baldermira appellierte Fischer, aber in zweiter Instanz wurde das Urteil bestätigt. Auch das Bundesgericht bestätigte das Urteil, so dass nach vier Jahren Prozessierens rechtskräftige Urteile vorlagen – ein angesichts der komplexen Materie schnelles Verfahren.

Im Anschluss an Fischers erstinstanzliche Verurteilung reichte seine Frau die Scheidung ein. Da die Ehegatten Gütertrennung vereinbart hatten und keine vermögensrechtlichen Problemstellungen beurteilt werden mussten, ging alles sehr schnell über die Bühne. Die Freiheit als das höchte Gut ihrer Bindung war erloschen. Auch Mathilde wollte nichts mehr mit ihrem Stiefsohn zu tun haben.

Die von Taudien Häfeli initiierte Sammelklage wurde ein Erfolg. Alle betroffenen Personen wurden über ihre Verwandtschaftsverhältnisse informiert. Häfeli orientierte all seine Halbgeschwister, dass er gegenüber der Familie Fischer auf Geltendmachung seines Erbteils klagen werde und empfahl sich selbst als Advokat. Fast alle schlossen sich der Erbklage an. Die Familie Fischer einigte sich mit allen auf einen Vergleich und bezahlte eine substanzielle, pauschale Summe an jeden Erben. Die aus den beiden Ehen Theodor Fischers entstandenen Kinder mussten sich mit einem Bruchteil des Erwarteten zufrieden geben. Am besten traf es Mathilde Fischer, die kraft Ehegüterrecht die Hälfte des Vermögens erhielt. Die erbrechtlichen Verfügungen von Theodor Fischer zugunsten seiner Familie waren angesichts der Unzahl von Erben faktisch bedeutungslos.

Das Wetter wurde wärmer in Basel.

Dank

Ich danke für die vielen Anregungen, die ich aus meinem Freundes- und Bekanntenkreis zu diesem Buch erhalten habe, allen voran danke ich meinem Vater, der sich im hohen Alter von 85 Jahren mit viel Energie in die Aufgabe des kritischen Lesers gestürzt hat. Ich verdanke ihm reichhaltige Anregungen und die Verifizierung historischer Inhalte, die er, im Gegensatz zu mir, selbst erlebt hat. Meine Frau hat mich mit Geduld in dieser Schaffensphase begleitet und immer wieder mannigfaltige Vorschläge eingebracht. Ohne die Mithilfe der genannten Freunde und Bekannten wäre diese Publikation nicht möglich gewesen. Auch der Elisabeth Jenny Stiftung sei an dieser Stelle für den Druckkostenbeitrag gedankt.

Anhang

Firmen:
- World Bank Corporation AG, kurz WBC, weltweit tätige Bank
- Sovitalis AG, weltweit tätiges Pharma-Unternehmen

Personen:
- Theodor Fischer, Gründer der Bâle Bank Corporation, später Swiss Bank Company, später Europe Bank Corporation, später World Bank Corporation (1910-2009)
- Eleonora Fischer-Sarasin, erste Ehefrau von Theodor Fischer (1913-1980)
- Mathilde Fischer, zweite Ehefrau von Theodor Fischer (*1930)
- Gaudenz Gygax, erster Ehemann von Mathilde Fischer (*1924)
- Marc Fischer, Sohn von Theodor Fischer und Eleonora Fischer-Sarasin, CEO und Verwaltungsratspräsident der World Bank Corporation (*1945)
- Claudia Fischer, Ehefrau von Marc Fischer (*1952)
- Pierre Cointrin, CEO der Sovitalis AG (*1944)
- Anne-Marie Cointrin, Ehefrau von Pierre Cointrin, (*1946)
- Samuel Ohlstein, erfolgreicher Unternehmer und Financier, später Mäzen; als deutscher Jude entkam er mit viel Glück dem Holocaust (*1924)
- Sebastian Pflug, Kommissar und Erster Staatsanwalt des Kantons Basel-Stadt (*1963)
- Alfred Bär, Kommissar und Leiter der Abteilung Wirtschaftsdelikte (*1965)

- Etienne Palmer, Kommissar und Leiter der Abteilung Gewaltverbrechen (*1972)
- Joselina Bossanova-Pesenti, Kommissarin und Soziologin (*1967)
- Max Selz, Privatdetektiv (*1950)
- Giuseppe Baldermira, freiberuflicher, nicht amtlicher Liquidator (*1965)
- Stefan Meyer, Laborleiter bei der Sovitalis AG (*1959)
- Professor Bonewinkel, wissenschaftlicher Leiter der Studie zur Suche nach dem Intelligenzgen bei der Sovitalis AG (*1958)
- Karl-Maria Hoffmann, Staatsangestellter (*1933)
- Balthasar Iselin, Verleger (*1932)
- Taudien Häfeli, Anwalt (*1947)

und andere Personen

Glossar:

Anleihenobligationen: Die öffentliche Aufnahme von Geld einer Firma oder eines Staates in Form einer verbrieften Obligation, welche an der Börse emittiert und gehandelt wird.

BO: geläufige Abkürzung für **Beneficial Owner,** der wirtschaftlich berechtigte Eigentümer einer Sache oder einer Forderung, geläufig bei Bankgeschäften.

Call-Optionen: Das Recht, Aktien zu einem fixierten Preis zu kaufen.

CEO: geläufige Abkürzung für **Chief Executive Officer,** der oberste Geschäftsführer und Vorsitzende der Geschäftsleitung.

CFO: geläufige Abkürzung für **Chief Financial Officer,** die in einer Firma zuständige Person für die Finanzen.

Chef des Global Wealth: Die in einer Bank zuständige Person für die Vermögensverwaltung der Kunden.

CIO: geläufige Abkürzung für **Chief Investment Officer,** die in einer Firma zuständige Person für Investitionen.

Comecon: 1949 gegründeter Rat für gegenseitige Wirtschaftshilfe der sozialistischen Staaten unter Führung der Sowjetunion. Pendant zur EWG (Europäischen Wirtschaftsgemeinschaft). Der Rat löste sich im Jahr 1991 infolge der politischen Umwälzungen auf. Die Staaten des ehemaligen Ostblocks, welche den wirtschaftlichen Zusammenarbeitsvertrag geschlossen hatten, werden deshalb of als **Comecon-Staaten** bezeichnet.

Compliance: Die Einhaltung von Grundsätzen und des Rechts einer Firma.

Compliance Officer: Die in einer Firma zuständige Person für die Einhaltung des Rechts und der Firmengrundsätze.

Compte-Joint: Gemeinsames Bankkonto auf zwei Namen.

COO: geläufige Abkürzung für **Chief Operation Officer,** die in einer Firma zuständige Person für die operativen Abläufe.
DNA: geläufige Abkürzung für Desoxyribonukleinsäure, ein in allen Lebewesen vorkommendes Biomolekül und die Trägerin der Erbinformation. Die Sequenzierung des menschlichen Erbgutes und dessen Analyse begann in den 1970er Jahren. Die erste Methode beruhte auf einer chemischen Abspaltung einer Base in den Erbgutketten. Sichtbar wurden diese auf einem Röntgenfilm, in dem man die DNS vor den Reaktionen radioaktiv markierte. Auf die chemische Sequenzierung folgte ein biochemisches Verfahren. Mitte der Neunziger Jahre folgte die grosse Änderung, weg von der Einzelanalyse im Labor hin zur industriellen Sequenzierung. Dabei wird das gesamte Genom in unzählige Fragmente zerstückelt. Nach der Analyse mit Millionen überlappender Stücke setzt ein Computer das Erbgut-Puzzle zusammen (Schrotflinten-Sequenzierung). Mittlerweile können Millionen von Sequenzierungen parallel auf einem Laborchip durchgeführt werden. Die erste vollständige Entzifferung der DNA (DNS) hat rund 3 Milliarden Dollar gekostet. In wenigen Jahren wird eine Analyse voraussichtlich weniger als 1000 Franken kosten. Es können somit künftig nicht mehr nur Individuen untersucht werden, sondern Stichproben von ganzen Populationen verglichen werden. Auf diese Weise können komplexe genetische Zusammenhänge, etwa von Krankheiten, gefunden werden. Als negative Folge könnte es laut Daniel Meierhans Diskriminierungen aufgrund von Genomananalysen geben (vgl. NZZ vom 5./6. September 2009, S. 9).
Erster Zionisten-Kongress: Der erste zionistische Weltkongress fand 1897 in Basel statt und begründete die Idee eines jüdischen Staates in Palästina.
Favelas: Elendsviertel in Brasilien.

Gemischtes Portefeuille: Ein in Aktien und Obligationen gemischt angelegtes Vermögen, im Gegensatz zu reinen Aktien- oder reinen Obligationendepots.

Gentleman's-Agreement: Vereinbarung ohne schriftliche Dokumente auf der Basis gegenseitigen Vertrauens.

Habeas Corpus (lat.: Du habest den Körper): Mit dieser Wendung wurden im Mittelalter in England die königlichen Haftbefehle eingeleitet. Im modernen Sprachgebrauch ist der Begriff vor allem in angelsächsischen Rechtskreisen üblich und bezeichnet das Recht, jemanden zu verhaften.

Handling: Terminus Technicus für das Ablaufprozedere eines juristischen Aktes.

Herostratische Tat: Eine Handlung, oftmals eine Straftat, die jemand begeht, um Aufmerksamkeit zu erregen.

Human Resources: häufig verwendeter Begriff aus dem Englischen für Personalabteilung.

Inkriminiert: Eine Handlung oder eine Person, die durch eine strafrechtlich relevante Komponente belastet ist.

Ius primae noctis (lat.: Das Recht der ersten Nacht): bezeichnet das im Mittelalter geltende Recht des Grafen oder des Landesfürsten, bei einer Heirat in seinem Herrschaftsgebiet die erste Nacht mit der Braut verbringen zu dürfen (im römischen Recht entwickelt).

Kollusionsgefahr: Die Gefahr, ein Verbrechen vertuschen oder beschönigen zu können, wenn eine inhaftierte Person aus der Untersuchungshaft freigelassen wird oder wenn beschlagnahmte Akten wieder frei gegeben werden.

Kulturrevolution: Über die Basis der Kultur hervorgerufene Veränderung in einer Gesellschaft oder in einem Staat. In diktatorischen Staaten wurde dieser Begriff auch missbraucht, um Änderungen seitens der Machtmonopolinhaber herbeizuführen im Namen der Kultur, wie etwa die von Mao ausgerufene

«Grosse Proletarische Kulturrevolution» in China, eine politischen Kampagne zwischen 1966 und 1976.

Leerverkauf: Bei Leerverkäufen werden von institutionellen Händlern Aktien an der Börse verkauft, die man gar nicht besitzt, in der Hoffnung, diese später zu tieferen Kursen wieder einzukaufen, was hochspekulativ ist.

LOI: geläufige Abkürzung für **Letter of Intent,** der die Absicht beinhaltet, ein Handelsgeschäft unter bestimmten Rahmenbedingungen abzuschliessen.

Marschallplan: benannt nach dem US-Aussenminister und Friedensnobelpreisträger Georg S. Marshall (Amtszeit 1947-1949), auf dessen Initiative das Multi-Milliarden-Dollar-Programm zum Wiederaufbau der Wirtschaft nach dem zweiten Weltkrieg hervorging. Es wurde am 16. April 1948 beschlossen und war vier Jahre in Kraft. Im gesamten Zeitraum leisteten die USA den bedürftigen Staaten Europas Hilfen im Wert von insgesamt 13,1 Milliarden US-Dollar (Wertäquivalent 2009: ca. 78 Milliarden Euro).

Mater semper certa est (lat.: Die Mutter ist immer gewiss): Ein lateinisches Rechtssprichwort zur Gewissheit der Mutterschaft (im Gegensatz zur immer ungewissen Vaterschaft), da die Mutter des Kindes immer die Frau ist, die es geboren hat. Phänomene wie Eispende, Leihmutterschaft, Ersatzmutterschaft, In-Vitro-Fertilisation, aber auch Gentests, welche die Vaterschaft eindeutig zuweisen können, stellen diese alte lateinische Regel zunehmend in Frage.

Memorandum of Understanding: Ein Dokument, welches geschäftliche Inhalte definiert und beschreibt.

Merger: Unternehmenskauf.

Michelin-Stern: Der Guide Michelin erscheint jährlich und kürt die besten Restaurants mit einem bis maximal drei Sternen.

Pater semper certus est (lat.: Der Vater ist immer gewiss): Übertragung des lateinischen Rechtssprichworts auf die Gewissheit der Vaterschaft. Siehe **mater semper certa est.**

Persona grata (lat.: willkommener Mensch): eine erwünschte Person.

Persona non grata (lat.: unerwünschter Mensch): eine Person, die in Ungnade gefallen ist.

Pränatale Selektion: Die Selektion von befruchteten Eizellen und Föten innerhalb der gesetzlich zulässigen Abtreibungsfrist aufgrund von Genanalysen. Dies wird heute teilweise schon praktiziert, etwa bei Föten mit Downsyndrom, welche aufgrund der Diagnose abgetrieben werden.

Put-Option: das Recht, Aktien zu einem fixierten Preis zu verkaufen.

Risikoallokation: die Analyse der Risiken, die in einem Prozess, in der Regel in einem Geschäftsvorgang unter verschiedenen Gesichtspunkten zusammen treffen.

Rosinenbomber: Während der Berlin-Blockade vom 24. Juni 1948 bis 12. Mai 1949 wurden Straßen- und Eisenbahnverbindungen von den westlichen Besatzungszonen nach West-Berlin durch die sowjetische Besatzung gesperrt. In dieser Zeit versorgten die Westalliierten die Stadt mittels Flugzeugen über die sogenannte Berliner Luftbrücke. Der Flugzeugtyp der Alliierten, die zweimotorige Douglas DC 3, erhielt den Übernamen Rosinenbomber, da darin nicht nur Lebensmittel, Brennmaterial und andere lebenswichtige Hilfsmittel gebracht wurden, sondern weil die amerikanische Flugzeugbesatzung vor der Landung oft kleine Päckchen für Kinder abwarfen mit Süssigkeiten, Kaugummis und vermutlich auch Rosinen.

Sans-Papier: Person, die sich ohne legale Dokumente in einem Staat aufhält.

Schengenabkommen: Abkommen verschiedener Staaten in Europa, welche sich auf die Kontrolle und Überwachung eines gemeinsamen Staatenbereichs geeinigt haben.
Secretary of the Board: Sekretär des Verwaltungsrats. Oft ein Jurist. Kümmert sich um die zeit- und formgerechte Einladung zu den Verwaltungsratssitzungen und führt das Protokoll. Die leise Stimme des Verwaltungsrats.
Signing: Unterschriftenprozedere.
SPI: geläufige Abkürzung für Swiss Performance Index, ein Index, welcher die wichtigsten an der Börse gehandelten Aktientitel zusammenfasst und über einen Referenzwert die Veränderung der Börsenkurse anzeigt.
Spinn-Off: Der Prozess der Abspaltung eines Unternehmensbereichs eines in der Regel börsenkotierten Unternehmens.
Telex: Ein bis in die 1970er Jahre beliebtes Kommunikationsmittel, bevor das FAX allgegenwärtig wurde. Der Vorteil lag darin, dass Absender und Empfänger referenziert waren. Erst durch die elektronische Unterschrift in den E-Mails wurde eine gleichwertige Lösung geschaffen.
Tarahumaras: Ethnie, die im Norden Mexikos lebt, im Südwesten des Bundesstaats Chihuahua. Man sagt von ihnen, dass sie wahrscheinlich die einzige Gruppe von Indígenas ist, die nie unterworfen wurde und sich nie mit anderen Kulturen vermischt hat. Der Grossteil der mexikanischen Bevölkerung setzt sich aus Mestizen zusammen, Abkömmlinge von Weißen (Europäern) und Angehörigen indigener Völker Mexikos.
Trader: Professioneller Wertschriftenhändler.
Tradings: an der Börse gehandelte Käufe und Verkäufe.
Viermächteabkommen: 1972 in Kraft getretenes Abkommen zwischen den Siegermächten des zweiten Weltkrieges USA, England, Frankreich und Russland, in dem die Grundlagen zum Rechtsstatus der geteilten Stadt Berlin, dem Verhältnis West-

Berlins zur Bundesrepublik Deutschland sowie der Zugang zu West-Berlin festgelegt wurden.

Viermächtegarantie: Garantie der Siegermächte des zweiten Weltkrieges USA, England, Frankreich und Russland über den Status von Berlin.

Vischer: altehrwürdiges Basler Geschlecht, im Gegensatz zum Familiennamen Fischer, der ein geläufiger Familienname in Basel ist.

VR: geläufige Abkürzung für **Verwaltungsrat,** das oberste Führungsgremium einer Aktiengesellschaft.

ZWD: geläufige Abkürzung für **Zentraler Wirtschaftsdienst.**

Darstellung der zentralen Thematik

Die Geschichte dieses Kriminalromans gibt Einblicke in die Welt der Wirtschaftselite. Auch wenn viele Szenen vom Autor tatsächlich erlebt wurden, besteht kein Anspruch auf Realität oder Darstellung der Wirklichkeit. Dem Autor war es ein Anliegen, einzelne Teilgebiete der Ökonomie und der Jurisprudenz gut verständlich zu erläutern und mit Spannung in die Geschichte einzubauen.

Die Erzählung nimmt die Problematik der nicht leiblichen Kindschaft und des Erbrechts auf, projiziert diese in die Gegenwart und verknüpft sie mit aktuellen Fragestellungen zur Thematik der anonymen Samenspende. Die Frage des Erbrechts ist bis heute juristisch nicht geklärt. Erbrechtlich ist die Situation so, dass die künstlich inseminierten Kinder zwar ein verfassungsrechtliches Recht haben, ihren Stammvater zu kennen, aber der Erbanspruch gegenüber dem Spender bzw. dessen Nachlass nicht praktiziert wird oder aberkannt wird. Neben dieser juristischen Lehre wird auch die Meinung vertreten, dass ein Erbrecht bestehe, egal ob ein Kind aufgrund natürlicher oder künstlicher Befruchtung gezeugt wurde. Eine höchstrichterliche Entscheidung hat diese Frage noch nicht geklärt. Es bleibt dem Spender offen, erbrechtlich (Testament oder Erbvertrag) eine Samen-Erbregelung zu treffen. Diese kann im Falle einer genau bestimmten Samenspende sinnvoll sein. Im Falle einer anonymisierten Spende dürfte sie wirkungslos sein, da die Nachkommen unbekannt sind. Im Roman trifft diese Regelung nicht zu, da es sich nicht um eine künstliche Befruchtung handelt, womit eindeutig ein Erbrecht besteht. Der Unterschied zwischen sogenannter künstlicher Samenspende und natürlicher Samenspende ist klein, hat aber rechtlich eine erhebliche Bedeutung. Die praktische Bedeutung dürfte mit der Entwicklung der Insemination zunehmen. Spannend wird es wohl dann, wenn die erste wohlhabende Person stirbt und aus Indiskretion bekannt wird, dass diese Person in jungen Jahren, zum Beispiel als Student, Samenspenden geleistet hat. Anzufügen sind hier auch die Mutterschaften von lesbischen Paaren mit mehr oder weniger anonymen Vätern oder von Ehepaaren, bei denen der Ehemann nicht der leibliche Vater ist. Der Anteil solcher sogenannten Kukuckskinder wird in wissenschaftlichen Studien auf 10 Prozent geschätzt.

Der starke Wunsch nach Nachkommen mittels künstlicher oder familienfremder Befruchtung steht dem Anliegen des Kindes nach leiblicher Elternschaft entgegen. Ein Aspekt, der in der heutigen Diskussion oft vollkommen untergeht. Das Anliegen der «vaterlosen» Kinder findet im Roman ihren Verfechter. Angesichts der medizinischen Entwicklung bezieht sich die Problematik auf beide Geschlechter. Auch hier wird die Bedeutung mit der Zunahme der Insemination und künstlichen Befruchtung zunehmen. Es wird mehr Menschen geben, die nicht bei ihren natürlichen Eltern aufwachsen. Der Wunsch der Eltern nach Nachkommen wird höher gewichtet als das Recht der Kinder auf eine genealogische Elternschaft.

Die Entschlüsselung des menschlichen Genoms und die rasanten Fortschritte im Bereich humangenetischer Forschung erregten in letzter Zeit viel Aufsehen. Die Möglichkeiten der Feststellungen individueller Krankheiten und Anfälligkeiten noch vor ihrem Ausbrechen sind nicht absehbar. Damit diese genetischen Informationen nicht durch Versicherer, Arbeitgeber oder die Gesellschaft im Allgemeinen diskriminierend gegen einen Menschen benutzt werden können, wurde der Gesetzgeber immer wieder zum Erlass bestimmter Schutzmechanismen gegen Diskriminierung aufgrund genetischer Dispositionen aufgerufen.

Der schweizerische Gesetzgeber hat sich mit dem Erlass des Bundesgesetzes über genetische Untersuchungen beim Menschen (GUMG) für eine Sonderbehandlung von genetischen Informationen im Gegensatz zu konventionellen medizinischen Informationen entschieden. Dr. Bernhard Madörin plädiert dafür, dass der Umgang mit Prognosen und Wahrscheinlichkeiten hinsichtlich der Gesundheitsinformationen insgesamt und insbesondere in der Arbeitswelt überdacht wird.

Bücher vom gleichen Autor

Oktober 2010
«Die neue Rechnungslegung und erste Erfahrungen mit der Revisionsaufsichtsbehörde» von Dr. iur. Bernhard Madörin, Band 5 der Reihe A Prima Vista, Stämpfli Verlag AG, Bern.
(ISBN 978-3-7272-8746-6), 197 Seiten

April 2009
«Rechnungslegung und Wirtschaftsprüfung – Auditing and Accounting in Switzerland» von Dr. iur. Bernhard Madörin und lic. oec. HSG Peter Bertschinger, Band 4 der Reihe A Prima Vista, Stämpfli Verlag AG, Bern.
(ISBN 978-3-7272-9541-6), 1117 Seiten

April 2009
«KMU-Rechnungslegung» (kommentierter KMU-Kontenrahmen), Band 3 der Reihe A Prima Vista, Stämpfli Verlag AG, Bern.
(ISBN 978-3-7272-9536-2), 198 Seiten

November 2008
«Wärme, Schärfe und Gesundheit: Einführung in die Traditionelle Chinesische Medizin» von Dr. iur. Bernhard Madörin und Dr. med. Hanspeter Braun, Stämpfli Verlag AG, Bern.
(ISBN 978-3-908152-29-3), 288 Seiten; ausgezeichnet mit dem «Förderpreis für Alternativmedizin 2008». Vorgestellt im Telebasel, Telebar, 08.12.2008

Juli 2008
«Vereine und Stiftungen», Band 2 der Reihe A Prima Vista, Stämpfli Verlag AG, Bern.
(ISBN 978-3-7272-9533-1), 238 Seiten

Januar 2008
«Revision und Revisionsaufsicht unter Einschluss der Änderungen der AG und GmbH» Band 1 der Reihe A Prima Vista, Stämpfli Verlag AG, Bern.
(ISBN 978-3-7272-9194-4), 188 Seiten.

Juni 2006
«Der Treuhandexperte» (Nr. 3/2006, S. 186), Rezension von Prof. Dr. oec. Max Boemle zum Handbuch KMU-Revision.

Dezember 2005
«KMU-Revision; Das Revisionsrecht unter der besonderen Berücksichtigung der eingeschränkten Revision (Review)», von Bernhard Madörin, Verlag Helbling und Lichtenhahn, Basel.
(ISBN 3-7190-2498-9), 615 Seiten.

Juni 2003
Archiv Schweizerisches Abgaberecht (ASA) (Nr. 11/12, 2003, S. 790 – 791), Rezension von Dr. Madeline Simonek zum »Basler Steuerrecht».

März 2003
«Übersicht und Fallbeispiele zur Wirtschaftsprüfung», Prüfungsfragen zu Aktiengesellschaften für den befähigten Revisor, von Bernhard Madörin, Verlag Helbling und Lichtenhahn, Basel.
(ISBN 3-7190-2171-8), 101 Seiten.

Januar 2003

«Basler Steuerrecht», Materialiensammlung zum neuen Baselstädtischen Steuergesetz 2001, Ergänzungsband, herausgegeben von Bernhard Madörin, Verlag Helbling und Lichtenhahn, Basel.
(ISBN 3-7190-2149-1), 211 Seiten.

Juni 2001

«Basler Steuerrecht», Materialiensammlung zum neuen Baselstädtischen Steuergesetz 2001, herausgegeben von Bernhard Madörin, Verlag Helbling und Lichtenhahn, Basel.
(ISBN 3-7190-1914-4), 619 Seiten.

November 1999

«Der Treuhandexperte» (Nr. 6/1999, S. 396), Rezension von Prof. Dr. oec. Max Boemle zum Handbuch zur Revision und Buchhaltung.

August 1999

«Der Schweizer Treuhänder» (Nr. 8/1999, S. 36), Rezension von Prof. Dr. G. Behr zum Handbuch zur Revision und Buchhaltung.

Juni 1998

«Handbuch zur Revision und Buchhaltung (HRB)», Verlag Helbling & Lichtenhahn, Basel.
(ISBN 3-7190-1726-5), 191 Seiten.

Juni 1998

«Standardrevisionsunterlagen», Verlag Helbling & Lichtenhahn, Basel.
(ISBN 3-7190-1737-0), 84 Seiten.

1998
«Manuale di Revisione e Contabilità (MRC)»
Verlag Helbling & Lichtenhahn, Basel.
(ISBN 3-7190-1726-5), 191 Seiten.

1992
«Die natürlichen Personen in grenzüberschreitenden Beziehungen Deutschland-Frankreich-Schweiz», Dr. Bernhard Madörin (und andere Autoren), herausgegeben vom Schweizerischen Treuhänderverband, Sektion BS-NWCH, Basel.
(ISBN 3-9520046-9-3)

1985
«Die Steuereinsprache im Kanton Basel-Stadt», Inaugural-Dissertation von Dr. Bernhard Madörin, Basel

Ebenfalls im Münsterverlag Basel erschienen:

Robert M. Schmid

Ufer der Macht

Kommissär Zürchers geheimnisvollster Fall

Roman, Deutsche Erstausgabe
400 Seiten, Klappenbroschur, 135 x 205 mm
ISBN 978-3-905896-06-0

Es ist Winter, kalt und düster. Nachdenklich steht Kommissär Willy Zürcher am Rheinbord und blickt auf die nackte, schneeweiße Haut der Frau, die im eisigen Wasser des Rheins treibt. Kein alltäglicher Mord, irgendetwas ist anders. Der Brand in der Kaserne, das mysteriöse Verschwinden eines Laternenmalers kurz vor der Fasnacht und nun auch noch diese Leiche, die ihm irgendwie bekannt vorkommt.

Zürcher begibt sich auf Spurensuche. Stück für Stück setzt er ein gefährliches Puzzle zusammen, das ihn immer tiefer in einen bedrohlichen Strudel im Morast der Basler Geschichte hineinzieht. Als sich ein Kreis zu schließen beginnt, der bis ins tiefste Mittelalter zurückreicht, als die Reichsstadt Basel während des Konzils tatsächlich für einige Jahre im Zentrum der Christenheit stand, weht Zürcher der eiskalte Wind uralter Seilschaften ins Gesicht. Bald kann er niemandem mehr trauen. Einsam betritt der Kommissär den gefährlichsten, geheimnisvollsten, verrücktesten Pfad, den er jemals gehen musste, ungewöhnlich anders als alle Fälle zuvor – mit fatalen Folgen …

Yvette Kolb

Die Büglerin des Unrechts

Roman, Deutsche Erstausgabe
272 Seiten, Klappenbroschur, 135 x 205 mm
mit 27 sw Zeichnungen von Jürgen von Tomëi
ISBN 978-3-905896-08-4

Eberhard Kuschel, der Käse-König von Krollhausen, hat eine junge Geliebte. Er will sich deswegen nach zweiunddreißigjähriger Ehe scheiden lassen. Karolina, seine Frau, denkt nicht daran, das Feld zu räumen. Sie sinnt auf Rache. Wild entschlossen plant sie einen Vergeltungsschlag gegen ihren ungetreuen Angetrauten. Sie ist besessen von dem Gedanken, das ihr angetane Unrecht auszubügeln. Akribisch und präzise verfolgt sie einen tödlichen Plan. Weil sie aber im Morden völlig unroutiniert ist, stolpert sie über so manchen Stein, der ihr den Weg zum Ziel versperrt.

Wird es Karolina Kuschel trotz allen Schwierigkeiten gelingen, ihre Aufgabe als «Büglerin des Unrechts» zu bewältigen?

«Die Büglerin des Unrechts» ist ein Lesespass der ganz besonderen Art.

Yvette Kolb
Die Jahreszeiten der Schlossherrin

Text von **Yvette Kolb**
mit Zeichnungen von **Jürgen von Tomëi**
Deutsche Erstausgabe
Buch, Klappenbroschur 156 Seiten, 125 x 210 mm,
75 farbige Zeichnungen
ISBN 978-3-905896-02-2

Gesprochen von **Yvette Kolb**
und **Jürgen von Tomëi**, musikalisch
untermalt von Raphael Meyer

Hör-CD, Audio-Doppel-CD, ca. 90 Minuten
ISBN 978-3-905896-03-9

Unter dem Titel «Die Jahreszeiten der Schlossherrin» erschien, ebenfalls im Münsterverlag Basel, eine leicht frivole Geschichte in sechs Teilen. Auf über 150 Seiten, reich illustriert mit 75 farbigen Zeichnungen von Jürgen von Tomëi, erzählt Yvette Kolb die hintersinnige, umwerfend komische Geschichte einer zu hageren Schlossherrin, welche in der Liebe von ihrem Königsgatten verschmäht wird, weil der es lieber etwas runder mag. Die Schlossherrin aber, in deren magerer Brust ein leidenschaftliches Herz brennt, ist nicht bereit, auf die Liebe zu verzichten. Durch alle Jahreszeiten rennt sie einer vermeintlichen Liebe hinterher, scheitert aber immer wieder an irgendwelchen urkomischen Umständen.

Klug, mit viel Witz und Ironie in und zwischen den Zeilen, alles in Versform, versteht sich, gelang es Yvette Kolb und Jürgen von Tomëi, eine Perle in Buchform zu schaffen. Gleichzeitig mit dem Buch erscheint auch eine Hör-CD, wunderbar gelesen von der Autorin selbst und Jürgen von Tomëi. Mit kleinen, musikalischen Leckerbissen illustriert und untermalt der junge Komponist Raphael Meyer die Geschichte traumhaft adäquat.

Die Doppel-CD dauert ganze 90 Minuten. Alles in allem zeichnen sich Buch und Hör-CD aus durch beste Unterhaltung, gepaart mit klugem Witz und Ironie.

münster**verlag**®

Münsterverlag GmbH
Weisse Gasse 14
CH-4001 Basel
Telefon 061 690 99 40, Telefax 061 690 99 95
info@muensterverlag.ch, www.muensterverlag.ch